TRE VC

A mio figlio, il mio amico del cuore,
che ogni giorno mi regala
tutti quei ricordi che non trovavo più.

A mia figlia, bellissima,
che mi fa ridere di felicità.

« L'amore è quando la felicità di un'altra persona è più importante della tua. »

H. JACKSON BROWN

1

« Amo Costanza senza speranza. » Il piccolo graffito splende in tutto il suo disincanto su un'asse del cancello. Sorrido, Costanza magari ci ha ripensato, ma questo non mi è dato saperlo e così, emozionato, entro nella villa. Cammino in silenzio fino a raggiungere quella stanza e da quella finestra io guardo il mare. Tutto mi appartiene, la terrazza che lentamente scende verso gli scogli, quei gradini arrotondati, le docce esterne, protette con delle mattonelle gialle e azzurre, dove spuntano alcuni limoni dipinti a mano, il tavolo in marmo posto davanti alla grande finestra che riflette l'orizzonte. Qualche onda del mare, ribelle, non ancora abituata alla mia presenza o forse per festeggiare questo mio nuovo arrivo, si scontra contro le rocce che tengono la villa incastonata in quella parte bellissima dell'alta costa. Il sole sta tramontando e la sua luce tinteggia di rosso le pareti alle mie spalle e i muri del salotto. Esattamente come quel giorno di nove anni prima.

« Ci sta ripensando? Non vuole più comprare la casa? »

Il proprietario mi guarda con aria interrogativa. Poi allarga le braccia sereno, calmo, tranquillo.

« Lei è libero di fare quel che vuole, è lei quello che paga. Però se non è più convinto dovrà darmi il doppio della caparra o infilarsi in una di quelle cause che, vista la mia età, non mi permetterà certo di vedere i suoi soldi. »

Lo fisso divertito. L'anziano signore è più arzillo di un ragazzino. Corruga il sopracciglio.

« Certo, se lei è così subdolo, non avrà fretta. L'avrà certamente vinta su di me, ma non sui miei figli o i miei nipoti. Anche se in Italia un processo potrebbe avere addirittura dei tempi così lunghi! » E una tosse cupa e stanca lo travolge, costringendolo a chiudere gli occhi e a smettere la sua filippica da ultimo senatore romano. Rimane per un attimo a riprendere fiato, appoggia la schiena alla poltrona di tela, poi stropiccia e riapre gli occhi.

« Ma lei la vuole questa casa, vero? »

Mi siedo vicino a lui e prendo i fogli che ho davanti. Siglo le pagine, senza neanche controllarle. Ha già guardato tutto il mio avvocato. E metto la firma sull'ultima pagina.

« Allora la compra? »

« Sì, non ci ho ripensato, ho avuto quello che volevo... »

Il signore raccoglie i documenti e li passa al suo uomo di fiducia.

« Le devo dire la verità. Avrei accettato anche a meno. »

« Anche io voglio dirle la verità: sarei arrivato a pagarla il doppio. »

« Non ci credo, lo dice apposta... »

« La pensi come vuole. » Gli sorrido. Alla fine il proprietario si alza, va verso un mobile in legno antico e lo apre, tira fuori dal frigo una bottiglia di champagne e dopo aver faticato un po' la stappa con reale piacere e soddisfazione. Poi versa da bere in due flûte.

« Sul serio avrebbe pagato il doppio? »

« Sì. »

« Non me lo ha detto per farmi rabbia? »

« E perché dovrei? Lei mi è simpatico, mi sta perfino offrendo dell'ottimo champagne. »

Mentre lo dico prendo il bicchiere. « Oltretutto perfettamente ghiacciato, proprio come piace a me. No, non vorrei mai farla arrabbiare. »

« Mmmm. »

Il proprietario alza il suo calice verso di me e il cielo.

« Glielo avevo detto al mio legale che avremmo potuto chiedere di più... »

Allargo le spalle e non dico nulla, nemmeno di quei diecimila euro dati al suo avvocato per convincerlo ad accettare l'offerta. Sento i suoi occhi preoccupati su di me, chissà a cosa sta pensando. Scuote la testa e sorride convinto. « È stato un buon affare, sono soddisfatto... Brindiamo alla felicità che dà questa villa. » Deciso e determinato avvicina il bicchiere alla bocca e lo beve tutto d'un fiato.

« Mi tolga una curiosità. Ma come ha fatto a bloccare la casa non appena l'ho messa in vendita? »

« Conosce Vinicio, il supermercato in fondo alla salita...? »

« Certo, come no. »

« Ecco, diciamo che ho un rapporto con il proprietario da diverso tempo... »

« Cercava una casa in zona? »

« No, volevo sapere quando avrebbe deciso di vendere la sua. »

« Proprio questa? Questa e nessun'altra? »

« Questa. Questa villa doveva essere mia. »

E in un attimo mi ritrovo indietro nel tempo.

Io e Babi ci amiamo. Quel giorno lei era a Fregene da Mastino con tutta la classe a festeggiare i cento giorni. Mi vede arrivare sulla mia moto, e si avvicina con quel suo sorriso capace di illuminare tutte le mie ombre. Vado dietro di lei, tiro fuori la bandana blu che le avevo rubato e le copro gli occhi. Poi sale dietro, sulla moto e stretta a me, con la musica di Tiziano Ferro alle orecchie, percorriamo tutta l'Aurelia fino ad arrivare alla Feniglia. Il mare argentato, le ginestre, i cespugli verde scuro e poi quella casa sulle rocce. Fermo la moto, scendiamo, in un attimo trovo come entrare. Ecco, camminiamo nella casa dei sogni di Babi, mi sembra incredibile, è come se mi rivedessi ora, che la tengo per mano, lei bendata nel silenzio di quel giorno, al tramonto, dove ascoltiamo solo il respiro del mare e le nostre frasi riecheggiano per quelle stanze vuote.

« Step? Dove sei? Non mi mollare qui da sola! Ho paura... »

Allora le riprendo le mani, per un attimo ha un sussulto.

« Sono io... »

Mi riconosce, si lascia andare, si mostra più tranquilla.

« La cosa assurda è che da te mi faccio fare tutto... »

« Magari! »

« Cretino! » È ancora bendata e mi picchia andando a vuoto, ma alla fine trova la mia spalla e mi prende in pieno.

« Ahia! Quando ti ci metti fai male! »

« Moltissimo... ma intendevo dire che mi sembra assurdo che sono qui. Siamo entrati in una casa sfondando il vetro e sto facendo tutto questo con te, senza discutere, senza dire nulla e come se non bastasse non vedo niente, quindi mi sto fidando di te... »

« E non è bellissimo fidarsi del tutto di un'altra persona? Mettersi totalmente nelle sue mani, affidarle ogni possibile incertezza, ogni dubbio, proprio come tu stai facendo con me? La trovo la cosa più bella del mondo.»

«E tu? Anche tu ti sei abbandonato in me?»

Rimango per un attimo in silenzio, guardo il suo viso, i suoi occhi nascosti dalla bandana. Poi la vedo lasciare le mie mani, rimanere così, sospesa nel vuoto, forse delusa da quella mia mancata risposta. Ferma, indipendente, sola. Allora decido di aprirmi a lei.

«Sì, anche per me è così. Anch'io mi sono abbandonato in te. Ed è bellissimo.»

«A cosa sta pensando? La vedo così distratto, ritorni fra noi, su, sia felice, ha appena comprato la casa che voleva, no?»

«Ha ragione, mi sono trovato rapito dal tempo, da un dolce ricordo. Stavo ripensando a quelle parole azzardate che a volte si dicono travolti da ciò che si prova. Non so perché, ma mi è venuto un pensiero assurdo. Come se questo momento io l'avessi già vissuto.»

«Ah, sì, un déjà-vu! Capita spesso anche a me.»

Mi prende sottobraccio e ci avviciniamo alla finestra.

«Guardi che bello il mare in questo momento.»

Sussurro un «sì» ma sinceramente non capisco proprio cosa voglia dirmi, né perché ci siamo appartati io e lui.

Il profumo eccessivo che esce da quei capelli cotonati mi stordisce. Sarò così un giorno? Tentennerò in questo modo nel muovermi? Avrò passi indecisi e insicuri? Mi tremerà la mano come sta accadendo alla sua mentre mi indica chissà quale altra misteriosa notizia?

«Ecco, guardi lì, tanto ormai la villa l'ha comprata. Le vede queste scalette che portano giù al mare?»

«Sì.»

«Ecco, tanto tempo fa sono saliti da lì. È un po' pericoloso perché a volte vengono dal mare, dovete starci attenti se decidete di venire a vivere qui», mi dice con la furbizia di chi ha taciuto consapevolmente.

«Ma chi è venuto dal mare?»

«Credo una coppia di ragazzi, ma forse erano anche di più. Hanno sfondato una finestra, hanno girato per casa, hanno distrutto tutto e poi, come se non bastasse, hanno profanato perfino il mio letto. C'erano tracce di sangue. O hanno sacrificato un animale o la donna era vergine! »

E mentre sghignazza queste parole, si strozza con una risata di troppo. Poi riprende il racconto.

« Ho trovato degli accappatoi bagnati, si sono divertiti, hanno preso anche una bottiglia di champagne che avevo lasciato in frigo e se la sono scolata e soprattutto hanno rubato dei gioielli, degli argenti e altri oggetti preziosi per cinquantamila euro... Per fortuna ero assicurato! » E mi guarda fiero di tutte quelle sue meraviglie.

« Sa, signor Marinelli, avrebbe potuto evitare di dirmelo, forse sarebbe stato meglio. »

« Perché? »

Mi guarda curioso, sorpreso, sbigottito dalle mie parole, anche leggermente contrariato.

« Perché ora ha paura? »

« No, perché lei è un bugiardo. Perché non sono venuti dal mare, perché la bottiglia di champagne se la sono portata da casa, perché non le hanno rubato assolutamente nulla e l'unico danno che forse le hanno fatto è a quella finestra lì... » Gliela indico. « Vicino alla porta. »

« Come si permette di mettere in dubbio le mie parole? Chi si crede di essere? »

« Io? Nessuno, solo un ragazzo innamorato. Sono entrato in questa casa, più di nove anni fa, ho bevuto un po' del mio champagne e ho fatto l'amore con la mia ragazza. Ma non sono un ladro e non le ho rubato nulla. Ah sì, ho preso in prestito due accappatoi... »

E mi torna alla mente l'immagine di Babi e io che giochiamo a inventare nomi con le iniziali ricamate proprio su quegli accappatoi di spugna, una A e una S. Dopo aver fatto a gara a inventarne di strani, decidiamo per Amarildo e Sigfrida e li abbandoniamo sulle rocce.

« Ah... quindi sa la verità? »

« Sì, ma sa che cosa c'è? La sappiamo solo io e lei, e soprattutto la casa me l'ha già venduta. »

2

Un giorno non qualsiasi di qualche tempo prima.

Giuliana, la segretaria, mi segue come ogni mattina con la sua cartellina sulla quale appunta tutte le cose importanti da fare.

« Le ricordo che ha un appuntamento tra mezz'ora in Prati, alla Rete, per l'acquisizione del suo programma, poi il pranzo con De Girolami. »

Si accorge del fatto che non collego quel nome a qualcosa di noto e mi viene in aiuto. « È l'autore che lavora per la televisione greca. »

« Ah sì, disdicilo, non chiudiamo più con loro, abbiamo avuto un'offerta più importante dalla Polonia. »

« E che gli devo dire? Sicuramente mi chiederà... »

« Non dire nulla. »

« De Girolami ha impiegato un mese per avere questo appuntamento e sicuramente ora che l'ha ottenuto non può essere contento di vederlo sfumare così, senza nessuna possibile ragione. »

Rimane in silenzio aspettando una qualsiasi risposta. Ma non ho nessuna soluzione per De Girolami, né tantomeno per lei.

« Archiviato il pranzo, cos'altro c'è per oggi? »

« Ha un appuntamento agli studi della Dear, poi alle 18 deve andare a questa mostra, molto importante perché lei stesso mi aveva detto di ricordarle che non poteva mancare. » Giuliana mi passa l'invito e io lo rigiro tra le mani. *Balthus, Villa Medici.*

« Da chi arriva l'invito? »

« Mi è stato consegnato a mano, lei è l'unico destinatario. »

Non c'è scritto nulla, non un timbro, non una firma, non un biglietto d'accompagnamento. Deve essere una di quelle solite mostre-evento che organizza Tiziana Forti o peggio Giorgia Giacomini, frequentate da critici d'arte, strane donne troppo profumate e rifatte, ma anche produttori e direttori di reti e programmi televisivi, gente giusta per fare affari, soprattutto in una città come Roma.

« Non mi ricordo assolutamente di questa mostra. Sei sicura? »

« Sì, me lo ha detto lei e le ho anche chiesto: 'Devo segnare qualcosa di particolare? E lei come fa sempre mi ha semplicemente detto: 'Sì, che devo andare a questa mostra'. »

Mi infilo l'invito in tasca, e prendo la borsa scura in pelle nera con dentro i diversi format da presentare alla riunione in Rete.

« Per qualunque cosa mi trovi al cellulare. »

Esco dalla stanza. Giuliana, la segretaria, rimane a fissarmi.

Per me quella mostra era solo l'ultimo appuntamento della giornata. Per lei invece aveva significato mettersi in tasca cinquecento euro e dire una piccola bugia. Giuliana sorride mentre mi guarda andare via. Tutto quello che sarebbe accaduto dopo non erano problemi suoi. Non sapeva quanto si stava sbagliando su entrambe le cose.

3

Entro nella grande sala al settimo piano dove il direttore mi sta aspettando insieme ad altre persone.

« Buongiorno, Stefano. Prego, si accomodi. » Mi fa sedere al centro della sala riunioni. « Posso offrirle un caffè? »

« Volentieri. »

Compone subito il numero su un telefono nero al bordo del tavolo e lo ordina.

« Sono felice di vederla... molto. » E si rivolge a un capostruttura dall'altra parte del tavolo. Torna a guardarmi e sorridendo aggiunge: « Ho vinto la scommessa, una cena o un pranzo per due. Lui non ci credeva che sarebbe venuto ».

Il capostruttura mi guarda senza sorridere. Rimane in silenzio giocando con le unghie delle sue mani terribilmente affilate. Di lui, di Mastrovardi, si dice che sia stato messo qui da un politico morto il giorno dopo averlo piazzato e che aveva fatto questo bel regalo alla società: un capostruttura inutile quanto sinistro. Ha un naso adunco, la pelle giallastra come se non si fosse mai ripreso da un primordiale ittero e se non bastasse, viene da una famiglia di becchini. Chissà se è solo una leggenda, ma al funerale di Di Copio, il politico che lo aveva imposto alla società, Mastrovardi era quasi irriconoscibile nel suo doppio petto grigio. Aveva curato la cerimonia fin nei minimi dettagli, senza badare a spese, anche perché, come si racconta, non ce n'erano state.

Finalmente arriva il caffè.

« Vuole zucchero? »

« No, grazie, lo prendo amaro. »

Solo in quel momento, senza nessuna ragione l'adunco capostruttura sorride. Gli sorrido anch'io.

« Non ti preoccupare. A pranzo o a cena andrà con qualcun altro, sicuramente con una di quelle belle ragazze con cui ti vedo apparire sui giornali. » Guardo divertito il direttore. Il direttore sorride un po' di meno. Ma continuo: « Mica c'è niente di male, no? È lavoro ».

Il capostruttura smette del tutto di sorridere, lo stesso fanno anche gli altri due seduti lì di fronte. Sono tutti preoccupati di perdere il posto, visto che da qui a qualche mese ci saranno le nuove nomine e, mentre il direttore sembra essere già confermato, intorno a lui girano voci di grandi cambiamenti. « Allora cosa mi dite? Lo vogliamo ripetere questo programma dei genitori e figli? I diritti scadono tra due mesi e ho già avuto un'offerta da Medinews. » Prendo dalla mia valigetta una cartellina nera, chiusa, che poggio al centro del tavolo. « Allora, mi sembra che il programma vada molto meglio di *Affari tuoi* e si distacchi parecchio da *Striscia*. È normale che abbiano fatto un'offerta importante per acquistarlo. Siete d'accordo? Ma io voglio rimanere qui. Mi piace stare qui... e mi piace come voi fate il programma. »

Con la mano sulla cartellina batto lentamente tre colpi decisi, rendendo quel prodotto ancora più fondamentale per quella rete e soprattutto molto grave la possibilità di perderlo.

« Sta bluffando. »

Il capostruttura dal naso adunco, la pelle itterica e i capelli bianchi oleosi, impomatati all'indietro e scivolanti giù, dietro le orecchie, sorride.

Sorrido anch'io.

« Forse. Ma forse no. Voglio il 20 per cento in più dell'anno scorso sulla cessione del format e su ogni puntata. »

Il direttore alza il sopracciglio.

« Mi sembra molto, soprattutto di questi tempi, soprattutto perché è stato già venduto molto bene... »

« È vero. Ma se non facesse i risultati che fa, voi non lo vorreste ancora, non mi rispondereste neanche al telefono e mi toccherebbe ascoltare sempre le stesse scuse della segretaria di turno. » E fisso un punto nel vuoto.

Quello stupido, inutile direttore, anche lui politicamente piazzato, non mi aveva ricevuto per oltre un mese di fila. Avevo dovuto telefonare a un amico di un mio amico per obbligarlo a ricevermi.

Se sono diventato qualcuno nel mondo della televisione lo devo solo alla mia tenacia, al fiuto per buoni format e a tutta quella rabbia che mi porto dentro. Un ottimo guadagno ogni anno per dei programmi acquistati ai vari MIPCOM e Cannes, riadattati un po' per il mercato italiano e poi venduti al meglio. Ho un piccolo ufficio proprio dietro la Rai, due segretarie e un gruppo di giovanissimi autori che lavorano sulle mie indicazioni.

«Sta bluffando. Non ha nessuna offerta Medinews.»

Cambio completamente espressione. Batto di nuovo sulla mia cartellina di pelle, questa volta solo due volte, però con più forza. «Okay. Facciamo così allora, se qui dentro non c'è l'offerta Medinews, io accetto lo stesso compenso dell'anno scorso... Ma se invece c'è la loro offerta, allora voi riprendete il format al prezzo che hanno fatto loro più mille euro.»

Un altro giovane capostruttura, con i capelli scuri e folti almeno quanto le idee creative che non aveva mai avuto, figlio di un noto giornalista, che si sarebbe vergognato di quella domanda così insulsa del figlio, mi dice perplesso: «Ma allora se è vera quell'offerta di Medinews, perché non andare di là? Solo per mille euro in più?»

E ride, dimostrando quanto sia veramente idiota. Mi guardo intorno, ridono tutti tranne il direttore. Guardo la stanza, delle foto belle di moto, di viaggi, di isole, qualche scultura moderna, piccola, in ferro, un quadro di Marilyn, uno di Marlon Brando, un premio ricevuto chissà dove, alcuni libri di giovani o attempati scrittori regalati solo nella speranza di un passaggio in Rete e di un po' di visibilità. Incrocio lo sguardo del direttore.

«Bella stanza.»

Poi vedo sul tavolo il fucile ad acqua da ragazzino con il quale a volte lo avevo visto andare in giro a spruzzare le ballerine, come il più allegro dei bambini del pianeta. Ma questo naturalmente lo tengo per me.

«Veramente una bella stanza.»

Il direttore gongola. «Grazie.»

Poi torna serio e spiega al giovane, idiota capostruttura: «Se c'è quell'offerta Medinews potrebbe essere anche maggiore del 20 per cento in più che ci ha chiesto. Qui gli riconosciamo con facilità la SIAE classificando il prodotto come Classe A, quindi prenderebbe comunque più soldi in diritti stando da noi, anche perché noi replichiamo di notte, di giorno, su Rete 4 o Rete 5, sulle trasmissioni d'estate, mentre di là non usano così tanto il prodotto». Il capostruttura sta per intervenire, ma il direttore continua: «E quei mille euro sono solo per prendersi gioco di noi».

«Se quell'offerta è vera...» interviene l'Itterico. «E io dico che non è vera. Ci conviene andare a vederla.»

Mi tornano in mente le mie giocate a poker, le serate da Lucone con Pollo, Bunny, Hook e tutti gli altri, quando si faceva l'alba giocando, ridendo, fumando, solo sigarette almeno io, e bevendo rum e birra. E Pollo gridava sempre: « Cazzo Step, lo sapevo che c'avevi il punto! » E sbatteva forte coi pugni sul tavolo. E Lucone si arrabbiava: « E dai, che così me lo sfondi ». E allora Pollo si metteva a ballare e trascinava Schello nella danza e rideva e beveva come il più felice dei giocatori, come se quel piatto lo avesse vinto lui. Pollo...

« Quindi tu ti giocheresti la possibilità di chiudere al 20 per cento in più andando a vedere, così, al buio... »

Il capostruttura itterico rimane fermo, convinto e sorridente sulla sua posizione.

« Se ha un'offerta Medinews. Ma io sono sicuro che non ha niente. » E mi guarda determinato, senza neanche sorridere, semplicemente sicuro, divertito da quello che pensa possa essere il mio imbarazzo. E io lo fisso sorridendo e malgrado la naturale antipatia che provo per lui, fingo che mi piaccia, fino a quando lo vedo sbiancare al rilancio del direttore.

« E saresti così sicuro da giocarti oltre ai soldi della Rete, anche la tua poltrona? »

Il capostruttura tentenna, ma è solo un attimo. Mi guarda e decide di tener fermo il punto. « Sì, non ha nessuna offerta Medinews. »

Sorrido e spingo la cartellina verso il direttore, che subito, curioso, torna ad essere il bambino col fucile ad acqua. La prende tra le mani, la rigira cercando di togliere l'elastico, ma lo fermo.

« Se l'offerta c'è, diventa questa la vostra offerta più mille euro. »

« Sennò chiudiamo come l'anno scorso... » dice il capostruttura itterico seguito da quello con i capelli folti.

« Sì, sì, certo », dico io allungando la mano verso il direttore, tenendo l'altra sulla cartellina e aspettando che sancisca questo patto, prima di lasciargliela aprire.

« Sì, certo, siamo d'accordo. » E mi stringe forte la mano. Così gentilmente gliela passo.

Allora lui in modo quasi frenetico toglie l'elastico, tira fuori i fogli, li dispone sul tavolo e sembra quasi felice di trovare l'offerta Medinews. Forse il capostruttura itterico non era simpatico nemmeno a lui e stava solo cercando un modo per sbarazzarsene.

« Ma è il doppio di quanto le diamo noi! »

« Più mille euro », sorrido divertito io.

« E avrebbe accettato di chiudere al 20 per cento? »

« Sì, certo, non sapevo che avrei avuto questo aiuto quasi divino. » E guardo il capostruttura itterico. Ora non sorride più, si lascia andare sulla poltrona che ancora per poco sarà sua.

« Sì, volevo chiudere a tutti i costi con la Rete. Proprio per quello che diceva lei. Mi sarei accontentato anche del 15 per cento. »

E penso a Pollo, che avrebbe sbattuto i pugni su quell'importante tavolo da riunione e si sarebbe messo a ballare. E io con lui.

« Abbiamo fatto un bel piatto, vero Step? »

« Sì, ma soprattutto non vedremo più quel coglione itterico! »

4

Entro al Circolo Parioli, saluto Ignazio, il portiere, basso e completamente calvo.

« Buongiorno, Stefano, come va? »

« Tutto bene, grazie. E lei? »

« Benissimo. »

« Ho lasciato la macchina davanti alla Range Rover di Filippini. »

« Oh sì, tanto quello se ne va stasera alle nove. » Poi mi si avvicina per fare chissà quale confessione. « Fa di tutto per non rientrare in casa... »

Sai che novità. Come se non lo sapessero tutti. Però gli faccio credere di avermi svelato un segreto, gli do una pacca sulla spalla e lo saluto, lasciandogli le chiavi della mia auto e cinque euro.

Avere come alleato il portiere del Parioli non è solo la garanzia che lui si occupi della tua auto meglio di chiunque altro. È la certezza che in quel Circolo sarai sempre benvenuto.

Saluto alcuni soci che incrocio mentre stanno chiacchierando.

« Eh no... Dobbiamo cambiarlo, ti pare che continui lui a fare il presidente? È un cazzone. » E alzano il mento, fanno cenno di avermi visto ma senza darmi troppa importanza, visto che avrei anche potuto essere un sostenitore del presidente.

Sto per infilarmi negli spogliatoi, quando mi sento chiamare.

« Step! »

Mi giro e la vedo arrivare, elegante, con una borsa a strisce colorate, un vestito azzurro, leggero, per niente trasparente, ma le sue curve si vedono lo stesso, precise e inconfondibili. I suoi occhi verdi, leggermente offuscati, come se avessero sempre un velo di nostalgia e tristezza, come se malgrado la sua incredibile bellezza, non riuscisse a essere felice.

« Ciao Francesca, come stai? »

E allora lei sorride e per assurdo i suoi occhi sembrano perdere tutta quella velata tristezza e mi saluta con quel suo divertente tormentone.

« Bene ora che ti vedo! » Poi mi guarda perplessa. « Perché ridi? »

« Perché lo dici sempre... »

E penso a chissà quanti uomini lo dice.

« A nessuno. »

Mi guarda seria negli occhi.

« Cosa? »

« Ho risposto a quello che stai pensando. Sei scontato, Mancini. Be', non lo dico ad altri. Non mi credi? Vuoi che andiamo in giro per il Circolo e chiediamo? Non lo dico a nessun altro se non a te. Solo a te. »

Rimane in silenzio per un attimo, poi mi fissa e all'improvviso un altro grande, bellissimo sorriso.

« Sto bene quando ti vedo. Sto bene solo quando vedo te. »

Mi sento come il responsabile di una felicità mancata perché io non provo assolutamente nulla per lei. « Francesca... »

Lei allarga le braccia.

« Non dire altro. Ma lo sai che mezzo Circolo mi viene dietro ed io evito accuratamente ogni possibile invito, mentre l'unico che mi piace non mi si fila di pezza...? »

Fa una breve pausa.

« Sì, di pezza! Ti piace che mi esprimo come una ragazzina di borgata? Magari ti fa sesso... e comunque è inutile che io ti dica che quell'unico che mi piace sei tu. Perché se non lo avessi capito significa che da tutte quelle botte date e ricevute devi esserne uscito rincretinito. E non mi piaci perché sei stato o sei un picchiatore... »

« Ma io non lo sono né lo sono mai stato... »

« Vabbè, quello che eri... Anzi, per assurdo questo dovrebbe allontanarmi da te e invece mi piaci ancora di più. »

Una signora delle pulizie passa lì vicino.

« Buongiorno! »

« Buongiorno », ricambiamo quasi all'unisono. Forse ha sentito qualcosa, ma non importa.

« Senti, Francesca... »

« No, senti tu. Lo so che ti stai per sposare. Ma non dico quella frase scema che dicono alcune, non sono gelosa... Sono discreta, non parlo con nessuno, non lo saprebbe anima viva. Hai mai saputo qualcosa su di me? »

« No, in effetti. »

Poi si mette le mani sui fianchi, muove la testa, liberando i suoi bellissimi capelli castano scuro, tanti e folti, un po' alla Erin Brockovich.

« Okay, va bene, dicevo per dire, non ho avuto storie con nessuno qui al Circolo, così sei anche più tranquillo, anche se quelli lì li potevi menare tutti, picchiator... » Vede che sto per dire qualcosa e si corregge al volo. « Violento come potresti essere in certe occasioni. »

« Ecco, così va bene. Meglio. »

« Senti Step, ma non potresti fare uno sforzo? Proviamoci, vediamo come va. Io non voglio fare casino, ma è da quando ti conosco che, sì, insomma, ho voglia di toccarti... »

E improvvisamente fa uno strano movimento, sposta il suo peso sull'altra gamba e ottiene forse quasi senza volerlo una posizione più lasciva, ecco, sì, incline al desiderio. Insomma, mi fa venire voglia di prendere in considerazione l'argomento. È davanti a me, piega la testa un po' di lato, come a dire: be', che vuoi fare? Mi ricorda Kelly LeBrock nel finale della *Signora in rosso* quando nuda nel letto dice a Gene Wilder: « Serviti il tuo pasto, cowboy ».

Francesca mi guarda curiosa, divertita, con quel pizzico di speranza che invece fa presto a svanire.

« Mi dispiace, sul serio e ora scusami ma devo andare che mi aspettano per la partita di Padel. »

E me ne vado via così, di spalle, senza girarmi e mi viene quasi da ridere al pensiero che lei potrebbe aver avuto: non ci credo, ha preferito una stupida pallina alle mie bocce!

5

Quando entro nel campo di Padel si sono già formate le squadre e a me spetta giocare con un certo Alberto, che non conosco bene. Gli altri due invece si guardano subito ridacchiando come se avessero già la vittoria in tasca.

« Batti tu? »

« No, no, comincia tu, preferisco. »

« Siete pronti? »

Annuiscono tutti e due. Così batto e subito mi porto a rete, cercano di incrociare tirando esattamente tra me e Alberto, forse anche per farci sbattere con le racchette, ma non mi faccio problemi, al massimo si rompe, mentre Alberto, sensibile e preoccupato, non cerca neanche di prenderla. Rispondo al volo e la schiaccio così forte che li supera alzandosi e diventando imprendibile.

« Bene, 15-0! »

Ecco, forse la partita non andrà male. I due si guardano tra loro, sembrano meno spavaldi di quando hanno iniziato. Mi viene solo un dubbio: non era eccessivo quel sorriso di Alberto? Sarà gay? Ma se anche fosse, non mi preoccupo più di tanto, facciamo punti in una sintonia perfetta. Io e Alberto non ci sovrapponiamo, non ci scontriamo, capiamo come coprire gli spazi, come non lasciarli vuoti. Loro sudano, insistono, corrono di qua e di là e ogni tanto si scontrano e finiscono a terra, come adesso... E io, con grande felicità, piazzo la palla dall'altra parte del campo.

« Punto! »

E continuiamo così, sudando, correndo, faticando. Alberto si lancia su una palla e riesce a rispondere cadendo a terra e rialzandosi. È in gamba però, qualunque sia il suo indirizzo è veramente veloce e attento, è anche intuitivo. Non è grosso, è asciutto e scattante.

« Punto! »

E questa volta Alberto mi dà la destra, sbatte il cinque con forza, fiero di quel punto ottenuto dopo un combattuto scambio. Ora tocca a loro. Il tipo carica la sua battuta, lancia la palla in alto, porta dietro la corta racchetta e si spinge in alto per colpirla con ancora più forza. La palla schizza via, a una velocità incredibile. Faccio in tempo a portare d'istinto la racchetta davanti al mio viso e ribatterla dall'altra parte e colpisco in pieno l'altro avversario, prendendolo nelle parti basse. Lì, dove sono altre palle.

«Scusa, non volevo...»

La palla finisce a terra la sua corsa, seguita dal tipo colpito e affondato.

«Sul serio, scusami...»

Alberto si avvicina fingendosi preoccupato, ma poi, con la scusa di raccogliere la pallina, si piega e mi sussurra all'orecchio: «Bel colpo, cazzo».

Mi viene da ridere e mentre sento le sue parole, sussurrate in quel modo così intimo e complice, mi sembra di risentire il mio vecchio amico di sempre, Pollo. E mi giro come per cercarlo, ma vedo solo Alberto che sorride e mi fa l'occhietto. E io ricambio, ma un attimo dopo, se sapesse leggermi bene sul viso, vedrebbe tutta la mia tristezza.

Con Pollo non abbiamo mai giocato a Padel, ci avrebbe fatto schifo solo pensare a uno sport con un nome così. Però assieme abbiamo tirato rovesci e diritti alla vita che ci veniva incontro. Me lo ricordo con le unghie smangiucchiate e il suo vecchio Kawa 550 soprannominato «cassa da morto», un nome dato per scherzo che poi è diventato lo spettro di un presagio. Pollo con la sua miseria e la sua allegria, che andava al massimo senza mai guardarsi alle spalle.

Continuo a giocare, i miei occhi velati, non solo di sudore. E facciamo punto e ridiamo e Alberto mi dice ancora qualcosa, prima di andare a battere, ora tocca a lui. Annuisco, ma non ho neanche ben capito cosa, forse «sono cotti...»

In effetti sembrano stremati. Pollo invece era infaticabile, era in continuo movimento, come se non si volesse mai fermare, come se avesse paura di pensare, di fare i conti con qualcosa, come se sfuggisse. In eterna fuga. Ancora un colpo, una sequenza interminabile, uno scambio infinito, come se i due non volessero mollare. Un giorno dovrò andare a trovare i suoi genitori, non ho mai avuto il coraggio di farlo. Il dolore rende immobili. Siamo spaventati di quello che potremmo provare e ci chiudiamo nella nostra corazza che è ancora più dura di quel dolore che punge il cuore. E senza più pensarci mi butto su quella palla in arrivo, schiacciandola con forza, con una rabbia tale che quasi si spappola per terra, ma poi si rigonfia e schizza via lontano, imprendibile per qualsiasi racchetta.

« Punto! Partita! »

Alberto urla felice. Ci diamo la mano, e ci abbracciamo, con vero entusiasmo, solo dopo un po' salutiamo gli avversari.

« Dobbiamo fare la rivincita. »

« Sì, certo. »

E sorrido. Ma sono già da un'altra parte. Chissà se abitano ancora lì, i genitori di Pollo. E con quest'ultimo pensiero, esco dal campo e anche se ho vinto, mi sento terribilmente sconfitto.

6

Mentre io sto per infilarmi nella doccia, Alberto inizia a spogliarsi.

«Che fai, resti a pranzo?» mi chiede cortese.

«Sì, ma devo sbrigare alcune pratiche...»

«Okay. Grande partita.»

«È sempre bello quando si vince.»

«Sì, ma è ancora più bello se si vince contro chi è strafottente! Sono entrati in campo che sembravano annoiati di dover giocare con due come noi!»

«È vero, e alla fine invece si sono divertiti.»

«Già, soprattutto io quando li hai presi a pallate!»

E così ridiamo e ci salutiamo stringendoci la destra, ma con un gesto quasi fraterno, abbracciandoci i pollici, come se fossimo amici da sempre e non da questa semplice partita. Apro il regolatore dell'acqua, poggio lo shampoo nell'incavo della parete e mi infilo sotto il getto, senza preoccuparmi della temperatura. È fresca, è piacevole. Poi diventa leggermente più calda, mi rilasso i muscoli, mi lascio andare, chiudo gli occhi e sento l'acqua sciogliere anche le contrazioni più lontane, gli improvvisi dolori dei ricordi riaffiorati. Quella simpatia di Pollo che ancora oggi mi manca, quel suo volermi bene al di sopra di ogni cosa. Quando ho visto il film *Genio ribelle,* ho pensato al rapporto tra Ben Affleck e Matt Damon. Ecco, lui per me era un po' Ben, anche se io non mi sono mai reputato un genio. Ho aperto la società e iniziato a lavorare per un colpo di fortuna e una dose di buona intuizione, mi sono inventato una biografia lavorativa senza calcoli, ma quando mi sono reso conto che stavo ingranando la marcia giusta, non l'ho più mollata e ho deciso di pompare al massimo. L'acqua ora è più calda, i pensieri si mischiano. Perdere un amico così grande quando sei ancora giovane è come svegliarsi all'improvviso. Ti credevi immortale e ti ritrovi coglione. Amputato. Vivo ma senza un amico. Perdere un braccio mi avrebbe fatto sentire più integro. Alla morte di Pollo mi ci sono abituato lentamente. È stato come assaporare la luce dopo un forte periodo di buio. Non cercavo più le grandi emozioni, i sussulti che ti dà la notte, l'adrenalina delle corse in moto. Sono ritornato alla vita facendomi rapire dai piccoli dettagli. Certe volte mi divertono le cose buffe che accadono e a cui nessuno fa caso, la signora che attraversa sulle strisce e le si rompe la busta di plastica con le arance e un ragazzino ne prende una e se la infila in tasca. Una mamma e una figlia che discutono per strada quando lei è appena uscita da scuola. « Stasera ho un diciottesimo. » « Un altro? » « Mamma, mi hai mandato un anno avanti a scuola, fanno tutti diciotto anni quest'anno! » « Va bene, all'una però sei a casa. » « All'una? Ma la festa inizia all'una! » « Ma se i diciotto si fanno a mezzanotte! » « Ma nel senso che ti spacchi all'una. » « Ti spacchi? » « Ti tagli! Mi sono tagliata solo alle due l'altra sera. » « Ma che dici? Non ti capisco! » « Madonna, mamma sei proprio tragica. » Due ragazzi che si baciano appoggiati al motorino nel sole dell'ora di pranzo, mentre la gente passa e li guarda con invidia. E i loro cellulari in tasca forse suonano. Inutili telefonate di genitori preoccupati si perdono nei loro sorrisi, si guardano negli occhi, si baciano con le bocche aperte, con le lingue che escono spavalde, così fieri di quell'amore, di quella voglia. E i loro sorrisi trasudano di desiderio e di sesso, di quella promessa che lui soprattutto cerca negli occhi di lei. Se non l'hanno già fatto. E l'acqua scorre ancora su di me, come le immagini di Pollo che schizza via, mentre io vado alla festa con Babi. L'ultima corsa. Poi tutto si spegne. Pollo è a terra, caduto in una gara da imbecilli, e io gli sussurro le uniche parole possibili: « Mi mancherai ». E gli accarezzo il viso come non avevo mai fatto. Pollo attraversa i miei pensieri con la sua moto, mi osserva divertito, come se sapesse della mia vita, di tutto quello che è successo e che succederà. E sembra ridere e scuote la testa come a dire: ma che cazzo ti ridi che non so niente neanch'io di quello che sarà... E immagino se Alberto entrasse ora e mi vedesse così che parlo con il telefono della doccia in mano. Con qualcuno che non c'è. Ma lui c'è sempre. E subito dopo Pollo impenna, sparisce così dalla vista dei miei ricordi, ma incontro qualcun altro. Sì, mi giro e lei è là, sulla panchina, sta leggendo un libro, è giovane, è bella, ha i capelli all'altezza delle spalle, indossa degli occhiali grandi e improvvisamente porta la sua mano sulla pagina di quel libro, come se non volesse perdere il segno e poi alza lo sguardo, si tira gli occhiali sulla testa per vedere meglio e stropiccia un po' gli occhi, forse anche per colpa di quel troppo sole. Poi sorride serena, ecco, mi ha visto e io, come a volerla rassicurare di più, compaio al centro della scena. « Sono qui, mamma! Guarda cosa ho trovato! » E corro verso di lei con i miei lunghi capelli al vento e qualcosa che tengo stretto tra le mani. E quando arrivo lì davanti, ho le mani conserte sulla pancia che spingo quasi più in avanti, faccio una strana smorfia come se già sapessi di essere in castigo. « Su, fammi vedere. » Allora non aspetto altro, apro le mani e sorrido. « Una freccia antica, degli antichi romani o dei Sioux! » E tengo stretto tra il pollice e l'indice di tutte e due le mani un pezzo di legno e una parte finale triangolare in pietra, rovinata, antica. « Dove l'hai trovata? » « Laggiù. » E indico un posto alle mie spalle, più o meno impreciso. « Posso portarla a casa? » « Sì, dai qua... » E mi ricordo ancora che aveva preso un fazzoletto di carta da una bustina di plastica e lo aveva piegato intorno a quel pezzo di freccia, dandogli anche una certa importanza, almeno per me, ma nello stesso tempo ero preoccupato. « Mamma, fai piano... » « Sì, sì, pianissimo, anche se ti ho detto mille volte che non devi raccogliere la roba da terra. » E l'avevamo portata a casa e l'avevo fatta vedere subito a papà, non appena era tornato dal lavoro, e anche lui era stato felice della mia scoperta. « L'ho trovata a Villa Borghese. » « Allora deve essere come dici tu, è dei Sioux. Un giorno, un'estate, passarono di lì e io li ho visti. » « Veramente? » Volevo sapere di più di questi indiani e avevo chiesto se i carabinieri che vedevo sempre a cavallo a Villa Borghese li avessero inseguiti. Papà aveva riso e anche mamma. « Forse sì », mi aveva detto lui, e poi l'aveva abbracciata e si erano baciati e io ero felice di quella loro risata e di come stavano bene.

L'acqua della doccia è diventata più calda, ci sto bene. La stanchezza del Padel è andata via, ma quest'ultimo ricordo di mia madre persiste. Penso alla sua bellezza, a quando l'ho scoperta con un altro, a come tutto è precipitato tra noi e tra mamma e papà, non si sono più amati e a come si è spenta e a come la vita cambia. E come tutto invece continua.

« Avete avuto fortuna... »

Apro gli occhi. Sono entrati i due che hanno giocato contro di noi, sembrano tornati sicuri di loro stessi. Mi viene da guardarli bene. Non sono neanche così « prestanti ». Scoppio a ridere. « Sì, è vero. È proprio vero. Siamo stati fortunati. » Ed esco dalla doccia. Meno male che c'è sempre qualcuno che riesce a farmi ridere.

7

« Ecco, sì, mi dia quello. » Un cameriere sta cucinando alla piastra alcuni pezzi di carne. Prendo un misto di verdure grigliate e un piatto di carciofi con un po' di grana dal buffet del Circolo.

Una signora eccessivamente profumata mi passa maleducatamente davanti, ma faccio finta di niente. Dopo essersi riempita il piatto di diverse bistecche, si gira, mi sorride e senza il minimo pudore continua a spizzicare qua e là, riempiendo a dismisura il piatto. Rimango per un attimo perplesso. E dire che è il Circolo Parioli. Qui dovrebbe esserci la crema di Roma, e io vedo sfilare davanti a me quella signora piena di rughe e scura come un pezzo di cioccolato! Il cameriere mi guarda, sorride, alza le spalle come a dire: io non posso certo parlare. Poi in tono professionale mi chiede: « Posso servirla? »

« Sì, grazie. Mi dia la metà di quello che ha preso quella spolverona! »

E così scoppia a ridere, scuote la testa e mi riempie il piatto con i migliori pezzi di carne che rintraccia sulla brace.

Mi siedo davanti a una vetrata, è come se fosse un grande quadro. Sotto c'è un bellissimo divano, intorno delle applique di bronzo, è diventato uno dei club più belli della capitale. Guardo lontano tra il verde. Qualcuno gioca a tennis, li vedo correre sul campo, ma non sento il rumore della pallina.

Alberto mi vede da lontano col suo piatto in mano, mi fa un cenno con la testa, e raggiunge qualche altro socio, decidendo bene di lasciarmi tranquillo. Così mando giù un altro boccone, mi verso un po' di birra e dopo essermi pulito la bocca col tovagliolo, faccio un bel sorso. Con tranquillità, senza fretta. Sono migliorato, Gin mi prende in giro perché mangio troppo velocemente, dice che ho un'inquietudine di fondo, che sono compulsivo in quello che faccio, famelico soprattutto quando ho davanti a me patatine fritte e birra. Una dopo l'altra, senza fermarmi, a volte con un tempo diverso per intingerne una nella senape o nella maionese, ma poi subito di nuovo più vorace, anche tre, quattro alla volta.

« Ma così ti strozzi! »
« Hai ragione... »
Allora le sorrido e rallento, mi placo. Come se non avessi più fretta, non fossi più inquieto. Bella, con i suoi capelli neri che ora porta corti, con il suo fisico asciutto, con le gambe lunghe e un bellissimo seno, con quel suo sorriso che a volte, nei momenti più belli, nasconde tra i capelli, schiudendo la bocca, mandando indietro la testa, lasciandosi andare tra le mie braccia... Gin.
« Vuole un caffè? »
Il cameriere irrompe tra i miei ricordi erotici con un bricco in mano, un piccolo vassoio con sopra una tazzina di caffè che non aspetta altro se non di essere bevuto.
« Perché no. »
« Ecco qua. Zucchero? »
« No, grazie, va bene così. »
Questo cameriere è perfetto, con il suo tempismo appare e scompare senza che te ne accorgi. Anche il caffè è buono. Sorrido ripensando a Gin, alla famiglia che saremo, a chi diventeremo, forse genitori di una bambina o un bambino. La fotocopia di Gin? Avrà i miei occhi? Spero non il mio carattere. Attraverso la bellezza di un giovane sorriso riconoscerai qualcosa di te, vedrai la tua proiezione, i tuoi pregi e difetti, la tua continuità. « Da ragazzo avevo la passione per le moto, ho smesso di andarci perché altrimenti tua nonna non mi avrebbe sposato. » Ricordo che questo lo diceva mio nonno, il padre di mamma, le volte che ero rimasto a chiacchierare con lui. Aveva sempre qualcosa di bello e divertente da raccontare. Bevo l'ultimo sorso di caffè, poggio la tazzina e mi sembra che finalmente la mia vita stia prendendo la piega giusta.
« Signore... »
Mi giro, il cameriere è dietro di me, si sta alzando dopo aver raccolto da terra una busta.
« Le è caduta questa dalla giacca. »
« Ah, grazie. »
Prendo la busta dalle sue mani, o meglio, lui me la consegna e mi guarda per un attimo, come se scottasse, come se avesse paura di conoscere il segreto che contiene. Poi toglie la tazzina vuota dal tavolo e si allontana, senza più girarsi. Così apro la busta, curioso, ma senza troppa tensione. E vedo quel biglietto. Che sciocco, è quello per il quale si è tanto raccomandata la se-

gretaria. Me lo rigiro tra le mani. «*I bei giorni*. Balthus Mostra a Villa Medici, Accademia di Francia a Roma, Viale della Trinità dei Monti.» E rimango a fissare quel pezzo di carta, non un'indicazione, né la società che l'organizza, non un nome. Solo quel titolo, *I bei giorni*. Mi piace. Sapevo qualcosa di Balthus, della sua mostra censurata quando ormai ottantenne si ostinava a dipingere quella giovane fanciulla, quei quadri discussi. Era stato accusato di usare il «terzo braccio», la sua polaroid sputava foto in quantità, nel suo viaggio disordinato, ma minuzioso, di sfiorare la pedofilia. Quella giovane fanciulla si recava al suo studio da quando aveva otto anni, ogni mercoledì, con il consenso dei genitori e si metteva in posa per essere ritratta. E tutto questo accadde fino ai suoi sedici anni. Balthus, l'insaziabile, Balthus incurante dell'ordine borghese. E improvvisamente mi trovo affascinato, stranamente attratto, curioso di quell'uomo del quale tanto ho sentito parlare. Conosco i suoi quadri, certo, ma non bene. E poi il titolo di quella mostra: *I bei giorni*. Decido di andarci senza sapere che sarei stato coinvolto da quelle pitture, trovandomi io stesso, mio malgrado, protagonista di un quadro insospettabile.

8

Villa Medici è imponente, ordinata, elegante, con la Stanza degli Uccelli e un parco preciso, incantevole. Con qualche piccola fontana e le siepi curate che ti obbligano in qualche modo a un percorso. Arrivato al cancello, una hostess mi sorride e ritira il biglietto, così non mi rimane altro che entrare e accodarmi alla gente che tranquilla segue il red carpet, senza permettersi di abbandonarlo. Una musica di sottofondo arriva da ottime casse nascoste nel verde. Alcuni camerieri accompagnano la nostra camminata scortandoci con dello champagne. Una signora davanti a me, dai capelli scuri, con un abito lungo di seta dai colori sfarzosi come se fosse un'odalisca obbligata a coprirsi, prende un flûte e lo beve veloce, poi accelera il passo. Inciampa nei tacchi alti ma riesce a tenersi in equilibrio e poggia la mano sulle spalle di un cameriere. Lui si volta, si ferma, le dà giusto il tempo di posare il bicchiere vuoto, mentre lei si aggrappa al vassoio per prendersene un altro. Il cameriere riparte e la signora tracanna tutto d'un sorso anche quel secondo champagne. Mi viene da pensare che forse anche lei è socia al Parioli.

Poco dopo siamo dentro la Villa. Gli altissimi soffitti, la luce al tramonto, gli antichi cassettoni, i grandi divani porpora e il pavimento d'ardesia, perfetto, immacolato. Antichi termosifoni in ghisa grigia riposano silenziosi ai diversi angoli della sala. Su ogni porta, dorata, scritte in latino inneggiano alle possibili virtù dell'uomo. Ed ecco che nella prima sala campeggia uno splendido dipinto di Balthus. Mi avvicino per leggere meglio la data e la sua storia. 1955, *Nude Before a Mirror*. È una donna nuda davanti a uno specchio, ma il suo viso è nascosto, coperto dalle braccia che si ostinano a tenere su i capelli lunghi, scuri, leggermente mossi, ondulati. E lì accanto c'è la sua origine, lo schizzo a matita e alcune spiegazioni: « *Nudo davanti allo specchio* colpisce per la monumentalità scultorea del modello e la luce soffusa, argentea, che bagna la figura e riempie la stanza ». Poco più sotto, la provenienza, *Pierre Matisse Gallery*. È stata una loro gentile concessione. Poi il suo nome per intero, *Balthasar Klossowski de Rola, pittore francese di origine polacca. Balthus.* Ed ecco una serie di quadri che raffigurano bambine: Alice, una giovane ragazza dal seno nudo e la gamba tenuta poggiata su una sedia, in maniera sgraziata, mentre cerca di intrattenere il tempo legandosi inutilmente i lunghi capelli. E ancora un'altra bambina seduta con le mani sulla testa, le gambe di poco aperte e la gonna tirata su e tutto questo accade in una stanza dai colori caldi, mentre un gatto, sugli stessi toni, sembra leccare del latte da un piattino, semplicemente annoiato da qualsiasi cosa potrebbe accadere. E continuo a camminare così, lungo queste pareti coperte da schizzi, da ipotesi tratteggiate a matita che prendono vita poco a poco, sbocciando in grandi quadri ad olio densi di sensualità. Il passo leggero dei visitatori sembra rimbombare fino a quando finisco in una piccola sala con una splendida finestra che si affaccia sul rosso bruciato del tramonto. Così mi appoggio alla balaustra e guardo lontano. Qualche pino viene su dal giardino ed è come un manto di verde che poi spicca il salto su un tappeto di tetti, di antenne, di qualche ribelle, moderna parabolica. E la cupola di San Pietro, poco più lontana, sembra dare indicazioni precise per essere trovata. E mentre sono perso in questo infinito orizzonte romano, pensieri distratti galleggiano: una riunione dell'indomani, un format da leggere, un'idea per un possibile programma estivo.

«Step...?»

Quella voce improvvisamente trasforma tutto quello che mi circonda, polverizza ogni mia certezza, azzera ogni mio pensiero. La mia mente è vuota.

«Step?»

Penso che sto sognando, quella voce che mi chiama risuona nel cielo azzurro leggermente rosato, forse una di quelle bambine di Balthus è uscita dalla tela e si sta prendendo gioco di me. Forse... «Step? Ma non sei tu?»

Allora non stavo sognando.

9

È dietro di me, composta, con le mani unite sulla sua borsa Michael Kors, che tiene per i manici all'altezza della pancia. Mi sorride. I capelli sono più corti del mio ricordo sbiadito, i suoi occhi azzurri invece intensi come sempre, il suo sorriso bello come tutte quelle volte che lo è stato per merito mio. E rimane in silenzio a fissarmi e siamo fermi così, in questa Villa medicea, alle mie spalle il panorama immenso di tutti i tetti di Roma e lei davanti a me, bagnata da quel rosso tramonto che vedo riflesso nei suoi occhi e sulla credenza alle sue spalle. Siamo soli in questa sala e nessuno sembra interrompere questo momento magico, speciale, unico. Quanti anni sono passati dall'ultima volta che ci siamo visti? Quattordici? Sedici? Cinque? Sei? Sì, forse sei. E lei è bella, terribilmente bella, purtroppo. E il silenzio che si prolunga diventa quasi ingombrante. Eppure non riesco a dire nulla, continuiamo a fissarci negli occhi, a sorridere, così stupidi, così dannatamente ragazzini. E improvvisamente una piccola ombra attraversa il mio sorriso, proprio adesso penso, proprio adesso che la mia vita ha preso una direzione così importante, proprio adesso che sono convinto delle mie scelte, sicuro e sereno come non lo sono mai stato. E mi arrabbio, e vorrei essere scocciato, distaccato, freddo, disinteressato della sua presenza, ma non è così. Nulla è così. Provo curiosità e dolore per tutto il tempo che ho perso, che ci siamo persi, per tutto quello che non ho visto di lei, tutti i suoi pianti, i suoi sorrisi e le sue gioie, i suoi momenti di felicità senza di me. Mi avrà pensato? Ogni tanto sarò apparso nella sua mente, nel suo cuore? Sarà mai accaduto? O forse mi ha desiderato, ma ha combattuto, combattuto più di me, per non avere rimpianti, per allontanarmi, per convincersi di aver fatto la scelta giusta, che con me tutto sarebbe stato sbagliato? E così continuo a guardare quel suo sorriso, mettendo da parte qualsiasi mia inutile riflessione, qualsiasi pensiero, qualsiasi vano tentativo di cercare un senso, di capire perché siamo di nuovo qui, uno di fronte all'altra, come se la vita ci obbligasse per forza a farci questa domanda. Poi

Babi fa una strana smorfia, piega la testa di lato e sorride con quel broncio, il suo, quello che mi ha conquistato, che porto ancora come una cicatrice sul cuore.

« Lo sai che sei migliorato? Voi uomini siete proprio una fregatura, migliorate invecchiando, invece noi donne no. »

Mi sorride. La sua voce è cambiata. È diventata più donna, dimagrita, ha i capelli più scuri, il trucco preciso, ordinato, non eccessivo. È più bella. Ma non voglio dirglielo. Mi sta guardando ancora.

« Tu poi sei proprio un altro e, cavoli, mi piaci quasi di più. »

« Vuoi dire che quello di prima non andava? »

« No, no, non è quello, anzi. Tu sai quanto mi piaceva quello di prima, bastava che mi toccasse per farmi sentire elettrica... »

« Quello è stato quando abbiamo preso la scossa facendo l'albero di Natale! »

« È vero! » E improvvisamente ride, leggera, chiude gli occhi, porta indietro la testa, e li socchiude ancora, come se cercasse sul serio di ricordare quel giorno. Parliamo di diversi anni prima. « Dopo la scossa ci siamo baciati. »

Sorrido. Come se fosse un elemento determinante per chiarire la natura del nostro rapporto.

« Ci baciavamo sempre. E poi ci siamo scambiati i regali. » Mi guarda e continua a raccontare, è come se volesse capire cosa ricordo io di quella sera. Non sa che ho disperatamente provato a cancellarla senza mai riuscirci, che ho provato a vedere ossessivamente *Se mi lasci ti cancello,* il film con Jim Carrey, nella speranza che potesse davvero accadere.

« Allora, ti ricordi quel momento? » Sorride in maniera perfida, pensando di cogliermi in fallo.

« Avevano due carte diverse. »

« Ma i regali erano uguali! »

Ed è tutta felice e lascia cadere a terra la sua Michael Kors e poi mi si butta addosso e porta le sue braccia fino alle mie spalle e si attacca a me e poggia la testa sul petto. E io rimango così, incerto, sorpreso, con le mie braccia larghe, aperte, non sapendo bene dove metterle, come se fossero staccate, fuori posto, come se dovunque andassero a finire, sarebbe comunque sbagliato.

« Sono così felice di rivederti! »

E sentendo quelle parole, allora l'abbraccio anch'io.

10

Ci ritroviamo in un giardino perfettamente curato. Il sole fa capolino tra gli ultimi tetti delle case più lontane. Non si muove un alito di vento. È il 4 maggio e fa già caldo. Siamo seduti uno di fronte all'altra e abbiamo appena ordinato qualcosa. Sì, qualcosa da bere, forse da mangiare. Non so bene neanche io cosa, forse un cappuccino freddo.

« Non cambi mai. »

« No. »

Non so cos'altro ci siamo detti. Siamo rimasti ancora in silenzio a guardare le mani, i vestiti, la cinta, le scarpe, i bottoni, pezzi dei nostri vestiti che possano dire qualcosa di noi. Ma niente mi dice nulla e non voglio ascoltare. Ho paura di stare male, di soffrire, non voglio sentire più nulla.

« Ti ricordi, abbiamo aperto i pacchetti e siamo rimasti senza parole, erano gli stessi maglioni grossi da marinai, blu carta da zucchero. Eravamo passati davanti a quel negozio e a tutti e due erano piaciuti e tutti e due ne avevamo parlato entusiasti. Io avevo deciso di comprartelo e che poi me lo sarei fatto regalare uguale per il mio compleanno. Invece l'ho trovato nel tuo pacco di Natale! È stata una cosa bellissima. »

« Dentice. »

« Che cosa? » Mi guarda sorpresa, spiazzata, pensa che io sia pazzo.

« Dentice, si chiamava Dentice quel negozio dove siamo entrati e poi, da soli, abbiamo comprato i maglioni. »

« Sì, è vero, a piazza Augusto Imperatore. Chissà se è ancora aperto? »

Lo è, ma non aggiungo altro. Poi lei beve un po' del suo Crodino e mangia una patatina e alla fine si pulisce la bocca. Quando poggia il tovagliolo sul tavolo, rimane per un attimo ferma. L'altra mano raggiunge la prima e si mette a giocare con l'anello che porta all'anulare. La fede. Ha la fede. Non è cambiato nulla, alla fine si è sposata. E per un attimo mi manca il respiro, ho un groppo alla gola, mi si chiude lo stomaco, mi viene quasi da vomitare. Cerco di controllarmi, di recuperare ossigeno, di ritrovare il mio respiro, di fermare il battito accelerato del cuore e piano piano ci riesco. Ma di cosa ti stupisci poi? Lo sapevi, Step, non ricordi? Te lo ha detto quella sera, quell'ultima volta che siete stati insieme, che avete fatto l'amore sotto la pioggia. Quando siete tornati in macchina, lei te lo ha detto.

«Step, ti devo dire una cosa: tra qualche mese mi sposo.»

E ora come allora mi sembra incredibile che sia veramente successo. Ma faccio finta di niente, prendo il mio cappuccino e guardo lontano. I miei occhi sono un po' velati, ma spero che non se ne accorga e così bevo lentamente, senza strozzarmi, stringo un po' gli occhi come per darmi un tono, per cercare chissà quale risposta, per seguire il volo di qualche smarrito gabbiano che però questa volta purtroppo proprio non c'è.

«Sono andata avanti. Sì.» Quando mi rigiro, la trovo che mi sorride tranquilla, serena, mi vuole comprendere. «Non sono stata capace di fermarmi.» Mi mostra la fede, passandoci sopra il dito della mano. «Forse per noi è stato meglio così, non credi?»

«Perché me lo chiedi? Non mi hai chiesto nulla quando avrei potuto rispondere.»

E vorrei continuare: quando avrei potuto fermare tutto questo, quando la tua vita sarebbe potuta essere ancora nostra, quando non ci saremmo persi, quando saremmo cresciuti, avremmo pianto, saremmo stati felici e saremmo stati comunque noi, insieme, senza questo terribile buco, questo tempo che ormai ci manca, questa vita passata, distratta, consumata, forse inutile. Tutto mi sembra così vuoto, così terribilmente perduto e sprecato. Non riesco ad accettare di aver perso anche un secondo di ogni tuo momento di vita, ogni tuo singolo respiro, ogni tuo sorriso o dolore, io sarei voluto essere lì, anche in silenzio, ma lì, vicino a te, al tuo fianco.

«Sei arrabbiato?» Mi guarda seria, ma sempre serena. Poggia la sua mano sinistra sulla mia e me l'accarezza.

«No, non sono arrabbiato.»

Allora annuisce, sorride di nuovo, è contenta.

«Sì, lo sono, invece», rispondo senza controllo.

E sottraggo la mia mano da sotto la sua. E lei scuote la testa.

«È giusto, hai ragione, non saresti tu. Anzi...» Ma non aggiunge altro. Lascia tutto lo spazio all'immaginabile, a quello che sarebbe potuto essere, accadere, a quello che avrei potuto dire, a come l'avrei potuta semplicemente salutare non appena l'avessi incontrata. Così rimaniamo di nuovo in silenzio.

«Step?»

Cerca la mia approvazione, vorrebbe che fossi d'accordo, che in qualche modo la perdonassi. Sì, cerca la mia clemenza, ma io non so cosa dirle. Non mi vengono le parole, non mi viene nessuna frase, niente che in qualche modo possa sistemare la situazione, togliere quello strano imbarazzo che si è creato tra di noi. Allora poggia di nuovo la mano sulla mia e mi sorride.

«So cosa intendi, so per cosa sei arrabbiato...»

Vorrei risponderle e dire che non sa assolutamente nulla di nulla, non può sapere quello che allora ho provato, tutte le volte che mi è venuta in mente e che invece avrei dovuto scacciarla per sempre. Ma non è stato così. Non sono stato capace di vietarle l'ingresso nei miei pensieri. Mi accarezza la mano e mi continua a fissare e i suoi occhi quasi si inumidiscono, è come se le venisse da piangere e il suo labbro inferiore un po' trema. O nel frattempo è diventata una grandissima attrice, o è veramente attraversata da un'emozione forte. Ma non capisco, perché tutta questa commozione? Ha forse saputo qualcosa di me e Gin? E se anche fosse? Non ho niente da nascondere. Poi l'espressione del suo volto si ricompone, allarga le orbite degli occhi come per farmi ridere, e con una improvvisa allegria, esclama: «Ti ho portato un regalo!»

E tira fuori dalla borsa un pacchetto di carta blu con un fiocco celeste. Conosce i miei gusti e naturalmente c'è anche un biglietto. È attaccato con un pezzo di spago ed è bloccato da una mezza moneta di piombo. Lo guardo e devo dire che sono stordito, confuso. Faccio per aprire il pacchetto, ma lei me lo sfila veloce dalle mani.

«No! Aspetta...»

La guardo perplesso. «Che c'è?»

«Devi prima vedere una cosa, se no non capisci.»

«Infatti ti giuro che non capisco...»

«Ora capirai e vedrai che dopo sarà tutto più semplice.»

E lo dice con la voce di donna, sicura e decisa. Ora Babi guarda lontano, come se sapesse che poco più in là, sotto gli alberi, in fondo alla Villa ci fosse qualcuno ad aspettare un suo segnale. Ma è delusa, è come se non trovasse quello che si aspettava, e sospira come se qualcuno avesse tradito un patto.

Poi: « Eccolo! » esclama, e si illumina.

Alza la mano, si sbraccia per far vedere a chiunque sia dove si trova, poi si alza in piedi e urla felice: « Sono qui! Qui! »

Così guardo nella sua stessa direzione e vedo un bambino correre verso di noi, mentre una donna vestita di bianco è rimasta sul fondo, con una piccola bicicletta al suo fianco. Si avvicina sempre di più, sfiora la gente che passa, arranca quasi sul bianco selciato, fatto di piccoli sassolini, e sta quasi per perdere l'equilibrio e cadere a terra, ma Babi allarga le braccia e lui le si fionda addosso, facendola barcollare con tutta la sedia.

« Mamma! Mamma! Non sai, non sai, troppo bello! »

« Cos'è successo, tesoro? »

« Ho fatto un giro con la bici. Leonor mi ha tenuto per un po' e poi mi ha lasciato e io ho continuato a pedalare e non sono caduto! »

« Bravo tesoro! »

E si abbracciano forte. Gli occhi di Babi cercano i miei attraverso i capelli del bambino, e annuisce, come se mi volesse far capire qualcosa. Il bambino si stacca all'improvviso da Babi.

« Sono un campione, mamma! È vero? Sono un campione? »

« Sì, tesoro. Posso presentarti questo mio amico? Si chiama Stefano, ma tutti lo chiamano Step! »

Il bambino si gira e mi vede, mi guarda un po' incerto su quale decisione prendere. Poi all'improvviso sorride.

« Ma anche io posso chiamarti Step? »

« Certo », gli sorrido.

« Allora ti chiamo Step! È bello come nome. Mi ricorda Stitch! » E scappa via. È bello, ha la pelle scura, la bocca carnosa, i denti bianchi, perfetti e gli occhi neri. Ha una maglietta a strisce bianche e celesti e blu. « È un bellissimo bambino. »

« Sì, grazie. »

Mi sorride soddisfatta, mamma, e devo dire che non mi dispiace vederla così bella nella sua felicità, quella che forse io non avrei saputo darle. Questo è ciò che deve aver pensato quando ha deciso di farla finita tra di noi. Babi ripiomba tra i miei pensieri.

« È anche intelligente e molto sensibile, romantico. Secondo me capisce molto di più di quello che poi fa intendere. A volte mi meraviglia e riesce a stringermi il cuore. »

« Sì. » Ma penso che questi siano i naturali pensieri di tutte le mamme. Babi segue con lo sguardo il suo bambino che è arrivato dalla tata, ha ripreso la bicicletta e c'è montato su, prova a pedalare e alla fine ci riesce, fa un pezzo di strada senza cadere.

« Bravo! » Babi batte le mani.

È piena di gioia per quell'impresa che le sembra superba, poi si gira verso di me e mi passa il pacchetto.

« Tieni. Ora lo puoi aprire. »

È vero. Me n'ero dimenticato. E per un attimo mi imbarazzo pure.

« Non è un libro e neanche un'arma! Aprilo, dai! »

Allora lo scarto e quando tolgo la carta velina che in qualche modo lo proteggeva, trovo una maglia XL, la mia taglia, con il colletto bianco. La guardo meglio. Non posso crederci. È a righe bianche, celesti e blu, identica a quella indossata dal suo bambino. Allora alzo lo sguardo verso di lei, e la trovo seria.

« Sì. Ecco, è così. Per questo forse non mi sei mai mancato. »

E sento il respiro mancarmi, mi gira la testa, rimango a bocca aperta, stupito, emozionato, sorpreso, arrabbiato, confuso, ecco, sì, stordito. Non posso crederci, non può essere vero, quindi quella sera, quell'ultima volta... è diventata un « per sempre »?

« Mamma, guarda, guarda, sto andando benissimo! »

E ci passa davanti e sorride, con i capelli al vento, pedalando su quella piccola bicicletta. Lo guardo e lui ride e per un attimo toglie la mano dal manubrio e mi saluta.

« Ciao Step! »

E poi lo riprende subito con forza, perché non gli scappi via, perché non lo faccia cadere a terra. E torna indietro verso la tata, e sparisce così, com'è apparso nella mia vita. I suoi occhi, la sua bocca, il suo sorriso, rivedo qualcosa di mia madre e ancora di più le foto di me da bambino nell'album di famiglia. Allora Babi mi tocca di nuovo la mano.

« Non dici nulla? Hai visto quanto è bello tuo figlio? »

11

Un fulmine è entrato nella mia vita, squarciandola. Ho un figlio. E pensare che è sempre stato uno dei miei desideri più profondi. Essere legato a una donna, non certo con una promessa d'amore o con un matrimonio, ma con un figlio. L'unione di due persone nella creazione, quell'attimo quasi divino che si manifesta nell'incontro di due esseri, in una miscela che vorticosamente gira, sceglie dettagli, sfumature, colori, che pennella qua e là un piccolo quadro futuro. Quell'incredibile puzzle che, pezzo dopo pezzo, si va componendo, per poi sbocciare un giorno dal ventre della donna. E da lì prendere il volo come farfalla, o colomba, o falco, o aquila per chissà quale altra incredibile vita, forse diversa da coloro che l'hanno generata. Io e lei. Io e te, Babi. E questo bambino. Provo a sillabare qualcosa di sensato.

«Come l'hai chiamato?»

«Massimo. Come un condottiero, anche se per adesso è riuscito a condurre solo una bicicletta. Però è già una vittoria.» E ride e si mostra leggera e respira l'aria profumata che ci circonda e libera i suoi capelli a quel vento che in realtà non c'è. Non cerca perdono, né condivisione, né un'assoluzione. Eppure è nostro figlio. E in un attimo torno laggiù, sei anni prima, quella festa, quella serata nella splendida villa dove mi aveva portato il mio amico Guido. E cammino tra la gente, prendo al volo un bicchiere di rum, un Pampero, il migliore. Poi me ne scolo un altro, e un altro ancora. E con le note di Battisti nella testa, vago per la sala. *Come può uno scoglio arginare il mare?* Nemmeno ora so rispondere a questa domanda. Mi avvicino a un quadro, una natura morta di Eliano Fantuzzi, mi ricordo di essere stato attratto dal grande cocomero tagliato sulla tavola, poco definito com'è la sua pittura, dove tutto viene reso come visto da un miope senza occhiali, quasi sbiadito, con quel verde, quel rosso non troppo scuro e quel bianco e quei punti neri che dovrebbero essere i semi. E mi viene in mente d'improvviso Babi, piegata in avanti con la fetta di cocomero tra le mani che ride e immerge il suo viso in mezzo a quel rosso, nella metà precisa, senza indugi.

È estate, siamo a corso Francia, dalla parte del Fleming, alla fine del viadotto, sotto quell'ultima aquila. Fa caldo, è notte, quel chiosco è sempre aperto e poco più in là fanno delle salsicce, te ne accorgi dall'odore e da quel fumo bianco, spesso, denso che parte da quelle braci come chissà quale risolta attesa di un nuovo papa finalmente eletto. Ma sentiamo lo sfrigolare dell'olio delle salsicce che ci si appiccica addosso, per fortuna il vento spazza via quell'odore o almeno ci illudiamo che lo faccia.

«Ciao Step! Prendete, prendete, poi facciamo i conti...» E saluto Mario con un sorriso e Babi si tuffa su una fetta di anguria senza farselo dire due volte.

«Eh brava, hai scelto la più scura, la più matura...»

«Sì, però se vuoi te ne do un pezzo.»

E mi fa ridere questo suo contentino.

«No, ne prendo una tutta mia, ingorda!»

Così l'addento, la mia fetta di cocomero un po' più chiara, ma ugualmente buona, succosa, come la splendida sera che stiamo vivendo. Babi mangia da destra a sinistra, come se fosse una mitragliatrice, e si diverte a sputacchiare qualche semino che le rimane in bocca.

«Ptu! Ecco, come Julia Roberts in *Pretty Woman.*»

«Cosa?» Rido divertito. «In quel senso?»

«Cretino... Quando sputa la gomma.»

Ecco, questo eravamo, la bellezza di una notte di mezza estate. E mentre ripenso a lei, mi ritrovo a quella festa, e come un'eco dalla camera vicina mi raggiunge una risata familiare, l'ascolto meglio e cambio espressione. Non ho dubbi. È lei. Babi. Tiene banco, ride e fa ridere raccontando qualcosa. Così poggio il bicchiere, cammino tra la gente, avanzo tra persone sconosciute, tra camerieri che mi passano vicini, quasi al rallenty e poi la vedo, è seduta sul bracciolo del divano al centro del salotto. Non faccio in tempo a tornare indietro, a mischiarmi agli altri che stanno lì a pochi metri da me che lei si gira, come se avesse avvertito qualcosa, come se il suo cuore, la sua mente o chissà quale misteriosa ragione, l'avessero invitata a farlo. Il suo viso si colora di stupore e poi di felicità.

«Step... che bello, ma che ci fai qui?»

Si alza e mi bacia leggera sulle guance e rimango quasi imbambolato, mi prende sottobraccio e mi sento trasportato davanti ad alcune persone sedute intorno a quel divano. Ubriaco, non capisco niente, seguo solo il suo Caronne.

Ma cosa ci faccio qui? Come ci sono finito? Babi... Babi... Passeggiamo e conosciamo altra gente e ogni tanto ruba qualcosa dal tavolo del buffet o dai vassoi tenuti dai camerieri, ricordo che ho il telefono e lo tiro fuori dalla tasca, lo metto in modalità silenziosa e lo faccio sparire dimenticandomi di lui. Ma non di lei. E ora le sorrido e prendo al volo un bicchiere di champagne.

«No, mi scusi... due.»

C'era quasi rimasta male che non avessi subito pensato a lei e glielo porgo.

«Scusami...»

«Fa niente.» E lo beve guardando da dietro il bicchiere, quello sguardo lo conosco bene. «Sono felice di vederti.»

«Anch'io.» Mi esce senza quasi che io lo voglia.

Beve lo champagne in un sorso solo. E poi lo posa sul davanzale di una finestra.

«No, questa canzone mi piace troppo! Ora vado a ballare. Mi guardi, Step? Solo due salti e poi andiamo via insieme, ti prego, aspettami...» E mi dà un bacio sulla guancia, ma è talmente tanta la sua foga che mi tocca anche le labbra. E fugge via. È stato un caso? Balla tra le persone, gira su se stessa ad occhi chiusi, è sola al centro del terrazzo e allarga le braccia al cielo e canta le parole della canzone a squarciagola. *Semplicemente* degli Zero Assoluto. Così finisco anch'io il mio champagne e poggio il flûte vicino al suo e vorrei andarmene, sì, ora vado via, sparisco, forse se la prenderà, ma è meglio così. Non faccio neanche in tempo a muovermi, che mi stringe il braccio.

«È troppo bella questa canzone... *e le passioni che rimangono... semplicemente non scordare... nananana! Semplice come incontrarsi, perdersi, poi ritrovarsi, amarsi, lasciarsi, poteva andare meglio può darsi... Semplicemente.*» Mi abbraccia, mi stringe forte e me lo sussurra quasi: «Sembra scritta per noi». E rimane in silenzio tra le mie braccia, ma non so più cosa fare, cosa dire. Cosa succede, Babi? Cosa sta accadendo?

Babi mi prende la mano e mi trascina via da quella festa quasi finita, fuori da quella villa, oltre quel prato, quel viale, quel cancello, nella sua macchina, in quella notte. Abbiamo fatto l'amore come se ci fossimo ritrovati, come se da quel momento nulla sarebbe più potuto cambiare. Come un segno del destino, come se quella festa avesse segnato una data, un perché, una ripresa. Inizia a piovere e lei mi tira fuori dall'abitacolo, ha già la camicetta sbottonata, vuole fare l'amore sotto la pioggia. Si lascia accarezzare dall'acqua che viene giù e dai miei baci sui capezzoli bagnati. Sotto la gonna è nuda, è sensuale, spinta, vogliosa. Mi lascio andare, Babi mi cavalca, mi stringe forte e mi tiene stretto e io perdo ogni controllo. Mi sussurra: « Ancora, ancora, ancora ». E si sfila solo all'ultimo quando ormai io sto già venendo. Si accascia su di me e quando mi dà un bacio leggero sento la mia colpa. Gin. Rientrati in macchina le sue parole sono più affilate di una lama.

« Tra qualche mese mi sposo. »

Questo mi ha detto Babi, ancora calda di noi due, dei miei baci, del mio sesso, dei nostri sospiri.

« Tra qualche mese mi sposo. »

Come una canzone andata in loop.

« Tra qualche mese mi sposo. »

Ed è stato un attimo, mi si è stretto lo stomaco, mi è mancato il respiro.

« Tra qualche mese mi sposo. »

Tutto mi sembrò finire quella sera. Mi sono sentito sporco, stupido, colpevole perciò ho deciso di dire la verità a Gin. Le ho chiesto perdono perché volevo cancellare dalla mia vita Babi e anche quello Step ubriaco di rum e di lei. Ma c'è un perdono per l'amore?

« Stai cercando di capire quando è stato? »

La voce di Babi mi riporta al presente.

« Non credo che ci siano tanti dubbi, né possibilità di confondersi. È stata l'ultima volta che ci siamo visti. Quando ci siamo incontrati a quella festa. »

E mi guarda maliziosa. Sembra tornata la ragazza di allora. È quasi doloroso staccarle gli occhi di dosso, ma devo, devo.

« Avevo bevuto. »

« Sì, è vero. I tuoi baci forse per questo sembravano ancora più appassionati. Non avevi controllo. » Poi rimane in silenzio. « È stato quella sera. » E accenna un mezzo sorriso, sperando di condividere con me questa sua certezza. Se non fosse che subito dopo deve aggiungere qualcosa di crudele. E così abbassa gli occhi, come se fosse più facile parlare rivolgendosi alla terra, a quella sorda ghiaia che contorna i nostri piedi. E inizia una stramba preghiera: «Sapevo che in qualche modo eri rimasto dentro di me o che comunque qualcosa era accaduto, era andato perso... o ritrovato. Ma se ti avessi inseguito ero sicura che la mia vita sarebbe cambiata, che avrei modificato la mia scelta, buttando all'aria la decisione che avevo preso. La passione è un'altra cosa dalla vita di tutti i giorni. Mia madre mi ha sempre detto così, dopo qualche anno rimane tutto fuorché la passione. Ti ricordi negli ultimi tempi quante volte litigavamo? Stavamo crescendo ma in maniera diversa».

È vero, litigavamo spesso, non la riconoscevo più, avevo paura di perderla e non sapevo come tenerla a me. Quelle onde che ci avevano travolto ci stavano sbattendo su una terra più insicura, più fragile. Almeno così mi sentivo io.

«Così il giorno dopo sono stata con lui. Mi è costato moltissimo, perché avevo ancora il tuo sapore addosso, ma ho dovuto confondere le acque. Dopo ho pianto. Ho sentito il vuoto, la malinconia, l'assurdità. Sarei voluta essere libera di decidere per la mia vita... Ma non ero libera, non sapevo cosa decidere.» Alza il suo viso, si gira verso di me, sento che mi guarda, ma io fisso per terra, poi alzo anch'io la testa, guardo lontano, il più lontano possibile. Ma che vuol dire «essere libera di decidere per la mia vita»? Ma se non è tua, la tua vita, di chi è? Di chi può essere? Perché Babi ha sempre avuto questi strani pensieri che sinceramente non ho mai capito? Come se la sua vita fosse condizionata da qualcuno o qualcosa, come se appartenesse ad altri, come se non riuscisse a vivere fino in fondo i suoi desideri, ad essere veramente se stessa. Solo in alcuni momenti mi è sembrata indipendente, divertita, libera e ribelle, quando abbiamo perso il senso del tempo e dei doveri, il ritorno a casa, la scuola e gli esami, quando stava con me e diceva di amarmi e mi stringeva con forza e quando facevamo l'amore e attorcigliava le sue gambe dietro la mia schiena, per essere più mia, per non farmi andare via. Come quella sera.

«Perché pensi che debba essere mio figlio?»

Ma non faccio in tempo a finire di parlare che lo vedo arrivare con la sua bici. Corre spedito, in piedi sui pedali, con il sedere tirato su dal sellino e quando arriva frena solo con la ruota dietro, facendo una strana derapata con la bicicletta, una specie di sgommata a modo suo, ma poi alla fine la bici gli cade per terra e lui, anche se rimane in piedi, ci guarda un po' imbarazzato.

« Mamma, ma a quel bambino è riuscito. » Indica col mento da qualche parte alle sue spalle.

« Chissà da quanto ci sa andare lui! Per te questo è il primo giorno. »

E sentendo questa spiegazione torna fiero e convinto.

« È vero, ci voglio riprovare. » Poi, come ricordandosi di me: « Step, ma tu ci sai andare in bicicletta? »

« Sì, un pochino. »

« Ah... »

Mi sembra soddisfatto. E come se non bastasse, Babi aggiunge: « È modesto, la porta benissimo, sa fare delle cose con la bicicletta che tu neanche immagini... »

« Forte! » Mi sorride guardandomi sotto tutta un'altra luce. « Allora devi tornare qui al parco e prendere anche tu una bici, così mi insegni. » E dopo quest'ultima frase per non aspettare una risposta, per non ricevere un « no » e rimanere deluso o per qualsiasi altra ragione, fugge via.

Babi rimane a fissarlo. « Hai ancora qualche dubbio sul fatto che non sia tuo figlio? È identico a te, in tutto e per tutto, anche in quello che fa. C'è solo una cosa nella quale è un po' diverso. »

E improvvisamente è come se mi risvegliassi, mi volto veloce verso di lei, curioso come forse non sono mai stato. « Quale? »

« È più bello! » E scoppia in una risata, divertita perché mi ha fregato e chiude gli occhi e porta indietro la testa e muove le gambe e il suo vestito si alza, mostrandole solo ora per bene. È bella. È bellissima, è più donna, è più sensuale, ma è anche una mamma. Che sia forse questo che la rende più desiderabile? E mi ritornano in mente le sue parole di prima. « Ho dovuto confondere le acque... » E questa cosa stranamente mi eccita e proprio per questo mi sento in colpa. Poi Babi smette di ridere, mi poggia una mano sul braccio.

« Scusa, non so cosa mi abbia preso. »

Torna seria, anche se scoppia di nuovo a ridere, ma cerca di smettere e in silenzio fa stop con la mano, come a dire: aspetta, ora ci riesco. E in effetti ha un ultimo, piccolo sbuffo di riso e poi nulla più.

« Ecco, sono seria. » Prende fiato. « Non sai come sono felice, ho immaginato ogni giorno questo momento da quando è nato. Non volevo far altro che incontrarti, fartelo vedere, condividerlo con te, ogni giorno che l'ho tenuto in braccio, che l'ho allattato, che l'ho cullato, addormentato, che l'ho allattato di nuovo, di notte, da sola, all'alba. Ecco, in ognuno di quei momenti tu eri con me.» E mi guarda commossa, con gli occhi pieni di lacrime. «Per questo non mi sei mancato, perché non te ne sei mai andato.» E resto in silenzio e guardo la maglietta identica a quella di Massimo, del nostro bambino. Poi Babi si alza. Lascia un biglietto sul tavolo e dei soldi dentro il conto che ci hanno portato. Non faccio in tempo a dire nulla. Fa tutto lei.

«Mi fa piacere offrire... In fondo sono stata io a sperare di incontrarti, qui ci sono i miei numeri. Chiamami quando vuoi. Vorrei che ci rivedessimo. Ho tante cose da raccontarti.» E se ne va via così, di spalle. E mi viene in mente quella canzone di Baglioni: *E quel disordine che tu hai lasciato nei miei fogli, andando via così, come la nostra prima scena, solo che andavamo via di schiena...* Che poi l'ho sempre odiata, forse perché ho sempre temuto che sarebbe arrivato anche per me quel momento. Ed è così adesso. *Se c'è stato per davvero quell'attimo di eterno che non c'è...* E la vedo mettere la sua mano tra i capelli di quel bambino, scuri come i miei. E guardo quella donna, il suo giubbotto di jeans sopra quel vestito bianco con dei disegni rossi, blu e celesti, che sembrano barche a vela e ombrelloni, simile a quei vestiti che ho stretto tra le mie braccia un'infinità di volte, eppure non mi sono ancora bastati. Ma ci sarà mai un momento che sarò appagato dal tuo amore? Qualunque cosa accada, anche se io un giorno finalmente ti avessi tutta mia, si placherà questa fame che ho di te? Ma mi rispondo di no, non ti avrò mai abbastanza.

Sono dannato. Babi è stata fatta apposta per me, è tutto quello che non riesco a comprendere, toglie ogni ragione, mi sottrae la possibilità di essere deciso, determinato, severo, forse arrabbiato. E continuo a guardarti andare via così di spalle, con la tua camminata che è solo tua, e anche se sono passati sei anni non l'ho mai scordata, e forse mai la dimenticherò. Il tuo fondoschiena, le tue gambe già leggermente abbronzate e quelle scarpe blu, alte, di corda o sughero forse che accompagnano ogni tuo passo. E tu non ti giri, ma lo fa quel bambino, alza la mano e mi saluta e mi sorride facendomi ancora più male di tutto quello che ho provato finora.

12

Ritorno verso la macchina. Non riesco a crederci, così all'improvviso, in una giornata qualsiasi, una come tante, la mia vita cambia: ho un figlio. E non è una notizia di qualcosa che avverrà, che si va formando, che un giorno sarà. No, mio figlio è lì, simile a me, bello, sorridente, divertente. E all'improvviso ne sono geloso come mai avrei pensato. Geloso di un uomo, anche se ragazzino. Perché immagino suo padre, che poi padre non è, che lo sgrida, che lo abbraccia, che lo bacia, che lo stringe a sé dicendogli parole d'amore. Parole che sono mie, che mi spettano, che dovrebbero appartenere a me, solo a me e a nessun altro. Poi mi arriva un fotogramma di questo ipotetico pseudopadre che gli prende la manina con forza e alza la sua, lo picchia, lo sgrida, lo tratta male, lo umilia davanti a gente sconosciuta, così come ho visto fare una volta in un ristorante mentre aspettavo i miei amici. Un uomo, solo perché il figlio piccolo faceva un po' di rumore mangiando, gli ha afferrato la mano e gliel'ha sbattuta sul tavolo più volte, facendolo piangere in silenzio. E la donna, la madre di quel bambino, non ha detto nulla, ha fatto finta di niente e ha continuato a sorseggiare il suo vino. Poi all'improvviso si è girata, come se avesse sentito il mio sguardo e quando si è accorta che avevo visto tutto quello che era accaduto, allora, solo allora, è arrossita e ha bisbigliato qualcosa all'orecchio di quell'uomo. Sono rimasto a fissare quel tavolo, quel bambino che piangeva in silenzio. Le lacrime gli scendevano copiose, teneva la testa bassa, come fanno i bimbi quando vogliono nascondere la tristezza. Cosa aveva commesso di così grave? Era stato punito perché aveva fatto un po' di rumore? La donna era in evidente imbarazzo, ha sgranato gli occhi verso il marito come per dire: ci stanno guardando. Si è comportata così solo perché ha sentito la disapprovazione di un estraneo? Ma il nostro comportamento non va bene solo se ci guarda qualcun altro? Non siamo capaci di giudicare lo sbaglio delle nostre azioni da soli? Abbiamo bisogno di un altro per vergognarcene? Ho continuato a fissare quel tavolo. Lei faceva finta di non vedermi, ma sentivo la coda del suo occhio. L'uomo si è girato per un istante, guardandosi attorno, e quando ha incrociato il mio sguardo ha alzato le spalle ed è tornato a mangiare quello che aveva davanti. Ha poi dato una brusca spinta al bambino, che ha sussultato spaventato. L'uomo gli ha indicato il piatto ed ha agitato di nuovo la mano, come a dire: dai, mangia, non farla lunga, cosa aspetti? Il bambino allora sempre con la testa bassa ha preso una forchetta e con l'altra mano ha iniziato a giocare un po' con quello che aveva nel piatto, poi, dopo un altro scappellotto del padre, lo ha messo in bocca. Ecco, tutto sembrava normale, ma le sue spalle ogni tanto sussultavano, tenendo il tempo di un singhiozzo che non voleva saperne di abbandonarlo. Avrei voluto incrociare di nuovo lo sguardo di quell'uomo e alzare il mento in segno di sfida e se lui avesse risposto, avremmo litigato forse lì, nel locale, o lo avrei invitato fuori. Ma poi quel bimbo si guarda intorno, mi vede e quando gli sorrido lui con un po' di vergogna ricambia. No, forse per lui non l'avrei fatto, non avrei umiliato suo padre. Suo padre. Quell'uomo che lo trattava così. E Massimo? Come si comporterà con lui l'uomo che si fa chiamare papà? Come sarà il marito di Babi con mio figlio? Sarà paziente, premuroso, giocherà con lui? Oppure sarà infastidito dalle sue urla, dai suoi reclami, dalla sua voglia di giocare? Sì, ecco, mi immagino Massimo, si è messo tra lui e la televisione durante una partita di calcio, magari quest'uomo è anche della Roma, e siccome non gli ha fatto vedere un inutile goal, perché tanto stanno sotto di tre goal e la partita è agli ultimi minuti di recupero del secondo tempo, quell'uomo dà un calcio a mio figlio e poi gli schiaccia col piede un gioco al quale Massimo è legatissimo. Rompe in mille pezzi una macchina dei pompieri che non potrà più andare a salvare nessuno, o il pupazzetto di Masha, tanto che l'orso ne sarà per sempre dispiaciuto, o qualunque altra cosa sia, lo fa comunque con rabbia, facendo disperare Massimo, che prova a recuperare i pezzi, ad aggiustarli. I miei pensieri, le dolorose proiezioni, l'immagine di quel bambino, poi tutto esplode. Nero.

«Cazzo, ma guarda dove vai, coglione!»

Mi scontro con qualcuno, il suo viso davanti al mio, vedo degli occhi grandi, i capelli scuri, arruffati, la barba, un giubbotto, un adulto, un uomo grosso, quella voce ringhiosa. E d'istinto le mie mani scattano verso la sua gola, e lo scaravento contro il muro alle sue spalle, e gli stringo forte il collo e lo sollevo e continuo a spingere e vedo le sue gambe in aria che scalciano quasi a pochi centimetri da terra, mentre spingo e spingo e stringo ancora di più e poi all'improvviso vedo Massimo che arriva lì vicino in bicicletta e mi sorride. E scuote la testa.

«Step... no, lui non c'entra niente.»

È vero. Realizzo quello che sta accadendo, ho tra le mani il collo di un uomo. Deve avere quarant'anni, ha gli occhi socchiusi, strizzati, come se si sforzasse nel tentativo di riprendere fiato, di respirare, così lo lascio andare, lo libero dalla presa e lui lentamente si accascia, tossisce. E io mi guardo le mani ancora rosse, gonfie. Le guardo inorridito, come se fossero sporche di sangue, solo ora mi rendo conto di come la rabbia mi abbia accecato. Ma quell'uomo nel mio pensiero stava trattando male mio figlio. Mio figlio. Allora mi giro, Massimo non c'è più, non c'è più nessuno. Aiuto il signore a rialzarsi.

«Mi scusi...» Non so cos'altro dire. «Non volevo urtarla...» Ma vedo che mi guarda sconcertato e capisco che è meglio andar via senza aggiungere altro per non peggiorare la situazione.

13

Entro in ufficio e mi chiudo nella mia stanza senza salutare nessuno, apro il frigo blu e tiro fuori una Coca-Cola. Rimango appoggiato allo sportello, sento dietro le spalle le calamite dei tanti viaggi, provo a riconoscerne qualcuna ma non ci riesco. Eppure se mi concentrassi per davvero, le saprei dire tutte. Ma non lo faccio. Non mi diverte. Vorrei avere al posto della Coca-Cola una bottiglia di rum, un John Bally ecco, e me la scolerei tutta, come in certi film. Anche se so che in quelle scene il rum e il whisky non sono altro che acqua e Coca-Cola... Qualcuno ha bevuto sul serio, per essere ancora più credibile, per vedere cosa ne usciva. Nel film *Apocalypse Now* ha fatto così Martin Sheen e quella scena è credibile, eccome. Raccontano che prese a cazzotti uno specchio e si tagliò le mani. Forse perché il giorno in cui girava, Martin Sheen compiva trentasei anni, e festeggiò completamente ubriaco. Io ne ho quasi trenta, non è il mio compleanno ma forse anche io ho qualcosa da festeggiare. E sempre su quel set che doveva durare « solo » cinque mesi e invece si prolungò all'infinito, Martin ebbe un attacco di cuore. Così apro la bottiglia e mi ci attacco cercando di imitare il più possibile Martin Sheen, anche senza alcol! Mi trangugio tutta la Coca-Cola e mi viene in mente una cosa: Martin Sheen ha diversi figli, alcuni hanno usato il suo vero cognome che è Estévez. Soltanto uno ha usato quello d'arte: Charlie Sheen. Ha avuto un grande successo, però è alcolizzato. Ne ha combinate di tutti i colori tanto da essere stato cacciato da una serie televisiva nella quale guadagnava due milioni di dollari a episodio, un record per moltissimi attori americani. Un filo sottile e dannato lega le vite turbolente di Martin e Charlie Sheen, incredibile persino la somiglianza dei tratti del viso. Sarà così anche per me e Massimo? Forse non lo saprò mai. E questo pensiero mi dispera e vorrei sul serio avere una bottiglia di rum e scolarmela attaccato al collo, senza bicchiere, senza fermarmi, in una botta sola, fino a svenire.

Sento bussare alla porta così mi scolo l'ultimo sorso e lancio la bottiglietta nel secchio facendo, almeno in questo, centro.

« Chi è? »

« Io. »

Riconosco quella voce, e la sua sicurezza. Sì, forse mi serve parlare con qualcuno.

« Avanti. »

Apre la porta, entra e si avvicina al frigo, prende anche lui una Coca-Cola e prima di richiuderlo mi guarda, sorride e fa una domanda del tutto retorica: « Posso? »

« Coglione... » gli rispondo.

Allora sorride, la stappa e si siede sulla grande poltrona in pelle vicino alla finestra. « Bene, coglione mi fa pensare che non è tutto così grave, nulla è andato perso... »

Guardo Giorgio Renzi, ride convinto di saperla lunga. È più grande di me di almeno quindici anni ma ha ancora un fisico da ragazzo, e i capelli lunghi, fa surf, kitesurf, ha vinto moltissime gare in giro per il mondo e una volta l'ho visto litigare. Insomma non ci vorrei fare a botte. La sua specialità sono i soldi. Sa come farli fruttare, sa come farseli prestare e come restituirli avendo già guadagnato. Se sono in questo ufficio è merito suo. In fondo la Coca-Cola, come il frigo e tutto il resto, me l'ha praticamente regalata lui. Ma la cosa più importante è che di lui mi fido. Non può avere sostituito Pollo, questo no, ma mi fa stare meno male quando sento la sua mancanza.

« Allora? Dillo a Giorgino tuo... »

« Che cosa? »

« Ah, non lo so. Se ti chiudi così in ufficio deve essere successo qualcosa, se poi quando entro ti sei già bevuto una Coca-Cola allora le cose non vanno assolutamente bene... Ora ti faccio una domanda: avresti voluto avere una bottiglia di rum o whisky o alcol al posto di quella Coca? »

« Sì... »

« Ecco allora la situazione è molto più grave del previsto. »

Accavalla le gambe e dà un sorso.

« Ho un figlio. »

A momenti si strozza. Un po' di Coca-Cola gli finisce sul maglione, si asciuga subito con il braccio e si alza dalla poltrona scattando con un salto grazie alle sue gambe potenti.

« Cazzo! È una bella notizia, dobbiamo festeggiare! Sono contento per voi! È una cosa bellissima, Gin te l'ha detto oggi? »

« Ho un figlio di sei anni. »

« Ah. » Non dice altro e ricade nella poltrona, sprofondandoci.

Allungo le braccia. « Non ti ho detto che Gin aspetta un figlio. Ti ho detto 'ho'... »

« Sì, non avevo colto questa sfumatura. Allora le cose sono più complicate. E di chi è? La conosco? »

« Babi. »

« Babi? Ma come è possibile? Me ne hai parlato, sì, ma non credevo che la vedessi. Com'è successo? Come lo hai saputo? »

« L'ho incontrata oggi a Villa Medici. Per caso... » E nello stesso istante in cui lo dico tutto mi sembra incredibilmente chiaro. « Giuliana... »

« E che c'entra Giuliana? »

E mentre Giorgio cerca di capirci qualcosa, io la chiamo con l'interfono.

« Puoi venire di qua da noi? Grazie. »

Dopo pochi secondi bussano alla porta.

« Avanti. »

È vestita in maniera sobria e sembra tranquilla. Ha in mano una cartellina.

« Le ho portato questi, sono i depositi da firmare per gli altri due nuovi format che ha scritto Antonello secondo le sue indicazioni. »

« Sì grazie, posameli lì sopra. » E le indico il tavolino rosso. « Chiudi la porta. Grazie. »

Lei fa per uscire.

« No no, rimani qui, hai per caso fretta di andare? »

La vedo arrossire, se ne accorge anche Giorgio che cambia espressione come a dire: cazzo, non so per cosa ma comunque hai ragione.

« Siediti, siediti pure... »

Giuliana prende posto nella sedia al centro della stanza di fronte alla mia scrivania. Così comincio a camminare dandole le spalle.

« Non mi hai chiesto se mi è piaciuta la mostra di Balthus... »

« È vero. Ma l'ho vista entrare di corsa e chiudere la porta, ho pensato che non voleva essere disturbato. »

« Hai ragione ma ora sei qui, puoi chiedermelo. »

Mi giro e la fisso, lei guarda me e poi Giorgio, cercando in lui un aiuto, ma non trova nessun appiglio, così fa un lungo respiro e comincia a parlare.

« È andato alla mostra? Le è piaciuta? »

Guardo le sue mani. Le ha tutte e due poggiate sulle gambe, è composta, educata, ha dei tratti eleganti ma se uno guardasse meglio il suo collo si accorgerebbe di quei battiti accelerati. Sorrido.

« Mi è piaciuta molto ma non capisco quanto possa essere costato il biglietto... »

Mi guarda, alza il sopracciglio, sorride, scuote la testa sorpresa.

« Ma no. Era un biglietto gratuito... Era un invito. »

Improvvisamente divento duro, freddo.

« Lo so. Dicevo quanto è costato a quella donna farmi invitare da te. »

« Ma veramente... »

Le faccio segno di non aggiungere altro, chiudo gli occhi e poi li riapro, fissandola. Rimango in silenzio. Forse sta iniziando a capire come divento quando perdo il controllo. Ma le parlo ancora con un tono pacato, scandendo bene le parole: « Tu hai un'unica possibilità. E te lo ripeto una volta sola: quanti soldi ti ha dato? »

Allora Giuliana fa una risata strana, sbuffa quasi.

E in un attimo mi precipito davanti alla sua sedia e urlo a squarciagola: « Giuliana non mi prendere per il culo! È importante ».

Giorgio Renzi fa un balzo sulla poltrona, lei sbianca, deglutisce, capisce che la situazione è seria, gravissima.

Poi la voce di Giorgio arriva alle sue spalle, calma, ma ferma: « Forse ti conviene parlare ».

Nella stanza scende un silenzio profondo, nessuno fiata, Giuliana comincia a giocare con l'indice sinistro, lo spella nervosa, lo gratta, lo ferisce, cerca in qualche modo di scalfire qualche pellicina intorno all'unghia e senza alzare la testa, confessa: « Mi ha dato cinquecento euro ».

Guardo Giorgio, sorrido e allargo le braccia, mi vado a risedere sulla poltrona, poggio le mani sul tavolo.

« Cinquecento euro. Quanto guadagna da noi? »

Giorgio fa un sospiro. « Mille e cinquecento, netti. »

« Cinquecento euro sono i trenta denari di oggi... » commento sarcastico.

Giuliana alza il viso, il suo sguardo implora il mio perdono.

« Raccontami come è andata. »

Allora fa un lungo respiro e inizia a parlare.

14

« La vedevo tutti i giorni nel bar dove vado a fare colazione. Era lì sempre prima di me. Seduta in un angolo che leggeva il giornale, *la Repubblica* credo, ma era come se avesse la testa altrove.

« Una mattina ero al bancone a chiedere il mio solito cornetto ai cereali e miele ma non ce n'erano più. Allora lei mi si è avvicinata e mi ha offerto il suo. Non volevo, ma lei ha insistito con gentilezza, alla fine lo abbiamo diviso e abbiamo fatto colazione insieme. Ci siamo conosciute così. E da quel giorno abbiamo iniziato a parlarci e siamo diventate per così dire amiche. »

Giorgio Renzi ascolta con attenzione e mi fa un segno con le mani come a dire: sei nei casini, mio caro, questa donna pianificava tutto. E io non posso che dargli ragione.

« Ah, e che cosa hai confidato a questa tua nuova amica? »

Giuliana resta in silenzio.

Io la incalzo: « Cosa le hai raccontato di me? »

Giuliana alza la testa di botto e la scuote. « Non le ho detto niente. » Ma non le credo.

« Non perdere il filo, vai avanti. »

Giuliana sta realizzando di essere entrata in un gioco più grande di lei, forse sta pensando che era meglio se sostituiva il cornetto ai cereali con una bomba alla crema. E prosegue: « Mi ha chiesto cose banali, tipo dove lavoravo, di cosa mi occupavo e, quando le ho spiegato quali fossero i miei compiti e la società per la quale lavoravo, mi ha riempito di complimenti. Ma non mi ha chiesto altro... » Cos'altro avrebbe potuto chiederti, mi domando io, ma non la interrompo. « Un'altra volta invece mi ha parlato di quello che faceva lei, è un'illustratrice per bambini, mi ha detto che lo era diventata un po' per caso, che dopo il liceo si era iscritta a Economia e Commercio, ma non le piaceva. Mi ha poi mostrato un suo book, ha studiato allo IED, e mi è sembrata veramente brava, ha un bel tratto. In modo molto carino ha anche aggiunto: 'Magari potrebbero piacere alla vostra società, potrei creare un logo più artistico'. E a quel punto mi ha chiesto come si chiamava il mio capo. Io gliel'ho detto, non è un segreto come si chiama. Lei è rimasta sorpresa: 'Ma no, non ci credo, è un mio carissimo amico'. E allora le ho detto: 'Meglio, così non hai bisogno di me per fargli vedere i tuoi lavori'.»

Guardo Giorgio, siamo tutti e due spaesati.

«Lei però si è un po' intristita, io me ne sono accorta e le ho chiesto se c'era qualcosa che non andava. Allora mi ha rivelato che avevate avuto dei problemi in passato, e che purtroppo non per colpa sua, ma voi due non eravate rimasti in buoni rapporti.»

Sono più confuso di prima, per fortuna mi viene in aiuto Giorgio.

«E quindi non ho capito, poi lei ti ha offerto cinquecento euro per incontrare Stefano casualmente? Facci capire meglio, dal tuo racconto sono troppe le cose che non tornano.»

«In realtà, quel giorno non è successo altro. In seguito non l'ho più vista. Ero anche dispiaciuta, poi è ricomparsa, sarà passato un mese o forse meno. Aveva già preso i cornetti ai cereali, dicendo che così non finivano e mentre mi sedevo al tavolino ha fatto segno al cameriere di portarmi un cappuccino con latte freddo scremato. Ormai conosceva tutti i miei gusti.»

Si mette a ridere e io guardo Giorgio che evita il mio sguardo, ma le dice semplicemente: «Vai avanti. Poi?»

«Quel giorno qualcosa è effettivamente accaduto. Sempre con quell'aria carina mi ha detto: 'Devi sapere la verità, solo così potrai decidere se aiutarmi o no'...» E rimane in silenzio, come se volesse creare appositamente un po' di suspense. «Ero un po' imbarazzata e così sono andata in bagno. Quando sono tornata ho visto sul tavolo una cartellina. Pensavo fossero altri suoi lavori, però mi sbagliavo.»

Questa volta Giuliana è riuscita a creare sul serio una certa tensione. Forse ha visto troppe puntate de *Il segreto*, per fortuna che non c'è la pubblicità e lei continua il racconto.

«Mi ha detto: 'Aprila'. Così ho visto che si trattava di una pagina di un giornale vecchio, *Il Messaggero*.»

Giorgio alza un sopracciglio in segno di smarrimento, io invece capisco al volo.

«C'era la vostra foto, eravate su una moto, scappavate dalla polizia, così almeno recitava la didascalia. Io non ci capivo niente, e gliel'ho proprio detto: 'Ma questa storia che significa?'»

E Giuliana si ammutolisce, come se stesse rivivendo quella

scena, solo che Giorgio e io siamo lì presenti e, in modo diverso, entrambi divorati dalla curiosità. Così all'unisono, senza segnali d'intesa, diciamo: « Quindi...? »

« Non mi ha dato spiegazioni, mi ha solo detto: 'Ho perso l'occasione di essere felice'. »

15

I greci dicevano che il fato è l'irrompere dell'imprevisto, una variabile momentanea che però ha la forza di un uragano. Mi sento come disarcionato. In un giorno mi sta accadendo quello che non mi è successo in sei anni. Perciò i greci andavano dagli oracoli, per chiedere come trasformare il destino in carattere. Per fortuna ho Giorgio che prende in mano la situazione, anche se non è proprio l'oracolo di Delfi.

« Ora lasciaci soli, per favore. »

Così Giuliana si alza e in silenzio raggiunge la porta. Poi prima di uscire si gira un attimo e mi guarda.

« Non so, in qualche modo quella frase mi ha colpita. Ho pensato che anche per lei avrebbe potuto essere così. Sì, in un certo senso l'ho fatto per la sua felicità. » Accenna un sorriso leggero, come qualcuno che sa di averla fatta grossa. Poi esce chiudendo la porta alle sue spalle.

Giorgio si alza dalla sua poltrona, va al frigo e lo apre. Ci guarda dentro.

« Ecco, cambierei il tipo di bevande visto quello che sta accadendo in questo ufficio. Da adesso non mettere più Coca-Cola e tè verde ma birra, vodka, rum, insomma, passerei all'alcol pesante. D'altronde andremo incontro a nuove evoluzioni giusto? Mi sembra di capire che siamo di fronte a un caso di 'ricerca della felicità'. »

« Cazzo, non mi far ridere e passami un'altra Coca... »

« E chi ti vuol far ridere », mi dice guardando poco convinto la bottiglia.

« Allora? Se non altro può uscirne un bel soggetto per una fiction... »

« Ah, quello di sicuro. In effetti facciamo programmi di intrattenimento, quiz e giochi. Potrebbe essere un'idea cominciare con le fiction. »

« Questa però è la partenza di un'ottima prima puntata. Il punto è: che cosa accade in seguito? » Così mi ritrovo quasi costretto a guardare la situazione attraverso un prisma. « Allora, sono capitato alla mostra di Balthus perché lei voleva incontrarmi. Questo è il primo dato certo. Il secondo è che Babi non ha nessuna intenzione di lavorare con noi.»

«Ne sei sicuro?»

«Babi non farebbe mai una cosa del genere.» E mentre pronuncio quelle parole, mi rendo conto che non posso essere più sicuro di nulla. Chi è veramente Babi? Cos'è successo in tutto questo tempo? Quanto può essere cambiata? Così rimango a fissare quella Coca-Cola. È vero, servono dei superalcolici in questo ufficio, darebbero una mano in situazioni come queste. «Diciamo che Babi non sta cercando un colloquio di lavoro. Era lì per farmi vedere mio figlio.» E quando pronuncio questa parola, provo una sensazione nuova, mi si stringe lo stomaco e nello stesso tempo il cuore. Perdo lucidità, sento che mi sta per venire un attacco di panico, ma riesco a recuperare la calma, a non pensarci, a fare un lungo respiro. Giorgio in qualche modo si è accorto di qualcosa e così mi lascia stare, mi dà tregua, non mi incalza più con le sue domande.

«Vuoi che ti lasci un po' solo?»

«No, non ti preoccupare.»

«Vuoi che ne parliamo?»

«Sì, anche se ti assicuro che non so bene cosa dire.» E d'un colpo mi viene in mente la maglietta che mi ha regalato Babi, identica a quella indossata da mio figlio. «Si chiama Massimo, ha sei anni ed è la mia fotocopia. Però lui è bellissimo.»

Giorgio si mette a ridere.

«Cos'altro avresti potuto dire, è tuo figlio!»

«Sì, ma mi domando perché ha aspettato tanto. Perché ha voluto che lo sapessi proprio ora.»

«Perché avresti fatto casino, perché forse avresti voluto una vita diversa per lei.»

«Sì.»

Rimango come stordito. Una vita diversa con lei. Aveva dentro di lei un figlio mio e si stava per andare a sposare. È stato ingiusto. È andata per conto suo, senza pensare a me, eppure io ero parte di quella vita, di quello che si stava creando, di quello che ormai era fatto. Mi spettava poter dire la mia. E improvvisamente mi ricordo quell'ultima notte con Babi e lei che mi diceva: «Continua, non ti preoccupare». E poi le sue parole in macchina quando ho cercato di capire perché aveva voluto che venissi dentro di lei. Mi aveva tranquillizzato: « Stai sereno, prendo la pillola ». E io non ci avevo più pensato. Avevo dimenticato tutto con le sue ultime parole: « La prossima settimana mi sposo ».

Mi si era ghiacciata anche l'anima. Era come se si fosse spento tutto, spezzata la pellicola come accadeva ogni tanto a casa quando papà faceva partire le proiezioni con la sua Super8 in salotto e improvvisamente si sentiva quel rumore sordo, la pellicola che si strappava, lo schermo diventava completamente bianco, invaso dalla luce di nuovo libera. Ma sapevo che mio padre avrebbe incollato la pellicola e avrei potuto continuare a vedere quel film, capirne un po' di più, sapere come andava a finire. Con Babi invece, dopo quella notte, la pellicola si era strappata per sempre.

« Cosa hai deciso? Cosa vuoi fare? »

Guardo sorpreso Giorgio, ancora intontito.

« Pensi di dirlo a casa? »

« Non so. È tutto così strano... Ci voglio pensare. »

« Babi vuole farti riconoscere tuo figlio? »

« Non credo, ma non ne abbiamo parlato. »

« Vuole dei soldi per il mantenimento, la scuola? »

« Senti, forse non hai capito, non so minimamente di cosa stai parlando. È successo tutto così in fretta. Sono stato travolto, catapultato nel passato senza deciderlo né volerlo, e scopro pure che quel passato non solo è presente, ma addirittura futuro... Credevo di aver dimenticato Babi e invece ho qualcosa che mi lega a lei, e per sempre: ho un figlio. »

« Certo. Comunque una cosa mi è chiara... » Si alza e va deciso e determinato verso la porta e io in questa sua risolutezza vedo finalmente un po' di luce, perché quando sei così confuso ti serve qualcuno che abbia le idee chiare anche per te. Così lo guardo con grande curiosità.

« Cosa? »

« Che licenzio subito Giuliana. »

16

Mi siedo alla scrivania e decido di lavorare, controllo alcuni fogli, leggo la scaletta del nuovo programma pomeridiano. La mia mente si distrae, seguo divertito i passaggi. Non è male. È un gioco sulla scuola con le materie e le domande di cultura generale, ci sono la preside, i professori e naturalmente gli alunni, che poi sono i concorrenti. Finiscono dietro la lavagna quando sbagliano tre volte la risposta e vanno dalla preside per la domanda finale. Sono sei partecipanti, poi diventano quattro e alla fine due. Mi sembra perfetto per la programmazione *access prime time* della Rete 2, quella che va dalla fine del telegiornale alla prima serata. Chiara Falagni, l'assistente del direttore, ha informato Giorgio su cosa hanno bocciato e cosa stanno cercando, e pare abbiano bisogno proprio di questo tipo di programma. Domani abbiamo l'incontro. La forza di Giorgio è questa: usa il denaro in modo intelligente. Il 40 per cento dei guadagni fatti, lui vuole che sia reinvestito in rapporti, relazioni, acquisti, quote di società, quote di nuovi lavori, di possibili app, di reti nascenti, di piccole produzioni.

« Non dobbiamo mai fermarci. Andare avanti è il futuro di Futura. » È questo il nome che abbiamo dato alla società. Giorgio ha studiato, calcolato rischi e investimenti, vuole aprire una società a Miami, una a Marbella, una a Berlino. « Piccoli uffici che faranno girare il prodotto... » dice lui. In sei anni di lavoro calvinista abbiamo ora diversi programmi in onda e due perfino venduti all'estero. Non mi posso lamentare. Giorgio Renzi è il miglior acquisto al quale mai avrei potuto pensare. Me lo ha suggerito Marcantonio Mazzocca, il grafico col quale avevo iniziato i primi lavori in Rete. Ci vediamo ogni tanto e siamo rimasti in buoni rapporti. La cosa strana è che Renzi non è voluto entrare in Futura quando gliel'ho proposto. Non si è fidato forse. C'era da mettere una somma iniziale di capitale se avesse avuto coraggio e voglia, che poi avrebbe recuperato in pochissimo tempo visto come sono andate le cose. Ma ha preferito rimanere libero, soprattutto non era disposto a rischiare. Uno come Renzi invece avrebbe potuto benissimo aprire Futura per conto suo, non aveva certo bisogno di me, eppure quando lo incontrai grazie a Mazzocca, mi sorprese la sua fermezza. « Conosco la tua storia, voglio lavorare con te », mi disse. E quando gli chiesi perché, mi rispose semplicemente: « È come quando fai kite o windsurf. Non aspetti altro che il vento. »

Annuii facendo finta di aver capito, ma in realtà non mi era affatto chiaro il perché di quella risposta. Devo dire che quel giorno ero perplesso e ho pensato: ma faccio bene a unirmi con questo tizio? Mi sembra uno di quelli con i muscoli anabolizzati che incontravo in palestra. Eppure certe volte bisogna fidarsi di chi si fida di te. Lasciare andare paure e pregiudizi. Le cose migliori si fanno sempre in due. Due è un numero positivo, come le due mani che allacciano le scarpe o che stringono quelle di qualcun altro per salvarlo, prova a farlo con una mano sola. E allora penso a quella che è stata la mia vita, il mio gruppo. Eravamo tanti, ma a volte lì in mezzo mi sentivo solo. E così tornano in mente un po' tutti, il Siciliano, Hook, Schello, Bunny, Lucone, e naturalmente Pollo. Nomi improbabili per tipi difficili, con le moto potenti, la battuta facile, le mani ruvide e tozze, ottime per fare a botte. Le risate che mi facevo con quel gruppo. Il tempo non conosceva lo scandire delle ore. Mattina, notte, giorno, stavamo insieme sempre, in una non soluzione assurda di continuità. Se mi vedessero ora, quante me ne direbbero! Io so soltanto che sei anni fa mi sarei visto al massimo come un parafangaro, uno di quegli avvocati che per tirare a campare seguono piccole cause per gli incidenti automobilistici passate da qualche parente o amico.

Mi domando chi di loro fa cosa, se hanno aperto qualche baretto su una delle tante spiagge sconosciute, in Italia o all'estero, o un bed and breakfast o se lavorano in qualche studio. Tempo fa sono passato davanti al Piper e ho visto Hook alla porta, sorrideva con quella benda sull'occhio che gli ha regalato quel soprannome a dei pischelli che entravano in discoteca di pomeriggio. Non ho creduto ai miei occhi, ancora lì col giubbotto di pelle, boro come sempre se non di più, perché ora ha anche un po' di pancia e qualche capello in meno. E magari qualcuno di loro avrà pure messo su famiglia. E allora entra all'improvviso un fulmine che squarcia il cielo sereno, inaspettato, sorprendente. Io ho un figlio. Non so neanche quando è nato, se è stato battezzato, dove vive, chi è suo padre. Suo padre? Suo padre sono io, l'altro è solo il patrigno, il marito di Babi. Ma Massimo tutto questo lo sa? E Babi? Cosa vuole fare Babi? Glielo dirà mai? Ha vissuto sei anni senza di me, quante cose sono accadute. Allora prendo dalla tasca il suo biglietto da visita. Lo guardo, è elegante, ha un lettering preciso, Fabrizia Gervasi. Ci sono i numeri di telefono, il suo personale e quello dell'ufficio. Dovrei scriverle. Dovrei chiederle di saperne di più. Ma voglio sapere di più? E mentre prendo il telefono e rimango a fissarlo indeciso sul da farsi, arriva un messaggio. È lei.

17

In quella pagina di giornale ingiallita, ho rivisto tutta la nostra storia. Ti ricordi come ti stringevo forte? Lo sai bene, perché ti lamentavi sempre. E rimango come stordito da quelle parole. Mi ritrovo a sfrecciare in moto, con la polizia municipale alle nostre spalle, in un inseguimento dove Babi era rimasta in reggiseno e mutandine, con solo il mio giubbotto sopra. Era cascata in una melma che però non era fango, ma letame. Mi ero divertito a prenderla in giro quella notte, le avevo detto che così conciata e puzzolente non sarebbe mai salita sulla mia moto. E lei, scocciata, si era spogliata. Non potevo fare a meno di notare quanto fosse bella, arrabbiata lo diventava ancora di più, e arrivati a casa sua non volevo lasciarla andare via. I suoi capelli lunghi, spettinati, la sua pelle bianca e infreddolita. L'azzurro dei suoi occhi in cui mi piaceva perdermi, come quando l'avevo vista ballare alle Vetrine e freschi d'amore eravamo fuggiti nella notte sulla mia Honda blu scura. Sento l'emozione di ognuno di questi attimi, tornano come uno tsunami del sentimento, e mi domando perché Babi ha negato tutto questo, perché ha voluto congelarlo, metterlo da parte, rinnegarlo fino a farlo sparire. Provo anche rabbia, essere scomparsa per sei lunghi anni e poi ricomparire così, come se nulla fosse, e con un figlio come sorpresa. Ha fatto sempre tutto di testa sua, come voleva e continua a farlo. Allora riguardo il telefonino e leggo: *Anche se non ci credi, ho sofferto moltissimo nel cercare di allontanarmi da te. E scrivo « cercare » perché se le cose sono andate così e alla fine io sono qui da te, forse devo ammettere che non ci sono mai riuscita.*

Certo... Però ti sei sposata, hai messo al mondo mio figlio, e chissà in quale clinica, con un altro uomo a fargli da padre e con tua madre, quella donna che mi ha sempre odiato, che lo avrà preso in braccio, anche prima di te, egoista com'è. Ecco, in quel momento, avrei voluto che Massimo le avesse fatto la pipì addosso, bagnandole quella camicetta di seta o qualunque altra cosa eccessivamente elegante quel giorno avesse avuto indosso. E pensando a mio figlio, il vendicatore, mi viene da ridere.

Ora sono di nuovo qui. Ti ho visto e ti ho trovato bene, molto bene, e sono felice di averti fatto conoscere Massimo. Non so niente della tua vita, e mi piacerebbe molto che ci vedessimo di nuovo. Forse come due amici, anche se tu non credi all'amicizia tra uomo e donna. Me lo dicevi sempre: « È una cazzata... Forse è possibile solo in un unico caso, se le due persone si sono ben sfamate *ed è passato molto tempo.* »

È vero. Me lo ricordo ancora, eravamo a cena con Pollo e Pallina, Pollo se n'era uscito con una delle sue battute dissacranti. « Più facile che divento gay e mi metto con te! » aveva detto indicandomi. Avevamo riso e continuato a bere birra in una serata divertente e leggera, dove tutto era possibile, era infinito e non c'erano limiti alle nostre risate, alla felicità. E vedo Pollo alzare la sua Heineken e sbatterla contro la mia e poi dissolversi nel vento, esattamente come questo mio ricordo, come la vita che me lo ha portato via. E tu invece sei qui. Babi, tu che non hai meriti, tu che non hai mantenuto il nostro patto e che mi hai fatto infinitamente soffrire. E mi viene da invocare il Signore.

« Dio ma che male ti ho fatto, perché me l'hai mandata di nuovo? »

E non trovo nessuna ragione e fisso il mio telefono cercando una qualsiasi spiegazione.

Comunque una cosa è sicura: sono proprio felice di averti rivisto e non sai quanto. Vediamoci ancora se ti va. Ti scriverò a meno che tu non mi dica che non mi vuoi più sentire. Ciao, Babi.

Perché? Perché il destino ti mette sempre alla prova? Per vedere se la scelta che hai fatto è quella giusta? Ma ce n'era bisogno? Così rimango a fissare di nuovo il mio telefonino. Sarebbe così facile: *Non mi chiamare mai più. Sparisci per sempre dalla mia vita,* fare come lei ha fatto con me. E invece no, non ci riesco. Rimango così, come sospeso, senza prendere nessuna decisione, che sia la vita a decidere per me. Di una cosa però sono sicuro, così lo chiamo sul telefonino.

« Giorgio? »

« Sì? »

« Hai mandato via Giuliana? »

« Sì, perché, c'hai ripensato? »

« No. Le ha dato anche il mio numero di telefono. »

18

Quando esco è ormai buio. Ho preso la sacca e ho mandato un messaggio a Gin, avvertendola che rientro più tardi. Non ho aggiunto altro. Non so cosa dire. Ed ecco che mi arriva la sua puntuale risposta: *Sono già tornata. Non ti preoccupare amore. Ceniamo quando hai finito.* E per la prima volta quella parola, « amore », mi sembra un po' stonata. Come se qualcosa si fosse improvvisamente spezzato. Come se le avessi mancato di rispetto per averle taciuto un segreto di cui nemmeno io ero a conoscenza. La cosa che più mi sorprende però è un'altra: non sono solo, c'è un pezzo di me, un pezzo che resterà nel mondo anche dopo di me. E questo mi dà un inspiegabile conforto. Mio figlio. Massimo. Che io lo voglia o no comunque esiste e in un modo del tutto inspiegabile sorrido, mi sento legato a quello sconosciuto. Ricordo le sue prime parole, i suoi capelli scuri, i suoi occhi, il suo sorriso.

« Anche io posso chiamarti Step? »

Mi dispiace non essere stato capace di dirgli altro, di chiacchierarci un po', di avere pronte quelle domande che adesso ho tutte in testa. Saluto la ragazza all'ingresso ed entro negli spogliatoi. Un giorno magari anche mio figlio andrà in palestra e io non lo saprò. Nella sala grande la musica è alta, malgrado i vetri spessi la riesco comunque a sentire. Dentro ci sono solo ragazze, agili, sciolte, muscolose, disegnano figure acrobatiche a una pertica, anche molto difficili, si attaccano, si rivoltano, provano ad andare in verticale o in orizzontale. Una ragazza dalla pelle scura e i capelli lunghi chiari si stende a bandiera, la pancia si scopre mettendo in risalto i suoi addominali perfettamente scolpiti. Sembra a suo agio in quella posizione. Non riesco a immaginarmela nelle altre... Parlo sempre della pole dance naturalmente. E, come se avesse sentito, la ragazza cambia movimento, e rimane attaccata a mezz'aria, tenuta dalla sola forza delle gambe. Poi atterra e allarga le braccia, come a voler sottolineare la chiusura della sua performance. Le altre ragazze battono le mani e lei divertita si inchina. Deve essere la maestra di questa nuova disciplina. Una giovane con i leggings elastici blu scuri e una maglietta lunga si è preparata per prendere il suo posto. Ma nel tentativo disperato di riuscire a fare qualcosa che gli somigli almeno un po', sembra più uno di quegli strani salami che si vedono appesi all'albero cartonato delle sagre paesane, e che qualche buontempone bendato deve cercare di tirare giù. Ecco, la ragazza rimane per un po' in verticale, mentre l'insegnante le urla alcune manovre, poi si avvicina e continua a urlare con le mani unite davanti alla bocca. Le cose sono due: o è sorda o è veramente un salame.

Appoggio il mio asciugamano sul bordo di una panca e mi distendo giusto il tempo per rivedere la ragazza tornare giù e scuotere la testa insoddisfatta. Decido di non occuparmene più e inizio a caricare i bilancieri, voglio fare un po' di pettorali. Mi stendo sulla panca e comincio piano, tiro su venti chili tanto per scaldarmi un po'. Ecco, mi sembra di essere tornato ai bei tempi, quando andavo al Budokan, la palestra dove ho cominciato ad allenarmi dopo essere stato picchiato da Poppy, un tipo grosso, che me le aveva date vicino al Caffè Fleming. Poppy mi aveva ridotto piuttosto male e avevo pensato di prendermi una bella rivincita. Ma senza muscoli non sarei andato da nessuna parte. Lucone, Pollo, Hook, Bunny, il Siciliano, li ho conosciuti tutti lì al Budokan. Lì dove ho iniziato a «pompare», dove si faceva colazione a uova e anabolizzanti, dai Deca-Durabolin fino agli incredibili steroidi usati per le mucche o i cavalli da corsa. Ma forse erano solo leggende. Eppure qualcuno cambiava voce, più profonda, quasi cavernosa, e la barba compariva dove poco prima non c'era stato nemmeno l'accenno di una minima peluria. E si diceva che gli anabolizzanti, a farne troppo uso, togliessero l'appetito sessuale. Ricordo che il Siciliano ne prendeva parecchi e diceva: «Meglio... Così mi do una calmata che in troppe si lamentano!» E rideva con la sua risata fatta di sigarette e birra e pompava e caricava il bilanciere più di tutti, 140, 160, 180, 200... E staccava fino a 240 urlando così tanto che le ragazze che stavano al piano di sopra a fare ginnastica si spaventavano. E il Siciliano continuava a sfondarsi di nandrolone, malgrado i pericoli e gli effetti indesiderati, come il fatto che dicessero ingrandisse tutto, meno «quello», anzi, che lo facesse addirittura rimpicciolire. Avevo visto spesso qualche vignetta che sottolineava la grandezza dei muscoli e la piccolezza del resto e anche al Budokan, sotto la doccia, all'epoca avevo notato quella strana contraddizione, ma attribuivo tutto a un caso della natura. Io non ho mai fatto uso di nulla. Ho mangiato tanto, sì, ho preso molte uova la mattina, fegato, lievito di birra che masticavo con gusto e Pollo mi guardava sconvolto perché a lui faceva schifo. Andavo in palestra ogni giorno, con disciplina, con volontà, con rabbia. Ogni allenamento significava spingersi oltre, tenere il peso, controllarlo, aumentare e andare avanti soltanto con la forza della mente. Volere. Fino a sentire urlare i muscoli dal dolore, la carne chiedere quasi pietà sotto lo sforzo dei bilancieri.

Scendo dalla panca e carico 50 da una parte e 50 dall'altra. Poi mi rimetto sotto e ne faccio cinque, sei in velocità, ora sento il peso e gli ultimi fatico un po', ma li porto a termine. Mi riposo. Prendo fiato. Chiudo gli occhi, stacco di nuovo il bilanciere, ne faccio altri dieci. Questa volta sono duri fin dall'inizio. Ma non perché pesano. Inizia a montarmi di nuovo la rabbia. La risata di Babi e quel pacchetto, un regalo bello e crudele, che mi mette davanti e poi mi toglie dalla vista e infine mi lascia aprire. E vedo la maglietta a strisce bianche e blu identica a quella del bambino, di mio figlio. E la rabbia aumenta, si era sentita con Giuliana, avevano deciso tutto alle mie spalle. No, aveva deciso lei, sempre lei, Babi, di entrare e uscire dalla mia vita, e quasi lo lancio il bilanciere, mi sembra leggero, senza peso tanta è la rabbia. E va su, più su, più in alto dei suoi appoggi e poi ricade sui supporti e rimbalza e oscilla a destra e sinistra, rischiando di cadere a terra, ma, con le mani, lo fermo.

«Ehi, ma tu sei Step?»

Mi alzo e cerco di capire chi mi parla. C'è un ragazzo di fronte a me.

«Stefano Mancini, non sei tu? Eri un mito per noi. La mia ragazza aveva ritagliato la foto della moto con quella tipa che si stringeva a te e mi diceva sempre: 'Devi essere ribelle come lui, non moscio come sei'. Cazzo, hai rovinato la mia adolescenza. Infatti ci siamo lasciati e non me l'ha data!» E ride con un suo amico lì vicino. È magro, asciutto, ma ben piazzato, ha i capelli ricci, folti, lunghi e gli occhi scuri. Assomiglierebbe a Renga, il cantante, se non fosse per i suoi denti un po' rovinati. L'amico gli batte un cinque come se avesse detto chissà quale incredibile battuta.

« Mi chiamo Diego, vengo da tanto in palestra, ma non ti avevo mai visto. »

« Sono nel Circolo, ma non mi alleno spesso qui, gioco soprattutto a Padel. »

« Ah il gioco dei froci! »

E l'amico suo comincia a ridere come un pazzo. « No, sei forte, troppo forte, oh! Mi fai scompiscia'! » E per questo gli dà una pacca sulla schiena.

« Ahia cazzo! Ma fai male così! Invece tu sei pesante, sei troppo pesante! »

In effetti l'amico è grasso, ridondante, è fatto a fiasco e la sua ciccia trasborda.

« A lui farebbe bene giocare a Padel. Malgrado quello che puoi pensare, fa bene sai. Ti fa fare fiato e ti asciuga. »

Così prendo l'asciugamano dalla panca, mi alzo, me lo metto sulle spalle e mi allontano.

« Ehi Step, perché non facciamo due tiri? »

Mi giro e Diego ha i pugni chiusi davanti al viso e ci balla dietro, fa l'occhietto e vorrebbe essere simpatico, ma non lo è.

« Dai, lì c'è un ring... » Me lo indica con il mento, piega la testa verso la spalla come a dire: e dai, non ti far pregare. E rifà l'occhietto. Eccessivo. Oppure ha proprio un tic.

« No, grazie. »

« E dai, voglio sapere se aveva ragione la mia ragazza. Se sono moscio. » E il tipo vicino a lui ricomincia a ridere, quasi si sganascia. « O hai paura? »

E io penso che è passato quel tempo lì, che non mi interessa più battermi, provare che sono il più forte, e poi penso che sono diventato padre, sì, ho un figlio, e devo essere responsabile. E dovrei tenere conto di tutte queste cose e invece all'improvviso mi viene da sorridere e dico semplicemente: « No, non ho paura ».

19

Ci prepariamo senza dirci una parola, mettendoci i guantoni che troviamo in una cassettiera lì vicino. Ci sono anche dei caschetti, ma lui non se lo mette, quindi lo evito anch'io. Si leva la felpa, poi la maglietta, è grosso, ben definito, ha braccia lunghe e gambe molto tozze. Comincia a saltellare a destra e sinistra, è leggero su quelle gambe forti, non ha molto peso sulla parte superiore perciò si muove con grande agilità. Il suo amico trascina una sedia al bordo del ring, tira fuori una gomma e la scarta. È la gomma del ponte, una Brooklyn. La piega e se la mette in bocca, mentre lascia cadere a terra la carta. È alla liquirizia, l'unico gusto che non mi piace.

«Ci prendi il tempo?» gli fa Diego. «Tre minuti va bene?» chiede a me.

«Sì.»

«Facciamo full contact o kick boxing?»

«Come vuoi tu.»

Allora Diego sorride. «Kick boxing.» E poi urla all'amico: «Tre minuti da adesso!» E immaginando un ipotetico gong, sbatte un guantone contro l'altro e viene verso di me. I suoi colpi sono precisi, tutti diretti al volto e al busto, che però riesco a parare. È veloce, si muove bene, ha fiato e quando rientra riesce anche a chiacchierare. «Cazzo, si chiamava Marianna, era una bella fica, sul serio, ma veramente bella, faceva bei giochetti, solo che voleva la storia d'amore seria. 'Come quella di Step!' Capisci, cazzo, era innamorata di te e non ti conosceva neanche! Tu te la saresti potuta scopare così.» E forse schiocca le dita dentro quei guantoni. «Invece io non ci combinavo un cazzo!»

L'amico scoppia a ridere, lui anche e mentre io mi distraggo Diego fa un salto circolare prendendomi in pieno sulla spalla. Mi sposta di brutto, facendomi finire contro le corde e quando rimbalzo e rientro, mi colpisce con un calcio frontale, dritto per dritto, portando la gamba al petto e poi veloce verso di me come se mi volesse far volare fuori dal ring. Ma sono rapido, abbasso il braccio destro e mi sposto con tutto il corpo evitando così la sua gamba che arriva, mandandolo a vuoto, ma lui ne approfitta e mi spara due ganci, un destro e un sinistro, prendendomi in pieno volto. Sento il colpo, mi si offusca la vista, infatti Diego mi appare doppio e che si sbellica dalle risate. «Se ti vedesse ora Marianna... Forse dovevi mettere il caschetto!» E sta di nuovo per colpirmi, con una serie di colpi al viso, ma appena si muove, io ne approfitto, mi giro su me stesso, apro il braccio e lo colpisco come una fucilata, una mazza da baseball in piena faccia. Diego non vede più niente, fa un respiro secco e casca a terra. L'amico dice «cazzo» e rimane a bocca aperta. Mi slaccio i guantoni e fingo, non so come, di stare perfettamente a mio agio.

«Ecco, se ci fosse Marianna ora avrebbe detto: 'Vedi, avevo ragione, sei moscio'. Salutamela.» Ed esco dal ring riprendendo il mio asciugamano. L'amico di Diego prova a rianimarlo, lo schiaffeggia, lo chiama e dopo averlo strapazzato vedo dallo specchio che Diego lo allontana con le mani, ma resta con la testa inclinata, cercando di recuperare le forze. Passo davanti alle ragazze. Quella di prima è di nuovo sulla pertica, questa volta deve aver messo bene le mani, non sembra più un salame, è riuscita nella sua piccola impresa e l'insegnante annuisce positiva. Con un'agile capriola, torna giù, soddisfatta. Mi diverte compiacermi dei successi degli altri e con questo pensiero mi infilo negli spogliatoi. Devo fare più fiato. Devo riprendere a correre. Devo venire più spesso in palestra. Sono fuori forma. Step fuori forma. Chissà come andrebbe adesso la gara di flessioni tra Budokani. Mi metto a ridere da solo. Sembro un noioso nostalgico dei tempi andati. Be', il Siciliano magari ancora lo batterei, è con uno di questi ragazzetti che me la vedrei male. Arriva un momento in cui il corpo ti abbandona, troppe riunioni, troppe chiacchiere seduti in ufficio, l'indolenza che si trasforma in pigrizia. Apro l'armadietto dove ho posato la mia roba e vedo il telefonino che si illumina.

Rispondo.

«Amore, ma dove sei?»

«In palestra.»

«Ma dai! Pensavo che avessi chissà quale riunione.»

«No, avevo bisogno di sfogarmi.»

«Perché? È andato male qualcosa sul lavoro?»

Non avrei dovuto dirglielo.

« Ehi, ci sei? »
« No, no, tutto a posto. »
« Sì, con questa voce. Quando torni a casa mi racconti. » E si mette a ridere. « Se vuoi vengo in palestra e facciamo a botte come quando ci siamo conosciuti. Questa volta però sento che ti stendo. Sei troppo fuori forma! »
« È vero. Pensa che sono salito sul ring. »
« E com'è andata? »
« Be', se non altro rispondo al telefono. »
« Ahahah, dai, non fare tardi. »
Eccola Gin. Gin e la sua allegria. Gin e la sua risata. Gin e la sua leggerezza. Gin e l'eleganza. Le cose semplici che le vanno bene e la fanno diventare così carina. Gin e la sua trasformazione con un po' di trucco e i tacchi alti. Gin sexy. Mi inizio a spogliare, mi infilo le ciabatte, prendo l'asciugamano.

Gin, com'è stato difficile recuperare il tuo amore, la tua stima, la tua tranquillità. Mi infilo sotto la doccia e mi ricordo tutto quello che ho fatto per riconquistarla.

20

Ogni mattina sono davanti al suo portone. Arrivo lì prima delle otto, così Gin sa che ci sono. Deve sapere che voglio lei, che ho sbagliato e che se non basterà il tempo a cancellare il mio errore, forse potrà almeno perdonarmi. E così sono qui. Quando Gin non esce e rimane a casa, so che mi guarda dalla finestra. La gente che abita lì vicino mi osserva con curiosità, mi riconosce non come Step, ma come « quello che sta lì ». L'altra mattina è passata una mamma che teneva per mano il suo bambino. Quando sono arrivati vicino a me, il bambino con la mano libera mi ha indicato.

« Mamma c'è il signore che aspetta sempre. »

La donna l'ha un po' strattonato tirandolo a sé. « Zitto. »

« Ma è lui, lo riconosco. »

Mi è venuto da ridere. Parlano di me nelle case lì attorno. Mario, il giornalaio, ormai mi saluta affabilmente. Ho scoperto che Alessia, la ragazza che porta ogni mattina il cane a passeggio, è un avvocato. Poi ci sono Piero, il fioraio, Giacomo, il panettiere, Antonio, il gommista. Tutti mi salutano, ma nessuno ha avuto il coraggio di chiedermi perché sto lì. Ed è già passato un mese. Oggi Alessia ha perso il cane, le è scappato, stava per attraversare la strada proprio mentre arrivava una macchina, quando sono riuscito a bloccarlo. L'ho placcato con tutte e due le mani intorno al petto e l'ho abbracciato. È un golden retriever biondo, bello, forte, ma sono riuscito a tenerlo. Alessia arriva correndo.

« Ulisse! Ulisse! Te l'ho detto mille volte! » E lo blocca col guinzaglio al collare. « Non ti devi allontanare. Hai capito? » gli urla con la mano alzata davanti al muso, anche se Ulisse guarda dritto, impassibile. « Hai capito? Hai capito sì o no? » Poi si quieta e si rivolge a me. « Fa sempre come vuole lui... »

Eh, pure tu a chiamarlo Ulisse cosa ti potevi aspettare? Ma non glielo dico, è ancora troppo spaventata per capire che è solo una battuta stupida.

« Grazie comunque... » E si apre in un sorriso. « Mi chiamo Alessia. »

Conosco il suo nome perché sua madre, ogni mattina, le grida dalla finestra di prendere le sigarette.

« Step. » E le stringo la mano.

Ci pensa un attimo, poi alza le spalle.

« Posso offrirti un caffè? Dai, mi farebbe molto piacere. »

Mi vede indeciso.

« O quello che vuoi, eh... »

« Un caffè va benissimo. »

Attraversiamo la strada per raggiungere il bar quando si affaccia la madre che, senza neanche cercarla, urla al quartiere: « Alessia! »

« Le sigarette », replichiamo noi due in coro.

« Sì, mamma, va bene. » Poi rivolta a me: « Le piace fumare, si capisce? »

« No... »

Nel bar ci accoglie il faccione paffuto di Franco.

« Ci fai due caffè? Step, tu come lo vuoi? »

« Lungo e macchiato caldo, senza zucchero. »

Ripete l'ordinazione e poi aggiunge: « Per me invece il solito, grazie ».

Alessia accarezza Ulisse e mi fa l'unica domanda possibile: « Ti vedo tutti i giorni qui sotto. È una scommessa o devi farti perdonare qualcosa? » E me lo dice con l'arguzia tipica degli avvocati. Poi aggiunge: « Qualunque cosa sia, se vuoi, ti do una mano, sei stato proprio bravo con Ulisse... » Così lo accarezza con ancora più forza sotto il collo.

« Non mi puoi aiutare, ma ti ringrazio. »

È una bellissima giornata, il cielo è limpido, è una distesa di azzurro, e noi ci fermiamo sulla soglia del bar.

Alessia ha in mano il suo caffè ristretto, e io gioco un po' con Ulisse che non ha nessuna voglia di tornare a casa. Alessia invece è lì che sta per rinchiuderlo, ha una causa in tribunale alle 11.

Proprio quando sto per salutare Alessia, Gin compare dall'altra parte del marciapiede, si guarda intorno, si stupisce che io non ci sia, ma quando mi vede, socchiude gli occhi e non fa proprio una bella espressione.

Alessia se ne accorge. « Invece di aiutarti mi sa che ho fatto un casino. » E lo dice con un lieve rammarico.

« Non ti preoccupare. »

« Sai in queste cose pensare che ci possa essere un'altra magari migliora pure la situazione... » Poi prende Ulisse, lo tira a sé, e mi guarda dal basso e solleva le spalle. « Be', spero che vada tutto bene, mi ha fatto piacere conoscerti, in un modo o nell'altro ci rivedremo. Comunque peccato... » E mi sorride e non aggiunge altro, sparendo nella strada in direzione del tabaccaio. Chissà cosa voleva dire. Ma non mi interessa più di tanto. Ora so solo che conosco anche Franco, il barista che prepara un ottimo caffè.

Il giorno dopo sono di nuovo lì, al solito posto, quando Gin esce dal portone. È con la madre. Poi mi vede e allora le dice qualcosa. La madre annuisce. Gin parte verso di me. È decisa, determinata e il suo passo non promette nulla di buono. Non ride, non smette di guardarmi, attraversa la strada senza controllare neanche se arrivi qualche macchina. È fortunata però, non arriva nessuno. Cammina così veloce che in un attimo è già davanti a me, mi travolge, a momenti mi dà una capocciata. Poi con il suo viso incollato al mio, mi mostra tutta la sua rabbia.

« Allora? Ti sei scopato anche lei? »

Mi scappa un sorriso ebete, ma in realtà non so veramente cosa cazzo fare.

« 'Lei' chi? » E mentre lo dico capisco che avrei dovuto portare la nostra discussione tutta da un'altra parte.

« *Lei chi?* Lei. Non certo quell'altra! Lei Alessia, lei l'avvocato. La conosco da quando sono piccola. Abita al secondo piano del palazzo attaccato al mio. Sta da tre anni con un medico, ma lo tradisce con uno più giovane, un cazzone che si chiama Fabio, uno come te. »

Chiudo gli occhi e decido di provarci.

« Scusami. »

« Scusami di quella che ti sei scopato prima o scusami di quella che ti stai scopando adesso? No spiegami. Così so quali scuse devo prendere in considerazione. »

La vedo ferita, arrabbiata, come non è mai stata. Il suo viso è contratto, segnato, sembra quasi più spigoloso. Ed è soltanto colpa mia.

« Perdonami Gin... » Ma non mi lascia parlare.

« Potevi pensarci prima. Non lo sapevi che me la sarei presa? Cosa pensavi? Che avrei accettato il tuo tradimento come se nulla fosse? Hai visto da quanto ti aspettavo, no? » Ha le lacrime agli occhi, si sono raccolte nella parte inferiore, come un'immensa diga che sta per esplodere.

« Sul serio... Non so cosa mi sia successo, ti giuro, vorrei tornare indietro e non aver mai fatto quello che ho fatto. »

« Non sai resisterle, è questa la verità. Sarà così ogni volta che la incontrerai... » Avverto una rassegnazione amara in quelle sue parole.

« No. Ti sbagli Gin. È stata solo la voglia di poter dimostrare che era ancora mia. E invece era tutto finito e me ne sono accorto... »

« Mentre te la scopavi? »

Gin non mi ha mai parlato così, la sua rabbia la trasforma, la fa diventare cattiva come non è mai stata.

« Poteva essere un amore bellissimo il nostro, invece hai scelto di non volermi, non ero abbastanza per te. Hai rovinato tutto. Ormai, sarà comunque imperfetto. »

E se ne va via prima di scoppiare a piangere. Raggiunge sua madre e cominciano a camminare in silenzio, senza dirsi niente. A sua madre è bastato guardarla un attimo per capire che non c'era nessuna parola che potesse in qualche modo consolarla. Poi si gira e guarda me. Ha sul viso la stessa espressione di quella mattina in cui mi ha fatto entrare con le rose in mano. Il mio primo tentativo di farmi perdonare da Gin. Nella sua camera ho posato i fiori sulla scrivania e lì ho trovato i diari. La verità di Gin, il suo sogno, nascosto a tutti. E quel sogno ero io. Mi amava da diverso tempo, conosceva la mia storia con Babi, sapeva molte cose di me, anche che ero stato in America, perché era riuscita a diventare amica di mia madre. Sì anche di mia madre. Poi il nostro primo incontro, alla stazione self-service di notte dove mi aveva rubato la benzina. Avevo creduto che tutto fosse accaduto per caso, e invece lei l'aveva pianificato. Gin e la sua pazienza da donna. Gin e l'amore assoluto. Gin e il suo grande sogno... E io avevo distrutto tutto in una notte. Rivolgo un ultimo sguardo alla madre. Lei mi fissa senza rimprovero, senza giudizio, vorrebbe forse comprendere l'incomprensibile, capire quel dolore che sembra immenso di sua figlia, così grande che non ha il coraggio di chiederle... Ma se ha visto me e quello che lei mi ha gridato incollata al viso, sa che c'entra una delusione, una mia colpa, un errore. Ma è così grande da essere imperdonabile? Non vuol dire forse rinunciare alla possibilità di essere felici? E proprio in quel suo sguardo che mi accompagna, mi sembra di scorgere queste riflessioni. E poi qualcos'altro mi fa capire che forse è proprio lei l'ultima carta da giocare.

21

Il giorno dopo.

Sono circa le dieci e mezza quando Gin si allontana da casa, e io esco dal mio nascondiglio, un albero, dietro il quale sono rimasto per non essere visto. Non ho incontrato né Franco, né Alessia né nessun altro. Gin ha dei Ray-Ban scuri, una giacca nera e i capelli raccolti in una coda. Di solito non porta gli occhiali e il sole, oggi, non è neppure accecante, ma forse è l'unico modo per non mostrare le tracce della notte trascorsa a maledirmi, chissà. Il suo pianto è unico. Piange come forse non mi è mai accaduto di vedere, in silenzio, con le lacrime che le scendono una dopo l'altra senza aver intenzione di fermarsi. È inarrestabile, come se veramente si liberasse di tutto il dolore che prova. Finora la ragione di quel pianto non ero stato io, ma Francesco, il suo fidanzatino, come lo chiamava lei, giustificando con quel diminutivo ogni mia inutile gelosia. Francesco era stato il suo primo e unico ragazzo, il più stronzo di tutti, così ancora lo ricordava. Aveva trasformato la bellezza di quel primo amore nel peggior errore della sua vita. Quella sera si erano lasciati un po' troppo sbrigativamente e lei era tornata a casa per finire di studiare. Però qualcosa le ronzava nella testa, così aveva provato a chiamarlo ma il suo cellulare squillava a vuoto. Era andata a cercarlo al Gilda, il locale dove sarebbero dovuti andare. Gin raccontava e iniziava a singhiozzare, dalla rabbia, mi rassicurava lei, « perché è stato un vero bastardo », rincarava, « ha tradito la mia fiducia ». Un sesto senso l'aveva condotta fino a casa di Simona, una sua amica che però non piaceva per niente ad Ele, che infatti le diceva sempre: « Sei proprio scema a fidarti di quella lì ». Poi alle 3.45 il portone della casa di Simona si era aperto e Francesco le era apparso come il peggior ragazzo esistito sulla terra. Gin si era sentita attraversare da un dolore enorme e un attimo dopo da un unico possibile piacere, vendicarsi di chi non aveva rispettato le regole dell'amore. Era nella sua Polo, aveva lasciato andare la frizione ed era partita a tutto gas contro la Mercedes SLK 200 di Francesco. Un botto fantastico, l'aveva centrata in pieno; sul fianco laterale e sulla portiera. Gin è anche questo. Amore e rabbia, orgoglio e lacrime. Nel profondo credo che la cicatrice del ricordo di Francesco le facesse ancora male perciò cominciò a piangere in modo silenzioso e a dirmi: « Non mi fare mai niente del genere, non potrei accettarlo un'altra volta ».

Le baciai il viso ancora bagnato e andammo a Monti. C'era l'inaugurazione del negozio di un'amica e per un po' si era distratta tra quelle borse in neoprene e le cinture colorate, tra orecchini con segnali stradali e altri a palla o con lunghi pendagli di tutte le sfumature possibili. Si era soffermata su un paio di orecchini creati con una carta dai disegni orientaleggianti, li aveva provati e si era illuminata ma alla fine aveva deciso di non prenderli. Peccato, era bellissima con quegli orecchini pendenti. Poi aveva incontrato una sua amica e si erano salutate abbracciandosi con grande affetto. Si chiamava Gabriella, stavano in classe insieme, ma lei era più brava, mi aveva detto ridendo. Così continuarono a chiacchierare, ridevano e scherzavano sulle vicende di alcune amiche comuni, su come erano cambiate, su cosa facevano e rimasero tutte e due sorprese del fatto che una certa Pasqualina si fosse finalmente fidanzata. La guardavo da lontano e chiacchierava tantissimo, sembrava non fermarsi più, ogni tanto agitava le mani. Si era finalmente allontanata da quella tristezza che l'aveva travolta. Gin ascoltava divertita l'amica e alla fine si fece una bella risata. Ecco, la tristezza se n'era andata del tutto. Un po' come capita ai bambini che passano dal pianto al riso senza accorgersene. Mi guardò da lontano e poi sorrise anche a me, sbatté gli occhi un attimo, come a dire: va tutto bene, sto meglio, grazie. Almeno questo mi sembrò di capire.

Quando arrivammo a casa sua ormai era sera. Scese dalla moto e mi abbracciò forte. Mi tenne stretto a sé a lungo e mi sussurrò all'orecchio: « Grazie, sei stato troppo carino ».

E rimanemmo un po' a fissarci. Poi lei scosse la testa.

« Tu non capisci quanto ti amo, Step. »

Ma non mi diede modo di risponderle. Scappò via entrando nel portone senza neanche girarsi, come se si fosse quasi vergognata di questa sua dichiarazione.

È vero. Forse non lo capivo sul serio. Ha un modo talmente suo di amare.

Quando arrivai a casa, mi squillò il telefonino.

« Amore! » Mi travolse col suo entusiasmo. « Ma non dovevi! »

« Cosa? »

« Cretino! Costavano troppo! »

« Guarda che ti sbagli, mi piacerebbe, ma purtroppo deve essere stato il pensiero di qualche altro ammiratore. »

Rise come una pazza.

« Forse non te ne sei accorto, ma in quel negozio come possibile mio ammiratore c'eri solo tu, gli altri erano donne o gay! »

Mi misi a ridere anch'io, non ci avevo fatto caso, avevo guardato sempre e solo lei, sperando che riuscisse a disperdere quel dolore.

« Mi piacciono un casino, li volevo prendere, ma costavano troppo. »

E in quel momento mi arrivò una foto. Era lei con gli orecchini che le avevo fatto trovare nella tasca del giubbotto. C'era scritto: *Ti piacciono? A me moltissimo, quasi quanto te! E non per queste subdole sorprese*. Poi la sentii di nuovo ridere al telefono. « Ti è arrivata? Forse dopo te ne mando una sexy e mezza nuda come premio. Oggi sei stato veramente perfetto. »

E attaccò. Bene, ero contento. Stava meglio. Così decisi di andare in cucina e farmi una birra, un po' di relax, magari un giro al computer, un film, quando all'improvviso il telefonino squillò. Era un messaggio, una foto. E rimasi sorpreso. Lei con i suoi pudori. Lei con la sua timidezza. Lei con un suo candore. Era nella semioscurità, ma nuda e aveva solo gli orecchini ben illuminati. E sotto la foto aveva scritto: *Solo per te, per sempre*. Mi venne voglia di lei, così decisi di risponderle. *Vorrei essere lì. Per toglierti anche gli orecchini e poterti amare ora.*

Mi mandò subito un cuore.

Ecco, questa è Gin. Quella sera aveva superato il suo dolore solo sentendosi amata.

Ma oggi come potrò farglielo superare? Sono io questa volta la colpa, devo farle credere di nuovo in me.

Così busso alla porta e mi preparo qualcosa da dire. Mi viene in mente solo: « Mi deve aiutare ». Forse andrebbe meglio: « Gin è splendida e io sono un cazzone ». Sarebbe la verità perfetta, ma credo che mi richiuderebbe la porta in faccia, senza voler sentire altro. Rimango in silenzio, con la faccia contro quella porta ancora chiusa, pensando altre possibili frasi. Ma non mi sta venendo in mente nulla. Ci sono dei momenti della vita che sembrano interminabili. Questo è uno di quelli. Poi, sento dei passi avvicinarsi che alla fine si fermano proprio dietro la porta.

« Chi è? »

« Stefano Mancini. »

« Chi? »

Ecco, appunto. Peggio. Non sa nemmeno chi sono. Poi la porta si apre e compare la signora che esce spesso con Gin, sua madre. « Buongiorno, signora, sono un amico di sua figlia... »

« Lo so chi sei. »

Rimango in silenzio. Mi sento morire. Cazzo, nella mia vita ho fatto a botte con certi che erano il doppio di me e non ho provato niente e invece di fronte allo sguardo di questa donna mi trovo in difficoltà.

« Sei Step no? Mia figlia mi ha parlato di te. »

« Sì, sono io. E cosa le ha detto Gin? »

« Di non aprire. » Poi mi sorride. « Ma ormai l'ho fatto... »

22

Quella mattina Gin esce e non lo vede. Da un lato è contenta, sotto sotto però le dispiace. Non pensava che si sarebbe stancato così presto, ma se le cose stanno in questo modo, vuol dire che è stato meglio per tutti. Sua nonna Clelia glielo ricordava sempre: « Li devi far aspettare gli uomini fino a quando non ne possono proprio più, e anche tu. Ecco, quello che resiste e rimane è quello perfetto ».

Step non è stato perfetto. Peccato, le piaceva anche nella sua imperfezione.

All'università, presa dalle lezioni di Diritto, non ci pensa più di tanto. Manda un messaggio a casa, avvisa la madre che tornerà verso le sei e pranza con un tramezzino al salmone e una centrifuga di mela, arancia e carota. La madre legge il messaggio e sorride. Chissà cosa dirà mia figlia di tutto questo. Lo so già, mi accuserà di essere una traditrice, ma in fondo penserà che ho fatto bene. Almeno spero. E così dicendo prende quella busta e la prepara in cucina per quando sarà il momento di dargliela. Alle diciotto e qualcosa sente la porta aprirsi.

« Mamma ci sei? Sono io... »

A Francesca comincia a battere forte il cuore. Ha paura di farsi scoprire, che l'emozione sul suo viso possa tradirla. Sua figlia è particolarmente sensibile.

« Ehi, sei qua, cosa stai facendo? »

Gin è sulla porta della cucina.

« Secondo te? » Le mostra il ferro da stiro in mano e una camicia del padre appoggiata sull'asse.

« Fammi indovinare... Uhm. » Poi sorride fingendo di illuminarsi. « Ci sono! Stai provando a bruciare una camicia di papà! »

« Esatto! E se ci riesco, te lo sorbisci tu, precisino com'è. »

« Dov'è, piuttosto? »

« A giocare a calcetto con gli amici. »

« Si tiene in forma, non c'è che dire... »

Gin se ne va in camera sua e per un attimo pensa a suo padre in forma e a sua madre che stira le camicie per lui, cercando sempre di farlo apparire bello, elegante, adeguato a ogni situazione, perfetto. Ecco, sì, perfetto. Chissà quanto lo ha fatto aspettare, secondo le regole di nonna Clelia. Gin si mette a ridere. E chissà se sono ancora appassionati, e che cosa accade in quella camera una volta a settimana? Al mese? All'anno? Gin ritorna con la mente a Step, a come vivevano prima, ai giorni passati alle Maldive, senza quasi niente addosso, nell'acqua calda, in spiaggia, nel bungalow, senza orario, senza tempo, senza appuntamenti. Il sesso, l'amore, non c'era un momento che non si toccassero. Step per lei era una specie di calamita, lo sentiva, l'attraeva, bastava che le sfiorasse una gamba, la schiena, o semplicemente un braccio perché lei si accendesse. Non le era mai capitato con nessun uomo, non che ne avesse avuti tanti, anzi. E poi l'odore, l'odore di Step che quando aveva tra le braccia leccava e baciava dappertutto. Un afrodisiaco naturale. Una questione di chimica, si era anche andata a documentare Gin, si trattava dei feromoni, una sostanza odorosa che gli esseri umani producono e che ci porta dritti dritti verso il partner giusto. E pensare che qualcuno l'aveva perfino accusata di essere algida, altri frigida, no, la verità è che non era mai stata innamorata e l'amore a volte può lì dove nessuno mai poté. Gin si mette a ridere da sola. Altro che frigida, con Step credeva di essere diventata una specie di ninfomane, si spaventava e sorprendeva allo stesso tempo nel vedersi così. Come quella notte nel bungalow dove sotto le stelle gli aveva detto: « Basta, basta, ti prego ». Stava tremando per quello che aveva provato e per quanto aveva goduto. Step aveva riso, pensava che lo prendesse in giro. « Non hai capito, ero su Omega. Sono completamente ebetita! »

« Ma non esiste ebetita! Casomai, inebetita! »

« Ma, ecco, appunto, se lo dicevo giusto, non lo ero! »

E avevano continuato a ridere e poi a bere della birra fredda, guardando le stelle, e Gin si era persa in quel suo abbraccio e nei suoi occhi e in ogni singolo bacio che le sembrava unico, speciale.

« Sei mio? »

« Solo tuo. »

La notte del giorno dopo fecero l'amore con più dolcezza, lo sentiva muoversi dentro di lei, prima piano poi più forte, con passione e Gin gli morse il collo e lo strinse a sé, arrivando quasi a urlare.

« Zitta! » le sussurrò Step ridendo. « Ci sono i vicini. »

«Saranno felici anche loro se mi sentono così!»

Si addormentarono così, persi nel sapore di quell'amore, ancora caldi di sesso, con le bocche aperte, uno dentro l'altra, vivendo lo stesso respiro, senza mai staccarsi.

Gin sembra quasi risvegliarsi da quel ricordo e le vengono le lacrime agli occhi. Non era abbastanza? Volevi di più? Non era la cosa più bella che potessimo vivere? Avevi bisogno di riandare con lei? Eppure la conoscevi già, non era neanche una conquista. Perché? Sono mesi ormai che si fa questa domanda e sono mesi che non trova la risposta. E non fa sesso da allora. Forse non lo farà mai più! Oh mamma mia, non ci vuole pensare.

«Mamma!» Va in cucina e mentre cammina ricordando il pensiero che aveva avuto su di lei e papà, le viene da ridere.

Francesca ha appena finito di stirare, si tira su una ciocca di capelli che le è caduta sul viso. «Sì, amore, dimmi.»

Gin compare in tuta sulla porta. «Vado un po' a correre. Ho bisogno di sfogarmi. Tra un'oretta sono a casa.»

Francesca annuisce, vorrebbe tanto dirle tutto o qualcosa, sì, insomma, il piano, quello che è stato stabilito, ma non ci riesce. «Certo, tesoro. A dopo.»

E così la guarda uscire e rimane immobile di fronte a quella porta chiusa e alla tristezza di Gin che, anche se non si vede, traspare. E la colpa è proprio di quel ragazzo, di Step. Francesca scuote la testa. Chissà come la prenderà Gin, non so proprio. Ma ormai ha deciso, non le piace dover accettare le cose senza poter far niente, Francesca crede che un movimento sia sempre meglio di non fare assolutamente nulla e lasciare che sia il tempo a cancellare un dolore. E se neanche il tempo bastasse? Inizia a mettere a posto quello che ha stirato. Poi si concede un piccolo sorriso. No, è convinta di aver fatto bene così.

Gin arriva con la sua Micra al laghetto di Tor di Quinto, parcheggia e appena esce dalla macchina si infila le cuffie, seleziona la sua playlist di Spotify e comincia a correre. Come prima canzone parte *Yellow* dei Coldplay. Ecco, pensa Gin, devo cominciare a pensare a una vita nuova, Step ha smesso di cercarmi, ha conosciuto Alessia o qualcun'altra, ha capito che non ne valeva la pena, che sarebbe stato più facile così. E questo pensiero la addolora, l'avrebbe voluto ancora per tanto, tantissimo tempo davanti a quel portone, e alla fine perdonarlo. È possibile il perdono in amore? E io ne sarei capace? Non continuerei sempre a pensare che lui in quegli attimi non è stato mio? La sua bocca, la sua lingua, il suo respiro, il suo abbraccio, la sua testa, il suo cuore, il suo... No. Non ci voglio pensare, cazzo! Ecco, dovevo pure dirlo! E si mette a ridere, allungando un po' il passo. Vabbè, cominciamo a immaginare una nuova vita, sì, una nuova vita con un altro. Iniziamo dalle persone che ultimamente hanno cercato in qualche modo di rimorchiarmi: uno, Giovanni, bello fisicamente, ma un po' troppo stupido. Studia Medicina, ma è tutto io, io, io. Io so fare questo, io so fare quello. E io... Come sarò a letto? Oh mamma mia, proprio no. Non riesco neanche a pensare che mi tocchi. Due, Massimo. Alto, magro, un bel viso, interessante. Ma troppo insicuro. Dovrei provocarlo io e sinceramente non mi va. Mi ripete troppe volte che sono bella, come se fosse un limite, invece di un semplice piacere. Si autocondiziona. Sarebbe sempre sofferto, un martoriarsi continuo. Tutto il contrario di quello stronzo, spavaldo di Step! Affanculo! Lo dice quasi con rabbia, sapendo quanto era perfetto pur essendo totalmente imperfetto e quanto andava bene per lei. Niente. Basta. Stop. Altro che Step. Via dalla mia vita, per sempre. Definitivamente. Devo uscire dal portone senza neanche essere curiosa, senza aspettative, senza pensare che possa essere lì fuori e se c'è andare oltre, lasciarlo indietro, in quella vita che non mi deve più appartenere, che si porta dietro un dolore troppo grosso. E così corre concentrata, rompendo il fiato, tenendo il ritmo, aiutata dalle note di *Come* di Jain. Poi un lampo. Ecco, ci sarebbe Nicola. È l'unico che mi fa ridere, e che mi fa passare qualche momento divertente e spensierato all'università. Una volta mi ha anche accompagnata a casa. Se ci avesse incontrato Step! Sarebbe stato giusto per lui, se lo meritava. Forse non sarebbe stato giusto per Nicola, però. Sempre attento, cortese, mai una parola di troppo, un'allusione. Sa capire i miei tempi. Ha compreso che non è il momento, che per adesso è bello conoscersi, distrarsi, ridere. Mi ha invitata più volte a cena, ma gli ho detto di no. Se mi cerca e mi invita di nuovo, ho deciso, accetto.

Così Gin aumenta il passo. Inizia a correre con foga, è l'ultimo giro prima di rientrare a casa per cenare con i suoi. Non sa che le cose andranno in maniera totalmente diversa.

23

« Mamma, sono tornata! »

Gin si chiude la porta alle spalle e avverte uno strano silenzio.

« Mamma, ci sei? »

Ed ecco comparire Francesca che sembra aver trovato la giusta tranquillità. « Sì, certo, ci sono... »

« Che stavi facendo? » Gin alza il sopracciglio leggermente insospettita.

« Stavo cucinando, perché? »

« Uhm... È vero, sento un buon profumo. Che hai preparato per stasera? »

« Sto facendo una bella zuppa di funghi per papà... »

« Che vuol dire? E per me no? Tu non me la racconti giusta. »

« Ma che dici! » si mette a ridere Francesca. « Certo che ce n'è anche per te! Però non so se hai un invito o che... »

Gin si ammutolisce. Il suo cuore inizia a battere veloce. Sente mancare il fiato, le gira per un attimo la testa. Chi? Cosa? Non può essere stato qui. Non di nuovo. Non adesso. Non con mia madre. Gin allora la trafigge con lo sguardo, ma sua madre è tranquilla, le sta sorridendo, scuote la testa come a dire: cosa c'è bambina mia? E poi pronuncia una semplice frase: « Eleonora ha lasciato una busta in camera, forse dei biglietti, non lo so, non l'ho aperta ».

« E certo! Ci mancherebbe! »

Gin torna « la dura », sicura di sé, e si dirige rapida verso la sua stanza. Francesca tira un sospiro di sollievo, il grosso è fatto. Meno male, pensavo di non riuscirci. Sulla scrivania c'è una busta chiusa, Gin la apre strappandola di lato e trova un biglietto con la scrittura inconfondibile di Ele.

Ehi, come stai, amore mio? Non ci sentiamo da un sacco! Vieni stasera al ristorante Mirabelle a via di Porta Pinciana, 14? Dai, una bella cenetta insieme! Ti devo dire una cosa importante. Troppo, troppo importante e non te la posso certo dire per telefono! Non fare la solita sòla che non vieni, eh? Ho prenotato il tavolo Fiori, ore 21.00. Dai, ti aspetto!

Gin chiude il biglietto, sono già le 20.20, cavoli, devo ancora fare la doccia e non so se arrivo per le 21. Vabbè, ora la chiamo. Gin prende il cellulare, digita il numero ma c'è la segreteria. Niente, al solito Ele è una casinista. Che pizza, devo fare tutto di corsa!

«Mamma!» le grida dalla camera mentre si spoglia veloce.

«Sì, amore?»

«Niente, stasera mangio fuori!»

Ma dai, pensa Francesca, sul serio? E se la ride.

«Va bene, non fare troppo tardi.»

«No, no.»

E con un salto s'infila sotto doccia.

24

Quando Gin posteggia nel parcheggio Ludovisi, sente la vibrazione del telefonino. È arrivato un messaggio. Guarda l'ora. Sono le 21. Che Ele sia diventata così puntuale? Non lo è mai stata in vita sua. E ora vorrebbe che lo fossi io! Roba da pazzi. E proprio in quel momento si accorge di quanto ci si possa sbagliare. È Nicola. Assurdo, le coincidenze esistono per davvero. Ci stava pensando proprio poco prima.

Ciao Gin, come stai? Spero tutto bene. Ti va domani sera di andare da qualche parte? C'è l'inaugurazione di un nuovo locale, sennò il ristorante che ti avevo detto. Fammi sapere. Buona serata o buonanotte se vai a letto presto. Ma dubito...

Non sarà Step, però almeno è simpatico. Così gli risponde subito. Sì, basta indugi.

Tutto bene, grazie. Mi fa molto piacere vederti. Opterei per il nuovo locale. Comunque ci sentiamo domani. Buonanotte.

Sì, molto meglio l'aperitivo in un locale che una cena noi due soli. La cosa assurda è che mi aveva proposto proprio il Mirabelle, il ristorante che ha scelto Ele. Be', si vede che questo posto va proprio di moda. Così Gin supera il portone dell'hotel e segue le indicazioni. Entra nell'ascensore, preme il 7. Le porte si chiudono e sale su, verso l'attico di questo splendido edificio. Quando l'ascensore si apre, rimane a bocca aperta. Luci soffuse, fiori ovunque, vetrine colme di cristalli, vasi di vetro soffiato e porcellane antiche, perfette, immacolate. Le grandi vetrate si aprono su una vista mozzafiato, che parte dagli edifici umbertini del Pinciano fino ad arrivare al centro storico e ancora più in là, dove gli ultimi tetti romani si confondono con l'infinito. Il locale è completamente vuoto. C'è solo un cameriere, sui cinquant'anni, leggermente stempiato che le sta sorridendo e vicino a lui, vestito di tutto punto, in quella che inevitabilmente è la sua divisa con tanto di cappello in testa, lo chef, un uomo col pizzetto, dall'aria attenta.

« Buonasera, lei dev'essere Ginevra », dice con un tono gentile il cameriere. E Gin non riesce a far altro che annuire. « La stavamo aspettando, prego, di qua. Il tavolo Fiori, giusto? »

Gin annuisce di nuovo e li segue in silenzio. Lo chef l'accompagna e le passa un foglio.

« Mi sono permesso di preparare questi piatti, ma se desidera altro dica pure... »

Gin prende il menu, in carta leggermente zigrinata, color panna, e inizia a leggere. Deglutisce. Non crede ai suoi occhi.

Spaghetti vongole veraci e bottarga. Spigola al sale con contorno di asparagi e patate viola. E infine ananas e gelato al pistacchio.

Sono i suoi piatti preferiti. Riesce soltanto a sillabare: « No, no, va benissimo ». Lo chef sorride, ma Gin sa che qualcosa proprio non va. Non è da Ele avere idee come queste, non si ricorda nemmeno se metto o no lo zucchero nel caffè, figuriamoci una lista così dettagliata.

« Prego. » Il cameriere sposta la sedia, facendola accomodare.

« Con permesso, torno in cucina. »

E tutti e due si allontanano. Al centro del tavolo c'è un computer con un post-it attaccato sopra, con scritto in stampatello: *Per te, aprilo.*

Gin lo avvicina, alza lo schermo e lo spinge leggermente indietro, fino ad averlo perfettamente davanti. Sulla tastiera c'è un altro biglietto sempre con la scritta in stampatello: *Spingi qui.* E Gin lo fa. Parte un filmato con una musica bellissima di Tiziano Ferro, *Hai delle isole negli occhi,* e sfuma proprio quando sullo schermo compare Eleonora.

« Allora, ti dico subito di non arrabbiarti, purtroppo ho un impegno, ma ti giuro che cenare in questo posto con te sarebbe stata la cosa più bella al mondo e che l'avrei voluto fare con tutto il cuore. Oddio, ci avrei mangiato volentieri anche con due altri gnocchetti che ho sott'occhio. Ma no, dai, scherzo! Purtroppo sono ancora molto presa da Marcantonio e a fare tutto questo sono stata costretta proprio da lui... Cioè non lo sentivo da più di due mesi e mi ha chiamato solo per questo, capisci? »

Poi Eleonora guarda a destra dello schermo, e annuisce. « Sì, sì, va bene », dice a qualcuno fuori dalla visuale. Poi si gira di nuovo verso la camera del computer e sbuffa, si vede che quel qualcuno deve averle vietato qualcosa. « Ora purtroppo ti devo proprio salutare, divertiti, mi raccomando, e domani mi racconti tutto, capito? Ma proprio tutto tutto... »

E sorride maliziosa prima di interrompere la ripresa.

Gin rimane a guardare lo schermo nero quando parte un altro filmato. Appare sua madre, con lo sguardo perso.

« Ma devo parlare? Cioè, è partito? Ah sì, va bene, allora inizio. » Francesca è un po' imbranata e guarda qualcun altro anziché la telecamera. Poi da fuori dell'inquadratura qualcuno le spiega cosa deve fare e alla fine Francesca si centra meglio e inizia a parlare. « Allora, amore mio, già so che da oggi in poi io sarò la traditrice, ma ogni tanto una madre si deve prendere le sue responsabilità. Ecco, ho pensato che fosse giusto intervenire su questa vicenda perché vedo che sei stata e stai troppo male. Vuoi sapere cosa ho pensato in tutti questi giorni? Ecco, te lo dico, che a volte noi siamo testardi e solo per orgoglio rinunciamo alla nostra felicità. Ci vedi felici a me e papà? Sì, giusto? Be', devi sapere che anche noi abbiamo fatto i nostri errori, e abbiamo avuto le nostre crisi, uno dei due ha sbagliato, ha tradito. Ora immagino che potrai essere sorpresa o magari ci rimarrai male, ma è giusto che tu lo sappia. Devi sapere e soprattutto pensare che i tuoi genitori sono umani e anche lui è umano ed è normale che sbagli. Mi ha chiesto... » E si vede Francesca che indica oltre lo schermo qualcuno. « Di convincerti, di farti ragionare, di farti capire che ti ama. Sì, così mi ha detto! No, stai tranquilla, non mi ha raccontato nulla di quello che è successo, però mi ha fatto capire che ha sbagliato. Sono tua madre e non ho bisogno di sapere ogni cosa, avevo già intuito benissimo tutto. Dovrei essere proprio scema se non mi accorgessi di quanto hai pianto e che il ragazzo che ogni mattina è davanti al nostro portone non è un nuovo postino, ma qualcuno in cerca del tuo perdono. È così difficile perdonare? Forse. Si soffre molto, lo so, io ho sofferto, ma sono felice di aver dato un'altra possibilità a tuo padre. Oddio, mi sono tradita, ti ho detto che è stato lui. » Francesca ride. « Comunque se non lo avessi perdonato tu e tuo fratello oggi non ci sareste e sono sicura che la mia vita sarebbe meno felice senza di voi. Amore, decidi quello che preferisci, però volevo farti conoscere un nostro pezzo di vita che ti mancava e che forse ti aiuterà a decidere meglio. Ti voglio bene. Mamma la traditrice. »

Gin rimane in silenzio a guardare lo schermo e dopo neanche un secondo parte un nuovo filmato. Questa volta c'è lui, Step.

« Ecco, pensavi che ti avessi abbandonata, vero? No, io non mollo mai. Ho convinto Marcantonio, dietro una serie di richieste indescrivibili, a far scrivere a Eleonora il biglietto che hai trovato. L'ho costretto con una serie di ricatti. Insomma, in qualche modo tutti dobbiamo qualcosa a qualcuno. Tranne tua madre. Lei è stata veramente carina, ha avuto soltanto seri problemi con l'inquadratura, l'hai visto, no? Poi ci ha preso la mano. Pensa però che quello era praticamente il ventesimo ciak! Insomma, abbiamo girato quasi un film! » Gin scoppia a ridere. « Be', ormai è pronta per una trasmissione televisiva o una fiction. Io però non le ho detto nulla, né di noi, né di quello che doveva dire. E lei mi ha chiesto solo una cosa: 'Step, sul serio la vuoi fare felice?' E io le ho risposto: 'Più di ogni altra cosa'. Allora tua mamma ha sorriso e mi ha detto: 'Dai, forza, tira fuori la cinepresa, giriamo'. E poi si è stupita: 'Ma con quello lo fai? Con il telefonino? Io chissà cosa mi credevo!' »

È vero, pensa Gin, mamma è proprio così, tecnologicamente scorretta. E continua a guardare il video.

« Ora, cara Gin, le cose sono due. Avrei potuto disturbare e coinvolgere anche tuo fratello, tuo padre, tuo zio, le persone delle quali mi hai parlato, oppure andare in TV dalla De Filippi. Però la cosa da dirti è sempre la stessa. Non credi che lo Step che sta facendo tutto questo per te ti ama, si sente in colpa e vorrebbe essere perdonato? Okay. Se non mi vuoi perdonare, amami semplicemente come mi amavi prima, a me va bene lo stesso. »

Il filmato si dissolve in una serie di foto che avevano fatto insieme nel tempo trascorso, mentre scorre la sua canzone preferita, *Certe notti* di Ligabue. Ed ecco le foto dell'audizione al Teatro delle Vittorie, la loro prima cena, una passeggiata insieme, un gelato preso in un bar e poi loro due che ridono perché a Step si era piegato il cono e aveva fatto cadere il gelato sul bancone. In moto, con una foto rubata dallo specchietto, un selfie su corso Francia, uno sul ponte al tramonto, uno davanti ai lucchetti, un altro all'alba di chissà quale giorno in quella spiaggia così selvaggia e vuota delle Maldive. Poi la canzone di Ligabue si mixa con le parole di *Orgoglio e dignità* di Lucio Battisti. *Senza te, senza più radici ormai, tanti giorni in tasca, tutti lì da spendere...* i ricordi di tutto quel tempo passato insieme... *Mi sento come un sacco vuoto, come un coso abbandonato...* Sì, così mi sono sentita Step. Nessuna canzone è mai stata più precisa e calzante, perfino la musica segna straziante il dolore del vuoto di un amore. Le lacrime cominciano a scendere silenziose, una dopo l'altra, mentre lei rimane davanti a quello schermo buio, in quella sala illuminata, in quello splendido attico sui tetti di Roma. Eppure quella bellezza non può colmare il dolore. No, non ce la faccio, pensa Gin. Poi nel buio del computer appare il suo riflesso. Step è dietro di lei.

« Ciao Gin. Il tuo dolore mi devasta. Ti guardo ora e mi vergogno ancora di più. Non vorrei mai aver fatto quello che ho fatto, tornerei indietro e cancellerei quel momento, ma non è possibile. Ancora non hanno inventato una cosa del genere. Solamente tu puoi farlo, se vuoi, con un semplice sorriso e lasciando indietro tutto questo dolore. Ti prego, fallo, regalami quest'altra possibilità, ti giuro, non accadrà mai più. »

Step allarga le braccia, poi chiude gli occhi, aspetta che, in un modo o nell'altro, il destino si compia, che qualcosa succeda. Una cosa è certa, tra poco qualcosa accadrà. Poi sente la sedia spostarsi, allora stringe più forte gli occhi, fa un respiro profondo e spera. E finalmente il suo abbraccio forte e pieno arriva. Step apre gli occhi. Gin è sul suo petto. Si discosta di poco e gli sorride.

« Mi chiedo perché ti amo così tanto, ma non trovo nessuna risposta. L'unica cosa che so è che è incredibilmente bello... »

E si baciano con passione. Dal fondo del ristorante, dietro la porta a vetri, il cameriere e lo chef guardano la scena. « Ecco », sospira il cuoco, « la cena può cominciare. »

Ma il cameriere continua a sorridere e a godersi il lieto fine di quello strano film.

« Muoviti, forza, vai in sala, senti quale vino desiderano! » lo rimprovera, e se ne torna in cucina a ultimare il Menu Gin.

Poco più tardi. Oltre le grandi finestre il cielo blu scuro è illuminato da qualche stella lontana.

« Che posto... è spettacolare », dice Gin.

Step sorride e posa la bottiglia di Traminer nel secchiello del ghiaccio.

« Sì, è bellissimo. »

« Ma come hai fatto? »
« A prenotare? Ho chiamato, è semplicissimo. »
« Cretino! Ad averlo solo per noi. »
« Vuoi sapere la verità? Non lo so neanch'io, secondo me hanno saputo della nostra storia e così si sono impietositi per me. »
Gin sbuffa. « Ma non puoi essere serio per una volta? »
« Okay. Dovevano un favore a Pollo, così ho usufruito di questa, diciamo, gentilezza... Ma comunque la cena me la fanno pagare, eh! »
« Che cafone che sei! »
« Ma scusa, mi chiedi... Non te lo dovevo dire? »
« Potevi evitare. »
« Eh, no. Tu devi sapere che ho cercato di riconquistarti in tutto e per tutto. Mica solo grazie a una gentilezza di Pollo. »
« Certo che quel tuo amico aveva crediti per tutta Roma. »
« Sì, faceva in giro un sacco di favori. E poi anche se era un po' così... era simpatico a tutti. »
« 'Così' come? Che cosa intendi? »
« Così, così... così Pollo. Ecco. »
Gin annuisce, e assaggia un boccone di spigola. « Mmmm, buonissimo il Menu Gin! »
« Sì... »
« Lo chef è veramente bravo. »
« Sì, è vero. »
Gin lo guarda, e improvvisamente cambia umore. « Eri già stato qui con qualcun'altra? »
Step diventa serio. « No, mai. »
Gin si sofferma a fissarlo di nuovo.
« È vero. »
Si rasserena e riprende a mangiare. Poi s'interrompe, come se si fosse ricordata di qualcosa. « Giura che non verrai mai qui con un'altra. »
Step prende il tovagliolo e si pulisce, alza le due mani, incrocia gli indici davanti alla bocca. « Giur... »
« Sì, giurin giuretto! Serio, devi dirlo serio. »
« Okay. »
Allora alza la mano destra e la mette aperta con il palmo vicino al suo viso e rivolto verso di lei.
« Giuro che non verrò mai più con nessuna qui al Mirabel-

le... » E aggiunge: « Se non con te e spero per festeggiare qualcosa di bello e non per farmi perdonare ».

« Sì, sono d'accordo. » E tutti i timori sembrano allontanarsi dal suo viso.

Nel silenzio di quella bellissima sala ci sono soltanto loro due, non si sentono voci, se non fosse per *The Look of Love* di Burt Bacharach che fa loro compagnia.

Gin senza alzare lo sguardo dal piatto gli parla a bassa voce, con un tono che non sembra quasi il suo.

« Non so come hai convinto mia madre e non so neanche come hai convinto me. Però ti prego, non farmi soffrire mai più. Ne morirei. Se non pensi di esserne capace, alzati ora e vattene, ti prego. »

Step la guarda, ha lo sguardo ancora abbassato sul piatto, rimane per qualche attimo in silenzio e improvvisamente si vergogna come non mai di quello che è accaduto.

« Gin, perdonami, sul serio, non accadrà mai più, te lo giuro. »

Poi le stringe la mano, allora Gin alza il viso e gli sorride. Sembra convinta e serena, è finalmente tranquilla e così ricominciano a mangiare. Si guardano spesso e ogni tanto si sorridono, ancora con qualche piccolo imbarazzo.

Poi Gin improvvisamente ha un'ultima curiosità.

« Scusa, ma se io non ti davo retta, tutta questa cena la pagavo io? »

« Temo proprio di sì. »

« Allora meno male che sei rimasto! Sono uscita senza soldi. »

25

Il cancello elettrico si apre e io entro con la mia Smart dentro al cortile. Abito sulla Camilluccia, in un piccolo villino all'interno di un comprensorio. Il giardino è illuminato, i gelsomini e le rose bianche, le bougainville sulla facciata della casa inondano il piazzale quando scendo dall'auto.

Dalle finestre del primo piano intravedo il salotto e la cucina, le uniche due stanze con la luce accesa. Salgo veloce le scale, apro la porta e sento la sua voce.

« Amore, sei tu? »

« Sì, sono arrivato. »

Poggio le chiavi della macchina e quelle di casa sul tavolino all'ingresso e mi levo la giacca e vedo arrivare Gin, con il suo bellissimo sorriso, luminosa come sempre, solare, piena di allegria, mi abbraccia forte.

« Eccoti, che bello, finalmente sei arrivato. Siediti di là che ti devo far vedere una cosa. » Così sparisce in cucina ma continua a parlarmi da lontano: « Allora, com'è andata in palestra? »

« Bene. Come ti ho detto al telefono, un ragazzo ha provato a stendermi ma non ce l'ha fatta. Come vedi, sono tutto intero. »

« E sul lavoro? »

« Bene! »

Faccio partire dal mio iPhone una compilation di musica jazz e mi siedo sul divano centrale.

Non le racconto dei successi, delle chiusure dei contratti, ma neanche della segretaria complice, del suo accordo con Babi, della mia assoluta tranquillità nell'andare a quella mostra, dell'incredibile sorpresa nell'incontrarla, di credere agli scherzi del destino, a quanto sia buffa la vita. E poi invece scoprire che era tutto organizzato, che la gente entra ed esce dalla tua vita senza chiedere permesso, senza bussare... La gente? Lei. Lei, che da un giorno all'altro era sparita senza avvisare, è passata per un saluto, per darmi una notizia, ma nulla di speciale eh, una cosa così: « Sai, hai un figlio... »

« Eccoti la tua birra. »

Gin interrompe l'altalena dei miei pensieri, è davanti a me con una Bud e un bicchiere. Io mi attacco direttamente alla bottiglia.

« Su certe abitudini non cambi mai... »

Annuisco e do un sorso ancora più lungo e mi sento in colpa e, come se non bastasse, Gin è stranamente curiosa.

« Ma cosa è successo sul lavoro? Mi racconti? Ti ho sentito proprio strano. »

E la guardo e per un attimo vorrei rivelarle tutto e invece le sorrido e rispondo semplicemente: « Oh, nulla di che ».

E mi chiedo quante volte la gente si sente dire « oh nulla di che » e dietro invece c'è un mondo intero, una marea di cose che di più non potevano proprio essere. E tra quello che penso di dire a Gin e quello che realmente le dirò, ci faccio passare un sorriso. Sì, sorrido con la massima leggerezza, senza farle capire che inevitabilmente la mia vita è cambiata. E anche la sua, forse.

« Allora, sei pronto? » mi stuzzica divertita. « Devi prendere un po' di decisioni e così come sei bravo, lucido, determinato sul lavoro, devi esserlo anche qui. »

« Ma chi ti dice che sono così sul lavoro? »

« Ho i miei informatori. »

Certo non la segretaria, spero, e mi viene da sorridere.

« Ah, certo, Giorgio. Ma lui ha un'ottima opinione di me, alterata da non so cosa. »

« Pensi che sia gay? »

Gin sembra sinceramente preoccupata.

« Ma no, stavo scherzando! »

« Ah, okay. Allora aspetta qui. »

Non ho neanche il tempo di farmi un altro sorso di birra che Gin ricompare con alcuni dépliant.

« Ecco qua. In questi giorni che sono stata a casa dei miei ho raccolto tutto il materiale, ora te lo mostro. » E appoggia le brochure sul tavolo basso di fronte a noi. « Allora... » Mi guarda tutta soddisfatta. « Da dove vuoi iniziare? »

« Da un'altra birra! » Mi alzo e vado in cucina. « Vuoi qualcosa? »

« Sì, una Coca Zero, grazie. »

E così torno da lei con un bicchiere con dentro una fettina di limone e le due bottiglie, la sua Coca Zero e la mia Bud, birra che mi piace moltissimo.

« Ehi! Addirittura una da 75! »

« Ho sete, ho sudato un sacco in palestra... »

Non le dico la verità. Ho bisogno di rilassarmi, di lasciarmi andare. Do un lungo sorso mentre sento che parla.

« Allora, il ristorante è questo sul lago, guarda che bello tutto illuminato. » E mi indica l'immagine di una villa con tanto di giardino curato e soluzioni interne ed esterne per il buffet e gli ospiti. « Qui potrebbero andare i musicisti. » E tira fuori l'i-Pad. « Che ne dici di Frankie e i Cantina Band? Fanno della musica favolosa, tutti gli anni '70, '80 ma anche i pezzi di Tiziano Ferro, Beyoncé, Justin Timberlake... »

Annuisco in maniera quasi ebete perché penso sempre di più che dovrei raccontarle tutto. Come posso sposarmi senza condividere con lei quello che mi è appena successo?

Gin continua a mostrarmi le sue scelte. « Per le bomboniere alla fine ho deciso che mi piacevano gli acquarelli di vedute romane, quelli dell'amica pittrice di Ele. Belli, vero? Invece per il menu ci sarebbero alcune possibilità... Ma tanto lunedì andiamo a provare tutto con i miei genitori. Te lo ricordavi, vero? »

Annuisco e dico: « Sì, certo... » Anche se naturalmente mi era completamente passato di testa.

E lei riprende a raccontarmi i dettagli pieni di amore per quello che sarà il nostro giorno più bello.

« Il vestito non te lo posso far vedere e neanche l'acconciatura dei capelli, ma non sai quanto mi piacerebbe un tuo consiglio! » E mi sorride e mi dà un bacio e mi stringe forte. E mi sembra ieri quando le ho chiesto di sposarmi, visto quello che era accaduto.

26

Abbiamo fatto l'amore con le finestre aperte, la luce della luna filtra nel buio della stanza e illumina Gin, scoprendola a tratti. È di una bellezza sensuale, un po' bambina, con i capelli più corti, e quelle labbra morbide e pronunciate. La guardo nella penombra, con i suoi seni bagnati dalla luce della luna.

« Che c'è, perché mi guardi? »

« Sei bellissima. »

« E tu sei una bellissima fottitura! Mi dici così per farmi sentire bella, però non ci credi minimamente. »

« Ma smettila, mi piaci da morire e lo sai. »

Allora Gin mi viene vicino e mi sussurra all'orecchio: « Prendimi di nuovo, ti va? »

« Moltissimo. »

E io non me lo faccio ripetere. Ne avevo già voglia prima di sentire quelle parole.

Più tardi stiamo insieme sotto la doccia, abbracciati, insaponati, perdendo piano piano quel sapore di sesso, ma non il desiderio, che come brace si accende al minimo colpo di vento. Poi avvolti nei grossi accappatoi, beviamo un po' di birra, chiacchieriamo di lavoro, di possibili progetti, di un viaggio da fare, di un Paese da conoscere, di amici comuni, di qualcuno che si è da poco fidanzato, di storie finite.

« E noi? Cosa sarà di noi? »

Gin con quella stessa leggerezza, così come a volte mi ama con grande passione e senza limitarsi nelle parole, mi guarda negli occhi.

« Cosa sarà di noi? » Poi aspetta troppo poco per una mia risposta, mi sorride e continua: « Sono già passati sei anni e ora io torno a casa mia lasciandoti qui da solo. E questo accade ogni volta. E spesso. E se da una parte mi piace tutto di questi momenti dall'altra non mi piace lasciarti ogni volta. Sai, ci ho pensato, mi sembra assurdo perdere tutto questo tempo... »

Così lascia cadere a terra l'accappatoio e rimane nuda, con solo la birra in mano, dà un lungo sorso, mi sorride, poi poggia la birra sul tavolino lì vicino e va verso i vestiti, senza nessun pudore. Si piega, li raccoglie e mentre si ricopre nascondendo le sue nudità, mi comunica la sua decisione.

«Se entro la fine del mese non mi fai una dichiarazione d'amore con tanto di anello, ti lascio!»

Io scoppio a ridere.

«Ormai lavori, hai questa bella casa in affitto, staremo bene, potremmo mettere su famiglia.»

«Sì, ma...»

«Ecco, vedi? Ma... Non va bene quel 'ma'. Meni a tutti e poi hai paura delle cose più semplici.»

Gin è ironica e anche un po' pungente, insomma, ci sta prendendo gusto.

«Scusa, con i soldi che hai guadagnato, paghi uno di quei ghost-writer, come li chiami tu, e ti fai scrivere il discorso d'amore, poi vai dai miei e li convinci...»

«Pure?»

«Be', hai costretto mia madre a girare un filmato per farmi tornare con te! Ora non vuoi fare a tutti e due un discorso carino per fargli sapere che vuoi sposarti la figlia?»

«Ah certo, è giusto...»

Gin mi regala un lieve sorriso, ma poi torna seria.

«Guarda che non sto scherzando, hai un mese, altrimenti ci lasciamo.»

«E il nostro amore? Questi splendidi momenti, rinunceresti a tutto questo?»

Gin prende la borsa. «No, magari ti vedrei ancora ogni tanto... Per scopare scopi bene, ma vuol dire che non mi ami abbastanza.»

Faccio per alzarmi dal letto e prepararmi, ma Gin mi ferma con la mano.

«Non ti scomodare. Prendo un taxi. Così ti abitui...»

E senza salutarmi esce dalla stanza così rimango solo. Guardo quella porta chiusa, ne sento ancora l'eco nell'incredibile vuoto. Ma come può una serata cominciata così bene, che sembrava perfetta, romantica, divertente, prendere improvvisamente una piega così? E non c'è stata una frase sbagliata, non una parola fuori posto, un messaggio scoperto, una telefonata inaspettata o qualsiasi altra cosa esterna a rompere la magia. Non riuscivo a farmene una ragione, eppure le donne sono così.

Anche con Babi una volta mi era successo... Mi viene da ridere, se Gin fosse ancora qui e intuisse cosa sto pensando non immagino quale nuova piega potrebbe prendere la serata!

E così mi ritrovo da solo a fare il punto della mia vita, a bermi un'altra birra guardando il cielo coperto, a perdermi tra quelle nuvole, cercando la luna o almeno una stella, qualcosa che in un modo o nell'altro mi indichi la scelta da fare. E allora senza un disegno preciso, senza un vero perché, mi viene in mente un filmato, ci sono mio padre e mia madre, i loro giorni felici in quel piccolo attico vicino a Ponte Milvio, a via Mambretti, e ci sono anch'io, cammino attaccato al muro, tenendomi forte per non cadere. Mia madre è bellissima e mio padre sempre sorridente e c'è anche mio fratello Paolo, che già sa camminare ed è vestito in maniera impeccabile fin da allora. Mi sto ricordando di una videocassetta che ho visto tanti anni prima, ma quel suo attimo di felicità è forte e prepotente. Allora tutto funzionava, ognuno faceva quello che doveva fare, e tutti erano soddisfatti, ognuno credeva nell'altro. Quando si è piccoli si ha fiducia nell'uomo, quando si cresce bisogna avere il coraggio di non perderla. E io? Io sarò capace di non deludere Gin? Riuscirò a mantenere una promessa di quella portata? Solo l'averlo pensato mi fa abbandonare la bottiglia di birra. La metto lì, sul bordo della finestra, prendo un bicchiere e lo riempio di rum. John Bally Blanc Agricole. Per una scelta seria ci vuole roba seria. Quando poggio il bicchiere, lo sento tutto. Brucia, è forte, secco ma anche saporito nella scia finale che rimanda allo zenzero. E così mi lascio andare in cerca di una via d'uscita, a quello che è meno di un problema e più di una soluzione. D'istinto mi collego a Internet, e per assurdo provo a trovare un testo da usare per una richiesta di matrimonio. Incredibile, io Step che sto per fare questo passo e non solo, mi sto addirittura facendo aiutare! In rete c'è di tutto, ma il mio occhio cade su questa: *Il matrimonio è bellissimo. È meraviglioso trovare quella persona speciale che ti darà fastidio tutta la vita!* Con una frase di questo tipo, Gin sarebbe capace di prendermi a pugni come quella volta sul ring, se non peggio. Poi vedo un flash mob dove tutti gli amici più cari del futuro sposo le cantano un pezzo di una canzone per farle capire quanto lui la ama. Poi alla fine arriva lui, e in ginocchio le dà l'anello. Non è male, c'è solo un piccolo problema: i miei amici. Te lo immagini uno come il Siciliano, o come Hook, Bunny, gente coi muscoli, testosterone alto e vite da teppisti alle spalle, intonare una dolce canzone d'amore? No, meglio cercare ancora: *Andare al ristorante e farle trovare l'anello sotto il piatto.* Banale e già visto tante volte. Trovo altre soluzioni ma niente di convincente, così bevo un altro sorso di rum e accendo la televisione. Il pollice, col quale faccio uno zapping compulsivo, si ferma improvvisamente quando vedo la scena di un film che mi sembra familiare. Ma certo, le è perfino piaciuto, come ho fatto a non pensarci prima?

E allora come accade nella parte finale di un puzzle, quando le ultime tessere del complicatissimo disegno improvvisamente si incastrano con grande facilità, ho chiara la sequenza di tutti i miei ragionamenti successivi. Metto su un caffè e prendo alcuni fogli, è meglio lavorarci subito prima che l'ispirazione svanisca.

27

E così il giorno dopo Gin rimane sulle sue e non si fa sentire. Aspetta forse una mia telefonata, dei fiori o perfino una mia decisione... Ma io mi prendo semplicemente un giorno intero per preparare al meglio la mia sorpresa.

Quando la mattina Gin esce di casa, è in un ritardo fottuto.

« Gin? » le dice un signore accanto a una Mercedes nera.

« Sì? Però guardi che sono già in ritardissimo, quindi faccia presto, altrimenti chieda a mia madre perché di solito lei aspetta sempre qualcuno o qualcosa, capito? Non so come mia madre riesca a rispondere in modo cortese anche a quelli che la chiamano di sabato o di domenica e le propongono nuovi contratti sul telefonino, che poi lei il cellulare lo usa pochissimo... » Gin lo guarda meglio. « Mi scusi, le sto raccontando tutte queste cose della mia vita... che, primo, sono private e, secondo, immagino che a lei non gliene importi proprio un bel niente. » Poi Gin lo fissa e si mette le mani sui fianchi. « Insomma, si può sapere cosa vuole? »

« Mi avevano avvisato che avrebbe reagito così, se non peggio. Questo è per lei. » E il signore in elegante livrea le dà un biglietto.

Gin curiosa lo apre, avendo già qualche sospetto.

Amore mi dispiace che tu l'altro giorno te ne sia andata via dopo tutto quello splendido sesso, e non ti sia fatta più sentire... sei la solita testarda.

Gin copre il foglio con la mano. « Lei non lo ha letto questo biglietto, vero? »

« Ma ci mancherebbe. »

Che stupida domanda, pensa Gin, che poi, se l'avesse fatto, mica me lo direbbe, e riprende a leggere: *Ora, sperando che sia stato splendido anche per te, ho capito che sei troppo stressata e così ti regalo un giorno di cortesia tutto per te. Fai quello che vuoi, vai dove vuoi, divertiti e usa il gentile signore davanti a te come preferisci... Professionalmente intendo! Step.*

Non ci credo, sei proprio figo Step, anzi 10 e lode come ti chiamavano un po' di tempo fa, pensa Gin tra sé e sé.

«Okay, andiamo!»

Il signore apre lo sportello dell'auto e Gin si accomoda dietro, proprio come una gran signora.

«Allora? Dove la porto?»

«Università, grazie. E veloce che sono ancora più in ritardo!»

«Va bene, signorina, ce la metterò tutta.»

«Ecco, allora giri qui e prenda quella stradina lì in fondo, così evita dei semafori. Poi sempre dritto su viale Liegi...»

«Mi scusi, questa macchina può andare dappertutto, taglieremo per Villa Borghese e così faremo prima, vedrà, mi lasci fare, si fidi.»

«Va bene, facciamo come dice lei.»

Poi Gin prende il telefonino e mi scrive il seguente messaggio: *Cazzone... Non so se così mi recuperi del tutto, comunque mi piace. Mi hai sorpresa, positivamente, e ti amo anche se potrei rinnegare tutto.*

Dopo pochi secondi le arriva la mia risposta: *Lo so, sei così. Ti amo anch'io e non rinnego nulla. Divertiti...*

Gin si mette a ridere, si infila gli auricolari e si rilassa canticchiando *Relax, Take It Easy* di Mika. Guarda la città che scorre fuori dal finestrino.

Però, con l'autista è veramente una goduria, un sacco di stress in meno e puoi pensare di più a te e a quello che vuoi fare. Avrei del tempo in più ogni mattina. È anche vero che pensare troppo alla fine fa male. Meglio farlo ogni tanto. Va bene, vorrà dire che una volta al mese gli faccio una scenata! pensa Gin mentre esce leggera dall'auto. «Ci vediamo più tardi.»

«Mi trova qui quando ha finito.»

Si dirige verso Giurisprudenza per assistere alle lezioni, alla fine, come sempre, si ferma a chiacchierare di dispense e appunti con Maria Linda, la sua amica fuori sede, che le chiede un passaggio.

«Sei in motorino?»

«No, in macchina.»

«Hai trovato posto?»

«In un certo senso. Facciamo così, ti do un passaggio se non fai troppe domande!»

Maria Linda alza le spalle. «Okay.» Ma quando arriva davanti alla Mercedes nera con tanto di autista elegante che con occhiali scuri e perfetto tempismo le apre lo sportello, non ce la fa più. « Eh no scusa, sei disonesta! In questa situazione è impossibile non fare domande! »

« Sali e resisti! »

Ma dopo neanche cento metri, Maria Linda si avvicina all'orecchio di Gin.

« Oltretutto è pure fichissimo, l'autista! Cazzo, tutte tu! »

Gin sghignazza, mentre Maria Linda provava a insistere: « Allora, o parli o fermi la macchina e scendo. No, veramente, non ce la faccio più a resistere, sto morendo dalla curiosità ».

« Okay, ti dico tutto, va bene? Basta che non ridi. »

« Assolutamente, giuro! Comunque ti rendi conto che sei l'assurdità di contraddizioni? Cambi facoltà perché con la laurea in Lettere non vedevi sbocchi nel sociale. Studi come una pazza la storia del diritto d'asilo, fai tutta quella di sinistra, odi le mie Hogan, e poi ti trovo all'università con la macchina nera e l'autista? Come minimo mi devi una spiegazione. »

« L'altro giorno ho avuto una discussione con Step, e questa mattina mi è arrivata questa sorpresa. »

« No! Non ci credo! Il mio manco una rosa, solo tristi SMS, con pure qualche errore di ortografia! E no, cazzo, che vita ingiusta! »

In poco tempo arrivano a casa di Maria Linda che, prima di scendere, le consiglia: « Litiga ogni giorno, così mi passi a prendere soprattutto quando abbiamo l'esame, mi raccomando, che arriviamo più tranquille! »

Gin ride e la saluta.

« Dove andiamo, signora? »

« Mi dispiace se sono stata un po' aggressiva, stamattina... »

« Non si preoccupi. Ero stato avvisato. »

« Non le ho nemmeno chiesto come si chiama. »

« Ernesto. Dove la porto, Gin? »

« A casa. Grazie. »

E l'auto riprende veloce la sua corsa. Quando giungono sotto casa, Gin si guarda allo specchietto e fa un sorriso. È stata proprio una bella giornata.

« Ernesto, vada pure. E grazie di tutto. »

« Non c'è di che, ma sono pagato fino a tarda sera. Quindi le conviene approfittare. »

« Benissimo, allora salgo su, mangio una cosa al volo e poi ripartiamo. »

« Perfetto. »

« Vuole che le porti qualcosa? »

« No, grazie, non si preoccupi. »

« Va bene, come vuole. »

Gin scende dall'auto proprio mentre suo padre arriva con un collega.

« Ciao papà. Ciao Gianni. »

« Ciao Gin. »

« Papà, ci vediamo su. » E scompare oltre il portone.

Gianni guarda incuriosito Gabriele. « Ma tua figlia ha l'autista? »

« E pensa che non si è ancora laureata. »

Gianni scuote la testa. « Non me ne parlare, mio figlio Tommaso non studia, l'altro, Pietro, pensa di diventare milionario con i Game Boy e passa tutto il giorno davanti alla PlayStation, e sai che dice? 'A papà, anche Zuckerberg faceva così!' Hai capito, è tutta colpa di quello che ha inventato Facebook se ora non fanno niente. Rimorchiano, chattano tutto il giorno su Internet, e il calcio è l'unica materia in cui sono davvero preparati. Conoscono le quotazioni anche dei giocatori internazionali più sconosciuti. »

« Vedrai che poi cambiano con l'età », cerca di rincuorarlo Gabriele, pensando a quanto è fortunato ad avere anche una figlia femmina.

« Speriamo che sia come dici tu. »

I due colleghi si salutano e quando il papà di Gin entra in casa come prima cosa allarga le braccia. « Mi aspetto una spiegazione plausibile... O una vincita al SuperEnalotto. »

« Be', la verità papà è che è stato il mio ragazzo. » E ride, imbarazzata.

« Bene, l'altra volta ha fatto fare l'attrice a mia moglie, nonché tua madre, per uno strano film... Stavolta mia figlia ha un autista per chissà quale altra ragione! »

« Ma no, abbiamo discusso e lui si è voluto scusare in questo modo particolare. »

Proprio in quel momento entra la madre.

« Ecco, è arrivata l'attrice! »

« Sì, sì, sediamoci a tavola che è meglio. »

Il padre si mette il tovagliolo sulle gambe. « Allora qualche volta devo discuterci anch'io... Chissà cosa ricevo di bello. »

Gin deglutisce.

« Ecco papà, meglio di no, non sempre è così gentile. »

« Ah... vabbè. Allora meglio che mangiamo. »

Gin e la madre si scambiano uno sguardo d'intesa. Francesca inizia a mangiare e per un attimo ha un piccolo dubbio. Spero di aver fatto l'attrice per una giusta causa.

Quando Gin esce da casa, l'autista le apre la portiera.

« Rieccomi, dovrei andare alla De Paolis per un provino. »

« Certo, non c'è problema. A quest'ora la strada dovrebbe essere anche meno trafficata. »

« Meglio così! »

Gin si mette a scrivere.

Ma che stai facendo? Dove sei?

Lavoro e penso a te, risponde Step.

Sì... Battisti dei poveri! Dai dimmi!

Penso a te e lavoro.

Ho capito, hai da fare. Peccato. Speravo che dopo il provino alla De Paolis, ci potevamo concedere l'autista io e te, anzi, che potevamo usufruire della macchina così ti facevi perdonare del tutto... Però dovevi prendere un'auto come quelle che si vedono nei film, con il vetro nero che si alza ed esclude l'autista... Non so se mi hai capito. Questo mi sa che è un po' guardone!

Sul serio?!

Ma no, scherzavo. Vabbè, ci sentiamo stasera. Ancora grazie per questa bellissima sorpresa.

Prego, figurati.

E Gin tira fuori il copione con le battute da dire.

Step invece non posa il cellulare e manda un SMS a Ernesto prima di uscire dal suo ufficio. *Sto partendo, ci vediamo lì.*

Ernesto sente il telefonino vibrare, lo guarda senza farsi vedere da Gin e legge il messaggio di Step, poi fa una curva entrando negli studi della De Paolis. « Eccoci qua, siamo arrivati. Come si chiama la produzione? »

« Italian movie. »

« Benissimo. » Ernesto abbassa il finestrino e si rivolge al custode. « Mi scusi, per la Italian movie? »

« In fondo a destra, al Teatro Sette. »

« Grazie. »

Il custode alza la sbarra, Ernesto guida in quella direzione fino a fermarsi davanti al Teatro Sette.

Gin scende dalla macchina.

« Torno appena ho finito. »

« Sì. In bocca al lupo, si dice così? »

« A volte anche merda va bene... ma comunque crepi il lupo! »

E se ne va verso l'ingresso del teatro.

Passa davanti a due ragazzi e uno dei due fa all'altro: « Hai visto che fica? »

« Sì, ma non l'hai riconosciuta? È quella di *Un posto al sole*! »

« Ma dai, è lei? »

« Non hai visto che è arrivata con l'autista? »

« Sì, infatti. Ma c'hanno tutti 'sti soldi quelli della Italian movie? »

« Boh, pare de sì. »

Gin si mette a ridere ed entra nel Teatro Sette per fare il provino. Poco dopo torna in macchina. Ernesto le apre lo sportello.

« Tutto bene? Possiamo andare? »

« Sì grazie, non dobbiamo aspettare. Si tratta di una pubblicità e non si capisce mai bene come vai, non è come quando hai un testo preciso per il teatro o per il cinema che ti puoi fare un'idea di quello che pensa il regista. Cioè se ti prende oppure no. Che poi i registi prendono una decisione tutta loro, ma almeno qualcosa puoi intuirla. Torniamo a casa. »

Ernesto riparte ed escono dagli studi De Paolis.

« Comunque grazie, per oggi ho proprio finito, non saprei come utilizzarla, sul serio... »

« È sicura? »

« Certo! Lei è stato molto gentile ed è stata una giornata veramente insolita. »

Allora Ernesto le sorride e tira fuori dal cruscotto una busta.

« Questa è per lei. »

Gin incuriosita la apre subito. Ci sono dentro un'altra busta e una breve lettera.

Vorrei essere lì e vedere che espressione fai... Ma vorrei essere lì non solo per questo. Sono contento perché penso che tu abbia passato una bella giornata e la vorrei far concludere nel migliore dei modi. Dentro questa busta c'è qualcosa per te...

E così Gin ancora più curiosa apre anche la busta più piccola, che contiene un iPod e un altro biglietto. *Ogni traccia ti guiderà.*

Gin si mette gli auricolari e spinge PLAY. Sulle note di *Neanche il mare* dei Negramaro, ecco la voce di Step.

« Ehi, non te l'aspettavi vero? Vedi quanto può una tua sfuriata? Avevo letto una volta questa frase: *L'amore rende straordinaria la gente comune.* Dovremmo cambiarla con *Gin e le sue scenate rendono straordinario chiunque*! Ora forse starai ridendo, e sono felice. Ricordati che quando l'autista si ferma devi far partire la seconda traccia. » È un pezzo di Eros Ramazzotti. *Più bella cosa non c'è, più bella cosa di te...* Gin ride sul serio. Quante volte gliel'aveva cantata lei quella canzone, imitando Eros Ramazzotti, fingendo una voce nasale, ballando davanti a lui con addosso solo la sua camicia celeste e una birra vuota al posto del microfono.

Grazie di esistere... È questa la sua canzone preferita. Così a Gin vengono in mente tanti dettagli della sua storia con Step, salgono su dal profondo, misteriosamente scomparsi, improvvisamente riaffiorano, facendole capire quanto è innamorata.

Gin, seguendo le indicazioni, mette la seconda traccia, un pezzo di Bruce Springsteen. *Born in the U.S.A.*

E come la voce degli auricolari che al museo ti accompagna durante la visita, Step inizia a raccontare: « Qui ci siamo conosciuti, ci siamo visti per la prima volta... » La macchina ora è ferma davanti a quel benzinaio di corso Francia. « Tu stavi rubando la mia benzina come se dessi una fregatura a uno qualunque. Mi hai fatto credere che era un caso, che il destino ci aveva fatto incontrare. Invece solo dopo ho capito che era tutto preparato... » Gin si ricorda del suo piano, di quei due anni passati pensando a lui che era fuggito in America, poi la notizia del suo ritorno, i tentativi per incontrarlo, fino a quando era accaduto di averlo di fronte, quella sera. Poi la macchina riparte e fa una serie di fermate e ogni volta è una traccia diversa.

« Qui ti ho lasciato in auto, e ho scavalcato il cancello dell'Orto botanico e ti ho portato un'orchidea selvaggia, ti ricordi? Purtroppo nella piazza del Campidoglio non ti posso far portare, ma ai Fori sì... Nel vuoto delle rovine c'era quella panchina dove abbiamo fatto l'amore. » E Gin si emoziona e passano davanti ai suoi occhi le immagini dei tanti giorni trascorsi con lui, del conoscersi sempre meglio, fino a *fondersi*, come gli aveva detto una volta.

« Sei sempre dentro di me... » gli aveva sussurrato. Step con la battuta pronta le aveva risposto: « Magari! » A quel punto Gin l'aveva spinto, urlando: « Ma non in quel senso! Cretino, sei proprio un coglione... »

Poi improvvisamente la macchina si ferma. Traccia numero sette. Ma non c'è niente di familiare in quella strada. Gin la fa partire.

« Ecco, ti starai chiedendo cosa abbiamo fatto qui, cos'è accaduto, o forse ti starai arrabbiando perché pensi che mi possa essere confuso. » Si sente Step ridere. « No, non è così. Di' a Ernesto questa frase: 'Sono Gin, sono testarda e l'ho voluto io!' » Gin ridendo ripete quelle parole all'autista. Ernesto annuisce e le passa un sacchetto. « Ecco, ora se hai il sacchetto scendi dalla macchina... » E Gin esegue esattamente quello che le dice la voce di Step. « Ora aprilo, c'è un portachiavi, vedi? Ecco, la chiave rossa è quella del cancello numero 14. » Gin si guarda intorno e davanti a lei c'è proprio il numero 14. « Ecco, ora cammina, brava così... » Gin sorride e si ferma davanti al portone. « Con quella stessa chiave puoi aprire il portone, ecco, dovresti esserci... Ora sali al primo piano e fermati. » Gin arriva sul pianerottolo e si guarda intorno.

« Dovresti essere arrivata. Ora prendi la chiave blu, e apri la porta più grande. »

Gin entra in un appartamento completamente vuoto, se non per un piccolo tavolo al centro.

« Te lo ricordi? L'abbiamo comprato insieme a Campagnano. E abbiamo scherzato e riso e tu dicevi: 'da questo partirà la nostra casa'. Per adesso ci sono solamente dei fiori, ma mi sembra un buon inizio, no...? » E proprio in quel momento parte il pezzo *She* di Elvis Costello.

Una volta, al cinema, sentendolo Gin gli aveva detto: « Ecco, se vuoi commuovermi metti questo... Vai sul sicuro! »

E Step naturalmente non se n'era dimenticato. E su quelle note Gin si commuove e comincia a piangere. E qualcuno le stringe delicatamente da dietro le spalle, e Gin fa un piccolo sussulto ma poi si gira, è lui, bello, sfacciato, ma anche emozionato. Gin si leva gli auricolari.

« Cavoli, che stronzo che sei, mi hai fottuto ancora una volta. E sto pure piangendo come una scema! Ti giuro che non ti farò mai più una sfuriata! »

Step le sorride poi si inchina davanti a lei e tira fuori dalla tasca una piccola scatola.

« Io garantisco che ci saranno tempi duri, a un certo punto uno di noi o tutti e due vorremo farla finita... Ma garantisco che se non ti chiedo di essere mia lo rimpiangerò per tutta la vita, perché sento nel mio cuore che sei l'unica per me.» Allora apre la piccola scatola mostrandole un bellissimo anello e la guarda negli occhi.

«Gin, mi vuoi sposare?»

E Gin lo tira a sé, gridando come una pazza: «Sììììì!» E lo bacia con passione. Quando si staccano Step le infila l'anello al dito. Gin lo guarda, i suoi occhi sono pieni di lacrime, è travolta dall'emozione.

«È bellissimo...»

«Tu sei bellissima...» E si baciano di nuovo.

Poi Gin si stacca.

«Ehi... Comunque io quelle parole le ho già sentite...»

«*Se scappi ti sposo*, ti è tanto piaciuto!»

«Ma sei un copione!»

«Con te volevo andare sul sicuro.»

E si baciano di nuovo.

28

E ora guardo Gin girare per casa, questa stessa casa sulla quale avevo acceso un mutuo pensando di fare un grande passo, ma che non avrei mai immaginato sarebbe stato *quel* passo. Cos'è stato che improvvisamente mi ha fatto decidere? Non certo la sua sfuriata. E mi viene da sorridere, ripensandoci. Gin è bella, è sorridente, è sempre solare, soffre per le cose più vere e mi ama. È unica, speciale. È stata forse la paura di perderla? La paura di non trovare più una persona così, così perfetta. Ma la perfezione è una ragione dell'amore? Se ci fosse ora qui Pollo seduto con me su questo divano cosa mi direbbe? « A Step, ma di che stai a parla'? Ma ti pare che uno come te si mette a fa' 'sti ragionamenti da impiegato? Allora primo: le donne passano e gli amici restano. Vabbè che io me ne sono andato... » Ecco, mi sfotterebbe a lungo. « Cazzo, tu sei Step, ricordatelo! » Quanto vorrei che fosse qui per davvero, per ascoltare bene le sue parole perché, anche se non c'è più, è ancora l'unico che mi conosce meglio di tutti. « Allora? Continua... » « E che ti devo di'? Pensare che un giorno avresti fatto un mutuo, preso quindi una casa, e poi proprio alla Camilluccia, fatto tutta una serie di sorprese per chiedere a una ragazza di sposarti... Be', se me lo avessero detto, non ci avrei mai creduto, te lo giuro. Però le cose sono successe, quindi non posso discutere, mi hai spiazzato. Tu, quello che amava le risse, ora ami il matrimonio? Boh. Ma se devo capire perché l'hai fatto, anzi, perché lo stai facendo... perché sei ancora in tempo, lo sai, vero? Be', non ho una spiegazione precisa. So solo che un passo del genere si fa quando ami una persona, non credo ci siano altre ragioni. Quindi la domanda che ti faccio è: ma tu ami Gin? »

E rimango a fissare quel posto vuoto del divano, come se l'ultima domanda del mio amico ancora mi rintronasse nelle orecchie.

« Tu ami Gin? »

Ma Pollo non c'è, non c'è nessuno, c'è soltanto questa domanda che risuona senza tregua.

« Tu ami Gin? »

« Ehi, che succede? » Mi guarda divertita, è lì, ferma con le mani sui fianchi che scuote la testa, curiosa. « Sembra che hai visto un fantasma! »

E non sa quanto ci è andata vicina.

« No, no, pensavo. »

« E a cosa pensavi? Sembravi così assorto... »

« Pensavo al lavoro, a delle decisioni da prendere... »

« Okay, io vado in cucina perché ho preparato delle cose buone che spero ti piacciano. »

« Cosa? »

« È una sorpresa... perché ho una sorpresa. »

E sparisce così, senza aggiungere altro.

« Okay, io vado nel mio studio. »

Mi alzo dal divano e raggiungo l'ultima stanza in fondo. Mi piace questa casa, la sento mia. È piena di luce, circondata dal verde e dai colori delle bougainville. È stata un'idea di Giorgio Renzi, è lui che mi ha convinto a prenderla: « Non fartela scappare, è un affare, poi se vuoi la rivendi. È un'asta di un amico, che mi deve una cortesia ».

Volevo fare una sorpresa a Gin, così non le ho detto nulla, ma appena l'ha vista è andata su Omega, come dice lei quando il piacere non ha nome. « È la casa che avrei scelto per me. Se l'hai scelta per noi, è ancora più bella. »

Poi ha girovagato nelle stanze, prima il salotto, col grande camino, poi la camera da letto matrimoniale, la cabina armadio, i bagni e la cameretta per gli ospiti. E infine il terrazzo che si raggiunge dalla veranda. Allora ha sorriso. « È bellissima. È nuova, e qui lo siamo anche noi... » E l'ho guardata senza capire cosa davvero intendesse dire. Allora me lo ha spiegato lei.

« Qui non hai nessun ricordo che ti possa allontanare da me. Ricominciamo insieme. » E mi ha abbracciato e mi ha stretto forte. E allora ho capito. Quando fai soffrire molto una persona, quel dolore non se ne andrà mai, quella cicatrice rimane sul cuore, posata come una foglia leggera che, caduta in ottobre da un grande albero, si fermerà lì per sempre. E che tu lo voglia o no, nessun vento, nessun meticoloso spazzino riuscirà mai più a pulire quel cuore.

Come quel giorno.

« Che c'è? Cos'hai amore? »

« Niente. »

« Ma come niente. Sei cambiata completamente... »

« Ci penso, rassegnati. Dobbiamo conviverci. »

Così mi aveva risposto quella volta sul divano, dopo qualche mese, quando improvvisamente aveva cambiato espressione. Stavamo ridendo fino a un minuto prima. Ma perché ridevamo ora io non me lo ricordo. Invece la tristezza di quello sguardo non la dimenticherò mai.

E oggi, col nostro matrimonio ormai imminente, è ricomparsa nella mia vita Babi. È bella, è donna ed è mamma. Di mio figlio. Deve saperlo Gin? E cosa ho provato per Babi? Ho voglia di rivederla ancora? Quando ci siamo sfiorati, quando ho sentito la sua pelle, il suo profumo che è sempre lo stesso, quel Caronne, che non è mai cambiato, da allora, da quei primi giorni, da ogni singolo bacio...

« Tu ami Gin? » Pollo ripiomba tra i miei pensieri, mi provoca. Ecco, ora è come se fosse seduto di fronte alla mia scrivania, gioca col mio tagliacarte, lo tiene con la destra, lo fa rimbalzare nel palmo della sinistra, su e giù, come un metronomo. Mi sorride e scandisce il mio tempo. Poi lo poggia sul tavolo, allarga le braccia. « Solo tu puoi saperlo. » E così com'è venuto, va via. E mi lascia solo, con i miei dubbi, le mie paure, le mie incertezze. Come posso sposarmi proprio ora che ho saputo di avere un figlio con Babi? Come faccio a dirlo a Gin? Ma so che non posso non condividere con lei una parte così importante di me. Come ha fatto la mia vita a complicarsi fino a questo punto?! La cosa terribile è che non trovo nemmeno una via di fuga. Con questi pensieri in fila come soldatini immobili, mi ritrovo a muovere il mouse, a far riprendere vita allo schermo e poi in modo compulsivo a scrivere il suo nome su Google, iniziare una ricerca sfrenata, fino a quando la trovo. Babi Gervasi, le sue foto sulla pagina Facebook. Ed è una pagina aperta, senza vincoli sulla privacy, con qualcosa che mi ferisce e nello stesso tempo mi fa stupidamente piacere. La copertina della pagina è una foto. La nostra foto, il ponte di corso Francia con la scritta « Io e te... tre metri sopra il cielo ». Come se non aspettasse altro che essere vista e da me. Vado a controllare quando è stata aperta la pagina. Esattamente sei anni fa. E vedo gli album, le foto caricate dal cellulare, vado indietro nel tempo e ci sono le immagini del suo matrimonio, di lei vestita da sposa, ma non c'è mai il marito.

Guardo meglio. Ecco, c'è una foto di loro due insieme, ma è lontana, quasi sfuocata, vedo che è biondo, magro, alto. Ma non lo riconosco. Non ha nulla di me, è quanto di più lontano ci sia mai stato, così lontano, così vicino a lei. Ecco le foto di Massimo. È nato il 18 luglio, c'è Babi in camicia da notte bianca che lo tiene tra le braccia, è ancora nella camera d'ospedale, Babi ha l'aria di chi ancora non ci crede. Deve essere questa l'emozione di chi diventa madre per la prima volta. Una cosa naturale, eppure straordinaria. Scorro una dopo l'altra le foto, quella dei compleanni di Massimo, al mare mentre gioca con la sabbia, vestito da Peter Pan a Carnevale che tira coriandoli in aria, ogni foto un colpo al cuore. E mi viene subito voglia di rivederle di nuovo.

« Amore! Ma ti stavo chiamando! Non mi sentivi? »

« No, scusa. »

« Ma cosa stavi guardando? »

E faccio appena in tempo a chiudere la pagina mentre Gin fa il giro del tavolo, in cerca di qualcosa.

« No, ho finito una telefonata via Skype per l'incontro di domani. Ma è tutto a posto. »

« Allora andiamo a tavola, sennò si fredda. »

« Sì, certo. Mi lavo un attimo le mani. »

Così vado in bagno e appena entro chiudo la porta e mi fermo davanti allo specchio. Sto già mentendo. Mi poggio con tutte e due le mani sul lavandino e non ho il coraggio di guardarmi. Poi apro il rubinetto dell'acqua fredda, la lascio scorrere un po'. Riempio tutte e due le mani e mi sciacquo il viso, più volte. Chiudo il rubinetto, rimetto a posto l'asciugamano e mi guardo intorno. C'è un vaso dietro, nell'angolo, con dei fiori secchi giapponesi, c'è una bilancia per terra, il mio accappatoio, lo shampoo e il sapone nella nicchia della doccia. È tutto perfetto. È tutto in ordine, non c'è niente fuori posto, esattamente come non è la mia vita in questo momento. Così esco dal bagno e mi dirigo verso la sala da pranzo. Mentre cammino, la vedo che sta accendendo le candele al centro del tavolo, la finestra è aperta e sono accese le luci della terrazza. Anche la notte fuori è perfetta, il cielo è di un blu acceso, sta aspettando la notte. Ha attaccato il suo iPhone alle casse e parte un pezzo jazz, John Coltrane, *A Love Supreme*.

« Ti piace, vero? »

Moltissimo e lei lo sa. Ha preso un vino bianco e lo ha messo al centro del tavolo, mi passa il cavatappi.

« Ci pensi tu, amore? »

« Sì, certo. »

E chiudo gli occhi mentre tengo quella bottiglia.

... Ci pensi tu, amore?

Non sono in grado di pensare a niente, Gin, ma tu giustamente non lo puoi immaginare. Così taglio la carta stagnola che protegge il tappo, poi apro il cavatappi, tiro fuori il verme e infilzo il tappo, scendo giù, punto il dente sul bordo della bottiglia e inizio a estrarre il tappo, poggio il secondo dente e lo estraggo del tutto. Annuso il tappo, lo faccio meccanicamente. Verso il vino nei nostri bicchieri e, quando ha preso un po' d'aria, lo annuso meglio e mi accorgo che è un ottimo Sauvignon, dodici gradi e mezzo. Lo assaggio, anche la temperatura è ideale. Gin torna a tavola con un secchiello di acqua e ghiaccio.

« Oh! » Mi sorride. « Possiamo iniziare. »

Sul carrello vicino a lei ci sono tutte le pietanze che ha preparato, così non si deve alzare più.

« Brindiamo. » E prende in mano il bicchiere che le ho appena riempito e trova subito la frase che le sembra più giusta: « Alla nostra felicità ». Guardandomi negli occhi.

« Sì », rispondo piano, ma dentro è tutto in subbuglio.

Poi Gin dà un piccolo sorso al bicchiere di vino bianco e lo posa vicino al suo piatto.

« Buono, freddo, perfetto. »

« Sì. »

« Ma non ho capito, per caso dovevo poggiarlo prima di bere? Alcuni dicono così, non si è mai capito bene. »

« È vero. Strane leggende. L'unica cosa sicura è che ci si guarda negli occhi. »

« E quello lo abbiamo fatto. »

Sorride allegra, poi tutta divertita decide di descrivermi il menu della serata.

« Allora, ti ho preparato un'impepata di cozze, ho preso quelle grandi, spagnole, con una spruzzata di vino bianco, limone ed erbe varie. A seguire, i gamberi crudi per te e al vapore per me e per finire una spigola al sale con le patate fritte. Ti piace? »

« Sei geniale, Gin. » E prendo il cucchiaio e faccio per servirla.

« No, io no... »

« Perché? »

« Ne ho trovate poche e so quanto ti piacciono. »

« Okay, grazie, ma una te la posso far assaggiare. » E mi sento in colpa e vorrei iniziare ora il discorso, ma come dirglielo?

« Sai, ho un figlio, ma possiamo anche soprassedere. » E mangio una cozza dopo l'altra, sono vorace, e lei ride, lei che vorrebbe sempre che io mangiassi più lentamente, ma stasera non dice nulla, sembra concedermi tutto. Così mi pulisco la bocca e bevo un po' di vino, riempio di nuovo il bicchiere e bevo ancora. Ma devo dirglielo, devo.

« Ti piacciono? »

« Moltissimo, sul serio, grazie. »

E la guardo negli occhi, qualunque cosa dicessi ora, distruggerei tutto. Una collezione di cristalli che cade a terra con tutta la credenza, questo sarebbe il rumore del suo cuore. E poi devo ancora capirci qualcosa io. Così le sorrido.

« Hai preparato una cena fantastica. »

E Gin è impeccabile e questa volta è lei a versarmi il Sauvignon, e mi sembra ancora più buono, leggermente fruttato. Nel suo bicchiere invece c'è ancora vino. I gamberi crudi sono freschissimi e mi si sciolgono in bocca e prendo un pezzo di carta musica e lo spezzo e lo addento e poi un altro e un altro e lei ride e scuote la testa, ma non dice niente, e leva i piatti e mi passa la spigola. E io la pulisco, elimino la lisca, levo le guance e ne passo una a lei.

Gin continua a fissarmi e a mangiare patatine, mentre io che sto finendo di pulire la spigola mi concedo il tempo di togliere l'ultima spina prima di decidere di dirle qualcosa.

« Ehi Step... »

Ma non rispondo, non dico neanche « sì ».

« Lo sai che mi attizzi da morire, che se questa cena ti piace così tanto, be', tu mi piaci come cento di queste cene! »

« Ma non hai assaggiato la spigola... »

« No, ma ho preso le patatine e sono ancora calde e pazzesche come te. »

E fa il giro della tavola e mi bacia a lungo, con passione.

« Mmmm, è vero, è buonissima, è proprio fresca... Ma sei sempre meglio tu. »

E continuiamo a mangiare in silenzio. Devo dirglielo, almeno accennare qualcosa. Mi pulisco la bocca, ho bevuto abbastanza e so che è arrivato il momento, perché ho finito anche l'ultimo boccone e non c'è più niente che possa fermarmi.

« Aspetta! » E si alza al volo e torna con due vaschette piene di mirtilli, frutti di bosco, fragoline e lamponi. « Ecco, c'è anche questa, la vuoi? »

E io annuisco e lei spruzza un po' di panna spray nella mia coppa, e fa lo stesso con la sua.

I frutti di bosco sono a temperatura ambiente, mentre la panna è leggermente fredda, assieme sono perfetti. Mi dispiace da morire rovinare tutto questo. Poi Gin si alza e sparisce di nuovo in cucina e torna ancora più sorridente con una bottiglia di champagne e due flûte.

« Che succede? »

« Tieni, aprila... E stai attento a dove va il tappo... Se tocca uno di noi, allora è buon segno che ci sposiamo. Però non farlo cadere a vuoto che abbiamo già fatto le pubblicazioni! » E si mette a ridere mentre io per un momento credo di aver cambiato colore in viso. Così parte il tappo e rimbalza lontano, sul divano, e mi sbrigo a versarlo nei flûte.

« Ma come mai pure lo champagne? »

« Te lo avevo detto che c'era una sorpresa! » Allora mi si avvicina, mi sorride, urta il suo bicchiere contro il mio.

« Auguri, papà! »

E porta la mia mano libera sulla sua pancia. E non posso credere che tutto questo stia capitando proprio a me.

« Sono così felice! Per fortuna avevamo già deciso di sposarci, sennò sembrava un matrimonio riparatore! » E con le labbra umide di champagne mi bacia e mi prende per mano.

« Dobbiamo festeggiare bene... andiamo di là », mi bisbiglia maliziosa. E io la seguo e alla fine mi viene anche da ridere. Assurda la vita. Oggi ho scoperto che sono diventato due volte padre e non sono riuscito a dire una parola.

29

Nella penombra della stanza mi porta verso il letto, mi spoglia lei, mi apre la camicia, me la sfila velocemente dai pantaloni facendomi saltare l'ultimo bottone, ridiamo, la cintura ha una fibbia a scatti così l'aiuto, poi si tuffa sulla zip dei pantaloni e me la tira giù. Si alza in piedi, in un attimo lascia cadere a terra il suo vestito, si toglie reggiseno e mutandine, rimane nuda e viene verso di me e mi abbraccia, mentre i nostri corpi vibrano di desiderio e lei senza pudore me lo prende in mano. « È stato lui il colpevole, ma lo amo, mi ha fatto la donna più felice del mondo... » E aggiunge: « Lo voglio ringraziare in modo speciale... » Così scende giù, si accovaccia, si piega sulle gambe e inizia a baciarlo. Ogni tanto alza su lo sguardo e sorride maliziosa, sexy come non è mai stata o sono io che la vedo così? Beve un sorso di champagne e ritorna giù, nello stesso modo di prima e provo un brivido incredibile, freddo, bollicine e lei, la sua bocca, la sua lingua e lo champagne che ci versa sopra. Mi passa la bottiglia ed esce dalla stanza e spegne tutte le luci della casa, poi sento che armeggia da qualche parte, dei cassetti che si aprono, l'accendersi di un fiammifero. Rientra in camera, mi porge un bicchiere, lo annuso. Rum.

« So quanto ti piace. Ho comprato lo Zacapa Centenario, il più buono, il migliore... Io è meglio che non lo bevo, l'alcol non è indicato. » E sorride ed è così fantasticamente arrendevole. Lo assaggio e ne bevo un lungo sorso, poi lei mi prende la mano.

« Vieni con me, ho un desiderio... »

E mi porta per la casa buia. Ora è quasi tutta in penombra. Nel salotto, nello studio e in sala da pranzo vedo delle candele, una in ogni stanza. E continua a tirarmi a sé fino ad arrivare nel mio studio. Sposta alcune cose sulla scrivania e poi ci si siede sopra.

« Ecco, non sai quante volte ho desiderato fare questo, come se fossi la tua segretaria e ti volessi concupire. »

E io rido di quella parola. « Sì, concupiscimi... » E la bacio. E lei allarga le gambe e poggia un piede sul bracciolo della sedia, l'altro sulla cassettiera lì vicino e rimane dolcemente scomposta, guardandomi negli occhi, poi lo prende in mano e lo guida delicatamente dentro di sé. E inizia a muoversi spingendo il bacino contro il mio pube.

« Ehi... ma che ti è successo? »

« Perché? »

« Sei sexy da morire, non sei mai stata così... »

« Sei tu che non te ne sei mai accorto... » E libera le gambe e le stringe forte intorno a me, avvinghiandosi. Gin muove la mano sulla scrivania, si scontra con il mouse sul tappetino che muovendosi fa accendere lo schermo del computer.

Gin se ne accorge. « Ehi, così c'è luce e ci vedono... »

E per un attimo dietro le sue spalle scorgo la pagina aperta di Safari, la barra in alto, la cronologia, lì sotto c'è la mia ricerca, tutto quello che ho visto prima, le foto di Babi, la sua vita, il suo matrimonio. Poi il computer si spegne. E Gin ride.

« Meno male, non ci avranno visto, vero? »

« No, non credo. »

« Speriamo... » La sento che parla con difficoltà, le sta piacendo, mi eccita ancora di più. Si stende a pancia in giù sulla scrivania, con le gambe dritte, leggermente aperte e mi guida di nuovo dentro di lei e così mi eccita sempre di più. Gin si aggrappa alla scrivania e cerca di tenersi, mentre io mi muovo ancora più veloce dentro di lei.

« Aspetta, non correre... »

Si sfila e prende il bicchiere di rum.

« Voglio farglielo provare anche a lui. »

Dà un lungo sorso, ma non deglutisce, si inchina e con la bocca piena lo prende. Mi fa impazzire, mi brucia, ma è un godimento pazzesco.

« Non ce la faccio più, è stupendo. »

Allora si alza di nuovo, mi tira e mi fa cadere sul divano, mi sale sopra e in un attimo le sono dentro. Si muove su di me, veloce, sempre più veloce, fino a quando mi sussurra nell'orecchio: « Godo, amore ». E vengo anche io con lei. Rimaniamo così, abbracciati, con le nostre bocche vicine che sanno ancora di rum e di sesso. Sento i nostri cuori che battono veloci. Respiriamo in silenzio, mentre piano piano i nostri battiti rallentano. Gin ha i capelli tutti in avanti, vedo i suoi occhi, il suo sorriso appagato...

« Mi hai fatto arrivare su Omega... »

« Tu sei pazza, non sei mai stata così... »

« Non sono mai stata così felice. » Mi stringe forte e io mi sento in colpa. Poi l'abbraccio e la stringo forte, più forte.

« Ehi, così mi fai male! »

« Hai ragione... » E allento la presa.

« Devi stare attento ora... » Le sorrido. « Sai, è stato bellissimo sentirti venire dentro di me, sapere che già tutto è accaduto... »

« Sì. »

Non so dire altro. E in quello stesso istante mi viene in mente quella notte con Babi, sei anni prima, il sesso con lei dopo la festa, ubriachi. Lei che non mi lasciava scappare, che godeva e mi cavalcava con foga. Che mi voleva ancora, ancora e ancora, e si è staccata solo quando ero già venuto. Deve essere andata così.

« Amore? A cosa pensi? Dove sei? Mi sembri così lontano... »

« No, sono qui. »

« Ma sei felice che aspettiamo un bambino? »

« Certo, felicissimo. Ma come è successo? »

« Be', io qualche idea ce l'avrei, cazzone... Ma mi dici a cosa stavi pensando? »

Cerco di trovare qualcosa di plausibile.

« Pensavo che stasera mi hai veramente riempito di sorprese, mi hai lasciato senza parole. »

« Sì... ma non mi sembravi troppo contrariato. »

« No, in effetti... Però non capisco come ti siano venute in mente quelle fantasie. »

« Me le hai fatte leggere tu! *I mercanti di sogni* di Harold Robbins, c'era una scena dove lei faceva a lui esattamente quello che ti ho fatto io stasera. »

« Sul serio? Non me lo ricordo... »

« Pensavo fosse un messaggio subliminale e che tu volessi indicarmi nuove tecniche amatorie... »

« Devo controllare di più i libri che ti do. È come dare una pistola a un bambino. »

« Io direi un pistolino a una cattiva ragazza... Ahahah! »

« Questa non mi è piaciuta! »

« Per il pistolino o la cattiva ragazza? »

« Tutte e due. »

« È vero. Mi devo comportare bene ora che sto diventando mamma. »

E così continuiamo a chiacchierare, ridiamo, scherziamo, con leggerezza, mangiando i frutti di bosco con la panna che erano avanzati. Gin si infila la mia camicia, io una maglietta e il pantalone del pigiama e finiamo sul letto. Gin inizia a fantasticare sul sesso e sui nomi del nostro bambino: «Se è una femminuccia, la chiamiamo come mia madre, Francesca. Invece se è un maschietto pensavo Massimo, è un nome che adoro da sempre, che ne dici?»

Non ci posso credere, sembra che la vita lo stia facendo apposta, due figli da due madri diverse, ma con lo stesso nome.

«Sì, perché no, potrebbe essere... È il nome di un condottiero.» Mi viene spontaneo rispondere così, citando Babi. E bevo dell'altro rum e credo di averne bevuto troppo e che dovrei smettere e dirle tutto.

«Amore, ho anche io una sorpresa per te. Oggi ho visto Babi...»

«Ah, me lo dici così?»

«E non solo, pensa la coincidenza, ho un figlio con lei e si chiama proprio Massimo.»

Ma non dico nulla. Lei continua a chiacchierare, allegra, contenta e io mi sento tremendamente in colpa, perché capisco che la sua gioia è appesa a un filo che io posso spezzare, distruggendo per sempre il suo bellissimo sorriso.

«Pensa ai miei quando lo sapranno, gli prenderà un colpo, ma di felicità. Comunque glielo dico dopo il matrimonio, sai, sono un po' all'antica, se sapessero che aspetto già da adesso... Conosco mio padre, mi direbbe che sono una sgualdrina, che potevo aspettare, no, scherzo, mio padre mi adora, mi ama...»

E io verso un altro sorso di rum e lo bevo tutto d'un fiato, come se mi potesse aiutare... E mentre la sento ancora chiacchierare della scelta sulle sue amiche testimoni, sulle letture in chiesa, sul viaggio di nozze, in fondo alla stanza, su quella poltrona, vedo un'ombra. C'è di nuovo lui, il mio amico Pollo, questa volta non mi sorride. È dispiaciuto, mi vede in difficoltà, conosce i miei pensieri ma non riesce a comprendere la mia risposta a quella domanda che continua incessantemente a farmi: «Ma tu ami Gin?»

30

« Lei si chiama Alice. »

« Piacere. » È una bella ragazza con i capelli corti, color nocciola, un fisico asciutto ma neanche troppo, un sorriso deciso che spicca su un paio di jeans scuri e una camicia celeste con un risvolto bianco sulle maniche e sul taschino. Le scarpe sono serie, scure, forse delle Tod's.

Mi sembra fin troppo perfetta, ma non mi fiderei dei miei sensi che al momento sono abbastanza confusi.

Giorgio Renzi mi sorride, è compiaciuto. « Le ho raccontato quello che è successo... Puoi andare, Alice. »

« Sì, grazie, volevo dire solo una cosa. Per me è molto importante questo lavoro, mi piace come sta crescendo Futura e mi piace quello che avete costruito finora. Non mi venderei mai per soldi, mai direi ad altri un vostro segreto. Se avessi un'offerta più importante la discuterei con voi e cercherei di trovare un accordo. »

Detto questo se ne va e chiude la porta del mio ufficio.

Giorgio mi guarda.

« Allora? Che mi dici? Ti piace? »

« Da che punto di vista? »

« Professionale. »

« Mi fa un po' paura. »

« Hai paura di chi dice la verità? Non è da te. »

« Hai ragione, scherzavo. Mi sembra affidabile. È diretta, sincera, trasparente. Forse lesbica. »

« Anch'io l'ho pensato. E questo mi fa capire una cosa. »

« Cosa? »

« Che siamo due terribili maschilisti. »

« È vero. »

« Se una è forte e valida, non può essere del tutto donna. »

« Esatto. »

« E invece nel suo caso ha due figli e un marito con il quale va d'accordo. Lui è un ottimo disegnatore, un creativo, grafico, fumetti, insomma un po' di tutto. Usa come nome d'arte Lumino e devo dire che il suo stile non mi dispiace. Guarda, ha fatto questo.»

Giorgio mi mostra un logo con la scritta FUTURA, c'è un sole stilizzato, una linea blu sotto, una rossa sopra. Semplice ma efficace.

«Non male.»

«Anche per me. Faccio fare delle prove per vederne l'effetto sulla carta e sulle buste.»

«Okay.»

Mi vado a sedere dietro la scrivania.

«Una curiosità, come l'hai trovata Alice?»

«Ricerca...» Giorgio sa il fatto suo. Chissà cosa c'è dietro quella ricerca. Poi mi indica qualcosa sulla scrivania. «Se non ci credi, ti ho messo lì il suo curriculum. Date tanta importanza a Internet e quando uno lo usa nel modo giusto, diventate sospettosi e non gli credete, perché la ritenete una via insicura. Ho messo i dati di ciò che ci serviva e ho attivato la ricerca. Sono arrivati cinquecento curricula circa, poi ho aggiunto i miei filtri ed è venuta fuori Alice Abbati.»

«Quali sarebbero i tuoi filtri?»

«Ora vuoi sapere troppo.»

«Hai ragione. Mi stavo domandando cosa ci fosse che mi sfuggiva.»

«Per esempio questo: parla perfettamente l'inglese e conosce il cinese, e sai che sarebbe bello far crescere Futura in Cina, e ultimo dettaglio, suo padre è generale della Finanza.»

Lo osservo curioso.

«Un domani ci potrebbe servire.»

«Spero proprio di no. Vorrei lavorare sempre senza avere problemi.»

«I problemi a volte te li creano gli altri. Per questo potrebbe servirci.»

«Okay, giusto. Allora sai che ti dico?» Sfoglio il curriculum, è impressionante per le sue capacità. «Che Alice mi sembra veramente l'assistente perfetta, complimenti per la scelta. Ci toccherà darle già l'aumento.»

Giorgio si mette a ridere. «Non riesco mai a capire se mi fai veramente un complimento o mi prendi sempre per il culo...»

«Una delle due è giusta. Scegli tu.»

Si siede di fronte a me. «La forza di una società è la sua squadra, più siamo uniti, più siamo vincenti, e oggi è una giornata molto importante. A proposito, com'è andata ieri? Se ne può parlare? »

Lo guardo. Mi sembra di vedere Pollo seduto sul divano alla mia destra che annuisce. Allora, le cose sono due. Devo iniziare a bere di meno e ad andare in analisi per ammettere che ho continue visioni. Apro le inferriate, spalanco la finestra sul giardino, così è molto più bello, c'è anche più luce. « Sì. È andata bene. Ho scoperto in un giorno solo di essere papà... »

« Questo me l'avevi già detto. »

« Papà di due figli, però! »

« Un altro?! Questo non me lo aspettavo. Credo che dovresti prendere in considerazione un aspetto della tua vita. Capisco che ti piacciano le donne, ma ti ricordo che ti stai per sposare e come se non bastasse Futura sta crescendo, se continui a sfornare figli in questo modo non so se la società riuscirà a starti dietro... Non è che per caso hai mai sentito parlare di quegli strani oggetti in lattice simili a palloncini, detti preservativi? »

« Tranquillo. L'altro bambino lo aspetta Gin. »

« Allora ne sono felice. Dobbiamo aspettarci altre notizie di questo genere in giornata? Ci sono possibili avvenimenti dei quali non potremmo aver tenuto conto? No, così, scusa, tanto per sapere. »

« Per quanto ti possa sembrare strano, negli ultimi anni non è accaduto niente che possa procurarmi altri figli, va bene? Mi sono dedicato anima e corpo a Futura, eppure... »

« Due mi sembra un bel numero per iniziare a essere un buon genitore, poi vedremo, no? Ci sono già idee sul nome? »

« Gin ha suggerito Massimo se fosse un maschietto... così è più facile e non mi confondo. »

Giorgio mi guarda sorpreso per la seconda volta. « Sul serio? Babi e Gin non si conoscono, vero? »

« Gin e Babi amiche che si fanno di queste confidenze? Niente di più impossibile, perché? »

« A pensar male si fa peccato, ma spesso ci si azzecca. »

« Bella. »

« È di Andreotti, ma è fuori diritti quindi usala se vuoi. Posso chiedere qualcos'altro? »

« Certo. »

« Hai parlato con Gin? »

« Ancora no. »

« Pensi di farlo? »

« Non lo so. Ieri volevo farlo, ma era una cena magnifica, preparata con tanto amore, non volevo rovinarla. Mi ero riproposto di dirle tutto dopocena, ma la notizia me l'ha data lei. »

« Quindi non glielo dirai mai più? »

« Non lo so. In questo momento non capisco a cosa potrebbe portare. »

« Giusto. Credi che rivedrai Babi? »

« Non lo so. »

« Però lo sai che abbiamo un incontro fra poco con il direttore delle fiction Rete e tu dovrai fare il pitch di tutto quello che abbiamo presentato? »

« Sì, lo so. »

« Bene. Almeno su qualcosa ci vedi chiaro. »

31

Entriamo nell'ampio ingresso della sede della Rete e andiamo verso lo sportello per fare il pass. Una delle tre signorine si sporge verso di noi.

« Buongiorno, ci aspetta il direttore Calvi », dice Giorgio.

La receptionist controlla velocemente sul computer, si chiama Susanna, lo leggo sulla targhetta, parla con qualcuno al telefono, risponde « grazie » e ripone la cornetta al suo posto. Giorgio tira fuori un documento, ma Susanna gli sorride. « Giorgio Renzi e Stefano Mancini, vi ho già registrato. » E subito dopo ci consegna due pass, dandoci un'ultima indicazione: « Sesto piano ».

« Grazie. »

Ci dirigiamo verso le grandi porte a vetri, facciamo scorrere ognuno la propria tessera e raggiungiamo gli ascensori. Al nostro piano c'è già una ragazza che ci aspetta.

« Salve. Renzi e Mancini? »

« Sì. »

« Seguitemi. »

Iniziamo a camminare per il lungo corridoio. Arrivati a metà, la ragazza si gira verso di me.

« Io sono Simona, la volevo ringraziare del pensiero che ha mandato a me e alla mia collega. Ma come ha fatto a indovinare? Lo sa che quando l'ho aperto sono rimasta senza parole? Ancora grazie. » E si ferma davanti alla stanza dove ci fa accomodare. « Volete del caffè, acqua? »

« Un caffè, grazie, e un po' d'acqua naturale », risponde Giorgio.

« E lei? »

« Lo stesso, grazie. » E ricevo un sorriso di gratitudine per quel regalo che non sapevo di aver fatto. Appena esce dalla stanza, mi giro verso Giorgio. « Scusa, mi potresti spiegare? »

« Bravo, hai fatto una bella figura. »

« Ho capito, ma non so minimamente per che cosa. »

« Lei va pazza per Alessandro Baricco, la collega invece per

Luca Bianchini. E tu, persona particolarmente sensibile, hai regalato il libro giusto a ognuna delle due.»

«Sì. Okay, però mi sembrava un po' troppo felice, quasi commossa.»

«Sarà per la dedica che sei riuscito a far fare all'autore!»

«Dici sul serio? Sono riuscito a farmi autografare i libri da Baricco e Bianchini? Sono proprio figo allora...»

«Era normale che Simona andasse in visibilio per te.»

«In effetti anch'io mi sarei commosso. Ma come hai fatto?»

Giorgio mi sorride. «Devi diventare impeccabile, affascinante, amato e desiderato. Sei il signore di Futura, la mia società. Ti chiedo solo una cosa, visto che Simona è molto carina e giustamente conquistata da te, per il momento eviterei altri figli...» Ci mettiamo a ridere. Sto per rispondere quando proprio in quel momento entra di nuovo Simona, accompagnata da un'altra ragazza.

«Ecco...» Poggia il vassoio sul tavolo. «Questo è il caffè e questa è l'acqua, lei invece è la mia collega, voleva tanto conoscerla.»

«Piacere, Gabriella.» Non sempre a una buona azione corrisponde un buon effetto, però Gabriella mi fa credere che una certa perfezione ci sia nella vita. È bionda, alta, formosa, ha grandi occhi azzurri, e un naso dritto. Mi porge la sua mano affusolata che non riesco a non fissare e le dico: «Piacere, Stefano Mancini».

Lei arrossisce, e abbassa gli occhi.

«Mi ha fatto felice.» Poi si gira su se stessa e se ne va.

«La mia collega è più timida», precisa Simona. «Ancora qualche minuto di pazienza e potete entrare.» E ci lascia soli.

«Capirai, Gabriella... le hai dato la mano ed era già incinta!»

Do un pugno leggero sulla spalla di Giorgio. «E piantala con questa storia.»

«Dai, torniamo seri, che tra poco ci siamo.» Giorgio apre la bustina dello zucchero e la rovescia nella tazzina del caffè. «Sono le 11.05. Avevamo appuntamento alle 11, vedrai che prima di venti minuti Gianna Calvi non ci riceve.»

«Ma, scusa, come fai a saperlo?»

«Legge solo Marco Travaglio, gli inserti di Affari&Finanza, e per assoluta contraddizione Nicholas Sparks e i suoi libri sull'amore, il destino, Dio. Sul suo orientamento sessuale non potrei giurare, anche se ha una figlia di vent'anni, ma è separata da tempo. Ci sta facendo aspettare sebbene l'appuntamento di oggi sia stato possibile grazie a chi per assurdo l'ha messa lì. Capito come agisce il potere? Ci vuole far capire che comunque vada è lei che conta, lei che decide... lei che domina. Donne che odiano gli uomini.» E si allarga in un sorriso sornione. È così che fa Giorgio, va al nocciolo del problema, al cuore del nemico, e se la ride.

Bevo anch'io il mio caffè, prima che diventi freddo, e sorseggio un po' d'acqua. Do uno sguardo ai tre lavori che presentiamo e trovo un foglio su ognuno dei tre.

«E questa chi l'ha fatta?»

«Alice, stamattina, senza che le dicessi niente, ha detto che è un piccolo *Bignami* della storia, che può essere utile per un ripasso veloce prima di un pitch.»

«È fatto molto bene.»

«Quando la rivedi, io le farei dei complimenti. Noi cacciamo chi ci tradisce, ma diamo la giusta importanza a chi la merita.»

«Giusto.»

Guardo l'ora. Sono le 11.28.

Se Giorgio ha ragione, dovrebbero chiamarci ora. Mi accorgo che c'è un messaggio sul telefono. È di Gin.

Amore, come stai? Sei felice della notizia di ieri? Non ne abbiamo parlato abbastanza!

È vero. Mi sono mancate le parole. Quelle che potevo dire le ha messe a tacere l'alcol. Ma Gin come al solito ha fatto centro, non abbiamo parlato molto.

È bellissimo! Appena mando il messaggio entra Gabriella.

«Volete qualcos'altro? Vi ho portato dei cioccolatini, sono molto buoni.» E posa sul tavolo dei gianduiotti. Li prendiamo tutti e due e la ringraziamo. «Seguitemi, il direttore Calvi vi sta aspettando!»

Cammino di fianco a lei, Giorgio rimane dietro di noi. Prima di lasciarci, con i suoi occhi azzurri si volta verso di me, mi mette qualcosa in mano e, rossa in viso, mi dice: «È il mio numero».

Infilo il biglietto in tasca, Giorgio ed io entriamo nell'ufficio, mentre il direttore si alza dalla poltrona della sua scrivania.

«Scusatemi se vi ho fatto aspettare.»

«Oh, si figuri...»

«Io sono Stefano Mancini e lui è il dottor Renzi.»

« Con lui ci conosciamo, invece avevo voglia di conoscere lei. Ho sentito parlare molto bene... »

Che strano, un tempo si parlava solo male di me. O è cambiato il mondo o sono cambiato io. Ma non mi sembra il momento di mettere a fuoco questo ragionamento, quindi sorrido senza una vera e propria convinzione e non dico nient'altro.

« Ma sedetevi, prego. Vi hanno già offerto qualcosa? »

« Sì, grazie, accoglienza impeccabile. Ci hanno offerto anche un cioccolatino. » E lo tiro fuori dalla tasca. « Anzi, lo mangio prima che si squagli. »

Giorgio mi guarda e rimane impassibile. Il mio comportamento segue un filo preciso e razionale. Calvi mi ha fatto aspettare mezz'ora per dimostrarmi che conta, potrà attendere che mangio il gianduiotto per dimostrarle che conto anch'io qualcosa, o no? Giorgio mi passa un fazzolettino, così ne approfitto per pulirmi la bocca e con tutta calma inizio a raccontarle i tre progetti. Vado tranquillo, sicuro, forte anche del ripasso che ho potuto fare. Il direttore mi ascolta e annuisce, con la coda dell'occhio vedo Giorgio che ascolta fino a quando non ho finito.

« Bene », fa il direttore.

Guardo l'orologio senza che lei se ne accorga. Ventidue minuti. Dovevo stare sotto i venticinque, mi aveva precisato Giorgio, e in questo sono riuscito.

« Mi sembrano molto interessanti le vostre proposte », si complimenta il direttore Calvi.

Cerco di spiegare il perché di queste scelte: « Abbiamo voluto parlare soprattutto di donne, rivolgerci proprio a loro ».

Giorgio mi aveva avvisato delle linee editoriali che la nuova direzione di rete intendeva dare alla programmazione e i nostri autori hanno seguito alla perfezione le sue indicazioni. Non so come le abbia avute, ma visto il successo con le segretarie anche sul resto non deve essersi sbagliato.

« Purtroppo però adesso abbiamo diversi progetti come questi... » Calvi allarga le braccia quasi a scusarsi. « Comunque lasciatemeli, così ci ragiono un po'. »

Giorgio si alza e io lo seguo.

« Grazie direttore, ci sentiamo presto. »

« Certamente e scusatemi ancora per l'attesa. »

Ci accompagna alla porta e ci congeda con un sorriso di pura cortesia. Non c'è nessuna delle due segretarie, così ci dirigiamo da soli verso gli ascensori. Passiamo davanti alla sala di attesa e vedo un gruppo di persone. Giorgio si irrigidisce. Un uomo si gira verso di noi e lo riconosce.

Il tipo si alza e gli sorride in maniera anche eccessiva. « Giorgio Renzi, ma che sorpresa, come stai? »

« Bene, grazie, e tu? »

« Benissimo! Ma che piacere rivederti. Non sai quante volte mi sono riproposto di chiamarti. » Gli dà la mano e gliela stringe vigoroso. È basso, tozzo, con i capelli arruffati, una barbetta e degli occhiali rotondi. È vestito in maniera stramba, ha una giacca di pelle, dei jeans neri e delle Hogan scure, una camicia bianca, e sembra compiaciuto di quell'incontro. « Ti presento la mia nuova assistente, Antonella. »

Giorgio stringe la mano a una donna piccola, bionda, con qualcosa di rifatto, forse il naso, di sicuro i due canotti al posto delle labbra, accenna appena un sorriso ma non sembra contenta di vederlo.

« E lui invece è il mio consulente editoriale, Michele Pirri. » Indica un uomo alto, robusto, con pochi capelli, e una faccia gonfia, quasi senza collo. Diciamo che il quadretto, quanto a estetica, lascia un po' a desiderare.

« Piacere. » Giorgio stringe la mano anche a lui. « Vi posso presentare il mio capo? Stefano Mancini. »

« Ah sì. Certo, piacere, Gennaro Ottavi. Abbiamo sentito molto parlare di te. »

Sorrido ma anche questa volta non ho molto da dire. Mi devo preparare qualcosa visto che questo sembra il tormentone del momento e finisco sempre per non avere un commento adeguato. Giorgio per fortuna mi toglie dall'imbarazzo.

« Bene, ora scusateci ma abbiamo un appuntamento. »

« Sì, prego. »

Giorgio mi precede e andiamo verso gli ascensori. Proprio in quel momento la porta del direttore si apre ed esce Gianna Calvi.

« Gennaro! Prego, entrate. »

Li vediamo accomodarsi nella stanza del direttore e mentre la porta si chiude, Giorgio spinge il bottone T. Anche le nostre porte si chiudono.

« Chi erano? »

« Lui è il capo della società dove lavoravo prima. »

« Ah, certo, me ne avevi parlato, ma non lo conoscevo di persona. Il direttore non li ha fatti aspettare. »

« Sono molto amici. »

« In che senso? »

« Ottavi l'ha ricoperta di regali. »

« Che ne sai? »

« Li ho scelti tutti io. »

« Ah. »

Rimaniamo in silenzio, mentre l'ascensore scende.

« Come mai non sei rimasto con lui? »

« Mi ha usato finché gli sono servito, poi ha deciso di non usarmi più e io non avevo nessuna quota nella sua società. »

« Io invece te l'ho offerta e tu non l'hai voluta accettare. »

« Hai ragione, ma ci sto pensando. » Giorgio stropiccia la fronte e con piglio deciso mi dice: « Ho fatto bene a non legarmi a lui. Per un periodo ho anche creduto che fossimo amici ».

Rimaniamo in silenzio, fino a quando non arriviamo al pianoterra.

« Torni in ufficio con me? »

« No, ho un pranzo. »

Allora Giorgio allunga la mano e mi fissa con un sorriso furbo.

« Vuoi il mio pass? »

« No, il biglietto che ti ha dato Gabriella. »

« La vuoi chiamare tu? »

« No. Ma Futura deve avere un futuro. Si comincia dalle basi. Se una ragazza così bella sta lì non è un caso. E poi te l'ho detto, non vorrei altre sorprese... »

« Non l'avrei chiamata. »

« Non si sa mai. »

« La tentazione è l'arma della donna o la scusa dell'uomo. »

« Oscar Wilde invece diceva: 'So resistere a tutto tranne che alle tentazioni'. Mi piace molto Oscar Wilde e gli do molto retta. »

Così tiro fuori dalla tasca quel biglietto e glielo passo. Giorgio lo strappa e lo butta in un cestino lì vicino.

« Fidati capo, è meglio non avere quel numero. »

Ci salutiamo così. Strano che non mi abbia chiesto dove vado a pranzo.

32

Papà mi viene ad aprire con un sorriso allegro.

«Stefano! Che bello! Pensavo non ce la facessi! Vieni, vieni, Paolo è già arrivato.»

Entro in salotto e gli consegno una bottiglia avvolta in una carta intestata che riconosce subito.

«Grazie, ottimo spumante il Ferrari Perlé Nero, ma non dovevi», dice scartando la bottiglia comprata da Bernabei, la sua enoteca preferita. «Lo apro subito, vedo che è già freddo...»

Mi viene da ridere: non dovevo, ma ha controllato subito che bottiglia fosse. «Certo papà, l'ho presa apposta.»

In salotto ci sono mio fratello Paolo e sua moglie Fabiola, il piccolo Fabio che disegna qualcosa e la carrozzina poco più in là con Vittoria che dorme.

«Ciao», dico piano avvicinandomi alla carrozzina.

«Puoi anche urlare, quando dorme non sente niente... Il problema è: quando dorme?» E Paolo si mette a ridere.

Fabiola subito lo riprende.

«E tu che ne sai? Mica la sente, lui. Continui a dormire come se nulla fosse, tanto c'è mammina che si alza... Ma da adesso cambia tutto, eh? Quest'anno le cose andranno diversamente. Anche se hai aperto lo studio nuovo, non me ne importa niente. Voglio stare con Fabio e seguirlo a nuoto, a pallacanestro, a inglese e poi per i compiti. Quindi devo essere riposata e devo dormire di più.»

Paolo fa un'espressione rassegnata, ma sorride.

«Le avevo proposto una babysitter, perché riconosco che il lavoro di una mamma è tanto e faticoso...»

«Prendi pure in giro», lo incalza Fabiola.

«Ma no, dico sul serio. Però non l'ha voluta.»

«E certo, i miei figli devono crescere con me, non come alcuni compagni di Fabio che stanno tutto il santo giorno con le tate.»

Guardo Paolo e muovo su e giù la mano come a dire: sono dolori, te la sei scelta bene! Però a lui serviva una donna così, lo sta facendo crescere da tutti i punti di vista, è una donna solida, quasi all'antica, quello che vuole è molto semplice ed è sempre diretta. Ti ci puoi scontrare, ma non confondere.

« Ciao zio, guarda che ho fatto... » Fabio mi mostra un disegno.

« Bellissimo, bravo. Ma che cos'è? »

« Come cosa è? Mi prendi in giro? È il serpente Kaa del *Libro della giungla*! »

« È vero, scherzavo, l'hai fatto veramente bene. »

« Ciao Stefano, come stai? »

Entra Kyra, la nuova compagna di papà, ormai da almeno un anno. Albanese e soprattutto molto più giovane di lui. Avrà trent'anni, è bella, alta e fredda. Non è simpatica, ma ormai ho lasciato da parte qualsiasi considerazione.

« Bene, grazie. Tu? »

« Benissimo. Ho preparato da mangiare al volo, spero che vi piaccia. »

Vorrei chiederle: « Scusa, ma perché al volo? Ci avete invitato da una settimana, cosa avevi da fare stamattina? » Ma non fa niente, e penso a mamma, che riderebbe di tutti questi miei pensieri e dico semplicemente: « Ma sì, andrà benissimo ».

Così vado in bagno a lavarmi le mani. C'è un cestino bianco con alcuni asciugamani corti color fango, c'è un sapone Ayurveda, ci sono dei fiori secchi dentro un vaso liscio di cristallo e un piccolo quadro di Klee, o meglio una litografia. Tutto sembra perfetto, impeccabile. Kyra ha fatto rifare completamente casa a papà, non so quanto gli avrà fatto spendere, eppure quello che vedo non mi piace, mi sa di estraneo, finto e tirato a lucido. Sembra uno di quei negozi di esposizione fatti da qualche architetto alle prime armi che deve dimostrare che lo stile minimal è ultra chic, ma non c'è cuore in questa casa. Mio padre però è contento, e questo basta perché lo sia anche io, d'altronde è lui che deve vivere qui con Kyra. Li raggiungo a tavola, papà sta versando lo spumante, Fabiola mette la mano davanti al suo bicchiere.

« No, per me no, grazie, sono astemia. »

« Ma volevo fare un brindisi. »

« Allora proprio solo un dito, grazie. »

« Questo è riso pilaf », indica Kyra. « Questi sono dei *dolma* ripieni di carne, che poi ci ho messo l'agnello, e invece qui c'è uno stufato. »

L'ultimo piatto è uno strano amalgama non meglio definito, riconosco invece un vassoio con l'insalata fresca.

« Grazie mi sa che assaggerò un po' di tutto. »

Inizio dal riso, dopo naturalmente che si è servita Fabiola. Non faccio in tempo a portare la forchetta alla bocca che papà prende in mano il suo calice.

« Allora, vorrei fare un brindisi. »

Lo alziamo tutti aspettando quello che ci vorrà dire.

« Innanzitutto vorrei brindare a questa giornata, è un po' di tempo che non ci vediamo e dovremmo farlo più spesso perché è sempre bello avervi vicino, anche se la mamma manca... » Guarda un attimo Kyra come a dire: questa me la passi vero? E lei sorride senza mostrare alcun segno di fastidio. « Siamo rimasti una bella famiglia e anzi andiamo più d'accordo di prima. » Ci guarda cercando la nostra approvazione. Io lo ascolto impassibile, Paolo invece è naturalmente più partecipe.

« Certo papà, è vero. »

Così lui rincuorato continua il suo discorso: « Ecco, sì, e oggi sono felice di avervi qui, proprio per l'importanza della famiglia... » Emozionato, deglutisce, sì insomma, si capisce che sta per dire qualcosa di importante, ma non sa come dirlo. Però alla fine decide comunque di buttarsi. « Voglio dirvi che... Sì, ecco, che avrete un fratello... O magari una sorellina. »

Paolo a quel punto sbianca, io invece sorrido, in qualche modo non so perché ma me l'aspettavo. Anzi no, a dire la verità pensavo che avrebbe parlato di matrimonio.

Mio padre ora è più tranquillo, e alza il bicchiere verso di noi.

« Brindate con me? »

« Certo papà. » E do una leggera gomitata a Paolo. « Riprenditi », gli dico piano. « È una bella notizia. »

« Sì, vero. » Paolo in qualche modo abbandona improvvisamente qualsiasi riserva. Così uniamo tutti i bicchieri.

« Alla tua felicità, papà. »

« Sì... »

« Alla vostra! » aggiunge Fabiola sorridendo a Kyra.

« Grazie. » Kyra guarda papà che subito annuisce, come se si fosse dimenticato.

« Ah, sì. Ci sposiamo a luglio. A Tirana. »

Ecco, mi sembrava strano.

« Bene, allora sarà un periodo di festeggiamenti. »

« Eh già! »

Papà è finalmente rilassato. « E ora mangiamo! » Poi si rivolge a me. « A Tirana so che stanno lavorando molto con gli italiani, un'importante TV... »

« Sì, lo so. »

« Potresti approfittarne. »

« Certo. »

Non gli dico che hanno comprato alcuni nostri progetti, hanno voluto anche gli autori e dopo la prima settimana non hanno più pagato nessuno. Quasi tutti sono tornati, soltanto due autori sono rimasti. Uno perché ha messo incinta un'albanese, l'altro perché si è innamorato di un ragazzo albanese e ha trovato più facile vivere lì il suo outing, anche perché a quanto mi aveva detto parlava poco l'inglese e quindi in pochi avevano capito bene il suo annuncio.

« Provate questo. » Kyra ci passa uno strano intruglio. « È il *tave kosi*. È molto buono, l'ho preparato con uova, agnello e yogurt. E poi dovete provare anche il *byrek*... » E ci passa una torta salata al formaggio. Prendo il *tave kosi* con il cucchiaio, Paolo aspetta che l'assaggi per primo per capire se è il caso di osare, Fabiola invece ha un'ottima giustificazione: « Sono a dieta ». E si serve solo un po' di insalata. Il piccolo Fabio aveva già mangiato a casa prima di uscire. Io decido di assaggiare tutto quello che offre la casa, in fondo sono curioso. E così mentre mangio guardo papà che accarezza la mano di Kyra e le dice: « Buono, veramente ottimo ».

Non è vero, mente spudoratamente. Obbligava la mamma a fare sempre le stesse cose, qualsiasi altro piatto gli faceva schifo. Invece con Kyra è completamente « zerbinato ». Funzioniamo così noi uomini? Bastano vent'anni di meno di una lei qualunque per farci diventare così coglioni?

« Com'è? » mi chiede Kyra.

« Buonissimo, un sapore veramente particolare. »

In realtà mangerei volentieri una carbonara o una pizza, ma perché non farli felici? Papà lo è, lei anche. Lo spumante invece è ottimo, sono felice pure io della mia scelta. Anche di non aver detto che Gin aspetta un bambino. O forse una bambina? Chissà, magari giocheranno insieme. Anche se la loro figlia sarà la zia della mia o del mio!

« Buono, veramente buono », dico, mentre rifletto con una certa confusione su quella che sarà la nostra famiglia allargata.

E penso a mia madre e a quanto lei mi manchi. E su questo almeno sono sincero.

33

Quando rientro in ufficio noto che la porta dell'ufficio di Giorgio è aperta. Con una mano muove il mouse del computer e con l'altra parla a bassa voce con qualcuno al telefono.

« Sì... » E scoppia a ridere. « Esatto. Ci mancherebbe pure... Per questo sei stata pagata. » Mi fa un cenno con la testa e prosegue: « E certo, con il mio capo! E grazie, era facile! Anzi, lo dovevi pagare tu ». Poi dice qualcos'altro che non riesco a sentire e chiude la telefonata. « Allora, com'è andato il pranzo? »

« Bene. Sono stato da mio padre. »

« Ah, come sta? »

« Benissimo, aspetta un figlio. »

« Pure lui? È un vizio di famiglia allora, siete particolarmente portati. »

Proprio in quel momento passa Alice.

« Volete un caffè? »

« Sì, grazie. »

« Magari, anche per me. » E, prima che si allontani, aggiungo: « Alice, grazie delle sinossi dei progetti, erano molto ben fatte. Un'ultima cosa. Possiamo anche darci del tu ».

Sorride. « Grazie, ma preferisco darle del lei. »

« Come vuoi. »

È comunque felice. « Le sono servite, quindi? »

« Sì, molto. »

« Ne sono proprio contenta. »

Alice s'incammina verso i nostri caffè e Giorgio fa uno dei suoi inappuntabili commenti.

« Ottimo, così lavorerà sempre meglio. Ci vediamo più tardi. »

Entro nel mio ufficio e sulla scrivania trovo un pacco ben sigillato. C'è anche un biglietto chiuso. Lo apro.

Sei sempre stato con me. B.

Soltanto una B ma non ho dubbi.

Esco in corridoio e chiamo Silvia, la segretaria che sta alla reception.

« Sì? »

« Chi ha messo questo pacco sulla mia scrivania? »

Silvia arrossisce. « Io... »

« E chi lo ha portato? »

« Un corriere, verso mezzogiorno. »

« Okay, grazie. »

Vedo Giorgio che si abbassa gli occhiali, tiene in mano alcuni fogli, forse un progetto.

« Com'è? »

« Ottimo. Mi sembra molto buono. Poi te ne parlo. »

« Okay. A dopo. »

E richiudo la porta. Mi siedo alla mia scrivania e rimango per un po' a fissare quel pacco. Poi lo alzo. Lo soppeso. Sembra un libro. Forse lo è. Ma è più grande. Decido di aprirlo. Lo scarto e rimango sorpreso. Questo proprio non me l'aspettavo. È un album fotografico. Sulla prima pagina trovo attaccata un'altra lettera.

Ciao, sono contenta che tu l'abbia aperto. Ho avuto il timore che potessi buttarlo via senza neanche scartarlo. Per fortuna non è andata così. Ne ho sempre fatti due. Ne ho uno esattamente uguale a questo, forse perché ho sempre pensato che un giorno sarebbe accaduto. Sono felice come non lo ero da molto tempo. È come se si fosse ricongiunto un cerchio, come se ciò che avevo perduto tanto tempo fa fosse stato ritrovato. Quando ti ho rivisto mi sono sentita bella, adeguata, accolta come non mi sono mai sentita o forse come comunque non ricordo più. Sì, è più giusto dire così, perché quando stavamo insieme provavo la stessa sensazione. Ora non voglio annoiarti con altre parole. Se per caso tu decidessi di buttarlo, per favore, fammelo sapere. Ci ho lavorato molto e mi dispiacerebbe che tutto quello che ho fatto con tanto amore finisse in un secchio. B

Di nuovo solo quella B. Guardo la lettera, la sua scrittura è migliorata, è tonda, ma ha perso quel giocare infantile che a volte aveva con alcune vocali. No, Babi, le tue parole non mi hanno annoiato. Hai buttato una luce sulla nostra vita di allora. Come io ti vivevo. Come sapevo renderti felice. Come sapevo capire i tuoi malumori e aspettare il tempo giusto per ritrovarti. Difficile, esigente. Con quelle labbra imbronciate.

« Te l'avevo detto che sono fatta così », mi ripetevi. Tu sapevi divertirmi. Tu sapevi suscitare la mia pazienza, la mia tolleranza, quella che non avevo mai creduto di avere. Tu mi rendevi migliore. O forse me lo facevi solo credere. In quel periodo dove tutto mi sembrava sbagliato, dove mi animava un'inquietudine di fondo. Mi sentivo come una tigre in gabbia. Ero in continuo movimento, non potevo stare fermo e le occasioni più diverse erano ragione di violenza. Mi guardo le mani. Piccole cicatrici, nocche spostate, segni indelebili di volti che ho rovinato, sorrisi perduti, denti spezzati, nasi rotti, sopracciglia e labbra. Colpi proibiti. Furia, violenza, cattiveria, rabbia come un cielo in tempesta. Poi con lei la quiete. Bastava che mi accarezzasse ed era come se mi sedasse. Un altro tipo di carezze, tenere e sensuali, mi accendevano di tutt'altri brividi. «Siamo una coppia ad alto tasso erotico, ti dovrebbe bastare», mi diceva quando con quello etilico esageravo un po' troppo. Certe volte se ne usciva con frasi da donna spinta, disinibita, persino sboccata, ma sempre divertente. Come quando mi disse: «La tua lingua fa miracoli». Le piaceva fare l'amore e guardarmi negli occhi, li teneva aperti fino a quando il piacere non la costringeva a chiuderli e ad abbandonarsi senza riserve.

«Solo con te», diceva. «Ma voglio tutto. Voglio fare tutto.»

Mi perdo in antichi ricordi, naufrago dolcemente in alcuni improvvisi sprazzi di quell'allora. Lei morbida, lei che ride, lei sopra di me, lei che sospira e la sua testa che cade all'indietro, lei che si muove più veloce. E stupidamente mi eccito e rivedo i suoi seni così belli, due perfette miniature che mi facevano impazzire, a misura della mia bocca. Lei mia. E soffermandomi su queste ultime parole, è come se l'immagine di lei andasse in frantumi. La vedo sulla porta, con un sorriso triste, mi guarda un'ultima volta e se ne va. Lei non è mia. Non è mai stata mia. E con questa terribile considerazione, apro l'album. Come prima foto ce n'è una nostra. Siamo due ragazzini. Avevo i capelli lunghi, i suoi erano biondi, chiarissimi, sbiaditi dal mare. Eravamo tutti e due abbronzati. E i nostri sorrisi risplendevano ancora di più. Siamo seduti sulla staccionata della sua piccola casa al mare, me lo ricordo ancora, c'eravamo andati quell'ultima settimana di settembre quando i suoi erano già tornati a Roma e noi avevamo vissuto una giornata da grandi, come se quella casa fosse nostra.

Abbiamo fatto la spesa da Vinicio, l'unico posto aperto lì ad Ansedonia, comprando qualche bottiglia d'acqua, il caffè per il giorno dopo, il pane, i pomodori, un po' di affettati e un'ottima mozzarella che arrivava dalla Maremma. Poi due bistecche, della carbonella, un vino rosso e due birre già belle ghiacciate e anche delle grosse olive verdi. La tipa alla cassa un po' meravigliata aveva chiesto a Babi: « Ma quanti siete? »

« No, queste sono per l'aperitivo... » Come se il fatto che ci fossero delle olive e le birre per l'aperitivo giustificasse tutto il resto. E ci siamo messi nel giardino di casa sua, in viale della Ginestra, a pochi chilometri da quella casa sulla roccia dove l'avevo portata bendata per la nostra prima volta. « Ma questa strada io la conosco, vengo sempre qui al mare, ho la casa dei miei nonni nel viale della Ginestra, poco più in là, » mi aveva detto quando si era tolta la bandana.

« Anch'io sono sempre venuto qui, ho degli amici che abitano a Porto Ercole, i Cristofori. E andavo in spiaggia alla Feniglia. »

« Pure tu? »

« Sì, pure io. »

« Ma dai e non ci siamo mai incrociati? »

« No, a quanto pare no. Me lo ricorderei. »

E avevamo riso del destino. Eravamo sempre andati sulla stessa spiaggia, ma alle due estremità.

« La Feniglia è lunga, sono più di sei chilometri, io ogni tanto me la facevo tutta. »

« Anch'io! »

« E non ci siamo mai incontrati? »

« Ci siamo incontrati adesso, forse questo è il momento giusto. »

Ho acceso il fuoco nel piccolo giardino mentre lei apparecchiava, poi ci siamo messi a prendere l'ultimo sole al tramonto. Babi si era appena fatta la doccia e mi ricordo ancora che aveva addosso la mia felpa gialla che avevo comprato in Francia, durante un viaggio con i miei. Aveva i capelli bagnati che per questo sembravano più scuri ed era profumata di doccia appena fatta. E mi ricordo che si pettinava i lunghi capelli bagnati con una spazzola e stava con gli occhi chiusi e la felpa restava lunga sulle sue gambe che spuntavano da sotto, invece ai piedi aveva delle Sayonara e le dita erano perfettamente smaltate di rosso. Nell'altra mano teneva la birra e ogni tanto ne beveva un sorso. Le olive invece le mangiavo solo io. Poi a un certo punto ha appoggiato la birra sulla staccionata e mi ha preso la mano e me l'ha portata sotto la sua felpa.

« Ma non hai nulla... Non hai le mutandine... »

« No. » In quel momento è arrivato lì sotto, in Vespa, Lorenzo, che tutti chiamavano Lillo, un coglione del gruppo di Ansedonia che le era sempre andato dietro fin da quando erano piccoli, ma al quale Babi non aveva mai dato una possibilità.

« Ciao Babi, ciao Step. Che fate? Stiamo tutti a casa mia, perché non venite anche voi? »

E Babi era nuda e la mia mano lì con lei e malgrado il suo arrivo non avevo interrotto nulla. Babi mi ha guardato e io le ho semplicemente sorriso, ma sempre senza fermarmi. Poi si è girata verso Lorenzo.

« No, grazie... Noi restiamo qui. »

Lorenzo è rimasto in silenzio per qualche secondo e anche noi. Ho avuto l'impressione che lui volesse insistere.

Poi finalmente si è sentito di troppo. « Okay... Come preferite. » E senza dire nulla è ripartito con la Vespa ed è sparito in fondo alla strada. Babi mi ha baciato e mi ha portato in casa. Dopo l'amore eravamo affamati, abbiamo cenato a mezzanotte. Era buio e ho riacceso il fuoco, ci siamo scaldati bevendo vino rosso e riempiendoci di baci, come se niente potesse dividerci. Era tutto talmente perfetto che saremmo rimasti insieme per sempre. Per sempre, che parola tremenda. Così giro un'altra pagina e rimango senza respiro.

34

È nella culla con un fiocco celeste e un braccialetto al polso affinché non si confonda, non vada perso mio figlio. 3201B. Un numero e il suo viso, con i lineamenti appena disegnati. È il giorno della sua nascita, ancora ignaro di tutto, anche del fatto che suo padre, cioè io, non è lì. In questo già siamo simili, visto che non sapevo niente di lui.

La foto porta come didascalia le parole di Babi. *Avrei voluto che ci fossi tu accanto a me, oggi, 18 luglio. Siete dello stesso segno. Sarà come te? Ogni volta che lo bacerò, lo abbraccerò e lo respirerò sarà come averti vicino. Sei qui con me. Persempremio.* E lo scrive tutto attaccato, *Persempremio.*

Scorrono una dopo l'altra le sue foto, come un susseguirsi di tempi, momenti e stagioni diverse. Alcune le avevo viste sulla pagina Fb, ma averle tra le mani ora, così pensate e non messe a casaccio, mi fa sentire parte di qualcosa che non avrei mai immaginato e a cui non so dare un nome. Lui però ce l'ha. Massimo sul seggiolone, Massimo che gattona su un tappeto azzurro, Massimo con una maglietta divertente con scritto I WILL SURF. E per ogni foto, un appunto, una nota, un pensiero di Babi per me. *Oggi ha detto la prima parola. Ha detto mamma, non papà. Mi sono emozionata e ho pianto. Quelle lacrime sono per te. Perché non ci sei?* Scrive rivolgendosi a uno *Step* che non c'è, che non sa, e con il quale vorrebbe condividere quello che ha di più bello. *Oggi è stato bravissimo. Si è appoggiato al muro e ha cominciato a camminare, un piede dopo l'altro. Poi si è fermato, si è girato verso di me e mi ha guardato, Step... In quel momento mi sono sentita morire. Ha i tuoi occhi, il tuo sguardo, la tua stessa determinazione. Mi sono avvicinata per aiutarlo e lui ha staccato la mano dal muro e invece di prendere la mia, l'ha spinta via. Capisci? Sei proprio tu!* Mi viene da ridere, e non solo, però quello che si agita dentro di me non lo faccio uscire. Nelle foto successive Massimo ha uno sguardo diverso, è più sicuro, è cresciuto. *Oggi ha mangiato tutto e senza sputarmi addosso niente! È una giornata miracolosa. Un attimo fa è passata una moto e mi ha ricordato il rumore della tua, quando la sentivo arri-*

vare da piazza Giuochi Delfici e giù per via di Vigna Stelluti, poi in via Colajanni e la facevi a tutta velocità fino a piazza Jacini. Il portiere Fiore ti faceva passare alzando subito la sbarra, prima che tu gliela rompessi. Ma quella moto di oggi non eri tu. Dove sei Step? Hai seguito alla lettera quella canzone che ti piaceva tanto: Cerca di evitare tutti i posti che frequento e che conosci anche tu... *Ci sei riuscito. Non ci siamo più incontrati. È vero.* E in silenzio continuo a girare le pagine di quell'album, la festa dei due, tre, quattro anni, i capelli più lunghi, più scuri, più magro, più alto, fino a quel bambino che ho visto di persona solo qualche giorno fa. E vederlo così trasformarsi, foto dopo foto, pagina dopo pagina, mi sembra un momento già vissuto. Cerco disperatamente di ricordarmelo e la mia mente vaga nel passato. Stringo gli occhi come per mettere meglio a fuoco qualcosa che mi sfugge. Mi sento come un uomo accovacciato a quattro zampe su una spiaggia, con le mani nella sabbia che sta cercando l'orecchino perso da una bella signora. Quando improvvisamente riapro gli occhi, la bella sconosciuta scompare, mentre fra le mie mani è come se si ridisegnasse quel ricordo. Eccomi. Sono lì. A casa di Babi, sul divano. Lei s'inchina, apre un mobiletto bianco e tira fuori un album. Cominciamo a sfogliarlo insieme, e foto dopo foto, anche lei cresce. E le mie curiosità, le mie gelosie di tutto quello che allora non avevo vissuto... La prendo in giro per come era buffa da piccola, ma non le dico quanto mi piaccia ogni attimo della sua vita. Quei capelli diversi, quei chili in più o in meno, quelle ricorrenze ormai passate. Non vuole che io veda una foto, la vuole saltare, e allora lottiamo fino a quando non riesco ad averla vinta. È uno scatto dove fa gli occhi storti. E io la guardo ridendo. «Strano, è quella che ti assomiglia di più.» Sempre quel giorno si arrabbia perché in camera sua trovo un diario e mi metto a leggerlo. Subito dopo però facciamo pace e cominciamo a baciarci. A un certo punto ci fermiamo, lei si stacca all'improvviso e mette l'indice davanti alle labbra. «Shh...»

«Che c'è?»

Si avvicina alla finestra, sposta la tenda. «Sono arrivati i miei genitori!» E veloce mi accompagna sulla soglia di casa. E io che muoio dalla voglia di stare ancora con lei.

«Ehi. Si può?»

La porta si apre e fa capolino Gin.

«Ciao! Che combini? Ti disturbo?» Mi dice tutta sorridente.

« No, scherzi? Entra. »

Faccio appena in tempo a chiudere l'album e ad appoggiarci sopra una cartellina con un progetto.

« Amore, ma non ti ricordi? Abbiamo un appuntamento importantissimo. Sono salita su solo perché non mi rispondevi al telefono... »

« È vero, scusami, lo avevo messo silenzioso. »

« Dai che ci stanno aspettando. »

« Arrivo subito, hai ragione. » Chiudo la porta alle mie spalle e saluto Giorgio. « Ci vediamo domani, mi sa che faccio molto tardi. »

« Va bene, ciao Gin. »

« Ciao Giorgio. » E usciamo dall'ufficio ed entriamo nell'ascensore. Gin spinge il pulsante per andare al pianoterra.

« Ehi. Tutto bene? »

« Sì, sì. Stavo solo sovrappensiero. »

« Mi dispiace se era qualcosa di importante. L'appuntamento di oggi non possiamo proprio rimandarlo. »

« No, non ti preoccupare. Non era niente di importante. Un vecchio progetto. Non credo sia buono. »

« Be', quando vuoi ne parliamo, così ti dico la mia. Guarda che ci capisco di televisione, eh... »

« Lo so bene, sei bravissima. Dovevamo puntare su di te come presentatrice. Eri troppo bella, però, troppe invidie. »

« Ero? » E mi picchia sulla spalla. « Senti stronzetto... »

Proprio in quel momento si apre l'ascensore, ci sono i Parini, una coppia adulta del secondo piano.

« È tutto a posto, non temete. Stiamo per sposarci, e facevamo le prove generali per vedere se andiamo bene. »

« Ah... » fa lui, come se sul serio ci avesse creduto. Gin si dirige a passo svelto verso l'auto, la seguo, ma penso che non le parlerò di quel vecchio progetto.

35

«Scusate!»

Gabriele, il padre di Gin, mi sorride dallo specchietto.

«Non c'è problema.»

Anche la madre mi saluta con un sorriso. Sembriamo la famiglia perfetta.

Gin sale accanto a me. «Non sentiva il telefono, era tutto preso da un nuovo progetto.»

Francesca si gira un attimo verso di me.

«Allora come va? Riusciremo a vedere qualcosa di buono in televisione?» La madre mi parla sempre come se fossi il responsabile della programmazione della TV italiana. «Oltretutto con quello che paghiamo con il canone obbligatorio, dovrebbero darci molte più scelte. Fanno sempre le stesse cose.»

E si aggiunge anche Gabriele: «Non solo, in questo periodo mandano in onda solamente repliche. Ma ti pare che è già finita la stagione? Quanti soldi ha preso la Rai quest'anno da noi italiani?»

«Duecentosedici milioni di euro.»

Francesca si gira di colpo veramente sorpresa.

«Ma sul serio così tanto? E tu lavori per la Rai?»

«Sì, ma anche per la Rete, per Medinews, per Mediaset, Sky, tutti i canali del digitale e le altre reti.»

«Ah...» E rimangono in silenzio. I genitori di Gin si scambiano un sorriso incerto, come se volessero chiarirsi su qualcosa che per entrambi sembra un po' nebuloso.

«Credo che pensino che sia ricco. Che hai scelto un buon partito!» bisbiglio all'orecchio di Gin.

«Cretino.» E per tutta risposta mi morde l'orecchio.

«Ahia!»

Imbocchiamo la Cassia antica, il traffico è diminuito e Gabriele accelera. Nella tasca della giacca sento vibrare il telefonino. Un SMS da un numero che non conosco.

Ti è piaciuto il regalo? Spero di sì. Ti ho scritto una cosa nell'ultima pagina, l'hai letta? Ehi, non lo buttare. E fammi sapere, grazie. B.

Mi sento arrossire, il cuore mi batte veloce, cerco di domarlo.

« Chi è? Che succede? » Gin se n'è accorta.

« Niente. Una cosa di lavoro. »

Mi sorride. « In questi giorni si accavallano un sacco di cose. Mi dispiace. »

Cerco di tranquillizzarla: « Non ti preoccupare. Più tardi la risolvo, sennò domani ».

Mi dà la mano. Me la stringe forte, poi si appoggia allo schienale e guarda fuori dal finestrino. Il padre accende la radio, parte una musica a caso. È Damien Rice, *The Blower's Daughter*. Gin la riconosce e adesso sono io che le prendo la mano. È la colonna sonora di un film del quale abbiamo parlato tanto, *Closer*, sui rapporti, l'amore, il tradimento. Dopo quel film mi ricordo che era andata in camera e aveva chiuso la porta. Avevo capito che per un po' non voleva essere disturbata. Ci sono film che inevitabilmente aprono vecchie ferite, cicatrici che fanno male esattamente come quando cambia il tempo. Quella sera era cambiato il suo umore. Così mi ero messo in cucina a preparare la cena, apparecchiare la tavola con i bicchieri, le posate e tutto il resto. Avevo fatto rumore affinché mi sentisse. Avevo lavato l'insalata, spezzettato i pomodori, aperto una scatola di tonno. Non mi ero tagliato. Avevo messo su l'acqua, buttato due pugni di sale grosso dentro. Avevo preso il mestolo di legno e avevo girato. Non mi ero scottato. Avevo preso una padella più piccola, bassa, per l'eventuale soffritto. La passata di pomodoro l'avevo capovolta e battuta più volte sul fondo, poi l'avevo aperta. Avevo stappato una birra e mentre stavo per berla, era uscita lei. Aveva solo una mia camicia addosso, i piedi nudi e il viso struccato. O meglio, lavato dal pianto. Sicuramente non voleva che io me ne accorgessi. O forse a me faceva più comodo pensare così.

« Ne vuoi un po'? »

Aveva afferrato la birra senza nemmeno dirmi « grazie » e aveva dato un grande sorso prima di parlare. « Giurami che non la vedrai mai più. »

« Si è sposata. »

« Non è la risposta giusta. »

« Te lo giuro. »

Allora aveva dato un altro sorso alla birra e mi aveva abbracciato forte. Era rimasta per un po' così, in silenzio, con il viso poggiato sul mio petto e gli occhi aperti. Lo so perché vedevo il suo riflesso attraverso il vetro della finestra mentre stava facendo buio.

« Portami a fare un giro, va'... » mi aveva detto all'improvviso. « Sono ubriaca. »

Così l'avevo presa in braccio.

« Ti vesto io, dai... » E mi ero divertito a scegliere qualcosa per lei nell'armadio. Le avevo tolto la camicia ed era rimasta in reggiseno e mutandine. E anche se mi era venuta voglia, sapevo che sarebbe stato un errore. Così le avevo infilato una maglietta, poi dei calzettoni corti e infine i jeans. Le avevo messo un paio di scarpe da ginnastica e quando stava per andare in bagno per truccarsi, l'avevo fermata prendendola per mano.

« Dai rimani così, sei bellissima. »

« Dici solo bugie Step, sei un disastro. Non sai distinguere più la realtà dalla finzione. »

« A me piaci tanto così, non sono bugiardo. Ti ho sempre detto tutto, nel bene e nel male. »

« È vero. » Eravamo saliti in moto e fuggiti via dalla città, schivando il traffico, correndo veloci verso il mare. Ci eravamo fermati a Maccarese, al primo ristorante che avevamo trovato aperto, quello di uno chef che andava in TV. Stranamente era vuoto e il proprietario mi aveva riconosciuto, ci eravamo incontrati per una ipotesi di puntata zero che però non era andata più in porto. Avevo avuto l'accortezza di chiamarlo, di spiegargli cos'era successo e che ero dispiaciuto, che speravo ci sarebbe stata un'altra occasione. A lui tutto questo era piaciuto.

« Ne ho fatte tante di riunioni. Ed è accaduto che spesso non sono andate, come questa. Nessuno però mi aveva mai chiamato per dirmelo, come invece hai fatto tu. Grazie. »

« Be', mi sembrava il minimo. »

« No, hai le palle ragazzo e queste faranno la differenza. Vieni a trovarmi quando vuoi, Filippone a Maccarese, mi conoscono tutti. »

« Certo, volentieri. »

Ma non ci avevo più pensato. E invece quella sera c'eravamo caduti dentro. Si era subito ricordato di me e mi aveva salutato con grande simpatia.

« Scusate eh... Ho appena aperto il ristorante ma non c'è nessuno stasera perché avevo detto a tutti che aprivo la settimana prossima... » Poi si era avvicinato a me e mi aveva sussurrato:

« Avevo proprio voglia di venire qui, mi sono rotto le scatole di stare a casa, discussioni continue, tu mi capisci no? »

Avevo annuito e così ci aveva dato il tavolo vicino al mare e ci aveva lasciati tranquilli. Quella volta fu tutto merito mio, Pollo non c'entrava niente, pensai quando Filippone si era avvicinato per dirmi che ci offriva la cena.

Il rumore delle onde, la serata di stelle, il vino e il pesce alla griglia avevano fatto rasserenare Gin. Mi guardava con quella dolcezza che ci metteva poco a tornare indietro e a ripensare a tutta la storia, a diventare amica della tristezza, così avevo riso, scherzato, l'avevo distratta parlandole un po' di tutto e alla fine l'avevo baciata. Una volta a casa avevamo fatto l'amore, rimanendo abbracciati nel letto tutta la notte.

Prendo il telefono e cancello il messaggio. Non voglio vederla più. E mentre svanisce l'ultima nota di Damien Rice non ne sono già più così sicuro.

36

Poco dopo arriviamo a San Liberato. Andiamo su per la salita, si vede tutto il lago di Bracciano. I riflessi del sole al tramonto rendono l'atmosfera calda. È come se tutto intorno, le vigne, gli alberi, le case, perfino la chiesa, si fossero tinti di arancione. L'atmosfera è tranquilla, di grande serenità, idilliaca. Arrivati nel piccolo piazzale, Gabriele posteggia la macchina. Noi scendiamo. Subito ci viene incontro Laura, la segretaria del posto e subito dopo Piero, l'organizzatore. Ci mostrano per prima cosa la chiesa. È piccola e spoglia, ma la luce del sole che sta tramontando crea un'atmosfera perfetta, rendendola particolarmente calda. Ci sono un centinaio di posti all'interno, mentre l'altare, dove si svolgerà la cerimonia, è su un piccolo soppalco. Gli amici e parenti vedranno tutto dal basso. Laura ci spiega come avrebbe intenzione di addobbarla.

« Qui metterei delle calle, anche all'entrata, qui invece, a terra, delle margherite bianche raccolte in grossi mazzi e ai bordi dell'altare delle rose bianche... »

Francesca e Gin annuiscono. Laura precisa: « Gambi lunghi ». Tutte e due sorridono insieme. « Sì, sì, naturalmente. »

Gabriele e io ascoltiamo, ma con più tranquillità e lui tira fuori anche una sua massima: « Non c'è niente da fare, il matrimonio affascina moltissimo le donne e preoccupa moderatamente gli uomini ».

Io annuisco abbastanza divertito, anche se dentro di me per un attimo ho uno strano pensiero. Cosa significa « preoccupa moderatamente gli uomini »? Sì, insomma, in che quantità? Ma decido di non cercare di approfondire la questione. Poi arriva Manlio Pettorini, con le braccia aperte, un bel sorriso, pochi capelli ma un fisico asciutto e robusto.

« Gabriele! Che bello vederti! »

E si abbracciano con sincero affetto, stringendosi forte e facendo immaginare a chi li sta guardando chissà quante saranno le cose importanti che hanno vissuto insieme. Gabriele indica Gin.

« Ecco, mia figlia Ginevra, te la ricordi no? »

delle donne sui segreti di alcuni piatti. E così continuiamo a mangiare, mentre il sole tramonta definitivamente sul lago e intorno a noi alcune luci si accendono.

« Ecco, sarà pressappoco così. Con delle lampade bianche alla base di tutti gli alberi e gialle-arancioni invece lì, in fondo... Per creare più atmosfera. »

E mi sembra tutto bellissimo e quest'ultimo Sauvignon che ci hanno fatto assaggiare è freddo e impeccabile, con un retrogusto fruttato delicatissimo. Poi arrivano delle fragoline e lamponi con una panna fatta in casa, molto leggera e delle cucchiaiate di cioccolato fuso caldo fatte cadere lì sopra. E ancora un semifreddo allo zabaione e uno alla nocciola. Infine degli ottimi caffè.

« Ecco, poi farei laggiù un tavolo con alcolici e superalcolici, che vanno per la maggiore ad ogni matrimonio... Oh, non si sa com'è ma voi ragazzi più siete felici e più dovete bere! »

Gabriele annuisce divertito. « Noi almeno nell'alcol annegavamo i nostri dispiaceri, non la nostra felicità! »

« Sì! » Gin ride. « È vero, siamo proprio fatti male. »

« E invece al tavolo servirei questi amari. » E fa arrivare un Amaro del Capo, un Filu'e Ferru, un Averna e un Jägermeister.

« Alcuni sono più noti, altri meno, la genziana la conoscono in pochi, ma è veramente fantastica... Provatela. »

E ce ne versa un sorso in dei bicchierini da amaro.

« È vero, ottima. »

« È digestiva. E penso che ce ne sarà bisogno! »

E Pettorini ride, in effetti tutto quello che hanno deciso di portare ai tavoli non sarà poco. Antipasti vari in giro per il parco. Alcuni tavoli con prosciutti e altri affettati, poi mozzarelle, burrate, tocchi di parmigiano e altre scelte di formaggi italiani e francesi. Diverse ipotesi di fritto da fare in alcuni punti, dove ci saranno delle vere e proprie friggitrici per gamberi e polipetti freschi, panelle, mozzarelline, piccoli arancini bianchi e rossi, olive ascolane e polpettine di carne. Questo come antipasto. Poi due primi, spaghetti alla chitarra tartufo e funghi e paccheri pomodoro e olive e due secondi, filetto di chianina e spigola. Diversi tipi di contorno, patate di ogni genere, verdure, dalla cicoria ai broccoletti e tre insalate, una delle quali con noci, pinoli e pezzetti di ananas, poi dolci e frutta.

Francesca e Gin chiacchierano con Pettorini per la scelta di diversi tipi di pane, qualche altro dettaglio sui vini e tutto ormai mi sembra deciso nel migliore dei modi.

«Ecco, sta arrivando don Andrea.»

Ci giriamo e vediamo apparire dal fondo del giardino illuminato dall'ultima luce del lago un prete. Si avvicina velocemente, lo vedo sorridere e scuotere la testa da lontano.

«Eccomi, eccomi...» Guarda i carrelli vicino al nostro tavolo. «Mi sono perso una bella abbuffata, mi sa.»

Poi Gin si alza e lo saluta con affetto.

«Don Andrea, che bella sorpresa! Non lo sapevo che venivi, sennò ti aspettavamo.»

Lui la scosta un po' dopo l'abbraccio e la guarda curioso.

«Ma una chiesetta ancora più lontana no? Ho quasi fuso la mia Simca per arrivare qui!»

Pettorini ride. «Chissà quante strade hai sbagliato!»

Si danno la mano.

Poi Pettorini lo indica. «Non sapete quanti matrimoni abbiamo fatto io e lui!»

«E tutti ancora ben saldi!»

«Sul serio?»

«Sì, certo. Io prima che si sposino faccio un bel discorsetto agli sposi. Anzi, avete bevuto troppo?» Ci guarda sorridendo.

«Io direi proprio di no.»

«Il giusto», aggiungo io.

«Avete preso un buon caffè?»

«Sì.»

«E allora facciamo una bella chiacchierata. Comincio da te.» E indica Gin. «Non mi devi dire nulla?»

Gin arrossisce forse pensando alla sua pancia. Io sorrido, ma faccio finta di niente. Don Andrea deve essere abituato a tutto.

«Be', su, non perdiamo tempo, spostiamoci più in là, così parliamo più tranquillamente.»

«Ma non vuole niente da bere?» chiede Gabriele.

«No, no, sul lavoro non bevo...»

«Almeno un caffè...»

«No, perché dopo invece voglio dormire...»

Gabriele alza le spalle, sconfitto.

Gin si alza dal tavolo, prima di allontanarsi mi guarda, fa un sorriso che penso voglia dire: credo che glielo dirò. Segue don Andrea a un tavolo in fondo al giardino. Ecco, si sono seduti.

Ora vedo le loro sagome come disegnate sul lago alle loro spalle, che ora sembra una lavagna color indaco. Gin agita le mani, ride, muove la testa. È allegra, leggera e soprattutto felice. E io? Come sto io? E mi viene quasi naturale prendere dalla tasca il cellulare e guardarlo, come se cercassi lì la mia risposta. Niente, nessun messaggio. Silenzio. Anche questa in fondo è una risposta. Così prendo un bicchiere piccolo, verso un po' di Amaro del Capo, mi siedo di nuovo. Lo sorseggio lentamente. Alla mia destra poco lontano Gabriele e Francesca stanno parlando con Pettorini. Gli sta mostrando delle tovaglie, poi tutti guardano una stoffa, annuiscono, sembrano definitivamente d'accordo su quella scelta. Anche Manlio annuisce, è la migliore, mi sembra che dica.

« Ehi, tutto okay? »

Mi giro. Gin è di fronte a me.

« Sì, perfetto. Serata veramente bellissima. »

« Già. » Poi Gin si siede vicino a me. « Gliel'ho detto. »

« Hai fatto bene, se avevi voglia di dirglielo. »

« Sì, penso che sia meglio così. »

Non so cosa voglia dire. Non so per cosa possa essere meglio, ma non dico nulla. Do un altro sorso di Amaro del Capo e rimango in silenzio. Poi Gin prende il mio bicchiere e beve un piccolissimo sorso anche lei.

« È forte. »

« Non dovresti berlo. »

« Lo so, però dai, fammi fare uno strappo alla regola, ogni tanto. Comunque guarda che don Andrea ti sta aspettando. »

« Okay. » Così mi alzo e mi dirigo verso di lui.

Gin mi urla da lontano: « Ehi, ma così sembra che vai al patibolo! »

Mi giro e mi metto a ridere. Poi mi siedo di fronte a don Andrea.

« In effetti eri abbastanza rassegnato. »

« Sì, ma non troppo. »

Mi sorride. « È vero. Sono contento di quello che mi ha detto Ginevra. »

« Anch'io. »

« Sul serio? »

Rimango un attimo interdetto. « Certo, mi sto per sposare con lei e lo avevo deciso molto prima del fattaccio. »

Si mette a ridere. « Sì, lo so, lo so... Ecco Stefano, ti voglio dire una cosa. C'è una confessione speciale che si fa con il prete prima di sposarsi. Se tu dici una cosa particolare, in realtà un giorno questo matrimonio potrebbe essere nullo. E il prete è comunque costretto al segreto confessionale. » Poi rimane un attimo in silenzio, come se mi volesse dare un po' di tempo per pensare, per prendere la mia decisione. « Molta gente dice qualcosa apposta per essere sicura che comunque vada potrebbe poi avere matrimonio nullo. » Rimane di nuovo in silenzio. Si gira verso il lago e senza guardarmi mi chiede: « Allora, vuoi raccontarmi qualcosa? Ti vuoi confessare? » E io rimango sorpreso da quello che dico.

37

Quando torno al tavolo mi sento come sollevato.

« Bellissima serata, no? Che dici, amore? »

Gin mi stringe forte la mano, per cercare anche da parte mia lo stesso entusiasmo.

« Sì, veramente bella. »

« Ti è piaciuto quello che abbiamo mangiato? »

« Molto, anzi moltissimo, sarà veramente perfetto, tutto molto buono. »

Mi guarda di traverso, mentre saliamo in macchina, poi ride.

« Sicuro? Non è che ci hai ripensato? Non mi mollare sull'altare! Non è che facciamo un matrimonio strano nel quale la sposa aspetta lo sposo... vero?! »

« No... »

Gin spalanca le braccia come se si fosse spaventata.

« Aiuto! Hai detto un 'no' di un vago... Non del tutto convinto, un 'no' pericolosissimo! »

Vedo la madre che ride. Stanno seduti davanti a noi, Gabriele guida e devono aver sentito di sicuro.

« Ma no... »

« Oddio, questo era ancora peggio! No, no, cazzo, tu mi lasci sull'altare! »

E mi salta addosso ridendo e colpendomi con il pugno sulla spalla.

« Ahia! »

« E non è niente! Forse non te lo ricordi che io ho fatto un sacco di boxe, faccio sul serio, mica scherzo! Allora? Parla! » Si infila anche sotto, nei fianchi, colpendomi ma facendomi soprattutto il solletico. « Parla! »

« Ma che devo dire? »

« Che arriverai prima di me in chiesa e che non farai strani scherzi! »

« Giuro, parola di lupetto. » E mi bacio le dita intrecciandole più volte davanti alla bocca.

« Ma così non vale! Ecco, sei il solito bugiardo! »

« Ma dai, sto scherzando, ma ti pare che arrivo in ritardo! Ti ho sempre aspettato! »

« Su questo hai ragione... » Poi torna seria. « Hai parlato un sacco con don Andrea. »

« Sì. »

« Avevi tante cose da dire. »

« Aveva voglia di ascoltare. Abbiamo parlato di cinema. »

« E dai, ma possibile che non sei mai serio? »

« E cosa vuoi che ti dica? C'è il segreto della confessione. »

« Per lui! Tu puoi raccontare tutto! »

« Ora sei tu che non vuoi fare la seria. »

Gin rimane in silenzio, si gira e guarda fuori dal finestrino. Ma solo per un po', poi ci ripensa e torna da me.

« È vero. Hai ragione. » È di nuovo sorridente. « Spero che in qualche modo ti sia stato utile. »

« Sì, mi piace, è molto simpatico. »

« E certo! Che me ne sceglievo uno antipatico per il mio matrimonio? Ecco, guarda, mi ha dato un po' di letture da fare in chiesa, così le scegliamo. »

« Ah. Quindi stasera preghiamo? »

Gin mi sorride, poi parla a voce bassa: « Ovvio, cosa volevi fare, guarda che ci sono i miei! »

« Ma mica dicevo in macchina io, a casa! »

« Cretino. Stiamo arrivando al tuo ufficio. Hai qui la moto, no? La prendi ora o andiamo a casa e la riprendi domani? »

« No, non mi piace lasciarla qui, salgo un attimo in ufficio che devo anche leggere alcune cose per domani e poi ti raggiungo. »

« Okay. »

« Ecco, fermati qui, Gabriele, grazie. »

La macchina rallenta fino a fermarsi. Apro lo sportello e scendo.

« Grazie di tutto, ci vediamo presto. »

« Sì. »

Mi salutano, do un bacio sulle labbra a Gin e chiudo lo sportello. La macchina riparte e io mi dirigo verso l'ufficio. È tutto spento nel palazzo. Prendo l'ascensore, arrivo al mio piano, apro la porta. Non c'è nessuno, silenzio. Accendo la luce e poi chiudo la porta. Mi avvicino alla macchinetta del caffè e l'accendo. Non farò tardi, ma mi è venuta voglia. Prendo il telecomando e accendo lo stereo, metto la stazione 102.70, uno lo ricordi, uno lo vivi. Sembra un caso, ma sta suonando il pezzo di Ligabue, *Certe notti*. Non credo che sia un segno premonitore. Vado verso la mia stanza, la porta è chiusa come l'avevo lasciata, entro e accendo la luce. Sulla scrivania c'è il progetto che avevo usato come copertura. Quando lo alzo, sotto trovo l'album esattamente come lo avevo lasciato. Sembra che nessuno abbia toccato nulla. Torno in corridoio e mi faccio un caffè. Quando è pronto, ritorno nella mia stanza, chiudo la porta e mi vado a sedere alla scrivania. Tiro fuori il cellulare dalla tasca e lo poggio vicino all'album. Niente. Nessun messaggio. Nessuna telefonata. Meglio così. Soffio sul caffè caldo e guardo l'album chiuso davanti a me. Forse dovrei dare retta a quello che mi ha detto don Andrea. Ma non c'è niente da fare, la curiosità è tanta, così do un sorso al caffè, poi poggio la tazzina di lato sulla scrivania, la guardo e in maniera quasi maniacale la metto più a destra per occupare un po' di quello spazio vuoto e giro il manico verso di me. Poi apro l'album.

38

E mi ritrovo lì dove ero rimasto. Le foto di un bambino che cresce, che diventa sempre più grande, che sorride, che fa le facce strane, che si lamenta, che ride come un pazzo. Che prova ad andare in bicicletta, che ci riesce, che fa una discesa con i capelli al vento e le mani strette sul manubrio. Che mi somiglia. E tutto questo io non l'ho vissuto. L'ha vissuto un altro. Che però in queste fotografie non c'è mai, sembra quasi che non esista, non una mano, non una spalla, un pezzo di qualcosa di lui, neanche un suo oggetto. Forse non è un caso, forse l'ha fatto per me. Ma quando arrivo all'ultima pagina, la vedo. C'è una foto sola, con lui. Proprio lui, quello che crede di essere il padre di quel bambino. E quando lo vedo, rimango senza parole, non posso crederci. Su Facebook non lo avevo riconosciuto. È Lorenzo. Non è possibile. Non ho voluto sapere nulla, né il giorno, né la chiesa, né il ricevimento e non ho voluto sapere soprattutto chi fosse lui. E ora scopro che è Lorenzo, Lillo. Un coglione. Uno che le è sempre stato dietro, fin da quando erano piccoli, il classico innamorato di sempre. Che di solito nella storia di tutte poi resta l'amico, uno da rincontrare sempre con simpatia, che ha sposato qualcun'altra, non quella ragazza della quale era tanto innamorato. E invece con Babi non è andata così. Cerco di ricordarmi qualcosa di lui. Giocava bene a pallone, lo avevo visto qualche volta d'estate sulla spiaggia della Feniglia, ma non aveva un gran fisico. Aveva la gamba corta, il sedere un po' basso, le spalle larghe e capelli un po' ricci, degli occhi scuri e un dente spezzato. Guardo la foto. Sì, non è cambiato molto, ha solo i capelli più corti ed è vestito in modo elegante. Una volta stavamo da soli a casa al mare ed era pure venuto a chiamarci, a chiamare Babi in realtà. Ci aveva invitati a una festa, ma Babi gli aveva detto di no. Me lo sono ricordato proprio oggi. Non ci posso credere. Tanto ha fatto che ci è riuscito. E li immagino insieme, come è iniziata la loro storia, dove l'ha portata, dove le ha dato il primo bacio, dove... No, Step. Basta. Non puoi fare ancora così. Ferma la tua mente, obbligala ad allontanarsi da tutto questo, cazzo, a dare fuoco ai ricordi, alle immagini, al dolore lancinante che ti provocano. E piano piano tutto questo accade. È come se mi sedassi da solo. Una strana calma improvvisamente si impadronisce di me. È come una spruzzata improvvisa di pioggia e poi tutte le nuvole svaniscono. Riappare il sole, ma non c'è nessun arcobaleno. O è come un mare in tempesta, scuro, con delle onde giganti che si spezzano su tutto ciò che incontrano, e poi dopo pochi secondi rivederlo di nuovo piatto, tranquillo come un olio o meglio, come si è sempre detto, come una tavola. Ecco, così anche il respiro rallenta. Ormai è fatta. Pollo una volta, vedendo come mi arrabbiavo per colpa di Babi, come se solo lei potesse veramente toccare delle corde che mi mandavano in bestia, mi aveva detto una cosa. «Vuoi sapere una cosa? Una cosa che potrebbe dispiacerti, ma che forse poi è la vera ragione per cui tu hai perso completamente la testa per questa cazzo di ragazza?» E mi era rimasto a fissare così. Alla fine io mi ero messo a ridere. «Perché ridi?» «Per come mi hai detto 'per questa cazzo di ragazza'.» «È proprio così. Guarda come stai...» E aveva allungato le braccia verso di me indicandomi con tutte e due le mani. «Stai fuori! Allora, la vuoi sentire o no questa geniale conclusione alla quale sono arrivato?» Mi ero seduto sulla moto. «Okay, sentiamo.» Mi aveva sorriso e si era seduto sulla sua. Era rimasto per un po' in silenzio e prima che glielo chiedessi di nuovo, aveva finalmente parlato: «Una parola sola: rassegnati». Mi ero alzato dalla moto e con la mano lo avevo mandato a quel paese. «Bella conclusione! Tu e le tue genialate.» «Tu mi sottovaluti. Ricordati questa parola: rassegnati.»

E ora sono qui, davanti all'ultima foto di quest'album che come se non bastasse è proprio con quel coglione. Eppure mi ricordo che una volta ne avevamo pure parlato. Quel giorno.

«Ma non puoi essere geloso di uno così, Step, non puoi... È solo un amico.»

«Mi dà fastidio, poi viene sempre a cercarti, non considera neanche il fatto che tu stai con me.»

«Ma non è vero, lo considera un sacco, infatti invita noi, mica me!» Mi guarda sorridendo e mi fa una carezza. «Ti ho convinto?»

«No.»

«E quindi?»

« Quindi mi sa che gli meno, così è tutto più chiaro. »

« E piantala, mi fai impazzire quando fai così. »

Ecco. Avrei fatto proprio bene a menargli allora. Chissà, magari sarebbe andata diversamente. No. Sarebbe andata comunque così. Infatti ripenso a una cosa che mi era passata di mente. Eppure anche di questo avevamo parlato. Lui è ricco, molto ricco, dannatamente ricco, tanto che appena finiti gli studi aveva aperto vari negozi di intimo, per diversificare, diceva. E Babi mi aveva raccontato di come fossero andate le cose in quella famiglia. Il nonno aveva iniziato un'attività di trasporti nelle Marche. Aveva costruito una rete di pullman lì dove non c'era nessun contatto con i paesini più dispersi e non collegati in nessun modo. Così aveva iniziato a guadagnare e aveva continuato a investire nella sua società, allargandosi anche nel Molise e nell'Abruzzo e continuando ad accumulare soldi. Agli inizi degli anni '80 era diventata una rete ufficiale di trasporti, arrivando anche in Emilia-Romagna. Da lì erano stati particolarmente bravi ad investire i soldi aprendo diverse società, e quella che aveva definitivamente consacrato il loro impero si occupava di spazi pubblicitari per tutta Italia. Qualunque cosa venisse pubblicizzata su un cartellone nei posti più nascosti e reconditi avrebbe comunque fatto riferimento alla loro società. Il figlio, quindi il padre di Lorenzo, non aveva dovuto far altro che consolidare tutto questo senza cambiare assolutamente nulla. E così sicuramente Lorenzo si sarebbe ritrovato l'impresa a prescindere da quelle che potevano essere le sue capacità. Poi avrebbe potuto farla fruttare o perdere qualcosa, ma doveva impegnarsi veramente tanto per distruggere un impero così. Ecco, ricordo perfettamente quando me lo raccontò. Quindi Babi, la tua vita è veramente tutto questo? Quella sera in macchina quando mi hai dato la notizia che ti sposavi sono rimasto senza parole. Mi hai guardato e mi hai detto: « Non sarà mai come con te, ma con te era impossibile ». E io ho continuato a restare in silenzio, per un attimo ho pensato che tu me lo avessi voluto dire come contentino, dopo che avevamo fatto l'amore o forse era stata solo una scopata. Chissà. Sembravano le parole giuste per chiudere definitivamente il nostro capitolo. Ma mi ricordo che prima che me ne andassi, mi hai detto: « Ma d'altronde la vita è lavoro, dei figli, degli amici, alla fine l'amore è solo il 10 per cento... » E in quel momento mi sono sentito morire, mi sono detto: ma io che ci faccio qui? Si sta sposando e si sposa pensando questo? E mi sono vergognato, mi sono sentito sporco, ho pensato a Gin, al suo candore, e a quello che ormai avevo fatto... Allora tu hai acceso la radio, sembrava quasi che volessi ingannare il tempo per non cacciarmi, ma non vedevi l'ora che me ne andassi. Forse perché sapevi che stavi mentendo, che facevi l'attrice, che quelle parole non erano tue, quelli erano i discorsi di tua madre. È lei che ti ha obbligato a sposare Lorenzo o meglio i suoi pullman, i suoi spazi pubblicitari e le sue mutande. Questo rimane piacevolmente il mio dubbio, una giustificazione che forse mi fa comodo prendere come buona. E sto per chiudere l'album quando mi accorgo che di fronte alla foto di quel coglione c'è una busta. *Per te.*

39

Ecco, non so più come chiamarti. Vorrei dirti tesoro, amore o addirittura amore mio. Ma so che tu non sei più mio. Eppure un tempo lo sei stato, per me avresti fatto tutto, anche di più, anche più di quello che qualsiasi altra persona avrebbe potuto mai immaginare, i normali, come li chiamavi tu. E tu non lo eri. Eri e sei speciale. Ma questo a volte può essere scomodo, una inevitabile difficoltà insormontabile. Almeno così in parte sei stato per me. Forse per una mia paura, per non essere stata così coraggiosa, per non aver saputo dire basta, è mio e lo voglio. Solo questo. Ma ormai quello che è stato è stato. È inutile commiserare il tempo passato. Ho cercato disperatamente di averti con me ogni giorno e in qualche modo ci sono riuscita. Eri con me in ogni momento, anche quando parlavo con le mie amiche, ascoltavo qualcosa, ridevo o ci rimanevo male, qualunque fosse il mio stato d'animo, tu eri con me.

Poi, quando è nato Massimo tutto è stato ancora più facile, perché nella sua bocca, nel suo sorriso, in quegli occhi che ogni tanto mi fissavano quando ancora non era capace di parlare, io rivedevo il tuo sguardo, il tuo amore, la tua curiosità, erano quegli stessi occhi che cercavano dentro di me chissà che cosa. Ecco, sono sicura che quando hai visto la foto di Lorenzo, quando hai scoperto chi fosse mio marito, se non ti eri già informato prima, avrai detto: « Vedi? Facevo bene a picchiarlo! » Sorrido. Almeno in questo mi conosce. *Mi ha sempre amata, ha sempre desiderato stare con me e quando abbiamo iniziato a uscire, ho capito che ha quelle qualità che sono l'ideale per un uomo da sposare. Generoso, gentile, sufficientemente attento. Ti ricordi poi che ti avevo detto? Per me nella vita il matrimonio occupa un piccolo spazio, il resto sono lavoro, gli amici, i figli.* Veramente avevi parlato dell'amore e gli avevi dato solo il 10 per cento. *Poi l'altro giorno ho rivisto un film,* Vi presento Joe Black, *e quando sono arrivata a quella scena, quando lei è in aereo con suo padre e lui le chiede: « Ami Drew? Il ragazzo che stai per sposare? » E la figlia dice poco o nulla e allora il padre le dice: « Voglio che qualcuno ti travolga, voglio che tu leviti, voglio che tu canti con rapimento e danzi come un derviscio. Abbi una felicità delirante o almeno non respingerla. Lo so che ti suona smielato, ma l'amore è passione, ossessione, qualcuno senza cui non vivi, io ti dico: buttati a capofitto, trova qualcuno da amare alla follia e che ti ami alla stessa maniera. Come trovarlo? Be', dimentica il cervello e ascolta il tuo cuore. Io non sento il tuo cuore. Perché la verità, tesoro, è che non ha senso vivere se manca questo. Fare il viaggio e non innamorarsi profondamente, be', equivale a non vivere. Ma devi tentare, perché se non hai tentato, non hai mai vissuto». Ho rivisto questo pezzo tante di quelle volte da impararlo a memoria, ma la prima volta che l'ho visto sono scoppiata a piangere, ho singhiozzato e quando è entrato Lorenzo, si è preoccupato, mi ha chiesto cosa fosse successo e io invece non riuscivo a parlare, allora si è arrabbiato, voleva sapere, pensava che fosse accaduto qualcosa a Massimo. Invece era successo a me. Nessuno mi ha fatto questo discorso, nessuno mi ha fermata. Anzi, mia madre mi ha quasi costretta a sposare Lorenzo con un sottile lavaggio del cervello, facendomi vedere ogni giorno come sarebbe potuta essere la mia vita, com'è la vita di una donna, piena di attenzioni, di comodità, di cose belle, e poi con un bambino... Naturalmente quando le ho detto che ero incinta non c'è stato un minimo dubbio su chi potesse essere il padre, anche se qualche mese fa eravamo a pranzo a casa dei miei e a un certo punto Massimo si è messo a ridere in un modo identico a te. Allora mamma l'ha guardato, prima ha riso anche lei, poi il suo viso si è trasformato, è stato come se improvvisamente un pensiero le avesse attraversato la mente. Si è girata verso di me, mi ha guardato e ha avuto un guizzo nei suoi occhi e mi ha detto: « È molto bello tuo figlio ».*

« Sì. »

« Chissà come diventerà. »

E non ci siamo dette nient'altro. Dopo quel film ho capito che ti dovevo rivedere e che in realtà avevo sempre saputo che sarebbe arrivato questo momento. Del resto le foto di Massimo le ho raccolte dal primo giorno, da quando è venuto al mondo per quando ti avrei incontrato. La scena di quel film è stata come se qualcuno mi avesse messo un grande specchio davanti e io avessi potuto vedere la mia vita. E se poi ho pianto a dirotto e non riuscivo più a parlare, allora tu puoi immaginare cosa mai io abbia visto. Il nulla, a parte mio figlio. Non c'è niente nella mia vita, nessuna ragione che mi possa far sentire come vorrei. Sì, una bella casa, una bella macchina, le feste, gli amici, ma ogni giorno è come se tutto questo acuisse il mio dolore, mi facesse sentire la mia esistenza ancora più vuota, più inutile. Abbiamo pensato anche di dare una sorellina o un fratellino a Massimo, ma non ci siamo riusciti. Il pensiero di questo suo tentativo improvvisamente mi stringe lo stomaco, mi blocca il respiro, mi fa venire da vomitare. Ma riesco a superare questo momento e vorrei strappare questa lettera per il fastidio di ciò che provo, per quello che con tanta leggerezza lei racconta. *Non ci siamo riusciti.* E vedo un tentativo goffo, insano, finalizzato solo a quello. E vedo un triste piacere, un misero godimento, una donna passiva, quasi annoiata che fintamente partecipa, come la migliore attrice di qualche soft porno o forse anche di più... E poi vedo quel ragazzo stupido, quello inutile che si agita su di lei o sotto di lei o dietro... Perché non l'ho menato allora? Lo sapevo io, devo sempre dare retta alle mie sensazioni, sono le migliori. E ora? Cosa mi suggerisce il mio istinto? Sono qui con questa lettera in mano. Manca la mezza pagina che intravedo qua dietro. Ma cosa possono riservare ancora tutte quelle parole? Sembrano minacciosi soldati nascosti in trincea, pronti all'attacco, per colpire, finire, distruggere. So già che non resisterò, qualunque cosa possa accadere nelle prossime righe, voglio andare avanti. E così giro la pagina e continuo a leggere. *Basta comunque, non ti voglio annoiare con le mie cose private. Ma una cosa te la voglio dire, da quando ho visto* Joe Black *e ho ripensato a te, non ho fatto altro che immaginare il nostro incontro, come sarebbe stato, dove poteva accadere, come saresti stato tu, la tua sorpresa, la tua felicità nel vedermi, oppure la tua rabbia o ancora peggio la tua indifferenza. E quando questo finalmente è accaduto, non facevo altro che guardarti negli occhi. Sì, cercavo di leggere una qualche tua emozione, cosa stavi provando nell'incontrarmi dopo così tanto tempo, sì, insomma per dirla come ti piace tanto: « La fiamma è spenta o accesa? » Mi sono fatta aiutare dalla tua segretaria, le ho raccontato qualcosa di noi e lei si è appassionata. Ha detto che stiamo perdendo un'occasione importante ma che non è troppo tardi. Mi è sembrata brava, veloce, capace, hai fatto un'ottima scelta.* Già, peccato che non c'è più. E proprio per merito tuo. E comunque non aveva poi tutte le capacità che dici. *Non mi ha voluto raccontare nulla di te, devo dire che ho provato in tutti i modi a farla parlare, ma non ci sono riuscita. Su questo è stata fidata. Forse stai con qualcuno, sei fidanzato o ti sei lasciato. Non lo so. So che non sei sposato, ho visto che non hai la fede e comunque non c'è niente su Internet o altrove che mi dica così. Ma la domanda più importante per me è questa: sei felice? Ci sentiamo? Ci vediamo? Ci puoi pensare per favore? Mi piacerebbe tanto.* Non c'è niente da fare, stasera tutti si preoccupano della mia felicità. Proprio in quel momento mi suona il telefonino. Un messaggio. Lo apro. È Gin.

Amore che fai? Non lavorare troppo! Tra poco sarà tutto ancora più caotico. Torna... ho voglia di te.

Sorrido. Chiudo la lettera, la metto dentro l'album che nascondo in un cassetto in fondo. Volete tutti veramente saperlo? Be', ci penserò domani. Mi sembra una risposta alla Rossella O'Hara. In effetti tutta questa storia mi sembra un kolossal drammatico del quale io però purtroppo sono l'ignaro protagonista. Chissà cosa accadrà. E per citare sempre lui: *Lo scoprirò solo vivendo.*

40

« Buongiorno a tutti. »

Entro in ufficio con una positività e un'allegria che in realtà non sono giustificate, ma ho deciso che il modo migliore per affrontare questa giornata è non pensarci. Poi si vedrà, qualcosa accadrà, arriverà il momento che prenderò una decisione o forse tutto è già stato semplicemente deciso.

« Buongiorno. È un piacere vederla così. » Mi si avvicina Alice dandomi alcuni fogli. « Ho segnato qui i suoi appuntamenti della giornata e queste sono alcune lettere appena arrivate. »

« Va bene, grazie. » Mi dirigo verso la mia stanza.

« Lo vuole un caffè? »

Mi giro verso di lei sorridendole. « Sì, grazie, perché no? »

E così si allontana. Cammina tranquilla, senza particolari sculettamenti. Devo dire che è anche molto carina, un filo di trucco ed è interessante nella sua semplicità.

« Tutto okay capo? » Mi saluta Giorgio dalla sua stanza.

« Tutto okay. »

« Nessuna novità? Nessun nuovo arrivo...? » Su quest'ultima domanda muove la mano sinistra a mezz'aria, come se accarezzasse un palla o, meglio, se mimasse una pancia.

« Non dovevo dirti nulla. Non ti dirò più nulla, cazzo. Un comico dovevo mettermi in ufficio? » E chiudo la porta. Sulla mia scrivania oggi non c'è nessun regalo. Meno male. Non avrei retto a chissà quale altra rivelazione. Anche tra la posta non mi sembra che ci sia niente di strano. No. Ecco. Una lettera per Stefano Mancini. Non è battuta a macchina o al computer e deve essere stata consegnata a mano, non ha francobollo né altro. Guardo meglio la scrittura, non mi sembra di conoscerla. E non dovrei avere altri problemi in giro se bene ricordo. Prendo il coltello a serramanico che ho sulla mia scrivania e lo uso come tagliacarte. La apro.

Gentile Dott. Stefano Mancini, sono Simone Civinini, un ragazzo di 23 anni, che vorrebbe fare tanto questo lavoro. Siccome lei è da poco in questo campo, ma è partito dal basso, sono sicuro che saprà ricono-

scere in queste mie parole due cose fondamentali: la voglia e l'entusiasmo. Mi piacerebbe poterla incontrare. Le allego un mio progetto e le lascio il mio numero e la mia mail. Quando vuole sono a disposizione per piccoli lavori, mansioni ordinarie e un giorno se lei lo crederà opportuno vorrei fare l'autore. Quando ho detto che è partito dal basso non era per essere ruffiano. L'ho seguita fin da quando sono successi tutti quei problemi al TDV, conosco tutta la sua storia. Sarei quindi felice di conoscerla. Comunque, la ringrazio per l'attenzione.

In fondo alla lettera trovo il suo numero di telefono e la sua mail. Guardo il suo indirizzo. È di Civitavecchia, ma deve stare anche a Roma o è di passaggio o sta qui da qualcuno, visto che questa lettera l'ha consegnata a mano. Allegato c'è il suo progetto. *Chi ama chi.* Il titolo è divertente, se non altro fuori dall'ordinario. Comincio a leggere. La trasmissione è della durata di cinquanta minuti. Il gioco si snoda in alcuni singoli blocchi molto facili da seguire. È scritto bene, semplice, diretto, senza fronzoli. Così continuo a leggere. L'idea è quella di sei uomini e sette donne o il contrario che raccontano singolarmente un momento della loro vita, qualcosa che è successo con il loro innamorato, o compagno, o coniuge, che è uno dell'altro gruppo. Come lo hanno conosciuto, la prima uscita, il primo bacio, la prima volta che hanno fatto l'amore, dove o il modo più strano... I giocatori devono abbinare, secondo le storie che vengono raccontate da tutti e tredici, le coppie giuste. Se sono state indovinate tutte le coppie, vuol dire che è stata anche individuata la persona in più. A questo punto si ha solo un minuto, non c'è nessun racconto ma si deve avere un gran colpo di fortuna per indovinare tra alcune persone inquadrate nel pubblico chi è l'innamorato di quel tredicesimo. Se si indovina anche questo, si fa l'en plein e si vince tutto. Le somme possono essere le più diverse. Un valore X alle coppie più complicate o dei valori uguali per tutte le coppie e una super somma più consistente se si individua anche l'ultima coppia con l'altro innamorato in mezzo al pubblico.

Quando finisco di leggere sono veramente soddisfatto. È incredibile, questo ragazzo di ventitré anni ha inventato un format che può essere una vera novità, non solo per il mercato italiano ma anche per quello estero. Così esco dalla stanza e vado da Giorgio.

«Guarda qui.» Glielo poggio sulla scrivania. Proprio in quel momento arriva Alice che in silenzio ma con il suo consueto bel sorriso ci porta due caffè.

« Grazie. »

Ci lascia soli. Giorgio prende la lettera in mano.

« Che succede, qualche richiesta particolare? » Alza il sopracciglio intendendo chissà cosa.

« Sì, un riscatto. »

Per un attimo mi guarda perplesso.

« Ma dai, sto scherzando. È l'idea di un giovane autore, non è male secondo me. Sarebbe buona per l'*access time*, visto che lo stavano cercando sia la Rete sia Medinews per rinfrescare un po' quell'orario... »

« Sul serio è una cosa di questa portata? E scritta da un giovane autore? »

« Sì. »

« Italiano? »

« Sì. »

« Quanto giovane? »

« Ventitré anni. Non ha mai lavorato in televisione e ha scelto noi come società alla quale proporla. »

Giorgio sta leggendo anche la lettera di accompagnamento del progetto. Si mette a ridere.

« Ha scelto noi? Ha scelto te! È un tuo fan! In questo periodo non sai a chi dare i resti, eh... »

Scuoto la testa. Giorgio allora si alza velocemente, mi supera e chiude la porta. Restiamo soli. Poi si siede sul divano.

« Ti devo dire due cose, anzi tre. »

Mi siedo anch'io sulla poltrona lì davanti. « Sono tutto orecchie. »

« Allora, ho scoperto che Ottavi ha fatto due bonifici per la direttrice Gianna Calvi. »

« Ah. E si fa beccare così? »

« Li ha fatti sul conto della madre del suo compagno. »

Giorgio è veramente in gamba, non riesco a immaginare come sia venuto a conoscenza di una cosa del genere, ma devo dargli atto che non dev'essere stato facile.

« In più le ha regalato un Rolex ultimo modello, con diamanti, e una settimana per due persone all-inclusive al One&Only. »

« E che cos'è? »

« Uno dei villaggi più esclusivi delle Maldive, ci sono solo sedici bungalow sull'isola e ognuno è provvisto di maggiordomo e servizio in camera all-inclusive oltre a un'ottima spa. Credo si parli di tremila euro al giorno.»

«Bene! Stavo pensando di andarci quando mi hai detto dei sedici bungalow. Non ci vado, ora che mi hai detto anche dei tremila.»

«Okay. Allora facciamo una cosa, se riusciamo a conquistare il mercato estero con almeno dieci Paesi per due format nuovi e a piazzare una delle fiction, diventa obbligatorio andarci, okay? È uno sprone per noi a raggiungere il risultato. Sai che molte aziende americane specificano ad inizio anno i possibili traguardi da raggiungere? Diventa una specie di corsa per accaparrarsi il miglior premio.»

«Bene, ci sto.»

L'obiettivo è talmente ambizioso che so perfettamente che non corriamo questo rischio.

«Qua la mano.»

Gliela stringo comunque molto volentieri.

«Bene, ora passiamo al secondo punto. Il produttore ha giocato molto sporco e noi, se sei d'accordo, non saremo da meno.»

«Ma la sua è corruzione, mi spiace, non voglio andare in questa direzione.»

Sorride. «Bene, era quello che volevo sentire. Ma dovevo sentirlo. Non faremo nessun regalo ma cercheremo comunque in un modo o nell'altro di ottenere quella fiction.»

«Non voglio niente di illegale. Non voglio dipendere da nessuno. Non voglio essere ricattabile.»

«Non lo sarai. Ti assicuro che non rischi niente, né tu né Futura.»

Questo discorso è stato importante. Giorgio Renzi è un uomo corretto. Poi mi guarda come se gli fosse venuta in mente un'altra idea.

«Allora facciamo così, le responsabilità sono solo mie. Agisco io per conto mio e non come Futura. Ho qualcosa da mettere a posto con Ottavi e lo avrei fatto comunque, era solo questione di tempo. L'unica cosa è che non ti voglio dire nulla, non voglio coinvolgerti in nessun modo.»

Gli sorrido. «Non so di cosa tu stia parlando...»

«Bene, perfetto, proprio così. E ora c'è la terza cosa, la più importante per me...»

Mi alzo, mi prendo una bottiglietta d'acqua naturale e do un lungo sorso. Lui mi aspetta. Poi mi risiedo sulla stessa poltrona. Su quest'ultima cosa sembra un po' imbarazzato. Chissà cosa mi deve dire.

« Ecco, allora... A me piace moltissimo questa società, mi piace quello che abbiamo fatto e che stiamo facendo e che spero faremo... Però vorrei mettere in chiaro una cosa. » Fa una breve pausa. Non gli metto fretta. « Se per caso pensi che a volte scherzo troppo, che c'è una cosa che non va, me lo devi dire. In molti, spesso, a mio avviso fanno un errore. Si tengono dentro troppe cose. Proprio per non averle sapute affrontare di volta in volta, alla fine sbottano, esplodono, in un modo tale che poi il rapporto non è più recuperabile. Ecco, io non voglio che questo accada tra noi. » Mi guarda. Sembra aver finito, fa un sospiro di sollievo come se in un modo o nell'altro finalmente se ne fosse liberato e si siede più comodamente.

Gli sorrido. « È tutto a posto. Non c'è niente per ora che mi abbia dato fastidio. Credo che te lo avrei detto. »

« Anche quando scherzo su queste vicende? » Riaccenna alla pancia.

« Certo. Anche in quei casi, anzi, mi fai ridere e riesci a farmi sdrammatizzare tutto. »

« Bene, sono contento. »

Faccio per alzarmi.

« Un'ultima cosa. » Cambia tono ora.

« Sì, dimmi. »

« Se tu avessi bisogno di un consiglio, volessi la mia opinione o ti andasse di sfogarti... o comunque ecco, se tu volessi condividere qualcosa, io sono qui. »

« Ma l'ho già fatto! »

« E quando? »

Gli indico il foglio del progetto. « Ho condiviso con te le parole di un mio fan... »

Si mette a ridere. « Intendevo le tue fan femminili! »

« Avevo capito. » Apro la porta. « Ora ti saluto. Ci vediamo dopo. »

« Dove vai? »

« Ho un pranzo, un ulteriore fan. Ma non ti dirò se è maschio o femmina. »

41

Mi sorride quando mi vede, è seduto a quel tavolo con una bottiglia davanti e alcune olive. Ha sempre lo stesso sguardo divertente e assurdo alla Jack Nicholson.

« Come stai? »

Marcantonio si alza e mi saluta. « Come stai tu! Mi è arrivata la tua partecipazione. » Poi mi guarda e scuote la testa. « Cazzo, non l'avrei mai detto. Avrei scommesso tutto il possibile su di te, ma non questo. »

« Tutto il possibile cosa? »

« Ma che ne so, che ti mettevi con qualche modella, che andavi in America, che mettevi incinta qualcuna, ma non che ti sposavi! »

Vorrei dire che in realtà ne ho messe incinta due e che però ne sto sposando una sola. Ma preferisco non dire nulla, sorridergli semplicemente. « Ma perché lo vedi così borghese il matrimonio? Uno come te, con le tue convinzioni, le tue posizioni politiche, i tuoi titoli nobiliari che necessitano di matrimoni per vivere e consolidarsi... »

« Sì, in effetti oggi il matrimonio è rivoluzionario! Ordiniamo va'... Che ti prendi da mangiare? »

Siamo in Prati, da Settembrini, il posto dove tutti in qualche modo si fanno vedere. C'è una bellissima ragazza di colore che serve ai tavoli e si avvicina sorridendo.

« Siete pronti? »

« Sempre pronti! » è la risposta di Marcantonio, che le sorride e lei ricambia e sembra come se si conoscessero bene da tempo. Ordiniamo in maniera sana, lui, malgrado il Franciacorta che si sta bevendo, si prende un salmone in crosta e dei fagiolini, io una Caesar Salad. La ragazza si allontana con le nostre ordinazioni.

« La conosci? »

« La vorrei conoscere meglio. Qualche suo lato non mi è ancora del tutto chiaro... » E sorride con quella faccia sorniona che è sempre la stessa. Poi mi versa un po' di Franciacorta.

« Non troppo, che devo lavorare dopo, io... »

« Come sei serio, come sei diventato noioso... Dov'è quel simpatico picchiatore che ho potuto iniziare al TDV? »

« È andato in vacanza, per fortuna! »

Ridiamo, poi Marcantonio alza il bicchiere e mi guarda negli occhi, sembra essere diventato serio.

« Alla tua felicità. »

Niente. Ce l'hanno tutti con quest'aspetto della mia vita.

E aggiunge, però: « Qualunque essa sia ». Poi mi guarda, mi sorride, sbattiamo i flûte e beviamo. È freddo, veramente buono e Marcantonio lo fa sparire in un attimo.

« Ti piace? »

« Molto. È perfetto. »

« Bene, sono contento. In realtà questo per me deve avere ancora un po' meno acidità. Sono delle bottiglie che facciamo noi, su, nelle nostre colline a Verona. »

« A me sembra veramente ottimo. »

« Può diventare migliore. »

« Come stai tu, piuttosto? »

Mi guarda e muove la testa a destra e sinistra, come a dire: insomma. « Non credevo che avrei accusato così la perdita dei miei. Mi ricordo quando mi avevi parlato di tua madre... Sai che allora ascoltandoti avevo provato a immedesimarmi. Mi sei servito in qualche modo, mi hai aiutato, ma non abbastanza. »

Non so cosa dire, resto in silenzio, faccio un sorriso di circostanza, il meno inutile che mi riesca, ma non so come sono andato. Marcantonio si versa un altro po' da bere.

« Mia madre era fortissima, è riuscita a stare insieme a mio padre malgrado i suoi tradimenti e nell'ultimo periodo, quando lui è stato male, gli è stata ancora più accanto, l'ha aiutato sul serio, gli permetteva di stare quasi in ottima forma. Poi una mattina non s'è svegliata più lei, pensa che cosa assurda, e dopo appena un mese è accaduto anche a lui. Pensavo morisse prima lui, invece mi hanno sorpreso anche in questo. » Mi sorride e beve un altro po' del suo vino. « Forse così mi hanno voluto dimostrare che malgrado le litigate che io e mia sorella gli abbiamo sentito fare, a loro modo si amavano. Non hanno saputo vivere uno senza l'altra. Sono contento che sia andata così, mi fa pensare che sia stato un grande amore, me lo hanno dimostrato solo all'ultimo, però lo è stato... »

Arriva proprio in quel momento la cameriera che poggia i piatti ai nostri posti, ricordandosi chi ha ordinato cosa.

« Vedo che state chiacchierando. Se avete bisogno di me, chiamatemi. »

« Certo, grazie, Priscilla. »

Si sorridono, poi lei se ne va, ma appena fatti due passi, prende qualcosa e torna indietro. Poggia sul tavolo dalla parte di Marcantonio un posacenere. Poi sorride di nuovo e questa volta sparisce sul serio.

« Sa di cosa ho bisogno... » E tira fuori dalla tasca della giacca un pacchetto di sigarette e uno Zippo.

« Ne vuoi? »

« No, grazie. »

Si accende una sigaretta e dà un bel tiro.

« Invidio questa tua cosa di fumare ogni tanto e solo la sera. Non dipendi dal fumo... È bello. Non dipendi da niente! »

Inizio a mangiare la mia Caesar Salad. « Io ogni tanto ho qualche inquietudine e, in qualche modo, dipendo da loro. Ma conviviamo sempre meglio. »

« Attento a non tenerti tutto troppo dentro. A volte si hanno delle reazioni spropositate, molto più grandi di come ricordavamo e soprattutto pensavamo di saper tenere a bada... »

Gli sorrido. « Grazie. »

« Figurati. Mio padre era così. Ogni tanto sbottava ed erano dolori... » Rimane a pensare a qualcosa, qualche ricordo lontano di lui, di lui con sua madre, forse di quando era ragazzo. Lo lascio solo. Ma poi improvvisamente ritorna. « Grazie dei tuoi messaggi e grazie anche del telegramma. »

« Avrei voluto raggiungerti fuori Verona o dovunque si svolgesse. »

« Grazie. Non era il caso. Volevamo solo persone strettissime della famiglia. Come sai i Mazzocca non si deve sapere che si estinguono come tutti. » E si mette a ridere. Scuote la testa. « Che famiglia di minchioni siamo, testardi orgogliosi. » Lo è lui per primo, ma non glielo dico, è anche permaloso.

« Ma non sei rimasto su? Pensavo decidessi di gestire i terreni, i casali, tutto quell'infinito numero di mobili che mi raccontavi che ci sono in ogni casa e poi i vini... » Indico la bottiglia. « E i quadri di cui mi avevi parlato, le diverse collezioni antiche... »

Chiude gli occhi e muove le mani, come se mi fermasse e rifiutasse tutto questo.

« Ma figurati! Mi fa schifo trattare con la gente. Ci pensa mia sorella, fa tutto lei. È paziente e tranquilla, sa fare i calcoli meglio di me, sa fare tutto meglio di me! » Poi spegne la sigaretta, mi versa un altro po' di vino e si riempie il bicchiere. « Preferisco lavorare qui a Roma, come grafico, con tutte le rotture di coglioni che sai bene che ci sono... » Mi sorride. « Ma anche con tutto il mondo che gira intorno, qui, a Prati, queste belle ragazze non ci sono su a Verona... »

« Veramente so che ce ne sono anche di meglio... »

Marcantonio inizia a mangiare qualcosa del suo salmone. Poi scuote la testa.

« Vabbè, comunque sto meglio qua. »

E sullo sfondo passa Priscilla. Lui la nota.

« Ecco, vedi? Molto meglio. »

Mi fa ridere con questi suoi capricci da bambino.

« Okay, okay, rimani qua. »

« Infatti, e poi ora che Futura sta crescendo a dismisura... vedi, fa anche rima! »

« Cretino... »

« Guarda che è vero, state andando forti, lo so. Se non avessi un contratto di esclusiva come consulente editoriale per tutta la grafica Rai, sarebbe stato bello lavorare con voi. »

« Farebbe piacere anche a me. »

Ora mangia con più gusto. Poi si pulisce la bocca.

« Comunque sul serio, in Rai parlano benissimo di Futura. Avete piazzato diversi programmi e vanno tutti molto bene. »

« Sì, siamo stati fortunati. »

« Modesto. Comunque prima o poi sarete a livello di Endemol o Magnolia, se non di più. »

« Hai voglia! Ne dobbiamo fare di strada. »

« Sì, ma non c'è fretta. Arriverete. Ti voglio venire a trovare in ufficio presto. Renzi mi ha dato un appuntamento. »

« Sul serio? Non mi ha detto niente. »

« Glielo avevo chiesto io. Gli ho detto che oggi ero a pranzo con te e che ti raccontavo tutto io, anche questa cosa particolare... »

« Quale? »

« Ora ti dico. »

Bevo un po' d'acqua e mi metto ad ascoltare incuriosito.

« L'altro giorno tramite un politico importante, lo stesso che mi ha messo lì... »

« Non me ne hai mai parlato. »

« Non eravamo così intimi. »

« Non è vero. »

« Allora non mi fidavo di te! »

« Peggio! »

« Senti, vuoi starmi a sentire o no? »

« Racconta. »

« Allora, ti stavo dicendo, mi chiama questo politico e mi chiede la cortesia di incontrare una persona. Io naturalmente gli dico di sì. Mi si presenta una donna, una professionista, con un book pieno di ottimi lavori, ma buoni sul serio! Tanto che penso: veste bene, ha dei bei gioielli, ha fatto dei lavori importanti, perché vuole lavorare in Rai come grafica, sotto di me poi? Non è un lavoro che ti dà smalto o grossi guadagni. »

Improvvisamente mi irrigidisco, sento il mio istinto che mi mette in guardia. Poi penso che Marcantonio è un amico e non ho nulla da temere. Così mi rilasso e decido di ascoltarlo. « Continua... »

« Ecco, dopo che mi ha mostrato tutto il suo book, inizia a farmi delle domande, ma con grande sicurezza, cosa che di solito chi fa un colloquio e spera di ottenere un lavoro non fa. E comunque non sta così sereno. Lei invece era tranquillissima. » Rimane in silenzio e poi riprende: « E sai perché? Perché in realtà a quella donna credo che il lavoro non interessasse affatto. Le domande che mi ha fatto erano su una trasmissione che avevo fatto con te, lì, al TDV, su tutto il casino che era successo e poi altre curiosità alle quali guarda caso eri sempre legato tu... Quella donna per me aveva voluto quell'appuntamento solo per saperne di più su di te ». Poi tira fuori un biglietto dalla tasca della giacca e me lo poggia davanti. « Ecco, guarda come si chiama. »

Guardo quel biglietto bianco con solo la scritta GRAPHIC DESIGNER e sopra il suo nome.

« Fabrizia Gervasi. La conosci, vero? Pensa che, immaginando che la potessi conoscere e che magari ci fosse stato ben altro tra di voi, non ho fatto nessuna battuta, né allusione, né commento. Eppure è una donna molto bella... Pensa quanto ti sono amico! »

« Non ti avrei menato. »

« Ma non era per quello! » E si mette a ridere. « Allora, la conosci o no questa Fabrizia Gervasi? »

« Sì. »

« Bene? »

« Molto bene. »

« Come io conosco Priscilla? »

« Non so tu come conosci Priscilla. »

« Azz... rispondi così! Ma allora è una cosa importante. Ecco perché... »

« Cosa? »

« A un certo punto si è scoperta e mi ha chiesto: 'Ma è vero che si sta per sposare?' »

« E tu? »

« Io le ho risposto. »

Poi mi guarda sorridendo, sornione, divertito, e si beve lentamente un altro po' di Franciacorta. Mi tiene apposta sulle spine. Cerco di resistere. Ma non ce la faccio.

« Allora? Cosa cazzo le hai detto? »

« La verità. Le ho detto: so solo che ancora non è sposato... »

42

Mi ritrovo a girare per la città. Perché proprio adesso? Perché proprio lei? Potevo incontrare una nuova ragazza, esserne incuriosito e poi capire semplicemente che non fa per me. E invece con Babi è tutto diverso, è come se improvvisamente riaffiorassero momenti di tutto quello che abbiamo vissuto, le tante cose che avevo come dimenticato, quasi cancellato e invece eccoli qui. Dettagli del suo corpo, la sua risata che amavo così tanto, le serate che abbiamo passato insieme, il sesso in macchina o a casa sua, eccitati dal pensiero che potessero, da un momento all'altro, arrivare i suoi genitori, così come una volta è effettivamente accaduto e sono riuscito per un pelo a non farmi beccare. E mi sembra così strano che sia tornata nella mia vita proprio adesso, dopo sei anni di assoluto silenzio, come se avesse capito che mi sto per sposare, come se sapesse che questa è la sua ultima possibilità per recuperare il nostro rapporto. Ma è così? C'è ancora spazio per lei? E cosa vuole? Cosa cerca veramente di capire? Mi sembrava così semplice quando l'ho conosciuta, invece con il tempo mi sono accorto che anche lei viveva delle strane inquietudini. Come se la sua fosse solo una calma apparente. Quando facevamo sesso per esempio. Dopo un po' ci aveva preso gusto e, allontanate le prime paure, era diventata compulsiva, si spingeva oltre e quando godeva le piaceva lasciarsi andare mostrando tutto il suo piacere, senza limiti, senza vergogne. Sembrava un fiume in piena, completamente diversa da quella Babi che avevo conosciuto. Una volta mi ha detto: « Non sarà mai così con nessun altro, come godo con te sono sicura che non accadrà più ». Eravamo da me, Paolo non tornava quella sera, siamo rimasti abbracciati in silenzio, anche se dentro di me io sentivo delle urla. Come faceva a pensare che ci potesse essere un altro, solamente a ipotizzarlo, eppure parlava già di qualcosa che sarebbe accaduto. Ma poi mi è bastata una sua carezza e abbiamo ricominciato a fare l'amore. È salita su di me, mi teneva le braccia ferme, poggiate sul letto con sopra tutto il suo peso, come se volesse essere lei a comandare. E mi piaceva da impazzire questo suo modo di fare, mi sentivo suo come non mi ero mai sentito di nessun'altra. Mi entrava nell'anima. E ora, se penso che possa aver avuto a che fare con qualcun altro, impazzisco. Non ci posso pensare. Non voglio. Ma la mia mente sembra non voler sentire ragioni, è come alla deriva, portata dalla corrente. Ed ecco che all'improvviso la rivedo perfettamente. È come se fosse allora, uno di quei tanti giorni vissuti con passione. Si spoglia, cammina davanti a me, si gira sapendo che la sto guardando, si leva il reggiseno e sorride sapendo di essere così desiderata. E poi si leva anche le mutandine. E io rimango affascinato dalla sua nudità, così mostrata, davanti a me, che seduto, stordito, respiro il suo sesso, il suo sguardo, la sua malizia. E senza poterlo minimamente fermare, il mio desiderio cresce. Ma all'improvviso tutto cambia, vedo un altro uomo con lei, su di lei, vedo che la tocca, che l'accarezza, che la penetra, che la gira, che la rigira, che glielo fa baciare, che le sfiora i capelli, che le tiene la testa. E tutto questo mi fa impazzire, mi dilania il cuore, mi spacca il cervello, mi sgretola, mi consuma, mi corrode. Un dolore mi invade, annebbiandomi la vista ma all'improvviso qualcosa mi richiama, torno lucido, e in un attimo mi accorgo di come sto guidando e quasi perdo il controllo in curva, ma tengo la macchina, sento stridere le gomme, sfioro il guard rail. Non mi ero reso conto a quanto stavo andando. Ora ho rallentato. Anche il mio cuore batte più lento. Respiro più tranquillo. Sono sulla Flaminia e mi sembra quasi naturale guidare fino ad imboccare il tunnel e arrivare lì davanti. Sono appena passate le 15. Scendo dalla macchina e mi dirigo verso di lei. Cammino ricordandomi la strada. Ecco, alla fine del viale, girato quell'angolo di fronte alla costruzione in marmo e vetri azzurrati, c'è la tomba di mia madre. Non ci vengo da tanto tempo. Avevo bisogno di sentirla. Un attimo di tranquillità per cercare di trovare una voce, una luce, un'uscita. Quando giro l'angolo, vedo che il cimitero è quasi vuoto. C'è una signora anziana che sta sistemando dei fiori e poco più in là in mezzo a tutte quelle altre lapidi, solo un uomo. Mano a mano che mi avvicino però mi sembra che sia proprio davanti alla tomba di mia madre. Quando sono ormai a pochi passi, non ho dubbi, è di fronte alla sua tomba. Allora lui si gira. Il nostro sguardo si incontra. Mi sembra di averlo già visto. Continua a fissarmi, poi improvvisamente cambia espressione, è come se avendomi riconosciuto si fosse spaventato e così fa per andarsene.

«Mi scusi?» gli dico. «Mi scusi?» Continuo a ripeterlo per attirare la sua attenzione, ma non si gira, anzi accelera il passo. È come se stesse decidendo o meno se mettersi a correre. Allora lo supero con uno scatto e mi fermo proprio davanti a lui che subito si copre il viso con le mani, come se io volessi colpirlo.

«Mi vuoi spaccare la faccia anche questa volta?»

Giovanni Ambrosini. Quello che abitava all'attico di fronte a noi, quello che andava con mia madre, quello che io scoprii a letto con lei e che tirai fuori da casa sua per il collo, scaraventandolo giù per le scale, massacrandolo di pugni, colpendolo da dietro la nuca e facendogli rompere gli zigomi all'interno dell'inferriata della scala.

«Allora? Vuoi ridurmi di nuovo in fin di vita? O mandarmi all'inferno? Tanto già che siamo qui...»

E improvvisamente mi viene in mente la borsa di mia madre posata su quella sedia, la porta della camera mezza aperta e lei lì, spogliata nel letto, che mi fissa con la sigaretta in bocca. Non dimenticherò mai il suo sguardo, ho visto la sua vita bruciare come quella sigaretta, quell'improvviso sentirsi morire, quel dolore che sarebbe stato per sempre. Ma lui spazza via i miei ricordi.

«Allora? Rispondi?»

È ancora davanti a me coi pugni chiusi, portati malamente davanti al viso in un'inutile difesa. Mi basterebbe poco. Ma non mi piaccio più. Non mi piace come se n'è andata mia madre, ricordandomi così. E allora, se un Dio c'è, forse le starà facendo vedere anche questa scena. Perdonami mamma, la gelosia mi ha accecato. E mi giro e faccio per andarmene. E Giovanni Ambrosini tira giù le braccia, si rilassa, rimane sorpreso, quasi non ci crede. Immagino che gli sembri assurdo tutto questo. Ma non mi importa. Continuo a camminare, finché non trovo una panchina e mi ci lascio cadere. Poi nascondo il viso tra le mani e comincio a piangere a dirotto, singhiozzando, senza pensare, senza vergogna o preoccupazione del giudizio di lui o di eventuali altri visitatori. Mi manchi mamma, tanto. Solo questo conta. E continuo a piangere e vorrei scusarmi con te, vorrei parlarti come l'ultimo giorno quando sono venuto a trovarti in ospedale, chiederti cosa pensi di Babi, di Gin, di tutta questa situazione, dei figli, di cosa devo fare. Solo tu sapresti aiutarmi, con la tua mano che prende la mia, con una tua carezza, con il tuo amore che mi manca ogni giorno. Poi sento qualcuno sedersi accanto a me. Così piano piano mi tranquillizzo, recupero il respiro, placo per quanto mi sia possibile il mio dolore. Guardo tra le mie dita cercando di capire chi si è seduto sulla panchina. È proprio lui, Giovanni Ambrosini.

« Vengo spesso a trovare tua madre e vengo sempre nel primo pomeriggio, perché credevo che fosse il momento più sicuro. Infatti non avevo mai incontrato nessuno finora. Oggi ho incontrato te. Mi dispiace. »

Non dico nulla. Poi faccio un lungo respiro, un altro. Ecco, mi sento più tranquillo. Mi levo le mani dal viso, mi poggio allo schienale, ma non lo guardo. Fisso un punto davanti a me, lontano, mentre lui continua.

« Oggi sei più grande e forse mi puoi capire. Io amavo tua madre, più di ogni altra cosa al mondo. Le avevo detto anche che, se voleva, avrei rinunciato al processo. Ha detto che era preoccupata per te, che eri troppo violento, che forse ti avrebbe fatto bene... Per questo siamo andati avanti. Quando i tuoi si sono lasciati, siamo andati a vivere insieme. Siamo stati così felici... Anche se io per un bel po' non ho potuto masticare. Ma non importava. Non era questo. Tua madre era speciale. Ha sofferto molto con tuo padre, per tante cose che mi ha confidato, ma non è giusto che tu le conosca. Voglio che tu possa continuare a vederlo come te lo immagini... »

E vorrei dire anche io qualcosa, vorrei scusarmi per allora e vorrei sapere di più, vorrei interrogarlo, ma la voce non mi esce. Ad ogni mio tentativo mi si strozza in gola. E quasi mi vergogno di fargli sentire quello sforzo così debole, quasi inesistente. Così lui continua. Sono le sue parole questa volta a stordirmi, a schiaffeggiarmi, a colpirmi, così come io quella volta avevo fatto con lui.

« Cercavo di farla felice così come non lo era mai stata. Ho sentito tanto di te, mi raccontava ogni giorno qualcosa, eri come un figlio per me. Io le davo consigli, le suggerivo come prenderti, cosa fare per il tuo carattere e non sapevo che un giorno ti saresti rivoltato proprio contro di me, riducendomi così... » Poi fa un piccolo sorriso. « Che c'è, non hai il coraggio di guardarmi?

Fallo. Eri tanto temerario, un duro... Ora invece ti vergogni? Guardami, l'hai fatto tu e ne sarai andato perfino fiero, no? »

Così mi giro. E vedo quel suo brutto sorriso, quel ghigno quasi ridicolo, dettato da quella mandibola fuori asse. Mi continua a fissare. Ora non ha nessuna paura. Mi sfida quasi, vuole che io ne sia colpito. E lo sono. Forse se ne accorge.

« E pensa che malgrado tutto questo, ho continuato ad amare moltissimo tua madre, se questa doveva essere la tassa da pagare, ho accettato di pagarla, ma è stato ingiusto che proprio quando finalmente potevamo essere felici, io l'abbia persa di nuovo. »

Poi non dice più niente. Rimaniamo così, in silenzio, su quella panchina, in quell'imbarazzo dettato da un comune dolore. Da punti diversi abbiamo amato la stessa donna. Io però non riesco ad accettarlo del tutto. E così mi alzo. Vorrei dire qualcosa, ma « scusami » o « mi dispiace » mi sembra che non abbiano senso. Avrei preferito non incontrarlo? Lasciarlo nel mio passato con tutte le sue colpe, così come io lo avevo visto quel giorno? Non lo so. La cosa che più mi fa soffrire è che lui conosce dei fatti che io non saprò mai. In cosa mamma era infelice? Perché? Cosa le aveva fatto papà? Ecco, tutto questo appartiene a una donna che non c'è più, a un estraneo, inutilmente deforme, che tiene gelosamente nascosto questo segreto dietro quel suo impreciso sorriso.

Così riesco appena a dire: « Vado via ». E mi sembra perfino molto.

43

Arrivo in ufficio, mi chiudo nella mia stanza, mi metto a guardare altri progetti, vedo alcune cassette con dei programmi che mi hanno mandato da fuori. C'è un gioco tedesco divertente e un programma di intrattenimento francese che non è male. È fatto molto bene, vengono fatte una serie di domande a due famiglie, sulla loro capacità di adattamento al viaggio, con filmati e curiosità del posto. Ti fa conoscere un Paese in un modo completamente nuovo e senza annoiarti. Il gioco finale poi è molto divertente e permette alla famiglia che è arrivata fino a lì di vincere tutta una serie di elementi per quel viaggio. Volo in business o in economy class, stanza superior in albergo a cinque stelle o a quattro o tre e così via, a seconda di come i concorrenti rispondono alle domande. Non è male. Alla gente piace viaggiare, piace vedere una famiglia più o meno in difficoltà e si diverte alla fine a vedere dove andrà in vacanza e se andrà con delle comodità o meno. Domani devo dire a Renzi di opzionare questi due programmi. Poi mi arriva un messaggio sul telefonino. *Ciao amore, questa sera vado fuori a cena con Antonella, Simona e Angela. Se vuoi mangiare a casa ho fatto la spesa e trovi della roba buona in frigo. Se invece decidi di mangiare fuori, puoi andare a cena ma solo con amici maschi, okay? Ti amo e fatti sentire ogni tanto! Ehi, ciao, sai chi sono? Sono quella che ti dovresti sposare!*

Mi fa sempre ridere. La chiamo.

« Mi dai buca così? »

« Ma se non avevamo nessun programma! »

« No, ma ci stavo proprio pensando... »

« Eh sì, pensaci un altro po'... Vedi, si perdono grandi occasioni. »

« Dove andate a mangiare? »

« Credo da Met o al Dulcamara a Ponte Milvio, ti mando un messaggio quando siamo lì. Tu che pensi di fare? »

« Non lo so. Lavoro un altro po', poi mangio qualcosa qui sotto e torno a casa, non ti preoccupare. »

« Tutto bene? »

«Sì, tutto bene. Perché?»

«Non lo so. Oggi mi sei mancato da morire, non so cosa mi abbia preso. Improvvisamente ho provato una sensazione strana, avevo un bisogno disperato di abbracciarti. Sul serio, mi veniva perfino da piangere.»

«O mamma mia!»

«Ecco, lo sapevo che rispondevi così, invece di essere carino e premuroso mi prendi in giro.»

«Ma tesoro, era per sdrammatizzare!»

«Sì, sì, tu ridi sempre alle mie spalle. Ridi di me. Ti faccio divertire. Mi dovresti dare uno stipendio come tuo buffone personale!»

«Ma io non rido di te, io rido con te. Mi sei mancata un sacco anche tu.»

«E certo, ora lo dici per farmi stare serena, ma già so che quando chiudi la telefonata mi mandi a quel paese. Già mi immagino la tua mano che si agita in aria...»

«Prometto che la tengo in tasca.»

«Vedi? Perché voleva agitarsi!»

«Ma l'ho detto apposta! Come sei sciocca...»

«Hai ragione, sono un po' fragile, deve essere colpa della gravidanza...»

«Perché, c'è qualcosa che non va?»

«No, tranquillo! È che mi rende emotivamente vulnerabile, quindi se ci pensi è tutta colpa tua.»

E continuiamo così a scherzare, poi quando ci salutiamo mi dice che comunque non farà tardi, che sarebbe voluta rimanere a casa, abbracciata a me.

«Ma no, no, vai, vai con le tue amiche che ti diverti.»

«Uffa!»

Alla fine chiudiamo. Resto ancora un po' in ufficio, saluto le ragazze che se ne vanno, Alice che mi lascia sul tavolo gli appuntamenti del giorno dopo e alla fine Giorgio, che si ferma sulla porta.

«Vuoi che ti faccio compagnia?»

«No, no, vai pure.»

«Quindi non vuoi compagnia?»

«No, grazie.»

«Sicuro?» Mi guarda sorridendo e alza il sopracciglio.

«Se vuoi, rimani.»

« Viene anche l'amica? »

« Come sei malfidato. Resto qui da solo a lavorare, a far crescere Futura e a pensare al nostro futuro... »

« E a quello di tuo figlio... Cioè, uno dei tuoi figli... » E si mette a ridere, subito dopo però allarga le braccia, scusandosi: « Dai, scherzavo. Comunque, hai qualche novità? »

« No, nessuna, tutto tace. »

« Bene, sai come si dice, no? Nessuna nuova, buona nuova. Allora ti saluto. Presto credo che avremo invece delle novità sulla fiction... »

« Sul serio? Sono curioso. »

« Ancora non so nulla di certo, ma spero di poterti dire qualcosa molto presto. Comunque per qualunque cosa chiamami, buona serata. » E si allontana anche lui, lasciandomi solo in ufficio.

Metto un po' di musica classica, apro una birra, mi rilasso sul divano della stanza riunioni. Penso cosa mi piacerebbe vedere in TV. Ecco, questa secondo me è la domanda che si dovrebbe fare un autore, così come uno scrittore quando scrive un libro o uno sceneggiatore alle prese con un film. Cosa vuole vedere la gente? Quale storia vorrebbe sentirsi raccontare? E così mi vengono alcune idee. Prendo un taccuino e lo poggio sul bracciolo del divano. Ogni tanto annoto qualcosa, lo riempio con qualche appunto, un'idea che mi è passata per la testa, che sono curioso di sapere se esiste, se qualcuno ci ha pensato già. Poi finisco la birra, la butto nel secchio lì vicino ed esco. Salgo in macchina e decido di andare a mangiare alla Berninetta, in via Pietro Cavallini, vicino piazza Cavour.

« Ciao Raffaele! » saluto il figlio di Dario, il titolare. « Papà? »

« È appena andato via. »

« Okay. Salutamelo. Dove mi posso sedere? »

« Qui. »

Mi libera subito un tavolo e mi mette in un angolo dal quale posso vedere tutto il ristorante. È pieno, è sempre pieno. Si mangia veramente bene e mi fa ridere che sia riuscito a superare tutto il periodo di crisi senza neanche rinnovare l'arredamento. Il segreto sta tutto nella spesa che fa il padre, secondo me, forse un giorno diventerà bravo anche il figlio Michele, sarà con lui che questo posto magari avrà ancora più successo. Mi porta una birra, poi gli ordino un carciofo alla giudia e una pizza rossa con pomodoro e peperoncino. « E anche due baccalà fritti, va'... »

Sorride. « Malgrado quello che mangi, rimani sempre uguale, Step. »

Raffaele se ne va, e sorrido pensando che è un incallito vegano e gli tocchi invece servire dei piatti che non ama minimamente. Li sconsiglierebbe a tutti, ma chiaramente, visto il suo ruolo nel ristorante, non può di certo farlo. Giovanni, uno dei camerieri, mi saluta. Gli sorrido. Girano tra i tavoli, lavoratori instancabili, ottimi professionisti. Alcuni di loro hanno visto nascere questo locale, insieme ne hanno fatto la fortuna. Chissà come vivono questo successo, se lo sentono anche un po' loro, se avrebbero voluto un riconoscimento in più e se c'è stato...

« Ecco la birra ed ecco un piatto che ti voglio far assaggiare, due fili di cacio e pepe fatti in un modo speciale... » Michele mi sorprende portandomi questo piatto che non avevo ordinato. Lo assaggio.

« Buonissimo. Veramente ottimo. »

Soddisfatto, sorride e se ne va. Questa cosa la fa sempre anche suo padre. Michele si avvicina a una coppia di signori appena arrivati e sente quali possono essere le loro ordinazioni. Lo vedo annuire, sorridere, ma non proporre nulla di nuovo. Sono degli habitué, consolidati sui loro classici piatti. Mi guardo in giro, non conosco nessuno, la cosa bella di questo locale è che c'è gente un po' di ogni età. A un tavolo c'è una famiglia con tanto di nonna, a un altro una coppia di ragazzi sui vent'anni, a un altro ancora una coppia sui quaranta con un figlio di cinque o sei anni, poi c'è un tavolo con quattro amici maschi da poco maggiorenni. Ridono, scherzano, sono vestiti in maniera elegante. Noi non eravamo così. Noi mangiavamo con i giubbotti addosso. Indossavamo jeans sdruciti, camicie americane, camperos, cinte larghe. Noi eravamo ragazzi già grandi. Noi avevamo mangiato la strada, fatto a botte, ci eravamo ubriacati più di una volta, perso un amico. Noi la roba non la mangiavamo, ce la tiravamo addosso quasi subito, in faccia, in testa o centravamo qualche altro tavolo. Noi eravamo sul serio giovani. O meglio, noi eravamo bestie, violenti, noi eravamo semplicemente così, noi.

« Desideri qualcos'altro? »

Raffaele mi fissa con il suo sorriso garbato, con quella sua incredibile pacatezza. Basta, questa curiosità me la voglio proprio togliere.

« Ti capita mai di voler mandare affanculo qualcuno? »

Rimane stupito dalla mia domanda. « Eh? »

« Sì, hai sentito bene. Ti capita mai che qualcuno ti faccia così incazzare che lo vorresti mandare affanculo? Sei sempre così tranquillo! Troppo tranquillo! Poi quelli come te entrano in un locale e sparano a tutti. »

Si mette a ridere e solleva le spalle. « Ma io sono veramente tranquillo! Mio padre mi fa incazzare e ogni tanto ci litigo, ma non troppo perché c'ha pure avuto un infarto. Guarda, per me la gente si divide in educata e maleducata. Ho una fortuna. Ho tanti camerieri. Quella maleducata la faccio servire da loro... » E se ne va così, con un sorriso beato, proprio come lui, senza troppi pensieri. Poi mentre sto finendo di mangiare, sento vibrare il telefonino. È arrivato un messaggio. Lo prendo. Mi guardo in giro, come se avessi fatto qualcosa, come se già mi dovessi sentire in colpa. Sono al tavolo da solo. Sono l'unico al ristorante ad essere da solo, almeno fisicamente. Non so se aprire il messaggio, ho un presentimento su chi possa essere. A volte abbiamo delle sensazioni così strane che in realtà non riusciamo poi ad interpretare. Come quando Babi girava il picciolo della mela. Ogni volta diceva: « Vediamo chi mi pensa! » E me lo faceva apposta visto che era con me. Vedeva cambiare il mio viso. « A, B, C, D... » E siccome si accorgeva che non mi divertivo affatto, allora improvvisamente accelerava: « M, N, O, P, Q, R... S! » E sulla S lo staccava.

« S! Mi pensa... Saverio! »

E poi mi si buttava addosso, rideva come una matta della mia gelosia. Anche se credo non l'abbia mai capita. La mia gelosia era del suo amore, del suo interesse, della sua curiosità. Io avrei voluto vivere ogni suo pensiero, ogni cosa che vedeva, ogni suo sorriso avrei voluto che fosse anche mio. Condividere con lei la vita. Ma perché la sto pensando così tanto? Guardo il telefonino. Un lampeggio ogni tanto mi ricorda che è arrivato quel messaggio. Allora lo prendo in mano, apro lo schermo e senza pensarci più, decido di leggerlo.

44

Amore mio, dove sei? Sai che oggi sono veramente strana? Mi manchi, pur sapendo che ti ho e soprattutto che sei mio. Abbiamo cambiato ristorante, siamo alla Zanzara, a via Crescenzio, ceniamo qui e poi vorrebbero andare a fare due salti, soltanto per digerire qualcosa! Ma non credo che andrò. Ti amo.

Gin. Gin e la sua felicità che esprime anche solo attraverso cento e più caratteri. Gin e la sua allegria. Gin e il suo amore. Gin e il nostro bambino dentro di lei. Gin e il suo aver aspettato, il suo essersi innamorata, la cura, la perseveranza, l'ostinazione di volere noi. Di costruire questo rapporto, superando ogni difficoltà, dimenticando perfino il mio tradimento, perdonandomi. Questo almeno mi ha detto. Ma un tradimento si supera veramente? Non è come una ferita che lascia comunque il segno, quella bruciatura, quella caduta magari avvenuta da piccoli, ma che ha inciso sulla tua pelle quell'indelebile sbaffo bianco? A volte ho visto cambiare il suo sguardo, diventare triste. Quando qualcosa o qualcuno le ricordava quel dolore. Un film, una battuta, una storia di corna raccontata a tavola ridendo di una coppia non poi così tanto amica, ecco, anche la cosa più leggera in un attimo le strappava di nuovo il cuore. Una mattina mentre era in bagno, il nostro sguardo si è incontrato nello specchio. Io le ho sorriso, lei invece si è sciacquata la bocca, se l'è asciugata e poi mi ha detto: «Quando dentro a quella chiesa mi hai raccontato del tuo tradimento, le tue parole sono state come quando ero piccola e a volte la maestra scrivendo sulla lavagna con il gesso faceva quel raschio terribile. Quel suono però durava un attimo, il dolore delle tue parole invece è infinito».

La fermezza con cui me lo ha detto è stata come un pugno allo stomaco, più forte dei tanti realmente ricevuti. Così l'ho pregata.

«Cerca di dimenticare, amore...»

«E tu giura che non mi farai mai più soffrire.»

«Lo giuro.»

« Ti prego, se pensi di non essere capace di mantenere questo giuramento, vattene subito. Se no sarebbe come se tu mi uccidessi lentamente. Ora posso ancora farmi una vita, posso innamorarmi di nuovo... Forse. »

Poi si è messa a ridere, allora l'ho abbracciata e le ho detto: « Resto, ma ti prego, non ricordarmelo mai più. Mi vergogno ».

Ora sono in macchina, guido lentamente, con una canzone alla radio, *Ti vorrei sollevare* di Elisa. È capitata per caso, ma sembra proprio adatta. « Giura che non mi farai mai più soffrire. » E io gliel'ho giurato. Ed è come se sentissi una voce dentro di me: non puoi sbagliare, non puoi più. Se pensavi di non essere capace di mantenere una promessa, allora non avresti dovuto prenderti questa responsabilità. Ma sei così debole? Questa voce severa che purtroppo sembra conoscermi mi fa domande retoriche, sapendo perfettamente la risposta. La verità? Vuoi la verità? Non lo so. Non so più nulla... Anzi, la cosa drammatica è che invece qualcosa la so. Ho trovato la risposta a ciò che mi avete chiesto in molti. Mi dispiace, non sono felice. E senza saperlo, fermo la macchina. Sono lì, dall'altra parte della strada, davanti alla Zanzara. Ecco, la vedo. Gin è lì con le sue amiche, seduta a un tavolo all'aperto a destra. Spengo le luci, rimango a fissarla. Ascoltano un racconto di Antonella, poi interviene Simona e di botto scoppiano a ridere tutte. Gin scuote la testa, ha gli occhi chiusi, si sta divertendo moltissimo, si stringe la pancia e muove la mano sinistra come a dire: che dolore, non ce la faccio più, mi fate troppo ridere. Poi si avvicina un cameriere, un ragazzo giovane, carino. Si ferma al bordo della tavola e tutte tornano serie. Lo ascoltano parlare. Simona e Angela si guardano un attimo e accennano un piccolo sorriso. In effetti è un bel ragazzo. Immagino stia spiegando i dolci. Poi smette di parlare, sorride e aspetta che le ragazze decidano cosa prendere. Simona chiede qualcosa, ascolta la risposta del cameriere, poi annuisce come a dire che l'ha convinta, prende quel piatto. Antonella alza l'indice e fa la stessa scelta. Angela invece ne sceglie un altro e Gin è d'accordo con lei. Il cameriere ringrazia, prende i menu più piccoli e si allontana. Appena fuori dalla loro portata, Simona si abbassa sul tavolo come a fare una confidenza. Non appena finita, tutte scoppiano a ridere di nuovo. Gin fa la moralista, leggo sulle sue labbra: « E dai! » Come se il commento sul cameriere fosse stato eccessivo. Simona invece fa cenno di sì con la testa, come a dire: fidati, ho ragione io, è proprio così. Poi non so come ma un ragazzo del tavolo accanto dice qualcosa. Antonella gli risponde. Un altro ragazzo sempre di quel tavolo dice un'altra cosa. Le ragazze ridono. Sono tre uomini da soli, bevono della birra, sembrano delle persone carine. Tranquilla, Simona fa una battuta, le amiche ridono, anche i ragazzi. Poi arrivano i dolci, il cameriere li distribuisce ricordandosi perfettamente chi aveva preso cosa e si allontana di nuovo. I ragazzi del tavolo vicino si girano e le lasciano in pace, sanno che durante il momento dei dolci non è il caso di disturbare. Per un po' la situazione è tranquilla. Poi Gin si alza, dice qualcosa alle sue amiche ed entra nel ristorante, chiede a una ragazza alla cassa un'informazione e poi si dirige verso l'interno del ristorante, sparendo così dalla mia vista. Uno dei tre ragazzi si alza ed entra anche lui nel ristorante. Lo vedo andare vicino al bancone. Gli altri non ci fanno caso più di tanto, continuano a bere. Uno si accende una sigaretta. Dopo un po' vedo Gin tornare. Il ragazzo che stava al bancone si muove e prima che lei esca dal ristorante, la ferma. Gin si gira, è sorpresa, rimane in piedi vicino a lui. Ora sono come due silhouette, perché hanno una luce bianca molto forte dietro. Gin lo sta ascoltando, lui gesticola, parla, spiega, ride. Lei alla fine dice qualcosa sorridendo e lo abbandona lì, esce dalla luce, ritorna al tavolo e si siede al suo posto. Il ragazzo non si perde d'animo, la raggiunge, saluta le amiche, si presenta e poi mette la mano nella tasca interna del giubbotto e tira fuori un biglietto e lo mette sul tavolo davanti a Gin. Spiega qualcosa, forse il suo lavoro, un possibile invito per lei o per tutte... Questo almeno mi sembra di capire. Rimango a fissare così questa scena, ma senza rabbia e neppure, devo dirlo, gelosia. E questa cosa mi sorprende. Sono dunque così cambiato? Eppure quel ragazzo mi dà fastidio, mi sembra inutile, anzi meglio, insulso. Ecco sì, è qualcosa di fastidioso che è entrato nella vita di Gin, nella mia vita, come un moscerino o peggio come una di quelle mosche che a volte ti si posano sul braccio o sulla mano, ti danno fastidio e allora tu ti muovi ogni tanto solo perché speri che quella mosca decida di andare altrove o di sparire per sempre. Ma è solo questo, nulla di più. Non ho quell'improvviso attacco di violenza dove non vedevo più nulla, non sono travolto dalla voglia di colpire quel ragazzo, di schiacciarlo, esattamente come se fosse quell'inutile mosca. No, sono stranamente tranquillo.

Ma se ci fosse stata Babi al posto di Gin? Se lo avesse ricevuto lei quel biglietto? Messo lì sul tavolo in modo spavaldo, come un invito, una tentazione, un possibile momento di clandestinità. Sarei rimasto così, dall'altra parte della strada, senza fare nulla? Il ragazzo dice ancora qualcosa, Simona interviene, le altre ridono. Gin annuisce, allora il ragazzo sembra zittirsi. Non ride più, ha perso il suo entusiasmo, forse gli hanno detto che Gin sta con uno, che è innamorata o che si sta per sposare. Il ragazzo lascia comunque il biglietto sul tavolo e torna a sedersi. Gin sorride, prende il biglietto e se lo mette nel taschino del giubbotto, poi ci batte sopra la mano e dice qualcosa alle amiche, anche loro sorridono, forse ha ipotizzato di sfruttare il tipo ma con tutte loro. Proprio in quel momento sento il telefonino suonare. Lo tiro fuori dalla tasca e senza pensarci, rispondo.

« Ciao! Che bello che mi hai risposto! Devo assolutamente vederti. Ti devo dire una cosa molto importante. Ti prego... »

E non rimango sorpreso. Quella telefonata, in qualche modo, io la stavo aspettando.

45

Mi apre la porta, è vestita in modo elegante, ma non troppo, ha una camicia celeste chiara e dei pantaloni jeans scuri, molto larghi, che le arrivano appena sotto il ginocchio. Ha delle classiche scarpe da ginnastica blu Converse. Ha gli occhi lucidi, emozionati, ma non dice niente, mi si butta al collo e mi abbraccia. Mi stringe forte forte, come se volesse trasmettermi tutto il tempo passato in cui non ci siamo visti e l'affetto che ha sempre sentito. Poi si stacca e mi sorride, ha messo da parte l'emozione.

«Dai entra, che ci fai sulla porta.»

«Sì, certo. Ti ho portato questo.»

Le passo una busta con dentro una bottiglia di champagne.

«Un Cristal? Ma non dovevi! Tu lo sai poi come va a finire...» Si gira verso di me, alza il sopracciglio e si mette a ridere.

Mi guardo un po' in giro per il salotto, mentre lei va di là.

«Ehi, ma lo sai che è veramente bella questa casa?»

I tappeti sono alti, con dei disegni moderni grigi su bianco o blu su celeste, una panca lilla, delle tende acide. Una parete arancione chiara, un'altra gialla pallida, poi un muro tutto bianco e una porta rossa. Potrebbe sembrare un'accozzaglia di colori e invece sono messi a contrasto o in un lento degradare e comunque sempre perfetti nel dettaglio. Un grande vaso di cristallo rettangolare con dentro dei grossi rami secchi colorati d'argento chiaro, due poltrone in pelle blu scura, dei tavolini bassi di vetro con ruote in gomma e il bordo in ferro zincato, alcuni quadri battuti in ferro con delle scritte antiche.

«Ma chi l'ha arredata così bene? È piena di gusto.»

«Io!»

«Tu?»

«Eh... Ma tu non hai mai puntato su di me.»

Le sorrido.

«Come no! Comunque Pallina sei veramente sorprendente. La tua casa è bellissima e poi ti trovo veramente bene, sei come sbocciata, sei più donna, ecco. Sei perfino dimagrita.»

« Da come mi descrivi, allora prima ero un cesso! Ecco perché non ci sei stato! »

Mi metto a ridere. « Ma che dici! Quanto sei stupida. Tu lo sai perché non ci sono stato. »

Ci guardiamo per un attimo in silenzio e sale tra noi un briciolo di commozione, ma tutti e due decidiamo di allontanarlo subito. Così continuo a prenderla in giro, lo faccio con malizia. « Hai pure i capelli un po' più lunghi del solito e poi questo sguardo, non so... »

Mi guarda divertita mentre prova ad aprire la bottiglia di champagne. « Che vuoi dire? C'hai ripensato e ci vuoi provare adesso? »

« Boh, non lo so, ci penso su stasera... » Le tolgo delicatamente la bottiglia dalle mani. « Vediamo se bevendo un po' le cose diventano più facili. »

« Ah certo, vuoi dare tutta la responsabilità all'alcol! Eh sì, troppo facile così... Invece non va bene, bisogna essere consapevoli delle proprie azioni, non cercare delle scusanti. »

« Hai ragione... »

Stappo la bottiglia tenendo il tappo nella mano, poi lo poggio lì vicino e comincio a versare lo champagne nei due flûte che ha portato.

Mi guarda facendo finta di esserne gelosa. « E poi ho saputo che ti sposi... vorresti prenderti le ultime libertà? »

« Ma che vuol dire che lo hai saputo? Ti ho mandato partecipazione e invito! »

« Ma che dici? »

« Dico la verità. Guarda che io voglio assolutamente che tu ci sia. » Le passo un bicchiere di champagne. « L'ho mandato all'unico tuo indirizzo che avevo, quello di tua madre, questo qui me lo hai dato solo poco fa. »

« Va bene, domani controllo. Me lo faccio dire da Bettina, la domestica, visto che con mamma non ci parliamo molto in questo periodo. »

« In questo periodo... È una vita che ci parli un giorno no e l'altro pure. Comunque se ti dico che l'ho mandato lì, dovresti credermi. Sai che non dico bugie... »

Pallina mi si avvicina col flûte in mano e lo sbatte delicatamente, ma decisa, contro il mio.

« Alle bugie che non dici, a quelle che forse invece hai detto, e alla tua felicità! »

Ecco, appunto, era un po' che non se ne parlava. Poi ci facciamo un sorriso e beviamo. Pallina si siede su un grande divano grigio.

« Dai, raccontami, voglio sapere tutto. »

Mi siedo di fronte a lei.

« Allora, intanto voglio sapere io da chi lo hai saputo... »

« Ma che non lo sai che Roma è Radio Serva? È esattamente come un piccolo paese... Qui non aspettano altro che dirti chi si è lasciato, chi si è messo insieme, chi c'ha una tresca, chi ha tradito chi, chi si sposa... E poi comunque hai invitato il gruppo dei Budokani, quelli che venivano in palestra con te... Quindi lo sanno tutti. »

« Li vedi ancora? »

« Ti devo dire una cosa. » Rimane per un attimo in silenzio, è leggermente imbarazzata e io temo di sapere cosa sta per dirmi. « Sto con Sandro. »

Ecco, lo sapevo, ma non potevo immaginare lui!

« Con Bunny? No, non ci posso credere! Ma, Pallina, è una bestia e poi è... è... è grosso, è largo, è sudicio! Aveva sempre quei capelli grassi e poi come mangiava... Non è da te. »

Pallina ride. « Da quant'è che non lo vedi? »

« Il giusto... »

« Dai, non dire così! Allora, per prima cosa si è laureato... »

« No! »

« Sì, in Scienze della Comunicazione. »

« Vabbè l'avrà comprata. »

« No, no, ha studiato invece, si è anche ripulito, è dimagrito, veste bene, è elegante, sempre in ordine, perfino profumato. »

« E che è andato a Lourdes? Oppure stiamo parlando di un altro. »

« Ma perché dici così? Tu non credi che le persone possano cambiare? » Mi guarda divertita e alla fine sorride. « Ma Step, tu ne sei proprio l'esempio, tu sei cambiato un casino... »

« Be'... »

« Step, tu ti stai per sposare! »

Sorrido anche io. « In effetti questa teoria 'dell'impossibilità del cambiamento' sono l'ultimo che potrebbe portarla avanti. » Poi rimango un attimo in silenzio. « Però Bunny... non ci credo, cazzo, con lui è impossibile. L'ho visto anche fare l'amore... è terribile! »

« Ecco, siete dei porci. Comunque evidentemente è migliorato anche in quello, va bene? »

Rimango scottato da quest'ultima dichiarazione di Pallina. E certo, è vero, è normale, fanno anche quello, esattamente come quando stava con Pollo.

« E poi Bunny era anche molto amico... »

« Sì, di Pollo, lo so, infatti mi è stato molto vicino... »

« Pallina, ti sono stati vicini tutti... » le dico allusivo.

« Sì, è vero, e qualcuno ci ha anche provato subito, ma lui no. Lui mi ha dimostrato vera amicizia, mi è stato vicino sempre, mi accompagnava spesso a trovarlo, me ne parlava sempre bene. Ha pianto insieme a me. E poi tu forse non te ne rendi conto ma è passato un sacco di tempo, e lui è cambiato insieme a me. Una volta mi ha detto: 'Tu mi hai fatto migliorare'. E io gli ho risposto: 'Ma saresti migliorato comunque'. E lui ha continuato: 'No, tu hai quell'incredibile capacità di migliorare le persone. Pollo sarebbe diventato anche meglio di me...' E poi se n'è andato. Ecco, io mi sono messa a piangere perché in quelle sue parole ho sentito tutto il suo amore per me... ma anche per Pollo. È vero, forse sarebbe stato meglio di lui, ma purtroppo non c'è più. »

Prova a prendere la bottiglia, ma lo faccio io e le servo altro champagne e lei lo manda giù velocemente, come se attraverso quella bevuta volesse dimenticare o almeno voltare pagina. Poi chiude gli occhi, forse perché lo champagne pizzica un po' o perché le sta venendo da piangere. Ma subito dopo ritorna la Pallina di sempre.

« Ora basta parlare di me. » Mi sorride, si illumina, poggia il bicchiere e comincia a saltare sul divano. « Senti, questa la voglio proprio sapere! Ma lei? Lei cosa ti ha detto? »

« Lei chi? »

« Lei! »

« Ma chi? »

« Come chi! Ma dai! Non fare il finto tonto! Lei, lei Babi. Lei chi può essere? Allora? Che ti ha detto? T'ha fatto una scenata? No, perché quella ormai è matta eh, guarda che è capace sul serio di fartela! Allora, intanto non so se lo sai... » Pallina cambia espressione. « Ma mi ha chiamata. Non la sentivo da tantissimo e mi ha invitato a casa sua. Ha una casa bellissima vicino corso Trieste, a piazza Caprera, lo sapevi? »

« No. »

« Allora senti questa, arrivo da lei e sta in un attico enorme, arredato in modo perfetto. Però mi dice che vuole cambiarlo, lo vuole un po' più moderno. Mi chiede di farle un preventivo per tende, divani, tappeti... » Pallina poi la imita: « 'Voglio rivoluzionarlo così come vorrei rivoluzionare la mia vita'... » Poi mi guarda. « Ma dai, ma sul serio non sai nulla? »

« No, se ti dico che non so nulla... »

« Be', insomma, io all'inizio pensavo che scherzasse e invece faceva sul serio! Ha cambiato l'arredamento nuovo di zecca e il marito le ha permesso di fare tutto. Ha voluto cambiare anche la camera del bambino. Un bambino delizioso, educato, simpatico, pieno di entusiasmo... »

Per un attimo penso che possa aver capito qualcosa, ma per fortuna va avanti senza battere ciglio. Bevo un po' di champagne anch'io e mi rilasso un po' di più.

« La stanza gliel'ho rifatta anche a lui, ma in modo leggero, senza traumatizzarlo, anche perché ci pensano già quei due... »

« Cioè? »

« Be', da quello che ho capito discutono spesso. »

Faccio un lungo respiro, lei alza le spalle.

« Comunque non lo so, sensazioni, magari mi sbaglio. Insomma, faccio tutto questo lavoro e lei già dalle prime consegne mi paga, mi fa subito l'assegno senza che io le faccia la fattura, cioè gliel'ho mandata dopo, mai capitato. A volte devi lottare per ottenere i soldi e in certi casi neanche ci riesci... Sono proprio gli amici quelli che non pagano o hai più difficoltà... Invece lei serena, tranquilla, ha pagato subito tutto. »

Bevo altro champagne. « Be', si vede che hai fatto un ottimo lavoro. D'altronde questa casa è molto bella, sicuramente avrai fatto qualcosa di buono anche lì. »

Pallina mi sorride. « Sì, ma quella casa non ne aveva assolutamente bisogno! Comunque lei mi ha chiamato e mi ha trattato come una qualsiasi conoscente, non ero più la sua Pallina, come diceva un tempo... Ti giuro, ci sono stata di un male all'inizio, ma poi mi sono detta: 'Senti, fregatene, fai il tuo lavoro e becca i soldi, tanto se non lo fai tu lo fa qualcun altro'. Però una tristezza... »

« Cose che capitano. Comunque voi donne cambiate spesso all'interno delle vostre amicizie. »

« Ecco, è arrivato il filosofo. Guarda che quando sono andata da lei, sapevo già cosa voleva. Non me l'ha chiesto subito, mi ha voluto dare prima il lavoro. E io ho pensato: benissimo, mi paghi per fare la stupida? E io faccio la stupida. Voleva sapere di te. Dopo avermi fatto l'assegno, mi ha detto: 'Dai, sediamoci un po', beviamo una cosa come ai vecchi tempi'. Così ci siamo scolate una birra e poi mi ha chiesto quello che voleva sapere dal primo giorno: 'Sai niente di Step?' »

« E tu cosa le hai risposto? »

« La verità. Io dico sempre la verità. 'Non lo vedo da un sacco.' » Mi sorride e allarga le braccia. « È vero! Scusa, non ti vedevo da tantissimo! »

« Eh sì, certo, però sapevi tutto, Roma è Radio Serva, no? »

« Con chi sa avere i giusti informatori, si vede che lei non ce li ha! E mica faccio la spia io... Così non le ho detto niente, ho preso i soldi e me ne sono andata. »

« Ma che c'entra fare la spia! Il matrimonio è un atto pubblico, lo possono sapere tutti, abbiamo fatto pure le pubblicazioni. »

« Ah sì? Be', e allora che la informasse qualcun altro! Non puoi ricomparire nella vita di una persona quando ti pare e piace! Io ho perso Pollo, ci sono stata malissimo, e lei invece di starmi vicina è scomparsa, così ho perso pure la mia migliore amica. Con un'unica differenza: lei se avesse voluto ci poteva essere, visto che era ancora viva. »

Dura, intransigente, spietata, ma in realtà ferita. Babi ha fatto danni anche qui. Pallina mi guarda curiosa.

« Che pensi? Pensi che è una stronza? »

Sorrido. « Un po'. »

« È peggio di sua madre quella, cazzo, ed eravamo amiche! E poi in qualche modo sono stata io a farvi conoscere, no? Forse mi dovrebbe qualcosa. »

« Ti ha pagato l'arredamento. »

« Ma vaffanculo Step. »

« E dai stavo scherzando! E comunque se c'è uno che può avercela con te, quello sono io. »

Si gira e mi guarda sorpresa. « E perché? »

« Cazzo, lo hai appena detto, sei stata tu che ci hai fatto conoscere. »

Si mette a ridere. « Ma va' va', purtroppo se uno diventa quello che è, lo deve anche ai suoi sbagli. Quindi il tuo percorso è dovuto anche a Babi e a me che te l'ho fatta conoscere... Quindi ci devi dire grazie. »

« Ah, a tutte e due? »

« Sì. »

« Allora grazie a tutte e due, senti però grazie alla tua amica, diglielo tu da parte mia... »

« Ex amica... Comunque adesso sei fico, sei cresciuto, hai messo su una società importante che sta facendo cose buone. »

« Ancora è presto. »

« Vabbè, che farà cose buonissime, sono sicura. E ti stai per sposare... Avrai dei figli magari. Ecco, per quanto tu lo voglia o no, tutto quello che ti è accaduto, che ti sta accadendo e che ti accadrà è anche merito di Babi. »

« Interessante questa tua teoria. Finisce che magari le devo anche una specie di royalty, i diritti sulla mia vita... »

« Quello solo se faranno un film! Comunque oh, se fanno un film tutta la prima parte è pazzesca, è troppo divertente! Non ci crederebbe nessuno, direbbero che gli sceneggiatori hanno esagerato... Invece noi testimonieremo che era tutto vero, anzi che gli sceneggiatori qualcosa non l'hanno proprio potuta raccontare! »

« E perché? »

« Se no poi verrebbe fuori un film vietato ai minori, ci rimetterebbero! »

Pallina ride. Niente, non c'è niente da fare, è troppo forte, non è cambiata. Era la donna ideale per il mio amico Pollo, sarebbero stati perfetti. Altro che Bunny. Vabbè, non ci voglio pensare.

« Scusa, Step, dimmi la verità, ma non ti sembra giusto questo mio discorso? Non ti senti comunque 'effetto' di quello che è stata la vostra storia? È stato un grande amore, no? Dimmi la verità, vorresti cancellare tutto? Non averla mai incontrata? »

« Qui ci vuole il rum. E anche le sigarette. Cazzo, pensavo a una serata allegra, divertente, ma questa è peggio di una seduta da un analista. »

Pallina si alza ridendo. « Sì, forse è vero, ma almeno qui non paghi! » Poi torna con un piccolo bicchiere, una bottiglia di rum e un pacchetto di sigarette che tira fuori dalla tasca e poggia sul tavolino, insieme a un accendino. « Ecco, hai tutto, ora parla... »

Guardo il rum, giro la bottiglia verso di me. « Ehi, però, John Bally, 12 anni, Piramide, ti tratti bene... »

« Ho guadagnato con la nostra amica, ora devo investire in relazioni. »

Mi verso da bere. « Tu ne vuoi? »

« No, no, non posso quando lavoro... »

La guardo curioso.

« Sono la tua analista, no? »

La mando a quel paese, mi accendo una sigaretta e bevo un sorso di rum. Buonissimo. Pallina torna con un posacenere.

« Grazie. Allora, qual era la domanda? »

« Facilissima. Babi o non Babi nella tua vita? Avresti voluto o no incontrarla? »

Do un altro tiro alla sigaretta e bevo un altro sorso di rum.

« Cazzo... ma non c'è una domanda più facile? »

Pallina sorride. « Allora rispondo io per te. L'avresti voluta incontrare comunque, perché con lei hai conosciuto il vero amore, quello che ti ha fatto diventare quello che sei. »

Bevo un altro sorso. Sono diventato quello che sono. Ma perché io prima cos'ero? Ero violento per colpa di quell'uomo che ho incontrato oggi, per colpa di mia madre che ho scoperto con lui. Io non ero più nulla, la mia vita stava naufragando fino a quando non ho incontrato lei. E lei mi ha cambiato. Con lei ho ricominciato a vivere, a desiderare di costruire qualcosa, ma non ne sono stato capace. La violenza era dentro di me. Babi mi ha lasciato per questo. Quando poi l'ho incontrata in macchina con un altro, ho anche capito che la rabbia, la forza, non potevano nulla. La violenza non me l'avrebbe restituita. E quella sera il mio cuore è morto di nuovo. Ma con lei ho provato la felicità e sono stato travolto dall'amore. Guardo Pallina.

« Sì. È vero. Se tornassi indietro vorrei comunque incontrarla e vivere quello che abbiamo vissuto. »

Pallina prende il rum e me ne versa un altro po', poi prende anche un bicchiere per lei e lo riempie, lo sbatte contro il mio e lo butta giù. Per un attimo le manca il respiro. « Mamma mia, quanto è forte! » Aspetta che passi quel bruciore e quando tutto è finito, riprende a parlare: « Vedi! Sei proprio cambiato. Un tempo non lo avresti ammesso mai. Un tempo avresti detto: 'Ma che scherzi? Non avrei neanche voluto sapere che esisteva una così!' »

«Vero!»

Ridiamo insieme.

«Ero proprio tremendo.»

«Sì. Io, io, io. Tu e l'amico tuo. Anche lui non era da meno eh?»

«No.» Le sorrido. «Lui era meglio.»

Allora diventa seria. «È vero. Aspettami qui.» Torna poco dopo e mi parla con tenerezza: «Giovedì faccio una cena qui con Bunny e un po' di amici, ci saranno molti di quelli che verranno al tuo matrimonio. Vorrei che veniste pure tu e Ginevra, ma soprattutto vorrei che venissi tu».

«Certo.»

«No, sul serio, è molto importante, non puoi mancare. Se giovedì vieni, vuol dire che mi avrai perdonato.»

«Perché mi dici questo?»

Allora Pallina mi dà una busta bianca. La prendo, la giro tra le mani, è chiusa, sigillata con sopra scritto *Step*. Riconosco la scrittura. È del mio amico. Sono sorpreso. Non riesco a parlare. Ci pensa lei.

«Non sono riuscita a dartela prima. Ora ti sposi, un giorno mi auguro che avrai dei figli. È arrivato il momento di sapere.»

Rimango in silenzio. Ma perché tutto questo tempo? Sono passati più di otto anni. Perché non me l'ha data subito? Che segreto c'è? Cosa mai potrà dire questa lettera che io non sappia?

«Ti dispiace se me ne vado?»

Mi sorride scuotendo la testa.

«No, stavo per chiedertelo io. Ti aspetto giovedì.»

46

Salgo in macchina, l'accendo, parto e senza neanche pensarci arrivo a piazza Euclide, giro al semaforo e mi dirigo verso Villa Glori. Imbocco il cancello ancora aperto e salgo su, fino alla piazza in alto, dove c'è la croce. Quando arrivo, spengo la macchina, scendo e mi siedo su una panchina. Non c'è nessuno. Silenzio. La luna è alta nel cielo, pallida, piena, illumina tutto lo spiazzo. Così prendo dalla tasca la lettera di Pollo e decido di aprirla. Ne strappo il bordo, tiro fuori il foglio e comincio a leggerla.

Caro Step, cazzo, ci sto pensando solo ora, ma noi non ci siamo mai scritti una lettera. Lo so, è un po' da froci, ma su certe cose lo sai che io lo sono e questo non sapevo proprio come dirtelo. Vabbè che a te i froci stanno simpatici, c'hai un debole per loro... Oh, non esagerare eh! Non c'è niente da fare, riesce a farmi sorridere anche a distanza di tanti anni e senza esserci più. Guardo il foglio tra le mie mani. Ma lo voglio leggere davvero? Cosa mi vorrà dire? Come mai Pallina non me l'ha voluto dare per tutto questo tempo? Lei mi vuole bene, però ha chiesto di essere perdonata... Quindi c'è una sua colpa in qualche modo. Pollo le aveva detto di darmi questa lettera e lei non l'ha fatto. Ora lo fa, dopo otto anni e perché sto per sposarmi. Boh. Sembra un rebus, ma è difficilissimo. Nel dubbio però continuo a leggere.

Comunque tutte le volte che non sei voluto venire con noi al Circo Massimo a menargli io ti ho rispettato. Cioè, c'hai carattere, non è che fai una cosa perché la fanno tutti. Ragioni, decidi, scegli. Non è detto che sei d'accordo, ecco. Tu mi dirai ci stai girando intorno ma non dici niente. È vero! Aho, quanto mi conosci Step. Come mi conosci tu, non mi conosce nessuno. I miei pensano di avere un altro figlio. Se so' completamente rincoglioniti. Adorano mia sorella grande perché è tutta precisa, veste come dicono loro, gli fa i regali ma poi nella sostanza? È una che scopa a destra e sinistra, una facile insomma... E per quanto possa sembrare che non me ne freghi nulla e ti possa sembrare assurdo, io ci soffro. Poi c'è Pallina. Pallina mi conosce un sacco. Ha capito proprio tutto, anche le mie cose più segrete, quello che mi piace e quello che non sopporto proprio. Cosa mi dà fastidio e cosa mi fa piacere. Con lei mi trovo bene un casino e vorrei rimanerci sempre. Ma c'è un problema Step. Mi hanno detto che in generale non ci sarò per sempre. O meglio, non come vorrei io, dovrei curarmi un casino ma per finire comunque su una sedia a rotelle. Non posso pensare a una mia vita così, a casa, con i miei, senza riuscire più neanche a farmi una sega. Ci pensi Step? Sarebbe dura anche per uno come me. Ecco, ora starai dicendo: « Ma quindi cosa mi vuoi dire? Che significa questa lettera? » Se l'hai ricevuta vuol dire che non ho avuto il coraggio di dirtelo, ma che ho fatto una scelta. L'altra sera ero a casa di Pallina e abbiamo visto un film divertente in TV. Alla fine lei ha pianto un casino, tanto che siccome i suoi erano fuori, io ho sperato di fare un po' di sesso e così ho iniziato a spogliarla e lei mi ha detto: « No, no, amore, fammi solo un po' di coccole ». Aho, se c'è una parola che odio è questa! Coccole! Ma che cazzo significa poi? Uno la confonde con caccole! Comunque a parte che mi è diventata chiarissima una regola: è meglio fare subito sesso e poi qualunque altra cosa, tipo vedere un film, una discussione anche su un argomento a piacere, come a scuola, ma sempre dopo aver fatto sesso perché sono tante le cose che possono mettere a repentaglio una bella scopata! Comunque ti dicevo purtroppo non si è trombato ma almeno il film è stato carino. Si chiama P.S. I love you. *Ed è la storia di un uomo che sapendo di morire lascia una serie di lettere per sua moglie. Lui era un tipo molto fico e lei, Hilary Swank, quella che ha fatto anche la pugile nel film di Eastwood,* Million Dollar Baby. *Comunque il film mi è piaciuto, alla fine lui ha fatto tutto questo per far trovare a sua moglie un altro uomo, ma soprattutto continuare ad amare la vita. Almeno questo è quello che ho capito, o meglio, quello che mi ha detto Pallina, secondo lei è questo il messaggio del film. E così mi è venuta l'idea di lasciarti questa lettera, però solo una. Ora non voglio dirti di metterti con Pallina, anche se sicuramente starebbe meglio con te che con chiunque altro, né di non avere un altro amico come me, anche se penso che come Pollo non troverai mai nessuno, ma non te lo auguro, perché sarei troppo egoista. Ti dico però che purtroppo non ci sarò più. Se stai leggendo questa lettera, vuol dire che tutto è già avvenuto. Mi sono fatto dare una roba potentissima, la mischierò in una birra e me la berrò prima di iniziare la corsa. Tu sai Step che io potrei vincere qualunque gara, ma questa volta non sarà così. Mi ha detto il capo che fa effetto dopo un minuto circa, quindi sarò in piena corsa quando il mio cuore si fermerà. Per tutti sarà un incidente, invece sarà una super overdose. Meglio così, Step, i miei l'avrebbero presa troppo male, invece solo Pallina e ora anche tu con questa lettera sapete come stanno veramente le cose. Non è stata l'ultima corsa o uno stupido incidente, ma quello che ho deciso io. Quindi tu non hai nessuna colpa. Ecco, ti ho scritto soprattutto per questo. Ora ti abbraccio forte e non volermene. Sarò il tuo angioletto... O forse il tuo diavoletto. Ma in un modo o nell'altro ti vorrò sempre bene. Pollo.*

Chiudo la lettera e guardo in alto verso il cielo. È pieno di stelle e la luna rende tutto il parco di Villa Glori come magico. Mi metto a piangere, prima silenziosamente poi a dirotto. Non riesco a crederci, ho sempre immaginato che fosse stata colpa mia che quel giorno avevo deciso di non partecipare alla corsa. Ho sempre creduto che se ci fossi andato le cose sarebbero state diverse, invece era già tutto stabilito. Perché un amico che consideravo più di un fratello non mi ha detto nulla? Avrei potuto fare qualcosa per lui, lottare con lui, affrontare questa malattia, fargli cambiare idea... Cambiare idea. Forse non ha voluto condividere tutto questo con me perché mi ha protetto dalla sua scelta. Proprio in quel momento vedo dei fari arrivare dalla salita, girano alla prima a destra. È una macchina della polizia. Per fortuna non mi hanno visto. Non mi hanno permesso neanche di piangere tranquillo. Così salgo in macchina, me ne vado giù per la discesa a fari spenti, prima che, finendo il giro di pattuglia, mi becchino. Non ho voglia di dare spiegazioni ora. Però una cosa la voglio capire. Quando sono fuori da Villa Glori accosto e faccio il numero. Mi risponde subito.

« Perché me l'hai data solo adesso? »

« Scusami Step, non sapevo come dirtelo. Mi vergognavo. »

« Di cosa? »

« Di non essere riuscita a fermarlo. Mi ha detto: 'Puoi tentare quello che vuoi, tanto lo farò lo stesso'. E poi: 'Non mi puoi tradire, lo sai solo tu'. »

Rimango in silenzio.

« Sì, ho capito, ma perché me l'hai data proprio ora? »

« Perché non era giusto che tu avessi ancora questo peso. Anche se tu ci fossi stato quella sera durante quella corsa, lui sarebbe morto comunque. Ecco. E poi non volevo... Non so... »

E comincia a piangere.

« Che cosa Pallina? »

« Fartelo vedere così vigliacco, non ha avuto il coraggio di vivere. Scusami Step, perdonami. Ti prego. »

Rimaniamo per un po' in silenzio.
«Okay», le dico. «Stai tranquilla. È tutto a posto.»
«Grazie. Ti vedo giovedì?»
«Sì, ma non parliamone mai più.»
«Certo. Ne parleremo solo se tu vorrai.»
E così chiudo la telefonata. Guido piano verso casa. Mi torna in mente quel film con Tom Cruise, *Eyes Wide Shut*. Un giorno lui esce di casa mezz'ora dopo rispetto al solito e si accorge che quello che accadeva ogni mattina, le cose che aveva sempre visto nella sua vita, erano completamente diverse da come le aveva immaginate. Ecco, oggi per me è stato così. E allora mi domando quante cose accadono alle nostre spalle. Quante cose non sapremo mai veramente? Non riesco più a capire cosa provo, la vita di mia madre, la morte di Pollo, il ritorno di Babi, non capisco più niente. Dicono che la notte porti consiglio. Io spero solo che questa notte non porti altre sorprese.

47

Non so quanto ho dormito ma, quando apro leggermente gli occhi, nella penombra della stanza vedo Gin seduta sul letto vicino a me che mi sorride.

« Ehi, ciao, buongiorno, finalmente, hai dormito eh? »

Mi rigiro nel letto stiracchiandomi.

« Sì, ne avevo proprio bisogno... »

« Come è andata ieri sera? Pensavo che passassi, sai? Ti avevo mandato il messaggio con l'indirizzo apposta. Mi sono detta: vuoi vedere che si incuriosisce, diventa geloso e mi si presenta alla Zanzara? »

« Non mi piace... »

« La Zanzara? »

« Essere geloso. »

« Ma figurati! » Gin ride e poggia sul mio comodino una tazza grande. Sento l'odore del caffè.

« C'è anche un cornetto integrale se ti va. » E lo posa lì vicino, mentre metto meglio il cuscino alle mie spalle e mi tiro su a sedere nel letto.

« Ma che ore sono? »

« Nove e dieci. Ma ho guardato l'agendina, ho visto che hai di tutto e di più, ma dalle dieci e mezza in poi. »

« Ah, hai guardato la mia agendina... »

Gin esce dalla stanza, ma continua a parlare: « Solo per sapere se ti dovevo svegliare, sciocco ». Poi rientra di nuovo in camera. « Comunque è una cosa che odio, ti giuro, mi darebbe un fastidio terribile arrivare a frugare tra le tue cose per sapere qualcosa, non lo farei mai. »

Mi metto a ridere. « Allora sono un uomo fortunato. »

Sorride, ma neanche più di tanto, poi si ferma sulla porta, si gira e diventa improvvisamente seria. « Penso che noi siamo qualcosa di speciale. Una di quelle cose che capitano una volta nella vita, abbiamo faticato per arrivare fino a qui, ma finalmente funziona. Se decidi di rovinare tutto, peggio per te. »

« Filosofa e severa... non ti riconosco quasi più. Ma avete parlato di questo ieri sera a cena tu e le tue amiche? Come si diventa pesanti in un rapporto leggero? O come far capire a un uomo che deve essere geloso?»

«No, ci siamo fatte un sacco di risate e abbiamo anche rimorchiato.»

«Sul serio? E chi?»

«Ti può forse stupire, ma fra tutte chi ha rimorchiato sono stata io...»

«Ma dai!»

«Sì, questo tipo qui.» E tira fuori un biglietto da visita che lancia sul letto vicino a me.

Continuo a bere il caffè. Poi poggio la tazza sul comodino e prendo un pezzo di cornetto. «E com'era? Hai pensato per un attimo alla possibilità di mollarmi?»

«Era simpatico, intraprendente, interessante, fa il produttore.»

Prendo il biglietto e lo leggo.

«Enrico Tozzo... Ma ha messo pure la foto sul biglietto da visita, dai, non si può vedere, deve essere un boro... e della Roma.»

«Di questo non abbiamo assolutamente parlato.»

«Aspetta, aspetta... fammi un po' immaginare la scena. Allora, ti ha rivolto la parola chiedendoti un'informazione su un film o qualcosa al teatro che va adesso per la maggiore?»

Gin scuote la testa.

«Okay, no. Allora mentre mangiavi ti ha chiesto se era buono quello che avevi preso o comunque qualche informazione sul cibo...»

Gin sorride e scuote di nuovo la testa.

«No, non ci sei.»

«Allora, vediamo... Tu sei andata in bagno, lui si è alzato e ti ha seguita. E quando sei tornata, era nascosto, tu non lo hai neanche visto e ti ha fermata per un braccio...»

«Non ci credo! Ma allora sei passato! Eri lì fuori?»

«Ma no, no... Lo vedi, è scontato. Tutti i bori fanno così, classica tecnica di rimorchio isolata, io l'ho abbandonata una vita fa.»

«No, no, tu sei passato! Vabbè, comunque lo conosci questo tipo? Ha fatto molte fiction per Rai e Mediaset, ha lavorato spesso con la madre che è un pezzo grosso, prima faceva l'attrice. Il cognome non mi dice nulla, comunque voglio informarmi bene...» Gin mi guarda con curiosità. «Ma sei passato o no?»

Le sorrido. «Sì.»

«E allora perché mi dici le cavolate?»

«Ma stavo scherzando!»

«Va bene. Allora ti chiedo una cosa: sei stato geloso quando mi ha fermata e poi mi ha dato il biglietto?»

«Quando ti ha toccata moltissimo.»

Gin tira a sé la sua mano destra chiusa a pugno ruotandola. «E vai! Sì!»

E poi alza le mani al cielo saltellando sul posto come se avesse vinto chissà quale gara.

«Sciocca.»

«Vado a fare una bella doccia di felicità!»

«Sì, ma non pensare a lui eh...»

Finisco il mio caffè con l'ultimo pezzo del cornetto. Sono proprio cambiato. So cosa è meglio dire e addirittura opto per quello!

Quando arrivo in ufficio sono le dieci e un quarto.

«Buongiorno.»

La ragazza alla reception mi saluta con un bel sorriso. Alice mi raggiunge portandomi dei fogli.

«Sono arrivate alcune mail importanti che le ho stampato. Ho segnato i punti più interessanti...» E mi indica in ogni foglio alcune frasi evidenziate. «Le offerte sono in rosso. Quelle che secondo me possono essere problematiche le ho segnate in blu. Per esempio, reputo molto importante che ci sia qualcuno che segua l'adattamento del programma in ogni singolo Paese. Mi sembra la cosa più giusta per la riuscita di un prodotto.»

«Bene, ottimo lavoro.»

Alice mi sorride.

«Potrei andare io nei vari Paesi se vuole. Mi guardo qui i format prima e poi vedo cosa combinano. O potrei accompagnarla. Parlo cinque lingue.»

«Sì, lo so, me lo ricordo il tuo curriculum. Perché no, potrebbe essere un'ottima idea.»

Vado verso la mia stanza quando vedo che Giorgio Renzi è nella sua, sta parlando con una persona. È un ragazzo, è di spalle e sta firmando un foglio.

Giorgio mi vede. «Ecco, è arrivato il mio capo, finisci che te lo presento. Firma qui... E qui.»

Il ragazzo mette anche l'ultima firma e poi si alza.

« Buongiorno, sono Simone Civinini, che piacere! » Mi tende la mano entusiasta. Ha i capelli corti, castani, una statura medio alta, una carnagione leggermente scura, labbra carnose e occhi neri. È impressionante, assomiglia dannatamente a Pollo. Gli do la mano e la stringo forte. Mi sorride.

« Non ci posso credere che le ho scritto l'altro giorno e sono già qui! Mi avete ricevuto subito e ho pure chiuso un contratto con voi. »

Guardo Giorgio stupito.

« Bene, che dire? Questo ufficio è pieno di continue sorprese. »

« Abbiamo acquistato il suo format e lo abbiamo preso per uno stage a cinquecento euro al mese. Simone è un ragazzo di ventitré anni, ma pieno di idee e di entusiasmo, diventerà un ottimo autore. »

« Sì, sono d'accordo con il dottor Renzi. Il tuo programma mi è piaciuto molto. Sono sicuro che diventerà un successo internazionale. »

Giorgio annuisce e aggiunge: « Prima però dobbiamo piazzarlo qui in Italia ».

« Giusto. »

Poi guarda me. « Se non ti dispiace ho fissato oggi un appuntamento con il responsabile dell'intrattenimento di Medinews. »

« Ma oggi pomeriggio abbiamo le prove della trasmissione di sabato. Ci volevo essere. Se andiamo a Milano non facciamo in tempo. »

« Ma no, il dottor Calemi è venuto qui a Roma, alloggia al De Russie. Ci aspetta per pranzo. Andiamo? »

È veramente perfetto, Giorgio Renzi. È un passo avanti. Quello che andrebbe fatto, lui lo ha già fatto e nel modo migliore. Mi viene un'idea.

« Ehi, portiamo anche lui. »

« Lui? »

Giorgio mi guarda completamente esterrefatto.

Lo rassicuro: « Scusa ma chi meglio di lui può spiegare il programma che ha inventato? Noi lo vendiamo economicamente, lui intellettualmente ».

« Mi hai convinto! »

48

Prendiamo un taxi fuori dall'ufficio e in poco tempo siamo a via del Babuino. Giorgio paga il taxi mentre un signore distinto, con tanto di tuba in testa, ci apre lo sportello. Entriamo nell'hotel. È molto elegante, un continuo viavai di turisti. Un giocatore di calcio spagnolo passa proprio in quel momento e qualcuno sorride vedendolo. Un ragazzino lo indica al padre tirandolo per il braccio, il suo entusiasmo è pari alla noia disincantata del genitore, visto che oltretutto sicuramente non gioca nella squadra per cui tifa il padre.

« Buongiorno, signori, posso esservi d'aiuto? »

Giorgio prende subito la parola: « Sì, Renzi, ci aspettano al ristorante ».

« Prego, da questa parte. » Ci indica una porta a vetri che dà sul cortile interno.

« Grazie. »

E così ci dirigiamo in quella direzione. Poco dopo siamo in un bellissimo giardino, curato alla perfezione. Delle siepi diventano dei veri e propri séparé dividendo così ogni tavolo dall'altro, mentre dei grandi ombrelloni bianchi riparano dal sole i numerosi ospiti. Dei camerieri con davanti una parannanza écru si muovono più o meno eleganti tra i tavoli. Molti portano da bere dell'acqua o una birra, qualcuno ha sul vassoio dei piatti preparati, ma la maggior parte delle persone si serve all'interno del ristorante, avendo optato per il brunch non tanto per risparmiare qualcosa, quanto perché, come tante delle più diverse cose inspiegabili di una certa Roma, anche questo è diventato di moda.

Ci si avvicina il maître.

« Buongiorno. Vi posso aiutare? »

Mi rivolgo a Giorgio sottovoce. « Ma che è? Qui più che un hotel mi sembra un desiderio di aiuto costante, un pronto soccorso! »

Giorgio si mette a ridere.

« Siamo attesi dal dottor Calemi. »

« Prego, seguitemi. » Ci accompagna per un pezzo e poi si

ferma indicandoci l'ultima parte del percorso. « Ecco, in fondo a questa scalinata sulla destra. »

« Grazie. »

« Ci mancherebbe. »

E scompare con un sorriso. Saliamo su per la scalinata ed è come se questi tavoli nella parte alta del giardino rappresentassero un po' l'ultimo girone, il cerchio dei potenti. A un tavolo vedo il direttore della fiction di Mediaset, a un altro il direttore della fiction della Rete Gianna Calvi. E in fondo un uomo che alza la mano salutandoci, deve essere la persona con la quale abbiamo appuntamento.

« Renzi, sono qui! »

Quando lo raggiungiamo, Giorgio e Calemi si abbracciano.

« Come stai? Quanto sono felice di vederti. »

« Grazie, anche per me è un piacere. Ti presento il mio nuovo capo, Stefano Mancini, e un nostro giovanissimo autore, Simone Civinini. »

Ci diamo la mano. « Sedetevi, così stiamo un po' tranquilli. »

Ci sorride ed è sinceramente felice di averci al suo tavolo. Lo si vede da come si rivolge a Giorgio.

« Sono proprio contento che tu abbia cambiato società. Ottavi non mi piace per niente, quello pensa che con i soldi si possa comprare tutto, non ha amici, tutto per lui è solo funzionale alla sua possibilità di fare fortuna. A Natale mi ha regalato un Rolex come ha fatto con i direttori delle altre reti. Ma che io sono come quelli? Minchia! Gliel'ho rispedito. Ma che mi offendi così? Mi dai del cretino fetuso sotto gli occhi di tutti? »

Giorgio Renzi ride divertito. « Alessandro, sei un comico nato! Dovresti andare a fare dei pezzi a *Zelig*! »

« Io *Zelig* l'ho inventato per questo, ci mando i comici ogni tanto a prendere per il culo quelli che mi stanno antipatici! Lo volete un po' di crudo di pesce? Guardate che è fresco fresco. Io vengo qui da sempre, da quando questo posto non era conosciuto... Ma Alberto, lo chef, ora che st'albergo è diventato di moda, mi tiene comunque da parte il pesce fresco. Lo volete? »

Giorgio mi guarda. A me non dispiace e annuisco, anche il giovane autore sembra molto felice della scelta. « Sì, perché no... »

« Bene, lo avviso subito. » Si infila gli occhiali e prende un iPhone ultimo modello. « Cavoli, devo cambiare gli occhiali, non vedo più niente... »

« Aspetta. » Giorgio si avvicina al suo telefono. « Permetti? »
« Certo. »

Calemi glielo passa e Giorgio cerca sullo schermo il tasto delle impostazioni.

Calemi si toglie gli occhiali e si rivolge a me e al giovane autore. « Dovrei farmi quell'operazione all'occhio con il laser, ma ho paura! »

Sorridiamo per cortesia quando Giorgio gli restituisce l'iPhone.

« Tieni. »

Calemi riprende il telefonino, inizia a scrivere il messaggio, poi si accorge che le lettere sono ingrandite.

« Uè, ma che hai fatto il miracolo? »

Giorgio sorride.

Calemi mi guarda. « Oh, non fare come Ottavi che se l'è fatto scappare! Quest'uomo è d'oro! Sa fare tutto, arriva dove vuole e può sorprenderti sempre, ricordatelo. Inoltre è uno che sa cos'è l'amicizia, non come quell'infame... Ottavi sarà pure capace, ma è basso, tracagnotto, e insulso. Per lui l'amicizia è solo un contratto. Invece l'amicizia è una cosa sacra, ti può sembrare che vai in perdita ma ci hai sempre guadagnato qualcosa... »

« Se ne parli così, mi sa che non è solo per l'orologio Rolex uguale a tutti gli altri, qui c'è qualcosa di più grosso... » dice Giorgio.

« Vedi? Tu mi conosci troppo bene. Un giorno ci dobbiamo incontrare con più tranquillità, magari a casa mia, così ti racconto un bel po' di cose. Ma non adesso, che li annoiamo. Aspettate che mando il messaggio. » Scrive qualcosa sul telefonino ingrandito, poi si leva gli occhiali e li poggia sul tavolo. « Fatto. Allora, a cosa devo il piacere di questo bell'incontro? »

Giorgio inizia a parlare: « Innanzitutto volevo che conoscessi personalmente il proprietario di Futura, Stefano Mancini ».

« Lo conosco già, o meglio, ho sentito molto parlare di lui. Mi fa piacere che vi siate trovati, sono sicuro che Futura farà strada. Non dico 'Futura avrà un gran futuro' perché sarei banale. »

Giorgio ride. « Puoi dire quello che vuoi, Alessandro, lo sai. »

Calemi mi guarda incuriosito.

« Dove avete l'ufficio? »

« In Prati. »

« Bene. Mi piacerebbe venirvi a trovare un giorno di questi e poi vorrei che prendeste una delle mie figlie. Si chiama Dania. Le fate fare un po' di stage, la togliete da un po' di casini.»

Giorgio si volta verso di me. Io continuo a guardare Calemi che allarga le mani.

«Se vi sembra giusta, naturalmente, se pensate che vi possa essere utile. D'altronde state crescendo, avete bisogno di nuove forze e lei è una ragazza seria e onesta, comunque parlateci, poi se va bene o meno lo decidete voi.»

Giorgio decide di intervenire. «Ma certo, la incontriamo molto volentieri.»

Calemi gli sorride. «Oh, ecco che arrivano i crudi!»

Due cameriere, una bionda e una bruna con i capelli raccolti, molto carine, arrivano verso di noi portando dei grandi piatti.

«Buongiorno, dottor Calemi. Come sta?»

«Molto bene, ora che vi vedo!»

«Lei è felice perché ci sono i suoi crudi!»

«Ma sono ancora più felice perché me li portate voi...» Poi, rivolto a noi: «Ma non sono bellissime? Sono spumeggianti, guardate che freschezza».

Una delle due ragazze gli sorride. «Sta parlando dei gamberoni, vero?»

Calemi ride divertito. «Non solo sono belle, ma anche spiritose! E guardate che sorriso...»

La ragazza bruna finge un po' di broncio.

«Vabbè, ci vuole fare arrossire, ma stavolta non ci riesce, ormai abbiamo capito che ci prende in giro. Chissà quante donne bellissime vede lei ogni giorno... Noi torniamo in cucina.»

«Grazie, siete sempre gentili, questo De Russie è ancora più bello grazie a voi!»

Si allontanano allegre e compiaciute di tutti questi complimenti.

«Eh, beata gioventù! Be', assaggiamo questi crudi che mi sembrano ancora più buoni del solito. Ma le volete un po' di bollicine?»

Ci guardiamo, ma non aspetta la nostra decisione.

«Mi scusi?» chiama un cameriere che proprio in quel momento sta passando di là.

«Sì? Mi dica.»

«Ci porta del Valdobbiadene Superiore gelato?»

«Sì, certo.»

« Faccia presto che siamo molto assetati. »

E comincia a mangiare in silenzio senza più distrarsi. Solo Giorgio mi accorgo si sta guardando in giro, poi prende una bottiglia d'acqua, con grande calma ne versa un po' ad ognuno di noi e comincia anche lui a mangiare.

« Ecco, stanno arrivando le bollicine. » Calemi si pulisce la bocca con il tovagliolo mentre il cameriere stappa davanti a noi il prosecco. Ne versa un po' nel bicchiere di Calemi che lo annusa e senza neanche assaggiarlo annuisce dando libertà di versare anche nei nostri bicchieri.

« Allora... » Calemi alza il calice e aspetta che anche l'ultimo, quello del giovane autore, sia riempito. « Che questo incontro sia pieno di... Futura! » Ride divertito, tutti noi alziamo i nostri calici e poi beviamo dell'ottimo Valdobbiadene. Calemi è il primo a poggiare il suo bicchiere. « Ci volevano proprio con questo pesce un po' di bollicine... Allora, mi raccontate qualcosa? Renzi, mi hai detto che forse c'è una bella idea per l'*access time*. »

« Sì, spero proprio di sì. Me lo dirai tu però, che decidi tutto. »

« Io non decido un bel niente! A volte riesco a far ragionare il mio capo, a volte però si intestardisce per fare o non fare certi programmi o fiction che non lo capisco proprio... Vabbè, comunque forza che sto sulle spine, chi racconta? »

Ci guardiamo tutti e tre, poi io prendo la parola e Giorgio rimane sorpreso.

« Allora, il programma è molto divertente, ha la possibilità di prendere persone di tutte le età, anche a quell'ora, e sa perché? Perché gioca sull'amore. »

E già solo questo a Calemi sembra un'ottima idea, stringe un po' gli occhi incuriosito.

« È da tempo che non si fanno programmi sulle coppie. »

« L'ho pensato anch'io, ma a questo punto vorrei che l'autore che lo ha ideato lo raccontasse direttamente. Sicuramente lo farà molto meglio di me. »

E Simone, che stava mangiando uno scampo, sentendosi improvvisamente tirato in ballo deglutisce e a momenti si strozza. Così beve un po' d'acqua e mi guarda intimorito, ma Giorgio gli sorride e poi annuisce, come a dire: non ti preoccupare, ce la puoi fare.

Simone si pulisce lentamente la bocca e si butta.

« Allora, ho pensato questo programma guardando una sera

i *Soliti ignoti* con Fabrizio Frizzi. Mi stavo divertendo molto, ma mi mancava qualcosa su quelle persone che vedevo in gioco, non sapevo nulla della loro vita e così ho immaginato la domanda che tutti sotto sotto si fanno: ma io sono felice? »

Non ci posso credere... anche qui? Allora è una congiura! Ma come mai? Ma poi che c'entra? Comunque Simone continua tranquillo la sua spiegazione.

« Si può essere felici se si è innamorati, se si sta bene con una persona, giusto? E allora ho pensato: e se dovessi indovinare con chi sta quel tipo, invece di che lavoro fa? »

Calemi beve un altro po' di prosecco e lo ascolta a occhi chiusi. Simone continua a spiegare il programma, Calemi si immagina la scena, quello che accade, gli aneddoti che le persone raccontano: come si sono conosciuti, dove si sono baciati, dove hanno fatto l'amore. Quindi ride e beve ancora un altro po' e Giorgio, vedendo che l'ha finito, gli riempie di nuovo il bicchiere. Poi Simone spiega che per ogni coppia indovinata vengono assegnati dei soldi ai concorrenti fino alla possibilità del superpremio. « Ecco, questo è il programma. »

Calemi si pulisce la bocca con il tovagliolo e stavolta lo poggia sul tavolo.

« Cavoli, ma è una figata. È proprio forte questa idea. Senti, ma perché non vieni a lavorare su a Milano? Ci serve una testa così. Se hai pensato una cosa del genere a... Quanti anni hai? »

« Ventitré. »

« Ecco, appunto, pensa a quello che ti verrà in mente tra un anno o due! Facciamo un bel contratto di due anni in esclusiva. »

Decido di intervenire. « Guardi, la blocco prima che ci rimanga troppo male. Qualunque cosa gli offra, lo abbiamo già preso noi per meno della metà. »

Giorgio sorride. « Forse un quinto... »

« Vabbè », insiste Calemi. « Allora... lo rilevo io! »

Simone guarda lui, poi Giorgio, poi me, poi di nuovo Calemi e alla fine parla.

« Scusate eh, io vivo a Civitavecchia, a me lì non mi saluta neanche il bagnino... Sono arrivato stamattina, mi avete fatto subito un contratto e ora mi vogliono tutti... È troppo strano. Ma che sto su *Scherzi a parte*? »

Scoppiamo a ridere.

Giorgio mette subito tutto a posto: « Alessandro, non serve

che lo rilevi, lavora già per te, ma sta da noi... insieme a tua figlia! »

Calemi sorride e scuote la testa. « Lo vedete? È il numero uno, ci incarta a tutti quanti. Okay. Affare fatto. » Si sporge sul tavolo e mi dà la mano. « Posso ritenere nostro questo programma? »

« Non corriamo troppo... »

« Hai ragione, ne parliamo con calma, ma mi interessa sul serio. » Poi si rivolge al giovane autore. « Che titolo gli hai dato? Dovrebbe essere una cosa tipo... *Indovina l'innamorato.* » Ci pensa su un attimo poi storce la bocca, scuote la testa e si boccia da solo: « No, no, troppo banale ».

Il giovane autore azzarda: « A me era venuto *Chi ama chi.* »

Calemi si accende. « Perfetto, è anche musicale, si può fare la sigla con queste parole. » E continua canticchiando malamente qualcosa di improvvisato: « *Chi ama chi, chi ama chi chi!* Troppo forte. Sul serio. Bravi. Bravi tutti ». Poi si alza dalla sedia. « Dovete provare i fruttini gelati, sono buonissimi. È del gelato dentro a delle noci spaccate a metà, o delle castagne, o dei fichi d'india e ogni altro tipo di frutta, ve li faccio portare? Sennò prendete quello che vi pare. Io torno su a Milano. Ci sentiamo domani mattina per il contratto. Sono proprio felice. Gli rompiamo il culo quest'anno dopo il TG! »

E si allontana, con noi che facciamo appena in tempo a salutarlo.

Giorgio mi sorride.

« Mi sembra bene, no? »

« Cazzo?! Meglio di così non saprei dire. »

Simone si scola tutto il suo prosecco. « A me sembra sempre di stare su *Scherzi a parte.* »

« Invece no, sei qui con noi a firmare il tuo primo successo. »

Giorgio ferma un cameriere. « Mi scusi? »

« Sì, stanno per arrivare i fruttini gelati. »

« Sì, grazie, ma le volevo chiedere un'altra cosa. Ci può portare una bella bottiglia? »

« Il dottor Calemi vi ha già ordinato un Dom Pérignon, ha detto che dovete festeggiare. »

« Bene, grazie. » Il cameriere si allontana mentre Giorgio ci guarda divertito. « Niente da fare... Questa volta è stato lui ad anticiparmi. »

49

Simone è adrenalinico al massimo e io non posso certo dargli torto visto quello che sta accadendo nella sua vita.

«Scusate ragazzi, ma non mi sembra vero. Io me la sognavo una cosa così e non sapete da quanto, ma ho sempre creduto che fosse impossibile. Invece mi è accaduto sul serio!» Simone è seduto davanti, vicino al tassista, e da quando è salito non smette un attimo di parlare. «No, sul serio, mi sembra incredibile, più ci penso e più mi emoziono!» Il tassista ogni tanto lo guarda, è un signore sui sessant'anni. Sembra quasi infastidito da questo suo eccesso di felicità, oppure è semplicemente incredulo e crede che stia recitando.

Simone si gira verso di noi. «Quindi il dottor Calemi ora va a Milano, lo presenta e lo metteranno in onda? Ma lo spiegherà bene? Ma si ricorda tutto? Ma non era meglio che andassi con lui?» Poi si rende conto di quello che ha detto. «Certo, intendo dire, se voi eravate d'accordo...»

Giorgio e io ci sorridiamo. E Renzi decide di spiegargli meglio come funzionano queste cose.

«Allora, guarda, devi sempre mettere in dubbio che sia vero quello che uno di questo mondo ti dice...»

«Cosa? Cioè, non gli è piaciuto? Ma allora tutta la storia dei crudi, quel cibo da sogno, i fruttini gelati... e poi anche lo champagne alla fine? Era per festeggiare, no?»

«Ma quella potrebbe anche essere tutta scena. Magari ci voleva semplicemente incontrare, tastare il terreno, sapere cosa avevamo veramente in mano.»

«Ah.» Ci rimane un po' male.

Intervengo io: «E comunque se veramente gli è piaciuto deve riunirsi una commissione che decide quali sono i programmi che si faranno. Insomma i tempi possono anche essere lunghi, nessuno è così coraggioso da prendersi da solo una responsabilità del genere».

Giorgio sorride. «No, questo no. Se veramente gli è piaciuto si fa e basta. La commissione la sente dopo come cortesia. Hai presente *Il Padrino*? »

« Come no... »

« Ecco, non mi chiedete perché, ma credo che Calemi sia lo stesso solo che nell'ambito televisivo. Si fermi pure qui, grazie. »

Il tassista, che sembrava dallo sguardo ebete, improvvisamente si risveglia.

« Vi serve la ricevuta? »

« Sì, grazie. »

Così prende un foglio da un blocchetto sopra il portacenere, comincia a scrivere e poi improvvisamente senza neanche guardarlo inizia a parlare: « Ah, se mio figlio avesse la metà del tuo entusiasmo sarei a cavallo ». Stacca il foglietto e lo passa a Giorgio. « Gli ho detto: 'Alternati a me, guida 'sto taxi, fai qualche cosa, così metti un po' di soldi da parte'. Sapete che ha risposto? 'A papà, io so' un artista, so' come Tiziano Ferro e lui all'inizio pesava centoundici chili...' Allora adesso mio figlio sapete che fa? Vuole ingrassa', magna' giorno e notte. Ha detto che le canzoni vengono bene solo se stai male. Lo prenderei a calci in culo io, sai che canzoni che je uscirebbero? Vabbè va', non ve tedio più, buona giornata... »

Scendiamo dalla macchina ridendo e Giorgio ci racconta un aneddoto.

« Ma lo sapete cosa faceva Gennaro Ottavi, quello dove lavoravo prima? Quando finivamo le nostre riunioni con i clienti e i direttori, loro spesso avevano bisogno di un taxi e lui glielo faceva chiamare dalla nostra segretaria. Solo che in realtà sotto l'ufficio arrivava un finto taxi, era un suo dipendente con tanto di macchina bianca e targhetta. Questo finto tassista faceva salire a bordo le persone che avevano partecipato alla riunione e nello stesso tempo faceva partire un registratore. Voi non vi rendete conto di quello che uno dice a caldo, la gente dice di tutto e non se ne rende neanche conto. Il finto tassista li accompagnava a Fiumicino, a Termini o dove volevano andare, poi tornava in ufficio e consegnava a Gennaro Ottavi il nastro con tutta la registrazione. Così lui sentiva subito cosa avevano in mente di offrire, cosa avevano veramente intenzione di fare e, guarda caso, Gennaro Ottavi si comportava sempre nel modo giusto, dimostrandosi un uomo particolarmente sensibile, quasi un indovino... »

« Eh già, furbo questo Ottavi. »

«Molto, ma a volte essere troppo furbi ti fa pensare che gli altri siano tutti dei coglioni. È proprio quando credi di essere così onnipotente che di solito ti freghi con le tue mani... E spero presto di poterti dare qualche buona notizia a proposito.»

«Che vuoi dire?»

«Nulla, non ho niente da dire, per ora... Ecco, siamo arrivati.»

E così entriamo da Vanni, un ristorante-bar dove gravita tutto il mondo televisivo della Roma-Prati. Giorgio saluta Lorenzo, il proprietario, che ho conosciuto anch'io in qualche altra occasione e poi si dirige sicuro verso un altro tavolo, in fondo al locale.

«Ciao, Aldo. Come stai?» Saluta con grande trasporto un uomo leggermente più grande di noi, che si alza dal tavolo proprio dietro l'angolo.

«Benissimo, tu?»

«Molto bene, grazie.»

«Sedetevi dai, che vi faccio portare?»

«Per me un caffè, grazie.»

«Anche per me.»

«E uno per me.»

«Be', almeno su questo partiamo bene, siamo tutti d'accordo!»

Passa in quel momento una ragazza non certo bella come quelle del De Russie e anche molto più rotonda.

«Lucia, ci porti quattro caffè? Grazie.»

Giorgio ci presenta parlando di Futura e di come alla fine si sia lasciato con Ottavi.

«Hai fatto bene.»

Su questo punto qualunque direttore di qualsiasi rete mi sembra sinceramente d'accordo.

«Invece Aldo, come ti va la tua nuova vita da capostruttura? Dovete sapere che lui prima era un autore esattamente come te...» E indica Simone che lo guarda sorridendo. «Il suo lavoro è stato sempre meticoloso, stava accanto ai conduttori, sapeva essere paziente, li tranquillizzava nei momenti difficili e così ha fatto degli ottimi programmi e ottenuto dei discreti successi. E la direzione di Rete quest'anno ha deciso di premiarlo dandogli questo ruolo da capostruttura.»

«E praticamente mi hanno fregato! Non ho un giorno libero, non vedo mai mia moglie, non vedo mai i miei figli ma soprattutto non vedo più neanche le mie amanti...»

Scoppiamo a ridere.

Aldo continua: « Sul serio, è così. Io odio gli ipocriti. Andare con donne bellissime è l'optional in più di questo lavoro, perché nasconderlo. Ora però ho capito perché tutti finiscono con la segretaria, perché non hanno tempo per le altre... »

Ci mettiamo a ridere di nuovo, proprio mentre arrivano i caffè.

Aldo apre una bustina di zucchero e lo versa nella tazzina, poi inizia a girare velocemente il cucchiaino.

« Allora, qual è quest'ottima idea che avete trovato? Che poi Giorgio non mi hai detto neanche se è un format straniero, se lo avete importato dalla Spagna... Oh, ormai arriva tutto da lì, eh! »

Giorgio sorride. « No, non so se deluderti o ti sentirai fiero, ma è un'idea tutta italiana, arriva da Civitavecchia. »

« Niente di meno? Sul serio? E chi è stato? Qui nessuno è più capace di inventare niente, ormai i programmi li fanno direttamente i conduttori, alcuni però, mica tutti. E gli autori neanche li discutono, non provano a migliorarli, no, niente, dicono solo: 'Bella questa idea!' E vengono pagati profumatamente, ma vi rendete conto? Insomma chi è invece 'sto genio? »

« Non so se è un genio, ma è lui. » Giorgio lo indica.

Il capostruttura guarda sorpreso Simone, che sembra quasi scusarsi.

« Eh sì, sarei io... »

« Tu? Ma quanti anni hai? Aspetta, non fare anche tu come certe donne che ormai mi dicono l'età della figlia e tu invece magari mi dici quella di tuo padre! »

« Ventitré. »

« Cazzo, pensavo di più. Che facevo io a ventitré anni? Stavo a Bologna, giocavo a basket e prendevo buca da qualche ragazzina. Sognavo di fare un disco di successo, di spopolare con la mia band, di girare il mondo e di avere almeno tre groupies tutte mie. Vabbè, basta con i ricordi, che sennò mi rattristo. Non so neanche più dove stanno quelli della mia band... Oh, abbiamo fatto tre dischi eh... E uno ce lo hanno presentato anche a *Discoring*. Allora, qual è quest'idea per andare forti dopo il TG, prima che mi perda in questa vena nostalgica e mi metta a piangere? O peggio raduni di nuovo la mia band e provi ad autoraccomandarmi in qualche mio programma... »

È simpatico questo nuovo capostruttura, forse perché non si è ancora consumato nel suo ruolo. Comunque apro io e con le stesse identiche parole: « Allora, il programma è molto divertente, ha la possibilità di prendere persone di tutte le età anche a quell'ora e sai perché? Perché gioca sull'amore ».

Aldo Locchi sembra subito incuriosito. Poi Simone inizia a raccontare il programma e naturalmente è molto più sicuro di prima. Lo fa con simpatia, grande scioltezza e mette in luce tutte le potenzialità della sua idea.

« Ecco... È questo, tutto qua. »

« Tutto qua? » Aldo Locchi ci guarda sorpreso. « Come 'tutto qua', cazzo, è fortissimo, pieno di idee, di novità, ma anche classico, piacevole, divertente, familiare, mica come quelle cazzate che si inventano certi autori dove non si capisce niente! E sai perché lo fanno? » Questa volta si rivolge direttamente a Simone, che preso alla sprovvista risponde sincero: « No, non lo so... »

« Facile, perché vogliono 'sembrare' giovani, e quindi fanno i finti giovani. Invece sai perché il tuo programma funziona? »

Anche stavolta Simone scuote la testa sincero. « No, perché? »

« Perché tu non ti devi inventare niente, tu sei giovane! Ecco perché, cazzo! Comunque è favoloso. Ci sentiamo domani in tarda mattinata, sarò da voi, avete un biglietto? »

Giorgio lo tira fuori dalla tasca della giacca. Locchi lo guarda un attimo, poi prende il portafoglio e ce lo mette dentro.

« Okay, a mezzogiorno sono da voi. »

Giorgio gli chiede una cortesia con tono gentile.

« Primo pomeriggio, se non ti dispiace... »

Locchi alza un sopracciglio, poi annuisce. « Okay, alle tre, va bene? »

Giorgio sorride. « Sì, perfetto, grazie. »

Il capostruttura si alza dal tavolo e indica Simone. « Complimenti, eh? Bravo sul serio. » Così dicendo se ne va scuotendo la testa.

Simone ci guarda sorpreso. « Quindi? Ora che si fa? »

« Tu intanto paga questo... » Giorgio prende lo scontrino da sotto il caffè e glielo passa. Simone lo guarda perplesso, poi sorride. « Certo. » E si allontana.

Rimasti soli, Giorgio mi sorride.

« Allora, siamo messi bene. A Locchi è piaciuto, ma è sempre un autore prima di essere un capostruttura, quindi gli rode perché avrebbe voluto inventarlo lui. Sarà combattuto. Da una parte vorrebbe raccontarlo al direttore, dall'altra vorrebbe che Simone non avesse mai successo. Non capisco perché si fanno irretire così dal potere, se poi sotto sotto li logora. Lo amano e lo odiano. *Odi et amo. Quare id faciam, fortasse requiris. Nescio...* »

« Ah. Scusa, ma se pensi questo, perché non sei andato direttamente dal direttore? Non lo conosci? »

« Come no. Infatti ho dato appuntamento alle 15 a Locchi perché prima siamo a pranzo con il direttore. »

Proprio in quel momento torna Simone. « Fatto, torniamo in ufficio? »

Giorgio si alza. « Prima abbiamo ancora un giro da fare... » Ma proprio mentre stiamo per uscire da Vanni, mi sento chiamare.

« Step, Stefano, come stai? »

Mi giro e una bellissima ragazza viene verso di me. Sorridente, alta, bionda, un bellissimo seno messo in vista da una scollata camicetta bianca, dei jeans attillati e scarpe con la zeppa molto pronunciata. « Sono Annalisa Piacenzi. Non ti ricordi di me? Ero una delle centraliniste della tua prima trasmissione. »

« Certo, come no. È che sei un po' cambiata. »

« In meglio o in peggio? » Fa la faccia buffa, leggermente imbronciata, fintamente preoccupata su quale potrebbe essere la risposta. Poi mette tutte e due le mani avanti. « No, non me lo dire. » Come se del mio giudizio le importasse veramente qualcosa.

« Direi molto molto meglio, sei un'altra, più bella. » Anche se in realtà la prima versione non me la ricordo minimamente.

« Grazie! Era proprio quello che volevo sentire. Anche se in realtà c'ho le extension, eh... »

« Ah, certo. »

« So che stai facendo delle cose molto importanti... »

Giorgio Renzi mi guarda incuriosito su come risponderò, Simone Civinini invece è giustamente perso in quella scollatura.

« Sì, ci stiamo provando... »

« Bene, sono contenta, saranno delle cose bellissime, ne sono sicura! Ti lascio un mio biglietto, magari mi chiami per qualche provino. »

« Certo. » Guardo il biglietto.

« Voglio essere *provinata*, non c'entra niente quello che abbiamo fatto... » E mi dà due baci sulla guancia, offrendomi in realtà prima un orecchio e poi l'altro. Poi si allontana, naturalmente sculettando.

Giorgio mi si avvicina. « Chiaramente appena inizia una nostra trasmissione le faremo un provino, ma, non per farmi gli affari tuoi, cos'è 'quello che avete fatto'? No, dimmi se mi devo preoccupare per qualche altra 'novità' in arrivo.»

«Allora, primo, non per farti gli affari miei ma mi sembra invece che te li stai facendo alla grande, secondo non so minimamente cosa abbiamo fatto ma penso niente, visto che non mi ricordavo neanche chi fosse, terzo io odio quelle che profumano così e soprattutto quelle che quando ti baciano ti offrono l'orecchio pensando chissà quale attentato potresti mai fare alla loro bocca... Oh, poi ultimo ma non ultimo, ricordiamoci che mi sto sposando. Quindi tranne un bachelor eccezionale, non prevedo altre distrazioni...» Così metto il biglietto di questa Annalisa nella tasca della giacca di Giorgio. «Tieni, così mi racconti qualcosa anche tu!»

Poi ci dirigiamo verso l'uscita, ma proprio mentre stiamo per aprire la porta a vetri, vedo che Annalisa si è seduta al tavolo di una persona dall'altra parte della sala e i due si baciano, così, a lungo, senza pudore. Poi si staccano e lui la tocca per farla sedere vicino, ma in quel gesto si legge tutto l'erotismo, la sensazione del possesso, di poter fare di quel corpo qualsiasi cosa.

«Che c'è, sei geloso?»

Giorgio Renzi entra nei miei pensieri.

«No, mi sembra di conoscere lui.» Lo guardo meglio, ha i capelli scuri, un po' brizzolati, corti ma ricci, un pizzetto, gli occhiali neri. «Boh, forse mi confondo.» Usciamo sulla strada per prendere un altro taxi.

«Ma dove andiamo, l'ufficio è qui dietro», chiede curioso Simone.

«Abbiamo da fare un'ultima visita», sorride sornione Giorgio. «Così in un giorno solo avrai capito come funziona il mondo televisivo.»

Poco dopo siamo in direzione Trionfale, imbocchiamo la Pineta Sacchetti e svoltiamo in una piccola stradina per fermarci davanti al grande palazzo di La7. Scendiamo dal taxi. Giorgio paga, prende la ricevuta e insieme a lui entriamo nella portineria.

«Buongiorno, ci aspetta Sara Mannino.»

«Sì, mi favorite i documenti?» Sembra più un appuntato dei carabinieri che il segretario di una importante televisione, ma questa volta, non avendo nulla da nascondere, glieli do con grande tranquillità. Poco dopo ci porge tre pass e ci indica dove andare.

« Terzo piano, appena usciti dall'ascensore andate a destra e poi vi verrà incontro lei, l'ho avvisata e vi sta aspettando. »

« Grazie. »

Seguiamo le sue istruzioni e quando usciamo dall'ascensore la troviamo ad aspettarci.

« Ciao, Giorgio! Come stai? » Lo abbraccia e lo bacia, prendendolo subito sottobraccio. « Che piacere vederti! »

« Anche per me. »

« È passato un sacco di tempo! Sei sparito! »

« Hai ragione, ma sono tornato in ottima compagnia. Ti presento il mio capo, Stefano Mancini, e Simone Civinini, un nostro giovane autore. »

Sara mi guarda con malizia. « Ehi, niente male il nuovo capo. Panzerotto non si poteva proprio vedere... »

Rido a sentirlo chiamare così, ma Sara mi squadra.

« Guarda che troverò un soprannome anche per te. Comunque non c'è peggio di uno che si sente un gran furbo e che reputa gli altri dei dementi! Che poi alla fine dei fatti il vero demente è stato proprio lui! »

Giorgio è curioso. « Perché dici così? »

« Perché se si è fatto scappare uno come te, vuol dire che la sua furbizia ha fatto il doppio giro, facendolo diventare un cretino. Dai, forza, entrate da me che qui anche i muri hanno orecchie. » E così dicendo ci fa entrare in una stanza, poi chiude la porta. « Allora? Volete qualcosa? » Apre un piccolo frigo. « Qui ho aranciata, birra, Coca-Cola Zero, Light, normale, Chinotto e spuma. »

Simone chiede per primo: « Una Coca-Cola per me, grazie ».

Giorgio non vuole nulla, io invece opto per la spuma.

« Voglio proprio vedere che sapore ha. » Poi dopo averla aperta: « Vabbè, praticamente è un Chinotto ».

Sara mi sorride. « Ma la bottiglia fa più fico. »

« È vero. »

Giorgio precisa: « Mai fermarsi davanti alle apparenze ».

« Anche questo è vero. Allora cosa mi raccontate di bello? Quale carta avete da giocare? »

« Posso? » chiedo a Giorgio.

« Certo, ci mancherebbe, sei il capo. »

« Ah, già, dimenticavo. »

Sara scoppia a ridere. « Ho già trovato due soprannomi: o l'Antico o lo Spumeggiante. »

« Bene, magari chissà, ne esce un terzo. Allora, questa è un'idea per tutti, ragazzi, adulti, giovani, meno giovani, famiglie... perché parla d'amore. »

« Me ne è venuto un terzo. Il Fascinoso. Racconti proprio bene. »

« Ma se non ho ancora detto niente! »

« Ecco, ora facevo io l'ironica, ma non sono stata capita. »

« Ah, allora meglio che faccia raccontare tutto al nostro giovane autore, anche perché l'idea è sua. »

« Va bene, finalmente qualcosa di italiano... O sei straniero? »

« Di Civitavecchia. »

« Perfetto. Anche come lancio marketing potrebbe essere un elemento in più: 'La7 scopre talenti ovunque. Da Civitavecchia arriva una grande idea...' » Poi lo guarda un po' incerta. « Sempre che quello che ora mi racconti lo sia. »

Simone si gira verso di noi, leggermente preoccupato. « Be', lo spero... » E così inizia a parlare del suo programma, prima titubante, poi acquistando sempre più sicurezza.

« Aspetta, aspetta un attimo. » Sara lo interrompe. Prende il telefono fisso e compone un numero. « Scusi, può venire giù un attimo? Credo che ci sia quello che stava cercando. » Poi chiude la telefonata e ci sorride. « Avrei dovuto fare comunque questo passaggio, ma è meglio farlo subito e tutti insieme, così poi Giorgio non dice che sono stata io a insabbiare tutto... »

« Be', quella volta è stato così... »

Sara lo ferma subito. « Il Panzerotto aveva giocato sporco. Credevo che tu lo avessi capito che l'ho fatto per lui. »

Ma Giorgio non fa in tempo ad aggiungere altro, perché bussano e senza aspettare risposta la porta si apre. Entra un uomo sui sessant'anni, con i capelli scuri e folti, un bel sorriso, gli occhi neri, profondi, un viso determinato e un naso importante. Ci stringe la mano con foga.

« Salve. Sono Gianmarco Baido. »

« Piacere, Stefano Mancini. »

« Simone Civinini. »

« Giorgio Renzi, ma noi già ci conosciamo. »

« Certo, è vero. » Prende una sedia e la porta vicino al tavolo, di lato.

Sara si alza dalla sua. « Direttore, si vuole sedere qui? Sta più comodo. »

« No, no, va benissimo qua, così sto più vicino a loro. Allora, di che si tratta? »

Sara racconta al direttore tutto quello che le è stato appena detto, poi si rivolge a Simone. « Ecco, siamo arrivati qui. Continua pure. »

E lui, senza nessun timore, continua la sua spiegazione, ormai perfetto, chiaro ed essenziale viste le prove fatte durante tutto il pomeriggio.

Quando finisce, il direttore guarda compiaciuto Simone. « Be', mi sembra un'ottima idea! » Poi guarda anche noi. « Complimenti sul serio. Incredibile, è proprio quello che in qualche modo avevamo sperato di trovare, ha tutti i requisiti necessari. Allora, Sara, cerca di prendere gli accordi per far partire questo programma da subito. »

Sara blocca il direttore che sta già uscendo dalla stanza: « No, un attimo, io credo che lei debba rimanere... »

Il direttore si ferma, sorpreso, sulla soglia della porta.

Sara continua: « Ecco, secondo me questo qui da noi è stato un ultimo passaggio, dopo due o tre incontri già fatti. Giusto, Renzi? »

« Abbastanza giusto. »

« Quindi se vogliamo chiudere dobbiamo farlo subito, perché domani potrebbe essere già troppo tardi, giusto, Renzi? »

« Sempre abbastanza giusto. »

« Quindi, lei, direttore, deve rimanere, perché quello che loro desiderano glielo può concedere solo lei, giusto, Renzi? »

« Continua ad essere molto giusto. »

Il direttore sorride e si risiede.

Sara guarda Renzi. « Vedi, questo è successo anche con Panzerotto. Lui è venuto qua, il direttore lo ha ascoltato e abbiamo accettato tutte le sue richieste e lui il giorno dopo ha chiuso con la Rai. Ecco perché sono saltate improvvisamente tutte le sue trasmissioni, anche se già attivate... Il Panzerotto si riteneva intelligente, invece non lo è. »

Giorgio le sorride. « Se noi oggi troviamo un accordo, sai che anche domani sarà così. »

« Sì. È per questo che ho chiesto al direttore di rimanere. Non rischierei mai più una figuraccia come quella. »

A quel punto intervengo io e coinvolgo anche Simone.

« Bene. Allora noi ce ne andremmo. »

Il direttore e Sara ci guardano stupiti.

« Sì, sì, datemi retta, è meglio così. Futura è in buone mani... » Indico Renzi. « E noi saremmo solo d'intralcio. È stato un piacere. » Do la mano al direttore, che subito ricambia.

« Anche per me. » La dà anche a Simone. « Complimenti, mi è piaciuto veramente tanto. Sono sicuro che faremo delle belle cose insieme. »

Giorgio naturalmente puntualizza: « Certo, con Futura saranno bellissime ».

Il direttore annuisce. « Sì, certo. » Andiamo verso la porta.

« Aspettate, vi accompagno all'ascensore. »

Sara ci precede e usciamo tutti e tre dalla stanza. La guardo camminare con questo vestito chiaro, di maglia leggera, stretto in vita da un cannolet e delle scarpe basse. Ha i capelli biondi raccolti in una coda alta e ora che le vedo meglio, anche se da dietro, sugli zigomi ha delle efelidi leggere. Sembra una ragazzina ma non è male. Poi parte con la sua frizzante parlantina.

« Sono molto contenta, è un programma proprio nuovo, divertente, pieno di curiosità... Cavoli, noi non avevamo niente di veramente forte! Invece con questo sento che la nostra rete farà un salto in avanti. Era ora! Ne avevamo proprio bisogno. » Arriviamo all'ascensore e Sara spinge il tasto per chiamarlo. « Spero solo che Renzi non chieda troppo, o meglio l'impossibile! »

« Credo che chiederà il giusto... tanto per rimanere in tema. »

Sara si mette a ridere e noi entriamo nell'ascensore appena arrivato. Lei si infila dentro con la testa e mette il dito sul pulsante T mentre con l'altra mano mi passa un suo bigliettino che non so come deve aver preso prima di uscire dalla stanza. « Ho trovato il soprannome per te: l'Ironico. È perfetto, chiamami quando ti va... » Poi sorride, spinge il bottone e si sfila prima che l'ascensore si chiuda.

Simone mi guarda.

« È vero. L'Ironico è perfetto, mi ricorda un po' l'Ispanico. È fico, no? »

Lo guardo, ma non dico nulla.

Poi nel silenzio che accompagna la discesa dell'ascensore Simone si gira verso di me leggermente dispiaciuto. « A me però non ha nemmeno cercato di trovarlo, il soprannome... »

50

« Mamma, ma io questi cugini non li ho mai visti. »

« Amore, ma che importa, li vuole tuo padre. »

E così Francesca, la madre di Gin, li lascia nella lista degli invitati.

« Ho capito, ma mi sposo io, mica lui. E poi Adelaide è antipatica, è negativa, ha sempre portato sfiga, rema contro! »

« Ginevra, e piantala. Ma è un giorno di festa, che 'rema contro'! » Suonano alla porta. Francesca si gira curiosa verso Gin. « E ora chi è? Oggi dovevamo stare tranquille, vedere un po' di cose... »

« Lo so io chi è, mamma. »

Gin va ad aprire ed infatti è lei, Eleonora Fiori, che entra quasi travolgendola.

« Allora, partiamo dal fatto che non si decide nulla senza di me, chiaro? Cosa avete deciso? »

Gin e la madre si guardano e poi dicono insieme: « Tutto! » E scoppiano a ridere.

« Ecco, brave, godetevela, perché così non va proprio... Allora, per prima cosa mettiamoci in salotto. » Eleonora si siede su un divano e si rivolge a Gin. « Ho lavorato moltissimo per te in questi giorni, guarda... » Tira fuori dalla borsa una serie di riviste che poggia sul tavolo basso, quasi lanciandocele sopra.

« Ele, ma così lo sfondi, è di vetro! »

« È il peso della cultura. »

« Ma se sono riviste di abiti da sposa! »

« Appunto. Ti devi fare una cultura, visto che sei indecisa. L'altro giorno siamo andati da questa stilista che ti hanno tanto consigliato, che si chiama Brutta! Ma secondo lei... » Si rivolge a Francesca. « Una che si chiama Brutta come può fare un vestito per sua figlia che è così bella? » Poi torna a guardare Gin. « Vedi? Pure tua madre non risponde, è incerta, me l'hai bloccata! Brutta ha spaventato pure lei! »

Gin si mette a ridere. « Ma dai Ele, una come te che si ferma alle apparenze, non ci credo! Anzi, dovresti apprezzare il coraggio di questa stilista che rimane con il suo nome Brutta proprio perché è sicura della sua bellezza, o meglio della bellezza di quello che fa. »

« Per me Brutta è brutta e basta... Anzi sai che ti dico? Ha giocato proprio su questo per fottere le ingenue come te. È un ossimoro, capito? »

« Vabbè, adesso stai esagerando, guarda che la maturità l'abbiamo fatta da un sacco! Mica sto sotto esame, qui. »

« Va bene, però posso farti vedere almeno alcune proposte? Poi decidi tu, con tua madre naturalmente... »

« E ci mancherebbe, visto che sono io che mi sposo. »

E così iniziano a sfogliare diversi giornali pieni di abiti da sposa.

« Questo è troppo accollato, sembra coreano. Questo è troppo scollato. Questo è trasparente, non va bene. Questo con la gonna corta davanti invece è carino... » Gin si gira e vede la faccia della madre incupita. « Però non va bene... » La madre torna a sorridere. « Questo è troppo classico. Questo è moderno, ma troppo stretto. Ecco, questo invece con le spalle scoperte, il taglio a barchetta e un po' lungo dietro è bellissimo! »

Eleonora lo guarda e annuisce. « È vero, piace molto anche a me. Fammi un po' vedere di chi è? » Gira il giornale per cercare chi è lo stilista e quando lo trova arrossisce.

Gin se ne accorge. « Di chi è? » Le sfila il giornale e lo gira verso di lei. « Non ci credo... Di Brutta! Vedi? Avevo ragione io! È bravissima! Ora devi ammetterlo anche tu che eri partita così prevenuta! »

« È vero. Allora okay per questo, che è stupendo. Fammi vedere come hai confezionato gli acquarelli. »

« Ma scusa, ma non devi andare in ufficio? Stai andando fortissimo in questa piccola casa editrice, come editor, correttrice di bozze e quant'altro, non puoi sparire per tutto un pomeriggio... »

« Invece sì, mi sono presa questo giorno perché così stiamo sempre insieme, e poi il mio sogno è diventare una wedding planner. »

« Come 'diventare'? Già lo sei! Vuoi un consiglio? Chiudi un accordo con Brutta, fidati, che con lei sfondi. »

51

« È un uomo fantastico tuo marito, hai visto che hai fatto bene a darmi retta? »

Babi guarda Raffaella e stringe gli occhi. « Mamma, quando fai così mi fai incazzare. »

« Ti prego, ma come parli? Ho cercato di insegnarti tutto con tuo padre, proprio per evitare questo. E poi c'è tuo figlio di là davanti alla TV, potrebbe sentirti. »

Babi fa una finta risata ironica. « Figurati! Le conosce già tutte e anche di peggiori. »

« Comunque ti stavo parlando di tuo marito. Hai voluto cambiare casa, hai detto che quella di prima era poco luminosa e ti ha trovato questa a piazza Caprera, quarto piano, luminosissima, tutti gli interni erano già arredati e tu invece l'hai voluta stravolgere, hai fatto il parquet bianco, i divani grigi, tavoli in legno chiaro e poi acciaio, trasparenze, è diventata un gioiello, ma anche prima non era male, dove lo trovi un marito che ti asseconda sempre? Lorenzo è proprio il tipo che piace a me. »

« Esatto, a te! Potevi sposartelo tu. »

« Non ci siamo con l'età. »

« Ma ormai è pieno di donne grandi con toy boy come lui. »

Questa volta è lei che si mette a ridere. « Sì, è vero. E magari mi sarebbe stato anche fedele. »

« Dubito. Mi tradisce. »

« Ma che ne sai? Queste sono le tue convinzioni, perché lavora molto o è spesso in giro. Ma magari ti sbagli. Com'è la vostra vita? » Babi si gira verso di lei e alza le spalle. Raffaella precisa: « Sessuale intendevo... »

« Avevo capito! Per ora non daremo nessun fratellino a Massimo. »

La madre rimane in silenzio. Prende una cialda e la infila nella macchinetta del caffè, poi ricordandosi che comunque è a casa di sua figlia, si gira e sfoggiando un sorriso ad hoc le chiede: « Scusa, mi posso fare un caffè? »

« Certo mamma, non c'è bisogno che usi tutte queste formalità. Per quanto mi riguarda questa è anche casa tua. »

« Grazie. In che senso non darete fratellini? »

Babi si siede sullo sgabello e si mette a giocherellare con un limone che tira fuori da una fruttiera che ha davanti.

« Che a meno che non ci sia di nuovo l'intervento dello Spirito Santo è praticamente impossibile che questo accada... »

« Ah. »

« Sì, non scopiamo. » Babi si accorge del fastidio della madre. « Ti secca questa parola? Se preferisci fingo e ti dico 'non facciamo l'amore'. Mettila come vuoi ma comunque è così. »

Inizia a uscire il caffè, Raffaella aspetta il momento giusto, poi spinge il pulsante sopra la macchinetta per fermarlo. Prende dello zucchero dalla mensola e un cucchiaino dal primo cassetto.

« Mi dispiace. Avrei voluto vedere Massimo con un fratellino o una sorellina, sarebbe stato più contento e poi sarebbe cresciuto meglio, meno solo, più attivo socialmente. »

« Guarda mamma, stai serena che lui è perfettamente inserito a scuola, a calcio, a nuoto, alle feste, non c'ha bisogno proprio di nulla. Lorenzo non c'è mai, è sempre in giro per lavoro, come dici tu, ma Massimo non ha problemi di solitudine, niente, è indipendente, ha imparato a vestirsi e spogliarsi, la sera si addormenta anche da solo e senza timori. »

« Già, però ho parlato con Flavia, la maestra, e mi ha detto che in classe ha picchiato un bambino. Gli ha fatto un bell'occhio nero. »

« Ma ti ha detto perché è successo? Quel bambino si chiama Ivano, detto anche Ivano il terribile. Ha dei genitori che a casa urlano come pazzi, si tirano le cose dietro e se ho ben capito la mamma, Chiara, è venuta a scuola con gli occhiali scuri grandi, perché aveva un occhio gonfio. Quindi il marito, Donato, alza le mani su di lei e di conseguenza Ivano, emulandolo, è diventato per questo 'il terribile'. Infatti ha picchiato una bambina più piccola spaccandole il naso. La bambina ha perso un sacco di sangue e piangeva disperata. È qui che è intervenuto Massimo, sennò non sarebbe mai successo. »

Raffaella gira ancora un po' il cucchiaino nel caffè. Poi decide di berlo. Si asciuga la bocca con un tovagliolo di carta. Lo fa lentamente, prendendosi tutto il tempo necessario. Poi guarda verso lo studio. Massimo è seduto sul divano, davanti ai cartoni animati, con la bocca aperta ed ha un bellissimo profilo. Ogni tanto ride con leggerezza, chiude gli occhi e si lascia andare all'indietro perfettamente immerso in quel mondo animato.

« È un bambino bellissimo, pieno di energia. »

« Sì, è identico a suo padre. »

Raffaella si gira verso Babi.

« Veramente trovo più somiglianza con te che con Lorenzo. »

« Mamma, sai benissimo cosa intendevo. Non prendiamoci in giro. » E la lascia in cucina, con un senso di inutilità come quel tovagliolo di carta ormai usato.

52

« Vabbè, il vestito è perfetto e ti vedo già pazzesca. Però potevi andare meglio sulle testimoni. »

« Ma che dici? Una sei tu! »

« E infatti, quello va bene, è Ilaria che mi preoccupa. Chissà come si concia! »

« Ma dai, vi vedete, ne parlate un attimo e vi mettete d'accordo. »

« Fatto, ci siamo viste stamattina e guarda cos'è venuto fuori. » Eleonora prende il suo cellulare e apre la cartella delle foto. « Ecco, guarda qui... » C'è una specie di book fotografico di Ilaria in piedi al centro del suo salotto, prima con un abito azzurro, poi con uno bluette, uno verde, uno arancione.

« Cioè, tu mi vuoi dire che sei piombata a casa di Ilaria di mattina... »

« ... Presto. Erano le nove meno un quarto. »

« Quindi sei andata di mattina presto e l'hai obbligata a indossare tutti i vestiti che aveva, perché la dovevi fotografare? »

« Sì. »

« E come ci sei riuscita? »

« Ho detto che era una tua richiesta per vedere come ci saremmo vestite. »

« Eleeee! Ma dai! Ma così mi odia! »

« No, no, è stata molto comprensiva, ha capito quanto ci tieni. Dai, guarda, invece... Così inizi a preoccuparti sul serio. » Gin scuote la testa mentre Eleonora continua a far scorrere da destra a sinistra, una dopo l'altra, le foto della sfilata di Ilaria. « No ti prego, guarda questo che triste! Questo poi? » Si ferma su Ilaria che indossa un vestito nero con dei tulle. « Pare mia nonna! »

« Ho capito, ma questo starebbe male pure a te. »

« Sì, ma invece di dimagrire ha preso almeno otto chili! »

« Ma si è lasciata col ragazzo! »

« E chi se ne frega! Pure io sto in un periodo sfigato, con due, tre situazioni in piedi, ma mica mi lamento o mangio come una scrofa, fregandomene del matrimonio della mia migliore amica. Fosse per me la sostituirei! »

« Ma Ele, che dici? Pensa come ci rimarrebbe. Dopo che gliel'ho proposto la sostituisco. Cioè come minimo prende altri dieci chili e non si riprende più. »

« Senti, hai un sacco di amiche più belle, più eleganti, più ricche, più colte. Perché hai scelto proprio lei? Io non lo capisco, così mi metti proprio in difficoltà, non c'entra niente con me! »

« Ma c'entra con me! Per una volta puoi mettere da parte 'ci sono io, io, io' e pensare 'c'è pure Gin, Gin, Gin'? Visto che mi sposo io, e spero di farlo una volta sola, vorrei che tu seguissi i miei desideri e le mie indicazioni... »

Eleonora rimane per un po' in silenzio. Poi improvvisamente si riaccende. « Va bene, dai, hai ragione. Vediamo allora i pezzi da fare in chiesa, le letture e come hai intenzione di proseguire la serata. »

« Allora, per la serata avevo pensato di invitare Pupo e di aprire con *Gelato al cioccolato*, visto che l'ho conosciuto da Vanni. »

« Ma sei pazza? Ma io non vengo! »

« Sto scherzando, dai! Oddio, ma c'hai creduto? »

« Sì che c'ho creduto! Mi è preso un colpo: il tuo matrimonio con ospite d'onore Pupo che canta... magari che legge pure qualcosa in chiesa! Così finisci come lui che vive con due mogli! Ti ho detto tutto! »

« Però non sarebbe male... due mariti. Io la prima italiana 'araba'. »

« Ma se già fai fatica con uno... E poi te lo sei scelto che vale per due, ci manca solo che ci aggiungi il terzo. Piuttosto, come vanno le cose? »

« Mi sembra bene. »

« Che vuol dire 'mi sembra'? Le cose o vanno bene o vanno male, non possono sembrare... »

« Mamma mia che rompiscatole! Le cose vanno benissimo, okay? »

« Dipende. »

« Da cosa? »

« Se è vero quello che mi dici. »

« Okay, allora secondo me è tutto perfetto. Sono molto contenta di sposarmi e credo che lo sia anche Step. È un passo bellissimo che stiamo per compiere. »

« Mmmm... però non mi convinci. È come se sotto sotto ci fosse dell'altro... »

Gin guarda Ele e le sorride. « Sono un po' preoccupata. Non vorrei che Step lo facesse solo perché si sente costretto. »

« E perché? Se non gli andasse ti direbbe 'basta, non ci sposiamo', oppure 'facciamolo ma tra un po' di tempo', oppure 'continuiamo a vivere insieme, ma senza sposarci'. Perché dovrebbe essere costretto? »

Gin le sorride e si porta le mani sulla pancia. « Perché aspetto un figlio! »

« Cazzooooo! » Eleonora si butta su di lei e l'abbraccia forte, stringendola. « Bellissimo! » Poi si rende conto di quello che ha fatto. « Oh! Scusa, amore mio! » E vede la madre che le guarda curiosa dalla porta della cucina, Eleonora si giustifica urlando da lontano: « Ha scelto un pezzo musicale che mi piace un casino! »

La madre sorride, divertita dalla loro bella amicizia, e annuisce. « Volete qualcosa da bere? »

« No, no, grazie, io niente. »

« Neanch'io mamma... »

Così la madre scompare in cucina.

« Ho fatto bene, vero? Immagino che tu non le abbia detto niente, giusto? »

« No, non voglio che si preoccupi. Magari avrebbe voluto che fossi già sposata perché accadesse. »

« Macché. Tua madre non è un tipo così. Comunque fai bene. Però Step ti ha chiesto di sposarlo prima di sapere questo, no? »

« Sì... »

« E allora non c'entra niente, mica si sente costretto. »

« Lo so, ma in qualche modo sono stata io a volere che facesse questo passo. »

« Senti, siete una coppia bellissima, ora arriva anche questo figlio, lui ha messo abbastanza la testa a posto, sta lavorando e le cose vanno bene. Credo che sia tutto bello e positivo, non rompere le scatole, sarà un matrimonio perfetto... A parte Ilaria, la cicciona! »

Gin scoppia a ridere. « Riesci sempre a sdrammatizzare tutto. »

« Ma sì, è così, senti, ci sono situazioni che hanno solo difficoltà e riescono benissimo, altre come quella dei miei genitori che sembravano perfette e invece mio padre si è innamorato di una trentenne e ha mollato mia madre, eppure avevano tutte le carte in regola per stare insieme anche da vecchietti, ma non è andata così, quindi io non mi starei tanto a preoccupare, mi godrei ogni attimo che stai con quel gran figo del tuo ragazzo e presto marito, e non mi fascerei la testa prima di aver sbattuto. Anche perché potresti non sbattere mai! Oppure innamorarti tu di qualcun altro! »

Gin la guarda sorridendo, leggermente disfattista.

« Che c'è? Non lo credi possibile? »

« Non sai come lo amo, l'ho voluto fin da quando ero ragazzina e lo amerò per sempre. »

« Qualunque cosa lui faccia? »

« Qualunque. »

« Anche andare con Ilaria la cicciona? »

« Anche quello. »

« Cazzo, ragazza, sei messa proprio male... »

53

Suonano alla porta. Babi va ad aprire.

« Chi è? »

« Sono io, Daniela. »

Apre alla sorella e la fa subito entrare.

« Che bello che sei riuscita a passare! »

E così entrano Daniela con suo figlio Vasco.

« Ciao, zia, come stai? »

« Bene, grazie. Dammi un bacio. »

Il ragazzino si alza sulla punta dei piedi e bacia la zia.

« Guarda, Massimo è di là nello studio, se ti va raggiungilo. »

« Certo che mi va! » E correndo sparisce nel corridoio.

« Mamma mia, come si è fatto grande. »

« Sì, è incredibile. »

Daniela e Babi raggiungono la madre in salotto.

Raffaella guarda scocciata la figlia appena arrivata. « Ciao, e Vasco non l'hai portato? »

Daniela si avvicina e le dà un bacio sulla guancia. « Ciao mamma. Certo che l'ho portato, è andato di là da Massimo. »

« Ah, e salutare la nonna no? »

« Ma non sapevo neanche che c'eri... »

« Te l'avevo detto che venivo. »

« Sì, ma non sapevo che eri già arrivata. Ma che problema c'è, mamma? Perché devi rendere tutto sempre difficile? »

« Veramente mi sembra così facile. Sto chiedendo semplicemente un po' di educazione. D'altronde... »

« D'altronde cosa, mamma? »

« Niente. D'altronde e basta. »

« No, quando parli così è come se tu volessi sottolineare qualcosa, il tuo disappunto ad esempio. Preferivi che abortissi? »

La madre guarda la figlia e storce la bocca.

« Che c'è? Ti dà fastidio? Dovresti avere il coraggio di dire quello che pensi. Tu non volevi che tenessi Vasco perché non sapevo chi fosse il padre, mi sono impasticcata ed è successo e allora? Potevo rimanere infetta e invece le cose sono andate così, sono rimasta 'solo' un po' incinta. Non ti va bene? Mi dispiace molto. Avrei voluto darti un nipotino dopo un bel matrimonio, con un altro ricco genero, i consuoceri e tutte quelle altre cavolate lì. Ma non è capitato. Vuoi farmene una colpa? »

« Ho solo detto che potrebbe essere più educato. »

« No, mamma, io credo che se tu mi volessi veramente bene non mi faresti pesare di continuo questa cosa. »

« Penso che abbia condizionato la tua vita e oggi sarebbe potuto essere tutto diverso. »

« Ma anche molto peggio! Perché non riesci a capire che a volte esistono altre vite rispetto a quello che ti sei immaginata? Che quello che ti piace, quello che è bello per te, potrebbe non esserlo per gli altri? O potrebbe essere comunque diverso? Arrivi nelle nostre case ogni volta con questa faccia di disgusto. »

Babi si mette a ridere. « Veramente oggi qui da me le è piaciuto tutto. »

Daniela la guarda sorpresa. « Strano, e che è successo? Non ci credo comunque, sei sicura che non c'è neanche un vaso non in tono? Una tenda sbagliata? La cameriera che non serve da sinistra, o che riempie troppo il caffè o che rimane ad ascoltare qualcosa che giustamente la interessa e la diverte? È andato tutto bene a mamma? Allora ci deve essere una congiunzione astrale incredibile, non oso immaginare cosa possa accadere in questa giornata così epica... »

« Avvisatemi quando si ride... »

Proprio in quel momento arriva Vasco. « Mamma, ho sete. »

« Saluta la nonna. »

« Ciao nonna. » Poi si gira di nuovo verso Daniela. « La sete però non mi è passata. »

Babi ride.

« Dai un bacio a nonna, intanto che ti vado a prendere un bicchiere d'acqua. »

Daniela va in cucina. Vasco si avvicina a Raffaella che lo abbraccia, lo tira a sé e gli dà un bacio. Vasco in realtà la soffre, sopporta in silenzio quell'abbraccio, sperando di liberarsi al più presto. Poi la nonna nota che ha delle scarpe nuove da ginnastica.

« Che belle, te le ha comprate mamma? »

« No, Filippo. »

« E chi è Filippo? »

« Un amico di mamma. Io gliele avevo viste e gli ho detto se me le prestava. Ma le sue mi stavano grandi, così me la ha comprate. Ti piacciono? »

« Molto. E com'è questo Filippo? Un ragazzo gentile? »

« Non è un ragazzo, è un uomo, ha la testa senza capelli e la barba. »

Proprio in quel momento torna Daniela con il bicchiere d'acqua. Vasco fa per prenderlo, ma Daniela trattiene per un po' il bicchiere fino a quando lui capisce e sorridendo dice: « Grazie ». Poi beve l'acqua tutta d'un sorso e scappa di nuovo nello studio a giocare con Massimo.

Raffaella guarda Daniela.

« Chi è questo Filippo? »

« Un amico. »

« Sì, fino a qui c'ero arrivata, non certo un nemico visto che ha regalato delle scarpe nuove a tuo figlio. Ma che significa nella tua vita? »

« Non lo so, mamma. Non so cosa significhi. Tutto deve avere un significato? Una persona che sto frequentando, e questo a me basta. »

« Vuoi buttare via così la tua vita? »

« Mamma, ma cosa dici? Non sai nulla di lui. »

« So che è pelato, con la barba, quindi sarà grande, separato immagino o peggio ancora sposato e quindi si sta solo divertendo con te... E tutto questo tra l'altro davanti a tuo figlio. »

Babi interviene: « Mamma, come vanno le cose con papà? »

« Benissimo. È tutto a posto, grazie. »

« Sei sicura? Sei venuta qui arrabbiata con il mondo. Io e Dani non c'entriamo nulla. »

« Oltretutto », interviene Daniela, « ti voglio rassicurare. Filippo ha solo due anni più di me, per ora è nella mia vita ed è molto innamorato anche se io, purtroppo, non lo sono. »

Raffaella rimane per un attimo in silenzio. Poi crede di avere la soluzione.

« Cercherai di costruire qualcosa come ha fatto tua sorella. »

« Perché mi dici questo? Forse perché mi stai mantenendo? Preferisci che mi attacchi a un uomo qualsiasi solo per non usare più i tuoi soldi? »

« No ma... »

« Ho trovato lavoro mamma, così sarai più serena, forse riuscirò a pagarmi tutto da sola. Ma non farò mai una cosa del genere, dimenticatelo.»

Babi si alza dal divano. «Vuoi qualcos'altro, mamma?»

«No, grazie.»

«Ti piace questa casa?»

«Molto, moltissimo, te l'ho già detto.»

Babi le sorride.

«È vero, è bella, ha una vista pazzesca ed è grande. Facciamo tante cene, è una casa perfetta, sempre piena di gente. Eppure io mi sento sola e soprattutto non sono felice. Quando non sei felice anche case molto più belle di questa ti possono sembrare brutte, lo capisci vero mamma?»

Raffaella rimane in silenzio, poi si alza e va nello studio, si ferma davanti ai due bambini che stanno guardando un cartone animato in TV. Sono tutti e due con la bocca aperta, presi da quello che sta succedendo nella storia.

«Ciao, vado via, mi date un bacio?»

Naturalmente non si muovono e neanche si sono accorti della nonna lì di lato.

Arriva la voce di Babi sulla porta.

«Se non salutate nonna, vi spengo la TV.»

Allora di corsa scendono dal divano e come due automi vanno da Raffaella, che si inginocchia e accoglie i loro baci.

«Ciao nonna!» E tornano tutti e due felici a vedere come andrà a finire quel cartone.

Babi è sulla porta di casa, la apre proprio mentre sta arrivando la madre.

«Ciao mamma.»

«Ciao. Ciao Daniela!» urla per salutarla da lontano.

«Ciao!» risponde la figlia dalla cucina.

Poi Raffaella guarda Babi. «Stai vicina a tua sorella.»

«Ma mamma, non le servo minimamente. È tutto a posto. Stai più tranquilla. Non facciamo per forza qualcosa che poi potrebbe essere un errore...»

«Be', lei lo ha già fatto. Anche se non lo vuole ammettere, lo sa.»

«Mamma, un bel bambino non può essere un errore. È sano, è sveglio, è allegro, è una delle cose più belle che possa capitare a una donna, anche senza che ci sia un uomo accanto a lei.»

Raffaella chiama l'ascensore, poi si gira e guarda da lontano quei due bambini sul divano. I figli delle sue figlie. I suoi nipoti. Uno è figlio di quel ragazzo violento che è riuscita in qualche modo ad allontanare da Babi, l'altro è figlio di uno sconosciuto. Però sono bellissimi tutti e due. Proprio come questa casa.

«Lorenzo è un marito perfetto. Tienitelo stretto. Se cerchi in tutti i modi un'altra felicità, non la troverai mai.»

«Sì mamma, forse hai ragione, ma se tenti di essere felice attraverso un'altra persona, credo che si diventi solo infelici in due.»

Raffaella entra nell'ascensore e guarda per un'ultima volta sua figlia Babi sulla porta. Si fissano fino a quando Raffaella spinge il tasto T.

«Dai retta a me, cerca di dare un fratellino a Massimo o comunque provaci spesso. Lorenzo lo merita.»

E la porta dell'ascensore si chiude prima che Babi abbia la possibilità di rispondere.

54

Quando entro al Four Green Fields, a via Costantino Morin, tutto è come allora. I quadri, le fotografie, i bicchieri appesi a testa in giù sopra il bancone, i piccoli tavolini in legno scuro, le sedie in tinta con la spalliera tondeggiante.

« Salve », saluto un tipo dietro il bancone che mi guarda senza troppo interesse. Non c'è più Antonio, coi suoi occhiali spessi, che ci accoglieva tutti con un grande sorriso.

« Vado giù ai biliardi. »

Il tipo annuisce senza proferire parola. Forse è muto, comunque non è simpatico. Mi dispiace per la gente che fa controvoglia il proprio lavoro, anche i direttori di grandi aziende, perché non riescono a trovare qualcosa che li soddisfi veramente? Cosa aspettano? Il tempo a disposizione scorre inesorabile, poi nessuno potrà fare più niente.

Scendo gli ultimi scalini. Anche qui non è cambiato nulla. Almeno in qualcosa questo locale non tradisce i miei ricordi. Mi levo la giacca e la poggio sull'attaccapanni, mi arrotolo le maniche della mia camicia bianca Brooks Brothers e guardo in giro se c'è qualcuno con cui giocare.

« Aho, a Step! Macché hai fatto i soldi che non saluti? M'hanno detto che le cose ti andavano bene, ma non così bene da diventare stronzo... e pure frocio, visto come te vesti. »

Guardo il tipo che ha tirato fuori questa filippica, è seduto a un tavolino da solo, ha davanti una birra bevuta per metà e una sigaretta poggiata su un portacenere che si sta consumando da sola. Ha i capelli bianchi, un giubbotto militare che gli sta largo e che indossa malgrado il caldo. Muove la testa in su e in giù, come quei finti e inutili cani che alcune persone mettono nel lunotto delle loro macchine, per farle sembrare curiose piuttosto che superate. Lo guardo meglio e improvvisamente lo riconosco. Non ci posso credere, il Siciliano.

« Ciao, come stai Adelmo? »

« Non mi riconoscevi eh? » Si alza e si porta verso di me. Ci salutiamo alla vecchia maniera, stringendoci la mano destra, prendendo i pollici e perdendoli tra i nostri petti, che sbattono uno contro l'altro.

«Sto bene, sto bene, non come te, ma non mi posso lamentare. È una vita che non ti si vede in giro. So che stai lavorando in televisione, c'hai una marea di società, ti sei comprato pure un palazzetto in Prati.»

Mi metto a ridere. «Ma chi ti dice tutte 'ste cazzate? Sto facendo il mio. Cerco di far crescere l'unica società che ho.»

Il Siciliano mi guarda, non sembra crederci più di tanto, ma a me sinceramente non è che interessi molto.

«E poi so anche che ti sposi!»

«Sei stato invitato, siete stati invitati tutti.»

«Sì, sì... Me lo hanno detto. Forse non mi hai trovato. Sai, ho cambiato casa, cose, chiese...» E si mette a ridere da solo, poi dà un tiro alla sigaretta e subito dopo beve un po' della sua birra. Deve essersi proprio rincoglionito, chissà di cosa si sfonda. Qualcuno mi ha detto che era esaurito, comunque non è più in forma come un tempo.

«Ti va di giocare a biliardo?»

«No Step grazie, mi piacerebbe, ma non posso, devo vedere una persona. Anzi vado su che quello magari manco lo sa che c'è un piano di sotto.» E così si porta via la birra, lascia la sigaretta nel portacenere e ciondolando come allora se ne va verso la scala. Poi, dopo pochi gradini, si gira. «Bella Step, m'ha fatto piacere vederti. Casomai una volta ti vengo a trovare in ufficio.»

«Perché no.»

Mi guarda e scuote la testa, come se sapesse lui per primo che è impossibile che questo accada. Me lo immagino per un attimo nella sala riunioni con il direttore della fiction, il presidente di La7 o il direttore di Canale 5 e lui, il Siciliano, che spiega qualche nostra idea. Al primo rifiuto o richiesta di spiegazione in più, già mi vedo la sua reazione: prenderebbe per la gola uno dei direttori. Peggio, sputerebbe in faccia a Gianna Calvi, per non pensare a quello che potrebbe uscire dalla sua bocca. Ma cosa sta facendo in questo momento della sua vita? Che fa qui al Four? Io ci sono venuto in un momento di nostalgia, magari lui invece sta qui tutte le sere. Qualche giorno fa, passando per via Tagliamento, ho visto Hook sulla porta del Piper, come il buttafuori che era allora, con una piccola differenza: non ha più un capello, ha la pancia e non fa paura a nessuno. Come mai non sono riusciti a staccarsi da quel tempo? Ad abbandonare questi atteggiamenti? Ora sono quasi ridicoli. È come un tatuaggio di una bella donna, a una certa età è splendido, perché è un segno ribelle, tu lo ammiri stampato sulle sue forme, ti diverte il punto che ha scelto, ma quando dovrai cercare di intuirlo tra le grinze della sua pelle cascante, quello stesso tatuaggio ti farà solo tristezza.

« Ehi, vuoi giocare? »

Mi giro e c'è di fronte a me un tipo magro, con una maglietta blu, dei pantaloni scuri e dei mocassini. Ha i capelli corti e una faccia simpatica.

« Certo, perché no. »

Prendo una stecca dal muro, mentre lui si rivolge a un uomo dietro il bancone.

« Mauro, ci apri il sei? »

Il tipo senza dire niente fa partire qualcosa da vicino alla cassa, tanto che sento uno strano rumore mentre la luce sul tavolo da biliardo si accende lentamente. Il tipo ha la sua stecca personale, forse è bravo, mi sembra un ragazzino. Avrà sì e no diciassette anni. Mi guarda incuriosito, non sa assolutamente nulla di me. Meglio così. Cosa c'è da sapere poi?

« Io mi chiamo Sergio, ti va di giocare a 8 e 15? »

« Sì, è quello che preferisco. »

« Ottimo, ci giochiamo dei soldi? »

« Va bene. »

Il ragazzino, Sergio, mi guarda, forse mi sta soppesando.

« Ti vanno bene duecento euro chi ne vince due su tre? »

« Mi sembra giusto. »

Così raccoglie tutte le palle, le raduna, poi tira giù dalla lampada sopra il biliardo un triangolo con il quale le imprigiona. Le sposta sul tavolo avanti e indietro poi si ferma di colpo e sfila il triangolo con grande delicatezza.

« Spacca tu. »

« Okay. »

Metto la palla bianca laterale e colpisco in mezzo con grande forza. Sono fortunato, la 4 finisce in buca per prima. E così continuo a giocare con le intere, riesco ad avvicinare la 8 alla buca centrale ma non a metterla dentro. Tocca a Sergio, gira intorno al tavolo per vedere com'è la situazione. Ogni tanto si china per guardare meglio ogni possibile direzione e l'eventualità di qualche tiro più facile. Alla fine sceglie la 11. La palla bianca passa in mezzo alle altre senza toccarne nessuna, alla fine colpisce di lato la 11, le dà il giusto effetto e la fa andare lentamente verso la buca in fondo a sinistra. La 11 si ferma un attimo sul ciglio, dondola e poi come se avesse preso questa decisione, ci scivola dentro. Gioca bene il ragazzo, non sarà facile. Da lì riesce a centrare la 12 che corre decisa, si appoggia sulla mia, me la sposta anche se di poco e va dentro la buca centrale. È proprio forte. E in un attimo mi ricordo di quella sera con Claudio, il padre di Babi, di quella partita contro quei due sconosciuti, spacconi e sicuri, però ce l'abbiamo messa tutta e alla fine li abbiamo battuti. Sento un rumore improvviso, la sua 13 corre veloce, ma poi invece di entrare sbatte contro l'angolo, si ferma rimbalzando davanti alla buca che aveva scelto e rimane nascosta dietro la palla bianca, offrendomi tutto il campo.

« Tocca a te, come ti chiami? »

« Step. »

« È il tuo turno. »

Faccio un giro del tavolo mentre con il gessetto azzurro coloro la punta della mia stecca, poi struscio l'incavo della mia mano sinistra contro il magnesio che sta sulla rastrelliera, così da far scorrere meglio il legno. Scelgo la 2. La colpisco forte, esce dal gruppo, sbatte contro il bordo del tavolo e si dirige verso la buca centrale, entrandoci. La palla bianca è uscita bene, ora sta dietro la 8, che è ancora in una posizione buona e così faccio come ha fatto lui, colpisco la 8, mi appoggio alla sua 10, che in qualche modo era riuscito ad avvicinare a quella buca, e la metto dentro. E continuo a giocare tranquillo e sereno, esco sempre bene e imbuco una dopo l'altra tutte le mie palle. Resta solo la 1 ma sono piazzato, non posso sbagliare, almeno spero. La colpisco deciso, dritto per dritto, senza tentennamenti. La palla gialla corre veloce sul panno verde e centra la buca. Uno a zero per me.

« Ehi, sei forte, non credevo. Complimenti. »

Poi Sergio si avvicina al telefonino che ha appoggiato su una sedia. Lo controlla e si accorge che gli è arrivato un messaggio. Lo legge.

« Cazzo, è mia madre, vuole che torni a casa, che palle. Ti dispiace se continuiamo un'altra volta? »

« Certo, alla prossima. »

« Scusami, eh, scappo, ti lascio offerta una birra al bancone di sopra. »

« Okay, grazie. »

E lo vedo scappar via. Mi vado a lavare le mani in bagno, poi mi rimetto la giacca, mi pulisco i pantaloni che hanno qualche segno celeste fatto dalla stecca e salgo su. Mi avvicino al bancone e subito il tipo mi porta una birra media.

« Tieni, questa deve essere per te... Da parte di Sergio, no? »

« Sì, grazie. » Mi siedo sullo sgabello e inizio a berla. Do un lungo sorso, poi mi guardo intorno per il locale. In fondo alla sala il Siciliano sta parlando con un uomo più grande di lui. Il tipo indossa un giubbotto jeans e un cappello di cotone blu scuro in testa, stanno discutendo di chissà cosa. Ogni tanto il Siciliano sbatte un pugno sul tavolo come se questo gesto potesse in qualche modo dargli ragione. Forse non dovevo invitare tutti al matrimonio, ma tanto qualcuno con l'idea di dovermi fare il regalo non verrà. Questa è la mia ultima speranza. Così divertendomi tra me e me bevo un altro sorso di birra quando sento una voce alle mie spalle.

« Che t'ha detto Sergio, che doveva andare a casa? Che la madre si era incavolata? »

Mi giro e trovo il tipo muto del bancone che improvvisamente è diventato loquace e soprattutto curioso. Non gli rispondo.

« Se t'ha offerto la birra, vuol dire che ha visto che eri forte e non voleva perdere i duecento euro. »

Mi metto a ridere. « Veramente ho perso la prima partita. »

Il tipo rimane sorpreso, come stupito, così mi scolo la birra e senza dargli la possibilità di ulteriori domande, lascio il locale. Come sono fuori, mi accendo la sigaretta. Il Four era meglio prima. Mai tornare nei posti che hai vissuto da ragazzo, li ritroverai decisamente più brutti o forse non li ritroverai affatto. Do un tiro alla sigaretta e mi giro verso la moto. C'è un tipo che sta provando ad aprirla, o comunque ci sta trafficando. Ha appoggiato il casco bianco sul mio sellino.

« Ehi, che cazzo stai facendo? » gli urlo da lontano.

« Chi? Io? Guarda che ti sbagli, ho preso il mio casco, prima c'era un ragazzo sopra. »

È basso, tarchiato, ha una faccia rotonda, i denti tutti uguali, pari, ma brutti, gialli e ha una barba leggera. Indossa dei jeans, delle scarpe bianche da ginnastica e un K-way verde. Come vado verso la moto, lui prende il casco, si allontana camminando veloce ma ciondolando. Mi basta un attimo per vedere che il manubrio è stato forzato.

« Cazzo... »

Ma lui si infila il casco, ha capito che l'ho sgamato, e comincia a correre, è veloce come un razzo, con quelle sue gambe corte. Butto la sigaretta e in un attimo gli sono dietro. Poi sparisce dietro l'angolo ma appena lo giro anch'io, vedo che è già saltato su un motorino acceso e senza neanche alzare le gambe schizza via, dando gas lungo il marciapiede, praticamente in controsenso. Oltretutto ha la targa coperta da un calzino scuro. Così corro alla mia moto, la apro, provo ad accenderla per inseguirlo, ma come la levo dal cavalletto mi accorgo che il manubrio non gira più facilmente, è duro. Deve avergli dato il classico calcio per cercare di farlo saltare, ma non c'è riuscito. Ormai sarà scappato, cazzo. Che poi non ho capito, stava da solo, senza un camion per caricare la moto, senza uno che facesse il palo, senza un compare che si portasse via il suo motorino mentre lui se ne sarebbe andato via con la mia moto. Boh, non riesco a capire. Però quella faccia mi è rimasta impressa. Avrei dovuto prendere il telefono e fargli una bella foto. Sì e poi che facevo? Andavo a denunciarlo? Io che divento una guardia. Mi metto a ridere solo all'idea. Così provo a muovere il manubrio, lo forzo piano per rimetterlo dritto. Poi mi chiudo il casco e con un filo di gas, sperando che non mi si blocchi all'improvviso, me ne vado verso casa.

55

Quando entro in ufficio la mattina dopo, trovo Giorgio chiuso nella sua stanza con il giovane capostruttura che sta urlando. Li vedo dal vetro, lui è seduto, tranquillo, che ascolta, l'altro in piedi che urla anche con una certa veemenza, devo dire però che i lavori di insonorizzazione che Giorgio ha fatto fare sono perfetti. Vedo che il capostruttura è piuttosto concitato ma non sento assolutamente cosa stia dicendo. Poi vedo Giorgio che lo invita a sedersi, ma il capostruttura scuote la testa, allora Giorgio prende una cartellina con dei progetti e la apre sul tavolo, invita nuovamente il capostruttura a sedersi e questa volta accetta. Alice mi raggiunge proprio mentre sto entrando nel mio ufficio.

« Buongiorno, lo vuole un caffè? »

« Sì, magari, lungo e senza zucchero. »

« Okay, glielo porto subito. Questa è la corrispondenza di oggi. »

Mi lascia sul tavolino una serie di fogli, poi esce dalla stanza. Mi metto a controllare la posta, non c'è nessuna lettera strana, almeno mi sembra. Un invito per un cocktail, l'inaugurazione di un ristorante, una serata organizzata dalla Fox per il lancio del loro nuovo progetto. Un altro invito per una mostra. Lo apro. *Correggio e Parmigianino.* Chissà se anche questo è un invito « finalizzato ». Mi viene da ridere, no, sicuramente no. Chissà cosa sta facendo, magari è partita. Sento aprirsi una porta, poi delle voci che arrivano dal corridoio.

« Bene, sono contento che abbiamo trovato una soluzione. Fammi sapere qualcosa al più presto. »

« Sì, ma voi non fatemi più altri scherzi! »

« Ma dai, non mi dire così, te l'ho spiegato. »

« Sì, sì, lo so, ho capito. »

Si salutano poi sento chiudere la porta dell'ufficio. Così esco fuori dalla mia stanza.

« Allora, sei riuscito a placarlo? »

« Sì, è stato facile. Ho detto che era colpa tua, io non l'avrei mai fatto. »

«Ma dai, così mi fai passare per un cinico speculatore, peggio del Panzerotto amico tuo.»

«No, no, qui è diverso. Ho detto che il direttore di La7 ha investito molti soldi in questa nostra società attraverso la moglie, che l'accordo è questo: noi la dobbiamo far lavorare per forza e lui ha una specie di prelazione su ogni progetto. Quindi gli spettava di poter scegliere per primo e di aggiudicarselo.»

«E c'ha creduto?»

«Sì. Secondo me lo hanno fatto capostruttura proprio per questo... Non crea problemi e crede a tutto.»

«Siamo in buone mani...»

«Ho fatto dell'altro...»

Ci accomodiamo nel mio ufficio per continuare il racconto quando arriva Alice con due caffè.

«Ne ho fatto uno anche per lei...»

Giorgio le sorride. «Perfetto, mi leggi nel pensiero, stavo per chiedertelo.»

E così poggia il caffè sul tavolo ed esce dalla stanza. «Vi chiudo la porta?»

«Sì, grazie.»

Rimaniamo soli.

«Ancora complimenti per Alice, ottima scelta davvero.»

«Ti piace sul serio?»

«Moltissimo. Intuitiva, precisa, ordinata. Sa anche essere riservata e stare al posto suo. Per adesso non vedo difetti.»

«Bene.»

Bevo un po' di caffè. «Allora? Cos'altro hai fatto per sedare quel capostruttura dopo avermi spacciato per un duro e cinico?»

«Qualcuno deve aver messo in giro la storia del tuo passato da picchiatore...»

«Picchiatore? Ma così mi dai un'appartenenza politica.»

«Non c'era?»

«Sì, ma non ho mai toccato nessuno per ideologia, quello lo facevano altri o mandavano a farlo, purtroppo senza capire invece l'importanza delle parole e la forza delle idee.»

«Bene, comunque in un modo o nell'altro pensano invece che tu lo sia. Questo ci può essere utile, come immagini, perché resta una di quelle leggende metropolitane con il costante dubbio: è verità o cazzata? Se tu però oggi gonfi improvvisamente qualcuno davanti a Vanni, diventa controproducente. Il mito di questa specie di giustiziere anche per chi disprezza la violenza è perfetto nella leggenda, un irascibile manesco che oggi nella sua veste di produttore mena a qualcuno è ridicolo. Quindi se anche dovesse accadere qualcosa per cui potresti innervosirti, cerca di trattenerti. »

« Guarda, non c'è problema. Ieri sera ho beccato uno che mi stava fregando la moto, mi ha storto tutto il manubrio, ha forzato il blocco e non sono riuscito a dirgli niente, praticamente ho fatto la figura del coglione. »

« Ma hai sventato il furto. »

« Sì, ma per alimentare la leggenda l'avrei dovuto gonfiare... »

« E se mentre lo prendevi per la giacca, lui si girava, tirava fuori una pistola e ti sparava? Cosa facevamo noi? Quale sarebbe stato il nostro futuro? »

« Questo non lo avevo considerato. O forse sì. Ecco, non gli ho fatto niente pensando a Futura. Fai girare anche questa storia che mi piace! »

« Pensi che sia stato io a mettere in piazza la leggenda del picchiatore? »

« Non è che lo penso, sei stato tu. »

« Comunque sto iniziando a riconsiderare l'offerta delle quote. »

« È scesa. Puoi avere al massimo il 20 per cento... Ti devi sbrigare. »

Giorgio si mette a ridere e si siede davanti a me. « Senza pensare ai numerosi eredi che si potrebbero presentare! »

« Eh già, per adesso però non si è più sentito nessuno. »

« Meglio così. Non possiamo distrarci in questo periodo pieno di appuntamenti così importanti. Allora, sono riuscito a placare il giovane capostruttura, dandogli una serie di progetti che ho finto di sottrarre alla prelazione di La7. Ha apprezzato il mio grande rischio, abbiamo stretto un accordo segreto, ma secondo me lui prenderà diversi nostri programmi proprio nella speranza di farci saltare l'accordo con La7. »

« Quindi? »

« Quindi è un coglione e come tale va trattato... »

Mi metto a ridere. « Mi sembra un'ottima deduzione. »

« Invece con il direttore di La7 abbiamo chiuso alla grande.

Chi ama chi sarà il programma di punta della prossima stagione, con gli spot che ogni volta promuoveranno il nostro logo Futura. Ne avremo dieci al giorno per due mesi, prima dell'inizio del programma, quindi, visto che la matematica non è un'opinione... »

« Saranno seicento promozioni per Futura. »

« Esatto, da dieci secondi l'una. Se pensi che per trenta secondi i prezzi oscillano tra 30.000 e 350.000 euro a seconda dell'orario... »

« Al minimo dei costi avremmo pagato tre milioni. »

« Proprio così, ma ci siamo accordati per almeno cinque passaggi in prima serata. Quindi senza neanche andare in onda è come se tu avessi già guadagnato otto milioni e li avessi reinvestiti su Futura. »

E mi passa un foglio con sopra tutto lo schema con gli orari precisi della messa in onda di ogni singolo giorno e sotto il controvalore firmato di ben 8.200.000 euro.

Guardo tutto con attenzione. « Ottimo lavoro. Ma non li ho guadagnati io, li abbiamo raccolti noi per Futura. »

« Sì, certo. Poi ho chiuso un accordo per un nuovo programma di mattina e questo l'abbiamo già in palinsesto tra sei mesi. »

« Ah, e che gli diamo? »

« Ah, questo non lo so. Io gli ho detto solo che hai trovato una grande novità... Ti restano circa quaranta giorni per presentargliela. »

Lo guardo allibito mentre lui continua divertendosi.

« Poi facciamo un programma in seconda serata, quello però tra quattro mesi, quindi hai circa due mesi per trovare un'idea geniale. E naturalmente anche questa l'hai già individuata... »

« Certo, sono un vero e proprio talent scout! »

« Sì, sei pieno di grandi qualità, la tua immagine sta crescendo ed io ne sono contento. Sara mi ha fatto capire che vorrebbe vedere i nostri uffici, ma non credo solo quello... O mostrarti lei chissà cosa. »

« E tu naturalmente, viste le preoccupazioni del momento e il sottile equilibrio di Futura, hai allontanato di sicuro questa ipotetica minaccia. »

« No, credo che un picchiatore come te sappia mettere a posto una fanciulla un po' focosa... »

Proprio in quel momento bussano alla porta.

« Avanti. »

Si apre e compare Alice. « Scusate, è arrivata una certa Paola Belfiore. La faccio accomodare in salotto? »

Guardo Giorgio che mi sorride.

« Tassa Medinews. »

« Ah. Certo. »

« No, falla entrare qui da noi. »

« Benissimo. » Alice si allontana un attimo e subito dopo ricompare sulla porta indicando a qualcuno la strada da seguire. Improvvisamente sulla soglia appare una bellissima ragazza, allegra, sorridente, particolarmente scollata e provocante. Bionda, con gli occhi verdi, i capelli raccolti in una coda, due tette grosse e soprattutto troppo perfette per non essere rifatte.

« Buongiorno, che piacere conoscervi! E che belli i vostri uffici. »

Ha una vocina da ragazzina, non capisco se recita pensando di creare così uno strano contrasto con la sua esagerata sensualità o è proprio la sua. Comunque mi alzo dalla scrivania e le vado incontro.

« Piacere, Stefano Mancini. »

« Giorgio Renzi. »

Mi guarda con un sorriso tutto speciale, mentre Renzi lo saluta solo di sfuggita, poi indica una poltrona. « Posso? »

« Certo. Anzi, ci scusi, siamo rimasti in qualche modo storditi da questa improvvisa, ma piacevole sorpresa... »

Giorgio alza il sopracciglio come se fosse realmente colpito dalle mie parole, mentre la tettona ride fingendosi ancor più stupida di quanto sicuramente non è.

« Sono contenta che finalmente ci siano delle nuove idee. In televisione fanno sempre le stesse cose, ci sono sempre le stesse persone e non rischia mai nessuno. Un popolo di dementi stiamo diventando. Calemi però è felicissimo del programma e ha detto che lo farà partire subito con grandissima pubblicità. Tanti spot per almeno un mese prima... »

Guardo Giorgio che mi sorride.

Paola se ne accorge. « Che c'è, ho detto qualcosa che non va? »

« Abbiamo parlato con Calemi stamattina e abbiamo chiarito tutto. Non faremo più quel programma a Medinews ma ce ne sarà presto un altro. »

«Ma no! Ma io volevo condurre quello! Faccio tutti i giorni l'opinionista nelle trasmissioni del mattino e con questa idea volevo fare un salto!»

«Che ruolo aveva immaginato?»

«Come che ruolo avevo immaginato? Calemi me l'affidava, lo conducevo io... Ero la conduttrice! Al limite con un co-conduttore che mi affiancasse, ma solo per i primi tempi, ecco...»

Io e Giorgio ci guardiamo di nuovo. Questa volta non sorridiamo. Poi lui si alza.

«Guardi, sono sicuro che troveremo qualche altra soluzione, lavorare con lei sarà un piacere.» Poi la invita ad alzarsi. «E comunque vorrei farle conoscere l'autore di questo programma e magari parlandovi, conoscendovi meglio, usciranno dei nuovi progetti ancora più adatti a lei.»

Paola Belfiore tentenna un po', poi guarda Renzi sorridente e capisce che comunque le cose sono state già decise.

«Ah certo, giusto... bellissima idea.»

Così si alza dalla poltrona e mi dà la mano.

«Stefano, è stato un vero piacere.»

«Anche per me.»

«Tanto ci vedremo spesso, no?»

«Penso proprio di sì.»

Giorgio la fa uscire e l'accompagna da Simone.

«Si può?» Bussa sulla porta mezza aperta.

Simone si leva le cuffiette. «Certo!»

Ma in realtà sembra infastidito da questa interruzione, perché era particolarmente preso da quello che stava facendo.

Renzi entra del tutto nella stanza. «Allora, lei è Paola Belfiore. Ci è venuta a trovare perché abbiamo chiesto a Calemi di indicarci quali sono le nuove conduttrici che spopoleranno sul mercato...»

Simone vedendola entrare si illumina. «Ciao! Che piacere.» Le dà subito la mano.

Paola sorride e, notando i suoi occhi incollati sulle tette, sa già di averlo in pugno o da qualsiasi altra parte lei decidesse.

«Ho portato anche il curriculum. Lo tiro fuori?»

E questa frase fa eccitare in un modo assurdo Simone, che per un attimo chiude gli occhi. Renzi fa lo stesso, ma per un'altra ragione, come a dire: capirai, andiamo bene. Poi Simone torna professionale, prende il curriculum di Paola e anche di nuovo la situazione in mano.

« Prego siediti, ci diamo del tu, vero? »

« Certo... Quanti anni hai? »

« Ventitré. »

Paola ha un attimo di esitazione. « Bene, anche se non sembra, siamo quasi coetanei. »

È quel « quasi » che non è ben definito. Paola deve avere più di trent'anni.

« Allora, io vi lascio soli. » Renzi si allontana senza chiudere del tutto la porta.

Simone guarda con molta attenzione e professionalità il curriculum di Paola Belfiore.

« Però, hai fatto tantissime cose eh... »

« Già », sorride lei. « Ma ancora non ho trovato il programma giusto che mi faccia avere successo come vorrei. » E così dicendo accavalla le gambe, ma quasi senza volerlo le mostra in tutta la loro bellezza. « Cioè, non mi posso lamentare, ho un contratto di esclusiva per due anni per le mie partecipazioni alle varie trasmissioni e solo con questo mi sono potuta comprare un attichetto a via della Croce qui a Roma, ma come faccio per tutto il resto? Per esempio quest'anno a Natale vorrei andare alle Maldive, allo Sporting, dove vanno tutti, ma per poter fare relazioni, mica per altro. E invece non me lo posso permettere! Ecco, io voglio essere indipendente. »

E naturalmente Simone, anche se non ha capito minimamente di quanti altri soldi lei avrebbe bisogno, sembra essere comunque perfettamente d'accordo con lei. « Ma certo, hai ragione, è giusto... »

Giorgio rientra nella mia stanza. « Non sono riuscito a raccontarti il resto... Allora anche con Calemi ci siamo accordati bene, tranne la tassa Belfiore, abbiamo guadagnato su tutto. Abbiamo chiuso una fiction e un programma in prima serata e poi dovremmo avere uno spazio forse prima del TG che non sarebbe male. Hai visto? Le loro offerte di spot erano solo per un mese, non ci sarebbe convenuto. »

« Bene, mi sembra ottimo. »

« Sì, è andata nel modo migliore. Ho visto che sei venuto con la moto. Se ti va ti accompagno ad aggiustarla, così parliamo anche di altre due o tre cose. »

Non c'è niente da fare, Giorgio sa essere attento a tutto.

« Grazie, volentieri. »

« Allora, se non ti dispiace, la portiamo da un mio amico, è uno molto pratico, mi tratta sempre bene e aveva voglia di conoscerti. »

« Anche lui è affascinato dal rutilante mondo dello spettacolo? »

« No, no, credo che voglia chiederti altro... »

56

Arrivati alla sede della Honda su via Gregorio VII, un grande cancello si apre facendoci scivolare giù per una ripida discesa. Ci fermiamo davanti al garage pieno di diverse moto, alcune con sopra un cartello con tanto di numero che segna quelle già riparate. Giorgio scende dal suo SH mentre io posteggio la moto poco più avanti. Un giovane commesso sta spiegando il funzionamento di un nuovo antifurto a un ragazzo non molto sveglio.

«No, te lo ripeto, devi spingere il pulsante sopra e dopo due bip entra l'antifurto.»

Il tipo, subito dopo aver sentito il segnale, prova a muovere il suo motorino. «Ma non suona!»

«Ma devi aspettare almeno venti secondi, sennò è come se lo annullassi.»

«E se il ladro me lo prende in quei secondi?»

«Ma allora ci sei tu davanti...»

«E che faccio?»

«Urli tu! Oppure spingi questo pulsante qua sotto che si chiama 'panico' e comincia subito a suonare.» E infatti così accade. Il tipo si porta le mani sulle orecchie e poi si può leggere il suo labiale: «Sì, sì, ho capito...»

Il commesso della Honda fa una smorfia con il viso, come a dire: e meno male... Poi spinge di nuovo il pulsante e l'antifurto smette di suonare.

Entro nell'area dei ricambi e dell'accettazione, dove Giorgio sta parlando con un uomo alto, robusto, con i capelli corti che quando mi vede sembra contento e sorpreso.

«Ma allora me lo hai portato veramente!»

Renzi annuisce. «Non dico bugie. Stefano, ti posso presentare Gaetano?»

«Piacere.»

Mi stringe la mano calorosamente.

«Ma che scherzi? Ma io ti conosco da sempre! Avere qui il grande Step è un onore per me.»

Sono veramente sorpreso da questo suo entusiasmo.
«Non sai i soldi che ho perso con te...»
Ah, ecco, mi sembrava che ci fosse qualcosa di strano.
«Perché all'inizio io ti puntavo contro, mica avevo capito che eri il più forte. Alle corse delle Camomille se c'eri tu in pista non ce n'era per nessuno. Infatti poi ho iniziato a scommettere su di te e sono rientrato, anzi, avrò messo in tasca un cinque, seimila euro...»
«Meno male... già mi sentivo in colpa.»
«Tu? Tu che ti senti in colpa? Ma dai...» Scoppia a ridere. «Sei troppo forte. Oh, mica ti facevo così simpatico.» Poi improvvisamente diventa serio. «Ma lo sai che c'ero pure quella maledetta sera che ha corso Pollo? Poveraccio... Pensa che avevo pure scommesso su di lui. Era proprio forte... Oh, cazzo, scusa, certo, se non lo sai tu... Che poi non ho mai capito com'è successo... A un certo punto, a una curva è andato giù senza che lo toccasse nessuno. Ti giuro, una cosa assurda. Secondo me gli hanno sparato. No, ma dico sul serio... Ma sai che su quelle corse lì c'era un giro di soldi impressionante?»
E mi si stringe il cuore, è peggio di un colpo di fucile, ora che so la verità. Ma faccio finta di niente.
«Non ci sono mai più andato. Non ho più corso.»
«Hai ragione, ho sbagliato a ricordartelo, scusa.» E così torna professionale. «Allora, che ti è successo?»
Racconto del tentativo di furto e del manubrio forzato. «La cosa che non capisco è come faceva a portarsi via la moto. Non aveva un complice, né un palo, neanche un furgone intorno, ho controllato tutto, è scappato con il suo motorino con la targa coperta...»
Gaetano sorride. «Ora hanno questa tecnica, si chiama il 'posteggio fantasma'. La moto rubata la portano una strada più in là, o in un cortile o in una viuzza. Quando tu esci non la trovi più, fai la denuncia ma comunque te ne vai da lì, loro ripassano con tutta calma e se la portano via molto più tardi, magari di notte.»
«Non riesco a crederci. Ormai le inventano tutte.»
Gaetano mi sorride. «Mi spiace. Vediamo che si può fare.» Esce nel cortile e raggiunge la mia moto. Prova a muovere lo sterzo. «Niente. Ci ha provato con un calcio ma non è riuscito a spaccare del tutto il blocco, poi ha provato ad aprire qui, do-

veva avere una centralina per resettare tutto e provare ad accenderla, ma a quel punto credo che sei arrivato tu.»

«Eh già.»

«Ti è andata bene.»

«In realtà avrei dovuto addobbarlo come ai vecchi tempi, ma considerando come sono cambiate le cose, il fatto che io abbia ancora la moto devo ritenerlo un buon risultato.»

«Allora guarda, secondo me dobbiamo cambiare solo il manubrio, però devo vedere come sta il blocco dello sterzo, ti chiamo per un preventivo.»

«Okay.»

«Oh», interviene Giorgio. «Mi raccomando, è mio fratello.»

Gaetano sorride. «Ho capito, di più!»

«Ecco, bravo.»

Poi Gaetano mi guarda. «Ci vuoi montare un Push&Block?»

«E cos'è?»

«Questo...» Si avvicina a un motorino e mi indica un blocco sotto al cavalletto. «Anche se spaccano il bloccasterzo e collegano la centralina comunque non possono partire né la possono spostare, perché la moto non scende più dal cavalletto.»

«A meno che non se ne va su una ruota sola.»

«Allora è un campione e come tale massimo rispetto!»

Gaetano mi guarda come a dire che è impossibile. Ma io so che Pollo era capace di tirare su una moto in un metro!

Gaetano continua a spiegarmi: «Questa l'hanno inventata a Napoli. Per prendere una moto ora puoi solo segare il cavalletto, è praticamente impossibile».

«Quindi non ci riescono proprio?»

«A Napoli hanno trovato il sistema ma qui a Roma ancora non sono capaci. È un buon deterrente.»

«Quanto viene?»

«Centoventi euro.»

Renzi lo guarda.

«Volevo dire cento euro.»

«Vabbè, montatemelo.»

Così lascio lì la moto, salgo dietro Giorgio e poco dopo siamo di nuovo in ufficio.

«Siamo tornati.»

Alice ci viene subito incontro. «Allora, hanno anticipato le prove del numero zero alle 14.30. Stavo per chiamarvi.»

« Okay, grazie, perfetto. »

Stiamo andando nelle nostre stanze quando ci accorgiamo che la porta di Simone è chiusa. Tutti e due istintivamente ci portiamo un po' più avanti e vediamo che c'è ancora Paola Belfiore, non solo, Simone è seduto sul suo tavolo davanti a lei e stanno ridendo con un caffè in mano.

« Hanno preso anche delle brioches, me le ha fatte ordinare al bar qui sotto, ho pensato che potesse essere anche una vostra indicazione quindi l'ho fatto. Spero di non aver sbagliato. »

Giorgio è più pronto di me. « Non saranno certo due brioches a metterci in ginocchio. »

« Ne ha volute quattro. »

« Neanche quattro. Hai fatto bene. Ora lasciaci. »

Alice si allontana. Giorgio si avvicina al vetro tanto che Simone lo vede e naturalmente da che stava ridendo torna serio, scende dalla scrivania e parla in modo professionale a Paola Belfiore. Il loro colloquio a questo punto sembra essere finito, lei si alza dalla sedia, Simone la precede e apre la porta.

« Allora ci sentiamo presto. »

« Sì, certo, mi raccomando, mi sembra perfetto quello che mi hai detto... » E raggiunge la porta dell'ufficio ed esce. Simone ritorna nella sua stanza come se nulla fosse, ma non fa in tempo a chiudere la porta che Giorgio gli piomba addosso e inizia a urlare.

« Ma sei diventato scemo? Da autore creativo ad autore rincoglionito! Che hai fatto fino ad adesso con quella lì? »

« Ma niente, abbiamo parlato, l'ho conosciuta meglio... »

« Ma cosa devi conoscere meglio? Quella dopo cinque secondi ti ha già svelato il mistero della Belfiore: due tette così e basta! Ma secondo te se ce la mandano qui è perché lei tira giù qualche trattato di filosofia o tira su qualcos'altro a Calemi o ai piani sopra di lui? Ma io non ci posso credere... » Renzi comincia a girare per la stanza di Simone. « Ma dimmi cosa gli può dire la testa a questo qui. Ti inventi una trasmissione così carina e poi hai un'idea così pessima! »

« Quale? »

« Quella di provarci con Paola Belfiore! »

Simone lo guarda, poi incrocia le braccia. « Senti, a me Paola piace. »

Giorgio non crede alle sue orecchie, si precipita alla scrivania di Simone, con le mani poggiate sugli angoli, tutto proteso in avanti, tanto da urlargli a brutto muso. « E secondo te noi ti paghiamo perché così ti innamori? Perché fai il deficiente con lei? Perché magari te la fotti? Così tu sei felice, ma qualcun altro invece si arrabbia e siamo fottuti noi! Ma cazzo, ma allora sei proprio scemo. Siamo appena partiti con Futura e tu la vuoi già far chiudere? No, dimmi, ti prego, spiegami, fammi capire quale cazzo di disegno incredibile, quale assurdo progetto invece hai in mente, perché ti assicuro che ora proprio non ti seguo. »

In quel momento mi faccio avanti. « Giorgio, calmati. »

Renzi si gira. Non dice niente, fa un respiro profondo, cerca di recuperare ossigeno. Poi si dirige verso di me, mi faccio di lato mentre lui senza dire altro esce dalla stanza. Lo guardo mentre si allontana, poi mi giro verso Simone e cerco la sua attenzione.

« Allora, credo che Giorgio non si sia sentito rispettato... »

Simone è ancora con le braccia conserte. Volta la testa verso il muro. « Ma non è così. Ti pare che non lo rispetto? »

« Be', vedendo come ti sei comportato con Paola, lui crede di sì. »

Simone si gira di colpo verso di me sorpreso, come se in effetti non avesse capito quello che gli sto dicendo o gli sembrasse assurdo.

« Mi spiego meglio. Per lui tu già fai parte di Futura, lui ti vede nella nostra società, quindi per lui è come se tu avessi tradito la sua fiducia. Ma come, pensa, io gli do così tanto e lui per una stupida ragazza che mostra tette e culo mette a repentaglio tutto? In effetti non posso dargli torto. Se Calemi o chi c'è dietro questa Paola Belfiore sapessero che noi, invece di farla lavorare, ci andiamo a letto, tradiremmo la loro fiducia. Ma non capisci che una così ti usa apposta per accecarli di gelosia e avere un contratto annuale più alto con la Rete, o credi invece che le piacevi sul serio e che poteva nascere qualcosa? »

« Mi sembra una ragazza seria, vera, e poi mi sta simpatica. Ci troviamo su un sacco di cose. »

Rientra Giorgio di corsa, sembrava essere andato chissà dove, invece si vede che stava ascoltando. « Allora mi preoccupi veramente, cazzo », gli urla di nuovo avvicinandosi alla sua scrivania mentre io esco. « Allora non hai capito nulla, stracazzo! Come puoi pensare che quella sia una ragazza seria, vera, dove vi trovavate su un sacco di cose? Tu non hai nulla in comune con lei! Quella ti trita il cervello, te lo riduce come quei pisellini che mangiavi da piccolo, te lo spappola! » Gli si avvicina e con l'indice gli picchia due o tre volte sulla tempia. « Sempre che tu ce l'abbia, un cervello! »

Simone sposta la testa di lato infastidito.

« Quella veniva con te due, tre, quattro volte, forse anche dieci ma poi spariva. Allora avresti iniziato a trovare il suo telefonino spento, passavi a cercarla per locali, l'avresti vista sulla sua pagina Facebook in giro per il mondo, a New York, a Formentera, ad Abu Dhabi e in più lei comunque lo avrebbe raccontato a Calemi o a chissà chi sopra di lui, e ci avrebbe goduto nel dirglielo e avrebbero chiuso tutti i rapporti con noi. Vuoi una così? Te la pago io! Ma non metterci nei casini, cazzo. Pensavo fossi un genio e invece sei un fesso! »

E dopo quest'ultima battuta lo lascia definitivamente solo, esce in corridoio e mi supera. « Dai, andiamo, che ci aspettano al Teatro delle Vittorie per la puntata zero. »

« E lui? »

« Lo lasciamo qui a riflettere! Il genio si deve ritrovare, lasciamolo solo che gli fa bene! »

Alice ci guarda passare, ma poi distoglie lo sguardo, non dice niente.

Così appena siamo nell'ascensore, Giorgio aspetta solo che si chiudano le porte, rimane in silenzio un attimo e poi scoppia a ridere. « Cazzo, siamo stati perfetti! »

« Sì, sembravamo il poliziotto buono e quello cattivo! »

« È vero. »

« Di solito io facevo il cattivo, però... »

E in un attimo mi ricordo Pollo, la nostra amicizia, tutte le cazzate che facevamo e ho un groppo alla gola, ma non è questo il momento, non ora.

« Va bene, allora la prossima volta tocca a te fare il cattivo. »

« Speriamo che non ci sia una prossima volta. »

« Ci sarà, ci sarà. »

E ormai so che purtroppo ha ragione, ci azzecca su troppe cose.

57

Quando entriamo nel teatro c'è un silenzio assoluto. Un tipo basso, cicciotto, dai capelli molto lunghi e una pancia particolarmente pronunciata va in giro con un microfono, impartendo ordini nel silenzio assoluto dello studio.

« Cazzo, ma quante volte ve lo devo ripetere? Con quel Jimmy Jib mi dovete fare delle riprese lente, è un dolly, si alza, passa sulla testa del conduttore e infine inquadra il tabellone con tutti i punteggi. Non mi sembra così difficile... Forza, riproviamo. »

Riccardo, il conduttore, si riporta sulla stella al centro del teatro, con una cartellina in mano, dove però in realtà c'è solo una scaletta. « Buonasera, allora eccoci alla seconda manche che dovrà affrontare Antonio... »

In quel momento il braccio si alza, passa davanti al conduttore, lo supera, si alza di più, corre sullo studio, per finire sull'immagine del tabellone.

« No, no, stop! Ancora non ci siamo. Ma possibile che devi correre così? Che fretta hai? La gente a casa si spaventa cazzo! Non è che se fai così finiscono prima le prove e te ne puoi tornare a casa a trombare quella poveraccia che è costretta a stare con te... »

Mi giro verso Giorgio. « Ma questo regista è così bravo? »

« Roberto Manni è un genio. »

« Cioè mi vuoi dire che non ce ne sono altri possibili, anche un po' meno bravi, ma poco eh, che però non dicano tutte queste incredibili cazzate? Pensa come si deve sentire quello che fa fare il movimento a quel braccio. »

In quel momento Roberto, il regista, si accorge del nostro arrivo e ci presenta allo studio.

« Ragazzi, guardate chi è arrivato! Il nostro produttore Stefano Mancini e il suo fidatissimo Giorgio Renzi. » Così facendo indica con il microfono il direttore di una piccola band che sta sotto il tabellone, il maestro vedendo quel movimento fa partire uno stacco al volo. Tutti suonano con entusiasmo per qualche secondo poi il direttore muove la mano in aria e la trasforma in un pugno, è il segno di chiudere. Tutti smettono di suonare, solo una tromba fa un'ultima nota fuori dal coro, ma siccome è stato tutto improvvisato, il regista non sembra farci caso più di tanto.

«Che bello che siete venuti a farci visita, prego, prego, accomodatevi qui...»

E ci indica delle sedie in prima fila dalle quali, con gesto sbrigativo, fa alzare diverse persone, come se le volesse far sparire. Mi vergogno per lui, ma alla fine mi accomodo.

«Stiamo facendo delle prove, degli automatismi perché poi alcune cose ci saranno sempre nelle puntate. Essendo un gioco preserale con tanto di domande e risposte secondo me è bene che la gente si abitui a dei rituali.»

Sento il suo parlare siciliano, i suoi modi sicuri e spavaldi, ha i capelli lunghi, un orecchino di diamanti ed è vestito a metà, indossa una cravatta Hermès, ma sotto ha dei pantaloni che sono sfilacciati in fondo e gli calano, non vengono tenuti su dalla sua pancia. Non mi piace, è una specie di Maradona televisivo. In realtà non sopporto neanche il Maradona vero. Nessuno che abbia in dono un talento come il suo lo può sprecare in quel modo. Ha il dovere di essere un esempio, non un fallimento.

«Allora, vi voglio far vedere un po' di cose...» ci propone il regista.

«Certo, perché no?» Renzi è più avvezzo a tutto questo.

«Forza, ricominciamo dall'inizio.»

Ci si avvicina una ragazza. «Salve, io sono Linda, l'aiuto regista. Questa è la scaletta del programma se volete seguire i diversi blocchi.»

«Grazie.»

Ne passa una a me e una a Giorgio, poi si allontana. Subito dopo si siede vicino a noi un ragazzo giovane.

«Buongiorno, piacere, sono Vittorio Mariani, uno degli autori del programma. In realtà sarei il capoprogetto, ma ho rifiutato questo titolo, diventa troppo limitativo per gli altri.»

Mi accorgo della somiglianza. Così decido di dirglielo. «Ho lavorato con tuo padre, una persona molto simpatica. È lui che in qualche modo mi ha introdotto in quest'ambiente.»

«Sì, lo so. So anche tutto quello che è successo proprio qui, in questo teatro.»

«Mi ha aiutato anche in quello. Tu gli somigli.»

« Spero di assomigliargli anche professionalmente! »

« Ah, quello lo scopriremo. »

Vittorio mi guarda con gentilezza. « Comunque grazie per avermi preso. Papà è stato contento quando gliel'ho detto. »

« Come sta? »

« Meglio grazie. »

« Voglio andare a trovarlo. Ma ti devo dire la verità, abbiamo accettato quelli che ci venivano indicati dalla Rete come autori, Renzi ha visionato i curricula, quindi tu sei stato scelto da lui per le tue capacità, non per tuo padre. »

« Bene. Comunque questo programma mi piace molto e spero di farlo al meglio. »

« Sarà sicuramente così. »

Vittorio torna al lavoro. Le prove stanno continuando, il regista con il microfono vicino alla bocca chiama le camere, mentre Riccardo, il conduttore, continua a spiegare tranquillo, finge di rivolgersi a casa e parla sul serio a dei finti concorrenti che si trovano nelle postazioni apposta per le prove.

Il regista segue gli stacchi in un monitor. « Due, tre, uno, due... »

Poi chiama la undici, il passaggio alto del Jimmy Jib.

« Stop! No, non va bene. Non ci siamo... Cazzo, ma è così difficile? »

Evidentemente sì, mi viene da pensare, forse è il caso di trovare un passaggio più semplice, ma proprio in quel momento Riccardo sbotta.

« E no! Ora basta! Ma posso andare avanti senza che mi si interrompa ogni volta? Anch'io devo avere il senso di quello che succede. Sembra che stai facendo *Ben-Hur*! »

Il regista ride. « Ma che ci sarà di così complicato in quello che devi dire? Come puoi sbagliare? Non ti servirebbero nemmeno le prove! »

« E allora tu? Hai dodici camere, anche un cieco ci riuscirebbe. »

« Ma io lo dicevo nel senso che sei talmente bravo che non hai bisogno di provare! »

« Sì, certo, prendimi per il culo... Come se fossi così cretino da non capire. »

E con quest'ultima frase Riccardo butta le domande per terra e se ne va dal palco. Subito Leonardo, l'assistente di studio, si preoccupa di raccoglierle, qualcuno si agita, qualcun altro parte nella stessa direzione del conduttore e si mettere a correre cercando di raggiungerlo.

Roberto Manni sembra essere particolarmente avvezzo a tutto quello che sta accadendo. « Ah, mi mancava la scenata da prima donna! Però porta sempre bene al programma... Leonardo, continua tu. »

L'assistente come se nulla fosse chiude il suo microfono con la regia, si mette nella postazione del conduttore e si rivolge al figurante che fa il concorrente.

« Allora, qual è la tua risposta definitiva? »

« Ma l'avevo già detta al conduttore! »

« E invece ora la devi ripetere a me. Sei pagato per ripeterla fino a stasera alle 19, anche mille volte e sempre allo stesso prezzo. Poi se diventi famoso allora puoi fare qualche domanda tipo questa, se no continui a ripetere e basta. Quindi ripeti. »

« Va bene... » Il figurante si sente mortificato. « Napoleone soffriva di emicrania. »

« No, sbagliato, di gastrite. Avevi pure la possibilità di cambiare risposta e hai sbagliato lo stesso. »

« Ma che c'entra, lo so che era per finta... »

Giorgio mi si avvicina. « Forse è meglio se vai a trovare il conduttore in camerino... »

« Dici? »

« Be', sei il produttore. Sennò sembra che non te ne importi nulla. »

« Okay, vado. »

Mi alzo dalla poltrona e passo vicino al regista, che continua a dare le camere: « Due, otto, nove, allarga un po' di più... Ecco, così. Uno ».

Poi sparisco nel corridoio laterale, che ho visto prendere al conduttore. Incontro una ragazza che esce dalla redazione.

« Dov'è il camerino di Riccardo Valli? »

« È l'ultimo a destra. »

« Grazie. »

Arrivato davanti alla sua porta, busso.

« Chi è? »

« Sono Stefano Mancini. »

« Avanti. »

Riccardo è seduto sul divano davanti a un tavolo basso. Di

fronte a lui, sull'altro divano, ci sono due giovani autori, un ragazzo e una ragazza, che subito si alzano quando entro e si presentano.

«Piacere, io sono Corrado.»

«Paola.»

«Piacere, Stefano Mancini.»

Riccardo si rivolge a loro con un sorriso. «Lasciateci soli, continuiamo dopo.»

Così senza dire altro lasciano il camerino e chiudono la porta.

«Vuoi qualcosa, Stefano? Una bibita, un caffè, un po' d'acqua, qualcosa da mangiare...»

«No, grazie. Vorrei la tua serenità!»

«La mia? Con quel boro e cafone è impossibile. Mi fa rifare le scene duemila volte solo perché deve passare quel cavolo di braccio sopra di noi! Che poi a me quell'inquadratura non mi piace, mi si vede pure la piazza che ho qui al centro della testa.» E così dicendo si piega in avanti, mostrandomi i capelli diradati sopra la nuca. Poi torna seduto e sembra anche più tranquillo. «E poi la gente a casa vuole vedere primi piani, capire cosa accade, quelli che mi seguono hanno tutti più di sessant'anni, ti pare che pensano di stare in discoteca? Se sente il Ridley Scott de Ragusa! Deve far vedere ai suoi compaesani che è diventato bravo, ma allora avesse il coraggio di andare a fare un film! Esce di qui, rompe il contratto e ci prova! Non capisco la gente che non vuole accettare il suo ruolo. Fai il regista per la televisione? E allora fallo bene, fallo come va fatto, fallo normale! No che ti metti a trattare tutti male perché non fanno le cose assurde che chiedi!»

In effetti non ha tutti i torti.

«Okay, Riccardo, ma ti piace la trasmissione?»

«Moltissimo, mi piace come scorre, mi piace l'idea delle ragazze squizzette, mi piace il gioco finale. Ma soprattutto mi piacerebbe poterlo provare!»

«Eh già!»

«Ma dovevate scegliere per forza questo Roberto Manni? Questa è una trasmissione facile da fare, la poteva fare chiunque, lui, proprio per la sua bravura, è sprecato qui!»

Stanno giocando esattamente nello stesso modo tutti e due.

Poi Riccardo mi guarda con uno sguardo furbetto. «Ecco,

questa non è male: qui è sprecato. Se glielo dici tu secondo me ci casca.»

«Ne dubito, ha abbastanza pelo sullo stomaco da non cascare più su niente, secondo me.»

Alla fine Riccardo annuisce. «Sì, mi sa che hai ragione. Però sono molto contento di lavorare con Futura, mi aiuti su questa cosa? Vorrei fare al meglio e vorrei solo averne la possibilità, ma se non riesco a provare come faccio?»

«Okay, dammi un caffè per favore.»

«Certo.» Si alza e mette subito la cialda nella Nespresso, poi preme il pulsante facendola partire. Poco dopo me lo passa. «Tieni, ecco. Vuoi anche dello zucchero?»

«Sì, non so se lo prende o no, lo porto al Ridley Scott de Ragusa e così ci parlo un po'...»

Riccardo si mette a ridere. «Sì, sì, ecco, magari non dirgli come lo chiamo!»

«No, questo no!» Ed esco dal suo camerino. Percorro tutto il corridoio e rientro nello studio, mi avvicino al regista che sta continuando a staccare camere con il suo pseudoconduttore Leonardo, l'assistente di studio.

«Quattro, cinque, undici. Oh! Ecco, così va bene, così è perfetto il Jimmy! Bravo! Sono sicuro che stasera a casa te la tromberai ancora meglio del solito.»

«Roberto?»

«Sì?»

«Tieni, ti ho portato un caffè.»

«Oh, grazie, ma non dovevi.»

«Figurati, ti posso parlare un attimo?»

«Certo. Leonardo, diamo dieci minuti di pausa allo studio. Va bene?»

«Bene! Stop per lo studio. Ci vediamo tra dieci minuti, puntuali, mi raccomando le camere!»

Tutti quanti fanno un bel sospiro. I figuranti si alzano dai loro posti, lo studio, da quel silenzio che regnava, improvvisamente si anima e molta gente comincia a parlare ma l'assistente di studio Leonardo dà subito una precisa indicazione.

«Uscite fuori a chiacchierare, grazie.»

«Allora? Dimmi tutto. Ti piace come sta venendo?»

«Sì, mi sembra proprio di sì.»

Ci sediamo nella prima fila e Giorgio si alza. Con la coda dell'occhio vedo che va a prendere una bottiglietta d'acqua sul tavolo e si siede in platea, in fondo.

«Se c'è qualcosa che non ti piace anche nelle inquadrature dimmelo, eh? Io mica sono come quei registi convinti, che credono che non ci sia nessuna possibilità di miglioramento in quello che fanno.»

«No, certo, grazie.»

Se sapesse che viene chiamato il Ridley Scott de Ragusa non la penserebbe così.

«Allora, per quel che ho visto la trasmissione sta venendo proprio come me l'ero immaginata, ti chiederei solo di fare una prova generale di puntata fino in fondo, magari ti tieni vicino Linda e le dici i tuoi appunti, le cose da rifare, ma senza stoppare mai...»

«Ah, la mia assistente, ti ricordi pure il nome, bella gnocca, eh? È pure brava.»

«Sì, mi è sembrata molto professionale, ci ha dato le scalette...»

«Sì, sì, è anche brava, sul serio.»

«Ecco, ti chiederei solo questo, ne registriamo una per intero e possiamo vedere tutto dall'inizio alla fine, così capiamo anche con gli autori se è tutto a posto o se c'è qualcosa che non va. Sai, non c'è mai stato prima questo programma, è un paper format, non abbiamo nessun paragone precedente...»

«Hai ragione, no, sul serio, hai proprio ragione. Pensavo fosse una di quelle isterie di Riccardo...»

«No, no, lui non mi ha detto niente.»

«Ah, ecco, meglio... Pensavo fosse nevrotico perché voleva qui il suo autorino, che poi è anche il suo ragazzo, e invece quello è andato a farsi un talent a Milano e così è fracico di gelosia. Roba che si sente l'Oprah Winfrey de Torpignattara e vuole che si pensi solo a lui!»

«Eh già...»

Dentro di me penso che sono perfetti questi due, faranno un'ottima trasmissione, se reggono.

«Comunque sì, non ti preoccupare, ne facciamo una tutta di filato, così capite meglio come funziona.»

«Okay, perfetto.»

Mi sorride, poi dà l'ultimo sorso e alza il bicchierino. «Grazie del caffè!»

«Grazie a te.»

Vado verso Giorgio e gli faccio segno che è tutto a posto.

«Bene, perfetto.»

Proprio in quel momento vediamo rientrare in studio Riccardo, che prende la sua cartellina e si predispone verso la camera centrale. Ma un tipo grosso, nelle prime file, inizia a dare in escandescenza: «E no, cazzo, me l'avevate promesso, è da stamattina che mi dite 'dopo dopo', qui state andando avanti come se io non esistessi».

L'assistente di studio, Leonardo, si avvicina e gli parla pacatamente a bassa voce, cercando di calmarlo. Per un po' lui sembra capire le sue spiegazioni, ma poi sorride e risponde di nuovo: «Tu sei molto caro, ma non me ne frega niente, va bene? Io con questi settanta euro per la giornata mi ci pulisco il culo».

Il regista, che fino a quel momento si era tenuto in disparte, interviene col microfono.

«Hai finito? Non ci piace questo tuo show e vorremmo andare avanti.»

Riccardo, nella sua postazione davanti al leggio, è praticamente a bocca aperta, tra il basito, il rapito e l'affascinato.

Il tipo si rivolge al regista portandosi la mano destra a un orecchio. «Cosa hai detto? Non ho capito bene...»

«Che devi farla finita.»

«Sennò? No, spiegati, sennò che succede?» E si sporge in avanti incattivendosi.

E in un attimo, sentendo quelle parole, mi ricordo il Siciliano, Hook, il Mancino, Bunny e tutti gli altri... Come per un nonnulla montava la rabbia ed esplodeva la violenza. Così scendo subito giù mentre il regista ha poggiato il microfono sul monitor e gli sta andando incontro spedito e deciso. Ma io sono più veloce di lui e lo anticipo, mettendomi tra Leonardo e il tipo.

«Ciao... sono Stefano Mancini, il produttore di questa trasmissione.» E gli tendo la mano. Lui tentenna un po', ma mi vede tranquillo, sorridente, fermo. Così me la stringe non sapendo bene cos'altro fare.

«Piacere, Juri Serrano.»

Ha la mano grossa, è più alto di me, è più grosso di me. Ha i capelli scuri, gellati, gli occhi neri. Se lo devo fare, devo farlo adesso. Devo colpirlo con un pugno dritto per dritto alla gola, in modo che non respiri più bene, poi un calcio al ginocchio affinché cada giù per poi finirlo quando è a terra. Ma cosa sto pensando? Io sono il produttore di questo show! Non posso sporcare di sangue lo studio. Cosa direbbero di me? E Renzi? Cosa penserebbe di me con tutto il lavoro fatto finora? Così sorrido a questo Juri e gli chiedo in maniera gentile: « Usciamo fuori, per favore, così parliamo più tranquillamente? »

E lui cambia atteggiamento, non dice più nulla, prende la sua giacca poggiata sul sedile ed esce con me. Ci fermiamo nel vialetto, appena superata la guardiola della vigilanza.

« Allora, che succede? »

« Eh, che succede... Succede che mi hanno fatto venire da Milano, stamattina all'alba, per stare lì seduto a fare il cartonato. Il mio agente, Peppe Scura, mi aveva assicurato che avrei fatto qualcosa in questa trasmissione. »

« Ma come, cosa avresti dovuto fare scusa? »

« Che ne so, conduttore, al massimo co-conduttore, anche valletto, ma comunque stare in scena, essere protagonista, non seduto a battere le mani... »

Mi viene da ridere. Conduttore? Co-conduttore? Valletto? Cerco di rimanere serio, ma come può pensare una cosa del genere? È un bellissimo ragazzo, ma è veramente un coglione. E comunque Peppe Scura è stato in galera per truffa, aveva tutto un giro di bei ragazzi e ragazze che lo veneravano come fosse un califfo della TV, mentre lui a volte impegnava i ragazzi in giri omosessuali e le ragazze andavano a finire dove le prestazioni erano tutto meno che professionali.

« Guarda Juri, mi dispiace, ma nessuno ci ha avvertiti, non sapevamo niente di questo ruolo. »

« Ma oggi è venuto anche il capostruttura, mi ha salutato, mi ha detto che era molto contento che ci fossi anch'io in questo programma. E ieri siamo stati dal direttore, da quella bella signora elegante, Gianna Calvi, con Peppe Scura. Siamo andati insieme, lei mi ha fatto un sacco di complimenti, ha detto che era felice che facessi qualcosa in questo programma, che era un'ottima idea! E ora che faccio invece? Il cartonato? Quello seduto che segue le prove e ogni tanto batte le mani? Cazzo, mi viene da spaccare tutto! Quel regista poi... Si sente 'sto cazzo, tratta male le comparse e i figuranti che poveracci stanno lì tutta la giornata per settanta euro... Ma mica hanno venduto la loro dignità, no? Cazzo, gli farei mangiare quei denti gialli a cazzotti in bocca. »

In effetti i denti del Ridley Scott de Ragusa sono un po' gialli.

«Senti Juri, ti capisco però così non puoi andare avanti, in questo modo ti rovini la reputazione e basta.» E mentre lo dico penso: ma reputazione di che? Ma questo lo conoscono? Boh. Magari non lo conosco io e invece è famoso, magari ha fatto *Uomini e Donne* o qualche altro programma. «Senti, facciamo una cosa, rientriamo, cerco di risolvere io questa situazione. Però mi devi assicurare che ti controlli.» Alza il pollice e mi sorride. Ora non ho dubbi, è proprio un coglione. Però è anche pericoloso. «Anche se le cose non vanno, tu devi stare tranquillo. Se non ci riesco qui, ti troviamo qualcosa da qualche altra parte. Ma se fai a botte o gli fai mangiare i denti a quello lì, poi non ti posso più aiutare.»

Si mette a ridere. «Sì, sì, ho capito, tranqui... T'ha colpito 'sta cosa dei denti gialli eh?»

«Sì, ma tu non colpire lui.»

«Sì, sì, te l'ho detto, tranqui.»

Così rientriamo. Mi accorgo che Giorgio è in fondo al corridoio, era pronto a intervenire, ma vedendo che la situazione è sotto controllo ci precede in platea. Juri si va a sedere nelle file dietro. Io chiamo il regista Manni, Mariani insieme agli altri autori e invito anche Riccardo, perché poi è soprattutto lui che deve condividere quest'idea. Quando sono tutti nella stanza della redazione e siamo rimasti soli, chiudo la porta.

«Allora, scusatemi per l'interruzione, ma mi sembra una buona idea. Non lo dico per farvela accettare, ma perché lo penso sul serio. Se però non siete d'accordo o in qualche modo non vi piace, soprattutto a te Riccardo, non se ne fa niente, okay? Non ci sono problemi e non dobbiamo renderne conto a nessuno, il programma è solo nostro.»

Vedo che tutti annuiscono, sono sereni e curiosi di ascoltare.

Quando usciamo dalla sala, nello studio sono tutti ansiosi di sapere cos'è stato deciso. Il regista prende il microfono e ci batte sopra con le dita, per vedere se è aperto. Sentendo quel battito che ritorna dalle casse disperse un po' in tutto lo studio, dà l'annuncio.

«Allora, riprendiamo le prove. Juri se non ti dispiace, raggiungici qui vicino a Riccardo.»

Juri si alza e arriva raggiante. «No, no, certo, eccomi.» Con le sue gambe lunghe e i suoi nuovi stivali a punta, lucidi come uno specchio scuro, sale veloce i gradini che lo separano da Riccardo. Appena lo raggiunge, gli sorride. « Salve, è un grande onore lavorare con lei... » E si danno la mano.

Riccardo quasi arrossisce, ma riesce a controllarsi.

« Diamoci del tu, siamo colleghi. »

E questa frase rende ancora più felice Juri.

« Allora... » prosegue il regista. « Tu sarai il valletto di Riccardo, va bene? Lo segui in ogni passaggio, a volte interagisci con lui, poi man mano che andiamo avanti ti diciamo cosa devi fare. »

« Benissimo. »

Poi il regista copre il microfono e si rivolge a Leonardo. « Io non ero d'accordo, ma hanno deciso così... »

Leonardo annuisce, ma a lui non interessa più di tanto, basta che si vada avanti. Così mi avvicino a Roberto Manni, copro anch'io il microfono e gli dico: « Grazie di aver appoggiato la mia idea, può essere una buona novità e non può certo rovinare il programma. A buon rendere... »

Lui mi sorride. « Figurati... Comunque mi sto ricredendo. Forse hai ragione. »

Noto ancora di più i suoi denti gialli ma non dico altro e vado verso l'uscita, poi alzo la mano per salutare. « Arrivederci e grazie a tutti. Ci vediamo presto. »

Juri sorridendo alza ancora una volta il pollice.

Giorgio mi raggiunge. Una delle comparse seduta nella platea vicino a noi indica il valletto.

« Ma sì, quello è proprio Juri di *Uomini e Donne!* Certo che è bello una cifra! »

« Sì », le risponde un'altra comparsa vicino a lei.

« E mo' magari si mettono insieme lui e Riccardo! »

« Che spreco! Oh, i mejo so' tutti di là! »

E su queste ultime parole mi metto a ridere con Giorgio e usciamo dal teatro.

« Bravo. Allora sei proprio un produttore. Per un attimo ho pensato che appena eri fuori lo stendevi con una capocciata... »

« No, ma che dici, non l'ho neanche pensato. Ma per chi mi hai preso? »

58

Il pomeriggio è più tranquillo. Riceviamo ogni tanto degli aggiornamenti da parte di Vittorio Mariani, che malgrado rifiuti il ruolo di capoautore è il punto di riferimento di tutti. La puntata zero sta finalmente venendo bene. Che poi, mi dice Giorgio, è assurdo chiamarla puntata zero perché è una vera e propria prima puntata. Ne abbiamo chiuse centoquaranta ed è stato il nostro primo importante contratto. Stiamo nascendo, o meglio siamo nati. La cosa più difficile sarebbe stata quella di essere riconosciuti come veri e propri fornitori della Rete e invece questo per Giorgio è stato un gioco da ragazzi. Su alcune cose è veramente imprevedibile. Mi ha spiazzato anche sul guadagno, per ogni puntata, tolte tutte le spese, prendiamo solo cinquecento euro.

«Stefano, abbiamo avuto questo primo contratto grazie a dei rapporti che avevo. Se ci facciamo vedere subito avidi, non è buono per noi. Fidati. Ci saranno altri programmi, supereremo tutti sulla distanza e alla fine guadagneremo più degli altri, ma devi avere fiducia in me...»

È rimasto così a fissarmi in silenzio per vedere come avrei risposto.

«Okay, facciamo come dici tu.»

«Sono contento.»

Il giorno successivo Giorgio ha chiesto un permesso e non si è fatto vedere in ufficio. Non so dove sia stato, ma dopo quella mia risposta il nostro rapporto è maturato. Gli ho dato piena fiducia correndo un grande rischio. Dei quarantaduemila euro che la Rete ci dà a puntata, quarantuno e cinquecento vengono totalmente reinvestiti nel prodotto. Quindi ci stiamo mettendo in tasca appena cinquecento euro a puntata. Il nostro guadagno finale per questo programma sarà di settantamila euro. I nostri costi annuali invece sono di novantamila. Un solo programma l'anno non ci basterebbe, saremmo costretti a chiudere. Giorgio dice che ne faremo molti altri e io ho deciso di credergli.

Ora è nella stanza di Simone. Ha la porta aperta. Stanno parlando, il tono è pacato, tranquillo. Entro nel mio ufficio e mi accorgo che per uno strano gioco di echi sento quello che si stanno dicendo. Riconosco perfettamente la voce di Giorgio.

« Devi capire che noi abbiamo investito su di te. »

« Cazzo, tu mi hai investito! Sei stato peggio di un trattore, mi hai urlato in faccia in quel modo... »

« È per il tuo bene. Non mi va che tu ti faccia prendere in giro. »

« Mi credi così stupido? So perfettamente gestire Paola... »

« Tu non puoi immaginare cosa è capace di fare una ragazza come quella. »

Simone ride. « Bene, sono contento. Sai, mio padre non c'è mai stato, se n'è andato quando io avevo due anni, almeno questo è quello che mi ha raccontato mia madre. Avevo proprio bisogno di una figura paterna. Posso chiamarti papà? »

« Mi dispiace per tuo padre, sul serio, ma un giorno ti ricorderai questa giornata e capirai che ti sono stato utile. »

« C'era bisogno di urlare in quel modo? »

« Ti rimarrà impresso. A volte purtroppo serve anche questo. »

« Avrei capito tutto ugualmente anche se tu fossi stato gentile, papà... »

Giorgio si mette a ridere. « Non mi devi apprezzare oggi. È importante che tu non te ne dimentichi. »

« Okay, ma ora se non ti dispiace vorrei guardare i nuovi programmi e vedere se è arrivato qualcosa di buono, visto che mi pagate per questo. »

« Anche per non fare cazzate. Trovati una ragazza fuori dal giro, dammi retta. Non portarti il lavoro a casa... »

« Sì, ma... »

« Non mi fare urlare di nuovo. Lo faccio per te. E per noi. Per Futura e per quello che faremo insieme. Se chiami Paola Belfiore ci metti nei casini, dammi retta. Ti vedo come un ragazzo pieno di idee, con un futuro davanti, non buttarlo via. Io ti ho avvertito. Poi fai come vuoi. »

Giorgio non aspetta risposta ed esce dalla stanza, mi vede e scuotendo la testa mi raggiunge.

« Cazzo, sarà un genio, un creativo, l'autore del futuro, ma su certe cose è proprio rincoglionito... »

« Dai, non fare così, mi è piaciuto il tuo discorso e poi hai visto, adesso lo sei anche tu... »

Giorgio mi guarda stupito. « Che cosa? »

« Papà! »

« Ma piantala va', se era mio figlio, lo prendevo a calci in culo. » E se ne va nel suo ufficio.

Passiamo il resto del pomeriggio a lavorare tranquillamente, quando sento il telefono sulla scrivania vibrare. Mi è arrivato un messaggio. Lo apro. È Gin.

Amore, ti ricordi della cena di stasera?

Certo, te lo stavo per ricordare io.

Vedi, siamo simbiotici.

Dove andiamo?

Boh, non so, ad Ele piace un sacco il Molo 10, questo posto nuovo che hanno aperto a Ponte Milvio.

Quando leggo questo messaggio, non riesco a crederci. Compongo subito il numero e la chiamo.

« Ciao, che bella sorpresa, ma allora stavo chattando con la tua segretaria? »

« No, ma sarebbe stato un casino scriverti. Scusa ma che c'entra Ele? Non ti ricordi che stasera dobbiamo uscire con Marcantonio? »

« No, si vede che non te lo ricordavi tu! Avevamo già preso un impegno con Ele che ci voleva far conoscere il suo ragazzo... »

E dopo questa cosa che mi dice in effetti me lo ricordo perfettamente.

« Hai ragione. Scusa, che caos... e ora come facciamo? Oltretutto anche Marcantonio verrebbe con la sua nuova ragazza. »

Gin scoppia a ridere. « Noi ci sposiamo e i nostri testimoni si lasciano! »

« Sarebbe il massimo... »

« Ma dai, ma ormai non stanno insieme da più di un anno, si sono lasciati anche in modo civile mi sembra. »

« Mah, non so, non ne sono sicuro... »

« Me lo ha detto Ele! »

« Ne dice tante la tua amica! »

« Ah sì? Allora è meglio che si incontrino a cena stasera piuttosto che si rivedano direttamente al nostro matrimonio. »

« Già, sennò litigano in chiesa, si prendono a parolacce e don Andrea non ci dà più la benedizione. Che facciamo? »

« Telefoniamo, sentiamo cosa dicono e poi ci risentiamo. »

« Okay. »

Così chiudo e compongo il numero di Marcantonio. Mi risponde al volo senza neanche salutare.

« Non ti sposi più. »

« No, no... »

« Ti sposi con un'altra. »

« No. »

« Non sono più il tuo testimone. »

« Forse. »

« Come forse? »

« Se superi la prova stasera, lo sarai ancora. »

« Stasera? Ma non avevamo una semplice cena? »

« Complicata. C'è pure Ele con il suo nuovo ragazzo. »

« Cazzo, prova assurda. Ma chi l'ha pensata? »

« C'è venuta così. »

« A te e Gin? Forte. Io naturalmente dovrei venire con Martina, la mia nuova ragazza... »

« E certo, sennò che prova sarebbe? »

« Giusto. Ed Ele che fa? »

« Lei non ha problemi, ha detto. »

Marcantonio ci pensa un po', poi risponde.

« Okay, ci sto, anzi, mi diverte! »

Così chiudo il telefono e mando un messaggio a Gin.

Fatto.

Anch'io. Sentiamoci.

Gin risponde al primo squillo.

« Allora? »

« Ele l'ha presa come una sfida. Ha detto: 'Figurati se ho problemi con quello lì! Anzi, sono proprio curiosa di vedere che faccia ha la sua nuova donna. Faceva tanto il difficile. Vediamo chi è questa così meglio di me'. »

Mi metto a ridere. « Abbiamo giocato nello stesso modo! Anch'io ho detto a Marcantonio che Eleonora aveva accettato senza problemi. E anche lui l'ha presa subito come una sfida. Voglio proprio vedere stasera come va tra loro. Dove andiamo? »

« Boh, un posto tranquillo dove non ci conoscono. »

« Paura, eh? La tua amica potrebbe sfondare tutto. »

« Macché! Casomai è il tuo amico che potrebbe perdere la testa. »

« Vabbè, in un modo o nell'altro meglio andare dove non ci conoscono! »

« Okay, ci pensiamo, poi decidiamo e lo comunichiamo. Quel che sarà sarà. Tra quanto pensi di tornare a casa? »

« Ho finito. »

« Okay, allora a tra poco amore. »

Chiudo il telefono e sorrido. Come mi trovo bene con lei. Non c'è niente di più bello di quando trovi una donna con la quale, oltre a tutto il resto, ti diverti.

Può darsi ch'io non sappia cosa dico, scegliendo te una donna per amico. Mi vengono in mente di colpo queste parole e poi una stretta allo stomaco. È vero. Questa canzone la cantavo sempre con Babi e sottolineavamo proprio questa cosa.

59

Cerchiamo in tutti i modi di arrivare prima delle altre due coppie.

« Dai, muoviti Gin, possibile che ti devo aspettare sempre? Un conto sarà in chiesa, ma tutte le sere non va bene! Sai che se penso a quanto ti ho aspettato ogni volta che dovevamo uscire... è come se fossi stato una settimana in macchina davanti al tuo cancello a non fare niente! Ma ti rendi conto? »

« E tu non ci pensare! Non sprecare così il tuo tempo. »

Poi all'improvviso esce dalla stanza. Ha un vestito color coloniale, corto sopra il ginocchio, leggermente aperto di lato, una camicetta bianca chiusa fino al collo, con i bottoni un po' grandi. Ha un profumo delicatissimo e mi sembra bellissima. Si mette a ridere.

« Che c'è? Non hai mai visto una donna? »

« Non così bella... »

« Quante cavolate che dici! Però sei diventato più elegante, ci sai fare con le parole... forse più che con i pugni. Sei più affascinante così. »

« Anche tu non sei male. »

« Se ti comporti bene e riesci a non farli litigare, per dopo mi è venuta in mente qualche fantasia... »

« Tipo? »

« Ti sorprenderò. » E così dicendo mi lancia le chiavi. « Guida tu... Non ho le mutandine. »

Rimango per un attimo sorpreso. Gin mi guarda e scoppia a ridere.

« Non è vero! Come sei borghese però, ti sei quasi scandalizzato. »

« No, ero sorpreso che avessi indovinato il mio desiderio! »

« Sì, vabbè, sei un bugiardo, sii gentile perché oggi ho avuto una giornataccia e non correre che adesso siamo in tre. »

E per un attimo queste sue parole sembrano travolgermi, ma poi, lentamente, tutto rientra nella normalità. Accendo il quadro, giro la chiave e faccio partire la sua Cinquecento, la guido dolcemente senza dare troppo gas. Siamo in tre. È vero, non siamo più da soli. Allora mi giro verso Gin e le tocco la gamba, salgo un po' più su, lei mi ferma la mano.

«Che c'è? Vuoi verificare se ce le ho o no? Non ti fidi?»

«No, volevo toccare la pancia.»

Allora mi sorride e mi lascia fare, stacco la mano dalla gamba e la poggio dolcemente sulla sua pancia, mentre continuo a guidare.

«Ogni tanto si muove?»

«Sì, boh, forse... Cioè, non lo so, ogni tanto mi sembra di sentire qualcosa.»

«È bella, è rotonda, è piccola.»

«Speriamo che non diventi troppo grande, non voglio prendere troppi chili, che poi non mi desideri più.»

«Se ingrassi, mi piaci ancora di più.»

«Quanto sei falso!»

«Ma perché non devi credermi mai? Perché dovrei dirti delle bugie? Sul serio, mi piaci di più... più in carne.»

«Senti, io te l'ho già data no? Anzi, abbiamo proprio la testimonianza del fatto che sia accaduto. Allora perché devi dirmi tutte queste cose false? Sembra che mi prendi in giro, è come se mi corteggiassi per venire a letto con me. Stai sereno... Io ci vengo con te.»

«Dimmi le fantasie...»

«No, forse dopocena.»

«Va bene.»

Poi scendo un po' più giù dalla pancia.

«Ehi! Ma non hai sul serio le mutandine!»

«Questa è una di quelle.»

«Stasera allora starò a dieta e non dirò una parola.»

«E perché? Per protesta?»

«No, per finire prima la cena e tornare subito a casa.»

«Cretino! Ci sono cascata. Chissà se avremo sempre questo spirito, se avrai voglia di toccarmi come adesso, di scoparmi...»

«Gin? Ma chi hai conosciuto oggi?»

«Perché?»

«Ma non hai mai fatto discorsi del genere.»

«Ho letto un articolo mentre facevo la prova dei capelli.»

«Certi giornali andrebbero vietati.»

« Non è vero, allargano la mente e insegnano un sacco di cose. »

« Tu mi sembri già sufficientemente preparata. »

« Guarda che tutto quello di cui hai usufruito erano letture di *Cosmopolitan*... »

« Sul serio? Pensavo *Topolino!* »

« Cretino! »

Mi dà un pugno nello stomaco, non faccio in tempo a tirare gli addominali, così accuso il colpo.

« Ahia. Ehi, meni duro. »

« Tanto tu non rischi nulla, non sei incinto. »

« Anche questa è un'ingiustizia, passate nove mesi con una creatura dentro di voi, è chiaro che entrate in sintonia, per questo i figli amano di più le mamme. »

« Se sono maschi, sennò faranno da subito le smorfiose con voi per ottenere tutto, come facevo io con papà. »

« E come andava? »

« Ottenevo più da mamma. »

« Vedi... Non sempre funziona nello stesso modo. »

« Comunque ti ci vorrei proprio vedere incinto, con una pancia enorme, che devi stare con le mani poggiate sui fianchi e portare il peso indietro, e non solo, per i primi due mesi vomiti! »

« Esagerata, mica sempre è così. »

« Quasi sempre. »

« Be', guarda, vorrei provarlo solo per avere le voglie e ordinare tutto quello che mi va. »

« Per così poco? Sono solo questi i nostri bonus? Ma voi vi rendete conto quanto siete avvantaggiati? Già solo l'idea che con quel pistolino lì potete fare la pipì in piedi ovunque... E poi non vi dovete truccare e struccare... »

« Ma ci facciamo la barba. »

« Solo sulla faccia, appunto! Noi siamo una ceretta quasi totale. In più vi vestite veramente con poco, non vi dovete mettere orecchini, bracciali, collane con il rischio che ci rapinino sempre. »

« Per quello ci sono io. »

« Avete un gran culo a nascere uomini credimi, senza considerare che con i figli voi vi godete i momenti più belli: se sono femmine si innamorano subito di voi e avete un'altra innamorata in casa... Se sono maschi c'è il momento della lotta, il pallone, la bici, la pesca, le donne... »

« Le donne? »

« Sì, con un figlio non si sa perché ma un uomo rimorchia di più, mentre per una donna un figlio può diventare un handicap! E come se non bastasse tornerete ragazzini, sì, lo farete piangere perché volete vincere voi alla PlayStation! »

« Be', meno male che siamo arrivati... Un altro po' e quello che c'hai in pancia lo davi in adozione. »

« Cretino, sono felicissima, mi chiedo solo se tutto l'amore che sto provando per questo mio primo figlio sarò capace di darlo anche al secondo. Mi sento già in colpa perché so che lo amerò di meno. »

« Scusa Gin, ma deve ancora arrivare il primo e già pensi al secondo? Non potremmo fare tutto con un po' più di calma? Ci manca solo che immagini anche i figli dei nostri figli, così mi sento già nonno... Prendiamola alla leggera, sennò mi prende l'ansia. »

« Hai ragione, te l'ho detto, oggi ho avuto una giornataccia! »

Posteggio la macchina proprio davanti al locale. Alla fine abbiamo optato per Giggetto a via Alessandria, la pizza è buona, e soprattutto si può mangiare anche fuori, così se i due ex dovessero iniziare a fare troppo casino di sicuro si noterebbero di meno.

« Ciao Ele! »

È già arrivata, è seduta al tavolo per sei che avevo dato come indicazione, nell'ultimo angolo esterno.

« Ciao! Come state? Tutto bene? Come procedono i preparativi del matrimonio? Avete visto che caldo che fa stasera? »

È evidentemente un po' tesa e fa domande a raffica per cercare di nascondere questa sua pericolosa adrenalina. « Lui è Silvio. »

Mi saluta un ragazzo dai capelli castani chiari, gli occhi verdi, spettinato, con la camicia aperta e una collana di pelle con attaccata una piccola croce in legno.

« Ciao... »

Ha la zeppola e somiglia molto all'altro Silvio, Muccino, quello sempre in litigio con il fratello e che continua ad andare nelle trasmissioni TV a parlare di questa storia quando ormai non gliene importa più niente a nessuno.

Si alza e saluta prima Gin, poi me. Ci sediamo. Arriva un cameriere con l'iPad.

«Sapete come ordinare con questo?»

«Ci proviamo.»

Così ci passa l'iPad, io lo prendo e lo poggio sul tavolo. Tanto dobbiamo comunque aspettare Marcantonio.

«Capirai. È sempre in ritardo.» Ele ci mette subito il carico. «Allora, come va? Come vanno i preparativi?»

«Tutto okay, stiamo procedendo molto bene... Spero che continui tutto così.»

Silvio sorride. «Già, ho saputo che vi sposate. Be', complimenti, comunque ci vuole coraggio...»

Io e Gin ci guardiamo, ci viene da ridere. Certo che Ele se l'è scelto bello tordo, questo è l'unico commento che non avrei mai fatto.

«Sì, siamo dei temerari. Ma non è nulla rispetto al coraggio che tu hai avuto nel conoscere la pericolosissima Ele...»

Silvio la guarda, le sorride, poggia una mano sulla sua e l'accarezza.

«Eravamo a una cena e abbiamo chiacchierato un po', poi ci siamo rivisti a casa di un amico a vedere l'Italia, poi un'altra sera a un ristorante ed è stato lì che ci siamo scambiati il numero.»

Non ci credo, ce lo sta raccontando sul serio, non ha capito la battuta.

«E certo, da lì è stato tutto più facile, immagino.»

«Esatto!» E la guarda con incredibile felicità. Niente, non credo che abbia chances.

«Eccoci! Scusate il ritardo...» Arriva Marcantonio con una bellissima ragazza, alta, magra, con i capelli lunghi, neri, degli occhi grandi, una bocca carnosa e sorride mentre mastica una gomma. Ci dice solo «ciao».

«Lei è Martina.»

Tutti la salutiamo presentandoci. Ele naturalmente guarda anche com'è vestita.

«Allora, che ci mangiamo di buono? Quando mi avete detto che si veniva da Giggetto ero troppo contento! È una vita che non ci vengo, quando sono arrivato a Roma abitavo proprio in questa strada.»

Ele lo guarda curiosa. «Ora stai ancora a Monti?»

«No, no, mi sono spostato, sto in Prati. Una traversa di via Cola di Rienzo, è più comodo per Martina.»

«Perché?»

Marcantonio mi guarda sapendo che potrebbe accadere l'irreparabile.

« Va a scuola lì, al Virgilio, così scende da casa ed è fatta... »

« Ah, certo, e come ti trovi a studiare con lei? Anche quello deve essere un bel ricordo per te, sono passati vent'anni... »

« Più o meno... Un ripasso fa sempre bene. »

Ele scuote la testa sinceramente infastidita da questa differenza di età.

Prendo l'iPad in mano e cerco di distrarli. « C'è un sacco di roba da mangiare qui... » Fingo di essere sorpreso, di ricondurre tutto alla normalità. « Be', che facciamo? Ordiniamo? »

Ele prende il menu cartaceo. « Sì, meglio va'... »

Scorro e inizio a leggere. « Allora, fritti per chi? »

« Io sono vegana! » Martina sorride come a dire: mica potevate aspettarvi qualcosa di diverso da me, no?

Ele invece esagera appositamente: « Io invece sono molto frittista, quindi per me un carciofo alla giudia, due bocconcini di mozzarella e una burrata fritta ».

Silvio si aggrega. « Per me due supplì e un baccalà. »

« Anche per me. » Almeno su questo possiamo andare d'accordo.

Gin invece, malgrado il suo segreto, pensa di essere ancora nei limiti. « Per me due fiori di zucca. »

E andiamo avanti così, ordinando su quell'iPad un po' di tutto, margherita con bufala e tanto pomodoro, un calzone, pizza bianca mozzarella e funghi, e se non fosse per l'enorme insalata mista della vegana, saremmo un tavolo classico.

Marcantonio è entusiasta. « Qui la pizza è veramente eccezionale, sottile e croccante, proprio come piace a me. »

Ele lo guarda sorpresa. « Ma come mai noi non ci siamo mai venuti? Andavamo sempre a mangiare alla Montecarlo oppure da Baffetto... »

« Non lo so, a volte dipende un po' dai periodi, ci si fissa con un posto e si va sempre lì, non c'è una vera ragione. »

« Sì, è vero... »

« Comunque ci siamo venuti adesso. »

E si sorridono. Sembra che abbiano deposto le armi. Poi si guardano un'altra volta ed è uno sguardo diverso, complice, malizioso, che racconta una storia, un passato. Chissà quel sorriso quali momenti ha rievocato in ognuno di loro. Poi Ele abbassa lo sguardo, Marcantonio mi guarda, mi sorride e alza le spalle. Sembrano quasi felici di essersi ritrovati. Da che eravamo preoccupati per come potessero andare le cose tra loro, ora ne siamo preoccupati al contrario.

« Be', io mi fumo una sigaretta. » La vegana sembra essersi già scocciata. « Mi sposto, che qua dietro c'è una famiglia con carrozzina e bimbo piccolo, anche se stiamo all'aperto non vorrei che mi rompessero perché fumo. »

Anche Silvio si alza. « Dai, ti accompagno, è venuta voglia anche a me. »

Così rimaniamo noi quattro al tavolo, proprio come allora durante la nostra prima trasmissione televisiva, quando avevo appena conosciuto Gin e subito dopo Ele e Marcantonio.

« Ehi, se rimaniamo troppo in silenzio mi preoccupo... »

Gin cerca di rompere il ghiaccio.

« E non chiedetemi dettagli del matrimonio perché sono stressatissima. Che poi è tutta suggestione, una crede che per lei sarà una passeggiata e invece piano piano inizia a preoccuparsi, ti prende l'ansia, cominci a pensare che le cose potrebbero non andare esattamente come vorresti. E passi dal ricevimento che immagini come un disastro allo sposo che il giorno prima scappa con una sua ex o con la spogliarellista di un tristissimo bachelor party... »

Mi metto a ridere. « Mi dispiace... »

« Per cosa? »

« So già che il mio bachelor sarà allegrissimo. »

« Ah, bene, bravo! E mi farai lo scherzo di fuggire con qualcuna? »

« Per adesso no... Lo deciderò all'ultimo, se arrivi in chiesa e non c'è nessuno vuol dire che è andata come dicevi. »

« Cioè?! No, aspetta, aspetta... Spiegami un po' bene questa cosa. Mi stai facendo stressare in questo modo per la nostra festa, perché questo dovrebbe essere, una festa, dove tu, che sei il festeggiato principale insieme a me, potresti non venire? Ma sei pazzo? Ma dimmelo prima, no? Mi eviti tutta quest'inutile fatica per niente. »

« Okay, mi hai convinto, vengo. »

« Bene, sono contenta! Non cambiare idea eh? Che poi ogni tanto ai matrimoni dove sono stata non capisco quelle spose che camminano verso l'altare piangendo. Alcune addirittura a dirotto, sembra che vadano al patibolo! Secondo me il matrimonio dev'essere una cosa bella, divertente, che dà felicità... »

La guardo parlare e mi sembra così carina, ha gli occhi luminosi, sono umidi per l'emozione e un sorriso così grande. L'entusiasmo che ha è sorprendente, è contagioso.

Ci guarda, poi ci pensa su un attimo e alla fine le viene un dubbio. « Oh, poi dico dico e magari sarò la prima a piangere a dirotto, eh... »

Ci mettiamo tutti a ridere.

« Asciugherò le tue lacrime... »

Gin si gira e mi guarda improvvisamente con grande intensità.

« Purché siano lacrime di gioia... Allora asciugale con i tuoi baci. »

Marcantonio si gira verso Ele. « Cazzo, ma tu non mi hai mai detto una cosa del genere. »

« Non mi hai dato il tempo! »

« Se mi dicevi una cosa del genere ti sposavo. »

Ele si gira verso Gin. « Ma perché, tu gli hai detto una cosa del genere per convincerlo a sposarti? »

« No, l'ho minacciato. »

« E ha avuto paura? »

« Moltissima. »

Ele si presta al gioco e scuote la testa. « Infatti... Lo sapevo io che questo Step è tutto un bluff! Secondo me non ha mai fatto neanche a botte, è tutta una leggenda... »

Mi metto a ridere. « Verissimo, me le hanno sempre date. »

« Oh, finalmente, questa sera escono le verità. » Ele mi dà una spinta, poi si gira verso Marcantonio. « Ma invece spiegami un po' una cosa... Io e te come mai ci siamo lasciati? »

Marcantonio la guarda sorpreso, poi annuisce. « Ma lo sai che non lo so? Abbiamo iniziato a non vederci per un po', poi a non sentirci... »

« Abbiamo avuto paura allora... A volte non si ha il coraggio di vivere la vita più bella. »

E rimaniamo così, come sospesi, con quest'ultima frase di Ele alla quale Marcantonio non sa cosa rispondere. Proprio in quel momento da lontano compaiono Martina e Silvio che stanno tornando al tavolo. Ele se ne accorge. « Be', lo scopriremo solo vivendo... Ora basta però che sta tornando la tua badante. »

Gin fa un fischio. « Ehi, però, touché! »

Marcantonio subito ribatte: « Perché, il tuo non è un toy boy? »

« No, insegna all'università. »

« Ma dai, lo facevo in classe con la mia badante. »

E quando i due arrivano al tavolo naturalmente tutti cambiamo atteggiamento.

Martina si siede incuriosita. « Di cosa parlavate? Vedevo che stavate ridendo... »

Gin sa cosa dire. « Del mio matrimonio. »

« E di quello che sarà anche il mio », interviene Ele.

Martina la guarda sorpresa. « Pure tu ti sposi? »

« Se trovo un uomo coraggioso... » Ed evita di guardare Marcantonio.

Martina invece continua decisa: « Ma non avete paura del matrimonio? Tutti dicono che è la tomba dell'amore! Magari poi le cose non funzionano perché ci si sente costretti, secondo me alla fine il matrimonio uno lo vive male perché c'è un contratto ».

Silvio le dà ragione: « Brava. Pure secondo me ».

Marcantonio sorride e guarda Ele. « Vedi, si trovano. C'è feeling... »

Ele alza le spalle. « Ogni tanto la carne, la pasta, la pizza, la roba cucinata è buona, sennò che vita è? Come i fritti che stanno arrivando... Possono far male sì, ma sono di un buono... Proprio come il matrimonio. È quel passo coraggioso che dà un altro sapore al tutto. E non può fare altro che bene. » Poi, come se volesse sottolineare questa sua ultima considerazione, prende dal piatto uno dei fritti appena arrivati e gli dà un gran morso. « Ahia, brucia! »

Marcantonio scoppia a ridere mentre se ne mette alcuni nel piatto. « Vedi? Questo non lo avevi considerato. Ora non ti gusti un bel niente, hai tolto la sensibilità per non so quanto alle tue papille gustative. »

Martina sorride tutta felice. « Ma dai, le papille gustative! Pazzesco, le stiamo studiando proprio in questi giorni a scuola! »

Questa volta Marcantonio ed Ele si guardano e ridono insieme.

« Ecco, appunto... »

Martina li guarda. «Che c'è? Che ho detto? È vero eh? Mica sto mentendo, le stiamo studiando sul serio.»

E i due ridono ancora di più, non riescono a smettere. E ci coinvolgono, cominciamo a ridere anche noi, l'uscita di Martina ha avuto veramente un tempo troppo comico. È quella risatella che non si sa perché ma ci prendeva sempre quando stavamo a scuola, poi per lungo tempo magari non accade più e per assurdo può capitare in momenti drammatici, in un momento di dolore magari, dove però c'è ancora qualche speranza. Ecco, magari sei davanti a una persona che sta male o hai ricordato insieme a qualcuno un momento triste del passato, poi accade qualcosa di assurdo e tutti si comincia a ridere e non si smette più, ma lì in mezzo a quelle risate, anche se ben nascoste, in realtà ci sono anche alcune lacrime, proprio come nella vita. Marcantonio finalmente ritrova un po' d'aria, anche Gin ed io ci riprendiamo.

«Oh mamma mia, mi stavo sentendo male.»

«Anch'io.»

Ele torna a respirare normalmente. «Troppo belle queste risate però, era da un sacco che non ridevo così... Non c'è niente da fare, dobbiamo ritrovare il coraggio.»

«Sì, sì, sono d'accordo», dice Marcantonio.

Silvio e Martina li guardano, ma non capiscono questo strano codice segreto. Poi arriva l'insalata, Martina la condisce e inizia a mangiarla senza dire una parola. Silvio si mette i supplì e il baccalà fritto nel piatto. Io invece passo prima il piatto dei fritti a Gin, poi prendo il mio baccalà e i miei supplì. Cominciamo a mangiare in silenzio, sorseggiando dell'ottima birra. Noto che Ele e Marcantonio ogni tanto si guardano e chiacchierano con i nuovi partner ridendo tra loro, scherzando, mentre Martina e Silvio non sanno che in quella battuta di prima sul coraggio c'era la loro voglia di fare ancora sesso, di ritrovarsi, forse addirittura di ricominciare. Ma la cosa che mi sorprende di più è come mai, se adesso c'è ancora tutto questo desiderio, si sono persi? Come fanno ad accettare che sia passato qualcuno per i loro letti, in mezzo alle loro gambe, che le loro labbra si siano baciate altrove? Ecco, questo, nel momento che desidero una donna, mi sembrerebbe inaccettabile. Se sapessi che un giorno dovrei sopportare tutto ciò, non vorrei saperne più niente.

«Cucinano sempre benissimo qui...»

« Vero. »

« Abbiamo fatto proprio bene a venirci. »

« Sì. »

Dico solo « sì » e fingo di aver seguito anche chissà cos'altro. Invece mi perdo sui loro sguardi, su come, dopo ogni cosa detta, comunque si cerchino. Mi sembra molto più forte l'attrazione che provano tra di loro che non quella nei confronti dei rispettivi nuovi compagni. Gin chiacchiera con tutti e sembra non accorgersi dei miei pensieri. Io fingo sempre di ascoltare e quando ridono, rido anch'io, poi bevo della birra, annuisco, ma quando guardo Ele la trovo sempre a fissare la bocca di Marcantonio, la guarda affascinata, segue le sue labbra. Non so se sta effettivamente ascoltando quello che lui dice, ma gli sorride e sembra essere d'accordo con lui, qualunque cosa stia dicendo. E questa sera come sarà il loro ritorno a casa? Penseranno di nuovo al loro vecchio amore, ognuno al suo ex, al fatto che si sono ritrovati, a come sono andate le cose? Ma non sarebbe stato più bello allora continuare a stare insieme? Ad avere la vostra intimità, a non disperdere niente con nessuno. Essere voi, voi e solo voi, ancora voi. Non so, so solo che si continuano a guardare, e ridono e si prendono in giro e si desiderano come se gli altri due non esistessero, non gliene frega assolutamente niente. O sono pazzo o è quello che mi sembra di vedere con assoluta chiarezza. Improvvisamente mi viene in mente la storia di un amico di Gin, Raffaello Vieri. Stava con una bellissima ragazza, Caterina Soavi. Questa ragazza parte per fare la hostess a Miami in un grande festival e lui, che doveva studiare, rimane per un periodo più lungo a Roma, però si scrivono, si sentono ogni giorno, e parlano sempre d'amore, si dicono quelle cose belle che ti escono solo quando sei veramente innamorato, che sono perfette quando sei distante, e ti fanno sentire così felice che la persona anche se è lontana ti sembra che stia lì vicino a te. Poi dopo circa un mese che ormai lei stava lì, Raffaello decide di farle una sorpresa, vuole partire e andarla a trovare. Lo comunica solo a sua madre, visto che con il padre ha un pessimo rapporto, e la madre gli dice: « Ma certo figlio mio, fai benissimo, ti serve qualcosa? »

« No mamma, grazie, domani faccio il biglietto ma ho tutto. »

Appena la madre chiude la telefonata, chiama subito le due figlie, Fabiana e Valentina, le sorelle di Raffaello, e decidono di vedersi subito. La mamma di Raffaello sa una cosa importantissima: Caterina Soavi, la ragazza di suo figlio, a Miami ha una storia con il direttore del festival. Le sorelle a questa notizia ci rimangono malissimo e così discutono tutta la sera con la madre su cosa fare, ma alla fine tutte e tre decidono di non dire nulla a Raffaello. Dovrà partire e scoprire tutto da solo, perché le due sorelle e la madre sono arrivate a una difficile conclusione: se anche glielo avessero detto, lui non ci avrebbe mai creduto. E così Raffaello parte e arriva a Miami. Qui non so molto di cosa sia veramente successo, com'è stato l'incontro, se quel giorno hanno fatto sesso o no, se sono stati comunque felici di ritrovarsi. Fatto sta che nelle serate seguenti sembra che Caterina non ci fosse mai, si giustificava con degli impegni fuori sede e che comunque lei era lì per lavorare e quindi era naturale che fosse sempre impegnata. Così Raffaello faceva comunque base al festival ma stava sempre da solo. Aveva fatto amicizia con diverse persone tra cui una certa Irene che, esattamente come tutti quelli che stavano lì, sapeva perfettamente quali fossero i veri impegni di Caterina Soavi. Una sera però Irene, vedendo di nuovo Raffaello da solo e accorgendosi di come la gente ridesse dietro le sue spalle, ma forse anche semplicemente perché gli stava simpatico o perché avrebbe voluto essere lei la donna amata in quel modo da Raffaello, gli si avvicina e gli dice: «Ma non ti sembra strano che sei venuto fino a qui per lei e invece sei sempre solo? Non c'è mai, ci sono tutte le hostess meno lei... e il direttore». Raffaello per un attimo si sente mancare, sbianca, ma poi si riprende e dice una cosa semplicissima: «Grazie. È che forse non volevo vederlo». E poi sparisce. Alcuni hanno detto che sia partito per New York, che sia andato a vedere degli spettacoli a Broadway e poi in giro per l'America, che l'hanno visto a un concerto di Bruce Springsteen e a uno dei Supertramp, ma tutto questo magari è solo leggenda. L'unica cosa sicura è che ha mandato un messaggio a Caterina: *So tutto. Non mi cercare.* E l'altra è che in effetti non le ha scritto mai più. Non mi cercare. Ma cosa vuol dire «non mi cercare»? Non mi cercare ora? Non mi cercare domani? Non mi cercare per almeno un anno? O non mi cercare mai più? Non abbiamo mai il coraggio di scrivere «non mi cercare mai più», forse perché sotto sotto speriamo sempre che ci possa essere quell'ultima speranza. E senza volerlo mi viene in mente Babi. Mi sembra di vederla seduta vicino a me, ma non la donna di oggi, la Babi di quel tempo, la mia Babi. Sì, perché allora era totalmente mia. Ma quando è finito tutto, io le ho detto non mi cercare mai più?

« Ehi, ma che cosa stai pensando? » Gin piomba tra i miei pensieri. « Hai una faccia... »

« Stavo pensando a Caterina Soavi, alla storia che mi hai raccontato. »

Gin mi guarda sorpresa. « E perché ci pensavi? Che c'entra adesso? »

In realtà mi sento in colpa, mi sembra quasi di averla tradita per come stavo pensando a Babi, ad immaginarla in quel modo così assurdo e intenso seduta vicino a me e la cosa più brutta è che non riesco neanche a dirglielo.

« Niente. Non c'entra nulla. Però stavo pensando quanto mi ha colpito quello che è successo. » Così racconto a tutti la storia di Raffaello, il suo viaggio a Miami, la sua scoperta e la leggenda che se ne fosse andato in giro per l'America. « Poi è tornato in Italia, ha incontrato una, l'ha messa incinta senza volerlo, ma ha deciso di sposarla, in modo testardo, anche per rivalsa nei confronti del padre che invece aveva lasciato sua madre, lui e le sue sorelle. Gli ha voluto dimostrare che se uno fa un figlio comunque non lo abbandona, giusto Gin? Almeno così mi era sembrato che mi avessi raccontato. »

« Sì, è giusto. »

Così continuo: « Ma Caterina non accetta tutto quello che è successo, anche se è stata colpa sua, non si dà pace, vorrebbe fermare quel matrimonio, farsi perdonare, pensa che lei e Raffaello siano perfetti, che lei ha sbagliato ma che non si possono perdere così. Ma non ci riesce e tutto va avanti. Raffaello si sposa, ha un figlio e alla fine Caterina deve per forza accettare tutto questo. Allora va a vivere all'estero, forse perché pensa che sia meno doloroso, ma non è così. Ingrassa, va in depressione, si taglia i capelli a zero, diventa irriconoscibile e per un po' di tempo sembra che nessuno abbia più sue notizie, forse qualche sua amica più intima ma che comunque non fa trapelare nulla. Dopo diverso tempo Caterina conosce un altro uomo e alla fine si sposa anche lei. Passano diversi anni e un giorno per caso devono andare tutti e due, per ragioni diverse, a Londra. Salgono su un aereo e si ritrovano seduti vicini, uno accanto all'altra ».

Poi li guardo e rimango in silenzio. Sono tutti presi dal mio racconto, sono curiosi, desiderosi di sapere come va a finire.

Martina è la prima a cedere. « Allora? Che succede poi? »

Sorrido. Guardo Gin, anche lei sorride. Lei la storia la sa.

« Succede che lasciano i rispettivi e si rimettono insieme. Caterina non aveva avuto nessun figlio e ora ne hanno quattro, più il figlio di Raffaello dal primo matrimonio. E stanno ancora insieme. »

« Bella storia. »

« Sì. »

« Ma è vera? » Marcantonio mi guarda un po' dubbioso.

« Certo che è vera. »

« Forte. Ma perché ci stavi pensando? »

Gin mi guarda curiosa di sentire la risposta. « Già, perché...? » Stringe un po' gli occhi ma mi sembra serena.

« Non lo so, forse perché li avevo conosciuti quando stavano insieme, forse perché una volta ho mangiato con loro proprio qua, in questa pizzeria, prima che succedesse tutto. »

Martina alza le spalle. « Questa storia mi sembra assurda. Ma allora non era meglio perdonare Caterina? Raffaello ha fatto tutto quel casino, un figlio con un'altra e poi c'è tornato insieme. Ha perso solo del tempo. »

Gin non è d'accordo. « Ma lo aveva tradito. »

« Allora se è per questo non ci doveva tornare neanche dopo, no? Eh, scusa... » interviene Silvio. « Forse è servito il destino. Quell'aereo, i posti vicini, lui ha capito che era arrivato il momento di perdonarla. »

Martina gli sorride. « Sì, sì, giusto! » Improvvisamente si accende. « Raffaello in realtà ha capito che non poteva fare nulla, che anche se fuggiva, lui era ancora e sarebbe stato per sempre di quella donna. » Le piace questa sua teoria.

Gin interviene decisa: « Tu lo accetteresti un tradimento? »

Marcantonio prende il suo bicchiere. « Ecco, lo sapevo, io odio i cetrioli e gira che ti rigira arrivano sempre a me. » Poi beve mentre io mi metto a ridere.

Martina ci pensa su, poi risponde: « Forse sì, non lo so, dovrei trovarmici ».

Anche Ele interviene: « Meglio di no, è bruttissimo, credimi ».

« Guarda che lo so, ci sono passata anch'io. Era un ragazzo con il quale stavo da un po' e quando l'ho scoperto ci sono stata male, ma poi ho capito una cosa: io non l'amavo veramente, perché non mi sono disperata come avrei dovuto. Cioè, quel suo tradimento in realtà mi ha fatto capire che stavo con lui perché mi piaceva, gli volevo bene, mi era simpatico, ma non era quell'amore con la A maiuscola, capito? Per questo l'ho lasciato, non perché mi ha tradito.»

E improvvisamente sul tavolo cala il silenzio. Per fortuna arrivano le pizze.

«Margherita di bufala con tanto pomodoro?»

«Mia.»

«Pizza bianca con funghi porcini.»

«Mia. Mi porta un'altra birra?»

«Sì, certo.»

Così tutti iniziamo a mangiare, tutti tranne Martina che ha già finito la sua insalata. Quel discorso però è come se avesse lasciato un interrogativo, sotto sotto sono sicuro che ce lo stiamo tutti domandando: ma Marcantonio è quell'amore con la A maiuscola? Lo guardo, sta bevendo un po' della sua birra poi incrocia il mio sguardo e sbuffa, poggia la birra sul tavolo e si asciuga la bocca.

«Okay, okay, tanto lo so cosa volete sapere. Va bene, vi rispondo io. Non sono con la A maiuscola, va bene? Casomai con la M maiuscola, visto che mi chiamo Marcantonio! Vero, tesoro?»

Martina ride. «No, no, tu sei con la A maiuscola, è che hai paura.»

Ele prende la palla al balzo. «Ah, sono d'accordo con te, è un fifone!»

Ma non dicono altro, ci sono solo alcuni sguardi, poi riprendiamo tutti a mangiare. E si passa ad altri argomenti, agli ultimi film visti, a qualcosa di bello che sta ancora per poco tempo a teatro, a un'amica che è tornata da una vacanza, a una nuova coppia, a due che hanno litigato. E io li ascolto tranquillo. Ma improvvisamente mi torna in mente quella frase di Martina: «Ha capito che non poteva fare nulla, anche se fuggiva, lui era ancora e sarebbe stato per sempre di quella donna».

E mi si stringe lo stomaco, come se mi fosse arrivato dritto per dritto un Mawashi-geri, quell'unico colpo che, dopo una lunga attesa, fece vincere un mondiale a un combattente con un movimento solo ma di una violenza inaudita, proprio come a volte è l'amore. Mangio in silenzio.

Marcantonio si alza. «Voglio scegliere una bottiglia per dopo, vi voglio far provare una cosa...»

« Io invece vado un attimo in bagno. » E così anche Ele ci lascia.

Continuiamo a mangiare. Passa il cameriere.

« Tutto bene? »

« Sì, grazie ».

« Benissimo. »

Si allontana. Io mi sporgo un po' indietro e attraverso la finestra vedo che Marcantonio ed Eleonora si fermano in fondo alla sala dentro al ristorante. C'è poca gente oltre a qualche tavolo sporco già abbandonato dai commensali. Parlano, poi si mettono a ridere, Marcantonio diventa serio e le dice qualcosa, Eleonora abbassa la testa, la scuote, si vergogna, ha risposto di no a quello che lui le ha chiesto. Allora Marcantonio le mette la mano sotto il mento, le alza il viso e le dà un bacio. E si baciano a lungo, come se fossero soli, come se non ci fosse nessuno, né nel ristorante, né fuori, meno che mai i loro nuovi compagni, come se non si fossero mai lasciati. Poi Marcantonio si stacca e si gira verso di me, faccio appena in tempo a sparire. Un attimo dopo li vedo uscire dal ristorante, si siedono di nuovo a tavola e tutto riprende come prima. Ele scherza con Gin.

« Un tempo mi accompagnavi sempre in bagno. »

« Sei diventata grande. »

Non abbastanza, vorrei dirle io.

Marcantonio si rimette il tovagliolo sulle gambe e poi mi guarda un attimo. « Eh già... »

Riprendiamo a mangiare. Sa che l'ho visto. Potremmo vedere subito come la prende Martina, se il loro è un amore con la A maiuscola oppure no. Non so se è stata una buona idea questa della cena.

60

Mentre torniamo a casa, Gin è silenziosa. La guardo ogni tanto mentre guido, ma non si gira verso di me, ascolta la musica e guarda la strada. Non è serena. Tu sai benissimo, quando conosci la persona che ti sta accanto, se c'è qualcosa che non va, lo senti dalle sue vibrazioni, senti il silenzio o l'improvvisa musica, senti la felicità o la tristezza, senti la calma o l'inquietudine. Tu la senti. E Gin è stranamente triste. Lo sento.

« Tutto bene? È stata buona la cena... »

« Sì, molto. Mi sono divertita, mi ha fatto piacere rivedere Ele e Marcantonio insieme, mi ha ricordato i vecchi tempi, quando ci siamo conosciuti. »

« È vero, anche a me. »

« Sai cosa ho pensato? Che quando ci si conosce è tutto bellissimo, tutto da scoprire. Poi quando si va avanti alcune cose magari non sono proprio come te le eri immaginate. »

« Questo è perché ci si aspetta sempre qualcosa. »

« È vero, converrebbe non aspettarsi niente. »

« Ora sei un po' disfattista. »

« Sì, forse. Conoscere la tua vita da una parte mi è piaciuto, dall'altra ora mi fa fare dei paragoni, penso a come stavi con un'altra, magari, o a quanto hai sofferto per tua madre, o a quanto ti può aver deluso. »

Continuo a guidare controllando la strada.

« L'altro giorno sono andato a trovarla. »

« Chi? »

« Mia madre. Sono andato al cimitero e non c'era nessuno, era tutto vuoto, tranne una persona che stava proprio davanti alla tomba di mamma. Era il suo amante. Mi sono ricordato quando li ho scoperti, quando è successo tutto quel casino. »

Gin mi guarda sorpresa. « Ma non mi hai detto nulla. Non me lo hai raccontato. »

« No, scusa, è che non sapevo come prendere tutto questo, dovevo prima accettare le sue parole. Ho capito che quell'uomo era veramente innamorato, che lo erano entrambi, lo era anche mia madre. Che mio padre la faceva soffrire e... »

« Step... ormai è passato, lascia perdere. Non potevi saperlo. Non potevi immaginare nulla di tutto questo. E poi chissà se è vero. »

« L'ho trovato lì, però, con dei fiori. Mio padre non è andato a trovarla quasi mai. »

« Non lo puoi sapere. »

« Lo so. »

« Le persone vivono il dolore della morte nei modi più diversi. La mancanza improvvisa di qualcuno ci può far perdere la nostra sicurezza. »

Le sorrido. La guardo ogni tanto mentre guido.

« Che c'è? Perché mi guardi così? »

« Perché sei bella. »

« Che c'entra ora? »

« Sei bella quando giustifichi le persone. Mio padre è uno stronzo e basta. Chissà come la faceva soffrire. »

« Non sai se è vero. Magari quel tipo te lo ha detto solo per giustificarsi. Perché non può essere lui uno stronzo? »

Rimaniamo per un po' in silenzio mentre guido. Alla radio parte improvvisamente *Happy* di Pharrell Williams. È proprio allegra questa canzone, è un bellissimo pezzo, molto orecchiabile, ma ora non c'entra proprio niente. La musica a volte stona nella nostra vita. Continuo a guidare, mentre Gin mi guarda.

« Questa cosa per esempio non me l'hai raccontata. »

« Come no, te l'ho detta adesso... »

« Sì, ma potevi anche non raccontarmela. Non hai avuto voglia di condividerla subito con me. »

« Forse avevo bisogno di tempo. Ma alla fine l'ho fatto. Ora lo sai, ne fai parte anche tu. Non devi avere fretta. Credo che delle cose a volte abbiano bisogno di un loro silenzio. »

« E questa dove l'hai sentita? »

Mi metto a ridere. « Boh? Forse è di Renzi. »

« Ah, è pure filosofo? »

« È un po' tutto. Ancora non ho capito bene cosa non sa fare. »

« Mi piace, comunque. »

« Anche a me. »

« Però adesso aver scoperto di non conoscere qualcosa della

tua vita, non so, mi ha creato una sensazione di solitudine. Mi ha fatto pensare che tu non sarai mai mio... »

« Gin? Ancora? Ma te l'ho raccontato! »

« Sì, ma se ci fossero altre cose che accadono nella tua vita e io non le so? Cose che magari invece contano e che tu non mi dici. »

« Gin, io ti racconto tutto. Le cose importanti e le cose meno importanti. Sono stato al cimitero a trovare mamma e ci ho trovato il suo amante. Te l'ho raccontato io, non è che lo hai scoperto tu. »

Rimaniamo per un po' in silenzio. *Happy* ora sembra quasi divertente nell'assurdità della discussione. Non c'è niente di peggio quando qualcosa prende una strana piega e non si riesce più a raddrizzarla.

Poi Gin si gira verso di me e sorride. « Hai ragione, scusami. È che sono un po' stressata, forse sono gli ormoni, mi stanno iniziando a far perdere il mio abituale, più o meno, equilibrio mentale, oppure è lo stress da matrimonio. »

Le sorrido. « Oppure tutti e due. »

« Ecco sì, allora anche tu mi giustifichi un po'... »

« Un po' molto. »

Pharrell Williams canta l'ultima strofa, ora finalmente il pezzo è di nuovo in linea con l'atmosfera in auto.

Poi Gin sempre sorridendo mi fa un'altra domanda: « Ma tu mi racconteresti tutto tutto? Anche se hai sentito o visto una tua ex? »

« Certo, perché non dovrei? »

« E se tu incontrassi Babi, me lo diresti? »

Ecco, in questi momenti hai pochissimo tempo a disposizione, se aspetti troppo sei fottuto. Se dici la cosa sbagliata e lei in realtà te lo ha chiesto apposta perché già sa tutto, sei fottuto. Se invece non sa niente e tu glielo dici perché vuoi essere sincero, anche in quel caso sei fottuto. Quindi comunque vada, sei fottuto. Ma il tempo è finito.

« Anche lei è una mia ex. »

« Sì, ma non hai risposto. »

« Ti avevo risposto prima, ti avevo detto che se sentissi o incontrassi una mia ex te lo racconterei. »

« Sii più preciso, io ti ho chiesto: se tu incontrassi Babi, me lo diresti? »

« Sì, te lo direi. »

E inevitabilmente sento il cuore che batte più veloce, le pulsazioni che aumentano, il rossore che in qualche modo sale. Spero solo che nel buio della macchina non se ne accorga. Gin si mette a ridere.

« Però hai aspettato un sacco di tempo per rispondere a quest'ultima domanda. »

« Non è vero. Avevo risposto a quella della ex, non capivo cosa volessi dire esattamente. »

« Senti Mancini, io te l'ho già detto, abbiamo la fortuna di vivere una cosa splendida, bellissima, unica... non la rovinare. »

Siamo arrivati sotto casa. Per fortuna trovo subito parcheggio, così fermo la macchina e spengo il motore. Poi scendiamo, infilo le chiavi dentro la serratura del cancello.

« Mancini? »

« Sì? »

« Girati verso di me. » Gin mi fissa. « Guarda che lo so. So tutto. »

E in quel momento mi sento svenire. Cazzo, ma come fa a saperlo? Glielo ha detto quella stronza della segretaria facendosi dare altri soldi! No, qualcuno che ci ha visto alla mostra. No, Renzi, Renzi ha parlato! No, non può essere, non ci credo, non ci posso credere, glielo ha detto Babi, Babi in persona! Impossibile. Comunque, chiunque glielo abbia detto sono fottuto. E ora? Come ne esco ora? Fare il vago, negare.

« Cosa sai? Non c'è niente da sapere. »

« Ah no? No? »

« No. »

« Guarda che li ho visti anch'io Marcantonio ed Ele che si baciavano! » E ride divertita. « Che matti che sono! Ma secondo te si rimettono insieme? Ma questo me lo avresti raccontato? »

« Ti racconto tutto... Serve solo il momento giusto. »

Entriamo in ascensore e solo adesso, guardandomi allo specchio, mi accorgo di quanto sono sudato.

61

Ore dieci del giorno dopo.

Quando entro nel mio ufficio, noto alcuni pacchetti sulla scrivania e subito mi preoccupo.

« Che succede? Chi è venuto qui? »

« Tranquillo, tranquillo, sono stato io. » È Giorgio che arriva dal corridoio, mi mette una mano sulla spalla e mi sorride. « Cornetti, bomba alla crema, maritozzo alla panna di Regoli, tutte le cose più prelibate per una mattina che inizia come si deve! »

« Bene! E a cosa devo questa bella sorpresa? » Mi vado a sedere dietro alla scrivania e mi accorgo che c'è anche un thermos. « E questo? »

« Cappuccino appena fatto, non zuccherato. Se vuoi invece dello zucchero ci sono le bustine. »

« Giorgio Renzi, più ti conosco e più mi piaci. Ma ancora non mi hai spiegato il perché di tutto questo. »

« Siediti, fai una bella colazione, goditi il cornetto o quello che preferisci, mentre ti preparo il cappuccino. Niente zucchero, vero? »

« Esatto. »

Me lo ha chiesto, ma secondo me lo sa perfettamente e non aveva neanche un dubbio. Ogni tanto Giorgio mi vuol far credere che potrebbe sbagliare, ma so che non è così o almeno mi piace crederlo. Mentre opto per un fantastico maritozzo con panna, lui mi mette il bicchiere davanti. Mi pulisco la bocca e assaggio il cappuccino. Mi gusto tutto con piacere, e vedo Giorgio che mi guarda soddisfatto.

« Quando vuoi sono pronto », gli sorrido. « Ma qualunque cosa tu dica, sappi che sono già veramente contento... Ci sono attimi della vita che sono piacevoli proprio perché inaspettati. Ecco, questo è uno di quei momenti, grazie. »

« Così mi commuovi e la notizia potrebbe non essere all'altezza di quello che mi stai dicendo! »

« Adesso sembriamo due innamorati. »

« Ecco, questo è meglio di no. »

«Giusto.»

Ci mettiamo a ridere, poi Giorgio si siede davanti a me, si versa anche lui un po' di cappuccino e mi dà la notizia: «Allora, siamo nel mondo della fiction. È stata accettata la nostra serie *Radio Love*, siamo dentro, la facciamo per la Rete e ci hanno accordato ventiquattro puntate che andranno in onda due a due dalla prossima stagione!»

Faccio un fischio. «Fantastico! Questa sì che è una notizia! Ma da chi l'hai avuta? È sicuro? Chi ti ha detto che siamo passati?»

Giorgio prende una cartellina e me la mette sul tavolo. La apro mentre lui mi spiega.

«Contratto firmato, insieme a tutto il piano di produzione, possiamo iniziare le riprese appena saranno pronte le sceneggiature.» Poi mi indica un foglio. «Quella è l'attivazione del contratto per poter procedere con la scrittura.»

Guardo i numeri, non ci posso credere. «Ci sono oltre seicentomila euro per le sceneggiature...»

«Sì, ho chiesto molto perché credo che la cosa più importante sia la storia. Se scrivi una buona storia è difficile non piacere, anche se sbagli regista. Ma se sbagli la sceneggiatura, anche se tu avessi Fellini, rischieresti di non fare un buon film.»

Rimango un attimo perplesso. «Mi sembra tutto incredibile, ho solo un dubbio: come hai fatto?»

«Avevamo un buon prodotto.»

«Non basta.»

Mi sorride. «È vero, avevamo anche qualche carta in più.»

«Non basta.»

«Okay, siamo stati fortunati. Panzerotto si è ritirato.»

«Cosa vuol dire che si è ritirato?»

«Ha ritirato i suoi progetti, ha deciso che quest'anno non lavora con la Rete.»

«Così? Senza una ragione?»

«Una ragione c'è sempre, ma io preferirei che tu la ignorassi.»

«Perché?»

«Meno sai, meglio è. Tu non hai fatto niente, perché non sai niente, giusto?»

Gli sorrido. «Non so di cosa stai parlando, ma sono felice.»

«Bravo, così ti voglio.»

« Piuttosto, dobbiamo subito trovare degli ottimi sceneggiatori, proprio per quello che dicevi. »

« Hai ragione. »

« Bisogna fare una selezione, prendere dei curricula, vedere chi ha fatto cosa, chi potrebbe essere giusto per questa serie. »

Giorgio mi poggia un'altra cartellina sul tavolo.

« Cos'è? »

« Quello che mi hai appena chiesto. Sono i curricula di otto sceneggiatori. Secondo me ce ne servono sei... »

La apro, inizio a sfogliarla mentre lui continua a parlare.

« Allora, sono tre donne e cinque uomini, alcuni sono usciti dalla Scuola Holden. Ho pensato che fosse giusto prendere due che siano sui quarant'anni, gli altri invece un po' più giovani. »

« Mi sento quasi inutile. »

« No, è grazie a Futura e alla fiducia che tu ci dai. Ci deleghi e questo ci dà soddisfazione, perché se sarà un successo sarà realmente anche nostro. » Poi dopo un attimo di silenzio aggiunge: « E lo sarà ».

« Bene, sono d'accordo con te. Allora, quando vuoi, convochiamo questi sceneggiatori. »

« Già fatto. Sono in sala riunioni che ci stanno aspettando. »

« Dimmi che un giorno farai un errore. »

« Te lo prometto! »

« Okay. Mi sento meglio. Andiamo di là. »

Giorgio mi precede ed apre la porta della sala. « Buongiorno, ragazzi, come va? Avete fatto una buona colazione? »

Vedo che sul grande tavolo della nostra sala riunioni ci sono tutte quelle stesse cose che Renzi mi ha fatto trovare sulla mia scrivania.

« Sì, grazie. »

« Ottima. »

« Veramente buona. »

Una ragazza con i capelli rasati lateralmente e un piccolo piercing al naso tiene con un tovagliolo un pezzo di ciambella nella mano sinistra e alza con la destra un bicchiere di cappuccino come se facesse un brindisi.

« Io non so se mi prenderete, ma se non vi dispiace verrei a fare colazione ogni mattina. »

Rido.

« Okay, sei presa ma solo per la colazione! »

Un ragazzo si aggiunge.

« E no, non è giusto, almeno per la colazione veniamo anche noi! »

Ora tutti ridono divertiti. Giorgio riporta l'ordine.

« Allora, io direi che quando siete pronti, fate un bel colloquio con il mio capo Stefano Mancini, che potrebbe diventare anche il vostro... »

E così dicendo usciamo dalla stanza.

« Lasciamoli un po' tranquilli, così finiscono di fare colazione. »

« Sì, poi te li mando nella tua stanza uno alla volta, così vedi come ti sembrano e alla fine, se ti va, facciamo il punto. »

« Mi sembra perfetto. »

Poi prima di rientrare nella mia stanza, passo a salutare gli altri.

« Salve, Alice. »

« Buongiorno, vuole un caffè? »

« No grazie, casomai vado avanti con il thermos del cappuccino che ho sul mio tavolo, però se mi togli tutto quel ben di Dio che mi ha portato Renzi non sarebbe male, sennò continuo a mangiare! »

« Va bene. »

« Anzi, prendi pure qualcosa se ti va! »

« Già fatto, grazie. Renzi non ha risparmiato nessuno! Ho mangiato due maritozzi, buonissimi, non ne avevo mai mangiati di così buoni. »

« Eh già. »

« Renzi sceglie sempre il meglio. »

E poi arrossisce, forse perché senza volerlo si accorge di essersi autopromossa.

« Non intendevo... »

« Lo so, non ti preoccupare, vai nella mia stanza, grazie. »

Così vado da Simone e busso alla sua porta.

« Si può? » Non sento risposta. Busso più forte. « Posso entrare? » Niente, nessuna risposta. Così alla fine apro la porta e vedo che Simone sta scrivendo veloce al computer con delle cuffie alle orecchie. Quando mi vede, sorride e se le leva.

« Ciao, buongiorno! »

« Ho bussato più volte, ma non mi rispondevi. »

«Sì, quando scrivo mi metto sempre le cuffie, lavoro meglio e produco di più...»

«Allora rimettitele. Ci vediamo dopo. Era solo per un saluto. Hai assaggiato la colazione di Renzi?»

«Sono stato il primo.»

«Bene.» Ed esco dalla stanza. Sono contento, vuol dire che tra loro le cose vanno meglio. Mi siedo nella mia stanza, mi prendo un altro po' di cappuccino, ma non faccio in tempo a finirlo che arriva il primo candidato.

«Salve, si può?»

«Prego.»

Si accomoda e subito si presenta. Si chiama Filippo Verona. Prendo il suo curriculum mentre parla e lo leggo. È giovane, ha ventun anni ma ha già fatto moltissime cose.

«Mi piace molto scrivere, sto scrivendo un libro, però mi divertirebbe anche lavorare su una sceneggiatura. Si lavora con più gente, devi fare i conti con le idee degli altri...»

«E come sono le idee degli altri?»

«A volte buone, a volte divertenti, ma le mie sono ottime.»

È presuntuoso, sicuro, non mi dispiace però.

«Cosa ne pensi di *Radio Love*?»

«Credo che la radio non sia mai stata raccontata così, con la vita vera della gente che ci lavora, vederla in ufficio e poi a casa. È un modo diverso di vedere dei problemi e quelle persone che cercano di risolverli. Mi piace. È una bella idea e non lo dico solo perché mi piacerebbe lavorarci.»

Il secondo è Alfredo Germani, quarant'anni, grande esperienza nelle fiction. È simpatico, piacevole, non gli pesa essere giudicato da uno più giovane, non gli scoccia fare un colloquio.

«La cosa più importante secondo me è trovare i casi di puntata. Ne ho tirati giù alcuni...»

Mi passa dei fogli e comincia a raccontarmeli.

«Anche l'idea di avere un comico, uno che alla fine sfonda, che non aveva mai avuto la possibilità di fare la radio e alla fine invece gliela danno secondo me non è male...»

E continuo ad ascoltarlo e mi piacciono le sue idee, ha trovato roba forte, diversa, dei sapori che possono essere utili alla serie. «Inoltre mi sembrano perfette le linee orizzontali, la storia lunga dell'amore tra i due proprietari che si lasciano, si tradiscono, si rincorrono, si perdonano. Questo piace alla gente. Ne discuteranno: 'Si sarebbe dovuto comportare così, non doveva perdonarlo...' La gente ama partecipare ai casini degli altri e non capisce che ha molti più casini lei. O forse lo fa apposta per distrarsi dai suoi. »

Rimane per un attimo perplesso. « A questo non ci avevo mai pensato... »

E prende sul serio in considerazione questo suo ultimo pensiero. Uno dopo l'altro conosco tutti i possibili sceneggiatori, sento il loro punto di vista, le loro storie, i lavori fatti, i corsi dove si sono formati.

« Sono stata alla Holden e mi è piaciuta molto. Anche se a un certo punto mi hanno fatto fare una lezione con uno che spiegava come si cucina. E la cosa assurda è che quello non l'ho proprio imparato. Almeno questo è quello che dice il mio ragazzo. »

È sempre lei, la ragazza dei capelli rasati di lato e il piercing al naso. Si chiama Ilenia. « Come quella di *Jeeg Robot*, come quella che ha vinto il David di Donatello. » Come se questi elementi facessero del suo nome qualcosa di indimenticabile.

« Il tuo nome era bello già prima. »

Si mette a ridere. « Comunque per me nella serie ci deve essere anche qualche persona un po' dissacrante. Una che va in radio e spara a zero! Avete fatto tutti personaggi troppo corretti. Non è reale, insomma, non è giusto secondo me... »

« Hai ragione. »

Mi guarda leggermente sorpresa, così cerco di convincerla.

« No, no, lo penso davvero, sul serio. È un suggerimento giusto. »

« Ah, bene, grazie. »

« Grazie a te Ilenia, come quella di *Jeeg Robot*. »

Si mette a ridere. « Però io sono diversa. » La guardo un attimo curioso. « La mia Ilenia inizia con la Y. » Ed esce con un fare un po' malizioso dalla stanza.

Più tardi entra Giorgio. « Bene, allora li hai conosciuti tutti, che te ne sembra? »

« Mi sembra difficile la scelta. Sicuramente prenderei quello di quarant'anni, la donna grande, quello giovane di ventuno anni un po' presuntuoso, Filippo... »

« Verona. »

« Sì, lui. Poi c'è quell'altro molto preciso. »

« Dario Bianchi. »

Guardo il nome che mi sono segnato. « Sì è lui. Poi prenderei le due ragazze. Sono perfette, una borghese e l'altra anarchica e ribelle, se non si scannano tra loro faranno un ottimo lavoro. »

« Sì e ci penseranno i due più adulti a tenere tranquillo il gruppo. »

« Mi sembra giusto. »

« Allora, se sei d'accordo con me, ti porterei in un posto. È il nostro primo contratto importante e volevo offrirti una giornata di tranquillità. Mi sono permesso di dirlo anche a Gin, se non ti dispiace. Se invece preferisci non coinvolgerla, ho già la scusa pronta, la chiamo e le dico che mi ero dimenticato che avevamo un appuntamento. »

« Potrebbe non crederti. Sei talmente preciso che non sarebbe da te, prima la inviti e poi ci ripensi... »

« L'ho fatta chiamare da Alice, è lo studio che ti sta preparando questa sorpresa. Alice si può essere sbagliata, non sapeva di quest'altro appuntamento. Ti ripeto, se vuoi la disdico. »

Non ci penso più di tanto. « No, mi fa molto piacere. »

62

Quando usciamo dall'ufficio c'è una Mercedes nera con tanto di autista ad aspettarci.

« Però, hai fatto le cose in grande. »

« No, sono solo centoventi euro per tutta la giornata, però la macchina e l'autista ti fanno sembrare la cosa ancora più importante di quello che realmente è. »

Quando ci avviciniamo, si apre lo sportello e appare Gin.

« Amore, troppo carina questa cosa, che bello che mi hai coinvolto! » Mi abbraccia forte e ci baciamo. Poi mi guarda entusiasta. « Allora, cosa festeggiamo? »

« Ah, non sai niente? » Guardo Giorgio che alza le spalle.

« Certo che no, che potevo dirglielo io? Rovinavo la sorpresa! »

« Insomma, non fate gli sciocchi. Qualcuno mi dice qualcosa? »

Le sorrido. « Festeggiamo la nostra prima produzione. Facciamo una fiction. Ti ricordi *Radio Love*, quel progetto di cui ti avevo parlato? »

« Certo, come no! Me lo hai fatto anche leggere e ti ho detto che mi è piaciuto moltissimo. »

« Ecco, l'ha presa la Rete, facciamo ventiquattro puntate per il prossimo anno! »

« Ma dai! Sono troppo felice! » E mi abbraccia ancora. « Bravo amore mio! »

Giorgio ci sorride. « Era giusto o no festeggiare? »

« Giustissimo! »

« Dai, saliamo in macchina. »

Giorgio si mette davanti, io e Gin saliamo dietro. Chiudiamo gli sportelli e l'autista parte. Giorgio si gira verso Gin.

« Hai portato quello che ti ha chiesto Alice? »

« Certo, ho tutto qui dentro. » E mostra una piccola sacca nera da ginnastica.

Li guardo. « Ehi, voi non me la raccontate giusta, avete troppi segreti. »

Gin mi poggia la mano sulla gamba. « Lo scoprirai tra poco. »

Proprio mentre giriamo in via Sabotino, vedo Simone che sta

entrando nel bar Antonini. Continuo a seguirlo con lo sguardo e mi accorgo che gli va incontro una ragazza bionda, alta, vestita in modo appariscente. Si salutano e si baciano sulle guance. È Paola Belfiore.

Anche Giorgio l'ha visto. « Non avevo dubbi. Quel ragazzo è testardo. Dovrò proprio litigarci. Non sono servite a niente le mie parole. »

Cerco di tranquillizzarlo. « Gli passerà. »

« Gli spappolerà il cervello. Abbiamo buttato via i nostri soldi. »

« Vediamo, è ancora presto per dirlo, ci devo lavorare sopra. »

« Okay. »

Gin ci guarda attonita. « Ehi, ma si può sapere di cosa parlate? Si spappola il cervello, abbiamo buttato via i nostri soldi, non gli è servita la lezione! Sembra un giro di droga. Non si tratta di questo, vero? »

« No, no... » Ridiamo.

Giorgio la guarda divertito. « Se fossimo soli direi di che giro si tratta. Non roviniamoci la festa, va'! Pensiamo ad altro, visto che siamo quasi arrivati. »

La Mercedes accelera, finisce la salita panoramica, poi imbocca via Alberto Cadlolo e infine l'Hilton mi appare davanti. La macchina fa una curva e si ferma davanti all'ingresso.

« Ecco, siamo arrivati. »

Giorgio scende dalla macchina. « Grazie, Marco, ci vediamo più tardi, nel pomeriggio. » E non dice altro, ma sorride a me e a Gin invitandoci a seguirlo. « Di qua. »

Seguiamo Giorgio all'interno dell'albergo e prendiamo il primo ascensore che ci porta al piano sottostante. Le porte si aprono sul giardino inferiore, quasi nascosto rispetto all'entrata dell'Hilton, ma ancora più bello e curato. Una grande piscina con diversi ombrelloni aperti e molti lettini con degli asciugamani écru poggiati sopra.

Un responsabile ci viene incontro. « Buongiorno. »

« Buongiorno. Sono Renzi, avevamo prenotato. »

Controlla un foglio all'interno di una cartella. « Sì, buongiorno dottor Renzi, certo. Prego, seguitemi. » Ci porta nella parte più riservata del giardino, dove sotto un gazebo c'è un grande tavolo basso con sopra un secchiello con una bottiglia di champagne e alcuni bicchieri. Ci lascia lì proprio mentre arriva un cameriere. « Dottor Renzi ben arrivato! »

« Grazie Pietro. »

Si danno la mano. « Buongiorno anche a voi signori. Allora, ho fatto preparare del salmone fresco naturale tagliato a fettine sottili, delle uova sempre di salmone, poi due tipi di insalate, una con le arance siciliane, olive greche e finocchi e l'altra con gallinella, avocado e mais, poi ci sono ciliegie, fragole, uva e pesca noce tagliata a fette con una spruzzata di vino bianco. Lei mi aveva chiesto anche della verdura al vapore e sto facendo preparare carote, zucchine e patate, spero che vada tutto bene. »

« Gin? »

Lei sorride a Renzi. « Sì, perfetto. »

« Benissimo, vi faccio portare subito tutto, le verdure sono già in cottura e dovrebbero essere pronte. »

« Ci può portare anche dell'acqua minerale naturale? »

« Sì certo. Lì, sul tavolino, ci sono le chiavi della cabina alle vostre spalle per cambiarvi e c'è anche un campanello, per qualunque cosa chiamatemi. »

« Grazie. »

Il cameriere si allontana. Gin apre la sacca. « Be', ci sarai arrivato... Dovevo semplicemente portare il tuo costume! Ti ho preso quello nero, va bene? »

« Benissimo. »

« Allora, se non vi dispiace, mi vado a cambiare per prima, visto che sto morendo di caldo e mi vorrei fare subito un bel bagno. »

« Certo! »

Gin sparisce nella cabina con la sua sacca. Giorgio prende subito lo champagne e comincia ad aprirlo.

Lo guardo divertito. « Chiudere delle puntate della fiction mi sembra una cosa veramente piacevole, speriamo che accada spesso. »

« Accadrà spessissimo e mi inventerò sempre qualche bel modo di festeggiare. »

« Con il caldo di oggi la scelta mi sembra ideale. »

« Anche a me. »

E proprio in quel momento il tappo salta con un rumore pieno, perfettamente intonato all'euforia del momento. Della schiuma fuoriesce dalla bottiglia, Giorgio la tocca con il suo indice poi mi si avvicina e mi tocca dietro l'orecchio.

« Porta bene... » mi rassicura.

« Lo so, lo so... » E faccio lo stesso con lui, poi riempie il mio bicchiere, quello di Gin e infine il suo. Ma quando mi passa il calice sentiamo una voce alle nostre spalle.

« Bene, bene, bene... Ma che sorpresa. Proprio oggi che c'è stata la mia disfatta vedo invece che c'è gente che festeggia. »

È Gennaro Ottavi, quello che Sara Mannino chiama il Panzerotto, accompagnato da un uomo in abito blu. Ha un costume rosso, una maglietta bianca che riesce a malapena a coprire la sua pancia e ai piedi degli zoccoli vecchi, ingialliti, con la fascia superiore leggermente consumata. Fuma una sigaretta e sorride in maniera beffarda.

Giorgio lo saluta sorpreso: « Ciao Gennaro, come stai? Ho saputo che ti sei ritirato e questo ci ha permesso di portare avanti il nostro progetto ».

Panzerotto cambia espressione e smette di fumare. L'uomo alle sue spalle prende velocemente un posacenere da un tavolo lì vicino, cosicché lui possa subito spegnere la sigaretta. « Non mi sono ritirato, sono stato costretto a ritirarmi. E credo che dietro tutto questo ci siate voi. »

Giorgio si siede e sorride. « Attento Ottavi, con un'accusa del genere ci devono essere delle prove. Come puoi pensare che siamo stati noi i colpevoli di qualunque cosa sia successa? Perché oltretutto... » Gli sorride. « Non so minimamente di cosa tu stia parlando. »

Si fissano in silenzio. Panzerotto stringe gli occhi. « Ho fatto tanto per te e tu mi ripaghi così? »

Giorgio non ride più. « Tu non hai fatto nulla per me. Tutto quello che ho raggiunto nella mia vita l'ho fatto io. Tu mi hai solo usato. »

Rimangono di nuovo in silenzio.

Poi Giorgio gli sorride di nuovo. « E comunque per me è stata gavetta. Ora sono qui, mi godo questa bella giornata di sole con il mio nuovo capo e figurati se ho voglia di discutere con te. Possiamo offrirti un po' di champagne? »

In quel momento dalla cabina alle nostre spalle esce Gin tutta sorridente e tranquilla. « Come sto con questo costume? » Poi accorgendosi che ci sono altre persone cambia atteggiamento. « Oh, scusate... »

Ottavi non la degna di uno sguardo. « Non voglio il vostro

champagne. Oggi voi ridete di me, un giorno magari toccherà a me ridere di voi e forse non sarò così educato.»

A questo punto mi alzo. «Sentite, io non so di cosa stiate parlando. Vi dite delle cose in codice, perciò se volete continuare la vostra discussione, continuate più in là. Questa per me è una piacevole giornata di relax. Grazie.»

Ottavi riprende a parlare: «Comunque...»

Mi giro di scatto. «Forse non ha capito. La discussione finisce qui. Vogliamo stare da soli, fare un bagno e non sentire i vostri problemi. Grazie.»

Gennaro Ottavi ci guarda per qualche secondo, poi capisce che non è il caso di insistere e senza dire una parola si gira su se stesso e se ne va, seguito dalla sua guardia del corpo.

Mi apro la camicia. «Mamma mia che pesantezza. È tanto rotondo quanto noioso. Ma quanto tempo ci hai passato?»

«Cinque anni.»

«Troppi. Non durerei cinque minuti.»

«Siamo diversi...»

«Sì, ma quello è stronzo per tutti e due.»

Giorgio ride e si china a prendere un flûte che porge a Gin, poi uno a me e l'ultimo lo tiene in mano.

«Allora... A Futura e quindi al nostro futuro, alla felicità, alla nostra serenità e anche a quella di Panzerotto... cosicché non ci rompa più i coglioni!»

Ridiamo e sbattiamo i calici. Poi mentre bevo quell'ottimo Cristal gelato, vedo lontano Ottavi che parla al telefono e passeggia su e giù nervoso scuotendo la testa.

«Be', fa molto caldo, se non vi dispiace io mi butto in acqua.» Gin si sfila le Havaianas, fa alcuni passi poi, arrivata sul bordo della piscina, piega le gambe e si butta di testa con le mani perfettamente unite. Fa un lungo pezzo sott'acqua e riaffiora al centro della piscina.

Poggio il bicchiere di champagne ormai finito sul tavolino. «Incredibile, certo che è assurdo il caso della vita. Oggi riusciamo a strappare il progetto della fiction a Ottavi, veniamo a festeggiare qui all'Hilton, e chi troviamo? Ottavi.»

«Già...» Giorgio beve il suo champagne senza guardarmi.

«Cioè... Non è un caso?»

Giorgio si gira verso di me. «Ogni tanto viene all'Hilton, ma non sempre. Oggi però Pietro, quel gentile cameriere che ci sta preparando da mangiare, mi aveva avvisato che c'era. E adesso che ci è perfino venuto a salutare... ora sì che me la sto godendo! » Giorgio finisce di bere tutto il suo champagne. « E sarà ancora più bello quando la nostra fiction farà un grande ascolto. »

Prendo il costume. « Come mai si è dovuto ritirare? Cosa gli hanno fatto? »

« Cosa ha fatto lui... » Mi passa il telefonino e mi fa vedere delle foto di una bellissima ragazza molto spogliata. « Si chiama Carolina, si è improvvisamente innamorata del nostro Panzerotto e lui ha creduto che sul serio una donna così bella lo desiderasse. Ci ha fatto l'amore a insaputa di sua moglie Veronica. Ma questa Carolina, non so come, ha fatto delle foto e anche un filmino... » Continua a sfogliare le immagini del telefonino e in effetti più avanti c'è Panzerotto nudo, brutto come un verme, con Carolina altrettanto nuda ma diversamente bella che compiono alcune prodigiose peripezie tutte naturalmente a favore di obiettivo. « Ora, purtroppo volevano far uscire il servizio su *Chi* e non credo che la moglie di Panzerotto l'avrebbe presa bene. Anche perché è lei con il suo impero che da sempre lo foraggia. Gli ha permesso di crescere e di fare tutti quei regali. Poi lui si sa muovere, certo, ma è troppo presuntuoso. È così presuntuoso che diventa stupido. Come ha fatto a non capire che se piace a una così bella è solo perché lei è una mignotta? »

Poggio il telefonino e gli verso da bere. Poi riempio il mio.

« E che è stata pagata molto, proprio per fingere che lui le piacesse così tanto? »

« Perché è troppo presuntuoso. »

« Esatto. »

E brindiamo di nuovo, poi mi dirigo verso la cabina. « Hai ragione, non mi raccontare più nulla. Sai, le corse in moto mi piacevano moltissimo perché c'era la possibilità di vincere, ma anche di perdere, non avevi mai nessuna certezza. Odio quelli che fanno a botte con uno chiaramente più debole, primo perché è da vigliacchi e poi perché ho sempre pensato che alla fine ci si annoia, che la vuoi vinta facile. Per me è bello vincere quando solo alla fine capisci che sei stato il migliore. »

« Non ti preoccupare. Mi leverò qualche soddisfazione solo con Panzerotto. Farò il suo gioco. Con il resto del mondo invece prometto di essere corretto. »

63

Dopo aver lasciato Giorgio in ufficio, insieme all'autista ci dirigiamo verso casa per accompagnare Gin.

« Abbiamo passato un bellissimo pomeriggio! » Gin si guarda in uno specchietto. « Mi sono anche abbronzata, ottimo, così starò un po' meglio. »

« Amore, ma tu stai benissimo comunque, non hai bisogno del sole. Anche se è proprio vero, il sole... »

« Bacia i belli. Mi prendi sempre in giro! »

Vedo l'autista che ride.

« Ma no, lo penso sul serio. Se una è bella, è bella, che devo dire? Devo far finta di nulla? »

Gin scuote la testa rassegnata. « Vabbè, tu sei una fottitura, in più ti diverti a ridere di me. »

« Ma no, perché mi dici così, non è vero... »

« Ormai mi sono abituata e non fa niente. Ora però, rispondi a questa domanda: com'è Renzi? »

« Numero uno. »

« È veramente così bravo? »

« Semplice, lineare, è un passo avanti a tutti. Intuitivo, si muove per automatismi... »

« Ehi, ma mica parlavi così! »

« Sono evoluto grazie a Renzi. Ormai in questo ambiente se non parli veloce sei fuori! »

« Ma ti piace il lavoro che fai? »

« Molto, è stata una scoperta. Fare l'autore mi piaceva, ma tutto quello che sto facendo adesso è qualcosa di nuovo, di diverso... è più importante, devi considerare un sacco di cose. Solo che non puoi toppare. L'ideale sarebbe azzeccare un colpo dopo l'altro. »

« Certo, sarebbe bello. »

« Chissà... L'unica cosa è che è un mondo di continue relazioni e trovarmici dentro, dover essere quello che a volte addirittura risolve i problemi, devo dire che mi ha proprio sorpreso. Non pensavo di riuscirci, sul serio. »

« Ti credo. »

La macchina si ferma e Gin mi dà un bacio sulle labbra. « Che fai, torni anche tu in ufficio? »

« Sì. Se dovessi muovermi ti chiamo. »

« Okay, ci scriviamo. »

« Ti ricordi che stasera c'è la cena di Pallina? »

« Ah, sì, grazie. »

« Che fai, pensi di venire? »

« No amore, preferisco restare a casa se per te non è un problema, sono un po' stanca. E poi i prossimi giorni saranno ancora più complicati. Ti dispiace? »

Le sorrido. Non so se crederle, forse mi vuole far stare da solo con i miei amici, con il mio passato, essere più libero di dire cose stupide, di essere terribilmente nostalgico, come a volte capita in queste occasioni senza che ce ne rendiamo conto.

« No, fai come vuoi. Grazie. Ci sentiamo dopo. »

Le do un altro bacio e lei scende dalla macchina. La guardo allontanarsi, con i capelli ancora un po' bagnati e la sacca leggera sulla spalla, entra spedita nel cancello, senza girarsi.

« Aspetti un attimo prima di partire. »

Rimango ancora un po' a guardarla. Si ferma davanti al portone e, dopo aver trovato la chiave, la infila. Poi all'improvviso si gira, come se si fosse ricordata che forse potrei essere ancora lì. Infatti è così. E mi fa un grande sorriso, ma capisco che i riflessi sui finestrini della macchina non le fanno vedere più di tanto, così sparisce dentro il portone.

« Possiamo andare, grazie. »

« L'accompagno in ufficio dove sono venuto a prenderla? »

« Sì. » Poi ci ripenso. « No, scusi, può passare un attimo per via Cola di Rienzo? »

« Certo, dove esattamente? »

« Non mi ricordo il civico, è circa a metà venendo da piazza del Popolo, sulla destra. »

« Perfetto. Mi dice lei quando fermarmi. »

« Sì. »

E così mi rilasso sul sedile posteriore, mi infilo i Ray-Ban scuri e chiudo gli occhi. Ho fatto un bagno all'Hilton, ho mangiato delle primizie, ho preso il sole con una bellissima donna che aspetta il mio bambino e che tra poco sposerò. Ho chiuso un importante contratto che fa sentire più sicura la mia società e che mi darà lavoro e guadagno per i prossimi due anni. Ora dovrei poter essere in grado di rispondere a quella fatidica domanda: sì, sono felice. Invece c'è una strana inquietudine che mi agita. È un po' come il mare, a volte lo vedi piatto, con qualche leggera increspatura in superficie. Eppure i pescatori, scorgendo il volo basso dei cormorani, di un semplice gabbiano, il mutare di una corrente o un banco di pesci che salta, sanno capire che da lì a poco quel mare cambierà. Ci saranno dunque giorni di tempesta? E improvvisamente mi viene in mente Babi, il suo sorriso, il suo abbraccio forte a Massimo, suo figlio, nostro figlio, il suo chiudere gli occhi come se volesse respirare l'amore di quell'abbraccio, il sapore della pelle di suo figlio, come se fosse aggrappata all'unica cosa che ha, come se si sentisse disperatamente sola. Poi sorrido. Ma come ti vengono in mente queste cose? Ti fai dei film, delle proiezioni della vita di una persona che non è più quella che conoscevi. Non sai cosa è successo nella sua vita, cosa veramente prova, in cosa consiste la sua felicità, com'è cambiato il mondo intorno a lei, cosa ne è dei suoi genitori, di sua sorella, com'è il suo rapporto con suo marito, cosa accade in quella casa, cosa si dicono, come si baciano, come dormono abbracciati, se stretti e vicini, oppure lontani... E qualcosa accade. Improvvisamente mi prende una fitta allo stomaco, mi manca l'aria. L'idea di lei abbracciata a suo marito, sotto di lui, sopra di lui, girata... Ma perché vai laggiù, mente? Perché non abbandoni per sempre queste immagini di lei con un altro che come un inaspettato tsunami ogni tanto riemergono con incredibile violenza? E piano piano ritrovo il mio respiro. Fermati, abbandona tutto, mente. Basta. È fuori dalla tua vita. Da tanto tempo. Quello che è accaduto è stato un breve e casuale incontro e non accadrà mai più. Ora la tua vita sta per prendere un nuovo corso, arriverà un figlio e poi magari un altro e sarà la tua famiglia, la tua nuova famiglia, non ci sarà più spazio per lei, non potrà più essere un dolore, un ricordo così pesante.

«Mi dice quando fermarmi...»

«Sì, vada ancora avanti, è di fronte a Franchi, subito prima del semaforo. Eccolo, è questo.»

La macchina accosta.

«Mi aspetta un attimo?»

«Certo.»

Così scendo, mi fermo un attimo davanti al negozio e lo guardo in vetrina. Quel cappello blu scuro, quel Borsalino, lo avevo provato una volta con mia madre, avevamo riso e scherzato su come mi stesse bene, su come mi facesse più grande. E avevamo detto che un giorno me lo avrebbe regalato lei. In quel periodo uscivamo noi due da soli in mezzo alla settimana, il pomeriggio del mercoledì era il nostro giorno. Stavo crescendo in fretta e ogni tanto mi comprava qualcosa: un pantalone, una camicia, delle scarpe nuove. Per questo il mercoledì era ed è il mio giorno della settimana preferito. Quel cappello mamma però non me l'ha mai comprato ed ora non può più comprarmelo. Entro nel negozio. Un signore è dietro un bancone, un tavolo con un vetro sotto il quale ci sono fazzoletti colorati e bellissime pochette.

«Buongiorno, in cosa posso aiutarla?»

«Buongiorno, vorrei quel Borsalino blu che sta in vetrina.»

«Credo che sia l'ultimo, spero sia giusta la misura.» Così apre da dietro la vetrina e si sporge fino a prenderlo. «Ecco, lo provi.»

Allora mi stava largo, avevamo riso perché era sceso giù, mi aveva coperto gli occhi poggiandosi sul naso. Ora invece sembra che mi vada perfetto. Mi guardo allo specchio. Lo piego un po' di lato, aggiusto il bordo.

«Le sta molto bene.»

Sorrido al commento attraverso lo specchio. «Grazie, me lo diceva anche mia madre.»

Mi guarda un po' perplesso, giustamente non sa di cosa parlo.

«Okay, grazie, lo prendo.»

«Faccio un pacchetto?»

«No, grazie.»

«Vuole una scatola? Una busta?»

«No, grazie. Quant'è?»

«Sono duecentottanta euro.»

Pago ed esco dal negozio, me lo metto in testa ed entro in macchina. «Possiamo andare.»

«Dove la porto?»

«Mi lasci al Pantheon.»

Imbocca il Lungotevere, non c'è molto traffico, così in poco tempo raggiungiamo piazza della Minerva.

«Si fermi pure qui.»

«La aspetto?»

«No, grazie, prenderò un taxi.»

« Mi scusi, ma io sono in servizio per voi fino alle 20. »

In effetti, visto che lo pago io, posso anche farlo aspettare.

« Va bene, ci vediamo tra un po' allora... »

« Certo, il dottor Renzi si è preoccupato che la seguissi fino a fine turno. Mi ha detto che questa giornata è un suo regalo. »

Così mi allontano. Quindi non paga Futura, ha voluto fare una cosa del genere tutta di tasca sua. E quel Panzerotto se lo è pure lasciato sfuggire? Non sono facili da trovare oggi persone del genere. Oltretutto credo che sia molto onesto, ma di questo mi fiderò definitivamente solo tra qualche anno. È stata una delle prime lezioni di Mariani. Nel mondo dello spettacolo tutti si mostrano amici e fanno mille cose per te, solo quando avrai un insuccesso però capirai quali sono i tuoi veri amici. Mi piacerebbe non scoprirlo mai, ma se questa è una delle note positive, allora una volta che ti capita devi farne buon uso. Ho letto un sacco di cose sull'insuccesso, quella che mi ha colpito di più è che solo dall'insuccesso impari veramente qualcosa. Michael Jordan ha detto una grande verità: « Posso accettare di fallire, chiunque fallisce in qualcosa. Ma non posso accettare di non tentare ». Oggi è stato un tentativo andato bene.

« Buongiorno, vorrei una granita con panna. »

« Uno e cinquanta. »

Tiro fuori dalla tasca degli spicci, li conto e glieli passo, poi prendo lo scontrino e vado al bancone in fondo, poggio lo scontrino sul tavolo e ci metto sopra venti centesimi.

« Una granita di caffè con panna, me la mette anche sotto per favore? »

« Certo. »

« Grazie. »

La prepara in un battibaleno, prende un bicchiere di plastica e con un cucchiaio di legno ci mette uno strato di panna, poi tira fuori da sotto il bancone un bidone di stagno e con un lungo cucchiaio di ferro raschia lì dentro della granita di caffè. Fa scivolare di nuovo giù il bidone e mette quella granita nel bicchiere, ci passa sopra il cucchiaio di ferro fino a schiacciare la panna che si intravede sul fondo. Poi prende di nuovo il cucchiaio di legno, ricopre la granita con altra panna e come a dichiarare che l'opera è finita, ci infila nel mezzo un cucchiaino bianco di plastica.

« Ecco qua. »

« Grazie. »

Esco dalla porta alle mie spalle. È sempre uno spettacolo vedere come preparano le granite qui alla Tazza d'Oro. Mi siedo sui gradini della fontana di piazza della Rotonda proprio di fronte al Pantheon. Prendo il cucchiaino infilzato, lo doso perfettamente con granita e panna e lo faccio sparire nella mia bocca. Chiudo gli occhi. È un sogno. Dolce e amaro. Fredda al punto che la panna a tratti ti rimane quasi attaccata per pochi secondi, per poi sciogliersi insieme a tutto il resto. Nei momenti più diversi, più tristi o più allegri della mia vita, sono venuto a mangiare questa granita, qui, su questi gradini, come se fosse una cosa che in un modo o nell'altro siglava un premio o mi rimetteva in armonia con la vita. E improvvisamente mi arriva un ricordo. Ho appena fatto l'amore con Babi, la guardo nel letto con i suoi occhi lucidi, ancora emozionata, e io la fisso, la guardo in silenzio, diritto sulle mie braccia per non pesare su di lei, perso sulla sua bocca dischiusa che mi fa intravedere i denti.

«Sei la cosa più bella della mia vita.» E lei sorride ma rimane in silenzio. «Quando sto con te è qualcosa di unico, meraviglioso, che non riesco a spiegarti, è come la granita di caffè con panna della Tazza d'Oro.»

«Ma cavoli, avevi detto cose bellissime e poi mi paragoni a del ghiaccio!»

Mi metto a ridere. «Ma no. È perfetta! Il dolce di quella panna, l'amaro e l'intenso di quel caffè, è meglio di qualsiasi droga, proprio come te.»

«Così vai meglio.»

Mi tira a sé e mi dà un bacio al volo.

Me lo ricordo ancora, perfettamente.

Così il giorno dopo la porto in moto proprio qui a prendere due granite.

«Aspetta, non mangiarla ora. Devi sederti sui gradini.»

Così ci sediamo ai piedi di questa fontana al centro della piazza.

«Ora prepara il cucchiaino, granita e panna insieme, ecco, così, e poi mettilo in bocca e chiudi gli occhi.»

E Babi segue ogni mia indicazione e dopo averla gustata rimane a occhi chiusi, muove lentamente la bocca. Poi li apre e sorride. «Cavoli! È pazzesca! Ma veramente sono così buona?»

«Quando scopiamo sì!»

«Cretino!»

E naturalmente mi picchia con più pugni sulla spalla, ma continuiamo a ridere, a mangiare quella granita come fossimo due stranieri nella nostra stessa città, citando la canzone di Battisti: *Chiedere gli opuscoli turistici della mia città... passare il giorno a visitar musei, monumenti e chiese, parlando inglese... e tornare a casa a piedi dandoti del lei.*

Una frase per uno, fino all'ultima che abbiamo detto in coro: *Scusi, lei mi ama o no? Non lo so, però ci sto!*

Ecco. A volte i ricordi arrivano così, all'improvviso, non li puoi fermare e non li puoi cancellare. Così rimango a fissare quel bicchiere di granita ormai vuoto. È meglio di una droga. Proprio come te. Ma ora è finita. Devo tornare in ufficio.

64

Quando arrivo in ufficio, c'è Alice che sta mettendo a posto alcune carte.

« Renzi è andato via? »

« Sì, mi ha salutata e ha lasciato solo alcuni progetti da mettere a posto segnandoci sopra alcuni appunti. »

Mi avvicino per vedere cosa c'è scritto e Alice me li passa. Su ogni progetto c'è un post-it con una sua valutazione: *da rivedere, da usare all'interno di una trasmissione contenitore, inutile, da comprare,* con tre punti esclamativi. Leggo il titolo di quest'ultimo. *Figurine d'oro.* È un'idea di una specie di Monopoli televisivo, fatto tutto con i personaggi della vita pubblica più o meno famosi negli ambiti più diversi: politica, cinema, calcio, TV, gossip. I concorrenti devono fare il loro album. Leggo i passaggi che ci sono sul tabellone, domande verosimili sulla vita dei diversi personaggi. Se il giocatore indovina si prende la sua figurina e il relativo valore, completando così il suo album. La gente a casa segue la gara sentendo verità e menzogne su tanti personaggi famosi. Non è male.

« Va bene, grazie. » Riconsegno tutto ad Alice che così riprende il suo lavoro da catalogatrice. Vado verso la mia stanza quando mi accorgo che in quella di Simone c'è la luce accesa. La porta è aperta, così mi fermo sulla soglia e busso. Sta lavorando al computer con le cuffiette, ma quando mi vede mi sorride e se le toglie.

« Complimenti, ho saputo dell'incredibile colpo nel mondo della fiction. »

« Già, siamo molto contenti. »

Chiudo la porta, prendo una sedia e mi siedo davanti a lui. « Siamo andati in piscina all'Hilton a festeggiare. Ci hanno fatto preparare i piatti alla Pergola, che non è veramente niente male, e poi sono andato per conto mio e mi sono comprato questo... » Mi infilo il cappello. « Ti piace? »

Simone mi guarda divertito. « Be', ti fa un po' boss... Ma tu sei il boss! Sì, comunque ti sta proprio bene. »

Così gli sorrido soddisfatto, poi me lo tolgo e ci gioco un po', batto la mano sulla cupola, facendo una specie di piega, intanto evito di guardarlo. « Vedi, una volta mi piacerebbe festeggiare un tuo successo, sarebbe proprio bello... » Alzo lo sguardo e gli sorrido. È leggermente imbarazzato.

« Sì, certo, piacerebbe molto anche a me. »

« Già, ma se vieni mandato via da Futura è difficile che questo accada... »

« E allora speriamo di non essere mandato via. »

« Non ti chiedo chi hai visto oggi, perché se tu mi mentissi dovrei cacciarti. E ho paura che tu faresti una sciocchezza del genere. »

Allora mi guarda con sguardo fiero, senza incertezza, quasi divertito. « Ho visto Paola Belfiore. »

« Ma noi ti abbiamo chiesto di non vederla. »

« Abbiamo mangiato insieme. »

« Non importa cosa hai fatto o non hai fatto. Renzi è stato chiaro. Quella è una bomba. Basta che la sfiori e noi saltiamo in aria. »

« Non la sfioro. »

Gli sorrido io questa volta. « Hai ventitré anni. Me li ricordo perfettamente. Se mi fosse piaciuta una così e lei avesse avuto un minimo interesse per me, non avrei ascoltato nessuno. Quindi ti capisco, ma non mi dire cazzate. »

« Senti Stefano, non so cosa mi sia successo, a Civitavecchia io sto con una ragazza e ci sto anche molto bene, è che con Paola ci siamo trovati in un modo incredibile. Lei mi dice sempre quella cosa che vorrei che mi dicesse, si comporta esattamente come io immagino... » Poi mi guarda come se cercasse in me l'amico, il confidente per una situazione come questa. « Ti è mai capitato? »

« Sì. »

« Ecco, quindi mi puoi capire. E sai che non è possibile rinunciare a una cosa del genere... »

« Hai ragione, non è facile. Nel mio caso è stato il destino a decidere per me. »

« E se invece non fosse accaduto? Avresti accettato di decidere tu di non vederla più o avresti perso il lavoro? »

« Forse mi sarei perso del tutto. Ma così non è stato. Invece non c'è un destino che decida per te. Ci devi pensare tu. Quindi puoi continuare a lavorare per noi oppure lasciarci il format e andare a fare il tuo lavoro da qualche altra parte. Forse troverai altre occasioni, però ti dico una cosa. Paola Belfiore è amata molto dagli alti poteri. Dovunque andrai a lavorare, quando vedranno che ti porti dietro questo piccolo optional, ti scaricheranno. Sarebbe come mettersi del tritolo in casa con una miccia accesa, sarà sempre e solo questione di tempo.»

Mi guarda un po' in silenzio e poi annuisce. «Okay.»

«Cosa vuol dire 'okay'? Vuol dire che ti tieni il tuo lavoro, sei fedele alla tua ragazza di Civitavecchia e continui con noi, o vuol dire 'okay me ne vado con la Belfiore'?»

«Vuol dire okay, continuo con voi.»

Mi alzo dalla sedia. «Io non sono Renzi. Oggi stai prendendo un impegno con me. Questa è la tua ultima occasione. Se scopro che mi hai detto una cazzata, sei fuori. Mi dispiace, ma io mi incazzo e anche di brutto. Quindi se ci vuoi riflettere ancora un po', dimmelo.»

«No. È la mia decisione.»

Così gli porgo la mano e lui la stringe. «Ci siamo detti tutto. Sei sicuro, vero?»

Allora Simone Civinini prende il suo telefonino, cerca qualcosa e poi spinge invia e rimane a fissarmi mentre il telefono squilla. Sento qualcuno che risponde, sento una voce allegra, divertente, felice della sua telefonata. Simone chiude un attimo gli occhi e poi inizia a parlare.

«Ciao Paola, sì, anch'io avevo voglia di sentirti, ma purtroppo devo anche dirti una cosa. La mia ragazza è molto gelosa, oggi era in zona e ci ha visti insieme da Antonini. Si è molto arrabbiata. Le ho promesso che non ci saremmo visti né sentiti mai più.» Rimane per un attimo in silenzio. Presumo che Paola gli stia dicendo qualcosa dall'altra parte del telefono. «No. Gliel'ho promesso». Silenzio. «Sì, dispiace anche a me, moltissimo.» Silenzio ancora. Poi Simone sorride. «Ma certo, ci mancherebbe, ci possiamo sentire professionalmente. Stai sicura che appena ci sono dei provini o parte la trasmissione di cui abbiamo parlato, ti chiamo.» Un attimo di silenzio. «Sì, lo spero anch'io.» Poi chiude. Mi guarda, posa il telefonino e allarga le braccia. «Ora mi credi?»

«Sì, certo. Ma non fare che da domani qui dentro ci sono provini ogni giorno, eh?»

Si mette a ridere. «Non ci avevo pensato... Allora spero che faremo moltissime trasmissioni così sarò giustificato.»

Vado nel mio ufficio, chiudo la porta e apro il cassetto dell'armadio sotto alle risme di carta. C'è una camicia bianca. Mi cambio quella che ho addosso. Questa scena mi ricordo di averla vista in un film. Harrison Ford deve andare a un appuntamento importante e invece di tornare a casa ha già una camicia pulita in ufficio. Il film era *Una donna in carriera,* con Melanie Griffith e Sigourney Weaver. È un film divertente dove una donna, Melanie, realizza il sogno di avere successo con un suo progetto. Mi ricordo che finisce bene. C'è una bella battuta di Melanie Griffith che zittisce Harrison Ford: «Ho un cervello per gli affari e un corpo per il peccato». E poi c'è questa idea della camicia in ufficio, così posso andare direttamente a cena da Pallina senza passare per casa. A volte anche un semplice film ti può dare una bella idea.

«Ciao Alice, ciao Silvia, ci vediamo domani.»

Poco dopo sono fuori dal portone. Levo la catena alla moto, infilo le chiavi e l'accendo. Poi mi chiudo il casco e ci salgo sopra, metto la prima, in un attimo supero piazza Mazzini e sono sul Lungotevere. Nel traffico della sera la moto scivola agilmente tra le macchine. Almeno i cinquecentoventi euro spesi per il manubrio forzato da quel cazzo di ladruncolo non sono stati buttati via invano.

65

Quando arrivo sotto casa di Pallina, la festa è già iniziata. Dal quarto piano arriva la musica a palla, ci sono diverse persone affacciate sul terrazzo e davanti al portone è pieno di moto e motorini. Ma quanta gente ha invitato? Mica avevo capito che era una cosa del genere. Scuoto la testa mentre metto la catena fissandola bene al palo lì vicino. Poi citofono e sento che dalle casse è partito *I Feel Good*. Qualcuno esce sul terrazzo e agita le mani, tenendo il tempo, arrivano subito dopo due ragazze che si mettono a ballare insieme a lui. Non riesco a riconoscerlo, non mi sembra nessuno degli amici storici. In quello stesso istante aprono il portone senza voler neanche sapere chi ha citofonato e mi distraggono così da questa mia curiosità. È una festa come quelle di un tempo, dove ci si imbucava tutti e si ripuliva la casa. Sono dentro l'ascensore. Speriamo che non succeda a Pallina. Non lo permetterei. Quando esco al quarto piano, la porta di casa è aperta. Un ragazzo e una ragazza a me sconosciuti chiacchierano divertiti sulla soglia. Lui ha in mano una Beck's, lei una sigaretta arrotolata, ma non è una canna, anche se ha un piercing al naso e i capelli tutti raccolti in una specie di turbante rasta. Si spostano di lato facendomi passare, ma non faccio in tempo a entrare in salotto.

«Guarda chi è arrivato!» urla Pallina venendomi incontro. «Step!»

«Ma dai!» Il tipo alla consolle abbassa un po' la musica. Lo riconosco, è Lucone. Gli è sempre piaciuto improvvisarsi dj anche se con scarsi risultati. «Grande Step, bene arrivato, questa è la tua serata!» dice a un microfono che fa uscire questa sua dichiarazione da tutte le casse sparse per casa, così che non ci sia più alcun dubbio che sono arrivato. E uno dopo l'altro, dalla cucina, dagli angoli del salotto, dal piccolo studio, arriva gente, amici persi da tempo, ma mai dimenticati.

«Bella Step», «bella frate», «ho saputo che ti sposi... Condoglianze.» Alcuni scoppiano a ridere. Dalla finestra arriva quello che stava ballando insieme alle due ragazze.

«Schello! Eri irriconoscibile da sotto!»

Capelli corti, vestito elegante, perfino la barba fatta.

«Step!» E mi abbraccia. È addirittura profumato. Sembra il fratello clonato in meglio.

«Che ti è successo?»

Mi guarda sorpreso. «Perché? Boh, forse sono dimagrito.»

«No, non hai capito, o sei stato a Lourdes o non può esserci stato un miracolo naturale di questa portata!»

Ride ancora come allora e tossisce, perdendosi quasi in quell'affanno, dimostrando che in questo non è cambiato, fuma ancora tantissimo.

«Bella frate... che sorpresa!» E arrivano Hook, il Siciliano, Palombini, Marinelli e tanti altri ancora, tanti che avevo perso di vista, tanti che neanche più mi ricordavo potessero esistere. E tutti hanno una parola, un sorriso, una battuta. «Con te ci siamo già visti un po' di tempo fa...» dice il Siciliano, come se volesse vantare con gli altri chissà quale nostra amicizia mai interrotta.

Poi mi abbraccia Pallina. «Dai, lasciatelo stare, lo state soffocando... Se me lo rovinate poi chi se lo sposa più?»

E una ragazza seduta su un divano lì vicino con alcune amiche le sorride. «Se lo sposano, se lo sposano, lascia sta'...»

Solo ora la riconosco, è Maddalena, siamo stati insieme per un periodo, prima che conoscessi Babi, prima che lei ne fosse gelosa, prima che facessero a botte, ma non faccio in tempo a dire nulla che Pallina mi spinge in cucina.

«Guarda chi c'è?» E un tipo di spalle alle prese con i fornelli si gira sorridendomi, ha un grosso grembiule nero con un toro disegnato sopra con sotto la scritta MATADOR.

«Bella Step, come stai?» Bunny si pulisce le mani sulla parannanza, poi si avvicina, mi dà la mano destra, la chiude intorno alla mia e mi tira a sé, come ci si salutava un tempo, come ci si saluta tra noi. E mi batte sulla schiena e mi abbraccia come se fossimo fratelli. Ma io ero fratello con Pollo e tu sei Bunny e ora stai con Pallina che era la sua donna. Chiudo gli occhi. Ma Pollo non c'è più, mentre Pallina sì, e ha organizzato tutto questo per me, per lei e per Bunny, per avere il mio okay, ma non mi ha chiesto nulla ancora, ma in qualche modo me lo sta chiedendo ora. E mi sembra di vedere Pollo che mi sorride e annuisce. «Lasciala andare. Non puoi non essere felice per gli altri. Io non ci sono più.»

E mi si stringe il cuore, ma è così. Così mi scosto da lui e gli sorrido.

« Ehi, mi sembra buono questo profumino... Che cucini? »

« Ti piace? » Bunny riprende a girare con un mestolo di legno dentro una grande pignatta. « È polenta. Oh, è dalle 16 che sto a cucina' roba. Sto sudando davanti ai fornelli dal primo pomeriggio! Oggi, anche se dopo mi sfondo di cibo, so' sicuro che la bilancia sta delusa! » E ride di questa sua battuta e poi mi guarda e cerca qualcosa nel mio sguardo, e per un attimo, solo per un attimo, è come se volesse essere del tutto sicuro che ho accettato questa loro scelta. Ma forse è solo un mio pensiero, comunque ci pensa Pallina a togliermi qualsiasi dubbio.

« Dai, lo porto di là a salutare gli altri. » E così mi prende sottobraccio e appena siamo fuori dalla cucina, appoggia la sua testa sulla mia spalla e mi sussurra: « Grazie... »

E io sorrido, ma non la guardo.

« Comunque sta bene, è dimagrito. »

« È vero? »

« Sì, sta meglio. »

E mi stringe più forte il braccio, come se con quest'ultima frase io avessi definitivamente benedetto la coppia, cosa che non spetta certo a me, ma se hanno bisogno di questo mio sorriso, come posso negarglielo? E continuiamo a salutare gente.

« Ciao Mario, ciao Giorgia. » Poi Pallina si accorge di alcune persone intorno a un tavolo con il bicchiere vuoto in mano, che provano a girare delle bottiglie.

« Scusa Step, ma è finito da bere. Torno subito. » E scappa via così, con quest'ultima rassicurazione, come se non sapessi muovermi da solo.

In un angolo c'è Maddalena che mi sorride, ma subito Hook, che le sta vicino, la stringe a sé e la obbliga a un bacio e poi mi fissa come a dire: oh, ora è roba mia. Non gli do peso. Mi giro dall'altra parte come se nulla fosse. Tienitela pure. Mi verso anch'io qualcosa da bere e, mentre sorseggio un po' di Falanghina fredda, li guardo. Sono i ragazzi di un tempo, quelli delle corse in moto, delle feste a imbuco, dei saccheggiamenti vari. Mi sembra che sia passato un secolo, che sia tutto così lontano. Ridono, scherzano, si passano una birra, una canna. E sento qualche discorso.

« Ma de che... consegna pizze a domicilio, Dodo invece ha

trovato una cosa fica, sta di guardia a un'autorimessa alla stazione Termini. »

« Ma dai! »

« Sì, milleduecento al mese, non si deve muovere da lì e ha un sacco di straniere che ce cascano. »

E ridono come se quello fosse il massimo traguardo, la tanto sospirata aspirazione finalmente raggiunta. E mi viene in mente un libro di Jack London, *Martin Eden*. All'inizio della storia lui è un marinaio ma diventa uno scrittore di successo per lei, per Ruth, della quale un giorno, vedendola sulle scale di casa, si innamora senza nessuna spiegazione, perché così è l'amore. E dopo tanto tempo quando ormai è diventato ricco ed è un uomo di successo, si presenta a casa di Ruth vestito in modo elegante. Tutti sono felici, è l'uomo perfetto che la famiglia desidera per lei. Ma quando Martin Eden la rivede, ora che ha imparato a leggere e a scrivere, dall'alto della sua nuova conoscenza, e la sente parlare e fare delle riflessioni, cose che prima lui non era certo capace di valutare, capisce che Ruth, la donna per la quale ha fatto tutto, per la quale ha cambiato la sua vita, in realtà è una stupida. Così torna nel suo gruppo, tra quei marinai spesso ubriachi che non sanno né leggere né scrivere, ma tutto quello che ha fatto nella vita, le persone che ha conosciuto, le nuove strade che ha percorso, gli fanno capire che quegli amici di un tempo non c'entrano più nulla con lui.

« Bella Step, ma che stai a fa' con quella faccia? Sembri di un triste. Stai a pensa' al matrimonio eh? »

È Schello che mi saltella davanti cercando di farmi ridere. Ma con quei capelli così a posto e quella inaspettata eleganza, sembra anche lui del tutto fuori luogo.

« No, veramente stavo pensando a come sono cambiati tutti, soprattutto tu. »

« Ma no! Forse sono cambiato socialmente... Lavoro, c'ho una bella macchina, ho un appartamento in affitto ai Parioli, vesto tutto figo, ma dentro non mi sono spostato di una virgola. E quando mi muti a me! »

E ride con quella affannata e catarrosa risata di sempre, sì, è vero, in questo non cambierà mai.

« Bene, sono contento per te. E a cosa devo questa incredibile rivoluzione? »

« Be', sai, si cresce, si fanno nuove esperienze. » Dà un lungo sorso a una birra. « E in qualche modo un po' si cambia. » Poi fa un enorme rutto. « Ma non troppo! » E ride di nuovo.

Proprio in quel momento dalla cucina, con un grande vassoio pieno di polenta con ai bordi sugo fumante, spuntature e salsicce, arriva Bunny. « Signori... È arrivata la polenta! »

E anche se siamo in primavera, tutti rientrano dalla terrazza, si alzano dai divani, tornano dentro dal pianerottolo. Il tavolo è come invaso. Si passano piatti di carta, coltelli, forchette, un tovagliolo, mentre Bunny rientra in cucina ed esce subito dopo con un secondo vassoio, sempre pieno di polenta, sugo, salsicce e spuntature. « Eccone un altro. Fatemi posto! »

Così qualcuno si sposta lateralmente, Hook e Maddalena mi coprono quando io all'improvviso lo vedo. Sembra divertirsi, chiacchiera con Palombini, agita le mani con il suo piatto di plastica e la forchetta. Ma chi è quel tipo? Come mai mi sembra di conoscerlo? Poi ho un flash. È un attimo. È come un filmato riavvolto velocemente e mandato avanti a rallenty che si ferma al punto giusto, dove lui mi appare. È quel ladruncolo del cazzo, quello che mi ha sfondato il manubrio, cinquecentoventi euro dati alla Honda per colpa sua. Come sono felice di essere venuto a questa festa. Fermo al volo Bunny che sta tornando in cucina.

« Sandro, fammi un favore, stammi dietro e non far passare nessuno. »

« Certo Step. Non c'è problema. » Mi sorride. Non sa niente, non sa cosa accadrà, ma qualunque cosa sia, per lui va bene. Come ai vecchi tempi, bastava un segno, senza troppe parole. Così cammino spedito verso il tavolo. Brava Pallina, sono contento della tua scelta, hai la mia benedizione. Il tipo sta continuando a parlare con Palombini, quando vede davanti a lui la gente che viene spostata, una persona dopo l'altra, gentilmente spinta da parte mentre noi avanziamo. Allora incuriosito smette di parlare, poi mi vede, mi guarda mentre avanzo veloce, dritto per dritto, senza esitazioni. Solo alla fine strabuzza gli occhi quando ormai è troppo tardi. Lascia cadere il piatto e la forchetta, si gira per fuggire, ma in un attimo gli sono addosso. Lo prendo per il collo da dietro, stringendolo forte con la destra, mentre con la sinistra gli prendo tutti i capelli che ha e lo spingo verso la prima portafinestra aperta.

« Ahio, cazzo, ahia. »

« Zitto, stai zitto. »

Bunny è dietro di me, come siamo fuori chiude la portafinestra del balcone. Vedo qualcuno che da dentro segue la scena, ma subito si disinteressa e continua la fila per la polenta ancora calda. Bunny sposta due sdraio, così da chiudere l'accesso a quella parte del terrazzo dove ci troviamo. Con la destra spingo il tipo con la faccia contro il muro e lo tengo pigiato con tutta la guancia, mentre con la sinistra lo blocco per i capelli.

« Ahia, cazzo, mi fai male! »

« Non è niente. Ti ricordi di me, no? »

Il tipo con la guancia contro il muro si agita sbattendo i piedi. « Ma se non riesco a guardarti! »

« Mi hai visto prima, quando ti venivo incontro, mi hai riconosciuto. Comunque ti rinfresco la memoria: sono il coglione al quale volevi inculare la moto e invece mi hai solo sfondato il manubrio. »

Ora anche Bunny sa tutta la storia. Lo vedo con la coda dell'occhio incrociare le braccia e piegare la testa di lato come se volesse guardare meglio il tipo. Poi scuote la testa come a dire: ahia, questo non lo dovevi fare, la moto di Step no.

Poi con tutte e due le mani sbatto forte la testa al tipo contro il muro. « Te lo ricordi ora? O devo rinfrescarti la memoria? »

« Ahia, sì, sì, scusa, non lo sapevo che fosse tua, ho fatto una cazzata. »

« Sì, una cazzata da più di cinquecento euro... » E così dicendo lo tengo sempre con la sinistra per i capelli contro il muro, mentre con la destra comincio a perquisirlo. Il tipo si agita.

« Buono, buono, stai buono... » Lo tiro forte indietro per i capelli, stringendoli nel pugno. Fa un urlo.

« Ho detto stai buono. » Continuo a frugare fino a quando all'interno del giubbotto jeans trovo il portafoglio. « Oh. Eccolo... » Lo tiro fuori. « Com'è gonfio! » Lo apro con una mano contro il muro e prendo tutti i soldi che ci sono dentro. Poi lo butto per terra. « E che hai fatto? Stavolta una bella moto sei riuscito a piazzarla, eh? » Ma non aspetto risposta. Lo spingo più forte contro il muro e faccio due passi velocemente indietro, portandomi a distanza, poi conto i soldi. « Cento, duecento, trecento... seicento. Ecco, la spesa più il disturbo. Non voglio altro. » Così lascio cadere qualche foglio da dieci e da venti per terra. « Ora tu raccogli tutto e tra due secondi esatti te ne vai, senza salutare nessuno, chiaro? Sparisci. »

Il tipo raccoglie velocemente il portafoglio e i soldi e poi si prende un bel calcio forte, di punta, nel sedere.

« Ahia, cazzo! »

« E questo non è niente. Non attraversare mai più la mia vita. Mi dà fastidio la gente che rovina le cose, soprattutto le mie. Ringrazia che non ti ho buttato di sotto. »

Mi guarda un attimo, guarda Bunny, poi si infila il portafoglio in tasca e va via. Attraversa velocemente il salotto, lo seguiamo con lo sguardo fino a quando non infila la porta e sparisce giù per le scale.

« Oh! Cazzo, mi ha rovinato la moto, ma almeno sono rientrato. » Mi metto i soldi in tasca. « Non so come mai, ma ho sempre avuto la sensazione che l'avrei rincontrato, ma non qui da Pallina. Chissà chi cazzo è. »

Bunny ride come un pazzo.

« Che c'è? »

« Niente. Ora mi è tutto chiaro, l'ha portato Palombini, ha detto che me lo voleva presentare per farmi fare un ottimo affare con lui. »

« Di cosa si trattava? »

« Palombini mi voleva far comprare una moto! »

« Hai capito che sòla il Palombo... Andiamo a vedere com'è venuta questa polenta, va'! »

« Sì, sì. »

Faccio passare davanti Bunny e gli do una pacca sulla spalla, lui si gira e mi sorride.

« Sono contento che sei passato Step, Pallina ci teneva moltissimo. E anche io. »

« Anche a me fa piacere. »

Va al tavolo, prende un piatto, ci mette dentro la polenta, raccoglie del sugo ancora caldo dal bordo, una spuntatura, una salsiccia e me lo passa insieme a un tovagliolo.

« Grazie. »

Poi si sposta un po' più in là, prende un bicchiere e ci versa del vino rosso.

« Ecco, tieni Step. Questo è un ottimo Brunello. »

« Però... »

« Vado a vedere se Pallina ha bisogno di qualcosa. »

« Okay. »

Così, rimasto solo, mi siedo sul divano, poggio il bicchiere sul tavolo basso di fronte a me e assaggio la polenta. Non è niente male. Taglio con la forchetta una salsiccia e assaggio anche quella. È ancora calda, cotta bene e non è per niente grassa. Ci vorrebbe del pane. Proprio mentre mi guardo in giro per vedere se sul tavolo ce n'è, mi piomba qualcuno vicino sul divano.

« Oh! Eccoti qui! »

Mi giro. « Guido! »

« Bella Step, come stai? » Ci abbracciamo.

« Benissimo, tu? »

« Sempre bene. Sei pronto per domani? Ti passo a prendere alle cinque, okay? »

« Oh, mi raccomando, niente mignotte... »

« Ma come, scusa? Quando te l'ho chiesto mi hai dato carta bianca per il tuo addio al celibato. E poi, adesso, metti le mani avanti? Cazzo ma non si fa così! C'è di tutto e di più! »

Lo guardo divertito e lui continua.

« Che c'è? C'hai paura? Non è da te! »

Mi pulisco la bocca con il tovagliolo e bevo un po' di vino rosso.

« Questo l'ho portato io, com'è? »

« Buono. »

« Vedi? Fornisco solo cose di prim'ordine, fidati, sarà un bachelor perfetto! »

Mi metto a ridere. « Va bene. »

« Allora passo a prenderti alle cinque. Oh, fatti trovare eh, non sparire! Sparisci il giorno dopo se vuoi, ma non domani sera! » Poi ci ripensa su. « Però... Non sarebbe male! » E ride tra sé allontanandosi.

Scuoto la testa e riprendo a mangiare polenta, salsicce e spuntature. Quando finisco, bevo un altro sorso di vino e mi asciugo la bocca.

« Ciao Step. »

Mi giro.

È Maddalena. Mi sorride. « Bello vederti. »

« Fa piacere anche a me. »

Si siede sul bracciolo del divano. « A me di più, sono sicura. » Poi si mette a ridere. « Sono sempre stata più in fissa io di te... »

« Non è vero. Quando è stato, è stato alla pari. »

Mi tocca con la mano il braccio, mi alliscia la camicia. « Stai bene, sai? Sei più bello, hai più fascino ora, forse perché sei cresciuto, ti vesti elegante... »

« Sono sempre lo stesso. » Guardo in fondo alla sala Hook, chiacchiera con Lucone, ma ogni tanto vedo che butta qui uno sguardo. Lo indico a Maddalena. « Guarda che poi lui si arrabbia. »

« Non può arrabbiarsi, mica mi è vietato parlare con le persone. E poi tu sei un mio amico, ti conosco da tanto... »

« Non vorrei litigare stasera. »

Mi sorride. « Okay, ora vado. Ci vediamo qualche volta? Mi piacerebbe andare a fare un giro con te... »

« Mi sto per sposare. »

« Lo so, ma io mica sono gelosa... » Si mette a ridere e si allontana. La guardo per un attimo mentre va via e vedo che lei lo sa, ma poi mi dedico ad altro, sennò finisce che litigo sul serio stasera. Così mi alzo, faccio un giro mentre la musica diventa più alta, prendo un bicchiere, mi verso del rum ed esco in terrazza. Non faccio in tempo ad appoggiarmi alla ringhiera che non sono più solo.

« Step, lei è Isabel. »

Schello mi presenta una bella ragazza bruna dagli occhi azzurri, alta e magra, con un vestito che fa vedere tutte le sue forme, forse migliorandole.

« Ciao, piacere. » Mi dà la mano e mi sorride. Ha anche dei bellissimi denti.

« Piacere. »

« Ecco, lei ha già fatto qualcosa in TV, ma tutta roba piccolina, le serve qualcosa di grosso. Per me potrebbe sfondare, ha tutti i numeri. Anche di più! » ride Schello, mentre la ragazza lo riprende.

« Dai Alberto. »

Schello si ricompone. « Vabbè, scherzavo, glielo fai un provino? Una cosa seria, però... »

« Facciamo solo cose serie. Appena inizia il programma ti faccio chiamare da chi se ne occupa. Ora scusatemi, ma devo andare. »

« Okay, grazie Step, sei un amico. »

« Di niente. »

E li lascio così, sul terrazzo. Poi cerco Pallina, la trovo in cucina con Bunny che stanno finendo di tirare fuori i dolci.

«Ciao, grazie di tutto. Ci vediamo presto, vi aspetto.»

«Già te ne vai?»

«Sì, ho un po' di cose da fare per i prossimi giorni.»

Pallina si illumina. «Ah già, che emozione.» E mi abbraccia forte. Poi mi dice piano: «Non mi ha più chiamata la nostra amica, chissà se sa... Oggi non mi sembrava il caso di invitarla».

Mi stacco e le sorrido. «Brava, ogni tanto hai delle ottime idee!» Poi saluto anche Bunny e me ne vado via, senza dire niente a nessun altro.

Quando arrivo a casa faccio il più piano possibile, cammino in punta di piedi, cercando di non fare rumore. Ma ho sete, ho voglia di rum. Il rumore dei bicchieri che si toccano quando ne prendo uno fa svegliare Gin.

«Sei tu?»

«No, è un ladro.»

«Allora sei tu. Hai rubato il mio cuore.»

Entro in camera da letto, è tutto buio e lei è come se ancora dormisse.

«Sai che da sonnambula dici delle cose bellissime?»

La vedo sorridere nella penombra. «Da sonnambula ho solo il coraggio di dirle.»

«Sei stata molto astuta, ti sei salvata. Festa carina ma un po' nostalgica e malinconica...»

«Chi c'era?»

Sento la sua voce un po' tesa, ma faccio finta di niente.

«I soliti, i miei amici del passato. Qualcuno è migliorato, qualcuno no. Qualcuno non ha avuto il coraggio di venire alla festa, qualcun altro forse aveva di meglio da fare. Vuoi sapere l'incredibile nota positiva? Ho beccato quello che ha provato a rubarmi la moto.»

«Ma dai, e poi cosa è successo? Già me lo immagino...»

«Ti sbagli, si è offerto di ripagare il danno e ci siamo accordati.»

Si tira su a sedere. «Cosa? Non ci credo! Step è cambiato...»

«Sì.»

«Sei un uomo da sposare, allora.»

Le sorrido. «Sì.»

«Ti do una brutta notizia però, domani te ne devi andare...»

« Ma come? Non siamo ancora sposati e già mi cacci? Ma che non mi credi? Guarda che non gli ho menato. Stasera sono stato perfetto! »

« Lo immagino. Dammi un bacio. »

Così mi avvicino e mi siedo vicino a lei, l'abbraccio e la bacio con dolcezza. È calda, è profumata, è morbida, è desiderabile. Mi guarda divertita.

« Domani te ne devi andare perché i futuri marito e moglie non si devono vedere il giorno prima del matrimonio. Però stasera puoi rimanere... »

« Bene. »

« E puoi anche approfittarne... »

« Benissimo. » E mentre si sfila la camicia da notte, sono contento di non avere intorno nessun fantasma del passato. Così, con leggerezza, comincio anch'io a spogliarmi.

66

Quando mi sveglio, la casa è in un gran silenzio, tranne la musica a basso volume che è partita dalla radio. Ha funzionato da radiosveglia, è sintonizzata su Ram power. Uno lo ricordi, uno lo vivi. Il pezzo che ha deciso di iniziare la mia giornata è *Meraviglioso,* dei Negramaro. Mi sembra un buon segno. Guardo l'orologio, sono le 10. Cavolo, ho dormito un sacco, anche se quando sono rientrato in effetti era già tardi. È stata una notte bellissima.

« Gin, ci sei? »

Nessuna risposta. Deve avere impostato lei la sveglia in quel modo. Meno male che l'ha fatto, sennò chissà quando mi sarei svegliato. Vado in cucina, il tavolo è pronto con un'ottima colazione. Ci sono cereali, del formaggio Brie, un melone bianco già tagliato, del toast pronto per essere inserito nel tostapane e poi un biglietto.

Ciao amore, se vuoi ci sono anche delle uova in frigo che puoi prepararti come più ti piace, strapazzate, all'occhio di bue, sode... Insomma, le uova, in un modo o nell'altro le sai fare, quindi regolati tu. Invece ti volevo fare gli auguri per questo tuo giorno speciale, già, perché forse non te lo ricordi ma questa è la tua ultima giornata da single. Quindi rilassati, stai allegro e divertiti! Mi viene da ridere, ma continuo a leggere. *Ora, la tradizione vuole che il giorno prima, noi, i futuri sposi, non ci si incontri. Quindi stasera o vai da tuo padre o vai da un tuo amico o vai dove desideri, ma ti ricordo di non tornare qui che porta male. Cioè... Domani ci puoi tornare, ma dopo che mi avrai sposata! Allora, due ultime raccomandazioni. Non ho visto il tuo abito, come tu non hai visto il mio, e sono molto curiosa. So che tuo padre ci teneva a essere lui a regalartelo, so che lo hai provato ed è arrivato a casa sua, quindi non dimenticarti di prenderlo, anche perché ho fatto arrivare lì anche le fedi, visto che ha il portiere fisso. Ultimissima raccomandazione. So che Guido ha avuto carta bianca per il tuo addio al celibato. Spero tu ti diverta... ma non troppo! Ma anche che tu non sia eccessivamente stonato domani, tanto da non riuscire a pronunciare le fatidiche parole « sì, lo voglio ». Perché questo devi dire! Ma se per caso du-*

rante l'addio al celibato, nella notte più profonda, che appunto come si dice porta consiglio, o una ragazza particolare che i tuoi amici avranno scelto per festeggiare quest'ultimo giorno, insomma se per caso ci dovesse essere una qualunque cosa che ti fa mettere in dubbio tutto quello che ci siamo detti fino a ieri, avvisami subito, telefona, manda un messaggio, anche un piccione, una guardia forestale... Ma non farmi arrivare in chiesa e trovarmi ad essere io, anziché tu, ad aspettare lo sposo, che oltretutto magari non arriverà. Questo non te lo perdonerei mai. Il resto neanche, però potrei passarci sopra. Comunque ti amo e se tutto va bene ti sposo! Gin.

Chiudo la lettera e inizio a fare colazione. Il caffè è caldo nel thermos, il bollitore con dentro il latte è ancora tiepido come se Gin, prima di uscire, l'avesse leggermente scaldato. Spingo i toast giù e faccio partire il tostapane e, intanto che aspetto, mi bevo il succo d'arancia. C'è anche il *Corriere della Sera*, Gin ha pensato proprio a tutto! Così sfoglio il giornale lentamente, leggo distratto alcune notizie mentre mi verso il caffè, ci metto un po' di latte e sento scattare il tostapane. Prendo i toast, li metto nel piatto e contemporaneamente taglio un pezzetto di formaggio Brie. Mi piace perché è delicato, non ha un sapore troppo forte come il Camembert, che preferisco infatti come aperitivo, la sera magari, verso le 19, con un vino bianco molto freddo o una birra gelata. Gin mi conosce bene oramai, in ogni piccolo dettaglio e non avrebbe mai confuso il Camembert con il Brie di prima mattina per colazione. Mangio un pezzo di melone bianco, buono, dolce ma non troppo, freddo ma non troppo, insomma anche questo perfetto. Ma conoscere ciò che desidera o che piace a una persona, saper realizzare i suoi desideri, essere meritevoli della sua fiducia, possono essere questi i requisiti della persona ideale? Quella che desideri sposare? E se anche così fosse, non potrebbe essercene una migliore? Quando entri in un centro commerciale e cerchi qualcosa, vedi tanti prodotti esposti, sembrano tutti molto simili ma alla fine scegli quello che conviene per qualità, prezzo o perché hai visto la sua pubblicità e in qualche modo è riuscita a conquistarti, a convincerti che quello fa per te, quello è il migliore. Anche il matrimonio è così? Alla fine c'è una specie di filtro che ti fa capire che quella è la persona migliore per te? Ecco la parola: migliore. Mi verso un altro po' di caffè e mi accorgo che c'è anche un sacchetto con dentro due cornetti di Bonci. Ne strappo un pezzo per vedere se ha indovinato perfino questo. Sì, è salato! Bonci li fa di un delicato... Sono unici, lievitati in modo eccezionale, ne mangerei uno dopo l'altro e non so quando mi fermerei, sono i migliori. Ecco, stavo analizzando la parola « migliore » rispetto al matrimonio. Gin è la soluzione migliore? I cornetti di Bonci lo sono e infatti li ho fatti sparire uno dopo l'altro senza alcun dubbio, e anche il Brie, il toast caldo, la spremuta, il caffè, il giornale sul tavolo. Ma tutto questo te lo puoi fare anche da solo, o tramite una persona di servizio, se te la puoi permettere. Tutto questo è sostituibile. Una donna invece deve essere unica, speciale, insostituibile. Come ti fa sentire lei non ti fa sentire nessuno. Deve essere una persona che non dimentichi mai, che nel male e nel bene è sempre nella tua mente, non è la tua comodità ma la tua inquietudine. Ecco, la tua inquietudine. È veramente questo quello che vorresti? Sappiamo di chi parli. E mi sento combattuto, come se dentro di me si agitassero due persone diverse. In qualche modo il vecchio Step, quello delle corse in moto, della grande gelosia, della passione e delle botte, delle fughe e della ribellione. E dall'altra Stefano Mancini, un ragazzo ormai uomo, tranquillo, sicuro, che sta apprezzando il suo lavoro, la crescita di tutto ciò che lo circonda, compreso un bambino nella pancia della donna che sposerà domani. Ma il vecchio Step in realtà ha già un bambino! Allora non sarebbe più bello montare sulla moto, mandare a quel paese tutto questo matrimonio, passare a prendere Babi e Massimo, correre fino all'aeroporto, buttare lì davanti la moto, lasciarsi tutto alle spalle e prendere il primo aereo per chissà dove? Per le Maldive magari, poi in giro per il mondo, per altre isole, le Seychelles, il Madagascar e continuare a vivere con lei senza perdere più un attimo di quella vita che ci sta dividendo ormai da troppo tempo... Allora guardo il sacchetto di Bonci, le briciole dei toast mangiati, il Brie al posto del Camembert, il bicchiere sporco di qualche pezzetto di arancia della spremuta che mi sono bevuto, il *Corriere della Sera* che ho sfogliato, la lettera di Gin che ho letto... C'è solo un dettaglio, Step o Stefano che sia, saresti potuto forse essere in questo momento su una di quelle isole, ma così non è stato. E di certo non perché tu non lo hai voluto, ma perché Babi ti ha lasciato. Forse non te lo ricordi, ma lei si è sposata, aveva tuo figlio in grembo e, sapendolo, ha fatto sì che potesse sembrare di un altro, e forse non te lo avrebbe detto mai. Invece te l'ha detto sei anni dopo, sì, proprio adesso e sai perché? Perché stavolta ti stai sposando tu, perché la vita è così, quando tutto sembra perfetto, ti mischia di nuovo le carte, ti fa cadere quel castello, ti mette in discussione, si diverte con te, ride di te e vuole proprio vedere come te la cavi. Già, ma tu come te la cavi? Così mi infilo sotto la doccia, piego la testa e aumento il getto dell'acqua calda, più calda, e mi lascio travolgere e sorrido cercando di allontanare qualsiasi dubbio. Come me la cavo? Bene. Anzi benissimo. Mettimi alla prova quanto vuoi, non ho paura, sono solido, tranquillo, sicuro della mia decisione, domani mi sposo la ragazza giusta.

Poco più tardi sono da mio padre.

« Eccoti finalmente. Oggi non vado in ufficio. Sta arrivando Paolo, mi ha detto di chiamarlo appena arrivavi. Voleva salutarti. »

« Sì, ma mica riparto per l'America o vado in guerra. Mi sposo e basta... »

« Be', sai, il matrimonio è un po' una guerra... » E si mette stupidamente a ridere.

Lo guardo in silenzio. Di cosa parli papà, di quello che hai fatto passare a mamma? Quali sono le cose che non so? O stai parlando della guerra con la straniera? Perché in quest'ultimo caso eri più maturo no? Sapevi a cosa andavi incontro.

« Nel senso... » Mio padre riprende a parlare: « Che le cose sono facili all'inizio perché c'è passione, c'è la voglia, il piacere di stare insieme, ma poi possono cambiare, ecco, se non sei capace di cambiare tu ».

E com'è stata la mamma? vorrei chiedergli. Non è cambiata abbastanza? Non era in grado? Non bastava? Cosa non andava in lei, papà? Mi sembrava perfetta, ma evidentemente per te non lo era, o non abbastanza. Ma tutte queste cose naturalmente non gliele dico.

« Ecco, il matrimonio è vincente quando si cambia insieme. »

E proprio in quel momento suonano alla porta e papà si alza e sembra quasi sollevato da questa interruzione, come se gli desse un po' di tempo per pensarci meglio su dire chissà quale altra cazzata. « È arrivato Paolo. » Torna tutto contento con lui sottobraccio.

« Ciao Ste'! »

« Ciao. » Mi alzo e ci abbracciamo. Rimaniamo in silenzio e c'è un po' di emozione.

Paolo si mette a ridere. « Cavoli, sono più emozionato oggi di quando mi sono sposato io! »

« Ti sei sempre fatto prendere troppo dall'entusiasmo per gli altri e non ti sei preoccupato delle tue emozioni. »

Paolo si siede sul divano. « Ma lo sai che è la stessa cosa che mi dice sempre Fabiola? Ti giuro, me lo dice in continuazione: 'Le parole per dire le cose belle agli altri o i biglietti per il momento giusto li trovi sempre, per noi mai!' Ma che c'hai parlato? »

Mi metto a ridere. « Sì, in realtà domani non c'è il mio matrimonio, è tutta una scusa per insegnarti a dire le cose belle nei momenti giusti... Cazzone che non sei altro. »

Mio padre ride, io mi siedo accanto a mio fratello e gli scompiglio un po' quei capelli sempre così precisi che ha.

« Lo volete un caffè? »

« Perché no, papà, grazie. »

« Per te, Step? »

« Sì, anche per me, grazie. »

E così ci ritroviamo sul divano a chiacchierare, ridendo, sorseggiando quel caffè, mettendo da parte qualsiasi pensiero e papà si apre perfino un po', ci racconta cose di cui non ci aveva mai parlato.

« L'ho conosciuta a una festa e quando l'ho riaccompagnata a casa, vostra madre mi ha detto: 'Prendi di là, fai via degli Orti della Farnesina, è più buia quella strada'. Io mi sono detto: 'Evvai, le piaccio'. Poi quando mi sono fermato mi ha guardato sorpresa. 'Ma che fai? Per chi mi prendi? Guarda che mi metto a urlare!' Così le ho mentito e le ho detto: 'Ma no, scusami, è che mi è caduto l'accendino, avevo paura che mi finisse sotto il freno'. E ho fatto finta di raccogliere qualcosa e gliel'ho mostrato pure, con il pugno chiuso. 'Eccolo qui!' E me lo sono messo in tasca e poi sono ripartito. Ho dovuto corteggiarla tre mesi per riuscire finalmente a farmi dare un bacio. »

E Paolo ride. « Ma questo non ce l'avevi mai raccontato, papà. »

Mamma invece a me l'ha raccontato proprio il giorno che sono andato a trovarla in ospedale.

« Ti devo dire una cosa che papà non sa, non ho mai avuto il coraggio di confessarglielo. La prima volta che ci siamo conosciuti, ha provato subito a baciarmi, ma quando gli ho chiesto come mai fermava la macchina, ha fatto finta di aver perso l'accendino. Nei giorni successivi, mentre stavo con lui, mi sono tirata fuori una sigaretta e gli ho detto: 'Me l'accendi per favore?' E lui: 'Ma io non fumo! Non ho l'accendino'. Non se lo ricordava neanche. È sempre stato così tuo padre. Diceva le bugie e si dimenticava di averle dette.»

Ritorno tra loro. Stanno ancora ridendo. Papà racconta di una serata con gli amici e con mamma al Piper, di una volta che era venuta Patty Pravo e che mamma era vestita come lei. Ma questa ce l'ha raccontata un sacco di volte.

«Be', io vado...» Mi alzo.

«Aspetta, aspetta...» Papà torna con un vestito dentro una sacca. «Dove vai senza questo?»

Paolo mi guarda divertito. «Ma non ce lo fai vedere? Non ci fai una sfilata?»

«La faccio domani con la musica...»

«Ma no, tu aspetti, quella la fa lei! Ma non sai nulla...»

«Vabbè, quello che è. Mi ci vedrete domani, comunque.»

Paolo improvvisamente si incuriosisce. «Ma dove dormi stasera? Gin è a casa, no?»

«Sì, voleva stare tranquilla e avere lì tutte le cose per prepararsi... Me ne sono andato io.»

«Vuoi stare da me? A Fabiola fa piacere.»

In realtà ho qualche dubbio, ma preferisco dire altro. «Stasera farò tardi con i miei amici, ho preferito prendere una camera all'Hilton, così domani mi faccio anche un bel bagno in piscina prima di andare al matrimonio.»

«Al *tuo* matrimonio! Non ti confondere.»

«Non mi confondo. Ci vediamo domani. Tieni Paolo, tu porta le fedi...» Gli consegno il cofanetto. «Di sicuro domani sarai più lucido di me.»

Paolo lo guarda orgoglioso come se avesse la più grande responsabilità del mondo.

Così vado all'Hilton, arrivo alla reception, prendo le chiavi e salgo su nella mia camera all'ultimo piano. Metto il vestito nell'armadio insieme alle scarpe e tutto il resto necessario per essere uno sposo perfetto, poi mi stendo un attimo sul letto, ma non faccio in tempo a rilassarmi che suona il telefono accanto a me.

«Buonasera, c'è qui il dottor Guido Balestri che la sta aspettando.»

«Sì, grazie, dica che sto scendendo.»

Mi rinfilo le scarpe, prendo la chiave, chiudo la porta e chiamo l'ascensore. Poi, mentre aspetto che arrivi, penso a chissà quale addio al celibato hanno preparato per stanotte e, mentre sale la curiosità, ho una specie di attacco di panico. È il mio ultimo giorno da single. Domani mi sposo.

67

« Ehi, e che cos'è questa? »

Guido è appoggiato a una Mercedes E nera.

« La macchina che ti porterà a una sorpresa. »

« Mi piace. »

« Allora monta. »

Salgo vicino a lui, davanti.

« No, no, tu stai dietro. Io oggi faccio l'autista. »

« Mi piace ancora di più. »

Salgo dietro e Guido parte tranquillo. « Allora, hanno preparato una musica per te, senti che roba. » Infila un CD nello stereo della macchina e subito dalle casse parte un pezzo dei Pink Floyd.

« Ehi, niente male, iniziamo bene... »

« E il resto è meglio. » Mi passa la custodia del CD. È firmata Schello.

« Capirai. Andiamo bene. »

Infatti leggo i nomi dei cantanti che più amo. Negramaro, Bruno Mars, Courtney Love, Bruce Springsteen, Lucio Battisti, Tiziano Ferro, Cremonini... Uno dopo l'altro si susseguono i pezzi mentre viaggiamo per la città, la macchina è silenziosa, lo stile di Guido è senza scatti né frenate.

« Ma dove andiamo? Si può sapere? »

Guido mi sorride dallo specchietto. « È una sorpresa. Anzi tieni, metti questa. » E mi passa una mascherina nera.

« Cioè? Non devo vedere dove andiamo? »

« Esatto. È un ordine del grande capo. »

« E chi è? »

« Chi mi ha aiutato a organizzare tutto questo, un amico che conosci e che c'ha messo a disposizione un mondo che non ti puoi immaginare... »

Fingo di avere paura. « Voglio andare a casa! »

Guido ride. « Troppo tardi! Sei prigioniero. Metti la mascherina e basta! Vedrai che non te ne pentirai. »

« Quindi mi devo fidare? »

« Come sempre! »

Non gli dico niente, ma visto il risultato dell'ultima volta mi converrebbe proprio non fidarmi! Invece ci sto, indosso la mascherina e decido di divertirmi. D'altronde ci si sposa una volta sola, no? Almeno credo.

« Ehi, ma com'è questo grande capo? È uno che conosco hai detto... Ma è una sòla? È un tipo fico? È un uomo? Una donna? Cioè mi vuoi dire a cosa vado incontro? Una serata di alcol, di droga, di donne, di musica, di follia? »

Sento Guido ridere, ma non posso vederlo. « Di più! »

« Cazzo, mi piace! » E mi lascio andare sui sedili della Mercedes, mentre Guido spinge sull'acceleratore e come segno premonitore partono in quel momento dallo stereo le parole di Lucio: *Mi ritorni in mente bella come sei, forse ancor di più...* E mi lascio portare, chiudo gli occhi sotto la mascherina e ascolto questa canzone ancora incredibilmente moderna. *Ma c'è qualcosa che non scordo... Un sorriso e ho visto la mia fine sul tuo viso. Il nostro amor dissolversi nel vento...* Hai cantato ogni momento del dolore del nostro amore, Lucio, e in modo così perfetto e completo. Cosa hai provato veramente di tutto quello che racconti con la tua musica? Ma so che questa domanda resterà insoddisfatta. Tu sei Lucio, il compagno ideale di ogni nostro perché che non trova risposta. L'amore nasce e finisce senza una vera ragione, è questo il suo più bel mistero, è questo il dolore che ancora mi accompagna. Ho bisogno d'aria, apro un po' il finestrino, uno spiraglio appena e sento che qualcosa è cambiato. Apro la bocca e respiro a pieni polmoni, assaggio la vita. Lo riconosco.

« Ehi, ma stiamo andando verso il mare... »

Immagino Guido che mi guarda dallo specchietto.

« Non vale, ti sei tolto la mascherina! »

« Non ho bisogno di vederlo, io lo sento. »

E continuo ad annusare quell'aria. Respiro il vento, il profumo delle onde, il sapore di quell'infinito, immagino quel blu che da sempre mi accompagna. Lo sento a sinistra, mi giro come per cercarlo e il calore del sole mi rassicura.

« Sì, stiamo andando verso il mare. »

« Non ti posso dire niente. »

E continua la musica. Ligabue, *Certe notti*, Vasco, *Un senso*. E poi di nuovo Lucio, con quelle note inconfondibili e quel magnifico attacco. *Sì, viaggiare*. Ed è come se fosse un ordine. *Ti rego-*

lerebbe il minimo alzandolo un po' e non picchieresti in testa così forte no... E potresti ripartire certamente non volare... Ma viaggiare.

E con il suono lento e ripetitivo della macchina, il suo alzarsi e abbassarsi lungo gli attacchi dell'autostrada, come se mi stesse cullando, io mi addormento.

Un tempo più tardi, non so quanto.

«Siamo arrivati. Togliti la mascherina.»

Cazzo, non so quanto ho dormito, ma quando me la levo il sole sta quasi tramontando.

«Ma siamo al porto.»

«Sì e c'è una barca che c'aspetta.»

Scendo dalla macchina e sono allo Yachting Club di Porto Santo Stefano.

«Cazzo, abbiamo viaggiato fino a qui?»

«Sì e tu hai dormito sempre. Ogni tanto ti guardavo dallo specchietto, avevi il sorriso fisso...»

«Era la tua guida.»

«Ma va'... Eri distratto! Chissà cosa hai fatto ieri sera...»

«Niente di strano.»

«Sì, sì, dai, saliamo in barca che il gran capo ci aspetta.»

Così montiamo su un Tornado 38 che si stacca veloce dalla banchina e prende il largo, fuori dal porto il tipo che lo pilota spinge avanti le due manopole raggiungendo presto i trenta nodi, fa una grande curva, supera la ex villa Feltrinelli in alto sulla scogliera e continua così, a gran velocità, verso l'isola Rossa e poi ancora avanti senza mai fermarsi. Ora il mare è piatto, la lunga scia del Tornado crea due grandi solchi. Continuiamo a correre così, verso Ansedonia, mentre il sole si è tuffato in mare e di fronte alla Feniglia c'è solo un grande yacht tutto illuminato.

«Eccolo...»

È incredibile. Questa non me l'aspettavo. E mano a mano che ci avviciniamo, diventa più grande. Poi quando siamo ormai vicini, il Tornado rallenta portandosi verso la poppa. Appaiono due marinai con la divisa blu, ci lanciano una cima che il nostro pilota prende al volo e assicura subito alla bitta, recupera un po' avvicinando il motoscafo allo yacht. Non facciamo in tempo a mettere piede sulla barca, che parte la musica di un incredibile sax che suona le note di *Love Theme of Blade Runner*. Da sopra il ponte si affacciano tutti.

«Eccolo! E meno male!»

Ci sono Lucone, Bunny, Schello e tutti gli altri. C'è anche Marcantonio e ancora qualche altro amico. Guardo Guido sbalordito.

«Scusa, ma quanto è grande questa barca?»

«Quarantadue metri.»

«E come l'hai avuta?»

«Ma che ti frega? Goditela!»

«Non è che ci arrestano tutti?»

Guido si mette a ridere. «No, no, stai tranquillo. È un favore di una persona pulita. E comunque siamo dodici, più te.»

«Mi sa tanto di Ultima Cena. E quindi mi viene subito in mente un'altra domanda: chi è il traditore?»

Mi sorride. «Non c'è. Anche perché tu non sei il Messia, sei un semplice peccatore! Divertiti cazzo e non pensare ad altro. Non ci sono problemi, di sicuro non litighiamo tra noi...»

«Perché?»

«Perché siamo dodici e ho invitato quindici ragazze!»

E quando arrivo in plancia c'è la musica che impazza, alcuni camerieri che passano con i vassoi pieni di flûte con dentro dello champagne. Guido ne prende due al volo e me ne passa uno.

«Alla tua!» Sbatte con forza il bicchiere contro il mio. «Perché tu sia felice stasera e ogni giorno che verrà!»

«Mi piace. E che tu lo sia con me.»

E lo mandiamo giù in un solo sorso, freddo, gelato e pieno di bollicine, perfetto.

«Scusi?» Guido ferma una bella cameriera con i capelli raccolti, dalla carnagione scura e che quando si gira ci fa un bellissimo sorriso. Guido poggia il bicchiere sul vassoio e prende altri due flûte. Io poggio il mio mentre Guido mi passa il nuovo bicchiere. La cameriera si allontana.

«Bella Step!» Guido mi abbraccia. «Divertiti.» Poi insieme iniziamo a passeggiare per la barca.

«È un tre ponti. Si chiama *Lina III*, vieni, andiamo su.»

Saliamo in coperta, è tutto a vetri, con dei grandi divani azzurro chiaro in alcantara. Ci sono due ragazze che stanno chiacchierando, bevendo dei cocktail celeste in linea con il tessuto delle tende leggere che coprono in parte quel rosso lasciato in cielo dal sole ormai da poco tramontato. Guido le saluta.

«Ciao, lui è Step, il festeggiato.»

Tutte e due si alzano, sono belle, alte, non hanno moltissimo seno, i capelli invece sono lunghi, una li ha biondi, l'altra bruni. Mi si avvicinano e mi danno un bacio sulla guancia.

«Auguri!»

«Siamo felici di essere qui.»

«So che lavori per la televisione e stai facendo un sacco di lavori interessanti. Ci inviti qualche volta a vedere qualche trasmissione?»

«Certo.»

«È bellissima questa barca, è tua?»

Interviene Guido: «Ma quante domande fate! Vieni Step... Certo che è sua. Ha anche due ville ai Caraibi e forse facciamo una festa anche lì». E mi trascina via. Facciamo appena in tempo a sentire la loro risposta: «Siamo già con voi! Ovunque decidiate di andare!»

Poi arriviamo alla fine del ponte.

«Guarda che spettacolo...»

Siamo nella baia al largo dell'Argentario. Scorgo la lunga spiaggia della Feniglia, lì, dove mi sono dato il primo bacio con Babi, e poi la grande collina con le varie case. Alcune, migliori delle altre, hanno perfino una loro scesa privata al mare, qualcun'altra, con delle grandi vetrate sulle quali si specchia la baia, ha la piscina a sfioro. Continuo a guardarle una dopo l'altra dalla fine della spiaggia fino all'ultima insenatura. Ecco, lì c'è la villa perfetta, la più alta, costruita sulle rocce e con la sua scesa diretta. In quella casa per Babi è stata la sua prima volta.

«Sei felice?»

«Moltissimo.»

«Tanto da toccare il cielo con un dito?»

«Molto di più, almeno tre metri sopra il cielo.»

«A cosa stai pensando?» Guido piomba così in mezzo a quel ricordo.

«A quanto sono belle quelle ville.»

«Se tutto va bene, un giorno te ne comprerai una. Stai andando forte! Magari proprio quella sulla punta.»

«Sì, magari.»

«Comunque avevi un bel sorriso.»

E in quel preciso istante sentiamo suonare la sirena della barca.

«E che è? Stiamo affondando?»

«No.» Guido si mette a ridere. «Ho detto di chiamarci quando era pronto.»

Così scendiamo giù. Nella grande dinette i ragazzi e le ragazze stanno già prendendo posto. Ridono, scherzano, qualcuno ogni tanto si abbraccia, c'è grande euforia. Passano dei camerieri e ritirano i bicchieri, mentre altri due poggiano delle bottiglie di champagne lungo il centro della tavola. Sono sette bottiglie di Moët & Chandon e siamo in ventotto. Parte un bellissimo pezzo di George Michael: *Roxanne.*

« Guido, ma da chi è offerto tutto questo, si può sapere o no? »

« Da chi ama il massimo! Noi! Allora ti dico solo una cosa, da bere lo hanno messo i fratelli Chandon in persona. »

« Vabbè, tu non sai fare altro che prendermi sempre in giro. »

« Scusa, ma non ti ho portato sempre a delle feste magnifiche? »

Ripenso a quella che mi ha dato addirittura un figlio. « Certo, è vero. »

« E allora ti pare che non organizzavo una festa meravigliosa per te proprio adesso che ti sposi? E dai! »

E come se fosse un segnale, iniziano ad entrare dei camerieri con grandi vassoi pieni di crudo, ostriche, scampi, gamberi, tartare di ricciola e spigola, e servono per prime le ragazze. E le vedo belle, già abbronzate, che ridono e chiacchierano mentre i camerieri dopo aver riempito il piatto passano ai bicchieri di champagne, e loro sorridono e ringraziano ma senza nessun indugio, come se fossero da sempre abituate, come se ogni sera cenassero così.

« Scusa Guido... » Mi avvicino piano a lui.

« Sì dimmi... »

« Ma sono escort? »

« Cosa? »

« Sì, insomma, sono mignotte? »

« No! » Scoppia a ridere. « Sono tutte ragazze che vogliono fare TV e cinema. Ho detto che era una serata con tredici produttori. E quando se la facevano scappare? Sono qui gratis! »

E guardo i dodici produttori. Bunny, Lucone, Schello e tutti gli altri. E le ragazze parlano e chiacchierano con loro, si divertono moltissimo, ridono, almeno così sembra. E due in particolare ascoltano interessate quello che dice Lucone. Ma... Ma Lucone non s'è mai capito quello che dice!

« Posso? »

Un cameriere mi chiede se voglio assaggiare qualcosa, un altro mi riempie di nuovo il bicchiere, dalle casse nascoste nella parete si diffonde la voce di Arisa che canta *L'amore è un'altra cosa*. Davanti a me, lontana, vedo Ansedonia tutta colorata d'arancio.

Allora mi avvicino di nuovo a lui. « Okay, poi non ti disturbo più, dimmi solo una cosa Guido... Dov'è la fregatura? »

E lui ride. « Pensi che ci sia? »

« Sì. »

« Dipende. La fregatura forse è domani! »

« Ah. Bella battuta. » Ma non mi ha fatto ridere.

68

E lentamente la notte scende, mentre continuano ad arrivare piatti, due splendide spigole al sale, insalata di aragoste, contorno di patate e polpo. E ancora scampi, gamberoni e calamari alla griglia e fritti di chipirones e di paranza. « Tutto pesce freschissimo, pescato questa mattina stessa... » ci assicura il comandante. E noi ci fidiamo e mangiamo con gran gusto. E poi dei sorbetti al mango, al tè verde, al cocomero, al kiwi, il tutto sempre accompagnato da bottiglie di champagne. E infine dei dolci: semifreddi al cioccolato, alla nocciola, allo zabaione e misti frutta.

Qualcuno si alza dal tavolo, qualcuno va a prua, altri si accendono una sigaretta, si prendono un caffè, un superalcolico mentre spunta dal nulla un dj, con la sua piccola consolle, e parte con della splendida musica e dietro di lui compare un sassofonista basso, con un po' di barba, e le sue dita scivolano sul sax con incredibile maestria. Sale suonando sul punto più alto della prua, sul sedile di un tender coperto da un telo, e lì in piedi con il suo sassofono verso il cielo è come se corteggiasse la luna che piena e immobile alle sue spalle incornicia il suo profilo. Qualche ragazza inizia a ballare, altre si uniscono, fanno gruppo, si muovono a tempo su quelle note. Qualcun altro, mano nella mano, preferisce ascoltare la musica più in là, a poppa, sui divani in penombra o in una delle tante cabine di questa grande barca.

Marcantonio, Guido, Lucone e Bunny hanno trovato una roulette con tanto di panno e fiches o forse l'hanno portata loro, comunque hanno attrezzato un vero e proprio casinò al centro della dinette, sul grande tavolo che i camerieri hanno già ripulito. E giocano divertiti, attorniati da alcune di quelle belle ragazze, così mi avvicino anch'io e cambio un po' di soldi.

Lucone urla divertito: « Forza, puntare, puntare, che tra poco rien v'è più! » nel suo francese maccheronico. Qualcuna ride divertita, qualcun'altra non se ne accorge neanche. E punto sul diciotto, sapendo che comunque, anche se vincessi, non vedrei un euro.

« Una delle gambe delle donne... sette! » E ridono e bevono

champagne e qualcuno vince ma in molti perdono e qualcun altro cambia soldi e la musica impazza.

« Ciao. Sai che sono venuta nel tuo ufficio? Mi è piaciuto moltissimo. »

Mi giro. E lei è lì che mi guarda sorridente. È abbronzata, molto scura, ha gli occhi verdi, i capelli corti, neri, una bocca carnosa e un sorriso malizioso, con denti bianchi, perfetti. Indossa un vestito rosso ciliegia, con un ampio giromanica così da far vedere le sue belle spalle tornite. Deve essere una sportiva, ha le braccia forti. Mi guarda sicura.

« Mi chiamo Giada e vorrei toccarti. »

Rimango sorpreso da queste parole, da come mi guarda, seria, intensa.

« Ma... » E per un attimo rimango interdetto, stupidamente non trovo niente da dirle. Ma lei scoppia a ridere.

« Dai, stavo scherzando! È che mi avete fatto fare un provino assurdo. Un certo Civinini mi ha detto: 'Prova a dire qualcosa che possa mettermi in imbarazzo!' E io allora me ne sono uscita così, con quello che ti ho detto adesso... Solo che su di te ha avuto effetto, su di lui no. » Si mette a ridere, poi torna seria, inclina la testa di lato e mi guarda curiosa. « Che c'è? Ti sei arrabbiato? Scherzavo... » Mi sorride, poi alza le spalle come a dire: non importa, e con il mento mi indica una bottiglia di champagne. « Mi versi un po' da bere? »

La guardo serio. « Versamelo tu, sono io il festeggiato. »

Alza il sopracciglio, mi fissa per un po' e poi scoppia a ridere. « È vero, hai ragione, però poi facciamo pace? »

« Certo! Intanto tu versa da bere. »

Giada si allontana e va verso la bottiglia. La guardo e sa di essere osservata, sta dritta con le spalle, ma non sculetta più di tanto, poi si gira, prende la bottiglia di champagne, due flûte e torna da me. Mi fissa negli occhi, non abbassa mai lo sguardo. È bella e lo sa. Mi passa uno dei due flûte e comincia a versare da bere. La guardo mentre lo fa e lei continua a sorridere.

« Quindi domani ti sposi. »

« Sì. »

« Sei sicuro? »

« Sì. »

« Pensi che durerà per sempre come prometterai? »

« Non lo so. »

Ha riempito anche il suo flûte, poi posa la bottiglia e mi guarda sorpresa. « Come non lo sai? »

« Non sono solo. Sai, ci si sposa in due. »

« Certo! Ma intendevo tu da parte tua, credi che durerà per sempre? »

« Non lo so. »

« Ma come non lo sai? »

« E se perdessi la memoria come in quel film, *La memoria del cuore*, quello con Channing Tatum? L'hai visto? »

« Sì, bellissimo. Ho pianto. »

« E tu piangi facilmente? »

« Se è un bel film di quelli drammatici magari mi commuovo, ma nella vita piango molto raramente. Una volta ho pianto tantissimo per colpa di uno che mi ha fatto soffrire. Da quel momento ho giurato che non avrei mai più pianto per un uomo. »

« Ma non lo sai. »

« Sì che lo so. »

« Potresti piangere per me. »

Mi guarda sorpresa. « Per te? »

« Certo. Se ora ti spezzo un braccio piangi eccome. »

« Cretino, brindiamo va'! »

E proprio quando uniamo i due flûte si sente di nuovo la sirena suonare. Guido, che conosce la scaletta di tutto quello che deve succedere in questa strana serata, dà indicazioni a tutti.

« Usciamo, usciamo fuori. »

Ci portiamo ai parapetti, sotto le stelle, davanti a una grande luna piena. E nel cielo infinito di un blu perfetto, iniziano ad esplodere dei fuochi d'artificio. Rossi, gialli, verdi, viola, uno dentro l'altro, uno dopo l'altro, senza fermarsi, di continuo. Partono dal mare e salgono su, più su, sopra le nostre teste, a trenta, quaranta metri e si aprono come grandi ombrelli e non fanno in tempo a sparire che sotto di loro ne esplodono altri più piccoli che si sbriciolano giù, scendendo verso il mare. Cambiano di continuo colore: rosso, arancione che si trasformano in cascate di bianco, di verde. Uno dopo l'altro in un'esplosione senza fine. E Giada mette il braccio sotto il mio, mi stringe, e mi dice senza guardarmi: « È bellissimo ». Poi appoggia la testa sulla mia spalla e mi stringe un po' di più. E io la guardo sorpreso. Ha messo da parte la sua indole battagliera, ora sembra dolce, remissiva. Questi cambiamenti mi sembrano così strani, mi viene da pensare che forse è stata pagata. I fuochi continuano sul mare. Guardando più in là, in controluce a un centinaio di metri da noi, vedo una zattera. Sopra c'è una vera e propria fuciliera con canne piccole e grandi puntate verso il cielo, poco distante dondola nel buio un gozzo di legno con a bordo due uomini. Immagino siano stati loro a dare il via a tutto questo spettacolo di bombardamento. Poi, dalla zattera, il grande cannone centrale fa partire un razzo. Si ferma a una ventina di metri d'altezza ed esplode con un boato, il secondo arriva subito dopo, lo supera di circa una decina di metri ed ha la stessa intensità, il terzo supera gli altri due, si ferma in pieno cielo e con un botto enorme e una cascata di scintillii conclude i fuochi.

«Bravi!» «Bellissimo!» «Stupendo!» E alcuni fischiano e tutti battono le mani e sento il tappo di qualche altro champagne che viene aperto, neanche fosse capodanno. Passa un cameriere e riempie i nostri flûte. E Giada mi sorride e guardandomi negli occhi, sbatte il bicchiere contro il mio e brinda di nuovo.

«A tutto quello che vuoi, ai tuoi desideri...»

«E anche ai tuoi...»

«No, sei tu il festeggiato. Stasera puoi chiedermi tutto quello che desideri.»

«Anche questo era nel provino?»

Scoppia a ridere. «No, no, questo l'ho improvvisato ora.»

E ci guardiamo. Ha il suo flûte davanti alla bocca, poi beve lentamente senza staccare i suoi occhi dai miei. Non è male questa Giada. È bella, è spiritosa, è abbronzata, è sorridente, è sensuale, è spinta...

Suona di nuovo la sirena, questa volta per due volte. Giada finisce di bere, posa il suo flûte sul tavolino lì vicino.

«Dobbiamo andare. Peccato.» E si sporge in avanti, mi dà un bacio leggero sulle labbra e si allontana.

«Ma dove andate?»

«Ci hanno detto di fare così. Dopo i fuochi d'artificio, quando la sirena suona due volte, dobbiamo tutti abbandonare la barca...»

Mi guarda un'ultima volta e mi sorride, ma lo fa in modo strano, quasi triste.

«È vero, hai ragione. Forse per te piangerei ancora e senza che mi spezzi un braccio.»

E se ne va a poppa insieme a tutti gli altri. Vedo Lucone,

Schello, Bunny, le ragazze, Marcantonio, qualcuno abbracciato che non riconosco, qualcuno che barcolla per quanto è ubriaco, come Hook con due ragazze che provano a sorreggerlo.

« Tieniti su, che pesi! »

« Macché, sono in forma... Vi faccio felici tutte e due. »

E tutti quanti iniziano a salire su dei tender appena arrivati. Alcuni dalla scaletta, altri saltano direttamente dalla piattaforma. Poi uno dopo l'altro i motoscafi si allontanano dalla barca. Qualcuno mi saluta, qualcun altro si sta baciando. Chissà quale futuro d'attrice ha promesso Lucone a quella ragazza, visto come si sta dando da fare deve essere un bel futuro. Peccato che lui non sia assolutamente nel cinema, ha fatto sì delle comparsate, ma per guadagnare qualche euro e cercare, anche lì, di rimorchiare qualche ragazza invano.

Mi si avvicina Guido. « Allora? Ti è piaciuta la tua festa? »

« Moltissimo. »

« Bene, sono contento. »

Mi abbraccia, poi si dirige anche lui verso la scaletta. Faccio per seguirlo ma mi ferma.

« No, no. » Mi sorride. « Tu, il comandante e l'equipaggio rimanete qui. Gustati questa barca da quarantadue metri, hai una suite dove dormire. È stata aperta solo adesso, non c'è entrato nessuno. »

« Ma non mi hai spiegato nulla, come mai, perché questa barca... e domani poi? »

Guido mi sorride e sale sul motoscafo.

« Goditi la tua ultima bottiglia nella suite. Domani, quando ti svegli, c'è un motoscafo che ti porta a terra. Se ti va... »

E anche lui senza dire altro prende il largo. Il pilota dà gas, compie un'ampia curva sparendo nella notte.

Vedo il comandante che mi saluta da lontano: « Buonanotte ». E anche lui scompare nella sua cabina.

Silenzio, solitudine. La barca è vuota, sono spariti tutti. Saranno stati almeno otto i marinai, ma non c'è più nessuno. Hanno pulito tutto, la barca è di nuovo perfettamente in ordine, sono stati rapidissimi, agili, discreti, si sono mossi in continuazione senza però essere mai troppo presenti.

Guardo verso terra. Ormai è notte fonda. Alcune ville hanno qualche finestra lasciata aperta, ma non c'è nessuna luce accesa. La luna è diventata rossa, ora c'è solo lei sul mare insieme a un vento leggero e un incredibile silenzio. Si sente lo sciabordio delle piccole onde che accarezzano la chiglia di questa grande barca.

Rientro dalla dinette e vado lentamente verso l'ultima cabina in fondo a prua. Il corridoio ha le luci più basse, questa barca è perfetta anche nei minimi dettagli. Sulla porta in teak c'è la scritta SUITE. La apro. La cabina armatoriale è enorme, occupa tutta la parte finale della prua, c'è un grande letto matrimoniale, di fronte due divani chiari, uno dei due è più lungo, davanti c'è un tavolo basso di cristallo con i bordi laminati. In un angolo c'è una chaise longue beige, alle sue spalle una libreria con incastonato uno stereo piatto con delle grandi casse Bang & Olufsen. Su un piccolo tavolino, di fronte a uno specchio modernissimo, c'è un secchiello con dentro una bottiglia di champagne, un Cristal. Lì vicino c'è una rosa e ai suoi piedi un biglietto. *Per te.*

Lo prendo in mano, lo giro, non c'è scritto altro, non riconosco la scrittura. Poi le luci improvvisamente si abbassano, dallo stereo parte una canzone che riempie tutta la cabina. *Through the Barricades.* E riflessa nello specchio davanti a me, io la vedo.

« Ho sospettato per un attimo che dietro tutto questo potessi esserci tu... Ma è stato solo un attimo. »

« Lo hai sperato? » Babi mi sorride. È ferma vicino allo stereo. Ha un vestito d'argento di paillettes che ad ogni suo più piccolo movimento si riempiono di luce. Si è fatta i capelli neri, corti, con la frangetta, i suoi occhi azzurri sono truccati in maniera perfetta e risaltano ancora di più.

« No, non l'ho sperato. Dopo averlo pensato, ho scartato l'idea, non avrebbe avuto comunque senso. »

Ha i tacchi alti, il vestito le arriva fin sopra il ginocchio.

« Te la ricordi questa canzone? »

« Sì. »

« Eravamo in quella casa... » Indica Ansedonia oltre il grande oblò, oltre quel mare buio, quella collina fatta di qualche luce sparsa qua e là.

« È stata la prima volta che abbiamo fatto l'amore ed è stato bellissimo. »

« Sì Babi, è stato bellissimo ed è stato molto tempo fa. »

Ora si muove lentamente. « Ti piace questa barca? »

« Molto. »

«Sono contenta. È di mio marito. Io non ci vengo mai. Stasera però sono stata felice di poterla usare...»

«Cosa gli hai detto?»

Si avvicina, mi sfiora, ma poi prende la bottiglia dietro di me.

«Siediti Step, che ti verso da bere.»

Così raggiungo il divano, mentre lei comincia ad aprire la bottiglia.

«Gli ho detto che volevo dare una festa. Non mi ha chiesto perché, non mi ha chiesto con chi, è l'ideale come marito. È dall'altra parte del mondo in questo momento e nella maggior parte dei giorni.» Poi stappa la bottiglia e versa il Cristal in due bicchieri. Si avvicina e me ne offre uno. Mi guarda, mi sorride e alza il bicchiere.

«Alla nostra felicità, qualunque essa sia.»

Non dico niente, tocco delicatamente il suo bicchiere e poi guardandoci negli occhi ne beviamo un po' tutti e due.

«Ti piaccio con questi capelli scuri? Non mi avevi riconosciuta all'inizio?» Rimane così, in silenzio, sorridendomi. «È una parrucca. Me la sono messa per te, volevo essere la tua ultima ragazza, il tuo ultimo bacio da single...» Continua a guardarmi mentre io finisco il mio bicchiere di champagne e lo poso sul tavolino. Lei si alza, prende la bottiglia e li riempie di nuovo tutti e due, poi me ne passa uno.

«Posso?» E indica il posto vicino a me sul divano, vuole sedermi accanto, vuole sedurmi.

«La barca è tua.»

«Ma se non mi dai il permesso, non faccio nulla.»

La guardo in silenzio per un po', sembra serena, tranquilla, seguirebbe sul serio ogni mia indicazione, forse. La invito a sedersi accanto a me. «Prego.»

Mi si avvicina, si siede, beve un altro po' di champagne. Poi prende un telecomando, abbassa un po' le luci, alza la musica. Poi si piega, inizia a sciogliersi lentamente le fibbie del cinturino delle scarpe, si toglie la prima, la seconda, rimane a piedi nudi.

«Oh, ora sono più comoda. Mi sono messa questa parrucca perché stasera non vorrei essere Babi, vorrei essere una qualsiasi, ma piacerti così tanto che non mi resisti e decidi di passare una notte speciale con me. Mi fai questo regalo?»

E mi guarda con i suoi occhi così intensi, languidi, la bocca leggermente dischiusa, e io fisso le sue labbra, i suoi denti, il suo sorriso che si scorge nella penombra. Quante volte ho sognato questa bocca, quante volte ho spaccato a pugni armadi e porte perché non eri più mia, Babi.

« Domani mi sposo. »

« Lo so, ma stasera sei qui. »

E mi mette una mano sul petto e scende giù sulla mia pancia e poi mi tira a sé e si avvicina al mio viso. Apre la bocca vicino alla mia e mi respira come se volesse vivere di me. In quel momento mi appare Gin, i suoi occhi grandi e buoni, la sua risata, la lettera con la colazione di stamattina, i suoi genitori, don Andrea, la scelta della chiesa e del menu, le parole dette e le promesse fatte. E mi sento colpevole, sbagliato, e vorrei essere forte e allontanarmi, ma non faccio nulla, chiudo solo gli occhi. Ho bevuto tanto... Ed è come se sentissi qualcuno ridere, no, è vero, hai ragione, non basta come spiegazione. Ma ha la parrucca, è un'altra, è un addio al celibato come tanti, è un'ultima scopata, nulla di più... Sì, insomma, ecco. Ma so che anche questo non è vero. Babi prende la mia mano destra e la guida sulle sue gambe, più su, sotto il vestito, mi fa sentire che mi desidera, poi sale sopra di me ed è ancora più vicina.

« Amami, amami ancora, solo per questa notte. Come allora, più di allora... »

E ci baciamo, perdendoci.

69

Sento una sirena suonare. Mi sveglio, apro gli occhi, sono nella penombra della grande cabina. La suite. Apro la tenda, fuori è giorno. È stata una nave che è passata lontano. Ma che ore sono? Guardo un orologio sul comodino. Le 10.30. Meno male. Mi era preso un colpo. Guardo in giro per la stanza, vado in bagno, non c'è nessuno. Forse ho sognato. Poi la vedo, sul tavolino vicino allo specchio, appoggiata sul secchiello dove galleggia a testa in giù una bottiglia di Cristal ormai finita. La sua parrucca nera e poi un biglietto. *Ci pensi per favore?* Prendo il biglietto e lo strappo in mille pezzi, mi metto l'accappatoio ed esco dalla stanza. Percorro velocemente il corridoio e alla fine incontro il comandante.

« Buongiorno, ha dormito bene? È pronta la colazione. » E mi indica un tavolo imbandito, pieno di roba da mangiare. Sotto una campana di vetro ci sono delle uova ad occhio di bue ancora calde, si intuisce dal vetro appannato, dei toast nascosti da un fazzoletto di tela chiara perfettamente in tinta con la tovaglia, dei croissant, del burro, del prosciutto crudo, del formaggio Brie. Tutto quello che mi piace. Tutto quello che non ha dimenticato.

Il comandante mi sorride e forse intuisce la mia prossima domanda.

« Non c'è nessuno sulla barca. Quando avrà fatto colazione e quando lei vorrà, un tender la porterà a terra. Ci vogliono venti minuti per arrivare al porto, lì c'è una macchina che l'aspetta e in due ore al massimo sarà all'Hilton. Almeno mi hanno dato questo indirizzo. »

« Sì, grazie. »

« Ora la lascio tranquillo. Ci sono anche dei giornali lì nell'angolo. » E si allontana.

Prendo il bricco del caffè e lo verso nella tazza, poi prendo un toast e taglio un po' di Brie, contemporaneamente mangio un po' di uova. Il prosciutto invece non mi va. Ho bevuto molto ieri sera. Mi accorgo che c'è anche una spremuta d'arancia in un grande bicchiere protetto da un tappo di carta. Lo tolgo e la bevo. È perfetta. È stata filtrata, non ha semini o polpa. È stata fatta da poco e le arance devono essere state tenute al fresco. Mangio lentamente, bevo anche il caffè, un altro po' di Brie e poi i croissant salati. Mi pulisco la bocca con il tovagliolo e mi alzo dal tavolo.

Torno nella mia cabina, mi faccio una bella doccia e mi rivesto con quello che avevo la sera prima. Poi prendo il telefonino. Ho poca batteria, ma abbastanza per poter leggere i messaggi. Il primo è di Guido.

Ti sei divertito? Spero di sì. Io moltissimo. Tu forse di più visto che sei stato con una escort! Però cazzo, solo tu la trovi una escort così ricca! Una che invece di essere pagata... paga tutto lei! Come al solito riesce a farmi ridere. Ma subito dopo leggo un altro messaggio.

Ciao! Allora? Com'è andata la tua ultima notte da single? Ti sei divertito? Ho cercato di sapere qualcosa da Guido e gli altri invitati al tuo bachelor, ma nessuno ha parlato! Neanche le loro donne! Siete tremendi. Solidali fino alla morte! D'altronde Non mollare mai *è la vostra canzone e anche il vostro motto! Comunque resto della mia idea: spero che tu ti sia divertito, ma non troppo! E soprattutto spero di vederti in chiesa! Un bacio... E ti amo!*

Guardo il messaggio di Gin e chiudo gli occhi per un attimo. Rivedo qualche immagine. È solo un flash, piccoli frame di un sogno. Sì, è stato solo un sogno, un'ultima scopata come dice Guido, con una escort molto ricca. Poi mi infilo il telefonino in tasca ed esco sulla plancia. Il comandante mi sta aspettando a poppa. Mi saluta sorridendomi e dandomi la mano.

« È stato un piacere averla a bordo, anche se io e il mio equipaggio non l'abbiamo mai vista. »

Mi metto a ridere. « Grazie per la privacy. »

Poi mi porge un pacchetto. « Questo è per lei. Era l'ultima cosa che dovevo consegnarle. Buona giornata. »

« Grazie. »

Faccio gli ultimi passi sulla scaletta e salgo sul tender. Il marinaio aspetta che io sia seduto per partire a tutta velocità. Mi giro. Il comandante è appoggiato con le mani alla balaustra. Alza la destra e mi saluta. Ricambio. È un bel tipo. Ha gli occhi blu scuri e la faccia piena di rughe segnate dal sole e dal mare. Deve conoscere bene l'arte del navigare. Ora che siamo più lontani stringo un po' gli occhi, il sole riflesso sul mare mi dà fastidio, ma la *Lina III* da questa distanza mi sembra veramente enorme.

È alto come un palazzo. Decido di aprire il pacchetto. Lo scarto lentamente stando bene attento a non far volare la carta in mare. C'è una custodia e quando la apro rimango senza parole. Ci sono dei Balorama Ray-Ban, vintage, quelli che portavo allora, quelli ormai fuori produzione da anni, ma sono nuovissimi. E poi c'è un biglietto. *Solo per te.* Guardo all'interno degli occhiali, sulle stanghette. Sono numerati: 001. Li indosso. Ora i miei occhi stanno meglio, ma non il mio cuore. Mi lascio accarezzare dal vento, cerco di non pensare, di non sentirmi in colpa. È stato solo un bachelor, né peggio né meglio, un bachelor come tanti. Me ne convinco. Spero di pensarla così anche domani. Il tender va alla massima velocità e arriviamo al molo esattamente nei tempi previsti dal comandante. C'è la macchina che mi aspetta ma non c'è Guido al volante. Salgo dietro, l'autista si gira verso di me cercando conferma.

«Buongiorno, all'hotel Hilton di Roma, vero?»

«Sì...»

E così parte e senza rincorrere più nessun pensiero o allontanare nessun'altra colpa, mi perdo nel calore del sole che arriva attraverso i finestrini e mi addormento. Dormo tranquillo e non so quanto tempo dopo una frenata mi sveglia. In macchina c'è *Fast Love* di George Michael, trasmessa da chissà quale radio. Sono nel piazzale dell'Hilton. Mi tiro un po' su, mi poggio meglio sullo schienale, mi tocco i capelli, mi gratto dietro la nuca, provo a riordinare i miei pensieri ma non rintraccio nessun sogno, nessuna immagine del tempo passato dormendo. Sicuramente qualcosa avrò sognato, qualcosa avrò pensato ma non ho modo di saperlo. Il mio cervello magari ha analizzato ipotesi, ha ragionato, considerato quello che è successo e quello che potrebbe accadere. Forse ha anche delineato una strategia, la ragione di una scelta piuttosto che un'altra e, anche se sono stati la mia mente e il mio cuore a prendere qualche decisione per me, io non ne so nulla. Forse un giorno accadrà qualcosa frutto di questo sonno di quasi due ore, spero solo che sia la decisione giusta.

«Siamo arrivati», mi dice l'autista pensando forse che io stessi ancora dormendo.

«Grazie.»

Scivolo fuori dalla macchina ed entro nell'albergo, mi faccio dare la chiave e poco dopo sono nella mia stanza. Mi butto sul letto con le scarpe e gli occhiali. Allargo le braccia e finalmente mi rilasso. Rimango così per un po', poi guardo l'ora. Sono le 13.30. Vado in bagno, apro il mio beauty e tiro fuori il rasoio elettrico Braun. Comincio a farmi la barba mentre cammino. Mi fermo ogni tanto davanti agli specchi che trovo e guardo come sta venendo. Allontano il rasoio, controllo con la mano sinistra che le guance e il collo stiano venendo lisci, poi riprendo a radermi spingendo il rasoio ancora un po' di più sulla mia pelle. Più tardi sono in ascensore in accappatoio, esco direttamente sulla piscina. Mi spoglio, mi faccio una doccia, mi levo i sandali e mi tuffo. Faccio quasi tutta la vasca sott'acqua e quando emergo sono ormai dall'altra parte, vicino a due ragazzi sui lettini.

«Che fai più tardi?»

«Penso di andare al cinema con Simona, e tu?»

«Io e Paola stasera volevamo andare a cena al Ghetto.»

«E dai, venite con noi! Andiamo allo spettacolo delle otto e poi a cena.»

«Cosa volete vedere?»

E continuano a chiacchierare così e sembra un qualsiasi sabato italiano e il peggio sembra essere passato, direbbe una canzone. Ma in realtà se chiedessero a me: «E tu cosa fai dopo?»...

«Io? Mah, niente, tra poco mi sposo.»

«Ah ecco...»

Come a dire che tutto deve ancora accadere. Però la canzone diceva anche: *L'oroscopo pronostica sviluppi decisivi*... Faccio un'altra vasca. Anche se sul momento non riesco a immaginarli più di tanto. Poi esco dall'acqua, mi rimetto l'accappatoio e torno in camera. Ordino un tè verde freddo, aspetto che arrivi e poi mi faccio una doccia. Mi asciugo e me lo gusto sul terrazzo. Ho addosso solo i boxer e c'è un sole caldo, perfetto. Guardo l'orologio. Sono le 15.15, tra poco passa a prendermi mio padre. Ehi però, è la doppia ora. Come quel film. Ogni volta che guardando l'orologio i numeri dell'ora coincidono con quelli dei minuti, accade qualcosa. Ma alla porta non bussa nessuno, non arriva nessun invito per qualche mostra, non arriva un pacchetto, non parte un fuoco d'artificio, una sirena. No, questa volta mi sembra proprio che non accadrà nulla. Così comincio a vestirmi quando all'improvviso suona il telefono. Rispondo con un po' di tensione.

«Sì...?»

« Buongiorno, è la reception, c'è il dottor Mancini che la sta aspettando. »

« Ah, grazie, dica che scendo subito. »

La doppia ora. È successo qualcosa, mio padre non ha tardato come al solito, è arrivato prima dell'ora dell'appuntamento. Incredibile.

Quando scendo giù lo trovo con la sua bella Jaguar celeste metallizzata tutta pulita. Indossa un cappellino blu con la visiera e mi sorride divertito.

« Eccomi qua, sono il suo autista, vede? » Si tocca la visiera con pollice e indice. « La macchina l'ho fatta lavare stamattina per l'occasione. »

« Perfetta. »

Faccio per salire davanti.

« No, no, si metta dietro. » Sbuffo, ma lui continua: « Mi diverte ».

« Va bene. »

Salgo dietro mentre lui si mette davanti e piega un po' lo specchietto retrovisore, per incrociare il mio sguardo.

« Allora, la porto a Bracciano, giusto? È sempre della stessa idea? »

« È a San Liberato, per essere precisi. Potresti smetterla almeno con questo lei? »

Mio padre si mette a ridere. « Vabbè, è che sono entrato nella parte. »

Esce lentamente con la Jaguar dal parcheggio dell'Hilton. Ogni tanto mi guarda dallo specchietto come se volesse dirmi qualcosa, ma non ne avesse il coraggio. Alla fine però decide di cominciare il discorso.

« Hai visto? Sono riuscito a mandare Kyra con Paolo, Fabiola e i bambini. Ho pensato che avevi voglia di un po' di tranquillità. »

Guarda la strada e ogni tanto butta l'occhio allo specchietto retrovisore.

« Com'è andata ieri sera? »

« Bene. »

« Bene e basta? O molto bene? »

« Molto bene e basta. »

Si mette a ridere. « Non cambi mai, cavolo, neanche con tuo padre ti sbottoni. »

Con i miei Balorama neri continuo a guardare fuori dal finestrino e tra me e me sorrido. Pensa se gli raccontassi di Babi, che si è finta un'escort, della barca da quarantadue metri, delle donne invitate e dei « produttori » presenti.

« Sai, anch'io quando ho sposato tua madre ho fatto un addio al celibato come si deve! »

Lo ascolto e mi giro verso di lui.

« Come si deve? Com'è un addio al celibato come si deve? »

E decide di colmare questa mia curiosità.

« Nel senso che c'erano i miei amici, quelli di allora, e siamo andati all'Ambra Jovinelli e abbiamo visto degli spettacoli di spogliarello. » Toglie per un attimo le mani dal volante per farmi capire meglio. « C'era una con due tette così! Poi siamo andati in una villa sulla Tiburtina dove c'era un buffet, mi ricordo però che non c'era roba buona da mangiare. » Ripenso allo champagne, ai crudi e al pesce sulla barca. « Poi i miei amici mi hanno pagato una prostituta, una bruna, alta, con delle gambe lunghe ma il seno no, il seno stavolta era piccolo. » E lo dice con tono dispiaciuto, come se fosse ragione di chissà quale rammarico. « Mi ricordo che si chiamava Tania. Ci sono andato in una stanza della villa. Ho fatto così presto che qualcun altro dei miei amici ha detto che non era 'scaduta', come un gioco dove inserisci soldi, quindi poteva andarci anche lui! E c'è andato, eh! » E ride raccontando questa storia. « Ma a mamma non ho mai detto nulla. Era gelosissima tua madre. Molte cose non gliel'ho mai potute raccontare, ma credo comunque che le avesse capite. Non te l'ho mai detto, ma una volta, lei non voleva, io invece gliel'ho chiesto e alla fine lei l'ha fatto per me... »

« Papà, non me l'hai raccontato per tutti questi anni, perché proprio adesso? Non c'entra niente. »

« Hai ragione. Comunque è stato un gioco innocente, siamo stati in una stanza con un'altra coppia, ma senza scambiarci, ci guardavamo, ecco, tutto qui... »

Niente. Non ce l'ha fatta. È più forte di lui. Quando deve fare o dire qualcosa, si comporta così, non resiste. Mio padre è proprio un coglione.

« Oggi vorrei tanto che ci fosse tua madre, sarebbe bellissimo che potesse assistere alla cerimonia in chiesa. »

Me lo dice con una tale leggerezza, senza nessuna vera considerazione, senza cura per quello che mi ha appena raccontato.

Un loro momento così intimo, così privato, da non condividere certo con un figlio. Ecco, questo è mio padre. Lo guardo mentre continua a guidare, con il suo vestito scuro, con il cappellino da autista. Ora accende la radio e batte sopra il volante il tempo di una canzone capitata per caso, ma che secondo lui è perfetta: *Y.M.C.A.* dei Village People. E canta a squarciagola, indovinando una parola sì e due no, non sapendo minimamente cosa rappresenti questa canzone.

«Papà, ti piace questa canzone?»

«Moltissimo!»

«Ma sai cosa dice?»

«Be', sì, fanno uno strano balletto portando le mani unite sopra la testa...»

E per un attimo lascia il volante e stonando a tempo mima quel movimento, poi riprende il volante prima che finiamo fuori strada.

Mi metto a ridere. «Sì, questo è quello che accade, ma le parole sono un invito a frequentare la palestra delle Y.M.C.A., per incontrare giovani omosessuali. Qui dice: 'È divertente stare all'Y.M.C.A., puoi lavarti, puoi avere un buon pasto, puoi andare in giro con tutti i ragazzi, puoi fare qualunque cosa ti senti di fare...' Insomma tu, in questo momento, stai cantando la gioia di essere gay.»

«Ah...» Mi guarda dallo specchietto e smette subito di cantare. «Sul serio?»

«Sì.»

Così cambia stazione, cercando qualche altra musica. Se non altro mi ha fatto tornare il buonumore. Poi trova *Sailing*, un pezzo di Christopher Cross. Che strano, su questa Braccianese ci sono tutti pezzi anni '80, è come se le radio fossero rimaste indietro.

«Questo va bene?» Mi chiede mio padre guardandomi dallo specchietto.

«Sì, se ti piace va benissimo, non inneggia a nulla...»

«Mi piace.»

Ora guida più tranquillo, il suo equilibrio psichico non è stato messo a rischio. Ma cosa ho io di mio padre? Cosa c'entro con lui? Cosa ho ereditato? E mia madre cosa ci ha trovato allora? Cosa l'ha affascinata, che parole lui le ha detto, come l'ha convinta a sposarlo? Continuo a guardarlo. I suoi occhi riflessi nello specchietto, la sua mano che adesso batte lentamente sul volante. Papà sorride ascoltando *Sailing*. In realtà per lui tutto è proseguito come se nulla fosse, non ha sofferto più di tanto la scomparsa di mamma, forse non l'amava più, forse stava già con quella inutile Kyra.

« Papà? »

« Sì? »

« Cosa credi che abbia trovato in te mamma? Cos'è che l'ha fatta innamorare? »

Mi guarda e resta sorpreso, non si aspettava una domanda del genere. Rimane per un po' in silenzio. Poi mi risponde quasi in modo ingenuo, come un ragazzino scoperto a mangiare la Nutella da un barattolo che non era il suo. « Vuoi la verità? Non lo so. » Cerca comunque di trovarmi una risposta. « Eravamo ragazzi... Ci piacevamo, stavamo bene insieme. » Poi riprende a viaggiare in silenzio, magari sta ancora pensando a quale potrebbe essere il vero motivo, se se l'è dimenticato, se mamma per caso una volta non glielo abbia detto. Poi è come se si illuminasse, ecco, sì, sembra aver trovato qualcosa. Incrocia il mio sguardo nello specchietto, è contento di quello che sta per dirmi. « Mi diceva che la facevo tanto ridere. »

Annuisco. Sembra soddisfatto della risposta che ha trovato. Ora lasciamo la Braccianese e costeggiamo il lago. Sono le 16.40. Procediamo per qualche chilometro fino a quando non vediamo delle fiaccole a terra ed entriamo a San Liberato. Quando scendiamo dalla macchina, papà fa il giro e mi abbraccia, mi stringe forte e per qualche secondo rimaniamo in silenzio. Quando si stacca, ha gli occhi lucidi, mi prende per le spalle, mi scuote un po', poi dice: « Ecco ». E annuisce, ma non dice nient'altro. Subito dopo intorno a noi arriva un sacco di gente. Uno dopo l'altro mi abbracciano, mi danno pacche, mi fanno i complimenti. « Stai benissimo! » « Come sei elegante! » Sorrido ma con alcuni non so neanche quale parentela c'è. « Sei proprio bello. » « Maro', come ti sei fatto. »

Ecco, questo è qualche parente di un paese, però non mi ricordo neanche di averlo conosciuto, qualcuno invece lo riconosco, ma non so minimamente il nome.

« Auguri! »

« Grazie. »

Anche se credo che non si facciano prima. E vedo gente vestita nei modi più diversi, perché l'eleganza, soprattutto nei matrimoni, è proprio soggettiva. Poi vedo Bunny e Pallina, Hook, Schello, il Siciliano, Lucone e tutti gli altri che hanno partecipato al bachelor di ieri sera, mi sorridono sornioni, ma non c'è nessuna delle ragazze della barca, così come loro non sono più quei produttori. E ancora qualche cugino e degli zii e poi una parente che mi abbraccia e si commuove. « Tua mamma sarebbe proprio felice di vederti oggi. Sei così bello... »

E io sorrido sperando che non mi dica altro.

Poi entro in chiesa e trovo un po' di tranquillità. Vedo l'altare. È in alto, ci si arriva salendo delle scale laterali. Tutto si svolgerà al di sopra degli invitati. È bella questa idea, così come sono belle le calle bianche che ornano ogni angolo della piccola chiesa e che riempiono l'aria di questo profumo delicato.

« Sei pronto? »

È don Andrea che viene verso di me. Si alza la tonaca bianca per non inciampare, poi mi stringe forte tutte e due le mani ma non dice nient'altro. Mi guarda negli occhi e sorridendo annuisce. Come a dire: bravo, se sei qui oggi vuol dire che hai superato ogni dubbio. In effetti vorrei tanto anch'io che fosse proprio così.

70

Poi don Andrea si allontana e nel silenzio di quella chiesa, senza nessun preavviso, parte una musica classica. E io provo una strana sensazione, mi sento solo e il vociare della gente fuori è come se improvvisamente si allontanasse. Allora chiudo gli occhi e mi sento come sospeso, sono accanto a lei, a Babi. Mi sorride, si toglie la parrucca, la lascia cadere per terra poi mi abbraccia e mi stringe.

« Mi sei così mancato. »

E rimane per un po' sul mio petto, in silenzio, ma si accorge che io non la sfioro neanche.

Allora si stacca da me, si alza e mi guarda con le lacrime agli occhi e scuote la testa. « Perché non capisci? Perché fai così il duro? Come fai a non capire quanto ti amo? Io non ho mai smesso di amarti e ti amerò per sempre. » E comincia a piangere ed io non so che fare, rimango così a guardarla, vorrei stringerla, vorrei abbracciarla, vorrei accarezzarle i capelli, asciugarle le lacrime, ma non ci riesco, non riesco a muovermi, sono come pietrificato. Allora lei si porta i capelli indietro, tira su con il naso, poi si mette quasi a ridere. « Scusa, hai ragione... » Mi si avvicina con tenerezza, viene sopra di me, poggia le sue mani sulle mie spalle e mi guarda, mi sorride.

« Ascolta bene, Step, ora te lo devo dire. »

E lei, che è sempre stata quasi silenziosa, sembra un fiume in piena. « Sono tua come non sono mai stata di nessun altro, io provo per te quello che non ho mai provato per nessuno, il mio corpo stesso lo dice. Come godo, come ti sento, come vivo il piacere con te è qualcosa di unico, di meraviglioso. Non ho mai goduto con nessun'altra persona, mi credi? È come se il mio corpo si fosse rifiutato, io non ho mai più sentito nulla, non mi accorgevo neanche che qualcosa si stava muovendo dentro di me. Ma tu tutto questo non lo puoi capire. Io non voglio più perdere l'occasione di essere felice. E la mia felicità sei tu, sei solo tu. Ti prego, perdonami, perdona ogni mio errore passato, permettimi di farti di nuovo felice, di ritrovare insieme quell'amore unico e speciale, quello che c'ha portato tre metri sopra il cielo. Queste cose avvengono una volta sola nella vita e, se tu decidi di perderle, stai rinunciando a qualcosa di meraviglioso. Ho avuto paura, ho dato retta a mia madre, ero troppo giovane per avere il coraggio di essere felice. Ma ora non punirmi, sii generoso, metti da parte l'odio di questi anni, fai rinascere il nostro amore, dacci ancora una possibilità, ti prego, sono sicura che questa volta non falliremo. Sono cambiata, sono consapevole di quello che voglio. E per quanto possa essere bello avere un figlio, tuo figlio, la mia vita è comunque vuota senza di te. Mi manca il tuo sorriso, mi mancano i tuoi occhi buoni, ma soprattutto mi manca una cosa meravigliosa: tu, solo tu, mi hai fatto sempre sentire felice. Questo è stato il tuo regalo più bello, la tua capacità di farmi sentire importante, unica, speciale, sempre adeguata. Come mi sentivo amata da te non mi sono mai sentita da nessun altro. E c'è stato un attimo, all'inizio della nostra storia, che mi sono sentita perfino in colpa per la bellezza di quell'amore che tu provavi per me. Ma poi l'ho invidiato e alla fine mi sono lasciata andare e ti ho amato anch'io così e forse ti ho superato... »

Rimango in silenzio e la guardo negli occhi, sono pieno di rabbia per tutto il dolore accumulato negli anni e vorrei urlarle: « Ma tu dov'eri per tutto questo tempo? Durante la solitudine nella quale mi hai abbandonato? Quando mi strappavo con le unghie la pelle dalle guance pur di non cercarti, pur di fermare ogni mio disperato tentativo di chiamarti, di vederti, di riaverti. Quando ti ho visto in quella macchina davanti al tuo palazzo uscire con un altro, ecco, io sono morto in quel momento e ho pregato Dio perché ti allontanasse da ogni possibile estraneo bacio, che ti facesse scorgere un ricordo passato, un attimo qualsiasi di quelli che avevamo vissuto, il momento più bello, più divertente, una risata, un bacio, uno sguardo, qualunque cosa potesse farti ripensare a noi e rifiutare quel tocco altrui, quello sfiorarti di chissà chi, quel maledetto bacio non mio... » E solo il pensarlo ora mi distrugge e mi aumenta la rabbia e la voglia e sento crescere un desiderio assurdo, confuso, scombinato. Sento il mio pene reagire e così in un attimo mi libero dalle tue mani e sono su di te e ti allargo le gambe e ti prendo di nuovo. E tu mi guardi con i tuoi occhi azzurri, così belli, quasi spalancati e mi scongiuri.

« Amami ti prego, amami, amami come allora, senza odio, senza rabbia... »

E in un attimo sei mia, dentro di te, fino in fondo, chiudo gli occhi e ti abbraccio stretta e porto il mio braccio sinistro dietro la tua testa fino a prendere la tua spalla con la mia mano e tirarti a me. Mia, dannatamente mia, Babi, e spingo più forte ma comunque non mi basta. Nulla di te mi basta. Vorrei fondermi, averti tutta dentro di me, in me, con me, per essere sicuro di non perderti mai più. E proprio in quel momento sento la marcia nuziale. E contemporaneamente ancora quelle tue parole: « Sto godendo, godo solo con te, amore ». E la gente sta entrando in chiesa e quel suo ultimo sguardo, i suoi occhi azzurri che mi supplicano: « Ti prego, non mi punire, non punirci di nuovo, non sposarti, andiamocene io e te, con nostro figlio, non perdiamo di nuovo la nostra felicità... »

E la musica sembra crescere, la gente prende posto, la chiesa si riempie. Poi dal sagrato pieno di luce vedo entrare Gin sottobraccio al padre. È bellissima, sorridente, in quel vestito bianco, con le spalle scoperte, il lungo velo. E la sua felicità mi investe, mi travolge, mi toglie ogni dubbio, ogni minima incertezza. Era solo una ricca escort, un'ultima scopata, un addio al celibato con tanto champagne e la voglia di divertirsi. Questa invece è la tua vita. Gin continua a camminare tra la gente, sorride a tutti, è contenta e la musica sembra quasi assordante e tutto è perfetto. Sì, ora sono in grado di rispondere a quella domanda sulla quale tutti insistevano tanto: sono felice. Sono molto felice. Almeno questo è quello di cui voglio essere convinto.

71

E all'uscita della chiesa è una cascata di riso e petali di rose, bianchi e rossi, di applausi e gente che ride e tutti che si mettono in fila per salutare la sposa e qualcuno anche me. E i Budokani mi abbracciano uno dopo l'altro e poi arriva anche Renzi.

« Be', sono proprio felice per te, mi sembra tutto bellissimo, meglio di una fiction... »

« Allora speriamo di fare ascolto! »

E lui ride e si allontana e arriva altra gente, parenti, amici di Gin, amici dei miei. E mentre saluto tutti, penso che la fiction di solito fa ascolto quando è drammatica. Come andranno avanti le puntate? Poi penso che sono andati molto bene anche *I Cesaroni*, così mi rassereno. Amendola e tutti gli altri facevano ridere, forse anche noi riusciremo a vivere con un po' di allegria.

« Amore? Come stai? Non siamo riusciti neanche a dirci due parole... »

« Be', veramente io ho detto: 'Sì, lo voglio'. »

E ci mettiamo a ridere e ci diamo un bacio.

« Sei contento? »

« Moltissimo. »

Ma non riusciamo a dirci altro, perché una troupe praticamente ci sequestra.

« Venite con noi, ho visto degli scorci pazzeschi, prima che il sole tramonti! »

Un fotografo, con al collo tre macchine, insieme a due giovani ragazzi con tanto di ombrelli fotografici, porta via Gin sottobraccio. Io non posso far altro che seguirli. E così ci ritroviamo a fare foto in questo gigantesco parco, sorridendo, baciandoci, guardandoci negli occhi: « Ditevi qualcosa! Ecco bravi così, qualcos'altro ancora, parlate, su! » E ridiamo alla fine, perché non sappiamo più cosa dirci.

« Ora lei con la gamba alzata. »

Gin giustamente si ribella: « No, la gamba alzata non si può sentire... »

Gli assistenti del fotografo ci guardano e annuiscono.

« È che lui è un po' antico. »

« Vabbè, fate come volete. Allora abbiamo finito. »

Torniamo verso la chiesa, quando arriviamo nello spiazzo lì davanti tutti ci accolgono con un applauso. « Eccoli, bravi, viva gli sposi! » E contemporaneamente si accendono delle luci che illuminano i grandi tavoli e danno inizio alla cena. Forse era rivolto a questo, il loro battere le mani. Molta gente si dirige dove fanno i fritti, una ragazza e un cameriere li tirano fuori da una grandissima friggitrice e riempiono in continuazione dei cartocci di carta scura, quella che avevo visto sempre usare dagli olivari o dai fusagliari e li passano alla gente che si accalca. Poco più in là ci sono i crudi di mare. Sul lungo tavolo, rivestito in maniera tale che sembri un grande pesce, si succedono, sfalsati in altezza, diversi piani pieni di prelibatezze di ogni genere: dalle ostriche ai fasolari, dai carpacci ai cannolicchi, fino a gamberoni e gamberi. Subito dopo c'è un tavolo di formaggi di ogni tipo e provenienza, da quelli laziali fino ai francesi. Poi quello degli affettati, della mortadella a tocchetti, dei prosciutti di Parma e San Daniele, degli spagnoli jamón ibérico e serrano. Gli ospiti passano da un tavolo all'altro, tutti si riempiono i piatti come se avessero paura di perdersi chissà cosa e sono più di duecento, questo almeno mi hanno detto Gin e mio padre che, aiutato da Kyra, ha voluto assolutamente partecipare all'organizzazione dell'evento. Un giorno, durante questi preparativi, mentre ero a casa sua, mio padre mi si è avvicinato e mi ha detto: « Ho una sorpresa, riguarda il vostro viaggio di nozze, ora però non posso dirti niente, ma sono sicuro che vi piacerà. Se così non fosse... Potrete sempre farne un altro! »

Ne ho parlato con Gin che si è messa a ridere. « Al massimo ne facciamo un altro?! Guarda che se questa sorpresa non mi piace, ripartiamo sul serio! Non mi piacciono queste sparate e poi non se ne fa mai nulla... »

« Sì, sì, ma non ti arrabbiare, ancora non sappiamo neanche per dove sarebbe questo viaggio. »

In realtà ancora non ci ha detto nulla, sapremo domani dove andremo in viaggio di nozze, mio padre ci darà i biglietti alla fine della serata. Sono abbastanza tranquillo però, perché questa sorpresa del viaggio l'hanno seguita anche Fabiola e Paolo e loro di certo non ci mandano in viaggio di nozze in Iran.

Su un palco un po' distante, Frankie e i Cantina Band, un

gruppo che piace moltissimo a Gin e che è riuscita a ingaggiare per la festa, sta cantando i pezzi più belli di Rino Gaetano.

« Fantastico questo matrimonio. »

È Schello, abbracciato a una certa Donatella, che mi presenta. Non è all'altezza di quella di ieri sera in barca. Per fortuna nessuno degli invitati al bachelor ha portato qui qualcuna di quelle ragazze. Almeno spero.

« Sì, ti sta piacendo? »

« Molto. Se viene così bene, allora ci sposiamo pure noi, vero Dona? »

E si allontana ridendo con un piatto pieno di roba da mangiare e un bicchiere di champagne, con il quale ogni tanto, mentre cammina, annaffia senza volerlo il prato.

Non pensavo di conoscere così tanta gente. Mi guardo in giro, nel grande parco di San Liberato è un viavai continuo di camerieri. Ne passa proprio uno in quel momento con un vassoio pieno di bicchieri di champagne.

« Prego? »

Non me lo faccio ripetere. « Grazie. » E prendo due flûte come se volessi offrirne uno anche a Gin, che invece è sparita. Me li scolo uno dopo l'altro, poi li poggio al volo su un vassoio di un altro cameriere che sta passando proprio di là. Oh, ecco, mi sento meglio, sono più rilassato. È un sabato italiano e il peggio sembra essere passato. Chissà se poi sono andati al cinema e al Ghetto quelli che stavano in piscina. Ma tutto sommato non me ne frega più di tanto.

« Eccoti amore, eri sparito! »

« Ma se non mi sono mosso da qui. »

« Senti, non litighiamo proprio stasera, eh... »

Gin è completamente fuori, mi conviene assecondarla. « Certo tesoro, scusami... »

« Vieni, andiamo a sederci. »

Così ci avviciniamo a un piccolo tavolo, apparecchiato per due. Quando ci sediamo non so chi fa partire un altro applauso e poi sento la voce di una donna, forse Pallina, che urla: « Viva gli sposi! » E un uomo, forse Bunny che fa partire il classico « bacio, bacio, bacio... » E se veramente sono stati loro due, allora sono perfetti. Per farli smettere al più presto, mi alzo, tiro a me Gin e la bacio con passione. Se deve essere sia, ma almeno come piace a me, non come quelli che per soddisfare questa richiesta si danno un bacio con la bocca chiusa a culo di gallina o peggio ancora sulla guancia. Così finalmente l'inno smette e, dopo un altro bell'applauso, tutti cominciano a mangiare. È un continuo andirivieni di camerieri e la gente ai tavoli mi sembra allegra e la scelta dei piatti perfetta, visto come alcuni hanno già finito. I vini scorrono, le portate anche, lo champagne non può mancare. E papà con Kyra sembra felice, Fabiola imbocca i bambini, Paolo ogni tanto pulisce la bocca di uno dei due e Fabiola lo riprende per qualcosa, naturalmente. A un altro tavolo Pallina e Bunny mangiano tranquilli, seguono il racconto di qualcuno, ridono, stanno bene. Pollo non c'è tra i loro pensieri, non ingombra. Più in là i Budokani si stanno perfino comportando bene. A un tavolo insieme ad altri parenti, vedo i miei nonni materni, Vincenzo ed Elisa, i genitori di mamma. Mangiano moderatamente, ascoltano e ogni tanto chiacchierano con una zia che non abita a Roma. Sono contento che siano venuti, che abbiano voluto partecipare alla mia felicità superando il fastidio che avrebbero potuto provare vedendo papà con un'altra donna. Chissà com'è stato per loro, chissà quanto gli è mancata la loro figlia, mia mamma. Sorrido a Gin. Sta mangiando un pezzo di mozzarella, ma non ha neanche fatto in tempo a metterlo in bocca che subito qualcuno le è venuto a chiedere qualcosa. Non le dico questo mio pensiero. Mangio anch'io. Mi manca mamma. Sarebbe stata bellissima, la più bella di tutte. Sarebbe stata vicino a me, avrebbe riso con quella sua risata dolcissima e poi avrebbe pianto e avrebbe riso di nuovo. Mi avrebbe detto: « Ecco, vedi, riesci sempre a farmi piangere, tu! » Come quando vedevamo un film insieme, da piccolo, e alla fine se si commuoveva era colpa mia. Così mangio un po' di pasta. Questi spaghetti alla chitarra sono buonissimi, ma il boccone sembra non andare giù anche se è piccolo. E mi viene in mente quel libro che ho letto, le ultime pagine delle *Mille luci di New York*. Una madre sta molto male, è ricoverata in ospedale, Michael, il fratello del protagonista, passa ogni giorno dell'ultima settimana vicino a lei poi si deve assentare per un attimo. Allora chiede al nostro protagonista di prendere il suo posto e proprio in quel breve tempo che Michael non c'è, la mamma si spegne. La vita è così, è beffarda, si diverte a volte con noi, a volte ci dà una mano, a volte è così cattiva. Cerco di deglutire, ma non ci riesco. Scusami, mamma. Vorrei abbracciarti ora e stringerti forte, vorrei vedere te e il tuo Giovanni allegri e felici a un tavolo qui vicino. Vorrei non aver mai aperto quella porta, oppure dopo averla aperta, essermene semplicemente andato, avervi dato il tempo di raccontarmi la vostra storia d'amore, che forse era bellissima e meritava più tempo. Bevo un po' di vino bianco, freddo, gelato, lo mando giù tutto d'un fiato, finisco il bicchiere e ritrovo il respiro.

«Sentito com'è buono?» Gin mi guarda e mi sorride. Parla del vino.

«Sì, buonissimo.»

Un cameriere, come se ci stesse spiando da chissà quanto, mi riempie di nuovo il bicchiere.

Le sorrido. «Sì, è tutto perfetto.»

Arrivano molte altre portate e continuano i brindisi e poi gli amari e i sorbetti e i caffè e ci avviciniamo tutti al tavolo dei superalcolici e Guido mi passa un rum.

«È un John Bally. Quello che piace a te.»

Brindo e lo bevo tutto.

Marcantonio mi si avvicina.

«E con me non festeggi?» Me ne passa un altro e sbattiamo quei bicchieri al cielo e in un attimo è sparito anche quello.

«Tutti alla torta, per favore...»

Qualcuno indirizza la gente come una grande mandria verso lo spiazzo di poco sottostante. Una grande torta, con in cima due sposi vestiti in maniera pop, troneggia al centro.

«Step, Gin, venite, mettetevi qui davanti.»

Eseguiamo gli ordini di questo gran cerimoniere, un signore con i capelli scuri, gellati, vestito in smoking. Sembra uscito da uno di quei film americani ambientato durante il proibizionismo, quando c'era il divieto di bere e vendere alcolici, ma molto contrabbando e distillerie nascoste tra i canneti. Le automobili erano tutte nere e alte e scendeva sempre uno come lui che si metteva a sparare con un mitra. Questa volta però è più rassicurante, ha solo una grandissima bottiglia di champagne tra le mani. Quando siamo al suo fianco, non aspetta altro che far partire il tappo, che con un grande botto e un discreto volo sparisce in qualche cespuglio, oltre la gente. Qualcuno ci passa due flûte e il contrabbandiere riesce a piegare la grande bottiglia e ci versa dentro dello champagne. Nello stesso tempo alle nostre spalle si sente un altro botto. Uno dopo l'altro, sopra le nostre teste, si aprono fuochi d'artificio colorati e Gin mi stringe il braccio, mi sorride.

« Ti piacciono? Temo che sia la sorpresa di Adelmo, il figlio di zio Ardisio. Ti ricordi, te ne avevo parlato... »

Sì, Ardisio, quello che volava con il suo piccolo aereo sull'accampamento dell'esercito e passava così radente che c'era sempre il pericolo che falciasse qualcuno.

« Sì, molto, sono bellissimi. »

Vedo la gente con il naso all'insù, verso le stelle, ad ammirare queste esplosioni colorate. Poi incrocio lo sguardo di Guido. Mi sorride da lontano, complice e colpevole, ma mai quanto me. Non faccio in tempo a dare spazio a nessun senso di colpa, che sento un grido.

« Cake diving! »

E alcuni loschi figuri, nascosti ad arte tra la gente, partono da destra, da sinistra, dal centro, perfino alle mie spalle con un piano perfettamente studiato e un tempismo impeccabile. Non faccio in tempo a muovermi, vedo Gin prima spaventata, poi confusa, le consegno il mio flûte e vengo sollevato dai Budokani. In un attimo mi ritrovo ribaltato a testa in giù, tra le mani di Lucone, Schello, Bunny, il Siciliano, Hook, Blasco, Marinelli e chissà chi altro che non riesco a vedere. Cavoli, sono venuti tutti, forse solo per godersi questo momento. Mi appare Gin al contrario che urla in maniera chiara e precisa: « No, vi prego, no! » Troppo tardi. Mi alzano di peso e mi infilano di testa dentro la grande torta. E mentre fluttuo in mezzo a quella panna e zabaione, mentre sento qualche meringa e della pasta frolla schiacciata sotto la mia capocciata più innocente, mi viene da ridere. Perché la mia dannata mente in un momento come questo mi disturba con così grande perfidia? Come sarà stato il matrimonio di Babi? Compito, educato, elegante? E gli amici di Lorenzo come lo avranno festeggiato? Avranno preparato un pezzo comico? Parole elogiative scelte apposta per loro due? Una poesia classica, uno dei pezzi tanto usati di Gibran? Avranno disturbato Shakespeare o chissà quale altro poeta? Quando riemergo dalla torta, qualcuno mi pulisce con un asciugamano, qualcun altro mi toglie la panna dalla faccia, qualcun altro mi pulisce alla meglio il vestito. E io, dolce come non sono mai stato, riapro finalmente gli occhi. Ho di fronte Gin, sorridente, divertita, per niente arrabbiata per la torta devastata. E mi prende per mano.

« Dai, andiamo a ballare, che hanno attaccato Frankie e i Cantina Band! »

Così corriamo via tra la gente piena di bicchieri di champagne e piattini con un po' di quella parte di torta che si è salvata dal mio cake diving. Ed entriamo in pista sulla musica degli Earth Wind & Fire, *September*. I nostri cuori sembrano suonare proprio a quella tonalità e balliamo allegri su quelle note e subito si aggiungono amici e amiche e diventa una vera e propria festa. Poco dopo arriva qualche coppia più anziana, si muovono a tempo a modo tutto loro e non si sentono minimamente fuori luogo e azzardano perfino qualche passo a due. Frankie e i Cantina Band mixano al volo e ci sorprendono con *Let's Groove* e poi con Kool & the Gang, *Celebration*. E fanno tutti insieme un passo perfetto, proprio come quel fantastico gruppo. Qualche cameriere passa al bordo della pista con il vassoio pieno di champagne. Mani perfettamente a tempo lo saccheggiano al volo, io sono uno tra questi. E continua la musica. A un certo punto attacca *Stayin' Alive* e Frankie riesce a riprodurre la voce dei Bee Gees. Schello invece si porta al centro della pista in un tentativo divertente, ma disperato, di emulare John Travolta. E ancora gli Abba con *Dancing Queen* e poi Rod Stewart con *Da Ya Think I'm Sexy?* e i Boney M. con *Daddy Cool* e gli Wham con *Wake Me Up Before You Go-Go* e tutti ballano come pazzi e arrivano altri in pista, mio padre con Kyra e anche Paolo e Fabiola, che sono da soli, avranno lasciato i figli a qualcuno e sembrano perfino divertirsi. Non c'è niente da fare, la musica degli anni '80 è veramente bellissima, avevano proprio ragione le radio sulla Braccianese. Mi fermo un attimo e mi ritrovo al tavolo dei superalcolici a bere un rum. Qualcuno mi abbraccia, una mi bacia, ah no, è Gin e io sono ubriaco e lei ride e ritorna in pista con Eleonora e Ilaria, che sembra l'unica che non c'entra niente con quel vestito della nonna, però balla bene e salta da tutte le parti.

« Magnifica festa! » Guido mi abbraccia. « Tra ieri e oggi hai fatto Bingo, eh? » E scuote la testa e si allontana. Non faccio in tempo a rispondergli, so solo che odio la parola « Bingo » e anche quei locali, con quelle cartelle orribili e la gente che fuma e una voce che sembra registrata che continua tutto il giorno a dare numeri. Ne so qualcosa, perché Pollo, prima di mettersi con Pallina, stava con una certa Natasha che lavorava al Bingo vicino a piazza Fiume, quello che aveva sostituito il cinema Rouge et Noir. Gli tenevo compagnia quando la dovevamo aspettare in cambio di una birra. « E dai, è pure gratis... La birra eh? Non ci provare! »

Era questa la sua stupida battuta preferita. Mi manchi, Pollo. Ti vorrei vedere ora qui, a ridere, a bere e a ballare con Pallina. E avrei voluto sapere, sì, ti avrei voluto dare una mano o almeno parlarne, cazzo, almeno parlarne, non sapere tutto così, con una lettera e dopo tutto questo tempo. Prendo un rum e lo bevo in un sorso solo.

« Me ne dia un altro! » E mentre aspetto, ti guardo ballare, Gin, ridi, ti muovi leggera, sei allegra, sei bella, sei serena.

« Ecco, signore. »

« Grazie. » E lo butto giù, come se potesse farmi staccare da quel pensiero, come se mi potesse dare sollievo. Avrei dovuto dirti tutto, Gin? Ma non è successo niente, sì, cioè, insomma... Mi metto a ridere da solo, intendevo che non me ne importa nulla, ecco, è questo quello che volevo dire. Una cosa che invece devo proprio ammettere è che sono ubriaco. Ma non faccio in tempo neanche a pensarlo che una voce piomba tra i miei pensieri.

« Allora la sorpresa è questa. »

« Papà! Mi hai fatto prendere un colpo. »

« Scusa. » Si mette a ridere. « Il matrimonio è riuscitissimo e questo gruppo che suona è veramente fantastico! »

E proprio in quel momento, come se fosse un segno del destino, Frankie e i Cantina Band partono con *Y.M.C.A.* dei Village People e tutti fanno perfettamente quel movimento con le braccia.

« Papà, vuoi andare a ballare anche tu? »

« Che sei pazzo? Questa la salto, non vorrei che fraintendessero... Comunque ti avevo parlato di una sorpresa che riguardava il tuo viaggio di nozze... » Tira fuori una busta dalla tasca e me la dà. « Eccola, è questa, te l'ha voluto regalare mamma. Per me è bellissimo, sono le isole più belle che puoi trovare facendo il giro del mondo. » Guardo la busta, la apro, c'è solo un foglio con l'intestazione dell'agenzia. « Ho fatto tutto quello che mi aveva chiesto prima... sì, insomma, prima di andarsene. Mi ha detto che se un giorno ti fossi sposato, avrebbe voluto che tu facessi questo viaggio. E ha pagato di tasca sua. » Rimango a fissare quel foglio per non guardarlo negli occhi. Lo sento parlare ancora: « Partite domani alle venti e trenta, così c'è il tempo necessario per tutto. Ti voleva bene mamma, molto. Non avresti dovuto fare tutto quel casino, menare Ambrosini. Voleva bene anche a lui ». E se ne va così.

Alzo lo sguardo e lo vedo sparire in mezzo a quelli che ballano. Anche lui si mette a muovere le braccia, cercando di andare a tempo con tutti, ma non ci riesce, è proprio negato. Quindi sapeva? O ha capito tutto dopo? Non ci capisco più nulla. E mi si stringe lo stomaco. Faccio appena in tempo a sparire dietro a dei cespugli, a superare una coppia che chiacchiera, un'altra che si sta baciando e arrivo dove non c'è più nessuno. Mi piego su me stesso e vomito l'anima.

Poco dopo sono nel bagno della piccola casetta vicino alla chiesa. Mi sciacquo il viso con l'acqua fredda più volte. Mi lavo la bocca. Mi sciacquo ancora. Rimango così, appoggiato al lavandino, mi guardo allo specchio e scuoto la testa. Di due cose sono sicuro: mi manca mia madre e mio padre è proprio un gran coglione.

72

Eleonora quasi si scontra con Marcantonio.

« No, non ci posso credere, sei venuto! »

« E perché no? Io adoro i matrimoni... »

« Purché non sia il tuo, giusto? »

« Anche il mio. Purché sia con la donna giusta. »

Ele sa già che si divertirà un mondo con lui e così beve un po' di champagne da un bicchiere preso al volo da un cameriere di passaggio. È stata così veloce e leggera che il cameriere non ha neanche rallentato. « E la donna giusta è quella ragazzina acerba? »

Marcantonio si mette a ridere e, sapendo di essere meno veloce di Ele, ferma un cameriere. « Mi scusi... Ecco, grazie, prendo un po' di champagne. » Ne beve un sorso mentre il cameriere si allontana. « Tu invece vai sul sicuro col giovane professore di Roma 3. Spiegami una cosa, è così compito anche nell'intimità? »

« Invece la tua dev'essere selvaggia. »

« Neanche tanto. » Marcantonio prende un altro po' di champagne e poi lo finisce del tutto.

« Forse non te lo ricordi, ma al ristorante ci siamo dati un bacio. »

« Me lo ricordo, è stato bellissimo. »

« Sì, ma non così bello da fare una telefonata. »

« Così bello da non voler disturbare. Qualsiasi parola sarebbe stata inferiore, solo un altro bacio... »

Ele si mette a ridere. « Ecco, tu in un modo o nell'altro riesci sempre a fregarmi. »

Anche Marcantonio ride. « Ma... Sai, una volta ho visto un film che m'è piaciuto un sacco, *Complice la notte*, con Wesley Snipes e Nastassja Kinski, dove durante il matrimonio trovano i rispettivi consorti che stanno facendo sesso in un capanno degli attrezzi da giardinaggio. »

« Che vuoi dire? »

« Che deve essere erotico farlo durante un matrimonio con i rispettivi che se ne stanno in giro. »

« Sei perverso... Tra l'altro non c'è nessun capanno. »

« È alle spalle della casetta. Io vado a vedere com'è... »

Marcantonio si incammina divertito e prende un altro bicchiere di champagne. Eleonora lo segue e ne prende subito un altro anche lei dallo stesso cameriere.

« Grazie. »

« Prego. »

Il cameriere si allontana.

Eleonora beve un po' di champagne.

« Guarda che l'ho visto anch'io quel film e me lo ricordo. Mi è piaciuto un sacco. Alla fine escono da un ristorante e si rincontrano per caso. Ora tutte e due le coppie vivono insieme, ma i ruoli sono scambiati. »

« Vedi...? Sono sicuro che Silvio e Martina saranno perfetti. » Poi prova ad aprire la porta del deposito degli attrezzi. « Ops... è aperta. » E spariscono tutti e due là dentro.

Dall'altra parte del parco Luke, il fratello di Gin, le si avvicina.

« Ehi, troppo bello tutto, mi piace veramente un casino, più che un matrimonio è una serata disco! »

« Eh! Meno male brother. Sei sparito durante i preparativi. »

« Queste sono cose da donna, tu e mamma eravate perfette. Vi ho seguite in cucina, che ti credi, che discutevate delle bomboniere... 'No, écru, che è molto più elegante, no, no, rosa antico veneziano, ma dai, fa troppo comunione!' »

Gin si mette a ridere.

« È vero, allora ci hai spiate sul serio! »

« Certo! Comunque Frankie e i Cantina Band sono veramente bravi. »

« Ti ricordi? Li andavamo sempre a sentire al Fonclea, a via Crescenzio, e sono riuscita a portarli qui. »

« Se è per questo sei riuscita perfino a sposare Step, non c'avrei mai scommesso. Mi ricordo la prima volta che vi ho visti, vi siete baciati sotto casa. »

« Eh. Il solito guastafeste, guarda che sono cresciuta, forse non te ne sei accorto, ma tua sorella ora è perfino una signora. » Gin vorrebbe dirgli di più, per un attimo è tentata anche di dirgli che presto sarà mamma, ma non è questo il momento giusto.

« E sei una signora bellissima, quest'abito da sposa ti sta veramente bene, sono contento per te, sister... »

Gin si guarda in giro. « E Carolina? Non la vedo. »

« È laggiù che balla. »

« Chissà che presto non mi inviterai tu a una festa così. »

« Eh, non lo so mica. Anche oggi abbiamo litigato da pazzi. È possessiva e poi a volte è troppo gelosa. »

« Ne ha motivo? »

« Ma scherzi? Mi ha scritto una mia ex, ma un saluto piccolo per sapere come sto, visto che ero tornato da poco da Londra, no? Sono stato fuori sei mesi, è anche naturale che uno si faccia un saluto. Gliel'ho pure fatto leggere. Non ho niente da nascondere. »

« Lo so, ma le ex sono come un dito nell'occhio. Come capita capita, fa sempre male. »

« Bella questa, sister, me la rivendo, non l'ho mai sentita, è famosa invece quella della sabbia nelle mutande, ma è strasentita. E poi questa è più fine. »

« Sì, ma a prescindere dal detto, evita di sentirla. Fa male. Fidati. »

« Okay, ti do retta, dai, andiamo a ballare! »

E si buttano anche loro in pista.

Quando esco dalla casetta, ancora tutti ballano, la musica impazza e c'è un celebre pezzo di Gloria Gaynor, *I Will Survive*. Sorrido. Non sono tanto sicuro che sopravvivrò, però sto meglio, mi è passata un po', la testa mi gira di meno.

« Ehi, ma dov'eri finito? Non ti trovavo più! » Gin mi prende sottobraccio. Poi mi guarda in viso. « Come stai? »

« In ripresa... »

« Io distrutta. Ho ballato tantissimo, alla fine non ce la facevo più e mi sono tolta le scarpe! »

« Hai fatto bene. »

Mi guarda divertita. « È stato proprio bello, vero? »

« Sì, perfetto. »

« Anche don Andrea, avevo paura che andasse lungo e invece tutto sommato ha fatto un'omelia bella, breve e molto intensa, cioè, è stato anche spiritoso, ma non troppo, insomma, mi è proprio piaciuto. »

« Sì, se ci risposiamo prendiamo sempre lui. »

« Cretino. C'hai già ripensato? »

« No, sono convinto più che mai. »

« Bene, anch'io, e se sei d'accordo me ne andrei, tanto qualcuno ci ha già salutato, piano piano se ne andranno tutti e poi diventa triste, rimangono solo quei quattro sfigati che ballano da soli e un po' ubriachi sulla pista vuota, soprattutto perché hanno paura di tornare a casa. Secondo me ora stiamo all'apice, meglio sparire così... »

« Sono d'accordo. »

Fuggiamo nella notte senza dire niente a nessuno. Ci accompagna l'autista che era previsto sin dall'inizio e ci lascia a Villa Clementina, a pochi chilometri da San Liberato. Ci viene ad aprire una signora leggermente intontita dal sonno.

« Buonasera. Abbiamo prenotato una camera. » Poi guardo Gin e le sorrido. « Siamo i signori Mancini. » Mi fa così strano. Lei mi sorride, è emozionata e divertita. La signora invece non fa caso a nulla, neanche al fatto che siamo tutti e due vestiti da sposi, forse non se ne è nemmeno accorta. Comunque non dice niente. Meglio così. Scorre con il dito un registro.

« Sì, eccovi qui. Vi abbiamo dato la stanza migliore, la suite nuziale, seguitemi. »

Le andiamo subito dietro, non abbiamo nulla con noi, i nostri piccoli trolley erano già qui, a tutto questo aveva pensato Fabiola. Su certe cose è perfetta, come ad esempio l'organizzazione di una serata, un evento, un viaggio. Su altre si perde con facilità.

Seguo la signora dietro Gin, ogni tanto inciampo o sbatto contro qualcosa. D'altronde l'alcol che ho in corpo non è proprio poco. Poi lei si ferma davanti a una porta, la apre e mi consegna una chiave.

« La colazione è dalle otto alle undici, ma se volete farla anche più tardi, non c'è problema. Per voi faremo uno strappo. » Ci sorride. Si è un po' risvegliata. Infine sparisce lungo il corridoio.

Quando entriamo, le valigie sono davanti al letto, la camera è grande, con un antico affresco, una bella vetrata che dà sul giardino, un bagno molto spazioso con una piccola sauna, una vasca idromassaggio, due lavandini e una grande doccia. Ecco, sì, ne ho proprio bisogno per riprendermi.

« Io mi faccio la doccia! »

Butto la roba per terra in bagno. Sento la voce di Gin che arriva dalla camera da letto.

« Okay. Sai che mentre eri chissà dove ho tirato il bouquet? »

« Ma come ero chissà dove, ero in bagno, mi hai pure visto, stavo malissimo... »

« Ah, già, be', indovina chi l'ha preso? »

« Chi? »

« Eleonora... Non sai come si sono guardati lei e Marcantonio, con vicino i rispettivi. »

« Ma dai! »

« Sì, pensa se si sposano... »

« Preferisco non pensarci. »

Poi compare sulla porta con i capelli completamente sciolti, un completo intimo di pizzo e una giarrettiera in tinta alla gamba destra. Si mette sulla porta con la gamba sinistra di lato, piegata all'interno e con la voce un po' più bassa del solito e un po' più sexy di sempre, mi domanda: « C'è posto anche per me? »

Apro il vetro della grande doccia. « Certo. »

Così si infila dentro, mi abbraccia e mi accorgo che non sono poi così ubriaco.

73

La mattina ci svegliamo, facciamo una bella colazione in giardino e devo dire che per fortuna la sbornia mi è passata. Non ho mal di testa e, non avendo mangiato molto, mi sento leggero. Paolo e Fabiola si sono occupati del viaggio che mi ha regalato mamma, è tutto perfetto, partiremo stasera alle 21. Mi hanno lasciato i documenti in camera.

« Fiji, Cook e Polinesia, un viaggio bellissimo. Così facciamo il giro del mondo e staremo fuori in tutto tre settimane. »

« Guarda, ci sono anche i dépliant, certo che tuo fratello è proprio preciso. »

« È Fabiola, che sicuramente lo starà anche cazziando perché questo è il viaggio che avrebbe voluto fare quando si sono sposati. »

« E invece dove sono andati? »

« Una settimana in Francia a Épernay. »

« Be', comunque deve essere bello, c'è dell'ottimo champagne... Forse non è proprio il massimo dopo lo stress del matrimonio, ecco. »

« È che mio fratello aveva preso una consulenza sull'import export dello champagne francese e quindi voleva seguire da vicino i vari passaggi. »

« Pure! Strano che lei scoprendolo non abbia divorziato in viaggio di nozze! »

« Sul nostro viaggio non potrai mai dirmi nulla, è un regalo di mia madre... »

« Sì ed è bellissimo. » Così mi abbraccia. « Sono felice, signor Mancini, molto. E sono contenta di essere sua moglie. » E si mette in punta di piedi e mi bacia sulle labbra, poi sorride. « E le ho anche portato un costume nuovo, visto che c'è la piscina. E io ci vado subito, perché dopo lo stress di tutti questi giorni mi voglio proprio rilassare. »

« E io vengo con te. »

Così passiamo la mattinata in completo relax. Mi alterno tra materassino gonfiabile celeste chiaro e un lettino in tela blu scuro, ma soprattutto mi perdo nel guardare il lento passaggio di qualche nuvola. Gin legge delle riviste, io sfoglio giornali, salto le notizie di cronaca nera e qualunque altra cosa promuova la cattiveria umana. Oggi ho voglia di relax anche da quel punto di vista. Non ho un pensiero. La mia mente non incespica né si incaglia da qualche parte. Fino a quando Gin rovina tutto.

«Sono belli questi occhiali! Ma dove ce li avevi? Sono un modello vecchio.»

«Questi? No, li hanno rifatti ora, ce li hanno mandati in ufficio per una promozione, vogliono che li usiamo in qualche programma della Rete, ma non credo sia possibile, a meno che non facciano un contratto.»

«Belli. Ce n'è un paio anche per me?»

«Devo vedere.»

«Mancini, non mi diventare braccino. La risposta giusta era: certo amore, o certo tesoro, ma comunque certo. Se non ci sono, in qualche modo li rimedio!»

«Certo amore mio...»

«Ecco...» Mi sorride e riprende a sfogliare *Vanity Fair*. Mi tolgo gli occhiali, scendo in acqua senza bagnarli, poi mi distendo sul materassino e me li rimetto. Balorama 001. Me li ha regalati Babi. Ma la velocità con la quale ho mentito a Gin dimostra che sono un buon autore, ma preferirei non dover inventare nulla. Così galleggio in acqua, nel silenzio della campagna. Il sole caldo, una musica lontana, il verso di un uccello, il profumo dei campi, le spighe riscaldate dal sole, la resina dei pini. Mi sono sposato, Babi.

Questa volta è toccato a me, non ce l'hai fatta. Chissà dove sei, a cosa stai pensando, se sei stata male ieri sera come è toccato a me una marea di volte. Hai visto come ci si sente? Impotenza. Ti sembra assurdo che tutto quello che hai vissuto con una persona improvvisamente venga cancellato, le cose dette, le promesse fatte, le lacrime, le risate, i baci, il fare l'amore, le scopate, le parole magiche pronunciate in quei momenti, tutto vola via come dello zucchero al velo su una torta dove un bambino ribelle e capriccioso soffia con forza per dispetto. Ecco, sì, mi sono sposato. Ma non la vedo come una ripicca, non è un punto a mio favore in quell'eterna lotta tra uomo e donna. Io volevo solo essere felice, Babi, e volevo esserlo con te. Avevo pensato a tutto, che ci saremmo sposati, che avremmo avuto quattro figli, una casa alle porte di Roma, ma non troppo distante, nel verde. E mi ricordo che sorridevo, che ero felice, deciso e determinato e che sarebbe stato tutto così. Ma quando mi sono girato tu non c'eri più.

Un uccello attraversa il cielo sopra di me. Poi sento suonare il clacson. Una macchina sale su per la collina, arriva nel grande giardino e sento spegnere il motore, sbattere la portiera e poi in piscina arriva lui, Giorgio Renzi.

« Allora, come stanno i miei sposini? Siete pronti per il viaggio di nozze? Vi accompagno io se non vi dispiace, così fate tutto con calma, ma non troppa. Non vorrei che perdeste l'aereo e tutte le varie coincidenze. Me ne ha parlato ieri sera tuo fratello, è un bellissimo viaggio e lui oltretutto è molto simpatico. »

« Mi volete fuori dai giochi, eh? Chissà cosa state combinando. Voi due non me la raccontate giusta. Qualche accordo internazionale... »

Giorgio si siede a un tavolo lì vicino. « Se la vuoi sapere tutta, stiamo trattando con Spagna, Olanda e Germania e spero di darti qualche buona notizia anche là. Ma non bruciamo i tempi, magari quando torni dal viaggio ci sarà qualche sorpresa. »

« Quindi me ne posso andare sereno e tranquillo? »

« Di più. Domani pomeriggio ho un appuntamento con Dania Valenti, la 'figlia' di Calemi, me la sbrigo io e poi ti faccio sapere. Vedi? Ti evito anche queste scocciature. »

Guardo Gin divertito. « Devi sapere che Renzi mi evita tutte le scocciature che piacciono a lui, praticamente mi fa incontrare solo uomini, al massimo posso avere uno stretto rapporto con Juri Serrano. »

Gin chiude *Vanity Fair* e si gira verso di noi. « Ma dai? Quello di *Uomini e Donne*? Ma non ci credo, lo conosci? Me lo devi presentare, è bono da morire! »

« Se è per questo è anche gay da morire, credo. »

« Ecco, lo sapevo, quando uno è meglio di voi, sparate sempre questa storia. » Si rimette a leggere *Vanity*. « Comunque mi piace il lavoro che fa Renzi. Tu ormai sei un produttore, non puoi andare in mezzo a quegli scandaletti che riempiono *Divina e Donna, Vip2000* e tutti quegli altri giornaletti, giusto, Renzi? »

« Giustissimo. »

« Quindi continua così, tanto anche se frequenta Serrano e gli altri, Mancini non rischia nulla. E poi ora... lo possiamo dire a Renzi? »

In un attimo capisco che mi conviene far finta di non aver mai detto nulla. « Certo. »

« E poi ora è anche papà. »

Giorgio mi lancia un'occhiata, ma subito sorride. « Ma è stupendo! Questa è la notizia più bella che potevate darmi! Sono veramente felice per voi. » Mi guarda con un sorriso e una tale naturalezza e capisco che, oltre a tutte le sue qualità, è anche un ottimo attore.

74

Facciamo le valigie e all'ora di pranzo siamo a casa.

«Se siete d'accordo, vi passo a prendere alle 17, così andiamo all'aeroporto con tutta calma.»

«Ma no, non ti preoccupare Giorgio, prendiamo tranquillamente un taxi.»

«Perché? Mi fa piacere.»

«Come vuoi tu. Sei molto gentile.»

Lo saluto, chiudo la porta e vado in cucina.

«Mi sto preparando un centrifugato, lo vuoi?»

«Sì, magari.»

Gin mette dentro le ultime carote e fa partire la centrifuga. In un attimo si colora di verde, poi si schiarisce un po', alla fine prende il sopravvento l'arancio.

«È proprio gentile il tuo amico Renzi, si preoccupa sempre di tutto e poi lo fa in modo veramente garbato. Chissà quali segreti nasconde...»

La guardo incuriosito. «Perché, quali segreti dovrebbe nascondere?»

«Dietro una persona così pacata e tranquilla ci deve essere una grande storia. Deve essere accaduto qualcosa di strano...»

«Ma tu vedi giallo dappertutto, come quando guardi quella trasmissione su Rai 3 con la giornalista bionda, Federica...»

«Sciarelli.»

«Eh sì, quella di *Chi l'ha visto*, decidi subito chi ha ammazzato chi, ti sento sai mentre sto di là, in studio. È stato il marito... Ma dai, si capisce benissimo che è stato l'amante... È stato quello che lei aveva lasciato l'anno prima.»

Gin comincia a versare il centrifugato in un bicchiere. «Sì, ma guarda che di quelli che citi io ne ho presi tre su tre! Quindi vuol dire che anche su questo Renzi potrei aver indovinato... Per esempio, come sta a donne?»

«Ma che domande fai! Che vuol dire?»

Mi siedo di fronte a lei e comincio a bere il mio centrifugato.

«Come che vuol dire? È uno pieno di donne? Esce sempre

con la stessa? Ne ha due, tre che alterna? Ha una storia con un uomo? »

« Non lo so. »

« Ma come non lo sai? Stai tutti i giorni con uno dalla mattina alla sera e non sai com'è la sua vita privata? Ma tu sei fuori di testa! La vita privata ci dice tutto di una persona. Non avete mai parlato della sua? »

« No. » In effetti pensandoci bene abbiamo sempre parlato della mia.

« E della tua? »

Ecco, lo sapevo, me la sono cercata.

« Della mia sì, cioè gli ho detto che stavo con te e che ci stavamo per sposare. »

Ecco, Renzi mi prenderebbe come spalla, sto andando anch'io molto bene nella recitazione.

« E non gli hai detto altro? »

« Scusa, cosa potevo dirgli di altro? »

Alza il sopracciglio e dà l'ultimo sorso di centrifugato. « Vabbè, lasciamo stare... »

« Aspetta, aspetta... »

« Cosa? »

« Una volta mi ha detto che è stato per diversi anni con una persona e poi si è lasciato. »

« Ha detto 'una persona'. Non ha detto 'una donna'. Quindi potrebbe anche essere un uomo. Capirai, andiamo bene. Che effetto gli ha fatto conoscere Juri Serrano? »

« Zero. Si è solo preoccupato che io non gli menassi. Insomma, era più una preoccupazione professionale che sentimentale. »

« Bene, non è gay. Non avrebbe resistito a Juri. Juri piace a tantissime donne, ha stuoli interi di ragazze innamorate di lui e, da quello che mi avete detto, anche di uomini! »

« Eh, e noi l'abbiamo preso come valletto, siamo forti o no? »

« Fortissimi. Andiamo a fare le valigie va', sennò arriva Renzi e ci trova che siamo ancora qui a fantasticare sulla sua vita segreta. »

Così tiro giù due Samsonite e cominciamo a riempirle. Giriamo per casa, scontrandoci ogni tanto, chiedendo molto spesso qualcosa.

« Ma dove stanno i costumi? »

«Dove sono sempre stati, nell'ultimo armadio in fondo, nel primo cassetto, dove stanno anche accappatoi e asciugamani.»

«Sono sempre stati lì?»

Gin si mette a ridere. «Sempre. Ogni tanto sono andati anche in lavatrice, ma la maggior parte del tempo l'hanno passata lì.»

«Bene, buono a sapersi.»

E continuiamo a scegliere magliette, camicie, pantaloncini, scarpe, almeno una giacca.

«Ma farà freddo lì?»

«In Polinesia?»

«Magari la sera.»

«Solo se alzi troppo l'aria condizionata.»

«Madonna, come sei diventato antipatico, se lo sapevo non ti sposavo!»

Poi una piccola sosta, un toast e anche un caffè.

«A che punto sei tu?»

«Fatta.»

«Anch'io.»

Poi ci sorridiamo mentre sorseggiamo il caffè e all'improvviso quasi lo rovescio, poggiando subito la tazzina.

«Oddio, mi ha preso un colpo!»

«Che c'è? Cosa è successo?»

Gin è sinceramente preoccupata.

«Eh niente, tutti quei tuoi discorsi, Renzi forse è gay, Juri è gay, poi vedo che improvvisamente ho un anello al dito. Non è che anch'io... Ah no, ma questa è la fede, giusto... Meno male! È che non mi ci sono ancora abituato, mi fa strano sentirla addosso...»

«Ecco, bravo, allora vedi di non togliertela mai, va', e soprattutto di non perderla da qualche parte. Ora invece torna lo Step di un tempo e chiudi la mia valigia, che non ce la faccio.»

Aiuto Gin a pressare bene la sua Samsonite, lei ci si siede sopra.

«Ecco, io do una mano così.»

E alla fine riusciamo a chiuderla del tutto.

Ma Gin è perplessa. «Mi è venuto un dubbio, non è che pesa troppo e ci fanno pagare il supplemento? Perché delle volte arrivano a delle cifre assurde...»

«Non ti preoccupare, mamma ci ha regalato un viaggio in

business, non ci sono problemi di peso né di spazio, neanche per il tuo bel pancino. »

Gin mi sorride. « Ci pensi, non è ancora nato o nata e già vola! »

Poi ci mettiamo sul divano, ce la prendiamo comoda, guardo qualche sciocco programma in TV, sento qualcuno a un talk show litigare, tolgo il volume, continuo a fare zapping senza sonoro. Gin mette un CD di Sakamoto, poi si viene a sedere sul divano e sfoglia i dépliant del nostro viaggio, i bungalow sull'acqua dove passeremo i nostri prossimi giorni. L'atmosfera è perfetta, il matrimonio è andato bene, le trasmissioni stanno per cominciare, i contratti sono stati chiusi, tutto mi sembra che stia andando per il meglio, ma sento comunque una certa inquietudine. Anche perché penso che qualunque cosa accada alle persone, dalla più bella alla più drammatica, nessuno se ne accorge negli attimi prima che avvenga. La vita è una continua sorpresa.

75

« Scendiamo. »

Non ha fatto in tempo a suonare il citofono che siamo già fuori dal portone. Renzi ci aiuta a caricare le valigie sulla sua Golf e poco dopo passiamo per Prati, direzione piazzale degli Eroi, per poi prendere l'Aurelia e andare verso Fiumicino.

« Emozionati? »

« Contenti! »

« Sì. » Gin è seduta dietro fra i due sedili. « Non aspettavo altro da un mese a questa parte, partire per il viaggio di nozze. Ed Ele vuole fare perfino la wedding planner, è il suo sogno. Per me è stato un incubo, uno stress pazzesco. Tu non te ne sei accorto, ma certe volte mi sono svegliata di notte con degli attacchi di panico, perché immaginavo che la pasta al ricevimento fosse scotta, oppure che sarebbe piovuto sui tavoli, o al momento del sì tu che te ne andavi, oppure non c'erano le fedi. E tu invece lì che continuavi a dormire tranquillo e beato mentre io facevo l'alba. »

« Ma scusa, la cena era preparata da Pettorini, il cuoco perfetto, colui che ha organizzato i catering per tutti i presidenti del Consiglio, una certezza. »

« Vabbè, tu la fai facile. »

Giorgio la guarda dallo specchietto. « Be', adesso è passato, no? È andato tutto benissimo, la pasta buonissima e al dente ed è stato un matrimonio proprio bello, divertente, la cena non troppo lunga, la musica bellissima... »

« Sì, Frankie e i Cantina Band sono veramente bravi. »

Giorgio si mette a ridere. « Sono riusciti a far ballare anche me! »

Gin si sporge in avanti. « Ma dai, non ti ho visto. »

« Forse vi eravate già dileguati. »

Gin mi tocca leggermente la spalla. « Ma con chi hai ballato? »

« Un po' con tutti, con chi è capitato. C'erano Marcantonio, Pallina con il suo ragazzo, insomma quelli che conoscevo. »

Guardo Gin e le sorrido, come a dire: fai delle domande ovvie e soprattutto così non scopri un bel nulla.

« Non te l'ho chiesto prima, ma com'è andata venerdì in ufficio? »

« Tutto tranquillo. Le prove della trasmissione di Riccardo sono andate bene, è entrato come autore Simone, ha iniziato da oggi al Teatro delle Vittorie, ha legato molto con Vittorio Mariani e gli altri autori e rimarrà lì a seguire la trasmissione. Sembra che Riccardo lo abbia preso a cuore. Gli spiega bene lui tutti i passaggi. »

« Che vuol dire 'l'ha preso a cuore'? Ci dobbiamo preoccupare? Dalla Paola Belfiore a Riccardo Valli? »

Renzi ride. « No, no, tranquillo, è rimasto sulla sua sponda. La Belfiore però non si è vista, almeno così credo, e Riccardo lo usa veramente come autore, mi ha detto che è molto bravo. »

« Bene. »

« Sì, anche perché poi Riccardo adesso ha attenzioni di quel genere solo per il suo valletto, Juri... »

Gin si sporge avanti. « Sul serio? »

Renzi annuisce. « Voci più che di corridoio mi dicono che stanno proprio insieme. »

Gin è sbalordita. « Con Juri? No! Quando Ele lo sa, si ammazza. »

« Ma a Ele piace uno come Juri? »

« Te lo giuro, mi ha detto che Juri per la prima volta l'ha fatta sentire donna. »

« Ma voi siete tutte sceme. »

« E io che c'entro? »

« Quando te l'ha detta questa cosa? »

« Boh, credo che l'abbia visto quando aveva quattordici anni. »

« Vabbè, siete fuori di testa. »

« Ancora! Ma io non c'entro nulla... Comunque Juri piaceva da morire anche a Ilaria. A lei non dico che si è messo con Riccardo, sennò mi si deprime ancora di più. »

« Intendi Ilaria Virgili, la testimone? »

« Sì... »

« Ma scusa, se a Juri fossero piaciute le donne, lei pensava di avere qualche possibilità? Se solo gli si presentava davanti com'era conciata ieri, Juri, anche se non lo era, gay lo diventava. »

« Ma perché ce l'avete tanto con lei? »

« Perché non si può vedere. Non la si aiuta facendo finta di niente. »

Renzi la guarda dallo specchietto. « Ma chi era, quella vestita d'azzurro un po' anni '80? »

« Quella. Be', che mi dici? »

« Non mi pronuncio. Diciamo che era temporalmente perfetta rispetto alla musica. »

« Ho capito, un giro di parole per dire che è un cesso. »

« L'hai detto tu! »

Gin riparte all'attacco: « Vabbè, invece su Riccardo e Juri ti pronunci? »

« Cosa devo dire? »

« Che ne so? Che ne pensi del fatto che stanno insieme? »

« Non penso niente, o meglio, sono un po' preoccupato perché potrebbe soffrirne la trasmissione. Oppure invece esce uno scoop su uno di quei giornali di cui parlavi tu e facciamo ancora più successo. Insomma, è tutto da vedere. »

Guardo Gin divertito. Niente, neanche così è riuscita a carpire qualche informazione. Poi vediamo le indicazioni dei parcheggi di Fiumicino.

« Ecco, siamo arrivati. »

Giorgio decelera e si porta nella corsia interna. « Avete tutto? Passaporti, documenti, biglietti? »

« Sì, tutto a posto. »

« Okay, allora io vado. Per quanto riguarda l'appuntamento di domani con Dania Valenti, ho visto le foto e il curriculum. Se sei d'accordo, la metterei già nella trasmissione di Valli, tanto dobbiamo trovare dieci squizzette. C'è posto per lei. Dalle foto che ho visto è molto bella. »

Gin riparte all'attacco proprio mentre Giorgio posteggia davanti all'entrata del T3, accendendo le quattro frecce.

« E a casa non dicono nulla? Non sono preoccupati del viavai di queste belle ragazze? Nel mondo dello spettacolo poi a volte c'è una certa leggerezza. Sono tranquilli? »

« Sì. » Giorgio le sorride. « Ormai con Teresa siamo collaudati. Chissà che tra un po' non capitoliamo come voi. Sono quattro anni che stiamo insieme. »

« Ma scusa, allora perché non l'hai portata al matrimonio? »

« Le sarebbe piaciuto moltissimo, ma aveva un impegno di lavoro che non poteva spostare, è un avvocato, però una sera usciamo a cena tutti insieme, no? »

« Certo, appena torniamo. »

Poi Giorgio ci aiuta a tirare giù le valigie, mi abbraccia, bacia Gin e ci saluta. « Divertitevi, sposini. Io non ti disturbo. Se vuoi sapere qualcosa, mi cerchi tu. » Risale in macchina e parte.

Mentre entriamo in aeroporto, Gin è entusiasta.

« Oh! Ce l'ho fatta, non è gay e forse si sposa presto! »

« Brava Gin, meglio di quella di *Chi l'ha visto*. »

« E mi sembra pure un rapporto solido. »

« Sì, da come ne parla sembrerebbe proprio. »

76

Facciamo il check-in, consegniamo le valigie e rimaniamo solo con i nostri zainetti. Quando stai per partire non c'è cosa più bella che avere solo un bagaglio leggero, almeno per me. Tiro fuori il mio MacBook Air e passo un po' di tempo a leggere le mail e ne vedo una scritta in spagnolo. Cerco di tradurla, senza usare Google Translate, e capisco che sono interessati a fare il programma *Chi ama chi* e anche la serie! Meno male che l'ho aperta. Scrivo subito una mail a Renzi e chiudo il computer. Mi giro verso Gin.

« Ma che stai facendo, che sei tutta presa? »

« Il fotografo è stato così carino da mandarmi subito le foto di ieri sera, guarda che belle! » E mi mostra una cartellina appena scaricata con centinaia di foto. Ci clicca sopra e le apre tutte insieme. Una dopo l'altra in successione si sovrappongono e comincia a sfogliarle. « Questa è bellissima, questa è carina, queste sono tutte le mie amiche, questa è quando ho lanciato il bouquet, no, questa è terribile, qui sto malissimo. »

« Macché, sei bella, fai la spiritosa, hai la faccia simpatica. »

« Ma se sono un mostro. Si vede tutto lo stress del matrimonio! »

« A me sembri bellissima. »

Poi passiamo a guardare le foto dei vari tavoli e anche adesso ogni tanto mi sembra di vedere persone che non ho mai conosciuto.

« E questo chi è? »

« Boh, se non lo sai tu... Sta al tavolo con tua zia, la sorella di tuo padre. »

« Sì, quella è zia Giorgia, ma lui non so proprio chi sia. Di sicuro non era imbucato. »

« Perché no? Ci pensi, uno sconosciuto al matrimonio di Step. Tu che con i Budokani eri il terrore delle feste romane, ora ti devi sorbire questo imbucato a tavola. »

« Sì, però al massimo si sarà fregato una calla bianca. »

« Vero. Ecco, queste invece sono le nostre foto, quelle che abbiamo fatto in giro per il parco subito dopo la cerimonia. »

« Sì, mamma mia, terribili. »

« No dai, non è vero. Questa è bella. » E ci siamo noi in controluce, il velo di Gin è definitissimo, stiamo ridendo delle nostre fedi, guardando le nostre mani vicine, c'è complicità e allegria.

« Sì, è vero, è proprio bella. »

« Guarda Step, qui tu ridi con gli occhi chiusi, sei bellissimo, mi piace da morire quando hai questa espressione. »

« Dobbiamo sposarci più spesso allora. »

« E chi ce la fa! »

« Allora dobbiamo sorridere più spesso. »

« Questo è più facile. »

« Un sorriso è una curva che raddrizza tutto. »

« Pure questa è di Renzi? Però, mitico. »

« No, è di Phyllis Diller, una divertente attrice americana. »

« Ha ragione, un sorriso può fare molto, ma se non fai piangere nessuno è ancora meglio. »

E proprio in questo momento sentiamo chiamare l'imbarco per il nostro volo, così chiudiamo tutto, prendiamo gli zainetti e andiamo verso il gate. Ma non so se quelle sue parole sono state buttate lì per caso.

77

Il giorno dopo, nel pomeriggio, Renzi entra in ufficio.

« Mi ha cercato qualcuno? »

Arriva subito Alice.

« Ha telefonato Gianna Calvi della Rete e il capostruttura Aldo Locchi, a Medinews ho mandato le fatture come mi aveva indicato e poi c'è una persona per lei, una ragazza, Dania Valenti. L'ho fatta accomodare di là, nella sala d'attesa. »

« Hai fatto bene, grazie. »

Renzi si dirige in fondo al corridoio e apre la porta. Appoggiata di spalle alla portafinestra aperta, con le cuffie nelle orecchie e una sigaretta in mano, c'è una ragazza alta, con i capelli molto lunghi, castano scuro, e degli shorts molto corti. Si muove lentamente, dondola andando a tempo con la musica.

« Eccomi, sono qui, sono arrivato. »

La ragazza si gira, gli sorride, poi si toglie le cuffiette e lancia dalla finestra con una schicchera la sigaretta, senza preoccuparsi minimamente di dove finirà o se sta passando qualcuno.

« Ciao, sto ascoltando l'ultimo di Bruno Mars. È proprio da sballo, lui è un mito per me, è la mia vita. »

E gli sorride in un modo tutto suo, con quelle labbra carnose, leggermente lucide, bagnate da uno stick alla fragola. Ha un piccolo neo sulla guancia e uno vicino al sopracciglio.

Renzi si sorprende di averli notati, di solito non si sofferma su certi dettagli, ma quella ragazza l'ha attirato come una calamita e così scende giù, a guardare quella maglietta rossa con la grande lingua bianca al centro e poi quegli shorts così corti, quella zip chiusa a fatica vicino al bottone, quasi strozzata, e le tasche leggermente più lunghe e più scure che escono da sotto i pantaloncini. Renzi si sofferma troppo su quella zona, su quelle cuciture, su quella parte di jeans leggermente scolorita.

« Ti piacciono? Li ho presi stamattina a via del Corso. » E la trova lì, che lo fissa sorridente, per niente maliziosa, desiderabile come mai avrebbe immaginato potesse essere una ragazza, con le mani nelle due tasche e una gamba che allarga leggermente, cercando una posa sbarazzina o comunque tale da farla piacere di più a quell'uomo, senza sapere che è già così, lo ha già del tutto conquistato.

« Ma tu sei Renzi o Mancini? »

« Renzi. »

« Bene. Mi piace di più come cognome. L'altro mi sembra 'sinistro'. E poi il tuo fa pensare al politico, ma tu mi sembri più affidabile. »

Renzi ride. « E perché? »

« Perché lui, ogni volta che dice qualcosa di importante o di serio, alla fine fa quella faccia che sembra ti prenda in giro. »

Renzi è divertito, in effetti non sa come darle torto. « Andiamo nel mio ufficio? »

« No, dai che è noioso. Tanto è già tutto chiaro, no? Mi ha mandato Calemi e mi ha detto di parlare con voi, se c'è qualcosa da fare io la faccio, voi ditemi cosa. Mi piacerebbe andare in TV, ma non una cosa troppo importante, perché sennò poi non ho più la mia vita e anche perché mi sa che sotto sotto Calemi non vuole. Oddio, però essere famosa mi piacerebbe eh... Potrei andare al Pacha, all'Ushuaïa a Ibiza, senza dover fare per forza la ragazza immagine e gustarmi finalmente una bella serata al tavolo con i miei amici. »

« Ma se hai detto che Calemi non vuole... »

« Vabbè, ma poi a Calemi lo faccio ragionare io. » E ride, in qualche modo forse allusiva e poi riprende: « Guarda che tutti voi pensate che la vita che facciamo noi sia facile, ma non è così. È brutto ballare e sorridere a tutti se hai qualcosa che ti rode e se ti hanno fatto una storta, non ti credere. A volte ho fatto delle serate che mi veniva da piangere e dovevo ridere per forza ».

« No, certo, immagino che debba essere così. »

« Ecco, bravo. » Poi ci pensa un po' su. « Sai cosa mi piacerebbe un sacco? Una fiction. Essere come Vittoria Puccini, quando faceva Elisa di Rivombrosa. Non avete qualcosa del genere? Con questo mi faresti proprio felice! » E poi lo abbraccia. E Giorgio guarda stupito tutti quei capelli esplosi sul suo petto, con tanto di extension e un entusiasmo così eccessivo, quanto forse dannatamente fragile. E resta così, con le braccia allargate, non sapendo più bene cosa fare e gli viene in mente un libro che ha letto quell'inverno, *La verità sul caso Harry Quebert*. La protagonista è Nola, una ragazza giovanissima che si innamora di uno scrittore di vent'anni più grande, hanno il paese contro, ma lei fa di tutto per affermare la verità del loro amore e poi improvvisamente scompare. All'inizio aveva creduto che fosse uno di quei successi letterari costruiti a tavolino, una strategia di marketing ben riuscita. Invece, man mano che era andato avanti nella lettura, Nola lo aveva conquistato. Ma queste cose esistono solo nei libri, aveva pensato. Ora invece si sente lui il protagonista di questa strana storia, di questo incontro fuori dal consueto e non sa cosa fare con Dania che lo abbraccia in quel modo.

« Volete qualcosa da bere... Oh, scusate. » E Alice sulla porta arrossisce trovandoli così, non sa più bene cosa fare.

Dania si stacca da Renzi, gli sorride, alza le spalle e mastica una gomma che fino a quel momento aveva nascosto chissà dove in bocca. Giorgio invece come per magia trova le parole adatte.

« Mi stava ringraziando perché forse riusciremo a realizzare un suo sogno. »

Alice annuisce. « Sì, certo. » E sparisce di nuovo così, com'era apparsa. Renzi e Dania si mettono a ridere. Dania ci tiene a sottolineare: « Comunque non stavamo facendo nulla di male ».

« No, no, è vero. »

« Senti, perché non mi accompagni in centro? Oggi fanno dei saldi pazzeschi da H&M e avevo promesso che passavo. »

Giorgio non batte ciglio, non indugia neanche un attimo. « Certo, molto volentieri. »

Ed escono dall'ufficio.

« Ci vediamo domani. » Renzi chiude la porta e sorride a Dania, con quella leggerezza che lui aveva tanto criticato nell'amore di quello scrittore per Nola. Una sera i due protagonisti della *Verità sul caso Harry Quebert* erano stati perfino la ragione di una discussione a casa.

« Se non ci sono gli stessi valori o la stessa educazione, un uomo non si innamora di una ragazza così... Guarda, anche solo per l'età. »

« Forse perché non ti è successo », aveva sorriso Teresa.

« Un uomo non inizia proprio una storia così. »

Era stata lei a consigliargli il libro e sempre lei a portare avanti quella tesi.

« Anche un uomo come te potrebbe innamorarsi di una come Nola. »

« Mai, fidati. »

Ma Renzi non ricorda quella sua affermazione, non si ricorda nemmeno di avvisare casa che farà tardi, sembra avere occhi solo per Dania.

« Ma tu dove abiti? »

« In centro. Se vuoi poi passiamo da me, così ti faccio vedere dove sto, è un attichetto vicino piazza delle Coppelle, ma piccolo eh... Tu sei abituato a chissà quali spazi. »

« Sono sicuro che mi piacerà. »

E prima che quel clacson suoni tre volte per una macchina in doppia fila, Renzi ha già rinnegato il suo « mai, fidati ».

78

Pallina esce dallo studio di architettura dove lavora un po' scocciata. Adalberto, uno dei quattro soci, ogni tanto fuma il sigaro e lei, soprattutto di mattina, non lo sopporta proprio. Le viene da vomitare. Come se non bastasse sono giorni che in un modo o nell'altro lui ci prova.

« Sai che mi piacerebbe che ci conoscessimo meglio fuori dallo studio... » E il giorno dopo: « Ti vedo troppo seria, ti vorrei far ridere un po'... » E poi un altro ancora: « Ti ho sognata, non ti posso dire cosa facevamo... » E anche quest'ultima frase le ha fatto venire da vomitare. È odioso e poi quel nome, Adalberto. Per Pallina la situazione è chiarissima. Se sommasse le sue misere fantasie erotiche, il sigaro e il nome, lo dovrebbe capire da solo che con me non va da nessuna parte. Ma oggigiorno una donna può vivere serenamente e tranquilla senza essere disturbata sul posto di lavoro? E non sono neanche una gran fica, non mi agghindo neanche più di tanto, evito apposta gonne e calze di qualsiasi genere per non istigare al peccato, mi vesto da similsuora e quello che fa? Mi si lancia sul sogno erotico! Per fortuna l'ho fermato in tempo, pensa Pallina.

« Ecco, non mi racconti il suo sogno, perché mi vengono gli incubi. »

Ma lui ha insistito: « Guarda che ci divertivamo, erano delle belle fantasie. Ti piacevano... »

« Sì, ma non credo che piacciano al mio ragazzo. E se può interessarle, lui è molto geloso, molto violento e molto già processato, però non gli importa, colleziona risse per hobby. »

Adalberto le ha sorriso. Non sapeva se crederle o no. Pallina ha capito le sue titubanze e avrebbe voluto mostrargli la foto di Bunny, ma non quella di adesso, che si è ripulito, quella vecchia, quando faceva paura anche a lei. Ma ha deciso che non era il caso, ha sperato di essere creduta sulla parola. Adalberto però non le ha dato tregua.

« Be', possiamo fare così, io te le racconto... E tu non gliele racconti, facile no? »

« Difficilissimo. Mi piace proprio raccontare tutto al mio ragazzo. Lei invece a sua moglie non racconta niente, vero? »

Ecco, aveva toccato il tasto giusto. Adalberto ha cambiato espressione.

« Be', si è fatto tardi, vai pure se vuoi, riprendiamo domani. » Pallina si è sentita svenire, ma Adalberto sembrava aver mollato la presa. « Così sviluppiamo quell'ufficio a via Condotti. »

« Benissimo, ho buttato giù qualche idea, poi gliela faccio vedere. »

« Sì, sì, vai. »

Così è uscita dallo studio, ma con addosso ancora tutta quella pesantezza e un giusto interrogativo: ma come fa un uomo a non capire quando una donna non ne vuol sapere? Credono che siamo una di quelle strade asfaltate e loro, come martelli pneumatici, incessantemente continuano a martellare, convinti che prima o poi cederemo. Ma non è così. Che palle! Speriamo che non mi mandi via, io amo questo lavoro e non voglio odiare essere donna. Vorrei potermi vestire con quello che mi piace e non con quello che non deve piacere troppo!

Pallina prosegue a passo svelto. Ha solo voglia di mangiare.

« Ehi, ma a che cosa stai pensando? Hai una faccia... »

Sentendo quella voce, cambia di nuovo espressione. Si volta. « Babi! E tu che ci fai qui? »

« Cercavo te. »

Pallina la guarda preoccupata. « C'è qualcosa nel lavoro fatto che non va bene? »

Babi scuote la testa.

« Vuoi di nuovo cambiare tutto? »

« Ma no! » le dice sorridendo. « Allora mi hai presa proprio per matta. Senti, piantiamola di girarci intorno, volevo cambiare l'arredamento, ma volevo anche sapere di Step. »

« E non sarebbe stato più semplice e anche più economico chiedermelo direttamente? »

« Però mi è piaciuto un sacco il tuo lavoro! Veramente. Ora la casa è molto luminosa, è più positiva. E poi il fatto che me l'abbia fatta tu, che la scelta della stoffa delle tende sia tua, il divano verde acido l'hai trovato tu, mi fa amare di più quella casa. » Babi ha gli occhi lucidi. Pallina non sa bene cosa rispondere, si sta chiedendo dov'è stavolta la fregatura. Babi si mette a ridere per non piangere.

« Guarda che l'ho capito cosa pensi, non ti voglio fregare anche questa volta. Sono venuta per dirti solo una cosa: scusami... »

« Ma... »

Babi la ferma con una mano. « Mi voglio scusare per non esserti stata vicina quando hai perso Pollo. Mi voglio scusare per averti allontanata dalla mia vita, perché pensavo ti portassi dietro tutto quel mondo che avevo deciso di abbandonare. Mi voglio scusare perché ho ignorato il ricordo delle nostre mille risate, dei casini, della complicità, dei segreti e di quelle piccole scoperte che abbiamo condiviso crescendo insieme. Ma soprattutto mi voglio scusare perché ho deciso tutto questo da sola, non dicendoti nulla, mettendoti da parte, comportandomi come una stronza, ma dimostrando invece di essere solo una deficiente, perché pensavo di riuscirci. Invece mi sei mancata e mi manchi da morire. Mi vergognavo a casa quando decidevamo l'arredamento, avrei voluto dirti: 'Cavoli Pallina, ma sono io! Abbracciamoci', invece continuavo ad annuire, a non dire una parola, non riuscivo a scendere da quello sgabello, cavoli, un'incapace. Ti prego, dimenticati di quest'ultima Babi, ricordati solo quella delle Camomille, delle fughe di sera, di quando venivi a dormire da me per uscire per conto tuo e tornare prima che passasse tua madre. Tu sei più buona di me, sei più generosa, lo so che ci puoi riuscire, vero? »

« Mi avevi già convinta quando hai detto 'scusami'. »

79

Renzi si ritrova a camminare per via del Corso come un ragazzino, un turista, un uomo che non faceva qualcosa del genere da troppo tempo. Leggero tra la gente, tra i profumi, tra le chiacchiere, tra le frasi in romanaccio di uno spedizioniere che consegna qualcosa e il parlato incomprensibile di qualche turista giapponese o russo.

Dania è allegra, cammina quasi saltellando. « Amo via del Corso! Cioè, ci sono dei negozi che sono uno spettacolo. Vieni, giriamo di qua che tagliamo per via Condotti. »

E Renzi non dice nulla, segue in silenzio l'entusiasmo contagioso di questa ragazza, guardata, ammirata, desiderata nei suoi provocanti shorts e in tutta la sua bellezza. Forse è solo un uomo troppo impegnato che si ritrova ad apprezzare di nuovo il tempo libero, quel tempo perduto che lo vedeva sempre monetizzare ogni possibile minuto. C'è un film con Richard Gere che parla di tutto questo. Lui è un cinico affarista, uno che improvvisamente si accorge della bellezza di camminare a piedi nudi sull'erba in una giornata di sole, staccando il suo cellulare, perdendosi nella bellezza di Julia Roberts. Ecco, sì, era *Pretty Woman*. Lui un potente uomo d'affari, lei una prostituta, ma l'amore non ha guardato in faccia nessuno, è andato oltre. E lui, Renzi, è un potente uomo d'affari? No, lui è un dipendente. E lei, be', lei... Renzi la guarda. Cammina di fianco a lui con quelle scarpe alte, con le mani nelle piccole tasche degli shorts, con quella coda di capelli castani e quel seno così pronunciato e compresso in quella maglietta rossa. Dania si gira e gli sorride masticando la gomma.

« Ti stai divertendo? »

Anche Julia Roberts in quel film masticava la gomma.

« Ti va una crêpe? »

« Ma... »

« Dai, offro io. » E si ferma al volo davanti al bancone esterno di un grande bar, Galleria San Carlo. « Salve, una crêpe al mirtillo e more per me e per il signore invece... » Dania si gira verso

Renzi. « Allora, hai deciso? Guarda, ci sono un sacco di gusti, anche le fragole se vuoi o alla banana, al pistacchio o tutte le creme. »

« Per me al cioccolato, grazie. »

« Che serio. » Poi si rivolge al giovane ragazzo balinese che sta già stendendo la cialda sottile sulla superficie rotonda e fumante. « Mettigli anche un po' di ricotta e un po' di sale. Dobbiamo fargli provare qualcosa di nuovo. È troppo serioso! »

E il giovane balinese sorride, mostrando dei grandi denti bianchi, sinceramente divertito dalla simpatia di questa ragazza. Guarda Renzi per cercare di capire cosa fare realmente.

Renzi è impassibile, ma alla fine cede. « Va bene, fai come dice lei. »

Poi naturalmente non la fa pagare e continuano la loro passeggiata mangiando le crêpe in un piatto di cartone, sporcandosi, ridendo.

« Hai sentito che buona con la ricotta e il sale? Non è un gusto nuovo? Dimmi la verità, avevi mai provato una cosa del genere? »

« No, hai ragione, è buonissima. »

« Uno si fissa su tutte le cose classiche e invece secondo me i gusti nuovi sono la cosa più bella del mondo! Come il gusto del gelato da RivaReno, allo zafferano e sesamo, è da impazzire, una volta ti voglio far provare anche quello. Oppure vaniglia, cookies e il caramello al sale di Grom, cioè, sono proprio un'altra cosa! »

E continuano a camminare chiacchierando. Renzi si è del tutto lasciato andare.

« Io non mangio meno di tre gelati a settimana in qualsiasi periodo dell'anno. E mai coppetta! Il gelato è bello leccarlo, sennò che gusto c'è. » E lo guarda maliziosa, ma solo per un attimo. « Ah ecco, devi vedere questo negozio! » E mangia l'ultimo pezzo di crêpe, poi butta il piatto di cartone dentro un cestino dei rifiuti lì vicino e si struscia le mani sul dietro degli shorts. « Dai! Vieni! » E lo prende per mano e lo trascina dentro Scout e Renzi riesce appena a buttare anche lui il piattino con la sua crêpe finita e a seguirla. « Guarda, non è pazzesco? »

Renzi si accorge del fascino di questo negozio, pieno di ragazzi che guardano giubbotti, maglioni e jeans, perfettamente arredato con oggetti in pelle, bandiere, sedie, perfino vasi con dentro fiori colorati e armadi decapé, magliette con scritte e senza, camicie a quadretti, a righe, senza collo, con il collo piccolo e tanti shorts dalle più diverse soluzioni cromatiche.

Dania ne pesca uno dal gruppo. « Ecco, lo volevo proprio di questo colore! » Così cerca la misura di un pantaloncino jeans délavé, finché non la trova. Nel dubbio ne prende anche un altro più scuro. « Scusa, dov'è il camerino? » chiede a una ragazza, sicuramente meno giovane di lei, che sta mettendo a posto alcune camicie sul bancone.

« È in fondo a questo corridoio, a sinistra. »

« Grazie. Vieni con me? »

Renzi la segue fino a quando non arrivano davanti a una tenda blu, scolorita a metà.

« Tieni questi. » E gliene passa uno e Renzi rimane dietro quella tenda chiusa, mentre Dania scivola veloce giù da quelle specie di trespoli. Una delle due scarpe rotola sotto la tenda, fa capolino così, consumata, lisa, leggermente sporca, con i cinturini un po' sfilacciati e tutti quei brillantini che testardi resistono al tempo. E un attimo dopo Dania apre la tenda di colpo.

« Come sto? » Ora è più bassa, scesa dalle scarpe sembra perfino più bambina e gira su se stessa, ballerina imprecisa di un carillon senza musica, e mostra con fierezza tutto quello che ha da mostrare. « Ti piacciono? Mi stanno meglio degli altri, vero? »

« Sì, mi sembra di sì. » E poi Renzi scioccamente diplomatico: « Ti stanno bene tutti e due ».

« Non è vero! Tu menti! Aspetta che provo gli altri. » E così com'è apparsa, sparisce di nuovo dietro la tenda blu. Renzi rimane inebetito, con i vecchi shorts in mano e gli altri nuovi ancora da provare.

« Me li dai? » E si riaffaccia e apre un po' la tenda. Renzi glieli passa, mentre si perde nello specchio alle spalle di Dania, che incornicia perfettamente il suo sedere e quel poco che si vede delle sue mutandine. Dania si gira per capire cosa stia guardando e, scoprendolo, sorride. Poi lascia la tenda aperta, per niente infastidita, anzi, continua a vestirsi guardandolo negli occhi, come se fossero abituati da sempre a qualcosa del genere, come se fosse ordinaria amministrazione rispetto a quello che a volte accade. Dania si morde le labbra, si sforza per indossare del tutto quegli shorts, dopo aver rimbalzato un po' sui piedi nudi ed essersi attaccata ai passanti per tirarli un po' più su. Ci riesce. È soddisfatta, chiude la corta zip e li abbottona. Si gira felice verso Renzi.

«Vedi, questi sì che mi stanno bene.»

Renzi non può far altro che annuire e fissare quei pantaloncini, quasi del tutto fusi con ogni sua possibile rotondità. Poi Dania si rimette i suoi, risale sui trampoli, ritorna alta come prima, esce dal camerino e poggia i nuovi shorts su un bancone con delle magliette.

«Vedi, di questi mi piace molto il colore, questi altri invece mi stanno proprio bene. Uffa, non c'è mai una cosa perfetta.»

«Ma scusa, prendili tutti e due. Non costano tanto.»

Dania fa finta di imbronciarsi. «Non sei un cavaliere. E se ti dicessi che non me li posso permettere?»

«Te li regalo io, che problema c'è? Anzi, mi fa piacere, quando te li metti, pensi a questo bel pomeriggio che abbiamo passato insieme.»

«No, penso a te.» E lo fissa, improvvisamente più adulta, attratta da tutt'altri pensieri, quasi dimentica di quei due shorts poco prima fondamentali per la sua vita.

«Sì, pensi a me.»

E torna felice e bambina. «Allora li prendo!»

E in questo suo entusiasmo aggiunge anche due magliette, una camicia bianca e delle Saucony. «Adesso vanno tanto! Non ti accorgi neanche di averle ai piedi.»

Renzi va alla cassa e paga tutto, poi prende le buste, saluta ed esce con lei, che corre, salta, gira su se stessa, felice come non sembrava essere da tanto.

«Sono proprio contenta di averti conosciuto!»

Renzi non dice niente, cammina con tutte quelle buste e ogni tanto si guarda intorno, come se la gente lo indicasse, come se alcune mamme lo guardassero con sdegno e molti ridessero di lui. Ma non è così. Tutti pensano ad altro, la gente cammina allegra e divertita, frettolosa o distratta, innamorata o single, ma nessuno pensa a lui. Così tira un sospiro di sollievo e comincia a ridere anche lui.

«Ora basta fare shopping, no?»

«Certo, basta!» Dania mette il braccio sotto al suo, cammina al suo fianco tenendo il passo, ora sembra più seria, tranquilla, poi dalla piccola borsetta tira fuori un lucidalabbra rosso e se lo mette. Renzi sente l'odore dolce della fragola, forse, o qualcosa del genere.

« Ti va di venire a vedere il mio attichetto? È qui vicino. Ti offro un aperitivo o se vuoi mangiamo qualcosa insieme. »

E Renzi, sorpreso, si ritrova a dire un semplice e fioco « sì ». Solo sì, nient'altro.

« Bene, sono troppo contenta! »

Così camminano un altro po'. Quando arrivano a piazza delle Coppelle, Dania dice: « Ecco, è qui, siamo arrivati ».

Renzi si scusa con lei: « Solo un attimo, devo fare una telefonata ».

« Certo, perfetto, così intanto io salgo e metto a posto, sennò chissà che casino avresti trovato! » E sparisce così, infilandosi nel piccolo portone di legno scuro.

Renzi prende il telefonino e chiama casa. « Amore? Ciao, che fai? »

« Sto guardando *L'eredità*, siamo alla ghigliottina, ti leggo le parole: alcolico, attrice, cantante, pittore e rossa. »

Renzi risponde subito: « Ferrari. Lo spumante, l'attrice Isabella Ferrari, il cantante dei Verdena Alberto Ferrari, il pittore Ferrari e la rossa Ferrari ».

E proprio in quel momento il conduttore ferma il tempo e, sentendo la risposta sbagliata del concorrente, gira il cartoncino e mostra la risposta: *Ferrari*.

« Amore, avresti vinto centododicimila euro. Ma sei un mostro! »

Renzi sorride. Sì, ma non per quello che pensi tu, non per questa risposta esatta.

« Ti preparo la cena? Ho preso degli asparagi che ti piacciono tanto e se vuoi ti faccio due uova o la pasta se la preferisci, o tiro fuori la carne... »

La ferma prima che elenchi tutto quello che c'è nel frigo.

« No, tesoro, scusa, ma farò tardi. »

« Ma anche stasera? »

« Eh sì, Stefano è partito e stanno per iniziare diverse trasmissioni. Ho fatto portare un po' di pizza su e continuiamo a lavorare. »

« Va bene. Non fare troppo tardi. »

« No, quello no, dormi bene, amore. »

Renzi chiude e si rimette il telefono in tasca, senza sentire il peso delle bugie appena dette. Poi entra nel portone, va in fondo allo stretto corridoio e chiama l'ascensore in ferro battuto, antico. Quando arriva, apre la porta, entra e la richiude. Lo sente vibrare mentre sale, esattamente come tutto ciò che prova, confusione, senso di colpa, eccitazione, una leggera follia che sta colorando la sua anima. Ma ce l'ha un'anima? Mano a mano che sale è come se si alleggerisse da tutti questi pensieri e ne arrivassero altri: si sarà cambiata? Mi aprirà con un completo intimo? Mi aprirà un uomo, il suo uomo e mi darà un cazzotto in faccia? E si mette a ridere da solo come un cretino. Sì, mi sento un cretino, pensa, ma l'ascensore è arrivato, è troppo tardi. Chiude la porta, ce n'è un'altra di fronte a lui. Sul campanello c'è scritto *Dania Valenti*. Così non tentenna più e suona.

« Arrivo! » Si sente la voce di lei e qualche altro rumore. Sta combinando qualcosa. Una sorpresa magari, chissà. Poi apre. « Scusami, stavo cercando il cavatappi. »

« Non c'è problema. »

Non si è cambiata. Si è tolta solo le scarpe. Ha delle Havaianas nere, che la fanno più bassa, ma anche più agile.

« Allora, ho una birra, un bitter, una Coca-Cola e una Fanta. Poi ho delle patatine. Le ho aperte. » E indica un piatto pieno di patatine e una busta rossa strappata lì vicino. Renzi si guarda in giro. C'è un piccolo salotto con l'angolo cucina, una porta da cui si intravede una camera da letto e, a sinistra, un'altra porta. Deve essere il bagno. Poi ci sono tre gradini e una grande finestra.

« Ti piace la mia tana? È piccola, ma io mi ci trovo così bene. Guarda cosa si vede da lì. »

Renzi sorride e sale i tre gradini. Quella piccola portafinestra si affaccia su un terrazzo di appena un metro e mezzo, ma con una vista bellissima, praticamente sopra tutti i tetti di Roma.

« Allora, cosa ti porto? »

« Una birra, grazie. »

Renzi si guarda intorno, si vede l'Altare della Patria, il Colosseo e San Pietro e poco dopo compare anche lei con dei bicchieri.

« Visto che bello? » E sorseggia la sua Coca-Cola entusiasta di quel panorama, come se fosse un trompe-l'oeil direttamente disegnato da lei, unico spettacolo del suo attichetto, aperto a pochi, forse. « Ti piace? »

« Molto. »

« È bello come me? » Inchina la testa di lato. « Ti piace più il panorama o io? »

Renzi la guarda, poi sorride. « Tu. »

E Dania si alza sulla punta dei piedi e gli dà un bacio, all'inizio leggero, poi più passionale e rimangono così, a baciarsi tra le rondini e il cielo di Roma, con il bicchiere in mano, fino a quando Dania si stacca e lo prende per mano.

« Vieni... »

Lo tira quasi giù, gli fa scendere quei gradini, lo fa tornare in salotto, poi gli toglie il bicchiere e lo appoggia su un tavolino. Sposta una piccola poltrona di pelle rossa, la mette al centro, davanti a quella grande finestra in alto. Poi ci gira intorno, spinge Renzi piano con tutte e due le mani sul petto e lo fa atterrare sulla morbida poltrona. Dania è in piedi davanti a lui, beve l'ultimo sorso di Coca-Cola, la poggia sul tavolino, poi con tutte e due le mani gli allarga le gambe e si lasca cadere lì in mezzo, in ginocchio. Gli apre la cinta, continuando a fissarlo negli occhi, il bottone dei pantaloni, poi la zip e senza smettere di guardarlo e di sorridere, trova ciò che cercava e se lo mette in bocca. Renzi ora vede quei capelli castani sparsi sulle sue gambe, la grande finestra poco più su, qualche antenna lontana, qualche nuvola. Ogni tanto Dania alza il viso e lo guarda, gli sorride. In *Pretty Woman* lei rideva mentre guardava un cartone animato in TV e, contemporaneamente, trattava lo stesso argomento. Bello quel film, pensa Renzi. Ha solo un piccolo preoccupante difetto: Richard Gere si innamora di quella prostituta.

80

Senza neanche accorgersene Babi e Pallina si ritrovano sedute a un tavolino colorato, al bistrot del Tiepolo, esattamente come tanti anni prima, con due birre davanti, anche se nessuna delle due beve più come un tempo, ma con lo stesso entusiasmo, quella curiosità e la grande vivacità negli occhi di allora. Pallina sente di aver messo da parte ogni rancore, anche se sotto sotto è spaventata all'idea di poter essere ferita ancora, ma preferisce non pensarci. Il discorso di Babi le è piaciuto così tanto che, mentre l'ascolta parlare, si rimprovera di essere sempre quella sciocca irriducibile romantica.

« E poi Lorenzo sai cosa mi ha detto? Che il salotto gli piaceva di più com'era prima. Ma dico, se tu decidi di far felice tua moglie, di accontentarla in quello che può essere stato anche un suo semplice capriccio, perché non sei generoso fino in fondo? Tanto ormai i soldi li hai spesi, invece con una battuta del genere rovini tutto, è come se tu le facessi pesare che quei soldi sono stati buttati. »

Pallina beve un po' di birra. « Scusa, ma allora gliene potevamo far buttare via molti di più, già che c'eravamo, eh. »

Anche Babi beve un po' della sua birra. « Hai ragione, sai che ti dico? Mi sa che tra un po' non mi piace più questa casa e la rifaccio di nuovo! »

Pallina strabuzza gli occhi. « Dai, ma così ti prende per matta e poi non ci credo che ti accontenterebbe. »

« Sì. »

« Cioè accetterebbe di fare tutto di nuovo? »

« Sì, te l'ho detto, il problema non sono certi i soldi. È innamorato di me, farebbe qualsiasi cosa. Hai presente quando un uomo è innamorato? »

E Pallina, a questa domanda, si ritrova subito a pensare a Pollo, a come si erano conosciuti, durante una festa mentre lui cercava di rubare i soldi dalla sua borsa. Pollo e il suo modo strafottente di fare, Pollo, che anche se era così innamorato, non ha potuto dimostrarglielo e non perché non avesse mai un soldo in tasca, ma perché non ne ha avuto il tempo. «Sì, Pollo lo era, anche se a parole. Una volta mi ha detto: 'Tu mi fai sentire speciale, mi fai sentire l'uomo più ricco del mondo. Quei cinquanta euro che ti ho fregato valevano centinaia di milioni di euro e sai perché? Perché mi hanno fatto conoscere te'.»

«Ti manca tanto?»

«Ogni tanto sì. Ogni tanto in modo indescrivibile. Mi ricordo ancora di qualche sua frase o mi sembra di sentire una sua risata, oppure quando mi capita qualcosa di buffo mi viene da dire: ecco, Pollo avrebbe detto questo, o fatto una battuta, oppure Pollo a questo qui gli aveva già menato!»

«Ah, quello sicuro.»

Poi una ragazza con un grembiulino celeste slavato, i capelli biondo chiaro lasciati liberi sulle spalle e un diamantino alla narice destra poggia i piatti ordinati sul tavolo.

«Patate al cartoccio?»

«Per me.» Pallina alza la mano e lo prende, così la ragazza appoggia davanti a Babi il suo avocado skagen con crema di yogurt, gamberetti e aneto e si allontana.

Pallina apre meglio le patate e ci versa sopra la salsa allo yogurt. «Sai, ti devo dire una cosa. Sto con uno.»

Babi rimane sorpresa. «Ma dai, lo conosco?»

Pallina annuisce sorridendo.

«Uno dei Budokani?»

Pallina annuisce di nuovo e sorride di più.

«No! Non ci posso credere! Non riesco a immaginare chi...» Babi ci pensa un po' su, poi la guarda di colpo come se avesse capito. «Ma dai, mi stai prendendo in giro?»

Pallina scoppia a ridere. «Ma ti pare che ti sto prendendo in giro? Certo che no.»

Babi si concentra di nuovo. «Allora, il Siciliano no, giusto?»

«Giusto.»

«Perché quello anche se era molto carino aveva sempre ragazze borissime, tutte truccate con i tanga che uscivano dai pantaloni e tu non sei di certo così, a meno che di solito invece sì e ti vesti a modo solo per me.»

«Non è lui.»

«E allora non mi viene in mente nessuno, perché tolto lui, tutti gli altri erano proprio come in quel film, brutti, sporchi e cattivi.»

« Vabbè, te lo dico, tanto non ci saresti arrivata mai. Mi sono messa con Bunny. »

« Con Bunny? Non ci credo, non è possibile. Pallina! Ma è di un lurido che fa paura, me lo ricordo sporco, puzzolente... »

« È la stessa cosa che ha detto Step. »

« Gliel'hai detto? E lui come l'ha presa? »

« Malissimo all'inizio, anche se non lo dava a vedere. Sai com'è fatto, no? »

« Eh... » Se non lo so io, vorrebbe dire Babi, ma si trattiene.

« Poi pensa che ho dovuto dare una festa e invitare tutti i Budokani per far incontrare Bunny e Step e avere la sua benedizione. Oh, non mi andava per niente, ho pulito per due giorni consecutivi la casa, ma Step è stato molto carino. » Poi Pallina si ferma, capendo improvvisamente che forse c'è qualcosa che non va. « Scusami tu, ora. »

Babi la guarda curiosa. « Perché? »

« Be', forse non c'ho pensato, magari non ti va per niente di parlare di Step, magari ti dà fastidio. »

Babi le sorride. « No. Tranquilla. »

« Be', dicevo, è stato carino, mi ha fatto sentire a mio agio, non mi ha fatto provare la sensazione di essermi comportata male, di aver 'pescato' un altro proprio in quel gruppo, di aver mancato così di rispetto al suo grande amico. »

« Quando vuole, Step ti fa sentire... tre metri sopra il cielo. »

Pallina scoppia a ridere. « Giusto, brava, questa ci stava proprio. »

E riprendono a mangiare, a bere birra, a ridere e a scherzare.

« Ma insomma, è così cambiato Bunny? »

« Moltissimo. È un altro, non lo riconosceresti, sul serio, non ti dico bugie. Guarda, tra i Budokani alcuni sono peggiorati, altri sono rimasti uguali e due sono nettamente migliorati, Bunny e Schello. »

« Pure Schello? Ma non ci credo, quello parlava ruttando. »

« Ecco, diciamo che purtroppo quella cosa non l'ha superata, anche quando sta con qualche bella ragazza, lo fa, credo che sia proprio un difetto di fabbrica... »

« Terribile. »

Pallina beve un po' di birra, poi si ferma di botto a mezz'aria e posa il bicchiere, come se si fosse improvvisamente ricordata una cosa. « Ah no, aspetta aspetta, c'è anche un altro che è cambiato moltissimo. »

« Chi? »

« Step! » Babi è presa in contropiede, Pallina continua: « Allora, non ci crederai, ma è dimagrito, cioè, non ha più quei muscoli eccessivi, non porta quei giubbotti che aveva come Pollo, si veste in maniera elegante e, cosa ancora più sorprendente, si comporta in modo completamente diverso, è più tranquillo, più sereno, ecco, insomma, dovresti vederlo ». Pallina riprende il bicchiere e inizia a bere.

Babi le sorride. « Ma io l'ho visto. »

Pallina quasi si strozza, si asciuga la bocca e quel po' di birra che le è finita sul mento dopo una notizia del genere. « Come lo hai visto? E quando? Tanto tempo fa o poco? Ma lui non mi ha detto niente... Ma siete usciti? Siete andati fuori? Vi siete baciati? Avete litigato? Ah, aspetta, ma forse non lo sa, tu ti sei appostata, tu l'hai visto, ma lui no. »

« Aspetta, aspetta, calma! »

Sono passati tanti anni, ma Pallina è rimasta sempre identica, col suo carattere e il suo entusiasmo, nel bene e nel male, il suo essere un fiume in piena. Ed è questo che Babi amava e ama di lei.

« Ora ti racconto. Ma se non te l'ha detto, vuol dire che non lo sai e che non l'hai mai saputo, chiaro? »

« Chiarissimo. »

« Giura che non dirai nulla. »

« Lo giuro. »

« Guarda che se dici qualcosa lo metti in imbarazzo e se per caso avesse di nuovo un minimo di fiducia in me, lo perderà per sempre. »

« Lo so. »

« E ne morirei. Perché ancora adesso è la cosa più importante della mia vita, insieme a mio figlio. »

E Pallina rimane veramente sorpresa da quelle parole, resta per un attimo come stordita, emozionata, vedendo di quale portata è l'amore che Babi ancora prova per lui. Ha detto « È la cosa più importante della mia vita insieme a mio figlio ». Non « Dopo mio figlio ». Accanto a lui. Così fa un lungo respiro e la blocca con la mano. « Aspetta. »

« Che c'è? »

« Ho bisogno assolutamente di una cosa. » Pallina alza la mano. « Mi scusi? » Vedendola, l'alta e bella cameriera svedese si avvicina al tavolino. « Potrei avere quella torta alla carota? » La indica su una lavagna.

« Sì, certo. »

Babi si aggiunge: « Una anche per me. Grazie ».

La ragazza lo segna su un piccolo taccuino che tira fuori dalla tasca posteriore della sua gonna di jeans e si allontana.

« Ecco, ora è perfetto. Scusami, ma siccome mi andava un sacco e temevo che finisse, mi distraevo. Invece mi voglio proprio godere questo tuo incredibile racconto. »

« Esagerata! Non c'è niente di incredibile. Allora, tramite un avvocato che lavora per mio marito, ma è molto fidato, ho saputo il nome di questa società di Step e la sede. Così mi sono informata e ho scoperto che la segretaria faceva colazione tutte le mattine in un bar lì vicino, che ovviamente ho cominciato a frequentare, così ci sono diventata amica e l'ho fatta appassionare alla nostra storia e poi sono riuscita a fargli recapitare, tramite lei, un invito per una mostra a cui non poteva proprio mancare. »

« E hai detto che non c'è niente di incredibile? È meglio degli ultimi *007*! »

Proprio in quel momento arrivano le due torte alla carota che la ragazza posa sul tavolo.

« Mi può portare anche un orzo in tazza grande? »

Pallina sorride. Babi e le sue fissazioni.

« Per me invece un caffè normale, macchiato caldo, grazie. »

La ragazza non fa neanche in tempo ad allontanarsi che Pallina travolge Babi: « E com'è stato rivedervi? Come l'hai trovato? Era arrabbiato? È stato carino? Quanto siete stati insieme? Vi siete baciati? Avete fatto sesso? »

« Pallina! Cioè, non ti racconto più niente. Cavoli, sono sposata, ho un figlio di sei anni, con te mi sembra di essere tornata al liceo, ma al primo anno! »

« Vabbè, quindi avete fatto sesso. »

« Sì, nella Villa Medici attaccati all'albero. »

« Be', non sarebbe stato mica male. »

Proprio in quel momento arrivano il caffè e l'orzo.

« Grazie. »

Rimaste sole, Babi si guarda in giro, i piccoli quadri del locale, i muri colorati pastello, la gente giovane che mangia ai diversi tavoli, le cameriere che non si fermano mai.

« Si sta proprio bene in questo posto e sono stata felice di rivederti. »

« Anch'io. »

« Sai, pensavo che me l'avresti fatta pagare cara. »

« Non sarei la Pallina di allora. A te era tutto concesso e lo è anche oggi, nei limiti. »

Babi sorride e le fa una carezza sulla mano. Pallina la ritrae subito.

« Ora basta con tutte queste smancerie. Che poi ci prendono per lesbiche. Pensano che stiamo facendo pace come due innamorate. Mi racconti o no? Come ti è sembrato Step? »

« Allora, mi è piaciuto un sacco... Come sempre, anzi, forse più di sempre. Mi è sembrato più uomo. Quando mi ha vista non ha reagito male. Un po' come te, all'inizio è stato sulle sue, ma poi si è sciolto, abbiamo parlato tantissimo, gli ho detto quanto mi era mancato e che la mia vita non ha senso se non c'è lui. »

« Cioè, gli hai detto così? Dopo tutto questo tempo? E lui che ti ha risposto? »

« Non ha detto nulla. Ma è la verità, sono ancora innamorata di lui. »

« Babi, ti devo dare una brutta notizia, anzi orrenda, anzi visto quello che mi stai dicendo la più brutta notizia che potresti ricevere: si è sposato. »

« Lo so. Lo sapevo. Ho cercato in tutti i modi di farlo ragionare. Gli ho chiesto di pensare a me e a lui. Ma si vede che ha pensato diversamente. Questo però non mi impedisce di amarlo. Nessuno me lo può vietare. Nemmeno Dio. » E Pallina rimane sorpresa da questa sua risposta, forse troppo dura. Babi se ne accorge. « Mi può punire, ma non può vietarmelo. Che credi, che non avrei voluto essere felice e stare bene con Lorenzo, con Massimo, nella mia bella casa che tu mi hai arredato? E invece non lo sono, per niente. Al cuore non si comanda. Sembra una frase sciocca, ma non lo è. Tu giri a sinistra e lui va a destra. Invece il mio è rimasto proprio allo stop. Anzi, per essere precisa, allo Step! »

Pallina si mette a ridere.

« Ma lo sai che in tutti questi anni sarai stata pure stronza, ma sei diventata più simpatica? »

« Vabbè dai, ora raccontami del matrimonio, sono troppo curiosa. »

« Sul serio vuoi farti così male? »
« Se me lo immagino è ancora peggio. »
« Non lo so, guarda che è stato proprio bello. »
Babi chiude gli occhi, stringe i pugni, un po' per fare la spiritosa, un po' perché non sa veramente cosa aspettarsi. « Vai... »
E Pallina allora alza le spalle e comincia il suo racconto.

81

« Allora, Step era vestito tutto di scuro, blu scurissimo, con una cravatta da matrimonio. »

« E com'è una cravatta da matrimonio? »

« Quella che aveva lui. »

« Pallina! Racconta bene. »

« Ma tanto ho anche qualche foto, magari te le faccio vedere. »

« Magari? Me le fai vedere eccome! »

« Sì, certo. »

E Pallina continua il racconto, il vestito della sposa e la bellezza di Gin.

« Vabbè, ho capito, ma non ti ci soffermare troppo... vai avanti. »

E la bella omelia di don Andrea, i petali bianchi e rossi insieme al riso all'uscita, la torta pop e il cake diving, la grande bottiglia di champagne, i fuochi d'artificio e poi Frankie e i Cantina Band e l'ottima musica che ha fatto ballare tutti.

« Insomma, vorrei tanto dirti che c'era una cosa che non andava, ma non ne ho trovata una. »

« Be', poteva essere meglio... »

« E come? »

« Se fossi stata io la sposa. »

Pallina le sorride. « Ci stai tanto male? »

« Abbastanza. No, sai qual è il vero problema quando succede una cosa così? Che hai un senso di rimpianto, perché ci saresti veramente potuta essere tu al posto suo e allora ti domandi dove hai sbagliato. »

Rimangono un po' in silenzio. Pallina si accorge che Babi sta piangendo, le passa il tovagliolino.

« Tieni, l'ho usato poco, magari c'è un po' di torta alla carota... »

E Babi si mette a ridere e tira su con il naso, poi cerca di riprendersi.

« Ecco, anche nei momenti più traumatici tu riesci a farmi ridere. Non sai quante volte mi saresti servita! Non è facile stare insieme a una persona quando il tuo cuore sta da un'altra parte. Ho cercato in tutti i modi di riuscirci, ma non ne sono stata capace. Ci sono delle cose che non vogliono proprio sentir parlare di razionalità. »

« Tipo? »

« L'amore. Puoi far tutto quello che andrebbe fatto, preparargli la colazione, il pranzo con la stessa cura, vestirti carina per lui, andare alle feste, essere la donna perfetta al suo fianco, ma poi ti accorgi che sei solo l'interprete di un film. »

« Che ho visto tante volte ormai e che ho sempre visto senza te. »

Babi sorride. « Stai citando Lucio. Quanto è vero. Ma poi quando sei tra le braccia di una persona che non ami, il tuo film svanisce, puff, evapora. Basta un bacio per fartelo capire. Con un bacio sai se una persona la ami o no. Basta che le tue labbra si poggino un attimo sulle sue per farti provare brividi incredibili o una noia devastante. »

« Devastante! Che esagerazione. »

« Io sono fatta così e non riesco a capire come ho fatto a infilarmi in questa situazione, ti giuro, mi sembra assurdo. Step aveva mille qualità e qualche difetto certo, ma come tutti. La cosa assurda è che con me quei difetti sparivano, era come se si calmasse. »

« Eri la sua camomilla da tutti i punti di vista. »

Babi sorride. « Anche tu sei diventata più simpatica. »

« A bella, io già lo ero e non sono cambiata di una virgola, sei tu che non si capisce bene cosa combini! Non c'è niente di più doloroso di un'amicizia che finisce senza una ragione ben precisa. È la cosa più triste. Oltretutto in un momento così delicato. Avevo perso Pollo e avevo perso la mia amica del cuore. Ma lui non aveva deciso. Tu sì. » E nello stesso istante nel quale glielo dice, Pallina si sente morire. Si accorge di mentire ormai anche a se stessa. Sa benissimo che le cose non stanno così. Anche Pollo ha deciso di andarsene. Si è tolto la vita. Non è stato un incidente e lei forse avrebbe potuto fermarlo. E così improvvisamente Pallina scoppia a piangere. Troppe cose tenute dentro, tante cose non confessate per troppo tempo e poi ora stare qui, di nuovo, con la sua amica Babi e non essere sincera con lei.

« No, ti prego, Pallina, scusami, non succederà più. Non ti lacerò mai più, qualunque cosa accadrà, io sarò sempre al tuo fianco. Non fare così, se no mi metto a piangere di nuovo anch'io.»

E senza volerlo, come l'ha detto, Babi scoppia a piangere, le lacrime scendono giù senza alcun freno, lungo le guance, una dopo l'altra copiose, arrivano al mento, si soffermano un attimo e poi saltano giù. Babi si asciuga con il dorso della mano. Poi cerca di sorridere a Pallina.

«Se vuoi ti ridò il tuo fazzoletto che sa ancora di torta di carota. È solo un po' fradicio dalle mie lacrime di prima.»

«No, no, tienitelo. Mi sembra che ti serva di nuovo... Scusa?» Pallina chiama la ragazza svedese che sta portando dei secondi a un altro tavolo.

«Sì?»

«Potresti portarci un po' di tovaglioli? Mi sa che andiamo lunghe.»

La ragazza svedese non capisce, ma senza dire niente prende un cestino con sopra un sasso che non fa volare via i tovaglioli e glielo passa.

«Grazie.»

Pallina ne prende uno, poi ancora un altro.

«Ho capito che è un mio momento di grande fragilità.»

«Anche per me, per questo ci dobbiamo stare vicine.»

«Già, allora visto che ci siamo, ti dico subito una cosa assurda che non ti ho mai detto. Pollo non ha avuto un incidente. Si è ucciso.»

«Cosa?» Babi non crede alle sue orecchie.

Pallina annuisce e poi racconta tutta la storia, la scoperta della malattia, il cammino difficile, come tutto sarebbe degenerato, la certezza della futura immobilità e così quella decisione. Un farmaco che avrebbe fermato il cuore durante l'ultima corsa per nascondere tutto.

«Ma non era sicuro! Avrebbe potuto cambiare tutto forse, fanno scoperte di continuo nella medicina e poi ogni corpo reagisce a modo suo, magari lui...»

«Non ha voluto sentire ragioni.»

«Ma non doveva arrendersi, esistono anche i miracoli. Tutta quella gente a Lourdes... È tutto inventato?»

«Gliel'ho detto. Sai cosa mi ha risposto? 'Sei tu il mio miracolo, ma purtroppo non basti.'»

Babi rimane in silenzio. Raccoglie con l'indice alcune briciole della torta di carote nel suo piatto, ce lo preme sopra, le schiaccia, così che si incollino sulla pelle e continua saltellando qui e là, fino a quando ne ha raccolte a sufficienza e se le mangia. « Pensa quando lo saprà Step. »

« Gliel'ho detto. »

« Gliel'hai detto? E come c'è rimasto? »

« Non lo so. Gli ho dato una lettera che gli aveva scritto Pollo. »

« E come l'ha presa? »

« Credo bene. Quando è venuto alla mia festa, mi ha chiesto solo di non parlarne mai più. Credo si sia sentito tradito. Ma anche sollevato. Non c'entrava niente con l'incidente. Se anche lui fosse stato lì, non avrebbe potuto evitarlo, se non fosse stato quel giorno, sarebbe stato un altro. Pollo ormai aveva deciso. Non sai quante soluzioni ha immaginato. Voleva andarsene e basta, ma senza farlo pesare sulle spalle di qualcuno. Un suicidio è un fallimento di chi ti ama, di chi ti è sempre stato intorno e non è riuscito a bastarti. »

« Già, così è pesato solo su Step. »

« Non sarebbe dovuto essere così. Avrei dovuto dargli allora la lettera di Pollo, appena era successo. »

« E gliel'hai data solo adesso? » Pallina annuisce in silenzio. « E perché non l'hai fatto subito? »

« Ti prego, non lo so, non me lo chiedere. A volte fai delle cose che non hanno proprio senso... »

Babi pensa alla sua vita, a tutto quello che è successo. Come darle torto?

Pallina la guarda, ora è serena. « Mi dispiace solo di non aver liberato prima Step da quel senso di colpa. »

Babi le sorride, poi ci pensa su. Pallina le ha fatto una grande confessione. Ora tocca a lei.

« Ti devo dire una cosa importante anch'io. »

« Aspetta, prendo qualche tovagliolo... »

Le sorride. « Se piangi però saranno lacrime di gioia. Almeno per me, è la mia più grande ragione di felicità. »

Pallina la guarda curiosa, è sulle spine, vuole sapere di cosa si tratta, non le viene in mente nulla e pensa a tutte le ipotesi più assurde. « Allora? Parla! Non ce la faccio più. Qual è questa ragione di felicità? »

« Mio figlio Massimo. »

« Sì, l'ho visto, l'ho conosciuto. » Pallina cerca di ricordarselo, le viene in mente e lo mette a fuoco. Poi lo rivede in un particolare momento, quando si è girato e le ha sorriso. E in quell'attimo capisce. La guarda sbalordita. « No! »

« Sì. » Babi annuisce.

« No, non può essere. »

Babi le sorride e continua ad annuire. « È così. »

« È vero, è identico. Ma come ho fatto a non accorgermene prima? » Così ripensa a tutti i momenti nei quali è stata a casa sua, ma poi le viene in mente una cosa ancora più importante. « Ma glielo hai detto a Step? »

« Sì, gliel'ho fatto conoscere quel giorno. »

« Non ci credo! Questa è la serata delle rivelazioni! E lui? »

« Non lo so. Non l'ho capito. Non me ne ha voluto parlare. Credo sia arrabbiato, ma io sono felice. È un pezzo della mia vita che mi ha fatto sopravvivere fino ad oggi. »

Pallina scuote la testa. « Questa non me l'aspettavo proprio! È meglio de *Il segreto*, di *Beautiful*, di *Cherry Season*. In confronto lì non accade nulla. Sei pure riuscita a nasconderlo a casa? »

Babi annuisce. Pallina è curiosa.

« Chi lo sa oltre a me? »

« Mia madre, mia sorella e ora Step. »

« Che caos! E l'ha saputo proprio ora che si è sposato. »

« Pensavo che potesse servire. Magari ricominciavamo insieme. Se me lo avesse chiesto, avrei preso mio figlio e me ne sarei andata con lui. »

« Sei proprio determinata. »

« Sì. »

« Ora però le cose sono più complicate. »

Babi rimane un attimo in silenzio. « C'è solo una cosa che potrebbe fermarmi. Se avesse un figlio con lei. »

« Di questo non so niente. »

« Ma ti dico la verità, non sono poi neanche così sicura che servirebbe a fermarmi. »

Pallina la guarda e scuote la testa. « Dopo tutte queste rivelazioni non ci capisco più nulla. Senti, però visto che oggi ci diciamo tutto, te ne devo dire un'altra. »

« Parla. »

« Questa però è di tanto tempo fa. Ti ricordi quella sera che siamo andate alla Nuova Fiorentina, che io ho insistito per cambiare posto, perché tu volevi andare da Baffetto e lì poi hai beccato il tuo ragazzo con un'altra? »

« Sì, me lo ricordo benissimo. Marco, ci stavo da cinque mesi. Aveva detto che sarebbe rimasto a casa a studiare e invece era lì con una e io gli ho spiaccicato in testa la pizza rossa mozzarella senza alici che gli piaceva tanto. »

« Ecco, io non te l'ho mai detto, ma non ho cambiato pizzeria per caso. Sapevo che Marco era lì, mi aveva avvisata il proprietario, Fabio che, tra l'altro, aveva un debole per te e gli sembrava assurdo che tu stessi con uno come Marco, al quale non importavi più di tanto. »

« Non ci credo! Quella sera quando mi hai riaccompagnata ti ho dato pure un pettinino colorato di Bruscoli che ti piaceva moltissimo... »

« Sì, l'ho rotto. L'ho messo sotto i piedi quando sei sparita e non rispondevi più ai messaggi. »

« Il mio pettinino! »

« L'ho disintegrato. »

E si mettono a ridere. Poi si alzano e si abbracciano. Babi si stacca e guarda Pallina preoccupata.

« Questa di Marco non me la sarei mai immaginata. Ci sono altre cose che non so? »

« No. »

« Sicura? Non è che non te le ricordi? »

« No, sono sicura. E tu? »

Babi ripensa al bachelor di Step, alla serata in barca, alla sua parrucca scura e tutto il resto. Ma non le sembra giusto raccontarglielo, almeno non in questo momento, le sembrerebbe di tradire Step. « Ti ho raccontato tutto, però per lui tu non sai niente. »

« Okay. »

« Promesso? »

« Sì. »

« Questa settimana sono sola, perché non vieni una sera a cena da me? Anche con Bunny, se ti va, voglio proprio vedere com'è cambiato. »

« Certo! Ci sentiamo e ci mettiamo d'accordo. »

Babi si alza. « Ora però devo andare a casa, devo controllare i compiti di Massimo... Se inizia ad andare male a scuola poi non la vive bene.»

Pallina prende la borsa, fa per pagare, Babi la ferma.

«Dai, sono venuta a cercarti io. Fai fare a me.»

«Okay, questo era per fare pace, ma dal prossimo paghiamo a metà.»

«Sì, alla romana, come allora.»

E si scambiano un ultimo bacio.

82

Atterriamo a New Plymouth e quasi subito prendiamo un altro volo per le Fiji. E così dopo circa diciannove ore complessive arriviamo finalmente al Nadi International Airport. Quando scendiamo da quest'ultimo aereo, dopo aver ritirato i bagagli e superato il controllo della dogana, vediamo un buffo signore di colore con in testa una piccola coppola a quadrettini bianchi e celesti, che tiene un grande cartello con su scritto *Mr e Mrs Mancini.* Io e Gin ci guardiamo e poi alziamo la mano.

«Siamo noi!»

Il signore si mette il cartello sotto il braccio e ci viene incontro.

«Siete italiani vero? Io parlo un po' di italiano. Ho vissuto a Roma. Bello Colosseo. Bello San Pietro. Ho visto anche un papa.»

Chissà quale gli è capitato.

«Bene, invece noi non siamo mai stati alle Fiji.»

Ride divertito.

«Forte questa. Fa ridere. La racconto.» Poi prende la valigia di Gin e ci fa segno di seguirlo.

Io la guardo e dico piano: «Veramente mica voleva far ridere».

«Ah no? Però faceva ridere, ha divertito anche me.»

«Vabbè, sei diventata proprio una moglie.»

E saliamo su una specie di taxi inglese per le dimensioni, ma non certo per il colore, visto che è rosso acceso. Il signore guida a tutta velocità lungo le strade di questo Paese. Ai bordi c'è tantissima vegetazione ed è pieno di animali, dalle mucche color classico ai pappagalli dai colori più fantasiosi. Molti vanno in giro in bicicletta. Lungo la strada tanti ragazzini giocano vicino a delle fontanelle, scherzano con l'acqua, riempiono palloncini colorati e hanno dei pantaloncini color kaki o blu scuro, ma comunque tutti corti e molto larghi, e canottiere quasi sempre bianche. Sono magri, con delle gambe lunghe e dei calzettoni corti, che fanno sembrare le loro scarpe ancora più grosse. Il taxi rosso acceso imbocca un pontile, sotto le sue ruote quelle assi di legno compongono una rumorosa melodia naturale.

« Ecco, siamo arrivati. »

E così scendiamo. Ad attenderci c'è un grosso motoscafo bianco, un uomo di colore senza cappello e molto più grosso, dopo aver caricato le nostre valigie, ci fa salire a bordo.

« Arrivederci Mr. Noodle. » Salutiamo il tassista che durante il viaggio ci aveva detto il suo soprannome. Poi il motoscafo si stacca dal molo e usciti dal porticciolo, parte a tutta velocità. Guardo Gin seduta sul divanetto, è un po' provata, in effetti stiamo viaggiando da molto.

« Come va? »

« Bene. » Mi sorride, ma vedo che è stanca.

« Mettiti più interna, così non ti bagni e prendi meno vento. » E per ripararla ancora di più, mi siedo vicino a lei e le copro le spalle con il mio giubbotto.

« Ecco. » Mi sorride. « Ora mi sento veramente sposata. »

Arriviamo dopo circa due ore a Monuriki e alla fine siamo ricompensati dalla fatica del lungo viaggio, abbiamo un bellissimo bungalow a pochi metri dal mare. In parte è scavato nella roccia e per metà invece è costruito sulla sabbia. Ha tutto verde intorno, una piccola siepe di fiori celesti con l'interno giallo e un basso cancelletto bianco. La sabbia entra fino alla grande vetrata, dentro è fresco e supermoderno, un grande televisore al plasma, casse supertecnologiche e un letto king size. C'è una bottiglia di champagne ad attenderci insieme a delle grosse fragole rosse, dei kiwi e uva molto chiara. Un elegante cameriere dell'isola ci mostra il funzionamento di ogni cosa, compresa la possibilità di usare una vasca Jacuzzi posta all'interno del bagno. È incastonata nella roccia e dà la possibilità di guardare il mare proprio di fronte, attraverso una finestra rotonda.

« Altrimenti », ci spiega in inglese, « se volete c'è anche una Jacuzzi più grande fuori, così il bagno potete farlo sotto le stelle, ma dovete stare attenti perché è pieno di mosquitos che sono attratti dall'acqua. Nel caso usate questi... » E ci mostra delle specie di lunghi fiammiferi di incenso che secondo me, invece di allontanarli, potrebbero attirarne ancora di più.

Quando restiamo soli, Gin si lascia cadere sul letto.

« Finalmente! Non arrivavamo mai. Ma come mai tua mamma ha scelto quest'isola? »

« Non lo so. » Poi le sorrido. « E non posso neanche saperlo.

Forse perché è quella del film *Cast Away*, dove finisce Tom Hanks, infatti siamo nelle isole Mamanuca.»

«Ah, ecco, ora è tutto più chiaro.»

Nei giorni seguenti ci divertiamo un sacco, facciamo spesso il giro dell'isola, che sarà in tutto pochi chilometri, mangiamo spesso in camera, con un cameriere sempre a disposizione e un servizio impeccabile. La sera andiamo al ristorante dell'isola, i tavoli sono lontani tra loro ed è sempre molto tranquillo. C'è poca gente visto che i bungalow sono solo dieci, ci sono anche altre coppie in viaggio di nozze, ma durante il giorno è come se ognuna avesse la sua spiaggia. Solo una sera al ristorante c'è stata un po' di musica e poi la gara di limbo, dove alla fine abbiamo sbaragliato l'unica coppia pericolosa, due giovanissimi napoletani di appena vent'anni. Lei era piena di gioielli e forse, quando si è piegata l'ultima volta sotto l'asticella, ha perso proprio per il loro peso.

«Bravi comunque!»

«Grazie!»

«Ma siete giovanissimi.»

«In Campania si sposano tutti presto, abbiamo voglia di fuggire.»

Non abbiamo capito molto cosa volessero dire veramente, ma non hanno mai smesso di parlare, lei delle gioiellerie che ha, lui della fabbrica del padre che produce scarpe, dei nuovi mercati esteri, della Russia che stanno scoprendo, della realtà cinese, sia come lavoratori che come acquirenti e tante altre cose ancora. Di noi invece non hanno saputo nulla, solo che abbiamo vinto.

«Cos'è questa cosa? Buona...»

«È la Kava, non la conoscete?»

«No.» Io e Gin ci guardiamo.

«Prima volta alle Mamanuca...» E ridono tutti. Poi beviamo con loro questa strana bevanda.

Un tipo con gli occhiali, che deve essere un biologo o un rappresentante farmaceutico che cerca di piazzarla sul mercato, sembra conoscerla perfettamente.

«È una radice di *Piper methysticum Forster* stritolata tra due pietre. Dà un senso di benessere... Lo sentite?»

La napoletana, che l'ha praticamente ingurgitata, chiude gli occhi, si lascia andare sorridendo in maniera esagerata e sembra quasi svenire. «Io sì, sto benissimo.»

Gin mi dice all'orecchio: « Per me sa di liquirizia leggera e basta ».

Poi li salutiamo e quando torniamo al nostro bungalow, apriamo subito una bottiglia di champagne gelata e festeggiamo così la nostra vittoria.

« Altro che la Kava alla liquirizia. »

Al posto della vasca con i mosquitos scegliamo il mare. Ci togliamo tutto e ci buttiamo. L'acqua è calda, sembra di stare nel film *Laguna blu*, c'è del plancton e quando ci muoviamo delle scie fosforescenti seguono i nostri movimenti. Tutto mi sembra perfetto e la mia mente, stranamente, sembra darmi un po' di tregua. Ma sotto sotto mi accorgo che sto evitando l'argomento, anche se questa purtroppo credo che sia solo una fuga. Poi ci abbracciamo, Gin viene sopra di me, mi avvolge con le gambe intorno alla vita. La luna sopra di noi è rossa, ma non è imbarazzata per quello che stiamo facendo.

Passiamo i giorni nel massimo del relax. Ogni tanto guardo il telefonino, ma tutti, sapendo che stiamo in viaggio di nozze, non disturbano. A pranzo andiamo in alcune capanne dove preparano pesci e crostacei alla griglia, mangiamo gamberoni, aragoste e scampi. Nei pomeriggi facciamo lunghe passeggiate su una spiaggia dalla sabbia bianca e fina, che piano piano si stringe fino a perdersi nel mare. La sera proviamo i diversi ristoranti della laguna dove ogni tanto c'è qualche danza maori. Stiamo tutto il giorno in costume. L'aria è sempre calda, ma non è umida e al tramonto a volte c'è un vento leggero che sfiora appena le piccole bandiere poste sopra ognuna delle poche abitazioni.

« Ti piace amore? »

« Moltissimo. Tua madre ci ha fatto un bellissimo regalo. »

« La amo ancora di più e ora vorrei abbracciarla come forse non ho mai fatto. »

« Fallo con me. Sono sicura che lo sentirà. »

Così stringo forte Gin e mi emoziono, ho le lacrime agli occhi e sono felice di questo viaggio e mi domando se c'è stata almeno una volta che ho amato così tanto mia madre come la sto amando adesso e se in qualche modo quel giorno io gliel'ho saputo dimostrare. La nostra vita a volte è fatta di occasioni mancate per dire la cosa giusta. Poi Gin si stacca da me e mi bacia sulle labbra.

« Ti amo. »

« Anch'io. Ho sempre pensato che non mi sarei mai sposato. »

« Non avresti visto questi posti bellissimi. »

« Magari ci sarei venuto per girare qualche scena delle fiction. »

« L'avresti tagliata. Sei un produttore emergente, non puoi spendere così tanto. »

« È vero. »

Poi Gin si tocca la pancia.

« Questo posto credo che sia il paradiso. Mi prometti che ci torneremo con questa piccola creatura che ho qui dentro? »

« Te lo prometto. »

« E anche con il fratellino o la sorellina? »

« Di già? »

« Va bene, non parliamone più... Però mi fai un piacere? Ci pensi per favore? »

Entro nel bungalow proprio mentre mi dice queste parole e ho una stretta allo stomaco. *Ci pensi per favore?* Sono le stesse che aveva lasciato scritte Babi sul biglietto. Allora mi giro verso Gin e le sorrido.

« Certo amore. Ci penso. »

83

« Vasco, vuoi fare bene i compiti? Così fanno schifo! Non si capisce neanche se hai fatto un errore o no. La maestra ti mette un voto sulla fiducia. »

« La maestra dice che sono sveglio. »

« Sveglio non è quello che si deve essere a scuola. Sveglio vuol dire che non dormi sul banco, tu devi essere intelligente, educato e preparato. »

« Tutte queste cose? »

« Anche di più. Ma per adesso le altre non te le dico, sennò fai confusione. »

« Va bene. »

Vasco ricomincia ad applicarsi sul libro dei compiti. Tira fuori la lingua, cercando di scrivere nel modo migliore. Daniela sorride guardandolo con amore. Filippo, che le è vicino, la guarda divertito.

« Ma pure mia madre secondo te mi trattava così? »

« Bene o male? »

Filippo rimane un attimo perplesso. « Non so se è bene o male. Di sicuro è con amore e poi mi piace perché lo tratti da grande. »

Vasco si stacca dal libro e lo guarda arrabbiato.

« Certo che mi tratta da grande, io sono grande. »

Filippo si scusa: « Sì, sì, hai ragione, mi sono confuso io ».

Vasco riprende a scrivere. Filippo si gira verso Daniela e digrigna i denti, come a dire: ahia, tosto questo qui. E lei gli risponde con il labiale: « Sentono tutto ». Filippo annuisce e poi torna a parlare normalmente.

« Vuoi un po' di spremuta, Dani? L'ho appena fatta. »

« No, grazie. »

« Okay. »

Filippo se ne versa un po', la beve, poi sciacqua il bicchiere e lo capovolge sul lavabo.

« Io vado a giocare a calcetto, poi rimango a cena con Pietro e gli altri. Ci sentiamo più tardi. Ci vediamo domani mattina? »

« Domani ho l'università. »

« Vabbè, allora domani ci sentiamo, magari a pranzo. »

« Okay. »

Si danno un bacio sulle labbra, poi Filippo saluta Vasco spettinandogli i capelli.

« Ciao, campione, non studiare troppo, eh. »

« Ecco, bravo, dillo tu a mamma! »

Daniela lo guarda fintamente minacciosa.

Filippo alza le mani come per giustificarsi. « Va bene, hai ragione, ho sbagliato! » Poi prende la sacca ed esce.

Daniela scuote la testa e sorride, si trova bene con lui. Ormai sono più di quattro mesi che questa storia va avanti e si sono frequentati per due mesi prima di mettersi insieme. Sei mesi che Vasco vede questo ragazzo per casa e sembra trovarsi bene con lui. Scherzano, ridono e, quando la bacia, Vasco non è geloso. Ha pensato anche a questo Daniela, quando accadeva, con la coda dell'occhio controllava le sue reazioni e Vasco non sembrava farci caso. Ma deve stare attenta, ha letto diversi libri sui bambini, sa che a volte sono i migliori attori, sentono e vedono tutto e soffrono per le cose più diverse. Sono attenti e molto sensibili e Vasco non deve mai pensare di venire dopo qualcosa o qualcuno e questo per Daniela è il punto più importante. Ha rinunciato a molte cose per lui ed è felice di averlo fatto, non pensava di saper essere così adulta. Sorride da sola mentre lo guarda. Adulta. Cosa dirò a mio figlio quando mi chiederà spiegazioni sul papà? Gli dirò che purtroppo è morto quand'è nato? Mentirò per non farmi conoscere per come ero da ragazza, leggera, facile, drogata? Non è meglio dirlo affinché eviti tutto questo? E come mi giudicherebbe se gli dicessi la verità? Non mi stimerebbe più? Non mi rispetterebbe? Non ascolterebbe quello che dico? Soffrirebbe da morire o non gliene importerebbe nulla? Come sarà lui domani? E continua a guardarlo, con la testa inclinata, con quella linguetta che ogni tanto tira fuori dalla bocca, cercando la grafia giusta, con la sua voglia di migliorare o forse semplicemente di finire i compiti. E, come sentendosi improvvisamente osservato, Vasco si illumina, sorride alzandosi di botto.

« Ma quando ho finito, posso giocare a *Mario Bros 8*? »

« Adesso pensa ai compiti, poi vediamo. Non ti distrarre che devi capire anche cosa stai copiando e migliorare moltissimo la lettura. Quindi stasera me la leggi tu una bella favoletta e io mi addormento.»

Vasco sorride, lo sa benissimo che la mamma sta scherzando. All'improvviso suona il citofono. Vasco si alza di nuovo dal libro dei compiti molto sorpreso. «Chi è?»

«Dovrebbe essere Giulia, mi aveva detto che passava a farmi un saluto.»

Vasco scende veloce dallo sgabello.

«Che fai? Dove vai?»

«Voglio aprire io.»

Corre al citofono, lo stacca e se lo porta all'orecchio. «Chi è?»

«Sono Giulia.»

Rivolto a Daniela: «Sì, è lei».

«E tu apri.»

Vasco spinge il pulsante di lato al citofono e torna a sedersi al tavolo, rituffa i suoi capelli ricci sul grande quaderno. Poco dopo suonano alla porta.

«Stavolta vado io, continua a studiare!» Daniela percorre il salotto e arriva all'ingresso. Si ferma dietro la porta. «Chi è?»

«Sono io, Giulia.»

Daniela la fa entrare. «Che bello che sei passata a trovarmi, è da un sacco di tempo che non ci vediamo!» Improvvisamente si accorge che Giulia è tesa e preoccupata. «Ma che c'è? Cosa ti è successo?»

«Ora ti dico.»

Entrano in salotto e Giulia vede Vasco che sta studiando.

«Ciao Vasco...»

«Ciao.»

Ma lui questa volta continua a ricopiare le parole, così come gli ha detto la maestra, senza alzarsi dal tavolo.

«Possiamo andare in camera tua?»

«Certo, di qua. Tu non smettere di fare i compiti, capito? Guarda che ti controllo dalla mia stanza.»

«Sì, ho capito.»

Daniela fa entrare Giulia in camera sua, poi accosta la porta.

Giulia si guarda in giro. «Ma che...»

«Vabbè, non stare a vedere il casino, non ho fatto in tempo a mettere a posto oggi.»

«Oggi? Pensavo fossero entrati i ladri!»

« Spiritosa... Allora, si può sapere cos'è successo? Sei arrivata qui che sembravi aver visto un fantasma. »

« Peggio. Di un fantasma non mi vergogno, di quello che è successo, sì. »

« Oddio, adesso mi hai veramente incuriosita, ecco, così dovrebbe finire la prima puntata di una serie TV. Tutti guarderebbero la seconda solo per sapere cosa accade! »

« Sì, sì, fai la simpatica, guarda che questa storia riguarda anche te. »

« Me? E come? Senti, ma mi vuoi spiegare di che si tratta? »

« Aspetta, aspetta, che ora vedi... Ce l'hai Facebook, no? »

« Certo. »

« Allora accendi il computer. »

Daniela alza lo schermo del suo MacBook Air e preme subito il tasto di accensione, dando luce allo schermo, poi digita la sua password e si aprono le varie schede, tra cui Facebook.

« Cerca la pagina di Palombi. »

« Andrea Palombi? E perché? »

« Guarda che cosa ha postato stamattina e mi ha pure mandato un messaggio, 'sto stronzo. »

Daniela scrive velocemente il nome di Andrea Palombi in alto a sinistra ed ecco comparire la sua pagina. Al centro c'è postato un video con sopra la scritta *Baci proibiti.*

« E che cos'è? »

« Fallo partire e poi guarda. »

Daniela preme sulla freccetta in basso e il filmato parte. Sulla musica di Prince, *Kiss,* inizia una sequenza di varie persone che si baciano nella penombra di una piccola stanza. È un montaggio veloce e ogni volta ci sono delle persone diverse. Si baciano, si accarezzano, si strusciano, una si leva un giubbotto, un'altra si fa baciare sul collo.

« Ecco, ferma, ferma. Guarda. »

Daniela si avvicina allo schermo. « Ma è un bagno? »

« Sì. »

« E quella sei tu con i capelli lunghi. »

« Sì. »

« E quello è Andrea Palombi! »

« Sì. »

« Ma non me lo avevi mai detto! »

« Ma è successo solo quella sera e non mi piaceva, ma tu eri sparita, avevo bevuto, ci siamo dati solo dei baci... E poi mi ha baciato le tette, guarda.»

Daniela manda avanti il filmato e in effetti si vede che lui alza la maglietta, le sposta il reggiseno, baciandole il seno. Ora sono a favore di camera e lei si vede perfettamente. Poi compare un'altra coppia e così Daniela ferma di nuovo il filmato. «Giuli! Ma sei tremenda!»

«Hai capito, 'sto stronzo? È finito tutto qui, non mi sembrava neanche il caso di dirtelo, mi vergognavo. E comunque voi vi eravate lasciati da un sacco, quella sera tu mi hai pure detto che non ti piaceva più, che dopo di te aveva avuto un crollo...»

«È vero! Ma me lo potevi raccontare lo stesso. Oddio, che scena, troppo assurdo, in un bagno poi...»

Improvvisamente Daniela capisce che è proprio quella sera, quando lei ha preso le pasticche, quando si è sballata, quando si è chiusa con qualcuno proprio là, in un bagno, quando è rimasta incinta di Vasco. Riguarda quell'immagine. Non è un bagno qualsiasi, è quel bagno.

«Ma come è successo? Come ha avuto questo filmato Palombi, come ti ha contattata?»

«L'ho incontrato ieri a piazza Euclide per caso e mi ha chiesto se uscivamo. Gli ho detto di no. Stamattina mi ha mandato questo messaggio.» Giulia le passa il telefonino, Daniela scorre velocemente il messaggio. *Peccato che non vuoi uscire con me, eravamo proprio una bella coppia. Guarda sulla mia pagina come ci baciavamo bene!*

«Hai capito?»

Daniela ripassa il telefono a Giulia, prende il suo e compone un numero.

«Ciao Anna, ti disturbo? Bene, scusami se ti chiamo solo ora ma potresti venire a studiare qui? Così mi guardi Vasco che devo uscire per un'emergenza. Ti do cinquanta euro. Sì, grazie. Vieni prima che puoi.» Chiude la telefonata. «Giuli, sai dove sta Andrea Palombi?»

«Sì.»

«Hai la macchina?»

«Sì.»

«Okay, appena arriva Anna che tiene Vasco, andiamo da lui.»

« Mamma... » Vasco compare sulla porta della camera. « Ho finito i compiti, adesso posso giocare alla Wii? »

« Sì. »

« Che bello! Magari supero il livello otto. »

Daniela lo guarda esultare, correre verso il televisore, accenderlo e prendere subito in mano la consolle, per dare vita a chissà quale partita. Vasco è felice, si diverte con *Mario Bros* e una volta ha detto perfino: « Mi sta simpatico! »

Chissà cosa dirà quando saprà chi è suo padre.

84

Arrivate sotto casa di Andrea Palombi, Giulia Parini suona il campanello. Lei e Daniela aspettano davanti al citofono muto. Daniela è nervosa, si muove agitata sulle gambe, non riesce a credere che potrebbe sapere chi è il padre di suo figlio. Si guardano in silenzio, aspettando freneticamente che qualcuno risponda. Finalmente una voce. È proprio lui, Andrea Palombi.

«Chi è?»

Si guardano un attimo per decidere cosa dire. Poi Daniela spinge Giulia, come dire: e dai parla, no?

«Sono io, Giulia!»

«Oh, lo vedi che mettere quel filmato è servito? Che bella sorpresa, sali, dai, sono solo, terzo piano.»

Si sente il suono del cancello che si apre. Daniela entra di corsa e si precipita giù per le scale, seguita da Giulia, che quasi arranca dietro di lei.

«Oh, vai piano, che cado!»

«Muoviti!»

In un attimo aprono il portone e subito dopo sono in ascensore, che quasi sobbalza per quell'arrivo così irruento. Appena dentro, Daniela preme subito il tasto del terzo piano. Poi aspetta battendo il piede sinistro che le porte dell'ascensore si chiudano. La salita sembra interminabile per l'ansia e la tensione che la agitano. Daniela esce per prima, trascina per un braccio Giulia e si china per vedere meglio il nome delle persone che abitano a quel pianerottolo. All'improvviso vede una porta che si apre e compare Andrea Palombi.

«Finalm...» Ma non fa in tempo a finire la frase che viene quasi travolto. «Daniela? E tu che ci fai qui?»

«Non hai capito? Ti denunciamo, ti roviniamo, ho chiamato la polizia, sei morto, sei finito, come cazzo hai avuto quel filmato, chi te l'ha fatto?»

Andrea Palombi solleva le mani. «Aspetta, calma, come hai chiamato la polizia? Sei matta?»

Ormai sono dentro la cucina. Daniela è fuori di sé, vede un

porta coltelli, ne tira fuori uno, il primo che capita e glielo punta contro. « Raccontami tutto o ti accoltello e finisce qui. »

Andrea Palombi retrocede spaventato. « Ma che è, uno scherzo? La tua amica ha sempre fatto la difficile, quando invece ci siamo baciati, l'hai visto no? E poi non ha mai risposto alle telefonate, neanche ai messaggi. »

Giulia guarda l'amica sorridendo. « Hai visto? Ti ho detto la verità, è stato un errore solo di quella sera. »

Palombi ha un guizzo d'orgoglio. « Ma come un errore? Hai detto che ti piacevo da sempre, che ti facevo sangue! »

Giulia guarda Daniela. « Ecco, si inventa tutto, non gli credere. E comunque anche se l'ho detto ero ubriaca. Mi fai schifo e sei uno stronzo che metti le mie tette in pubblico! »

« Le levo subito. Promesso. »

Daniela affonda rapida il coltello verso di lui. Palombi fa un salto indietro.

« Oh, ma sei cretina? Ma che sei matta? »

« Ti buco da parte a parte. Dimmi subito come hai avuto quei filmati. Chi ha fatto quel montaggio, chi è stato? »

« Uno. »

« Uno chi? »

« Non lo so, si chiama Ivano, abita al Testaccio, era l'addetto alla sicurezza quella sera a Castel di Guido, c'erano telecamere dappertutto, ma che non ve ne siete accorte? » Poi si rende conto di quello che ha detto e cerca in qualche modo di giustificarsi: « In effetti erano nascoste molto bene, gliele avevamo imposte, avevamo paura che qualcuno si bucasse nei bagni e schiattasse. Per quello, mica volevamo vedere chi faceva sesso ». Poi Palombi guarda Giulia e le sorride. « Noi non abbiamo fatto sesso, ci siamo solo dati un bacio. »

« Più le tette. C'è la prova. »

Palombi guarda Daniela sorridendo, ma capisce che la situazione è più complicata di quanto immagini. « Stavo scherzando. Comunque sul serio, levo subito il filmato. »

« Ecco, bravo, e poi ci porti da Ivano. »

« Ma c'ho da fare. »

Daniela gli punta il coltello contro. « Allora non hai capito. Non sto scherzando, è una cosa importante. C'è anche un mio filmato. Scrivigli adesso, mandagli un messaggio. Digli che lo devi vedere urgentemente. »

Andrea Palombi prende il telefonino e fa tutto quello che gli ha ordinato Daniela, poi aspetta qualche secondo fino a quando non sente il suono di un messaggio. Lo legge e glielo mostra.

Okay, ti aspetto.

Poco dopo sono tutti e tre nell'auto di Giulia che guida. Palombi è accanto a lei e Daniela è seduta dietro, sempre con il coltello.

« Vai sempre dritta, dopo l'incrocio prendi subito a destra, così tagliamo. Abita sopra al Teatro Vittoria. Avevo il torneo di Padel... »

Daniela gli dà una botta sulla spalla. « Ringrazia che potrai giocare ancora, forse. »

« Ma veramente hai chiamato la polizia? Il filmato l'ho tolto. »

« Non lo dovevi proprio mettere. »

« Ho capito, ma era uno scherzo, come la fate pesante. E poi si vedevano solo le tette, mica ti si riconosce tanto. »

« Io l'ho riconosciuta subito. »

« Vabbè, ma tu perché la conosci. Che filmato è il tuo? »

« Non ti riguarda. Allora? Dove deve andare? »

« Siamo quasi arrivati. »

La macchina di Giulia entra a piazza di Santa Maria Liberatrice.

« Ecco, guarda c'è un posto, subito dopo la pizzeria Reno. Fermati lì che abita poco più avanti. »

Posteggiano e scendono. Arrivati davanti al portone scalcagnato, Palombi guarda il citofono e trova subito l'interno a cui suonare. Dopo un attimo risponde una voce burbera maschile.

« Chi è? »

« Sono Andrea. »

« Sali. »

Il portone si apre e i tre si infilano dentro un vecchio androne.

« Ma ci vieni spesso? »

« Qualche volta. »

« Ma questo tipo che fa? Sicurezza hai detto? »

Andrea Palombi sorride. « Sì, sicurezza di ogni tipo. Se hai bisogno di qualcosa... Da lui la trovi facilmente. »

Giulia lo guarda curiosa. « Cioè? Mica ho capito. »

Daniela scuote la testa. « Vende droga, spaccia, parla di chi cerca sicurezza nell'essere sballato. »

« Sì, una cosa del genere. »

Poco dopo sono davanti alla sua porta. Prima che Palombi suoni, Daniela si mette il coltello dentro i pantaloni, infilato dietro la schiena. Si sentono dei passi e subito dopo qualcuno che apre la porta. Un tipo con la barba lunga, rossiccia, dei capelli arruffati, occhiali da vista e dei grandi orecchini neri.

« Bella Andrea, ma che hai portato le ragazze? Non mi avevi avvisato, non mi piace. »

« Sono amiche. »

« Non ti devi presentare qua così. Io lavoro. »

Daniela indica il salotto. « Ci fai entrare per favore? Non siamo venuti a disturbare, siamo venuti a risolvere un problema che potresti avere. »

E a quella frase Ivano rimane disorientato. Guarda Palombi e storce la bocca, non gli piace tutta questa storia. Comunque fa entrare le ragazze e chiude la porta. « Allora? Che succede? Qual è il problema che potrei avere? »

Daniela si appoggia a un mobile, sente il lungo coltello che le preme contro la schiena, le sembra assurda tutta questa storia e non sa bene come cominciare. Si guarda intorno, la casa è sporca, polverosa, le tende pesanti, due divani di velluto, uno blu e uno rosso ciliegia, tutti e due un po' spelacchiati, occupano gran parte del salotto. Le tapparelle sono abbassate, fatte di legno come erano una volta. Su un carrello di vetro c'è poggiato un grande televisore, forse addirittura in bianco e nero. Su un tavolino basso davanti ai divani c'è una birra finita, un cartone di pizza sporco e diversi posacenere pieni di cicche. Alcuni non sono stati svuotati da chissà quanto. Su un posacenere di finto argento, rubato chissà da quale chiosco, è poggiata una grossa canna consumata per metà.

« Vuoi fare un tiro così ti rilassi? » Ivano ha seguito tutto il percorso dello sguardo di Daniela.

« No, grazie. Non fumo. Palombi ha messo in rete il video che ha avuto da te. La mia amica si è ritrovata con le sue tette in pubblico. Ho avvisato un amico che lavora alla polizia postale. Sanno che sono qui. Gli ho mandato un messaggio con l'indirizzo, il civico e il tuo cognome. »

Ivano ascolta in silenzio, poi di botto, senza che nessuno se l'aspetti, salta al collo di Palombi. Lo prende con tutte e due le mani per i capelli e lo tira verso il basso, trascinandolo di forza sul divano rosso. Poi lo lascia cadere lì, sale con un ginocchio sulla sua schiena e, tenendolo a pancia in giù, comincia a dargli dei cazzotti dietro la testa, soprattutto per sfogare la sua incazzatura.

«Sei un coglione, cazzo, un coglione! L'ho sempre pensato e ora me l'hai dimostrato, cazzo.»

Tenendogli sempre il ginocchio in mezzo alle scapole, lo tira per i capelli, tanto che Palombi è costretto a portare indietro la testa.

«Ahia! Lasciami, cazzo!»

«Devono morire sciolti nel Tevere i coglioni come te.» Poi Ivano si alza di colpo dal divano e gli dà un gran calcio sui fianchi. Palombi grida dal dolore. «Viene qui perché fa fico, lo stronzo, me l'ha pure fottuto quel filmato. Mica glielo avevo dato. Coglione io che mi sono fidato di lui.» E quasi ansimando per il gran movimento fatto finora, al quale non deve essere molto abituato, Ivano prende la canna e se l'accende. Dà due grandi tiri e poi la riposa nel posacenere argentato. Poi si gira verso le ragazze, che fino a quel momento hanno assistito a tutta la scena senza riuscire a dire nulla. «Allora? Come la risolviamo noi?»

Daniela cerca di sembrare sicura. Giulia non è in grado di parlare.

«La risolviamo che tu ci dai tutto il materiale che hai di quella serata girato a Castel di Guido e il mio amico si dimentica del mio messaggio.»

«Come faccio a esserne sicuro?»

Daniela lo guarda seria. «Ti fidi. A noi non ce ne frega niente di quello che fai qua o dei coglioni.» E indica con il mento Palombi che intanto si è seduto sul divano e si massaggia i capelli. È ancora dolorante. «Coglioni che foraggi con la tua roba. A noi interessa che i filmati che ci riguardano non siano in giro.»

Ivano ha un nuovo improvviso attacco di rabbia. Va verso Palombi e gli dà un grande calcio sullo stinco.

«Stronzo di merda! Tu mi hai messo in questa situazione!» Palombi urla.

Ivano si mette tutte e due le mani sulla fronte e usandole come se fossero un cerchietto porta i capelli indietro. Poi li lascia liberi e torna calmo. Si gira verso Daniela. «È giusto. Voi che cazzo c'entrate. È anche questione di privacy. Finché esistono i coglioni come questo, il mondo non sarà mai migliore. Venite...»

Apre una porta che immette in un corridoio. Sembra quasi appartenere a un'altra casa. È tutto celeste chiaro, con dei bordi bianchi. Ci sono delle litografie, diversi scorci di New York, Los Angeles, San Francisco, tutti quadri di matrice americana. Il corridoio finisce e dietro un angolo ci sono tre diverse porte chiuse. Ivano ne apre una ed entra in un piccolo ufficio. Qui regna di nuovo il caos, ma l'ambiente è migliore, c'è più luce e le pareti sono più chiare. Si vede che questa parte della casa è stata ridipinta da poco. Su un grande tavolo ci sono alcuni computer, macchine da presa, piccole Canon 7D, una Sony. Intorno alcune librerie di ferro con molti cataloghi. Ognuno è numerato con una lettera iniziale e un numero. Ivano apre un cassetto e tira fuori un grande quaderno scuro. Quando lo apre, Daniela si accorge che è una rubrica. Ivano la scorre e si ferma alla C. Apre e trova il codice corrispondente. A327. Si alza, prende il catalogo, lo apre. È pieno di DVD e piccole cassette.

« Ecco, il materiale è tutto qui, sono copie originali. È stata un'unica serata a Castel di Guido. E ben riuscita. C'erano più di settecento persone. Le telecamere me le hanno chieste quelli dei permessi. Erano obbligatorie. » Ivano non crede di averle convinte, ma non gliene frega più di tanto. « Ora andatevene. Io non vi ho mai visto e soprattutto non vi ho dato un cazzo. »

Quando tornano in salotto, Palombi è sparito.

« Ecco, il coglione se n'è andato. Ha capito che ero indeciso se ammazzarlo o no. » Poi le guarda. « Sparite pure voi e dimenticatevi di questo indirizzo. Se viene quello della polizia postale, quant'è vero Dio, ti vengo a cercare. »

Le due ragazze escono senza dire niente. Daniela entra in ascensore stringendo forte a sé quel contenitore A327. Un attimo dopo sono fuori dal portone. Respirano a pieni polmoni tutte e due. Quel posto aveva l'aria pesante e viziata, odore di muffa, a tratti si sentiva perfino la puzza di urina di qualche gatto.

« Mamma mia, che schifo. »

« Sul serio. »

Giulia ha un brivido. « Certo che queste cose mi succedono solo con te. »

« Be', te la ricorderai questa avventura. Pensa a quanti posti ci sono a Roma, come questo, o peggiori di questo, e non ne avevamo mai visto nessuno. »

«Guarda, ne sono proprio felice! Non mi ero persa niente. Una cosa è sicura, Palombi non mi romperà più.»

«Ah, di questo puoi stare certa.»

Entrano in macchina ridendo. Daniela si mette la cintura e posa il contenitore A327 sulle gambe. Ci batte sopra le mani delicatamente, quasi lo accarezzasse. C'erano più di settecento persone quella sera. Una di loro è il padre di mio figlio e tra poco saprò chi è.

85

« Ciao, che bello, ce l'avete fatta! »

Babi apre la porta e Pallina e Bunny sono davanti a lei, sorridenti.

« C'era un po' di traffico... »

« Entrate! »

Pallina la bacia ed entra nel salotto, Bunny le dà la mano.

« Come stai? »

« Te lo ricordi Sandro, vero? »

« Non l'avrei mai riconosciuto! Sembri il fratello più magro, più elegante e anche più bello! »

Bunny si mette a ridere. « Tu invece non sei cambiata di un capello. »

« Veramente quelli sì! Li portavo lunghissimi. »

« È vero, me lo ricordo. Ma lo sai che piacevi a un sacco di gente? È che nessuno aveva il coraggio di rivolgerti la parola, che poi chi se lo smazzava Step. »

« Ma figurati, me lo dici per prendermi in giro. »

« Te lo giuro, piacevi eccome. Eravate una coppia bellissima. Poi quando siete usciti sul *Messaggero* con Step che pinnava con la moto dopo la corsa delle Camomille... Be', da lì sei diventata veramente un mito. »

« Sei esagerato, ma mi fa piacere. Volete qualcosa da bere? »

Bunny si ricorda del pacchetto che ha in mano. « Oh, scusa, ti abbiamo portato questi. »

Pallina lo guarda rimproverandolo. « Sono dei fruttini gelato, li devi mettere in freezer, sennò si squagliano. »

« Certo, buonissimi, grazie, ma potevate pure venire a mani vuote. »

Bunny passa il pacchetto a Babi che va verso la cucina.

« Allora, sul serio, cosa vi va di bere? » E indica un comò nel salotto sul quale c'è un vassoio con diverse bottiglie. « Un po' di champagne? Un prosecco, una Coca-Cola, un po' di bianco... Ci sono anche il Chinotto e il bitter. »

Pallina si siede sul grande divano bianco. « Per me una Coca-Cola Zero, se c'è. »

« C'è, c'è. »

Bunny guarda Pallina che gli fa segno di sedersi.

« Per me invece un po' di champagne. »

Babi risponde dalla cucina: « Benissimo, ne bevo un po' anch'io ».

Un attimo dopo torna in salotto e comincia a versare da bere nei diversi bicchieri. Bunny si guarda in giro. « Complimenti, bellissima questa casa, veramente bella. »

« Ti piace? » Babi gli passa il bicchiere di champagne dopo aver dato quello della Coca-Cola a Pallina.

« Moltissimo. »

« E l'arredamento? »

Bunny guarda i divani, le tende, i tappeti. « Molto. Non ci capisco tanto di queste cose, ma mi sembra una di quelle case che si vedono negli spot, quelle perfette, dove tutto funziona, non c'è una cosa che non va... »

Babi ride. « Le case del Mulino Bianco, le chiamo io. »

« Ecco, sì. »

« Questa però è meglio, perché l'ha arredata un grandissimo architetto ancora non riconosciuto dal grande pubblico, ma lo diventerà. »

Pallina posa il bicchiere sul tavolino basso. « Sta parlando di me, mi prende in giro. »

« Sul serio hai arredato tu questa casa? »

« Eccone un altro. Ma perché tutti mi sottovalutano? Vabbè, Babi, dammi un po' di champagne va', così bevo con voi e mi ubriaco, altrimenti mi deprimo come architetto mancato. »

Babi si alza e prende un bicchiere, lo riempie di champagne. « Diventerai sempre più brava e aprirai un tuo studio, datti tempo. »

« Mamma... »

Proprio in quel momento dal corridoio compare il piccolo Massimo.

« Che ci fai qui, dovresti stare a letto. »

« Ma posso salutare Pallina? Ho sentito la voce... »

« Ti sei alzato e stai già qui in salotto, quindi non è che mi hai chiesto il permesso, hai fatto tutto da solo. Dai, vai a dare un bacio a Pallina e poi subito a letto. »

Massimo si avvicina a Pallina e le dà un bacio sulla guancia. Poi si stacca e la guarda.

« Come mai non sei più venuta da noi? »

« Perché avevo finito il lavoro. Ma hai visto, stasera sono passata e vedrai che verrò molte altre volte. »

Massimo si illumina. « Allora una volta devi venire di pomeriggio, così ci mettiamo sul divano e vediamo *Stitch*, mi piace troppo, sono sicuro che piacerà anche a te. Lo conosci *Stitch*? »

Pallina guarda Babi, poi decide di dire la verità. « No, non lo conosco. »

Massimo è ancora più contento. « Allora te lo farò conoscere. E tu come ti chiami? »

« Io sono Bunny. »

Sandro in maniera goffa gli dà la sua grande mano nella quale quella del bambino si perde.

« Bunny, Pallina... Mi piacciono questi nomi buffi. Ora vado a dormire che domani ho scuola. Mamma sennò si arrabbia. »

« Esatto. Stai iniziando a conoscermi. »

Babi si alza dal divano, appoggia la mano sulla testa del figlio e con dolcezza lo dirige verso il corridoio da dove è venuto.

Massimo si gira un'ultima volta. « Buonanotte. » Poi segue la mamma in camera sua.

Poco dopo Babi torna in salotto. « Pallina... Me l'hai fatto innamorare. »

« Macché, gli piace il nome buffo. E poi non dire così che Bunny sennò è geloso pure di lui. »

Sandro sorride. « Soprattutto di lui! È di un bello... Ma lo sai a chi assomiglia? Sai chi mi ricorda un sacco? » Pallina e Babi si scambiano uno sguardo e si sentono quasi svenire.

Bunny le guarda. « Avete capito chi? »

E tutte e due rispondono in coro: « No ». Poi si sorridono, sempre comunque imbarazzate.

Bunny batte con una mano sul divano. « Ma dai, con quegli occhi... Sì, quell'attore francese, ecco, Alain Delon! »

E tutte e due tirano un sospiro di sollievo. « È vero! Ha qualcosa... » Pallina lo asseconda.

Babi lo ringrazia. « Be', è un bellissimo complimento. Vado in cucina per vedere a che punto sta Leonor. »

Pallina si alza dal divano. « Vengo con te. »

Appena entrano in cucina, Babi accosta la porta.

« M'è preso un colpo, per un attimo ho pensato che glielo avessi detto. »

« Ma sei matta? Ma ti pare che dico una cosa del genere? E dopo che te l'ho promesso? Così mi insulti! Ti dimentichi chi sono? Il mito Pallina! »

« Hai ragione, ma mi sono sentita morire. »

« Pure io! Pensavo che l'avesse capito da solo. Ora che lo so, quando tuo figlio è entrato, mi sono pietrificata. Ha il sorriso identico, anche come chiude gli occhi. È proprio bello. »

E per un attimo Pallina si ricorda di quella serata con Step, quando aveva bevuto tanto, quando era disperata, quando l'aveva desiderato come unica soluzione d'amore dopo aver perso Pollo. E se ne vergogna. Non sa se sarà mai capace di raccontarlo a Babi. E senza riuscire a controllarsi, arrossisce.

« Che hai? »

« Cosa? »

« Sei diventata tutta rossa. »

« Niente, non sono più abituata a bere. »

« Ma dai, avrai bevuto troppo velocemente. Reggi benissimo tutto, tu. »

Non certe emozioni, vorrebbe risponderle Pallina. E vorrebbe tanto raccontarle tutto, ma non ci riesce, preferisce ridere da sola pensando alla frase finale di *Via col vento* che tanto ama: « Ci penserò domani ». Sì, ma un domani lo devi fare, in fondo non è successo nulla.

« Ehi, ma lo sai che Bunny è veramente carino? È proprio un altro, sono felice per te. Leonor, a che punto siamo? »

« È tutto pronto signora. »

« Allora dai, mettetevi a tavola che porto il carrello. »

Pallina esce dalla cucina e Babi, aiutata dalla sua domestica, carica il carrello con il primo, il secondo e i contorni.

« Poi più tardi ti chiamo e ci porti la macedonia che sta in frigo. E quel pacchetto ancora incartato che ho messo nel freezer. »

« Certo. »

« Se per caso mi chiama Massimo, avvisami. »

« Va bene. »

Babi torna in salotto con il carrello, lo mette vicino al tavolo dove sono seduti Pallina e Bunny.

« Allora, ho fatto risotto alle fragole. Ho fatto... Ho fatto fare!

Ancora so fare ben poco in cucina. Vi va se continuiamo con lo champagne o volete che apro un bianco? »

Bunny guarda Pallina. « Tu che dici? »

« Come vuoi tu. »

« Allora per me lo champagne va benissimo. »

Così Babi prende la bottiglia e la passa a Bunny.

« Tieni, versala tu mentre io preparo i piatti. »

Bunny inizia a versare nei flûte, poi guarda la bottiglia. « Moët & Chandon per me è lo champagne più buono di tutti. Sono stato al bachelor di Step e c'erano fiumi di Moët. » Poi versa lo champagne anche nel bicchiere di Babi e si rende conto di quello che ha appena detto. « Scusami. »

Babi gli sorride. « Ma figurati. Siamo sposati tutti e due. Non c'è problema. »

Bunny guarda Pallina. « Allora visto che tu lo volevi tanto sapere, ora ve lo racconto. È stata una festa bellissima, c'era musica e un sacco di champagne. C'erano delle ragazze molto belle, ma nessuno ha fatto niente, eh, ci siamo solo divertiti. »

Pallina scuote la testa. « Certo... E non avete neanche bevuto, vero? »

« No, quello no, anzi Hook e il Siciliano mi hanno riportato a casa in braccio. Comunque era su una barca incredibile, si chiamava *Lina III*, questo me lo ricordo. »

Babi passa il piatto a Pallina, ma non la guarda in viso.

« Bene, sono contenta che sia stata una bella festa. »

Pallina annusa il risotto. « Mi sembra buonissimo. »

« Leonor è un'ottima cuoca. È russa, ma è stata per tanto tempo da dei signori francesi che facevano cene tutte le sere. Così ha imparato. »

Bunny assaggia il risotto. « Buonissimo, al dente poi e il sapore delle fragole è una cosa eccezionale. »

Anche Pallina ne prende un po', soffia sulla forchetta e poi lo mangia. « È vero, è proprio buono. »

« Anche su quella barca », continua Bunny, « abbiamo mangiato benissimo. Tutto pesce e crudi, è una barca di tre piani e l'ultimo è tutto di vetro. »

Pallina ha come un'illuminazione. Quell'immagine, una barca con un ponte tutto fatto di vetrate, con dei divani chiari... Dove ho visto una cosa del genere? Ma certo! Qui! Quando ho fatto montare le tende. Nella libreria ho notato una foto di una barca come questa. Allora guarda alle spalle di Babi, verso la finestra, e improvvisamente la vede. La foto di una barca attraccata, la passerella e a grandi lettere romane il suo nome, *Lina III*. Babi sta mangiando in silenzio, ma quando alza gli occhi incrocia lo sguardo di Pallina, che stringe i suoi e guarda di nuovo verso la libreria. Babi si gira e capisce cosa ha scoperto. Così si alza subito.

« È finito lo champagne. Ne volete un altro po'? »

« Sì, magari. »

In realtà la bottiglia è mezza piena. Passando vicino alla fotografia la abbassa, facendo così sparire la *Lina III*. Poi torna con una nuova bottiglia. Bunny si alza e la prende dalle sue mani.

« Aspetta, dammela, la apro io. »

« Grazie. »

Babi si siede e guarda Pallina che scuote la testa e le sorride, ma si finge arrabbiata.

« L'altro giorno a cena mi hai raccontato un sacco di cose, ma sono sicura che mi hai nascosto qualcosa. »

« No, ti ho detto tutto quello che potevo dirti. »

Bunny stappa la bottiglia e versa lo champagne. « È bello che voi vi diciate tutto. »

« Eh, infatti! » Pallina alza il suo bicchiere. « Allora, propongo un brindisi. All'amicizia, all'amore e alla sincerità! »

Babi ride. « Sempre. »

Sbattono i bicchieri e bevono lo champagne, poi Pallina poggia il suo.

« Bunny, tanto ormai è passato, quello che è stato è stato e nessuno dirà niente di quello che racconti. Ma all'addio al celibato, Step è andato con qualcuna? »

« Se c'era una donna per lui? »

« Eh. »

« Boh, ha organizzato tutto Guido Balestri. La regola era che dopo i fuochi, quando sentivamo dei suoni di sirena, dovevamo abbandonare la nave. »

« Tutti? »

« Tutti. »

« Anche Step? »

« No, lui so che è rimasto a dormire in barca, ma da solo, le ragazze sono scese tutte. Di questo sono sicuro. »

« E come mai? »

« Ce lo siamo detti con gli altri al matrimonio. Eravamo curiosi di sapere con chi fosse andato Step. Invece ha dormito da solo in barca. Vabbè, ma la festa è stata veramente bella. »

Pallina guarda Babi. « Sì, me lo immagino, avrà solo sognato di andare a letto con una! »

Babi ricambia lo sguardo tranquilla. « Be', adesso mica diventeranno peccati pure i sogni, no? »

86

Giulia si ferma davanti al portone e fa per spegnere la macchina, mentre Daniela scende.

«Ciao, ci sentiamo domani.»

«Ma come? Non lo vediamo insieme? Sono troppo curiosa.»

Daniela rimane un attimo indecisa.

«Guarda, non so neanch'io bene cosa fare. Hai visto, no? Ho fatto tutto il viaggio in silenzio e tu sai quanto parlo. Cioè, a volte mi vuoi pure zittire, mi dici che esagero, che ti faccio venire il mal di testa. Quindi pensa come devo stare io in questo momento se sono stata sempre zitta.» Poi indica il contenitore A327. «Qui forse c'è la svolta della mia vita e soprattutto di quella di Vasco, nel bene e nel male, ma non so che decisione prendere. Io sono felice ora con Filippo, mi piace, mi fa sentire bene, mi dà sicurezza.»

«Ma non è il padre di tuo figlio.»

«Già. E il padre di mio figlio non è neanche uno che non si è preso le sue responsabilità, potrebbe semplicemente non averlo mai saputo.»

«Però ci pensi, se vedi che è uno fichissimo, bello, alto, che magari conosci? Magari è pure simpatico, divertente, ricco!»

«Sì, ma non mi sembra che a Castel di Guido ci fosse Brad Pitt.»

«Magari c'era Channing Tatum e noi non l'abbiamo riconosciuto.»

«Senti, invece di dire tutte queste cavolate, non pensi che potrebbe essere semplicemente un emerito sconosciuto del quale vedrò solo il viso, ma non saprò nome e cognome e tantomeno dove abita?»

«Ho capito, ma pensa la curiosità quando guardi quei dischetti, quando ti riconoscerai...»

«Non ci voglio pensare. Non so nemmeno cosa ho fatto. Ero completamente fuori di me.»

«Ecco, pensa se lo avessi visto com'è successo a me sulla pagina Facebook di un deficiente!»

« Ma dai, comunque non ti si riconosceva in viso. »

« Sarà, ma per come conosco bene le mie tette, mi sembrava di essere vista da tutti. »

Daniela prende le chiavi dalla borsa, apre il portone. « Be', non so cosa farò. Magari brucio e distruggo tutto. È stato comunque troppo adrenalinico. »

« Sì, la prossima uscita puntiamo più in alto, facciamo una rapina. »

« Ecco, brava. »

Daniela sta per entrare, quando Giulia la chiama.

« Dani! Ti stavi dimenticando questo. » E le mostra dal finestrino il grande coltello a seghetto. Daniela si mette a ridere e torna a prenderlo. « Mi raccomando, nascondi bene l'arma del delitto. »

« Sì. Al posto di quell'Ivano e di Palombi, ci affetto il pane casereccio che ho comprato. »

« Brava, così depisti tutti e non capiscono più niente. »

E si salutano così, allegre e divertite, come se fossero ancora ai tempi del liceo, con quella stessa leggerezza, quando si vedevano dopo scuola, iniziavano un pomeriggio con un programma, ma poi le cose andavano in modo diverso e tornavano a casa prima di cena ed era successo di tutto e di più. Oppure non era successo assolutamente nulla, il pomeriggio era passato appoggiate a un muretto a chiacchierare di tutto e di niente, eppure il tempo scorreva così e arrivavano tardi senza aver fatto nulla di particolare. E sua madre non le credeva mai. Improvvisamente le viene in mente Raffaella. Chissà cosa dirà mamma quando scoprirà che c'è un padre, che Vasco ha anche un cognome. Si chiederà subito cosa fa nella vita, non se vuole riconoscerlo. Mamma, chissà come sta vivendo in questo momento, non riusciamo mai a dirci qualcosa di più. Poi Daniela entra in casa proprio mentre il telefonino, che aveva dimenticato sul tavolo per la fretta, sta squillando.

« Sono tornata! »

« Sì, siamo qui in camera di Vasco. »

« Sì, siamo in camera mia. »

« Okay, arrivo. »

Poi Daniela guarda il telefonino. Sei chiamate di Filippo. Così lo chiama subito.

« Pronto? »

«Ohi, ma dov'eri? Ti ho chiamata un sacco di volte! È da un'ora che provo!»

«Sì, scusami, mi sono dimenticata il telefonino a casa.»

«E dove sei stata?»

Ma come mai fa tutte queste domande? Di solito non mi chiede mai niente.

«Ho accompagnato Giuli da una parte.»

«Ah.»

Filippo rimane per un attimo in silenzio dall'altra parte del telefono.

Daniela capisce che è scocciato per questa sua reticenza. «Doveva andare dal medico.»

«Ah.»

Sente che questo secondo «ah» è un po' più sollevato. Come sono stupidi a volte gli uomini. Poi Filippo sembra ritrovare tutta la sua consueta allegria.

«Ho una sorpresa fantastica! Indovina un po'? Ho trovato due biglietti per l'anteprima di *007*, quello nuovo con quell'attore che ti piace tanto. È una cosa pazzesca, arriveranno tutti con le Porsche e le Jaguar usate nel film e poi faremo il red carpet per entrare al Teatro di via della Conciliazione, con tutti gli attori! Bello no?»

«Non posso venire.»

«Ma come non puoi venire?»

«Sì, devo stare a casa con Vasco, devo controllare i compiti e poi non ci sono mai stata oggi con lui.»

«Ma è *007*! Trova una babysitter, portalo da tua madre, è una cosa unica, non sai che cosa ho fatto per trovarli!»

«Filippo, sei stato carinissimo, apprezzo moltissimo questa sorpresa, non ci rimanere male. Vai con Marco o con Matteo o con chi vuoi, troverai un sacco di gente che sarà felice di accompagnarti.»

«Credevo fossi felice tu.»

«E lo sono, ma mi sentirei fuori posto stasera lì. Cerca di capirmi.»

«Ma è un evento unico... E dai, non puoi fare uno sforzo?»

E in quel momento in Daniela qualcosa si incrina. È come se si strappasse un piccolo pezzo di tessuto e subito dopo per il peso che porta si aprisse completamente e non sarà più possibile ricucirlo. Una grande tristezza l'assale. Non c'entra niente con me, non mi capisce, non mi sente, non avverte vibrare le mie naturali necessità, i miei bisogni, i miei tempi, la mia voglia di parlare o di stare zitta, di uscire o di stare con mio figlio. È come un disco che salta, un 33 mandato a 45 giri, è come se la voce di quel cantante diventasse ridicola, un improvviso sciocco falsetto rispetto a quel timbro che tanto aveva emozionato prima.

« Mi dispiace. Rimango a casa. Ci sentiamo domani. »

Chiude il telefono, poi apre l'acqua del rubinetto del lavandino, lava il lungo coltello a seghetto, lo asciuga e lo mette a posto, nel cassetto dei coltelli. Suona di nuovo il telefonino. Ancora Filippo.

« Daniela, ma che succede? C'è qualcosa di strano? No, dimmi, perché tutta questa storia non la capisco. »

Daniela alza gli occhi al cielo in cerca di un po' di pazienza, poi, quando finalmente l'ha trovata, risponde con un tono pacato e tranquillo: « Non c'è niente di strano Filippo, scusa eh, ma non è una cosa che avevamo organizzato da mesi e ti sto dando buca. Neanche da settimane. Neanche da qualche giorno. È capitato oggi. E io oggi mi sento così ».

« Sì, lo so, ma è da tanto che stavo cercando di trovarli... »

« Ho capito, ma lo sapevi solo tu. »

« Senti, ma non potresti fare uno sforzo? »

E questa cosa fa impazzire Daniela, lui non vuole proprio capire. « Non è questione di sforzi, è questione che voglio stare a casa con mio figlio. Ma lo capisci o no? Ora scusami che mi sta chiamando. »

Daniela chiude la telefonata senza starlo più a sentire, poi comincia a preparare la cena.

Sono passate ormai diverse ore. Ha ringraziato e salutato Anna, la babysitter. Ha mangiato con Vasco, ha messo i piatti nella lavastoviglie insieme con lui. Poi gli ha fatto lavare i denti, fare la pipì e lo ha aiutato a mettersi il pigiama. Hanno letto *Piccoli brividi* un po' per uno e finalmente si è addormentato. Ha lasciato la porta aperta ed è andata in salotto. È seduta al tavolo da pranzo con il suo Mac davanti. Accanto, il contenitore A327 ancora chiuso con i suoi segreti, tra i quali il più importante. Improvvisamente sente il telefonino vibrare. Lo tira fuori dalla tasca dei pantaloni. Le è arrivato un messaggio. È Filippo. *Il film è una figata, bellissimo, pieno di effetti. Sono arrivate solo le Porsche. Invece sul red carpet c'erano tutti, Claudio Santamaria, Stefano Accorsi,*

Alessandro Gassman, Vittoria Puccini e tanti altri. Peccato che non sei venuta, sono andato con Matteo, ti saresti divertita. Certe volte si dovrebbe fare uno sforzo. Niente. Non capisce. Peccato. Non sa che *007* ha segnato la fine della nostra storia. Così spegne il telefonino.

Ha tutto quello che le interessa in quella casa. Questa sera il mondo può restare fuori. Si alza, prende una Coca-Cola Zero, poi ci ripensa, apre una birra, se la versa in un bicchiere. Accende l'iPod, fa partire la sua playlist preferita e, sulla musica di *Brooklyn Baby* di Lana Del Rey, apre il contenitore. Ci sono circa dieci DVD e cinque Micro SD. Infila il primo DVD e una dopo l'altra scorrono le immagini. C'è un bagno, quel bagno. Persone che entrano, si lavano la faccia, uomini che urinano, donne che si truccano, uno che si guarda in giro, poi tira fuori qualcosa dalla tasca. Apre una specie di foglio, lo poggia sul lavandino e ci si avvicina col viso. Dopo aver preso una banconota, l'arrotola e si fa di cocaina. Daniela preme il tasto con la doppia freccetta e velocizza il filmato. Niente, non succede niente, se non più o meno quello che ha visto fino a quel momento. Mette il secondo DVD e anche qui lo stesso tran tran. C'è una coppia che entra. No, non è lei, la ragazza ha i capelli biondi. Non rimane a guardare il loro amplesso. Scorre di nuovo veloce fino alla fine. Poi infila il terzo DVD, lo manda velocemente avanti, le immagini sono su per giù le stesse, quando improvvisamente si riconosce. Stoppa il DVD. Si sente mancare. Eccola, è lei, l'immagine che ha fermato le inquadra perfettamente il viso. È sicura di voler guardare? Del ragazzo si vede appena un braccio, ancora non è entrato del tutto nell'inquadratura. Rimane a fissare quell'immagine. Può ancora non sapere, rimanere nelle infinite possibilità che il padre di suo figlio sia tutto: buono, gentile, educato, elegante, intelligente, generoso, colto. Il padre perfetto. Questo potrà raccontare a suo figlio. E nessuno potrà mai contraddirla. Può ancora inventare la storia più strana, il perché sia scomparso, un incidente durante un viaggio, durante la Parigi Dakar, o una di quelle tante corse entusiasmanti che rendono l'uomo ancora più affascinante, leggendario. O vuole ricondurre tutto a una qualsiasi normalità umana, forse semplicemente misera o mediocre? Ma è curiosa, tanto, non resiste, sente battere il cuore sempre più forte, pensa di impazzire all'idea di non sapere. E così preme la freccetta del play. Improvvisamente compare un ragazzo. Ha tanti capelli, è riccio, non riesce a vedergli il viso, invece vede se stessa scatenata, una Daniela irriconoscibile che gli apre la cinta dei pantaloni, glieli sbottona e ci infila le mani. Si vede vogliosa, incontrollata e non si riconosce in questo suo modo di fare, si vergogna quasi, si imbarazza vedendosi improvvisamente inginocchiata. Non riesce a crederci. Si è comportata così con uno sconosciuto. Poi il ragazzo, travolto dal piacere, porta indietro la testa. E Daniela rimane a bocca aperta. È sconvolta. Non è affatto uno sconosciuto. Rimane a fissare il video incredula, si vede quella Daniela che si appoggia al lavandino, mentre allarga le gambe e che lo tira a sé, lo obbliga quasi a quel rapporto sessuale. Lui si muove velocemente e lei si agita, tenendolo stretto con le gambe avvinghiate intorno alla vita. Sembra quasi l'accoppiamento di due cani frenetici e con la stessa velocità con la quale è iniziato, tutto finisce dopo pochi istanti. Daniela stoppa il video. Non sa cosa dire. Si beve tutta la birra d'un fiato. Il padre di suo figlio è Sebastiano Valeri, il suo compagno di classe del liceo.

87

Babi apre la porta sorpresa.

« Ehi, che succede? Come mai piombi qui così? Non sei al lavoro? »

« Ho chiesto un permesso. »

« E non hai dormito fino a tardi? Dai, entra. » Chiude la porta alle sue spalle. « Mia sorella è proprio cambiata. Ti svegliavi a mezzogiorno quando potevi, ti ricordi? »

Daniela resta in silenzio.

« Ahia, la vedo brutta. Vuoi un caffè? »

« Sì, magari. »

« Litigato con Filippo? »

« L'ho lasciato prima di venire qui. »

« Ma come? Mi sembravate così carini insieme. »

« Tutti sono più o meno carini messi vicini, anche per come fingono di comportarsi. Mi rompeva i coglioni. »

« Ehi! Non è da mia sorella. Meno male che non c'è mamma. »

« Ieri sera mi ha sfinita perché non sono andata all'anteprima di *007*. Me lo ha comunicato alle 19, io gli ho detto che volevo stare con Vasco e ha fatto pure l'offeso. »

Babi ride. « Praticamente si è autolasciato. »

« Esatto. »

Daniela si siede sullo sgabello della cucina e poggia i gomiti sul liscio e grande tavolo bianco, perfettamente pulito. Babi infila la cialda nella Nespresso.

« Lo vuoi lungo, giusto? »

« Sì, con un po' di latte se ce l'hai. »

« Ho solo latte di soia. »

« Meglio. »

Daniela guarda la sorella di spalle che armeggia con la macchinetta, poi sente il motore partire.

« Sai, ti voglio proprio bene e sono felice. »

Babi si gira divertita.

« Bene, grazie, e tu hai chiesto un permesso al lavoro e sei venuta fino a qui per dirmi questo? »

« Sciocca. »

Babi le passa il caffè, mentre prepara anche il suo. Daniela si alza, prende lo zucchero, due cucchiaini e dei tovaglioli.

« A volte non diciamo delle cose che agli altri fanno piacere. »

Babi si gira e le sorride. « Questa mi ha fatto molto piacere. »

« Vedi? » Daniela si siede di nuovo, mette un cucchiaino di zucchero nel caffè e inizia a girarlo. « Quando ero piccola ti odiavo. »

Babi rimane sorpresa. Prende il suo caffè e si siede davanti a lei.

« Sul serio? Non me ne sono mai accorta. »

« Non lo facevo vedere, ma soffrivo da morire. Mi chiudevo nella mia stanza e piangevo, a volte contro il muro, mi ricordo. »

Babi rimane in silenzio ad ascoltarla, colpita da questa rivelazione.

« Papà e mamma preferivano te, soprattutto mamma. Anche quando c'ero io, quando incontrava qualcuno diceva: 'Guarda com'è diventata bella Babi, guarda com'è cresciuta...' E lo stesso papà. Papà giocava a tennis con te... »

« Ma tu avevi detto che non ti piaceva giocare a tennis. »

« Perché avevo paura che non sarei stata mai brava come te, che avrei perso anche in questo... »

« Daniela, non era una gara, non lo è mai stata... »

« Tu sapevi suonare il pianoforte come papà, sapevi disegnare, sapevi fare molte più cose di me. Tu eri più bella, tu eri la figlia perfetta, io no. »

« Ma non è vero, è una cosa che ti sei immaginata. Ti hanno sempre amato esattamente come me. »

Daniela alza le spalle. « Sai che non è così. Mamma mi ha fatto un complimento solo una volta, quando siamo stati a New York, per come parlavo inglese. Tu non avevi capito un'indicazione che ci avevano dato, io sì. Era il 16 novembre alle 12.20. »

« Esagerata! Mi stai prendendo in giro. »

« No, è vero. Ho guardato anche l'ora. Non me lo sono mai dimenticato. »

Babi rimane in silenzio, beve il suo caffè, capisce che quello che le sta dicendo sua sorella è vero, che provava tutto questo e ora, dopo le sue parole, ripensando ad alcuni momenti della loro vita, soprattutto quando erano bambine, si rende conto che Daniela ha ragione.

« Mi sono sentita così sola, a volte. Avevo pensato anche di togliermi la vita, sai? » Babi non sa cosa dire. Daniela scrolla le spalle. « Ti giuro, ho immaginato anche come fare e che lettera scrivere. Volevo farli sentire in colpa e far sentire in colpa anche te. »

Babi vorrebbe dire: « Ma io non c'entravo nulla... » Ma capisce che questo discorso sarebbe sbagliato ora. A volte di fronte a certi sfoghi, confidenze di dolori passati, di pesanti segreti, uno deve saper mettere da parte la razionalità, cosa è giusto e cosa non lo è o dove è la ragione. Ci devono essere solo il cuore e l'amore.

« Perdonami Daniela, avrei dovuto accorgermene e farti sentire io bella come sei e come sei sempre stata. »

Daniela sorride, poi piega un po' la testa e guarda la tazzina vuota. « Ne posso avere un altro? Non ho dormito. »

Babi si alza e va subito a farlo poi, mentre sta alla macchinetta, si gira e sorride alla sorella, cercando di riportare tutto alla normalità. « Che c'è? Perché non hai chiuso occhio? Ho capito, ti è dispiaciuto non aver visto *007*... »

« Macché... No, non so se essere dispiaciuta o felice. Non so più niente. So che sono contenta alla fine di essere riuscita a superare quell'odio e a volerti bene, anche con tutto quello che mi hanno fatto passare da ragazzina mamma e papà. Non ti ho mai ritenuta colpevole. Anzi, forse ho ritenuto sempre te la mia famiglia, tu, la mia sorella maggiore. Non avevano torto a dire alla gente tutte quelle cose belle su di te, era vero. Tu eri meglio di me. Tu sei ancora meglio di me. » Poi si guarda in giro. « Ti sei sposata, hai una bellissima casa, fai un lavoro che ti piace e sei libera quando vuoi. Tu sei quella che volevi essere. »

« Io sono quello che mamma avrebbe voluto che fossi. Non sono felice. Tieni, prendi il tuo caffè. Credo che rincorriamo per tutta una vita un'immagine, poi quando l'abbiamo raggiunta ci accorgiamo di quanto non ci appartenga. L'altra sera ho visto un film con Channing Tatum, *La memoria del cuore*. »

« Ah, l'ho visto anch'io, ma un sacco di tempo fa, mi è piaciuto. Non me lo ricordo bene, però. E lei chi era? »

« Non è famosa, non ricordo il nome, comunque è proprio brava. »

« Sì... »

« Ecco, la cosa più bella di quel film è che è tratto da una storia vera. Paige, dopo aver sbattuto la testa, si dimentica di Leo, del suo amore per lui, si dimentica perfino di averlo sposato. E così ritorna quella che era, innamorata di un altro ragazzo, uno stupido borghese e conservatore, con il quale era stata cinque anni prima. Ma Leo aspetterà i suoi cambiamenti. Leo sa che Paige non era felice di quella vita. Paige un giorno incontra Jennifer, una sua compagna di classe, ma lei non la saluta, è imbarazzata, e Paige non capisce perché. Jennifer non sa che lei ha avuto un incidente e che non si ricorda nulla. In realtà Jennifer aveva avuto una storia con suo padre e quando si scusa con Paige di quello che è successo, lei torna furiosa dalla madre e le chiede come mai non ha lasciato suo padre quando ha saputo che l'aveva tradita con la migliore amica di sua figlia. E sua madre le risponde: 'In realtà c'ho pensato molto. Papà ha fatto tante cose giuste e belle per noi, non posso lasciarlo e distruggere la famiglia per l'unica che ha sbagliato'. »

« È vero, ora mi ricordo tutto. Bellissimo, mi ha commossa che il marito 'dimenticato' non dica nulla a Paige, che soffra in silenzio e speri che lei ricordi, che arrivi di nuovo a quel cambiamento che c'era stato. Questo è amore vero. »

« Sì. Ecco, io quando ho visto quel film ho capito che le assomiglio molto, ma non sono stata coraggiosa come lei. »

Daniela finisce il suo secondo caffè. Babi prende dal frigo dell'acqua naturale e un bicchiere e glieli mette vicini. Daniela beve un po' d'acqua e quando poggia il bicchiere lo prende Babi e finisce quella che era rimasta. Daniela poi prende un tovagliolo di carta e si asciuga la bocca.

« Oh. Mi sento meglio. Mi sono svegliata. »

« Bene, sono contenta. »

« Comunque non ero venuta per parlarti dei dolori della giovane Daniela Gervasi. »

Babi ride. « Dai, mettiamoci in salotto. »

Raggiungono il divano e si lasciano cadere una di fronte all'altra.

« Ieri pomeriggio sono andata con Giulia Parini al Testaccio. Sono entrata nella casa di un certo Ivano Cori con un grosso coltello a seghetto infilato nei pantaloni e mi sono fatta consegnare del materiale. »

« Ma stai scherzando? » Babi si siede meglio sul divano. « Dimmi che è uno scherzo. »

« No. »

« E lo avete ucciso? »

« No! Ma ti pare? »

« Mi pare sì! Vai a casa di uno con un coltello insieme a quella matta! Oggi se ne sentono talmente tante, perché non potrebbe accadere anche a te di impazzire così? »

« Quel tipo è vivo e vegeto. »

« Ma che ci siete andate a fare? »

« Perché ora so chi è il padre di mio figlio. »

« Cosa? Ma stai scherzando? Ma com'è possibile? »

« È una cosa assurda, ma è vera. Tutto è cominciato per una stronzata che ha fatto Palombi a Giuli... » E Daniela spiega per filo e per segno tutta la vicenda incredibile e come, dopo tutti questi anni, qualcosa che lei ormai riteneva del tutto impossibile è successa.

« Cioè capisci? Non ci sono dubbi. Ho visto il filmato di quella sera, ci sono io che vado proprio con uno. C'è la mia prima volta, ti rendi conto? E poi mi chiedi perché non ho dormito! »

« È vero, altro che *007*, questo è più di *Mission Impossible*. Non credevo sul serio che tu potessi mai scoprire quello che era successo. » Poi rimane per qualche secondo in silenzio. « Com'è stato rivederti? »

« Terribile. Non ero io, non riuscivo a credere ai miei occhi. L'ho fatto altre volte, sì, ma non in quel modo, ero come posseduta. »

« Ah, quello di sicuro! »

« Cretina! »

« Insomma, si può sapere o no il nome di questo misterioso papà uscito fuori dopo tutti questi anni? Una puntata de *Il segreto* non è mai stata così appassionante. »

« Eh già. Sei pronta? Sei seduta sul divano? Non è che me lo rovesci all'indietro? »

« Addirittura? »

« Okay. Allora è... »

« Aspetta, aspetta, fammi gustare la scoperta. Vediamo se ci arrivo. »

« Okay. »

« Lo conosco? »

« Sì. »

« Sul serio? »

« Sul serio. »

« Ma lo conosco bene? »
« Bene. »
« Bene bene bene? »
« Che vuol dire 'bene bene bene'? Tre volte bene hai conosciuto solo Step e quello che ti sei sposata, o mi sono persa qualcosa? »
Babi ride. « Benino ho conosciuto anche Alfredo, ma proprio benino benino. »
« Vabbè. Lo conosci abbastanza bene. Stava a scuola nostra. »
« No! »
« Sì. »
« È bello? »
« No, terribile. »
« Ma sul serio? »
« Sì. »
« E perché ci sei stata? »
« Che ne so, ero fatta! Magari me lo dirà oggi pomeriggio! »
« Lo vedi oggi? »
« Sì. »
« Dimmi chi è! »
« Sebastiano Valeri. »
« Cosa? Ma com'è successo? »
« Senti, io non mi ricordo nulla di quella sera e tu mi chiedi com'è successo? Mi sembri come quelli che quando ti perdi qualcosa ti dicono: e come hai fatto? E dove l'hai perso? Scusa, ma se sapessi dove l'ho perso, lo ritroverei, no?! Io li odio quelli là. Mi fanno arrabbiare ancora di più dell'aver perso qualcosa! Ma tu te lo ricordi bene Sebastiano Valeri? »
« Certo che me lo ricordo, sono sconvolta, tutti pensavano che fosse ritardato, aveva quella voce buffa, rideva sempre, sembrava non capire mai niente e invece poi a scuola aveva dei voti altissimi! »
« Ecco, esatto, lui è il padre di mio figlio. Ha un impero immobiliare, sono diventati ricchissimi facendo mobili di legno orribili che non si sa come vendono in tutto il mondo. »
« Sì, lo so, veniva sempre a scuola con l'autista su una Jaguar nera e nessuno tornava mai con lui. »
« Ma secondo te adesso, quando l'incontro, glielo dico? »
« Certo, sennò che lo vedi a fare? Mica ti sarai ricordata tutto d'un colpo che in fondo in fondo ti piaceva e lo vedi per questo! »

«Cretina, cioè, io mi sono pure venuta a confidare con te e tu mi prendi in giro. Però Vasco allora somiglia a me, è venuto carino per fortuna...»

«Ma guarda che sotto sotto Sebastiano non era brutto.»

«Sì, ma sotto sotto sotto! Come quando dici: quello è bello dentro, peccato che non si possa rivoltare! Non mi dire che ora ti è diventato bello solo perché è milionario. Mi viene da pensare che tu sia stata infettata dal germe denaro di nostra madre degenerata. Roba che, quando parli d'amore con lei, al posto del cuore le batte un registratore di cassa.»

Babi si mette a ridere. «No, non mi importa nulla delle sue ricchezze. Mi ricordo che a scuola mi stava simpatico, però non l'ho conosciuto bene. Tra quanto lo vedi?»

«Mezz'ora.»

«Vuoi che ti accompagni?»

«No, grazie. Avevo solo voglia di parlare con te, te l'ho detto, sei la mia famiglia.» Daniela si alza dal divano. «Be', io vado.»

Babi la accompagna alla porta. «Eh, mi raccomando, fammi sapere cosa ti dice.»

«Certo.»

«E non fare di nuovo roba con lui in qualche bagno, non è serio.»

«Sì, sorellina cretina.»

Ridono e poi si abbracciano forte.

88

« Quando tornavo da un viaggio, ogni volta Roma mi sembrava diversa. »

Poggio la valigia davanti alla porta e cerco le chiavi.

« Vabbè, ma stai parlando di quando eri piccolo e facevi tre mesi di villeggiatura. »

Gin ha solo uno zainetto leggero sulle spalle e un marsupio con le cose più importanti intorno alla cinta.

« Sì, è vero. »

Trovo le chiavi, apro la porta e mi viene in mente Anzio, la mia adolescenza passata su quella lunga spiaggia tra la Rotonda e i moletti, il primo polpo preso con un retino di notte, quando ero insieme a mio nonno Vincenzo, e subito cucinato al volo nella casa che affittavamo a pochi metri dalla spiaggia. E mamma e papà che la sera si mettevano su quelle sdraio a guardare il tramonto e tutte quelle rondini passare e si sentivano le voci della gente dal grattacheccaro lì vicino, che chiedevano granite al tamarindo e all'amarena. Quando finivo la cena uscivo a piedi con Paolo e facevo un pezzetto di strada lì davanti, una passeggiata fino agli scogli del terzo moletto e rimanevo a guardare il fondale da sopra. Se c'era la luna, cercavo di vedere qualche pesce o la tana dei polpi. Se poi c'era qualcuno che pescava, mi mettevo lì vicino, sbirciavo nel secchio ai suoi piedi per capire cosa avesse preso fino a quel momento. Restavo in silenzio lì, di fianco a lui, a guardare il galleggiante poco distante sul mare, nel buio della notte, nell'attesa che qualche pesce lo pizzicasse e lo portasse giù in una improvvisa immersione, abboccando. E non c'era un pensiero e i miei genitori erano allegri e felici e non litigavano mai e a volte cantavamo tutti insieme. Quando sei piccolo sei felicemente cieco, non vedi altro che le cose belle e se qualcosa stona non te ne accorgi neppure, perché non conosci altro che la musica del tuo cuore. E io, che vita darò a questo figlio? Ne avrò un altro? Porto dentro le valigie, le poso sulla panca che abbiamo in camera e subito mi viene in mente. Io ho già un altro figlio. E subito dopo un altro pensiero.

« Gin, scendo giù a controllare la posta. »

« Sì, io intanto inizio ad aprire le valigie. » Poi si ferma davanti allo specchio e si mette di profilo. « Inizia a vedersi un po' di pancetta. » E lo dice sorridendo, felice, con la faccia leggermente stanca immagino dal viaggio.

« Sì, ma sei sempre bella. »

Gin si gira e mi guarda malissimo.

« Che c'è? »

« Se sei così bravo a dire bugie, vuol dire che ti alleni e mi menti a raffica. »

« Sei malfidata. Ci vediamo tra poco e non faccio come quelli che dicono vado a comprare le sigarette e poi spariscono... »

« Solo perché non fumi. »

« Oh mamma mia, è lotta aperta. 'Fate l'amore, non fate la guerra', diceva una famosa scritta sui muri dell'università di Nanterre. Sai che è stato uno studente a scriverla? »

« Si vede che non rimorchiava. »

« Vabbè, vado a prendere la posta. »

Così chiudo la porta ed esco. Poco dopo sono davanti alla cassetta. La apro. C'è un sacco di posta arrivata in questi ventuno giorni che siamo stati fuori. La prendo, chiudo la cassetta e inizio a guardarla tornando su. Ci sono varie lettere con bollettini da pagare, alcune pubblicità, un invito per la prossima settimana per la partenza di un nuovo programma della Fox, alcune buste per Gin, ma niente di « strano » che mi riguardi. Meglio così. Chissà cosa sa Babi, come sta vivendo tutto quello che è accaduto, se ci sta ancora pensando, se è stato solo il divertimento di una notte, se quelle sue parole erano vere. Erano così belle. E mi soffermo sul pianerottolo e chiudo gli occhi. La rivedo con i suoi capelli confusi che a tratti le coprono il viso, con il suo sorriso, con le sue lacrime, sopra di me, che mi parla, che si racconta, che si apre come non aveva mai fatto, che mi fa conoscere le sue difficoltà, i suoi limiti e i suoi difetti, che si fa apprezzare di più, che si fa amare di più. Ma è troppo tardi, Babi. Alcune cose hanno una magia, perché sono state lì e in quel momento. Così apro la porta di casa.

« Eccomi, sono tornato. »

La richiudo, cercando di lasciare fuori tutti quei pensieri.

89

Poggio le lettere sul tavolo del salotto.

«C'è posta per te!»

Gin arriva ridendo dalla cucina.

«Ecco, sì, ci manca solo che tu per chiedermi perdono per chissà cosa mi fai invitare da Maria De Filippi. Sappi che malgrado sia bravissima, non riuscirà a farmi cambiare idea.»

«Ancora? Ma come, non ho fatto nulla e sono già colpevole! Non solo, ma senza possibilità di perdono. Andiamo bene.»

«Esatto, così lo sai e ti regoli.»

Prende in mano la posta arrivata e la sfoglia. Ne apre una.

«Ecco, sconti del 20 per cento dalla Rinascente, ma hanno il mio numero, perché consumano tanta carta invece di mandare una mail o un SMS? Poveri alberi! Ti giuro, ogni volta che apro una busta che poteva essere risparmiata mi sento in colpa per loro.» Gin e il suo amore per il mondo. Poi ne apre un'altra. «Non ci posso credere! Mi hanno risposto quelli dello studio legale Merlini, mi hanno presa!»

«Bello.»

«Sì, però proprio adesso che aspetto un figlio. Di solito tutte entrano e poi si fanno mettere incinta, io invece, per chiarezza, faccio subito il contrario.»

Gin e il suo senso del dovere, la sua etica.

«Ma prima ti ho vista bene, se uno non lo sa, non si vede quasi niente.»

«La vuoi smettere di essere un imbroglione? Cosa insegnerai a quello che sta arrivando?» Si tocca la pancia. «A non essere onesto? A mentire? E in primis poi magari lo farà proprio con te? Non credi che sia molto più bello e meno faticoso essere chiari, diretti, sinceri? Io non riesco a immaginare quelli che dicono in continuazione bugie e soprattutto che si devono ricordare quello che hanno detto, che è la cosa più difficile. Una verità te la ricordi perfettamente, perché è accaduta, una bugia no, perché te la sei inventata sul niente.»

« Mamma mia, mi ricordi Renzi. Spero solo di non confondermi. »

« In che senso? »

« Non vorrei che i progetti che mi piacciono li consegno a te e, quando ho voglia, bacio lui. »

« Cretino. »

« Ci vediamo stasera. Cerca di non dormire, così riprendiamo subito il nostro fuso orario. »

« Ci proverò. »

Ci diamo un bacio leggero.

« Se hai bisogno di qualcosa, chiamami. Sarò in ufficio o al massimo ci muoviamo lì intorno. »

« Okay amore, buon lavoro. »

90

Daniela segue le indicazioni che le ha dato Sebastiano e soprattutto quelle che le sta suggerendo Google Maps. Continua a guidare su per la salita, supera il Giardino degli Aranci fino ad arrivare a via di Santa Sabina numero 131. Scende dalla macchina e la chiude. Di fronte a lei un grande cancello bianco con a fianco un unico piccolo citofono con su scritto S.V. Daniela rimane a fissare quel cancello come se fosse l'ultimo filtro prima che tutto accada. Le vengono in mente diversi film dove dei ragazzi vogliono farsi riconoscere dal padre. *Smoke*, per esempio. In quel film un giovane ragazzo di colore stava sempre seduto sul muretto di un'autofficina e guardava l'uomo che ci lavorava, lo seguiva anche per un'intera giornata, fino a quando quell'uomo non inizia a parlarci. Daniela non si ricorda molto altro di quel film, ma era stata colpita dalla tenacia e la perseveranza di quel ragazzo, che voleva che quell'uomo lo riconoscesse. Le era piaciuto, l'aveva visto in TV e aveva anche pianto. Oggi non si commuoverà di certo. Decide di suonare. Daniela spinge un pulsante e poco dopo si sente alzare la cornetta.

«Chi è?»

«Sono Daniela Gervasi, avevo un appuntamento...» Ma non fa in tempo a finire la frase che le viene aperta la piccola porta all'interno del cancello stesso.

Daniela la apre, scavalca la parte bassa e la chiude alle sue spalle. Davanti a lei, un grande giardino con un prato molto curato, diverse piante colorate agli angoli, qualche olivo, alcune magnolie, perfino un banano sullo sfondo. Daniela cammina verso la casa, che è a due piani, chiara, moderna, con delle grandi vetrate e alcuni terrazzi. Ha un patio coperto, con una porta centrale di ferro. Poco più in là c'è un gazebo, dove una donna, in divisa, sta sparecchiando. Daniela continua a camminare. Ha solo un pensiero. È una casa molto bella, ma non è che ci sono dei cani in giro e ora mi attaccano? Proprio in quel momento la porta si apre ed esce Sebastiano Valeri.

«Dani, che bello vederti.»

Ha dei jeans scuri, una camicia bianca perfettamente stirata, dei mocassini e una bellissima cinta Montblanc. È molto elegante, i suoi capelli sono più corti rispetto all'ultima volta che l'ha visto. Ma quando è stata l'ultima volta che l'ha visto? Ma certo, nel filmato! E così arrossisce proprio mentre lui le sta venendo incontro. Sebastiano ciondola un po', ha un modo di camminare che stona con la sua eleganza, però sorride, è allegro e soprattutto sembra proprio felice di vederla.

« Dani, quanto tempo! » E la stringe forte a sé e poi chiude gli occhi e sorride e scuote un po' la testa e annuisce, sempre tenendola abbracciata. È come si stesse raccontando qualcosa, come se lui questo momento l'avesse già vissuto. Poi si stacca e rimane a fissarla, con uno sguardo allegro, gli occhi leggermente socchiusi. « Dai, entriamo. Allora? Cosa ti posso offrire di buono? Un caffè, una Coca-Cola, vuoi mangiare qualcosa? » Poi è come se gli venisse una folgorazione. « Un gelato! Lo vuoi un gelato? L'ho preso da Giovanni a viale Parioli. »

Ma c'è ancora Giovanni, pensa Daniela, quant'è che non ci vado? Una cifra, tantissimo tempo. Quando stavamo a scuola ci passavamo interi pomeriggi, magari qualche volta c'era pure lui. Sebastiano entra fra i suoi pensieri, sembra leggerli.

« Una volta da Giovanni ti ho offerto un gelato. »

« Sul serio? »

« Sì. Oggi ti ho preso zabaione, gianduia, cioccolato bianco e nero e croccantino... » E quest'ultima frase ricorda a Daniela qualcosa e Sebastiano, prima che lei si sforzi, l'aiuta. « Sono i tuoi gusti preferiti. C'è pure quello di cui andavate pazze tu e la tua amica Giuli. Ve lo sentivo sempre nominare: nocciola a pezzettoni. »

È vero, pensa Daniela, era il nostro tormentone, perché ce lo aveva detto una volta il gelataio: « Come la volete la nocciola, con i pezzettoni? » E quindi oggi Sebastiano è andato a prendere il gelato lì perché sa che mi piaceva? È stato gentile. Così gli sorride.

« Vieni, andiamo di qua. » E la precede all'interno della grande casa.

C'è un salotto moderno, con dei divani scuri, un grande televisore, un pianoforte e alcuni bei quadri alle pareti. Riconosce uno Schifano, poi al centro del salotto, nella posizione dominante, c'è uno strano disegno molto grande con un uccello che vola e tanta gente sopra. È tutto sul marrone e arancio.

« Quello è Moebius. È stato un grandissimo disegnatore, sono andato a Parigi per prenderlo a un'asta. È bello, vero? »

« Sì. » Non riesce a dire altro, non sa cosa aggiungere. Non ne ha mai sentito parlare.

« Ti va di stare nel giardino d'inverno? È il posto che preferisco. »

« Sì, certo. »

Passando, incontrano un cameriere.

« Martin, ci porti il gelato che ho preso? Sta in freezer, poi un po' d'acqua e un caffè. » Poi ci ripensa e si rivolge a Daniela. « Ti va un caffè? »

« Sì. »

« Allora due caffè. Stiamo nel pensatoio. »

Martin sorride. « Sì, Sir. »

Così arrivano nell'ultimo angolo del salotto, che si trasforma in una veranda ben aerata, con una temperatura ideale. Attraverso i suoi vetri si vedono cespugli di fiori e perfino una piscina. Ci sono dei grandi divani con i cuscini azzurri e arancioni, mentre tutto l'interno è bianco.

« Sediamoci qui. » Sebastiano si toglie il telefonino dalla tasca e lo poggia su un tavolino basso, proprio di fronte a loro. « Scusami, è che sto aspettando una telefonata di lavoro. »

« Figurati. Ma tu vivi qui con i tuoi? »

Sebastiano sorride. « Sì, vivo qui con i miei balinesi, li hai visti, Martin e Idan. Sono marito e moglie. I miei genitori insieme a mia sorella più piccola, Valentina, abitano nella casa di famiglia su, a San Saba. »

« Ah. »

Daniela non osa immaginare quanto possa essere più grande l'altra casa.

« Allora? Come stai? Come sono felice che sei passata a trovarmi. Sei cresciuta, sei più donna, ecco. Vabbè, è anche naturale, sono passati un sacco di anni... »

« Sono diventata anche mamma. »

« Sul serio! Ma è bellissimo! È un maschio o una femmina? »

« Un maschio. »

« E come l'hai chiamato? »

« Vasco. »

« Mi piace Vasco come nome, moltissimo. E poi lo hanno avuto tutti uomini importanti. Vasco Pratolini, il neorealismo, a scuola ci hanno fatto leggere il *Metello*. Poi Vasco de Gama, grande navigatore, e poi Vasco Rossi, *Vita spericolata*, cioè, un manifesto per i ragazzi degli anni '80. Brava, bella scelta, te l'appoggio in pieno. »

Daniela lo guarda stupita. Non sa bene se credergli o no, sembra quasi che la stia prendendo in giro. Gli piace il nome? Non sapeva nemmeno che ero rimasta incinta e che ho avuto un bambino? Forse non è mai stato come abbiamo creduto ed è sempre stato un abile attore? E proprio in quel momento arriva Martin, con tutto quello che Sebastiano aveva chiesto. Poggia il grande vassoio sul tavolino, apre il cofanetto con dentro il gelato pronto a servirlo ma Sebastiano lo congeda.

« Vai pure, grazie, facciamo noi. »

« Va bene, Sir. »

« Tu che gusto vuoi, oltre ovviamente alla nocciola con i pezzettoni? »

« Anche zabaione, cioccolato bianco e... quello che cos'è? »

« Stracciatella. »

« E stracciatella, grazie. »

Sebastiano lo prepara, poi glielo dà insieme a un tovagliolino. « Prendi il caffè, sennò si fredda. Ci vuoi un po' di cioccolato bianco? Potrebbe essere buono, una specie di marocchino. »

« Sì, giusto, perché no. »

Così rimangono per un po' in silenzio, a gustare quell'ottimo gelato di Giovanni dei Parioli. Poi il caffè e infine un po' d'acqua. C'è un leggero imbarazzo, soprattutto in Daniela, perché tra poco non potrà più aspettare, dovrà affrontare il discorso. Ma decide di prendersi ancora un po' di tempo.

« Hai visto qualcuno dei nostri compagni di scuola? »

« Mi vedo ogni tanto con Bertolini e Gradi. »

« Sul serio? »

« Sì, lavoriamo su delle app, ne abbiamo inventate diverse, alcune stanno andando molto bene. Sono riuscito perfino a convincere mio padre ad andare sul web con la sua attività. Oh, un testardo. Ma alla fine ho vinto io e gli ho detto: 'Se il prossimo anno fai qualcosa in meno, ce li metto io dalle mie tasche, ma se invece grazie alle mie app, il sito e tutto quello che abbiamo promosso su Internet vai meglio, allora mi dai la metà di quello che guadagni in più!' Lui, siccome è fissato con i soldi, ha accettato subito questo accordo. Invece ha fatto il doppio! Ecco, praticamente il quadro di Moebius me l'hanno regalato le app.» E si mette a ridere e per la prima volta a Daniela sembra un ragazzo allegro, solare e anche molto simpatico e intelligente. Forse ho fatto bene ad andarci, le viene da pensare, ma poi si mette a ridere di questo suo pensiero e poco dopo torna seria. Ecco, è arrivato il momento.

«Senti Seba...»

«Mi chiamavi sempre così a scuola. Oggi, quando al telefono mi hai detto: 'Ciao Sebastiano', mi ha fatto strano. Ho pensato che ce l'avessi con me, che mi stavi telefonando per sgridarmi di qualcosa...»

E Daniela improvvisamente vede quel ragazzo così ricco, così intelligente, così organizzato ma anche così incredibilmente fragile.

«No, non ho nulla da rimproverarti. Ecco, io sono venuta per parlarti di una cosa importante, ma anche bella. Ora te la racconto, poi tu decidi cosa fare.»

Sebastiano annuisce dicendo solo «okay».

«Ti ricordi quella festa a Castel di Guido, che è quel posto sulla destra, poco prima di Fregene, dove c'era un grande casale diroccato?»

«Sì, certo, la conosco quella zona. Ogni tanto sono andato a vedere con Bertolini le gare che fanno lì. Fanno delle corse con delle macchine truccate. La strada si allarga e sfrecciano in un modo impressionante. Una volta...»

Daniela lo interrompe: «Ma invece te la ricordi quella festa nel casale diroccato? Te la ricordi bene? Ti ricordi che c'ero anch'io?»

Sebastiano rimane un attimo in silenzio. Abbassa la testa. Poi la rialza. Si leva gli occhiali, si stropiccia gli occhi, se li rimette a posto.

«Era questo che volevi dirmi... Sì, certo che me la ricordo. C'era tantissima gente. È stata una bellissima festa. E noi...» Poi la guarda, non sa come dirglielo, non sa cosa dire soprattutto. Daniela cerca di metterlo a suo agio, accenna un piccolo sorriso, così Sebastiano continua: «Siamo stati insieme. Sì, me lo ricordo, non l'ho mai dimenticato. Ma pensavo che tu non volessi parlarne...»

« Perché? »

« Il lunedì successivo ci siamo visti a scuola e tu non hai detto niente, non mi hai quasi salutato. Poi ho cercato di parlarti, ma per te era come se io non esistessi. Era come se tu, non so, ti fossi pentita. Facevi finta che non fosse accaduto nulla... »

« E invece com'è andata, raccontami. »

« Be', quella sera tu all'improvviso ti sei avvicinata e mi hai detto: 'Andiamo di là, voglio fare l'amore'. Non me lo dimenticherò mai. »

« Così ti ho detto? »

Sebastiano sorride, poi si imbarazza. « Veramente mi hai detto: 'Andiamo di là che voglio scopare'. Ma insomma, forse il senso era quello. » Sebastiano non sa più cosa aggiungere, giocherella con le mani, le intreccia, tutte le sue difficoltà emotive vengono a galla. Poi trova una soluzione per uscirne. « Ti va un altro po' di gelato? »

Daniela sorride. « Sì, grazie, zabaione e nocciola a pezzettoni. »

« Okay, come fatto! »

Sebastiano prende il cucchiaio da dentro una ciotola d'acqua e pesca nella vaschetta dove il gelato si è un po' sciolto. Daniela lo guarda, le fa tenerezza.

« Quella sera avevo preso una pasticca, ero fuori. Sei stato il primo che mi è capitato e sicuramente è stata la droga a farmi sentire così, con quella voglia. Di solito non mi comporto così. »

Sebastiano le dà la coppetta con il gelato.

« Ma io non lo sapevo, non lo potevo sapere. Sennò non l'avrei fatto. Pensavo che tu l'avessi capito che mi piacevi e che volessi stare con me per quello. Quando me l'hai detto, non ci credevo, pensavo fosse uno scherzo. Ti volevo chiedere se avevo capito bene, ma avevo paura che tu ci potessi ripensare, così sono stato zitto e mi hai portato per mano in quel bagno. »

Daniela non riesce a credere di essersi comportata così, un altro po' ed è stata lei a violentarlo.

Sebastiano però non se ne accorge e continua a parlare: « Quella sera, quando sono tornato a casa, ti ho scritto una poesia, ma non te l'ho mai potuta leggere ».

« Se non l'hai persa, mi piacerebbe sentirla. »

Allora Sebastiano sposta il peso sulla gamba destra, infila la mano nella tasca posteriore e tira fuori un foglietto piegato.

« La tenevo nel cassetto della mia scrivania, non credevo che un giorno te l'avrei letta... 'Non esistono numeri, invenzioni o nuove scoperte per spiegare al mondo quanto sei bella. Perfino la scuola è diventata il posto più interessante del mondo per me e sai perché? Perché ci sei tu. La bellezza di ieri sera mi ha travolto, così come accade ogni giorno quando tu mi sorridi. Io ti amo, Daniela Gervasi.' » E quando finisce di leggere, Sebastiano è un po' imbarazzato. Ripiega il foglio, sta per metterlo in tasca, ma poi decide di darglielo. « Scusami, ma il giorno dopo ero troppo felice, forse ho esagerato. »

E Daniela si commuove, le si bagnano gli occhi, nessuno ha mai usato delle parole così per lei.

« È bellissima. Com'è bellissimo quello che è accaduto quella sera. »

Sebastiano rimane sorpreso, non crede alle sue orecchie. Daniela gli sorride.

« Con noi ha iniziato la sua vita un bambino. Spero che ti piaccia sul serio il nome Vasco, non sapevo che fossi tu, non ricordavo nulla di quella notte, sennò te ne avrei parlato prima. » Poi Daniela gli stringe la mano. « Non ti devi preoccupare, è una cosa che sappiamo solo noi due e non mi devi nulla, però mi sembrava giusto che tu sapessi che hai un figlio. Se non vuoi, la tua vita non cambierà. »

Sebastiano guarda la mano di Daniela che stringe la sua. Poi le sorride, proprio come quando l'ha vista al cancello, con quella stessa sincera felicità.

« È troppo tardi, Daniela. La mia vita è cambiata. Sono l'uomo più felice del mondo. »

E l'abbraccia.

91

Quando arrivo in ufficio, le ragazze mi vengono incontro.

« Bentornato capo! Com'è abbronzato! »

Sembrano sinceramente felici di rivedermi o sono delle ottime attrici da scritturare già per questa prima serie che facciamo.

« Bene, bene, tutto bene, grazie. Vi ho portato un pensiero. » E tiro fuori dei pacchetti che consegno a tutte, Alice, Silvia e Benedetta. « Li ho fatti tutti uguali, così nessuno può pensare di essere il preferito o di non aver ricevuto la giusta attenzione. Solo il colore è diverso. Poi decidete se scambiarveli o no. »

Li aprono divertite e curiose, facendo quasi a gara a chi fa prima. Alice riesce a scartarlo e lo guarda allegra stringendolo nella sua mano, come se ancora potesse scappare.

« Un pesce! »

« Anche il mio, ma è più bello! »

« Ha un piccolo anello d'oro, si può portarlo al collo o farne una spilla. Sono stati scolpiti usando delle famose conchiglie che portano bene. Saremo tutti più fortunati. »

« Bene. »

« Grazie! »

« Troppo carino... »

E tornano ai loro posti di lavoro.

Arriva anche Renzi. « Bentornato! Com'è andata? »

« Benissimo. »

« Siete riusciti a incastrare tutti i voli, le partenze e gli spostamenti? »

« Tolti i primi giorni che Gin era crollata fisicamente, poi è andato tutto liscio, ripartirei ora. »

« No, no, ora servi qui. Hai visto che non ti ho mai disturbato? Ti ho mandato solo quelle mail perché dovevamo accettare subito alcune richieste per il mercato spagnolo. »

« Sì, ho visto, grazie, e ti ho risposto subito, no? »

« Sì, è vero. »

« E com'è andata? »

« Benissimo, hanno preso tre programmi e un'opzione per la

fiction. Secondo me vogliono vedere come andiamo qui in Italia, per poi esercitarla. D'altronde siamo una società completamente nuova sul mercato.»

«Hai ragione, tieni, questo è per te.»

Renzi rimane sorpreso prendendo il suo pacchetto. «Per me?»

«Certo, anche per te, è esattamente lo stesso pensiero che hanno ricevuto anche gli altri.»

Lo scarta e trova anche lui il suo pesce.

«Ma è l'unico rosso. Tu sai che è uno degli otto simboli sacri al Buddha? Rappresenta la fertilità, l'abbondanza e l'armonia con il flusso della vita. Anche per gli antichi greci il pesce rosso portava fortuna per il matrimonio e le relazioni.»

Renzi lo chiude nella mano. «Allora me lo tengo ben stretto. Dai, muoviamoci che hanno fatto dei cambiamenti sulla scaletta del programma, andiamo a trovarli al Teatro delle Vittorie.»

«Perché cambiamenti?»

«Perché sta andando molto bene, ma in certi momenti della curva il programma di Medinews gli sta sopra. E sembra che ci sia un'idea che potrebbe andare proprio bene per superarli. E indovina chi l'ha trovata?»

«Non lo so.»

«Simone. Il genio innamorato.»

«Sul serio? Bene. E come si trova con gli altri autori?»

«Alla grande, ha legato con tutti, va anche molto d'accordo con Vittorio Mariani ed è l'autore preferito di Riccardo.»

«Sono contento. E ha mantenuto la promessa di non vedere la Belfiore?»

«Sembrerebbe di sì. Ma su questo non ci giurerei.»

«Speriamo bene. Piuttosto, che mi dici di Dania Valenti?»

E Renzi ha come un tuffo al cuore, accelerano i battiti e cerca di dominare il rossore che gli sale in viso, riuscendoci. «In che senso? Cioè che ti devo dire?»

«È l'unica cosa che mi ricordo da quando sono partito. Dovevi tornare in ufficio per incontrarla. Com'è?»

Renzi vorrebbe raccontargli tutto quello che è successo e che sta continuando a succedere. Ha commesso un errore che non avrebbe mai creduto potesse fare, ma spera di risolvere tutto al più presto come se non fosse successo nulla.

«Com'è? Particolare. La conoscerai tra poco, lavora nel programma.»

92

« Potevamo anche andare con la mia auto, ci portava Martin. È comodo il Porsche Cayenne e Martin non è uno che corre. »

Daniela sorride a Sebastiano, guidando la sua up!

« Con questa posteggiamo con più facilità e poi già il fatto che ci sei gli farà strano, pensa se fossimo arrivati con un Porsche Cayenne. »

« Hai ragione. »

Daniela parcheggia. Sono arrivati alla scuola di Vasco. Scendono dalla macchina e camminano insieme, vicini, come i tanti genitori che a quell'ora vanno a prendere i figli.

« Sei emozionato? »

« Sì, moltissimo. Ho paura di non piacergli, che io possa dire una cosa che non va bene, che non mi fa essere simpatico. »

Daniela lo guarda divertita. « Ma no, non ci pensare, sii te stesso, tu sei simpatico. »

Questo un po' lo rincuora. Entrano nel cortile della scuola e vanno verso il portone dell'uscita. Daniela saluta alcune mamme che conosce, qualcuna guarda curiosa quel ragazzo che l'accompagna, ma subito dopo tutte si occupano d'altro. Hanno sempre qualche argomento da commentare, come si è rifatta una loro amica, la trasmissione della sera prima, un film, com'era conciata Belen.

« Ma perché si è rifatta? Era così bella... E poi cammina in quel modo! »

« Ma guarda che quella era la sua imitatrice... »

« Veramente? »

« Sì. »

« Infatti, mi sembrava esagerata! »

Continuano a camminare e si fermano davanti alle scale dalle quali escono i vari alunni. Una dopo l'altra arrivano le classi, la maestra si ferma con tutti i bambini e solo quando vede un genitore lascia andare il rispettivo figlio, dandogli il permesso di raggiungerlo.

« Ecco, sta per uscire. » Daniela ha riconosciuto qualcuno dei suoi compagni di classe. Subito dopo in cima a quella scala compare lui, tutto riccio, che si guarda intorno e poi, quando la vede, sorride, si accende quasi, tira la giacca della sua maestra, le indica Daniela per essere libero di andare. La maestra cerca con lo sguardo tra le mamme lì sotto, poi la vede, la saluta e saluta anche Vasco.

«Vai, vai.»

«Grazie.»

E lui corre giù, scende veloce quei gradini, quasi volando e, quando raggiunge la mamma, l'abbraccia con forza, arriva all'altezza della pancia e la sposta un po' con tutto quell'impeto.

«Meno male, non arrivavi più.»

«Ma che dici?» Lei gli spettina i capelli mentre lui, senza staccarsi, porta la testa indietro e la guarda dal basso. «Ma se sei appena uscito.»

«Sì, be', ma per me ero già fuori da un sacco. Guarda cosa mi ha regalato Niccolò.» Tira fuori dalla tasca dei suoi jeans una strana gomma gelatinosa con un viso buffo e dei capelli celesti. «Uno Skifidol! Forte, no, mamma? È bellissimo questo e poi anche se si sporca non è come gli altri, continua ad attaccarsi ai vetri! Poi a casa te lo faccio vedere.»

Solo allora Vasco si accorge che c'è quel tipo vicino alla mamma e cambia improvvisamente espressione. Si incuriosisce, è buffo, ha anche lui i capelli ricci e quegli occhialini tondi, è alto, magro e socchiude un po' gli occhi, è strano, ma ha la faccia simpatica. Poi guarda la mamma, come a volere qualche spiegazione. Daniela naturalmente lo accontenta.

«Lui è Sebastiano, quando mamma era piccola stava a scuola con lui.»

«Ah, ho capito.»

«Ciao, piacere, io mi chiamo Sebastiano.»

«Di' come ti chiami tu.»

«Vasco.»

«Bel nome Vasco.»

«Diamo un passaggio a Sebastiano, va bene?»

Vasco non risponde e cominciano a camminare verso l'uscita della scuola. Ogni tanto Sebastiano lo guarda. È proprio bello, è già un ometto, ha carattere, è intelligente. Non capisce come può sapere tutte queste cose, ma sente solo che è così. Sebastiano guarda davanti a sé e poi di nuovo il bambino. Ogni tanto incrocia lo sguardo di Daniela, ma ha capito che lei vuole lasciare a lui ogni possibile mossa. Così decide di dire qualcosa.

« Ti piacciono così tanto questi Schifodol? »

« Skifidol! » Ride guardando la mamma: ma come può questo tipo chiamarli Schifodol? E continua a ridere. « Certo che mi piacciono, sono fighissimi, ne ho già tre! »

« È stato carino Niccolò a regalartene uno. »

« Sì. Non so perché me l'ha dato, è venuto a ricreazione e mi ha detto: 'Tieni, ti ho portato questo'. E se n'è andato. »

Sebastiano guarda divertito Daniela. Poi riprende a parlare col bambino: « Be', è stato un suo modo per dirti altre cose... »

Vasco si gira e lo guarda curioso. « Quali altre cose? Non mi ha detto niente. »

« Ma dandoti lo Skifidol... », sta bene attento a dirlo nel modo esatto, « è come se ti avesse detto 'siamo amici e ti voglio bene'. »

« Ah. » Ora Vasco si rasserena. Ha capito. « Allora ogni volta che regali qualcosa dici sempre anche qualcos'altro? »

Sebastiano sorride. « Spesso. A volte c'è anche un biglietto. »

« Sì, lo so, mamma mi fa sempre dei biglietti bellissimi insieme al regalo. »

E così arrivano alla macchina e salgono tutti e tre, proprio come sta accadendo nella macchina dietro la loro e in un'altra e un'altra ancora. E Daniela guida allegra verso casa e sente le domande di Sebastiano e le risposte del figlio e ogni tanto ridono insieme.

« Ma tu non hai regalato qualcosa a mamma quando stavate a scuola? »

« Non parlavamo molto insieme. »

« Perché? Avevate litigato? »

Daniela e Sebastiano si guardano.

« No, è che lei stava sempre con le sue amiche ed io con i maschi. Una volta però le ho offerto una merenda al baretto sotto scuola, perché avevo sentito che si era dimenticata i soldi... »

Daniela si gira verso di lui divertita. « Questa non me la ricordavo! »

« Eh, è successo... »

Vasco si allarga la cintura e avvicina la testa tra i due sedili. « E quando gliel'hai offerta, cosa le hai detto? »

« Niente, gliel'ho offerta e basta, non ho detto niente. »

« Ma no, non che cosa hai detto veramente, quello che hai

detto nel modo che mi hai spiegato prima, come quando Niccolò mi ha dato lo Skifidol.»

«Ah.» Sebastiano lo guarda. «Le ho detto che era molto bella, che mi stava simpatica e che ero felice di stare in classe con lei.»

Vasco sembra soddisfatto di questa risposta, così si appoggia di nuovo allo schienale, tira fuori lo Skifidol e inizia a giocarci.

Poco dopo arrivano sotto casa. Daniela spegne il motore.

«Vai su che c'è la babysitter. Dille di farti mangiare quello che ho preparato. Io do un passaggio a Sebastiano e torno da te, così facciamo i compiti.»

«Sì, mamma, ciao Sebastiano.»

«È troppo lungo Sebastiano. Chiamami Seba. I miei amici mi chiamano Seba. Ti va?»

Vasco sorride. «Sì, Seba!» E scende dalla macchina, ci mette un poco a chiudere lo sportello, poi si avvicina al citofono, si tira sulle punte dei piedi e suona il campanello di casa. «Sono io!»

La babysitter gli apre. Quando Daniela lo vede entrare nel portone e richiuderlo, riparte.

«Allora? Come ti è sembrato?»

Sebastiano scuote la testa. «Bellissimo. Intelligente. Divertente. Sul serio. Proprio bello. Ma sei sicura che sia figlio mio?!»

Daniela si mette a ridere.

«Ma sei scemo? Non lo dire neanche per scherzo e poi per chi mi hai presa?» Ma ripensa alle immagini di quel video, a quello che ha detto a Sebastiano quella sera e a tutto quello che è successo dopo. Non è poi tanto sicura di quell'affermazione, ma sa di essere sicura sul resto. «Certo che è figlio tuo. E comunque non hai visto che ti somiglia? Ha i tuoi capelli ricci, anche alcune espressioni...»

«No, no, per fortuna somiglia più a te.»

Restano per un po' in silenzio, Daniela continua a guidare, Sebastiano guarda la strada dritta di fronte a lui. All'improvviso, senza girarsi verso di lei, comincia a parlare: «Oggi è stato il giorno più bello della mia vita. Mi piacerebbe che lo sapesse e che fosse felice di avermi come papà». Poi si gira verso Daniela, incerto su quale sarà la sua risposta.

«Devo trovare il modo per dirglielo, non vorrei che non ti accettasse. Prima credo sia meglio che voi diventiate amici.»

Sebastiano le sorride.

«Hai ragione. Sarà il mio migliore amico.»

93

Al Teatro delle Vittorie c'è un sacco di gente in movimento. Tutti sono allegri, si scherza, si ride, i ragazzi e le ragazze chiacchierano, tastano il terreno, sognano che ci possa essere qualche storia tra loro. Questa è l'atmosfera di quando si ha successo, quando una trasmissione televisiva va bene. Tutto diventa più facile e leggero e le puntate finiscono senza che uno neanche se ne accorga. Invece quando le cose non vanno è un continuo, disperato tentare nuove soluzioni, facendo mille cambiamenti, è come se tutti fossero autorizzati a parlare, ognuno ha la sua teoria, saltano i ruoli, c'è un nervosismo generale e si arriva a perdere la testa anche per le cose più stupide. L'insuccesso mette a nudo l'uomo. Ma questo non è il nostro caso, per fortuna.

Roberto Manni sta chiacchierando con una bella ragazza bruna. Noto dal suo modo di parlare, dalla gentilezza che non gli appartiene, dal sorriso costante e continuo, che sta tessendo la tela, sperando che presto si trasformi in divano o materasso. La ragazza sorride anche lei, ma è tesa, come se ancora non avesse deciso se concedersi o meno. Arriviamo noi a toglierla dall'imbarazzo.

« Buongiorno! »

Il regista si gira e si ricompone subito, abbandonando la squizzetta senza neanche scusarsi.

« Che bella sorpresa! » Viene verso di noi con un entusiasmo sorprendente e mi stringe la mano. « Sei abbronzatissimo! Dove sei stato di bello? »

« Isole... »

« Ah, è vero, l'ho saputo che ti sei sposato, complimenti, congratulazioni, come si dice? Sai, io sono al secondo matrimonio, ma ancora non ho imparato! » Poi mi fa l'occhietto e si avvicina, come se avessimo chissà quale complicità. « Che farai, pensi di resistere, mi raggiungi o addirittura mi superi? » E inizia a ridere da solo, come il cretino che è.

In altri tempi credo che gli avrei dato un bel ceffone dietro la testa, di quelli forti, che si danno a piena mano sul collo e lo fanno diventare tutto rosso, così si rende conto di quanto è coglione. Ma quei tempi non ci sono più, quindi gli sorrido cortese.

« Penso di resistere. »

« Bravo, mi piaci. Sei uno tosto. »

Non aggiungo altro se non « scusami, vado a salutare Riccardo », e mi allontano con Renzi, che appena siamo un po' distanti, non resiste.

« L'ho visto steso... »

Gli sorrido. « Impossibile, non ho mai alzato una mano su nessuno, è solo una leggenda. »

Andiamo verso l'angolo dello studio dove è seduto Riccardo. Sta bevendo una Coca-Cola, ma quando siamo più vicini, mi accorgo che non è solo. C'è anche Juri. Riccardo è di spalle e non ci vede arrivare. Sta ridendo e ha una mano appoggiata sul braccio di Juri. È lui che ci vede e naturalmente avvisa a bassa voce Riccardo, che subito toglie la mano e si gira verso di noi.

« Ciao! » È imbarazzato, ma riesce a recuperare abbastanza in fretta. « E tu che ci fai da queste parti? »

Gli sorrido e alzo le spalle. « Sono il produttore. »

« Ma i produttori quando le cose vanno bene non si fanno vivi, non ci trovano gusto a condividere il successo. Vengono solo quando possono rompere le palle. » E si gira verso Juri che naturalmente ride con lui.

Mi viene da pensare che qualunque cosa possa dire Riccardo, Juri riderebbe.

Poi Riccardo si avvicina e mi stringe forte la mano. « Scusami, ma io non ti ho detto niente, non ti ho ringraziato e non ti ringrazierò mai abbastanza. Non ti ho mandato un messaggio, perché mi sembrava troppo triste e poi ho saputo che stavi in viaggio di nozze. Anzi, complimenti, congratulazioni, anzi, auguri. Oddio, non so cosa si dica in questi casi! »

Lui e il regista sono identici, opposti, ma identici. Magari Riccardo ha più giustificazioni del regista, anche perché non si è mai sposato, almeno che io sappia.

« Auguri va benissimo. »

« Bene, allora auguri e grazie, grazie, grazie. Mi hai fatto un uomo non felice, di più. »

Annuisco soddisfatto del mio operato, anche se non so minimamente di cosa stia parlando. Guardo Renzi, perché sarà stata opera sua. Lo vedo che mi sorride come a dire: sì, è proprio così, non te l'ho detto, scusa capo.

Ma subito Riccardo ci travolge con il suo entusiasmo. « No, ora però devi dirmelo, come hai fatto a capirlo, come hai fatto a saperlo. »

« Eh già... » Cerco di prendere tempo. « Come ho fatto... Eh, i segreti del produttore. »

« No, no, ora me lo dici. » Si impunta, sbatte pure un piede come se la sua diventasse quasi una ragione di principio.

« Ma dai... »

Mi viene in soccorso Renzi. « Ormai fai talmente tante interviste che non ti ricordi più le cose che dici. 'Sono pazzo per *Looking*', su *Vanity Fair*, il numero scorso. »

« È vero! Ho pure parlato molto bene di questo programma... »

« Vero. » Mi aggrego subito. « È proprio quando ho ricevuto la rassegna stampa che l'ho letto, mi sembrava il minimo dopo quello che hai detto. »

Riccardo improvvisamente sembra quasi commosso. « Sai che in tanti anni nessuno aveva mai avuto un pensiero così carino? Magari ti mandano i fiori, la bottiglia di champagne, i cioccolatini, ma sono tutti regali impersonali, privi di un minimo segno di affetto. Com'è questo nostro mondo... »

« Forse gli altri non avevano mai letto le tue interviste. »

Riccardo si mette a ridere come un pazzo. « Ecco, riesci sempre ad avere la battuta giusta al momento giusto, sei assurdo! » Anche Juri naturalmente ride, poi Riccardo continua: « Ma lo sai che con il tuo cofanetto ho fatto una serata fantastica? Sono andato dalle Sicilianedde a viale Parioli, ho preso tutta roba siciliana, sfincione, parmigiana di melanzane, arancini, catalana di gamberi, involtini di pescespada e ho invitato un sacco di amici a vedere *Looking* nel mio nuovo attico, a viale Romania ».

Juri aggiunge divertito: « C'ero anch'io. Ho portato brioches e granite di pistacchio, gelsi neri e mandorle, sono impazziti tutti! »

« Il giorno dopo siamo andati a correre per quanto avevamo mangiato. »

Sorrido divertito. « Immagino, ma vi vedo in gran forma, comunque... »

Poi arriva una voce perentoria.

« Prepararsi, che tra poco registriamo, grazie. »

Leonardo, l'assistente di scena, richiama tutti all'ordine. Riccardo e Juri si scusano.

«Il dovere ci chiama.»

«Prego, prego.»

Li guardiamo allontanarsi e appena sono più lontani, mi viene spontaneo chiederlo. «Ma...»

«Non mi dire nulla», mi frena Renzi, «peggio di quello che puoi immaginare. Non ho capito se è vero che li hanno beccati che facevano sesso nei bagni dello studio. Un po' tipo George Michael, ecco...»

«Ma scusa, Riccardo ha anche il suo camerino.»

«Se è per questo ne ha chiesto uno anche per Juri, accanto al suo.»

«Andiamo bene...»

«Ancora non è uscito alcun servizio, comunque Juri, a prescindere da questa storia d'amore che spero non ci complichi la vita, è stato un'ottima idea. Ci ha dato una grande visibilità e quando scherzano e si prendono in giro saliamo di due punti di share.»

«Sul serio?»

«Sì, il potere è gay, accettiamolo.»

«Scherzi? Viva i gay!»

«Ehi! Finalmente sei arrivato!» D'un tratto una voce ci sorprende alle spalle. «Non mi presenti il tuo amico?»

Ci voltiamo. Chi ha parlato è una bella ragazza castana, non molto alta, ma perfettamente proporzionata e con un bel seno. Ha una bocca carnosa e due piccoli nei che la rendono ancora più sensuale, una specie di Marilyn, solo un po' più moderna.

Renzi le sorride. «Non è un mio amico, o meglio, spero che lo sia, ma è soprattutto il mio capo. Ed è anche il tuo! Ti presento Stefano Mancini. Lei è Dania Valenti.»

«Ciao, piacere.»

Sorride divertita, stringendomi la mano. «Piacere tutto mio, sai che sei il capo più bello che mi è capitato di incontrare?»

«Be', grazie.»

«Sei così abbronzato poi... I conduttori sono abbronzati, i capi sono tutti bianchi.»

«Mica tutti. Comunque hai ragione, di solito non sono così, è che sono stato in viaggio di nozze e mi sono abbronzato molto, e di solito non sono neanche in viaggio di nozze.»

« Fico! Chissà quanto deve essere bella quella che è riuscita ad accalappiarti! È dello spettacolo? »

« No, esistono donne belle ed interessanti anche fuori da questo mondo. »

« Giusto. Cavoli, dici anche le cose giuste! Dovevo conoscerti prima... Vabbè, io vado, che ora registriamo. » Poi guarda Renzi, gli sorride con particolare dolcezza, si gira e corre via veloce, senza nessun tipo di sensualità.

« Ecco, lei è la figlia di Calemi. »

« Hai capito... Niente male. Si tratta bene Calemi. E com'è questa Dania? »

« È... interessante. »

« Renzi, credo che tu sappia più di quanto fingi di non sapere. Ho visto come ti ha salutato. »

« Saluta tutti così. Ha detto anche che avrebbe dovuto conoscerti prima... che ti sposassi. »

« O prima... per fare altri programmi. Io gli interesso solo come produttore, tu invece no. » Piego la testa di lato come per guardarlo meglio. « Non fare la fine di Simone. Andiamo a vedere cosa combinano i nostri creativi, piuttosto. »

Così ci allontaniamo dallo studio e andiamo in redazione.

« Si può? »

Entriamo e gli autori sono tutti lì, insieme a qualche redattrice.

« Salve. »

« Buongiorno. »

« Come va? »

« Che sorpresa! »

Ci salutano tutti.

« Ancora auguri! » Simone si avvicina e mi dà la mano. « Sono proprio contento che tu sia tornato, hai visto che bel successo? Stasera proviamo una cosa che, se riesce, ci fa fare un salto, ce li mangiamo quelli di là. Tieni, questa è la scaletta. Se ti va di seguire la trasmissione... »

« Certo, rimango un po'. »

Mi si avvicina Vittorio Mariani. « Ciao Stefano, tutto bene? Com'è andata? »

« Bene, ho visto almeno tre razze di pesci che non conoscevo. »

Mi sorride. « Bentornato, siamo tutti felici di questo successo di Futura. »

« E io lo sono con voi. Poi ti devo dire una cosa, quando hai un attimo raggiungimi in platea. »

« Certo! »

Così esco con Renzi.

« Aspetta, aspettate... » Simone ci raggiunge.

« Che c'è? Che succede? Qualche problema? »

« No, assolutamente, vi volevo far vedere una cosa. »

Mentre proseguiamo per il corridoio, in direzione dello studio, decido di sentire anche la sua opinione. « Come va Riccardo? »

« Benissimo, mi sembra meglio del solito, è più allegro, più fresco, sempre su di tono. »

« Ah, bene. E Juri? »

Simone si volta verso di me e mi sorride. « Ancora meglio, è lui la felicità di Riccardo. È la sua droga naturale. » Poi si dirige verso la platea. In un angolo è seduta una ragazza carina, ma non certo vistosa. « Ecco, ci tenevo a presentarvela, lei è Angela, la mia ragazza. È venuta a trovarmi con una sua amica e voleva vedere la puntata. »

« Ciao, piacere. Sono Stefano Mancini. »

« Giorgio Renzi. »

Simone ci spiega meglio: « La sua amica è andata a fare un giro per Roma, non la conosce. Lei invece voleva vedere la puntata, è una fan di Juri. È rimasta male quando le ho dato la notizia ».

Angela ci guarda divertita. « Ancora non ci credo, secondo me se l'è inventato lui perché è geloso! »

« Ah, sarei io il geloso! Mi voleva far dare le dimissioni da Futura perché ci sono tutte queste ballerine. »

« Che c'entra... » ride Angela un po' imbarazzata. « Mica lo sapevo che c'era Juri. »

Come spiegazione non c'entra veramente nulla, ma io e Renzi naturalmente sembriamo non accorgercene.

« Silenzio, grazie! Registriamo. »

« Noi andiamo a sederci », ci scusiamo.

Simone le dà un bacio e va vicino alla telecamera centrale, mentre io e Renzi ci sistemiamo in prima fila.

Guardo Renzi. « Ma secondo te ci vuole convincere o è sinceramente tornato innamorato? »

« Metà e metà. »

« Dici che la sente ancora? »

Renzi diventa improvvisamente serio. « Tutti i giorni, almeno due volte. »

« Hai le prove? »

« Ho lui. Oggi ho conosciuto Angela mentre sull'altro piatto della bilancia delle sue fantasie c'è Paola Belfiore. Te la ricordi? »

« Perfettamente. »

« Quindi? »

« La sente anche più di due volte al giorno e una marea di messaggi WhatsApp. »

« Bravo. Ora riconosco il mio capo. »

Proprio in quel momento inizia la sigla. Un gruppo di otto ragazze compare dal nulla e balla su un pezzo bellissimo di Justin Timberlake, *Can't Stop The Feeling*. Alcune sono brune, una è rossa e tre sono bionde. Ma tra tutte devo ammettere che spicca Dania Valenti. Mi giro verso Renzi e mi accorgo che lui sta guardando un po' tutto, perfino lo stacco delle camere. Non è così preso come pensavo, meglio. Finisce la sigla e Vittorio Mariani si siede vicino a me, lasciandosi cadere sulla poltrona.

« Eccomi qua. »

Parlo piano per non disturbare, visto che Riccardo ha iniziato il programma.

« Volevo sapere come sta andando e se ti trovi bene con Simone. L'abbiamo messo nel programma perché abbiamo bisogno di avere due autori dalla parte nostra e poi anche per fargli fare esperienza. »

Vittorio sorride. « Allora, il programma va benissimo. C'è un'ottima atmosfera e siamo un bel gruppo. Simone è simpatico ed è molto veloce, impara in fretta. Conosce più programmi degli altri autori, ha visto la televisione da quand'è nato e sembra fatto per questo lavoro. Ha anche un'ottima memoria. A volte devo guardare la scaletta, mentre lui sa perfettamente tutti gli stacchi e cosa accade dopo. »

« Bene, grazie. »

Vittorio mi sorride. « Mi trovo bene sul serio con lui. » E ci lascia per tornare a seguire il programma.

Guardiamo un altro po' di trasmissione. Riccardo e Juri scherzano e ridono con grande leggerezza, poi vedo il braccio del Jimmy Jib che si alza e va a inquadrare il punteggio senza problemi.

« Ehi, funziona tutto sul serio! »

« Sì, è incredibile, mentre non c'eri abbiamo fatto fare un corso accelerato a tutti. »

« Ed è riuscito bene. Torniamo in ufficio? Devo fare diverse telefonate. »

« Okay. »

Renzi si alza per primo, io lo seguo, ma non posso non accorgermi di Dania Valenti che cerca il suo sguardo per essere salutata. Renzi non si gira e va dritto verso l'uscita, lei ci rimane male e quasi per ripicca, quando incrocia il mio sguardo, non mi saluta. La situazione è più grave di quanto potessi immaginare.

94

«Bravo Vasco, i compiti sono venuti proprio bene. Anche la maestra mi ha detto che a scuola sei attento.»

«Sì, mamma. Posso chiederti una cosa? Come mai Filippo non viene più? Avete litigato?»

Daniela sorride. «Ma no, è un periodo. Lui aveva un lavoro da fare fuori, ma quando torna magari ci viene a trovare. Siamo sempre amici, non ti preoccupare.»

«Era simpatico Filippo e poi giocava bene alla Wii.»

«E Seba non ti è simpatico?»

«Sì, mamma... Però...» Vasco rimane un attimo in silenzio.

«Dillo a mamma, non ti preoccupare.»

«Ecco, ha quella voce strana, pure come ride, ma lo fa apposta?»

«No, no, è così da sempre, era così anche a scuola.»

«Non si dispiaceva?»

«Perché?»

«Magari lo prendevate in giro. Quando prendono in giro Arianna in classe perché parla male, lei rimane in silenzio, a volte piange. A me dispiace.»

«Purtroppo non tutti sono come te. Io comunque Sebastiano non l'ho mai preso in giro. Mi ha sempre fatto ridere con quella voce, anzi me lo faceva stare ancora più simpatico. Ci vogliamo bene.»

«Lo inviti qui spesso.»

«Non ti fa piacere?»

«Molto, così gioca con me alla Wii, al posto di Filippo. Filippo mi batteva spesso, però qualche volta vincevo io. Seba invece lo batto sempre, ma secondo me sbaglia apposta, mi fa vincere.»

«Ma no, ti sembra.»

«Ma mamma, me ne sono accorto, lo fa. Però mi ha fatto un regalo bellissimo. Resta qui.» E un attimo dopo ricompare dalla sua cameretta con in mano uno strano barattolo. «Guarda! È troppo figo. Vedi? C'è dentro questo mostro. È Alien Slime. È meglio di Skifidol. E domani ha detto che me ne porta un altro. Mi piace Seba, perché ha capito cosa mi piace, all'inizio sbagliava tutto.»

«Vabbè, perché non ti conosceva.»

«Perché era un disastro. Poi l'ho aiutato io.»

«Bravo, hai fatto bene, anche perché ti conviene.»

«Sì», ride.

«Ora fai la pipì, lavati i denti e mettiti a letto.»

«Va bene.»

Così Vasco sparisce in fondo al corridoio, mentre Daniela toglie gli ultimi piatti e finisce di preparare lo zaino per la scuola. Ci infila la merenda e controlla che ci siano i libri dei compiti e il diario. Poi lo raggiunge in camera. Vasco si è già infilato nel letto.

«Hai fatto la pipì?»

«Sì.»

«I denti?»

«Lavati.»

«Fai sentire.» Si avvicina e Vasco si tira su dal cuscino, aprendo la bocca. Daniela fa finta di annusare in maniera vistosa.

«Sì, vero, sento il profumo dei fiori.»

«Casomai menta. Ma io non dico bugie. Se ti ho detto che me li sono lavati, me li sono lavati.»

Daniela lo guarda. Ha ragione. Che bello. Chissà per quanto resterà così. Chissà come cambierà, come sarà diverso. «Quale storia leggiamo?»

«*Tarzan.*»

«Di nuovo?»

«Ma a me piace *Tarzan*! Perché devo sentire un'altra storia se non mi piace?»

È giusto. I suoi ragionamenti non fanno una piega.

«Va bene, ti leggo *Tarzan.*»

Daniela trova il libro, lo prende, si siede su una poltrona vicino al letto e sta per iniziare a leggere quando Vasco la interrompe con un'altra domanda, questa volta però è dolorosa.

«Mamma, ma io conoscerò mai il mio papà?»

E Daniela rimane quasi tramortita. Non se l'aspettava proprio. È sorpresa, poi si preoccupa, le inizia a battere il cuore a duemila. Cosa può aver acceso questa sua inaspettata curiosità? «Perché me lo chiedi? Come ti è venuto in mente?»

«Perché penso a Tarzan e alla sua storia. Lui è nato e il suo papà c'era e anche la mamma. Poi sono morti nella giungla. A me è andata meglio, tu ci sei sempre stata. Però mi hai raccontato che papà non è morto, vero? È partito e ha avuto un problema. Ma un giorno lo incontrerò, vero? Anche a scuola me l'hanno chiesto.»

«Che cosa?»

«Del mio papà.»

«Chi te lo ha chiesto?»

«Arianna, perché dice che il suo papà litiga sempre con la sua mamma, per questo me l'ha chiesto. Mi ha detto: 'Anche il tuo papà litiga con la tua mamma?' E io le ho risposto semplicemente 'no'. Non ho detto che non ce l'ho. Ho detto no come a dire 'non litigano', ma non è una bugia, voi non litigate.» Ed è soddisfatto di questo suo ragionamento.

«Come te lo immagini il tuo papà?»

«Non lo so, non ci ho mai pensato. Non desidero un papà particolare, desidero uno che mi voglia bene, come quelli che hanno gli altri. Ecco sì, vorrei solo una cosa, che non fosse come Filippo e che fosse un po' come Seba.»

«Perché?»

«Perché con Filippo ogni tanto ti sentivo litigare, invece con Seba non litighi mai.»

Daniela rimane in silenzio e lo guarda indecisa se fare o no quel passo così importante, se è il momento giusto, se non è troppo presto.

Poi Vasco si gira improvvisamente verso di lei. «Mamma ma che fai?»

«Come che faccio?»

«Leggimi *Tarzan*, dai.»

95

Arrivo di corsa al Teatro delle Vittorie, vengo fermato dalla guardia della sicurezza che però poi, riconoscendomi, mi lascia subito passare. Entro nello studio e mi viene incontro Simone.

« Eccomi, che succede? »

« Abbiamo un piccolo problema. Ho scritto anche a Renzi, ma è a Milano per una riunione e mi ha risposto che non poteva passare. Solo per questo ho disturbato te. »

« Non mi hai disturbato. Questa è la mia trasmissione e il mio lavoro. Allora, che succede? »

Simone si sposta un po' di lato, in maniera che possiamo parlare in un angolo senza essere sentiti. « Dovevamo mettere il prodotto in scena, Riccardo dovrebbe avere l'acqua vicino alla sua postazione e berla due volte nell'arco della puntata, sia lui che Juri. Almeno così sono gli accordi. Ma lui si è rifiutato di farlo. Il regista gliel'ha ricordato e lui ha detto che non ha sete. Roberto allora si è arrabbiato come un pazzo, perché oggi voleva registrare almeno due puntate, invece per colpa sua ancora non è neanche a metà della prima. »

« Dov'è Roberto ora? »

« In regia. »

« E Riccardo? »

« In camerino con Juri. »

Alzo il sopracciglio come a dire: capirai. Simone allarga le braccia.

« Stanno sempre insieme. Se vuoi saperla tutta, questa storia dell'acqua gliel'ha suggerita Juri. Me l'ha detto Dora, la truccatrice, li ha sentiti mentre metteva a posto dopo averlo truccato. »

« Bene. Grazie. »

Attraverso lo studio e proprio in quel momento sento il telefonino vibrare. Lo tiro fuori dalla tasca. È Renzi. Rispondo.

« Eccomi. »

« Come va? Problemi? »

« Sto risolvendo. »

« Ma cos'è successo? »

«Ti telefono appena risolto.»

«Te la cavi da solo o hai bisogno di me? Sono a Milano e sto uscendo dagli studi, qui è andato tutto bene.»

«No, non ti preoccupare, spero di cavarmela da solo.»

«Sto andando alla stazione, qualunque cosa chiamami.»

«Okay.»

Chiudo la chiamata ed entro in regia. Non appena apro la pesante porta con il grande vetro spesso, sento le urla di Roberto Manni.

«Ma che cazzo, proprio a noi ci doveva toccare questa stronza! Ora c'ha anche la sua 'fidanzata' che detta legge e ce l'abbiamo messa pure noi per farci prendere per il culo! Che poi gli piacerebbe a tutte e due! Ma il mio se lo sognano...»

Poi mi vede e continua: «Non possiamo farci trattare così. È una vita che faccio trasmissioni, mai nessuno mi aveva fatto sentire così ridicolo».

Lo guardo mentre sta seduto e dà con forza un pugno sulla consolle della regia. Sembra aver sfogato la sua ira, sembra tranquillizzarsi e invece no, ha un altro conato di rabbia e continua a sbattere i pugni, due, tre, quattro volte sulla consolle della regia. «Cazzo, cazzo, cazzo!» Fino a farsi male. Si massaggia la mano mentre Linda, la sua aiuto, gli chiede con voce tranquilla: «Vuoi un po' d'acqua, Robi?» Deve essere abituata a queste scenate.

«Sì, dammi quella che non si vuole bere quella stronza!»

Cerco di calmarlo.

«Allora, io vado in camerino e tento di convincerlo. Se usciamo ed è tutto a posto riprendiamo la registrazione senza nessuna polemica. Fammi questo favore, Roberto, grazie.»

Non aspetto risposta ed esco dalla sala della regia. Attraverso lo studio e vado nel corridoio che porta ai camerini. Busso due volte.

«Sì? Chi è?»

«Sono Stefano, si può?»

«Entra.»

Lo trovo seduto sulla sedia girevole, mentre Juri è sul divano di fronte a lui, che sfoglia uno di quei giornali pieni di foto di Vip.

«Ciao Riccardo, ciao Juri, che succede?»

«Ciao Stefano», mi risponde solo Riccardo. «Dimmelo tu che succede. Non sapevamo nulla di quest'acqua.»

Ha usato il «noi». Juri smette un attimo di leggere e accenna con il mento a un minimo saluto sindacale, non si sforza neanche di emettere parola. Aveva ragione il mio istinto, dovevo menargli quel giorno.

«Perché mi dici così? Ne abbiamo parlato, abbiamo fatto una riunione apposta e c'è stato pure un aumento su ogni singola puntata.»

«Aumento... Sono cinquecento euro. E poi non avevo capito che dovevo bere l'acqua ogni puntata.»

Juri decide di sostenerlo. «Sì, non è chiaro.»

«Non mi ricordo di averti visto a quella riunione.»

Riccardo blocca sul nascere l'eventuale discussione. «Gliel'ho raccontato io la sera stessa. È come dice lui, non è chiaro.»

Juri mi guarda e sorride. È soddisfatto di aver portato un punto a casa. Riccardo è più intelligente ed evita di guardarlo. Sono sempre più convinto che quel giorno dovevo fare di testa mia, ma con la testa di allora.

«Okay, mi dispiace che ci sia stata questa incomprensione. Possiamo mettere a posto le cose e andare avanti con la registrazione?»

Riccardo lancia un'occhiata a Juri e lui fa un brevissimo segno d'assenso con la testa.

«Sì, credo di sì. Come pensi di risolvere questo problema? Mi dispiace, ma non era proprio chiaro che dovevamo bere.»

«Vabbè, non pensiamoci più, non è un problema...» In realtà è scritto in modo preciso sul contratto che ha firmato, ma decido di lasciar perdere. «Potrebbe essere mille euro a puntata?»

Riccardo sorride. «Sì, e cinquecento per Juri.» Poi mi guarda, come se quell'idea gli fosse venuta proprio in quel momento. «Anche lui deve bere.»

«Va bene. Vi faccio preparare un altro contratto con queste condizioni. Il nostro accordo però inizia da subito. Tornate in studio, per favore, così partiamo con la registrazione.»

Esco dal camerino, faccio alcuni passi nel corridoio e poi mi guardo in giro, non c'è nessuno. Do un calcio di punta alla prima porta che trovo. La sfondo. Devono essere fatte di compensato di second'ordine, pensavo tenesse meglio. Poi noto una macchinetta del caffè. Trovo in tasca cinquanta centesimi e prendo un caffè. Non tocco il pulsante dello zucchero e aspetto che scenda il cucchiaino di plastica. Infine supero lo studio e mi affaccio in regia.

« Roberto, ricominciamo. Tieni, ti ho portato un caffè. È zuccherato, devi solo girarlo. »

Roberto mi guarda e sbuffa.

« Grazie, sei sempre molto gentile. Spero che non avranno altri problemi, le nostre amiche. »

« No, spero di no. »

Torno in studio e vado nelle file in fondo. Proprio mentre mi sto sedendo, sento il telefonino vibrare. Sarà Renzi che vuole aggiornamenti. Rispondo senza guardare. « Pronto? »

« Ma dove sei? »

Gin. In un attimo mi ricordo dell'appuntamento che avevamo e che ho mancato. « Amore, scusami, ho avuto un grosso problema sulla trasmissione *Lo Squizzone*, sono qui al Teatro delle Vittorie. »

« Ma mi avevi detto che mi raggiungevi. »

« Hai ragione, ma Renzi è a Milano e Simone mi ha chiamato perché stavano per fare a botte. » Esagero un po' la cosa.

« Sul serio? E chi? »

« Riccardo e il regista. Devo rimanere per controllare che vada tutto liscio. »

« Sì, certo. Hai ragione. Vabbè, allora io salgo, ti chiamo quando esco. Torni per cena? »

« Sì, se vuoi andiamo fuori, se non ti va di cucinare. »

« Poi decidiamo. »

« Okay, un bacio amore, scusami ancora. E fammi sapere subito com'è andata. »

« Sì, certo. A dopo. »

Meno male che è così ragionevole.

Gin entra in clinica e si dirige verso l'ascensore nell'androne. Lo chiama e, mentre aspetta, pensa che in altri tempi poteva succedere qualunque cosa, poteva mettersi a litigare chiunque, ma lui sarebbe venuto lo stesso. Poi entra in ascensore, spinge il pulsante, le porte si chiudono. Vabbè, ma adesso ha più responsabilità. Arriva al piano, esce e va da una segretaria, che controlla il suo nome e, quando lo trova, la fa accomodare. Poco dopo arriva il dottore.

« Ginevra Biro? »

« Eccomi, sono io. »

« Prego, si accomodi. »

Ginevra lo segue entrando in una piccola stanza dove c'è anche un'infermiera.

« Si stenda qui, grazie. Allora, le avevo detto che volevo fare anche delle analisi del sangue: è rimasta a digiuno? »

« Sì. »

« La mia assistente le farà un prelievo. Ha paura degli aghi? »

« No. »

« Bene. »

« Se non sono troppo lunghi. »

« Non è troppo lungo. »

Una giovane ragazza le scopre il braccio sinistro, fissa il laccio emostatico, poi batte sul braccio, trova la vena e alla fine infila un piccolo ago. La prima provetta con il suo nome si riempie di sangue. Ginevra guarda senza avere la minima paura, mentre l'infermiera sostituisce le provette una dopo l'altra, fino a riempirle tutte del suo sangue.

« Fatto, dottore. »

« Bene, grazie. Ci lasci soli. »

Il medico prende un flacone di gel, toglie il tappo, lo mette sulla punta della sua sonda e poi dà delle indicazioni a Gin: « Scopra la pancia, per favore ».

Gin alza la camicia e abbassa i pantaloni dall'elastico leggero, scelti appositamente per quella visita tra diversi vestiti premaman che ha acquistato. Si gira verso sinistra e vede nel monitor la lettura dell'ecografia. Il dottore la rassicura.

« Ho riscaldato un po' il gel, così non ha fatto un salto, né lei né il suo bambino. Eccolo qua, sente il battito? » Gin, tutta emozionata, fa segno di sì, mentre il dottore rileva i centimetri delle varie forme del feto e le trascrive su una cartellina aperta che ha lì vicino. « È tutto perfettamente nella norma e sta crescendo. Si vede anche il sesso. Lo vuole sapere o preferisce che sia una sorpresa? »

96

« Mamma, ma perché arrivi sempre in ritardo? I miei amici hanno sempre la mamma o il papà che già li aspettano, io invece aspetto sempre te! »

Daniela si scusa: « Hai ragione tesoro, ho fatto tardi, non capiterà più ».

« Ma anche oggi che è il mio compleanno sei riuscita a fare tardi. »

Sebastiano, che è alla guida, cerca di giustificarla: « È stata colpa mia. Ho chiesto a tua madre di accompagnarmi a ritirare questa macchina, perché ti volevo venire a prendere insieme a lei. Però guarda, ha una cosa bellissima, vedi che dietro me e mamma c'è un televisore? Guarda ora... » Sebastiano infila un DVD nello stereo e su tutti e due i monitor partono delle immagini.

« No! Ma è fichissimo! È l'ultimo film della Disney! Volevo proprio vederlo! *Alla ricerca di Dory!* È il seguito di *Nemo*! Sai Seba che *Nemo* l'ho visto più di dieci volte? Insieme a *Stitch* e *Tarzan* è il mio film preferito. Allora avete fatto bene a fare tardi! Adesso possiamo andare dove volete e intanto io mi vedo il film. »

Sebastiano e Daniela si guardano, lei gli sorride mentre lui continua a guidare tranquillo. « Allora Vasco, ti andrebbe un hamburger con patatine? Andiamo da McDonald's? Possiamo, mamma? »

« Sì! Mi piacerebbe tantissimo! Mi va un sacco mamma... Posso? »

« Poi ti viene mal di pancia come al solito. »

« Ma mangio piano. »

« Meglio di no. »

« Ma è il mio compleanno... »

« Appunto. Lo voglio festeggiare con il tuo sorriso, non con le tue lacrime per il mal di pancia. »

« Va bene. »

Sebastiano lo vede dispiaciuto. « Allora facciamo così, andiamo a casa mia e ti faccio preparare lo stesso delle cose buone, ma che non ti fanno venire il mal di pancia.»

«Anche le patatine?»

«Certo! Anzi, chiamo subito.»

Sebastiano compone il numero di casa mettendo in viva voce. Risponde il domestico. «Martin, stiamo arrivando, siamo in tre. Il festeggiato Vasco, la mamma ed io. Facci mangiare qualcosa di buono!»

«Certo, Sir.»

«Grazie.» Chiude la comunicazione.

Vasco si sporge fra i sedili. «Perché ti chiama Sir? Sei uno della tavola rotonda? Sei come Lancillotto e re Artù?»

Sebastiano si volta verso Daniela, lei si mette a ridere.

«Ecco, bravo, vediamo ora come te la cavi.»

Sebastiano accetta la sfida. «Sì, diciamo che io mi siedo a una tavola, quadrata però, sono un cavaliere di re Artù, ma dei giorni nostri.»

«Figo!» Vasco si rimette a guardare il film.

Sebastiano si rivolge a Daniela. «Hai visto, basta trovare le parole giuste e c'è sempre una spiegazione a tutto.»

Daniela annuisce, soddisfatta di come gli ha risposto. «Sì, hai ragione.»

Poi pensa tra sé e sé: prima o poi dovrò trovare anch'io le parole giuste, stanno così bene insieme, è ora che Vasco lo sappia, e lo guarda di nuovo mentre guida. Sono proprio contenta che sia lui il papà. Mi ha sorpreso veramente, quando gliel'ho detto è stato subito felice, non lo ha mai messo in dubbio e ha creduto, giustamente, a tutta la storia. Forse sono state le mie parole più di ogni altra cosa a convincerlo. Quando gli ho detto :«Io non voglio niente da te, non sono venuta per i soldi o per metterti in difficoltà, è stato tutto così strano, volevo solo che tu lo sapessi e basta, ecco, mi sembra la cosa più giusta». E lui mi ha sorriso e mi ha detto: «Ho sempre pensato che tu fossi proprio così». E quelle parole mi hanno riempito di felicità. A volte sono le cose più semplici a renderti felice. Poi ne ha aggiunte altre, di uguale bellezza: «Se ti assomiglia anche solo un po', è il bambino più bello che io potessi mettere al mondo. Oggi mi hai fatto un regalo inaspettato e un giorno ti dirò una cosa».

Daniela gli lancia un'altra occhiata. Non ne hanno più parlato, ma lei sa aspettare. Arriverà un giorno per dire le cose giuste a Vasco e per sapere quella « cosa ». Daniela non sa che la data tanto attesa sarà proprio oggi.

Il Porsche Cayenne di Sebastiano si ferma davanti al cancello bianco. Lui prende il telecomando e lo apre. Quando il cancello è del tutto aperto, entra nel grande giardino e si dirige verso il posteggio. Vasco si avvicina al finestrino.

« Ma questa casa è tua? »

« Sì. »

« Ma è tutta roba tua? »

« Sì. »

« Ma è come Villa Borghese! Ma allora certo che ti chiami Sir, sei davvero un cavaliere della nuova tavola quadrata, pensavo mi avessi detto una bugia. »

Ma non fa in tempo a scendere dalla macchina, che da dietro l'angolo della casa escono tutti i suoi compagni di scuola. Corrono verso di lui come se facessero la gara più importante del mondo, con in palio il premio più bello che potessero mai immaginare.

« Auguri! » Lo travolgono, abbracciandolo.

E Vasco rimane senza parole, con le braccia tese, dritte lungo il corpo, sorride quasi inebetito, travolto da così tanto affetto. Guarda Daniela e poi Sebastiano e poi tutti quegli amici che a turno posano la testa sul suo petto o lo abbracciano e dicono frasi come « ti voglio bene », « tanti auguri Vasco », e qualche bambina lo bacia sulla guancia e ogni tanto per sbaglio anche sulla bocca e Vasco naturalmente si pulisce con il bordo del golfino. E c'è anche il suo cuginetto Massimo, che lo abbraccia più forte degli altri. Poi, quando tutti lo hanno salutato, Daniela gli si avvicina.

« Hai visto che bella sorpresa? Ci scusi ora? Hai capito perché abbiamo fatto tardi? È stata un'idea di Seba. »

Lui, un po' imbarazzato, si giustifica in qualche modo con Vasco: « Me l'hanno suggerita gli amici della tavola quadrata. Mi hanno detto: 'Invita i suoi amici per il compleanno, perché a Vasco farà piacere'! »

« È vero. »

« Ma mica mi hanno detto solo questo. Vedrai quante cose succederanno dopo aver mangiato. Hai delle persone che ti seguiranno tutto il giorno, eccole qua. »

Arrivano tre ragazze più un mago con una parrucca azzurra e un grande cappello in testa e subito guidano tutti quei bambini.

« Venite che è pronto da mangiare. Ognuno si sieda al posto che gli spetta! »

Nel grande gazebo c'è un tavolo e come segnaposto ci sono dei pupazzetti con la faccia di ogni bambino stampata e attaccata sopra. Azzurri per i maschi e rosa per le femmine. Anche il pupazzetto di Vasco ha la sua foto attaccata e una corona in testa.

« Ma questo sono io! » Lo prende in mano e si gira tutto felice verso Daniela.

Sebastiano interviene: « E certo, perché gli amici della tavola quadrata hanno deciso che oggi tu sei il re, visto che è il tuo compleanno, e vicino hai la tua damigella e il tuo fido scudiero ».

Infatti alla sua destra c'è il pupazzetto con la faccia di Niccolò, l'amico simpatico che gli aveva regalato lo Skifidol e alla sua sinistra c'è il pupazzetto rosa con la faccia di Margherita, la bambina che Daniela sa che a lui piace moltissimo. Vasco si siede ed è il bambino più felice del mondo. Sui loro piatti di carta vengono serviti patatine e poi piccoli panini morbidi con prosciutto e salame, poi pizzette rosse e pezzetti di cotolette tagliate a misura di boccone, che tutti i bambini fanno sparire in poco tempo. Dallo stereo si alternano le canzoni dei loro cartoni animati più amati. Le tre ragazze sono attente nel riempire in continuazione i piatti, i bicchieri di Coca-Cola, Fanta e acqua non troppo fredda. Ogni tanto una di loro accompagna i bambini in bagno. Iniziano i giochi del mago e lo spettacolo al teatrino con le marionette e compare anche un personaggio dei cartoni animati in carne e ossa e qualcuno dei piccoli amici di Vasco perfino si spaventa, ma una delle tre ragazze glielo fa toccare, facendogli superare quella paura. Poi giocano con delle grandi bolle di sapone, che vengono tirate fuori da una bacinella e che riescono a contenere per intero un bambino e che si rompono sulle loro teste. Una ragazza arriva con un microfono e partono le basi delle colonne sonore dei loro cartoni animati preferiti, alcuni bambini iniziano a cantare, si passano il microfono cimentandosi in una specie di piccola *Corrida*. E come ultima sorpresa c'è anche una specie di Pentolaccia, un grande telaio quadrato penzola dai rami di un olivo con attaccati tantissimi premi incartati. Tutti i bambini hanno una clava di plastica e si divertono come pazzi a colpire quei regali, facendoli cadere e impossessandosene, per poi scartarli e saltare felici perché ognuno di loro ha di certo trovato qualcosa di bello. Daniela vede la felicità di suo figlio e la bellezza di questo momento e poi si gira e si accorge che Sebastiano è lì, che guarda quei bambini con un sorriso enorme stampato in faccia, felice anche lui di questa splendida sorpresa perfettamente riuscita.

Alle sette il cancello si apre ed entrano una ad una le macchine dei genitori. C'è una specie di carosello, si fermano, salutano, ringraziano, prendono il bambino e ripartono, uno dopo l'altro, fino all'ultimo, inevitabile ritardatario che lascia la villa scusandosi.

« Allora? Ti è piaciuta la tua festa a sorpresa? »

« Moltissimo mamma. » E l'abbraccia forte.

Sebastiano si scusa, va dentro casa a dare alcune indicazioni a Martin e Idan, ma soprattutto perché vuole lasciare soli Daniela e Vasco.

« Hai visto mamma che bei regali che mi hanno fatto i miei amici di scuola? Ci sono tutte le cose che ho visto in TV, alcune le volevo chiedere a Babbo Natale, ma me l'hanno regalate loro. »

« Sì, ho visto. Però il regalo più bello te l'ha fatto Seba. È sua l'idea della festa. Si è fatto dare il numero di telefono di tutti i papà dei tuoi compagni di scuola per farti questa sorpresa! »

« È stato bellissimo. Io gli voglio bene a Seba. Ora te lo posso dire, molto più che a Filippo. »

Daniela si mette a ridere. E improvvisamente capisce che è questo il momento di dirglielo, ma non sa proprio come iniziare. Poi si ricorda di quel film di cui aveva parlato con Babi e le viene un'illuminazione.

« Vasco, ti devo dire una cosa. Sebastiano tanto tempo fa ha avuto un incidente e ha sbattuto la testa, non si ricorda più niente, ma in realtà è lui il tuo papà. »

Vasco apre la bocca, rimane sorpreso, ma non scioccato.

« Sul serio? »

« Sì. »

« Ma sei sicura? »

« Certo... »

« Ma è troppo simpatico. Ma io ho un padre fighissimo. Solo che ora come facciamo a dirglielo? Ma prima o poi se lo ricorderà? »

«Secondo me se tu vai e glielo dici, gli torna la memoria ed è felicissimo.»

«Sei sicura mamma?»

«Sono sicurissima. Quando glielo dirai, si ricorderà tutto in un attimo. Se te lo dice la tua mamma, è così. Ti ho mai detto una bugia?»

Vasco rimane un attimo perplesso, poi le sorride. È vero, mamma non dice bugie. Così lascia cadere la clava per terra e cammina verso la porta principale della villa. Sebastiano è lì, in piedi, sta dando alcune indicazioni quando si sente chiamare.

«Seba...»

Si gira e vede Vasco da solo nel salotto. Daniela li guarda da lontano.

«Ti volevo ringraziare della festa. È stata bellissima, una sorpresa che mi è piaciuta proprio tanto.»

Sebastiano rimane in piedi e gli sorride. «Sono felice che ti sia divertito.»

«Ti devo dire una cosa. Mi è piaciuta ancora di più perché ho saputo una cosa. Tu non te lo ricordi, ma io te lo devo proprio dire. Tu sei il mio papà.»

Allora Sebastiano, sorpreso, guarda Daniela e la vede che sorride e annuisce da lontano, così senza più aspettare si inginocchia davanti a lui e lo stringe forte.

Vasco, con la voce quasi soffocata per via dell'abbraccio, gli ripete: «Ora te lo ricordi un po'? Almeno un po'?»

Sebastiano si stacca da lui e lo guarda emozionato e commosso. «Me lo ricordo tantissimo. Mi è venuto in mente proprio ora... Sono così felice di essere il tuo papà.»

Allora Vasco si stacca e va verso la porta, poi si gira l'ultima volta e gli sorride. «Però non te lo dimenticare più, eh?»

«No, certo che no.»

Vasco corre verso Daniela gridando a voce alta: «Mamma, mamma, gliel'ho detto! Avevi ragione, se l'è ricordato subito!»

«Hai visto? Non ti dico mai bugie.»

«Ora possiamo andare a casa che voglio giocare alla nuova Wii che mi hanno regalato?»

«Sì, metti i regali in macchina che arrivo subito.»

«Va bene.»

Vasco va a prendere i giochi nel gazebo, mentre Daniela raggiunge Sebastiano.

« Come ci sei riuscita? »

« Ho avuto un grande maestro. Basta trovare le parole giuste... »

Sebastiano sorride. « È vero... »

« Gli ho detto che avevi perso la memoria. Che poi è la trama di un film ispirato ad una vera storia d'amore. »

« Allora, ti avevo detto che dovevo dirti una cosa... Ecco, quando ho saputo che Vasco era mio figlio, sono stato l'uomo più felice del mondo. Ormai pensavo che non avrei mai avuto un figlio. Forse perché credevo che non avrei mai trovato una donna per me. Invece sei stata tu a trovare me. » E rimane così, davanti a lei, con gli occhi socchiusi, le sorride in quel modo tutto suo e poi le dice semplicemente « grazie ».

« No, grazie a te per questa bellissima festa per tuo figlio. »

97

Sento la sua voce che viene dal salotto: « Allora? Com'è andata? Hanno fatto a botte? »

Appoggio il giubbotto all'ingresso, sull'attaccapanni, e le chiavi dentro lo svuotatasche sul mobile messicano a sinistra.

« No, per fortuna no. Un altro po' però e gli menavo io a tutti e due. »

Gin è seduta con i piedi sul tavolino basso, un cuscino dietro la testa, molto rilassata, guarda la televisione a basso volume.

« Ehi? Ma che fai? Mi tradisci? Guardi Canale 5 a quest'ora? »

Ride mentre mangia un pezzo di finocchio che prende da una ciotola celeste che tiene poggiata sulla pancia. « Ma a me piace di più Bonolis! Riccardo è troppo attore di teatro. A volte per dire se una risposta è esatta o meno fa un giro di parole assurdo. Cita Molière, Čechov, una volta perfino Schnitzler. Ma tu lo sai che Arthur Schnitzler aveva fatto un'opera che si chiamava *Girotondo*? »

« Mai saputo. Ma sei sicura? »

« Sì, l'ha detto Riccardo. Allora ho cercato su Google. È vero. Sono dieci scene in cui parlano due attori sempre diversi, ogni volta la scena finisce con loro che fanno sesso. Poi uno rimane in scena e incontra il personaggio successivo. »

« Con il quale fa sesso. »

« Esatto. »

« Be', vedi, ora conosci *Girotondo* di Arthur Schnitzler. »

« Ma vattene va'... Per me Riccardo è troppo vanesio. »

« Vanesio? E questa parola ora dove l'hai sentita? L'ha detta sempre Riccardo? »

Gin ride. « No, questa la sapevo già per conto mio. Guarda che a scuola ci sono andata. Vanesio, una persona sciocca che si compiace di sé. Nasce da una commedia dove il protagonista si chiama Vanesio e si comporta così. Da allora si usa questo termine. Riccardo lo è, ma forse neanche lo sa. Potrei condurre io al posto suo. »

« Magari, mi toglieresti le castagne dal fuoco. »

« Aspetta, aspetta... » Prende il telefonino e cerca. « Togliere le castagne dal fuoco. Il detto completo è togliere le castagne dal fuoco con la zampa del gatto. Nasce da una favola di La Fontaine. Una scimmia loda così tanto un gatto da fargli prendere le castagne da una brace. Il gatto lo fa e si brucia la zampa! Un gatto... vanesio, vedi? Sì, ho deciso, conduco io, ma dopo che ho partorito. »

« È vero, scusami, non ti ho chiesto niente. Com'è andata? »

« Benissimo. Misure perfette, cresce nella norma... E ho saputo anche il sesso. »

« No, non ci credo. Finalmente! »

Gin prende una cartellina che ha lì vicino sul divano e la allunga verso di me, ma quando provo a prenderla, lei la ritira indietro mandandomi a vuoto.

« No, non te la do. Dovevi venire all'appuntamento! »

« Ma non è che me lo sono dimenticato. Non ho proprio potuto. Renzi era a Milano e non c'era nessuno che potesse risolvere questo problema. Te l'assicuro, dovevo restare per forza. »

« E certo, ormai lui è produttore... »

« Sciocca. »

Gin mi porge di nuovo la cartellina, io provo a riprendergliela, ma lei è più veloce e muovendo solo il polso in giù, mi fa mancare di nuovo la presa.

« E dai, sei tremenda! »

« Tremendissima e vendicativissima. Allora facciamo un gioco, voglio vedere se indovini di che sesso è, tanto qui c'è scritto. Se indovini, decidi tu il nome. Se sbagli, decido io. Ci stai? »

« Va bene. »

Gin mi sorride. Posa la cartellina sulla spalliera del divano, proprio davanti a me. La guardo negli occhi e cerco di capire.

Lei alza il sopracciglio. « Non ti darò nessun indizio. »

Improvvisamente, inevitabilmente, drammaticamente, mi viene in mente Babi. Come avrà comunicato la notizia al marito? Il sesso del bambino l'ha saputo alla sua prima visita? E quando l'ha saputo, gliel'ha detto subito? Lo ha aspettato a casa, gli ha mandato un messaggio appena uscita dal ginecologo? Una foto di un bambino maschio, di un fiocco azzurro, di scarpe celesti da bebè, del simbolo del maschio con il cerchio e la freccetta in alto a destra, indice dello scudo e del dio romano Marte?

« Allora? A cosa stai pensando? O è maschio o è femmina,

non ti puoi sbagliare! Mica ti sto dicendo di indovinare il peso preciso! »

Sorrido, ma sono infastidito. Cerco di non farglielo vedere, ma un'inquietudine mi sale dal profondo. Quel bambino che vive con Babi e suo marito è mio. E così, per contrasto, senza averlo veramente pensato, per dare una risposta e allontanare tutto questo fastidio da me, le dico di getto: « Femmina ».

E Gin rimane con il finocchio appena spezzato in bocca, poi riprende a masticare.

« Bravo. Cavoli, hai sempre fortuna! »

« Vabbè, avevo il 50 per cento delle possibilità. Mi è andata bene. Allora vediamo un po'... Ecco: Gertrude! Gertrude mi piace moltissimo, un nome non comune, un nome importante. Gertrude era la regina, la mamma di Amleto. »

« Ma a te invece chi te le dice queste cose? Riccardo non le sa. Forse Renzi? Ti preferivo ignorante! Ma ti pare che mia figlia si chiamerà Gertrude? Senti come suona... »

« Bellissimo, unico, speciale. Ho vinto e quindi il nome lo decido io. »

« Ma era per dire! E poi Gertrude era anche il nome della monaca di Monza. »

« Sul serio? »

« Certo! Anche questo deriva dalla mia personale conoscenza scolastica. Mica vorrai tua figlia così peccatrice... »

E continuiamo a provare nomi femminili. Giorgia, Elena, Eva, Giada, Francesca, Ginevra come sua madre o addirittura Gin, Anastasia, Anselma, Isadora, Apple, come la figlia di Chris Martin e Gwyneth Paltrow, oppure Lourdes Maria come la figlia di Madonna oppure il nome della figlia di Cher e Sonny Bono, Chastity! Continuiamo a scherzare, ma tutto questo mi ricorda quando io e Babi siamo entrati in quella casa al mare e abbiamo trovato quegli accappatoi con le due iniziali e, dopo il bagno, ce li siamo infilati e abbiamo iniziato a inventare i nomi più assurdi, esagerando di proposito. Alla fine Amarildo e Sigfrida erano abbracciati a guardare quelle stelle, felici, tanto da sentirsi tre metri sopra il cielo. Una morsa mi stringe lo stomaco. Riuscirò mai a liberarmi di lei, di ogni pensiero, ricordo, gioia o dolore, di tutto quello che di lei negli anni mi è rimasto sempre dannatamente addosso?

98

Babi esce dalla camera da letto di Massimo.

« Ti ho mandato le rose rosse e non mi hai risposto nemmeno con un messaggio... » Lorenzo è in piedi in mezzo al salotto.

« Sono stata fuori tutto il giorno e sapevo che saresti tornato. Dovevo controllare i compiti di Massimo. »

« Abbiamo una tata per questo. »

« Voglio che mio figlio cresca con me, che senta la mia voce. Odio quando i bambini a scuola parlano con le intonazioni da filippino. »

« Sei sempre stata razzista. »

« Sono la persona più tollerante e aperta del mondo. Parlando di mio figlio e della sua educazione, a volte mi sorprendi. Pensavo mi conoscessi, non amo le tate per casa. Anche noi da piccole non le abbiamo avute. »

« Noi possiamo permettercela... »

Babi lo guarda male. « Anche i miei potevano tranquillamente, hanno preferito così. » Si avvicina alle rose, le apre un po' all'interno del vaso, prende il biglietto posato lì vicino e lo legge. *Ti amo come allora.* Lo richiude. « Grazie, sono bellissime. »

« Sai perché te le ho regalate? »

Babi rimane in silenzio. Mette a posto alcune figurine rimaste per terra fuori dal gioco di Massimo.

Lorenzo la guarda mentre è di spalle. « Perché oggi è il nostro mesiversario. È la prima volta che ci siamo dati un bacio. Era notte, era molto tardi, eravamo al Gianicolo. Siamo scesi dalla macchina, faceva freddo e tu mi hai detto: 'Stringimi'. Ed io l'ho fatto, ti ho abbracciata e siamo rimasti così per un po'. Poi ti ho baciata, tu hai riso e mi hai detto: 'E che cosa vuol dire questo? Che ci siamo messi insieme?' E io ti ho risposto: 'No, che ti voglio sposare'. » Lorenzo sorride, tira fuori un pacchetto di sigarette e ne accende una. « Allora? Te lo ricordi? »

« Perfettamente. Come tu non ricordi di non fumare in casa. »

Babi esce sul terrazzo, Lorenzo prende un posacenere e la segue. Lo posa sul bordo della ringhiera e si rimette vicino a lei. Rimangono in silenzio, guardando le macchine sulla Nomentana. C'è un po' di traffico. Su un tetto più lontano sventola la bandiera di un'ambasciata, poi le splendide volte di Santa Costanza.

Lorenzo si guarda in giro. « È venuto benissimo il terrazzo. Anche l'illuminazione mi piace molto. Ci sediamo lì? » Le indica un divano vicino a dei corbezzoli e a un pino marittimo, illuminato con delle luci azzurre.

Babi lo raggiunge mentre Lorenzo si avvicina all'interruttore delle luci del terrazzo e le abbassa leggermente. Quando Babi si gira non lo vede più, poi sente partire dalle casse la musica di *Meraviglioso* dei Negramaro, che si diffonde sul terrazzo e subito dopo compare Lorenzo con un telecomando in mano che le sorride.

« Abbassa un po' la musica, ho paura che se chiama Massimo non lo sentiamo. »

Allora lui mostra nell'altra mano un interfono per neonati acceso. « Con questo lo sentiamo di sicuro. » Lo poggia sul tavolino basso davanti a lei. « Vuoi qualcosa da bere? »

« Un caffè, grazie. »

Lorenzo rientra in casa e poco dopo compare con un vassoio, sul quale c'è il caffè per Babi e una bottiglia di whisky Talisker, con un bicchiere basso e una ciotola con del ghiaccio. Si siede, si riempie il grosso bicchiere di cubetti e ci versa sopra il whisky, fino ad averlo quasi pieno. Poi dà un lungo sorso, si appoggia allo schienale, allarga le braccia e guarda verso il cielo.

« Sono sempre in giro, ma non riesco a placarmi, sono come una trottola, ma in realtà vorrei essere qui vicino a te. »

« Però anche quando sei qui a Roma comunque non ti vediamo mai. Non vieni a mangiare a casa, non vai a prendere Massimo a scuola e la sera hai quasi sempre qualcosa da fare o vedi i tuoi amici. Tutto mi fa pensare che hai un'altra. »

« Magari. »

Babi si gira e lo guarda sorpresa, non capisce.

Lorenzo beve un lungo sorso e finisce tutto il whisky. Si riempie di nuovo il bicchiere e beve ancora, poi tira fuori il pacchetto e si accende un'altra sigaretta. « È da quando sono piccolo che ho te in testa. Ti ho rincorso tutta la vita, ti venivo dietro, ti cercavo, ti chiamavo, ti invitavo alle feste, sei sempre stata la mia ossessione. »

« Non avrei mai creduto di essere così importante per te. Non sei contento allora che sei riuscito a realizzare il tuo sogno? Mi hai sposato. »

Lorenzo finisce di nuovo il bicchiere, lo riempie e ne beve ancora. Poi dà un tiro alla sigaretta.

« Non ti ho sposato. Sei tu che hai sposato me. Anzi, una parte di me, quella che ti serviva a riempire lo spazio che potevo occupare nella tua vita. Non ho ancora capito perché hai avuto bisogno proprio di me. Perché mi hai scelto. Forse mi volevi punire per qualcosa. »

Babi si mette a ridere. Lorenzo la tira a sé e la bacia. Per un attimo lei lo lascia fare, anche se non apre la bocca. Allora lui le alza il vestito, le tocca le gambe, prova ad allargarle e infilare la mano nelle sue mutandine, ma lei resiste, stringe le gambe, non si lascia toccare. Lorenzo ci mette più forza, mette la sua gamba sopra le sue per cercare di aprirle e a quel punto inizia una specie di lotta, ma all'improvviso Lorenzo si stacca perché lei gli morde il labbro.

« Ahia. »

« Stavi esagerando. »

« Ti desidero. »

« Non così. »

« Sai da quant'è che non facciamo l'amore? Più di otto mesi. Ma non capisci che io ti amo ancora? Cosa devo fare per fartelo capire? Tu sei l'unica che desidero, che mi piace, che mi eccita. »

« Vado a vedere come sta Massimo. »

Babi si allontana, facendo il giro largo. Lorenzo la guarda andar via.

« Vorrei che tu mi amassi un decimo di quanto ami lui. » Poi prende il bicchiere e lo finisce tutto d'un sorso.

Babi entra in casa. Anche un decimo, pensa, sarebbe sempre troppo.

99

Gin si sveglia presto e va in cucina. Sa che Step aveva un appuntamento di prima mattina. Trova un biglietto appoggiato alla sua tazza della colazione.

In bocca al lupo per oggi, un bacio.

Così prende il telefonino e gli manda un messaggio.

Crepi. Un bacio anche a te.

Nota però che non compare la doppia spunta blu della visualizzazione di WhatsApp, a segnalare che è stato letto.

Gin si prepara la colazione, mette l'acqua a bollire e nel frattempo mangia a piccoli morsi una fetta biscottata, poi sfoglia il giornale, legge alcune notizie, guarda la pagina degli spettacoli. È tanto che non andiamo a teatro. Ecco, questo mi piacerebbe proprio vederlo, *Due partite* di Cristina Comencini. Ci sono delle ragazze negli anni '60 che poi saranno le mamme delle figlie nel secondo atto. È una bella idea. E poi sono quattro attrici brave. Magari prendo i biglietti e gli faccio una sorpresa. Ma ci ripensa. Meglio di no, se poi ha un evento o una serata importante giustamente mi dà buca. Sente l'acqua bollire, si alza, spegne il fuoco, ci mette dentro una bustina di tè verde e la tira su e giù e dopo un po' la toglie. Poi prende la presina di stoffa per non bruciarsi e porta la teiera al tavolo. Si riempie la tazza, ci mette un cucchiaio di miele e comincia a girarlo per scioglierlo. Intanto mangia un'altra fetta biscottata. Guarda l'ora. C'è ancora tempo. Sono troppo contenta, è un momento veramente bello della mia vita. Aurora che sta per nascere, la stanza nuova da fare per lei, il lavoro di Step che va a gonfie vele, il suo carattere che è molto migliorato e oggi, come se non bastasse, mi hanno convocata in uno studio dopo che avevo inviato in giro il mio curriculum. Solo che lo avevo fatto sette mesi fa, quando ancora non sapevo che presto saremmo diventate due! Così si prepara con calma, si fa una doccia, si asciuga i capelli, si trucca, rimane indecisa se mettersi una gonna o dei pantaloni blu scuro, una camicia bianca, una bella cinta larga e delle scarpe non troppo alte, nere. Poi alla fine decide e vestita di tutto punto sale sulla sua Cinquecento L, mette a posto lo specchietto. Ecco, più calma di così è impossibile. Poco dopo è a viale Bruno Buozzi. Lo studio è lì. Trova subito parcheggio e questo le sembra un ottimo segno del destino. Così chiude la macchina ed entra in un bellissimo palazzo. L'ingresso è tutto lavorato in marmo. Agli angoli, vicino alla scala principale, ci sono due grandi piante curate. A destra, invece, la portineria, dove un signore seduto a un piccolo tavolino di legno controlla la posta appena arrivata.

« Buongiorno, vado allo studio Merlini. »

« Sì, deve prendere il secondo ascensore, terzo piano. »

« Grazie. »

Gin segue le indicazioni e arriva di fronte a una grande porta con una targa che elenca i soci dello studio. Suona il campanello. Nota che sulla sinistra, poco sopra la porta, c'è una piccola telecamera. Sicuramente qualcuno la sta osservando. La porta si apre con un suono elettronico.

Entra, chiude la porta alle sue spalle e si rivolge ad una giovane segretaria dai capelli corti seduta dietro una scrivania. « Buongiorno, sono Ginevra Biro, ho un appuntamento con Carlo Sacconi. »

« Sì, prego... » La ragazza esce dalla sua postazione e si incammina lungo il corridoio.

Gin la segue, guardandosi intorno. Lo studio è grande, con diversi uffici dove molti giovani avvocati, uomini e donne, sono al lavoro.

La ragazza si ferma davanti a una porta aperta. « Avvocato Sacconi, ecco la persona che stava aspettando. »

Gin entra. Un uomo sui quarant'anni si alza, esce da dietro la scrivania e le va incontro.

« Che piacere conoscerla, prego, prego, si accomodi. »

Gin si siede e l'uomo, dopo aver chiuso la porta, torna da lei.

« Sono proprio contento che abbia accettato questo appuntamento. Mi fa ben sperare, vuol dire che ancora non è entrata in altri studi. »

Gin sorride. « Esattamente, per adesso non ho detto di sì a nessuno. Tranne che qualche settimana fa a mio marito! »

« Ah! Si è sposata da poco! Bene, auguri allora. »

« Mi sto riprendendo adesso dal matrimonio. È stato bellissimo prepararlo, ma anche molto faticoso, per fortuna poi abbiamo fatto un bel viaggio di nozze rilassante. »

« Dov'è andata di bello? »

« Fiji, Cook e Polinesia. »

« Dev'essere bellissimo come viaggio. Io e mia moglie siamo stati alle Mauritius. Ma non ci è piaciuto molto. Un viaggio invece che vorremmo fare è alle Seychelles. »

« Mi hanno detto che sono bellissime. »

« Sì, c'è l'isola di Praslin, naturalmente, ma il posto veramente magnifico pare sia La Digue. »

« Anche mio marito me lo ha detto. » E Gin si ritrova a parlarne così, si sorprende di non sentirsi per niente in imbarazzo, anzi, le sembra la cosa più naturale del mondo. « Magari un giorno ci incontreremo in vacanza proprio lì. »

« Sì, a volte queste coincidenze accadono. »

Continuano a parlare della particolarità di tutte quelle piccole isole delle Seychelles. E l'avvocato Sacconi sembra preparato su tutto, sul clima, « A luglio e agosto fa freddo », sul cocomero, « La pianta dal seme più grande del mondo », sul primitivo « albero medusa », sul pappagallo nero di Praslin e il pigliamosche del paradiso.

« Pensavo lo dicesse così per dire, ma lei è proprio un fan delle Seychelles! Allora andiamo tutti insieme, così ci fa da guida. »

L'avvocato Sacconi ride. « Certo, vi avviseremo per tempo. Bene, ora torniamo al lavoro. Anche lei ha un fan, sa? Si tratta del nostro capo supremo, l'avvocato Merlini in persona. Ha letto la sua tesi sul diritto digitale e l'ha trovata fenomenale. Ha proprio detto così, 'fenomenale', perché sa come inquadrare legalmente il fenomeno. Che ne dice? »

« Dico che sono molto contenta, ho scritto quella tesi con grande entusiasmo e sono felice che sia piaciuta all'avvocato Merlini. Però devo essere sincera... »

L'avvocato Sacconi ferma Gin con la mano.

« Non mi dica nulla, non voglio sapere niente, magari è un altro studio di amici che conosco e non voglio fare una scorrettezza. Noi, oltre al praticantato, le diamo anche un rimborso spese e un gettone settimanale. Non dico che sia assunta, ma ci si avvicina molto. E questa cosa mi è stata espressamente indicata dall'avvocato. Quindi non devo sentire nessuno per potergliela proporre. » Poi l'avvocato Sacconi guarda Gin sorridendole. « Spero che lei sia interessata ad accettare la nostra offerta. »

« E spero che lei possa accettare la mia. Ho una figlia. »

« Vuole che prendiamo qui allo studio anche lei? »

« Tra una ventina d'anni, magari, per adesso sta studiando dentro di me. » E si tocca la pancia per essere ancora più esplicita.

« Bene, congratulazioni. Ne parlerò all'avvocato Merlini, ma sono sicuro che non sarà un problema. Compatibilmente al tempo che darà alla nascitura, lei ne darà un po' anche a noi e, man mano che andremo avanti, troveremo via via le soluzioni più giuste, ne sono sicuro. »

Gin rimane sorpresa da queste parole. « Certo, mi fa molto piacere. Allora mi fa sapere qualcosa lei? »

« Di sicuro al più presto. » L'avvocato Sacconi si alza e va verso la porta. « Venga, l'accompagno. »

Escono dalla stanza e ripercorrono tutto il corridoio fino ad arrivare all'ingresso dello studio.

« Allora a presto. »

« Grazie di essere passata. Ho apprezzato la sua sincerità. »

L'avvocato se ne va. La segretaria fa scattare la porta e proprio quando Gin esce, quasi si scontra con un ragazzo.

« Mi scusi. »

« Scusi lei... Ginevra! Che sorpresa! Ma che ci fai qui? »

Le serve qualche secondo per metterlo a fuoco.

« Nicola! Ciao! »

Si danno un bacio.

« Sono venuta a un colloquio. E tu? »

« Io lavoro qui. » Poi le indica la targa sulla porta. « Vedi? Non ti ricordi il mio cognome, allora. »

È vero. Si chiama Nicola Merlini, come ha fatto a non venirmi in mente? Però è una vita che non lo vedo, sono giustificata. « Hai ragione, non c'ho proprio pensato. »

« Figurati! Ci prendiamo un caffè, ti va? C'è un bar qui sotto. »

Così scendono con l'ascensore e Gin lo guarda incuriosita. Nicola aveva un debole per lei e stavano per provare anche a mettersi insieme, se non fosse rientrato prepotentemente nella sua vita Step.

« È tanto che non ci vediamo, non ci siamo neanche più incontrati per caso. »

« Meno male che è capitato oggi, com'è andata? »

« Bene credo... »

« Sacconi è in gamba. »

Entrano nel bar.

« Che prendi? »

« Un decaffeinato. »

« Un deca e per me invece uno nero normale, grazie. »

E improvvisamente Gin ha un'illuminazione. Non è che per caso Nicola, quando ha visto il suo curriculum, ha voluto che fosse presa?

« Nicola... non è che tu c'entri qualcosa con questo appuntamento, vero? »

« Assolutamente no. »

« Sai che se dovessi scoprire che sono stata raccomandata, solo per questo non accetterei. »

Arrivano i due caffè.

« Ecco, per voi. »

« Grazie. »

Prendono tutti e due lo zucchero. Poi Nicola le sorride.

« So perfettamente come sei fatta e mi piacevi anche per questo. Io comunque non c'entro nulla. Sapevo che mio padre aveva parlato molto bene di una tesi, ma non sapevo fosse la tua. »

Gin si gusta ancor più quel caffè.

Nicola la guarda e le sorride. Gli piace ancora molto. Ha fatto bene a insistere con suo padre per farla prendere.

100

C'è molta gente da Vanni. Tutti chiacchierano, ridono, è un continuo corteggiamento. Qualcuno finge di avere un incontro di lavoro pur di conoscere una bella ragazza e riuscire a convincerla a fare qualcosa insieme, da tutti i punti di vista. Qualcun altro è sul serio lì per lavorare, ma un'altra bella ragazza crede che l'abbia convocata per ben altri motivi, non sapendo che si sbaglia di grosso, perché quel tipo è gay. Poi lo vedo, seduto in un angolo, che legge il giornale con gli occhiali appoggiati sulla punta del naso e un cappuccino tenuto a mezz'aria con la mano sinistra.

« Enrico Mariani, colui che mi ha permesso di entrare in questo mondo di lustrini e paillettes. »

Lui poggia il giornale e la tazza sul tavolo e si alza.

« Vieni qui, manigoldo. »

E mi piace questa espressione antica detta dalla sua voce calda, adatta al sessantenne che è, fascinoso e colto, burbero e simpatico, un signore d'altri tempi con un'eleganza che molti non riusciranno mai neanche a immaginare.

Mi abbraccia con forza, poi mi mette le mani sulle spalle e me le stringe forte. « Fatti vedere un po'. » Mi scruta. « Sei in gran forma. »

Poi mi lascia e ci mettiamo a sedere.

« Pure tu. »

« Non mi coglionare. Io sono vecchio e acciaccato, tu sei giovane e forte... »

« Quelli erano trecento... e sono morti! »

Si mette a ridere. « Sei un vero malandrino. Manigoldo e malandrino. Immagino le donne che hai. »

« Ma se mi sono appena sposato! »

« È vero. Stavo poco bene, sennò sarei venuto volentieri al tuo matrimonio. Grazie dell'invito, so che dell'ambiente di lavoro non hai invitato nessuno. Quindi questa cosa mi ha fatto ancora più onore. »

« Non credo di avere molti amici in quest'ambiente, ho qualche estimatore, forse... »

« Scherzi? Hai fatto una carriera incredibile. Futura sta mietendo successi. »

« Ma se siamo appena agli inizi. »

« Chi ben incomincia... »

« È a metà dell'opera. »

Mi diverte questo gioco, lo facevamo qualche volta anche allora, quando abbiamo iniziato a lavorare insieme.

« Allora ti devo venire a proporre qualche idea. »

« Volentieri. »

« A patto che però me le bocci, come con chiunque altro. »

« Se non sono buone... »

« E certo! »

« Sennò le prendiamo pagando poco, come con chiunque altro. »

Mariani si mette a ridere. « Ci sto! Ti è piaciuto il mio regalo? »

« Moltissimo... »

Mi guarda e alza il sopracciglio, come se pensasse che non mi ricordo cosa mi ha regalato.

Gli sorrido. « Mi stai mettendo alla prova? »

Beve un po' del suo cappuccino e mi soppesa, cercando di capire se sto bluffando o no. Rimango impassibile. Si asciuga la bocca e posa la tazza.

« Okay. Se perdo, ordini quello che vuoi, se no paghi tu. Secondo me non stai bluffando, sai quello che ti ho regalato. »

« Okay. Un toast e un cappuccino freddo. »

Mariani alza la mano e subito viene Anna.

« Sì Enrico? »

« Un altro cappuccino caldo per me, un cappuccino freddo e un toast. »

Anna si allontana.

« Ma stai giocando al contrario, io potrei dirti tutto quello che non è... Potrei far finta di non saperlo. »

« So che non mi mentiresti. »

« È vero. Ce l'ho in salotto, appena si entra. Un quadro di Balthus. È fantastico. » Non sa che quando l'ho visto per un attimo ho pensato che me l'avesse mandato Babi. Non volevo credere ai miei occhi, poi per fortuna c'era il suo biglietto. Glielo cito:

« 'All'autore di una storia bellissima, la tua. Nel presente non c'è più tempo per il dolore di ieri' ».

« Te la ricordi... »

« Certo, ho anche cercato di capire cosa significasse! »

« Spiritoso... »

Arrivano il toast e i due cappuccini.

Enrico Mariani tira fuori il portafoglio dalla tasca e paga.

« Grazie Anna, tieni pure il resto. »

Iniziamo a sorseggiare ognuno il proprio cappuccino in silenzio. Io do anche un morso al mio toast.

« Allora... » Mi coglie alla sprovvista: « Quello che è accaduto al Teatro delle Vittorie ti ha legato ancora di più a quella ragazza, tanto che te la sei sposata ».

« Sì. »

« E sei felice? »

Tutti sono fissati con questa domanda. Alla fine credo di esserlo, penso di poterlo dire senza mentire.

« Sì, molto. »

« Oh, finalmente qualcuno che non si vergogna! Qui sembra che tutti abbiano paura di essere felici. Fai bene, goditi questo momento, la fama, il successo, l'onore, i soldi, magari arriverà anche qualche figlio. È giusto essere felici quando ce lo possiamo permettere. Mio figlio invece non riesce a esserlo mai. Anche adesso che fa la sua prima trasmissione da autore, e non so se devo ringraziare te, ma questo è un altro discorso, be', non è felice! »

« È l'inquietudine dell'essere ragazzo, è bene che sia così. Fagli vivere la sua infelicità, magari lo renderà più creativo. Ci sarà un tempo per essere felici. »

Mariani sorseggia il suo secondo cappuccino. « Mmmm, non mi convinci. Hai parlato con lui? »

« No, ma ti pare. »

« Okay, sii sincero, come ti sembra? »

« Un ottimo autore. »

« E come uomo? »

« Un ottimo ragazzo. »

« È frocio? »

« No. Cioè, non credo. Lo vedo chiacchierare con le ballerine, ma senza dargli troppa importanza. Secondo me è molto preso dal lavoro, dalla voglia di arrivare, vorrebbe superare suo padre, ma non sarà facile.»

«Bene, mi hai convinto, cazzo, dovevo vederti prima! In un attimo mi hai tranquillizzato, ora sono più sereno su Vittorio. Che poi a me non me ne frega niente se è gay o no. Vorrei solo che una volta mi invitasse a pranzo e mi dicesse: 'Papà, non sai come sono stato bene ieri, mi sono proprio divertito, che bello!'»

«Capiterà, ne sono sicuro, intanto per quel che mi riguarda è veramente un ottimo ragazzo.»

«Bene, sono contento di averti visto.» Si alza e mi abbraccia. «Facciamolo più spesso!»

«Ti aspetto in ufficio con i tuoi progetti meravigliosi che pagherò pochissimo.»

«Sì, e io cercherò invece di ottenere il massimo, perché so che sono i migliori.»

E se ne va via così, un po' claudicante, con la sua barba corta, i capelli bianchi, il fisico asciutto ma possente, come quello di un lottatore. Una specie di Hemingway televisivo che ha pescato sempre delle gran belle ragazze. Poi mi giro e vedo Renzi al bancone. È di profilo, ride, scherza e mangia ogni tanto un rustico. Ha un bitter tra le mani e una ragazza davanti a lui, ma non riesco a vederla bene. Poi la ragazza, che agita un sacco le mani, si sposta leggermente e la riconosco. È Dania Valenti, la «figlia» che ci ha proposto Calemi. Faccio per distogliere lo sguardo, ma è troppo tardi, mi ha visto anche lei e, sempre sorridendo, lo dice a Renzi. Lui si gira verso di me, prima teso, poi, quando incrocia il mio sguardo e vede che sorrido, ritrova l'atteggiamento naturale di chi non ha commesso niente di male, almeno non ancora. Li raggiungo.

«Allora, oggi cosa si festeggia di bello?»

«Ieri abbiamo fatto il 18 per cento e Dania ha fatto l'assistente di Juri per tutta la puntata. Dice che quel punto e mezzo in più sia dovuto tutto a lei...»

Dania alza il suo bicchiere. «Alla mia simpatia! Non certo alla mia bellezza. Lì ci sono un sacco di ragazze molto meglio di me.»

Da come la guarda Renzi, le vorrei dire: «Dici? Strano perché lui non se n'è proprio accorto o meglio, secondo me non ha proprio visto che ci sono delle altre ragazze».

Dania è euforica. «È la trasmissione che è forte. Cioè mischia le domande a tutte delle storie tra i personaggi...»

Renzi ascolta la sua teoria televisiva con vera curiosità, quando arriva di corsa una ragazza.

« Dania! Ma sei a Roma! » E le salta addosso travolgendola con un entusiasmo adeguato solo ai film del pomeriggio di Disney Channel. Poi la new entry si stacca e salta su tutti e due i piedi come uno strano canguro dai capelli lunghi. « Troppo bello! Bellissimo! Come sono felice di vederti! »

Dania educatamente ci presenta: « Ti posso presentare Giorgio Renzi e Stefano Mancini, il produttore? »

La ragazza si toglie gli occhiali e mi sorride. « Ma noi ci conosciamo, sono Annalisa! »

Solo ora la riconosco. « Certo, come no, come stai? »

« Bene, anche se non mi avete preso per *Lo Squizzone.* »

Dania appare dispiaciuta. « Ma dai, avevi fatto il provino? Potevamo stare insieme, che peccato... »

« Ah, perché tu invece fai *Lo Squizzone*? Che bello, sarebbe stato bellissimo. »

Dania guarda Renzi, per capire se c'è la possibilità di infilarla nel programma, in quel momento però sento che qualcuno arriva alle mie spalle e chiama la new entry.

« Annalisa, tieni, ti ho preso il frozen yogurt che volevi con il topping sopra. »

« Ma no! Volevo la granella sopra! Vedi che non mi ascolti mai? » Poi, malgrado questo imperdonabile errore, decide comunque di presentarcelo: « Lui è Lorenzo, un mio amico... »

Ma io questo tipo l'ho già visto... Ah sì, era con lei, qualche tempo fa, proprio qui da Vanni e si sono scambiati un bacio. Poi, all'improvviso, lo riconosco.

« Ma io e Stefano ci conosciamo già. » Sorride in maniera falsa. « Ci siamo frequentati da ragazzi, sono il marito di Babi. »

Non vorrei farlo, ma guardo Renzi. Lui semplicemente chiude gli occhi, ma per fortuna, proprio in quel momento arriva Simone Civinini.

« Presto, venite in studio, è successo un casino! »

101

La vigilanza alla guardiola ci fa passare, anche se arriviamo di corsa. Quando siamo dentro al Teatro delle Vittorie, Simone rallenta il passo.

«Ma insomma, si può sapere che cosa è successo?»

«Siete pronti? Riccardo ha cercato di uccidersi.»

«Cosa? E perché?»

Renzi invece ha anche un'altra curiosità. «Come?»

Simone ci guarda tutti e due.

«Si è chiuso in camerino e si è imbottito di pasticche. Noi lo aspettavamo per iniziare, non arrivava e così abbiamo bussato, non rispondeva e allora abbiamo sfondato la porta. Era disteso per terra con la bava alla bocca e abbiamo chiamato l'ambulanza. Gli hanno fatto la lavanda gastrica sul posto e non è voluto andare in ospedale. E perché l'ha fatto? Ecco qua.» Tira fuori dal giubbotto un giornale aperto proprio alla pagina incriminata. Ci sono Riccardo e Juri che mangiano al ristorante, poi che camminano per strada di sera, poi si baciano davanti al portone, e infine Juri che entra e Riccardo che guarda perfino in giro per essere sicuro che nessuno li veda o li abbia seguiti. Alla fine entra anche lui e si chiude il portone alle spalle. «Ha controllato tutto, tranne che qualcuno li stesse fotografando!»

«E quindi?»

«Prima delle prove è arrivato Gianfranco Nelli, il suo autorino che lavora a Milano. Si sono chiusi in camerino e si sono detti di tutto. Praticamente siamo stati informati da quelli della sartoria che erano lì fuori con i vestiti pronti per la puntata. Gianfranco ha detto: 'Lo dovevo sapere dai giornali che mi tradisci? Non hai neanche il coraggio di dirmelo? Ho buttato quattro anni della mia vita dietro il sogno più squallido che potessi fare: tu'. Questo almeno è quello che mi hanno raccontato quelli della sartoria.»

Renzi sorride. «Bel discorso, forse se l'era scritto.» Poi ci guarda e solo in quel momento si rende conto del suo cinismo. Così, come per giustificarsi, aggiunge: «Be', è un autore no?»

« Andiamo a vedere come sta. »

Attraversiamo il teatro. Al centro della scena, seduto sulla sua solita postazione, c'è Juri. Ci vede passare e ci sorride con la stessa espressione di sempre, come se non fosse accaduto assolutamente nulla. Poco dopo siamo davanti al camerino di Riccardo. La porta è semplicemente accostata. Non c'è più la serratura e tutto il filo è scheggiato.

« Le fanno di compensato queste porte. » Renzi riesce sempre a notare il dettaglio.

Busso.

« Si può? »

Non ricevo risposta.

« Riccardo, sono io, Stefano Mancini, posso entrare? »

Niente. Così, lentamente, con la mano spingo avanti la porta che si apre, mostrandomi un camerino completamente sottosopra, come se fossero passati i ladri. Poi vedo le gambe di Riccardo. Apro del tutto la porta. È disteso sul divano, con i piedi sul tavolino e una benda bagnata sulla fronte. Ha gli occhi chiusi, però è vivo, visto che muove la mano e dal suo fianco se la poggia sulla pancia.

« Sto male. » Poi sussurra: « Non doveva accadere » E inizia a piangere. Si piega su se stesso, raccoglie le gambe e si tira su a sedere. Posa i gomiti sulle ginocchia e continua a piangere, sempre più a dirotto. « Io l'amavo. Ho fatto una cazzata, una cazzata, non me lo perdonerò mai. Io l'amavo, come ho potuto? Cazzo, cazzo, cazzo! » E picchia con il tallone destro per terra, più volte, con rabbia e disperazione. Piange e tira su con il naso, si pulisce con l'avambraccio e continua a piangere. Scuote la testa, con i capelli bagnati di sudore e le mani sul viso e ogni tanto cerca di asciugarsi e si stropiccia gli occhi ed è bianco come un cencio.

Io mi domando: ma nei più grandi momenti di disperazione, nello sconfinato dolore che a volte ho provato, nella delusione e l'impotenza, con tutta la rabbia che mi ha lacerato, io ho reagito così? Poi scuoto la testa. Non essere stupido, ognuno reagisce a modo suo. È vera quella frase: tutte le famiglie felici sono simili fra loro, ogni famiglia infelice è infelice a modo suo. E questo vale anche per l'amore. Così mi avvicino a lui e gli poggio la mano sulla spalla.

« Posso fare qualcosa per te? »

Ascolta la mia voce in silenzio, ci pensa un po' su.

« Dovresti avere il potere di fermare il tempo, riavvolgerlo e farmi tornare lì, dove non sbaglierei più. » E lo dice con il volto ancora nascosto dalle mani e sembra una scena surreale. Vedo sul tavolino la boccetta delle pasticche finite, una bottiglia di whisky, una lattina di Coca-Cola Zero, un pezzo di pizza avanzato dentro una scatola di cartone, una bottiglietta d'acqua finita, rovesciata lì senza tappo e poco distante, per terra, su quella vecchia moquette già sporca di suole, le ultime tracce di vomito tirate via malamente.

« Non ho questo potere. »

Poi esco dalla stanza. Simone e Renzi mi seguono senza dire niente. Quando siamo fuori nel corridoio, come se ci fossimo messi d'accordo, ci fermiamo tutti e tre poco più in là e facciamo una riunione al volo. « Allora? Tra poco abbiamo la diretta. Manca un'ora. Che si fa? »

« Possiamo provare a tirarlo su? » Renzi è possibilista.

« Neanche con la cocaina, è depresso cronico! Non so nemmeno se si riprenderà. » Simone è deciso e sorprendente in questa sua dichiarazione.

« Quindi? »

« Dobbiamo chiamare la Rete e dire che mandino un film. »

Renzi scuote la testa. « Ma state scherzando? È un danno assurdo. Stasera abbiamo gli ospiti Vip che partecipano al programma. È la prima volta che andiamo in diretta. Forse ve ne siete dimenticati, ma è proprio perché andiamo così bene che ci hanno dato la prima serata del venerdì! Non possiamo bucare proprio adesso. »

Rimango un attimo in silenzio, mi sta venendo in mente un'idea.

« Andiamo in redazione, chiama anche gli altri autori. »

Poco dopo la decisione è presa.

« Ma siamo sicuri? »

« È l'unica soluzione che mi è venuta in mente, se ne avete di migliori, questo è il momento per tirarle fuori. »

« Non ce ne sono. »

« Ottimo! »

« Allora proviamo così. »

« Ho anche chiamato la direzione. Hanno dato l'okay per Juri. In realtà, hanno detto che va bene comunque, visto che è un'emergenza. Anzi, ne sono quasi felici, hanno detto che può essere un'ottima occasione per provare un nuovo conduttore.»

«Cioè non hanno il coraggio di provare dei nuovi conduttori? Hanno bisogno di situazioni come queste per sperimentare?»

«Sembra di sì. Ormai siamo in ballo. Che facciamo?»

«Balliamo.»

Quando ne parliamo col regista, ci guarda allibito.

«Ma siete pazzi? Proprio stasera in diretta e con tutti questi Vip che partecipano al gioco? Ma glielo avete detto a Juri?»

«Ancora no, aspettavamo di sentire la tua opinione.»

Roberto Manni ci guarda e scuote la testa. «Per me quello è buono a fare solo una cosa e non mi fate parlare, perché ci sono le signore.»

Linda, l'aiutante del regista, si guarda in giro e sorride, vedendo che lì è l'unica donna.

«Non abbiamo altre soluzioni. Sennò dobbiamo chiamare la Rete e dire di mandare un film.»

Roberto ci pensa un attimo, poi annuisce.

«Andate a parlarci, proviamoci, io le camere le stacco, poi bisogna vedere quello che dice. Per me è incapace pure di intendere e di volere.»

Usciamo dalla regia e andiamo in studio.

Roberto Manni si lascia cadere sulla sedia.

«Lo sapevo che con questi due si andava nei casini.»

«Vittorio?» chiamo Mariani, l'autore per me più affidabile. «Fai preparare il gobbo con tutta la puntata.»

«Tutta?»

«Sì. Devi mettere tutto il copione sul gobbo elettronico, parola per parola...»

«Ma Riccardo non ne ha bisogno.»

«Infatti Riccardo non fa la puntata. Conduce Juri.»

«Cosa? Juri? O mamma mia.» Poi mi guarda e capisce che non c'è da scherzare. «Vado subito.»

«Chiamate Juri e gli altri autori in sala riunioni.»

Poco dopo siamo tutti di là. Quando Juri entra nella stanza è guardingo, pensa che qualcuno voglia accusarlo per quello che è successo. Cerco subito di metterlo a suo agio.

«Allora, Juri, ci devi aiutare. Solo tu ci puoi salvare da questa situazione. È tutto nelle tue mani, ma noi ti stiamo vicini e ti seguiremo passo passo.»

Si guarda intorno, è ancora sospettoso, non capisce cosa sta succedendo. Poi decide di concedere una possibilità.

«Sì, certo, dimmi, cosa devo fare?»

«Riccardo sta poco bene.»

Annuisce, sa perfettamente cos'è successo, si finge dispiaciuto.

«Sì, lo so.»

«E tu devi condurre la puntata.»

Improvvisamente si accende, subito sorride, felice di questo incarico, per nulla preoccupato, malgrado la sua totale inesperienza e soprattutto la sua grande incapacità. Poi lo guardo negli occhi.

«Te la senti?»

Ritorna improvvisamente serio. «Non aspettavo altro.»

«Bene. Allora tutti ai vostri posti. Tra poco si va in diretta, andate a controllare che tutto sia pronto e avvisate i concorrenti, gli ospiti e i vari reparti del cambiamento che c'è stato.»

In un attimo gli autori escono dalla redazione, una ragazza prende le scalette appena stampate e inizia a consegnarle.

«Buttate la precedente, questa fa fede, quella delle 20 e 00.»

Guardo l'orologio, mancano venti minuti alla messa in onda. Renzi sta guardando il suo.

«Vorrei ci fossero altre ventiquattro ore e non venti minuti.»

«Già, ma non ce le abbiamo. Andiamo di là.»

Mariani è vicino a Juri, l'ha fatto sedere al posto di Riccardo e gli sta spiegando alcuni passaggi della scaletta.

«Allora, hai fatto già trenta puntate, questa non è diversa dalle precedenti, sai tutto quello che succede e devi solo seguirci con i tempi, i giochi sono gli stessi. I Vip che ci sono li conosci?»

Juri sembra tranquillo e perfino strafottente in questa sua eccessiva sicurezza.

«So vita, morte e miracoli di ognuno di loro, perfino con chi scopavano.»

Vittorio Mariani lo guarda con grande rassegnazione.

«Ecco, magari questo non glielo dire.»

«No, certo.»

Il bello è che risponde pure, ma in che mani siamo? Vittorio però continua a fare il suo lavoro.

«Ricordati che qui, dopo il primo blocco, hai la pubblicità. Poi vengo io e facciamo il punto sulla seconda mezz'ora. Se ci pensi bene, devi affrontare solo i primi quindici minuti, poi è tutta una passeggiata... »

« Sì, certo. »

Vittorio Mariani lo guarda. Juri sembra tranquillo, ha capito tutto, non è preoccupato. Meglio così.

« Allora, ricordati che apri su quella camera centrale. » Gliela indica. « Sulla due. Poi segui le luci che si accendono e sii tranquillo e sorridente con il pubblico che ti segue da casa. »

« Certo, per chi mi hai preso? » E quasi lo guarda male. « Io lo amo il mio pubblico. Come lui ama me. »

Vittorio Mariani annuisce.

« Certo, perfetto. Ti è tutto chiaro? »

« Sì. »

Arriva Simone Civinini che è venuto a controllare. « Come stiamo andando? »

Juri gli risponde sorridendo: « Benissimo, è una passeggiata ».

Simone guarda Vittorio che annuisce: sembra così.

« Bene, perfetto. Hai tutto lì sul gobbo. I nomi dei concorrenti, i nomi dei Vip e le domande. » Gli indica un televisore con un testo che scorre per prova tra la camera due e la tre. « Per qualunque cosa ci sono io lì di fianco che conosco tutta la trasmissione a memoria. Quindi guarda solo me. Sono io che ti do i tempi e qualunque altra indicazione. Non ti appanicare, sii te stesso e vedrai che andrà tutto bene. »

« Ma quale panico. Io non ho paura di nulla. »

Simone guarda Vittorio, che però decide di non raccogliere il suo sguardo.

« Okay, noi andiamo a controllare che tutto il resto sia a posto. Comunque siamo lì. » E gli indica una postazione proprio dietro il gobbo elettronico e la camera centrale.

Juri sorride.

« Tranqui. Tutto sotto controllo. »

Vittorio e Simone si allontanano.

Vittorio, appena sono lontani, non resiste.

« Come lo vedi? »

« Una favola... Non hai sentito? Tranqui. »

Sorridono, ma tutti e due sono sinceramente preoccupati. Il tempo scorre, i concorrenti entrano in studio, anche i Vip si mettono nelle loro postazioni. Juri è seduto al centro del palco e invece di ripassare il testo di apertura è al telefono.

« Mamma, metti Rete Uno, finalmente mi vedi. Cosa? No, mamma, Rete Uno. Ora devo chiudere. » Subito dopo fa un'altra telefonata. « Tina, che fai? Brava, metti Rete Uno. Ti faccio sognare. Stasera conduco io! Sì, sul serio, non sto scherzando. » Poi guarda l'orologio sopra il monitor centrale. « Tra dieci minuti mi vedi. No, Riccardo Valli sta male, non so che c'ha. Hanno preferito me. » E chiude e continua ad avvisare amici, parenti, gente che non aveva mai creduto o scommesso su di lui fino a quell'ultima telefonata. « Peppe? Ti dico solo una cosa: grazie. Mi hai regalato un sogno. Metti Rete Uno. Se sono qui è solo grazie a te, ma io non dimentico. »

Poi arriva la voce di Leonardo, l'assistente di studio.

« Attenzione, trenta secondi. »

Juri chiude la chiamata, mette il telefono nella tasca interna della giacca. Poi si siede meglio, si sistema il collo della camicia, la tira un po' in avanti e fa con il pollice il segno « pronto » a Leonardo, che però allarga le braccia, annuisce e poi scuote la testa.

« Attenzione, jingle. »

La camera due centrale si accende, la luce rossa dà il segnale che la trasmissione è partita. Il cameraman è con tutte e due le mani ferme, una sullo zoom, l'altra sulla manopola laterale. Ecco, siamo in onda. Juri guarda la camera e sorride. Rimane in silenzio e continua a sorridere, un po' troppo a lungo, pensiamo tutti, ma poi finalmente comincia a parlare.

« Buonasera, come va? Io molto bene. Riccardo Valli purtroppo ha avuto un problema e così questa sera potete... No, questa sera potrete vederci, sì, potrete vederci. Ecco. Potete vedere la nostra trasmissione, come sempre del resto... » E improvvisamente Juri perde il sorriso, guarda il gobbo elettronico, ma è come se non lo vedesse, guarda le altre camere spente e lo fa senza nessuna ragione, poi ripunta lo sguardo sulla camera due, quella accesa, e dice semplicemente: « Ecco, sì, potete... »

Vittorio si porta la mano alla bocca.

« Oh cazzo. »

In regia Manni inizia a battere il pugno sulla consolle.

« Cazzo, cazzo, cazzo, questa stronza non sa nemmeno mettere due parole in croce, s'è bloccata. »

Guardo Renzi e cerco di mantenere la calma.

« Che facciamo? »

Renzi è come privo di forze, scuote la testa, ha le braccia abbandonate lungo il corpo.

« Non lo so. »

Guardo la faccia pietrificata di Juri che fissa la camera due inebetito, nel silenzio più assordante. Esco dalla regia, corro verso lo studio, mi è venuta un'altra idea. « Presto, datemi un microfono. » Prendo un gelato che mi dà Leonardo e lo passo a Simone. « Questa trasmissione la conosci a memoria. Vai tu. Falla tu, conduci questo programma. »

« Io? »

« Non vedo altre soluzioni! »

« Se lo dici tu. »

Simone batte una volta sul microfono e si accorge che è aperto e così entra in scena.

« Buonasera, buonasera a tutti! Abbiamo scherzato! » E in un attimo è al centro dello studio, accanto a Juri. « Cioè, non abbiamo scherzato sul fatto che Riccardo Valli sta poco bene e io, Simone Civinini, uno degli autori di questa trasmissione, ho il compito di condurre l'incredibile puntata di questa sera! Prego Juri, prendi pure il tuo posto... »

Juri scende dalla sedia, abbandona ammutolito questa sua unica ipotetica possibilità, poi accenna un triste sorriso, in qualche modo ringrazia Simone e torna ad essere, in un attimo, il valletto di sempre.

Simone invece con un'incredibile e naturale simpatia inizia tranquillo a condurre il programma.

« Allora, hanno dato proprio a me la possibilità di mostrarvi la puntata più sorprendente di tutta la stagione! Questa sera giocheranno insieme ai nostri concorrenti dei famosi Vip! E ve li vado a presentare! »

E con grande proprietà di linguaggio, Simone Civinini scherza e ride con i Vip più famosi, rispetta i tempi, si diverte a ogni domanda, gioca con gli errori dei concorrenti e rende ancora più divertente e piacevole quello che sarebbe potuto essere il più grande disastro televisivo di tutti i tempi.

102

E così, mentre la trasmissione scorre senza altri intoppi, rientro in regia. Renzi è seduto in fondo. Roberto Manni stacca le camere una dopo l'altra in piedi davanti ai tanti monitor e schiocca le dita.

« Uno, quattro, tre. Ecco, questo è un piacere, questo vuol dire condurre una trasmissione. Sei! Cinque! »

Poi Simone Civinini fa un'ottima battuta alla concorrente che ha sbagliato una risposta e si sente il pubblico in sala che ride.

« Questo qui improvvisa, è allegro, divertente, spumeggiante. È un misto tra Bonolis e Conti. È un mostro! Sette, dammi la cinque, cinque! » E continua a staccare così, divertendosi a seguire in tutto e per tutto il nuovo conduttore.

Guardo Renzi che mi sorride.

« E noi che pensavamo fosse solo un buon autore. »

« Già. Finalmente ho commesso l'errore che tanto aspettavi. »

Lo guardo curioso.

« E cioè? »

« Non gli ho fatto un contratto anche come conduttore. »

« Se tu avessi previsto pure questo, mi sarei veramente preoccupato. »

Proprio in quel momento mi squilla il cellulare. Il numero è privato. Rispondo lo stesso.

« Pronto? »

« Pronto, buonasera, le vuole parlare il direttore Bodani. Glielo posso passare? »

« Certo. » Attendo al telefono quando sento qualcuno che prende la telefonata.

« Pronto? Stefano Mancini? »

« Sì. »

« Allora, innanzitutto complimenti per la trasmissione e mi scusi se non sono riuscito a passare prima... »

« Non si preoccupi, l'importante è che stia andando tutto bene e che voi siate soddisfatti. »

« Lo siamo. Ma soprattutto vorrei sapere chi ha avuto l'idea di mettere questo ragazzo al posto di Riccardo Valli. »

« Non è stata un'idea. È stata una necessità. » Non capisco se è arrabbiato o meno. Renzi mi fa un segno chiedendomi con chi sto parlando. Copro il microfono e glielo sussurro: « Il direttore Bodani ».

Allora muove su e giù la mano come a dire: è tosto. Ma ormai ce l'ho al telefono, la trasmissione è in onda e io non posso certo tirarmi indietro.

« È stata una mia decisione. »

« Allora glielo voglio proprio dire... Lei è un genio. Ha trovato finalmente un conduttore nuovo. Per la prima volta mi sto divertendo a guardare un mio programma e che cazzo! La vengo presto a trovare. » E chiude così la telefonata.

Subito Renzi mi chiede curioso: « Cosa ha detto? »

« Che sono un genio. »

« È vero. Potevi puntare su tutti, invece hai scelto proprio lui. Perché? »

« Perché è matto. È maniacale. Ha una mente che ordina in continuazione tutto. Ha una memoria infallibile e ama questo lavoro. È cinico e freddo, non si sarebbe di certo spaventato per la luce di una telecamera, come invece ha fatto l'altro. »

« Sì, in effetti Juri, tolti gli stivali a punta, il giubbotto e i capelli gellati, non vale proprio nulla. »

Poi in quel momento andiamo in pubblicità, Roberto Manni si alza dalla sua postazione e ci raggiunge.

« Sono d'accordo con te. Tenetevelo stretto questo qui, ci fate tutte le trasmissioni che volete. » Poi si rivolge agli altri. « Abbiamo un break pubblicitario di due minuti. » Ed esce dalla regia.

Lo seguiamo. Al centro dello studio, moltissima gente è intorno a Simone. Tutti si complimentano con lui, perfino i Vip che partecipano alla puntata, mentre Juri, relegato in un angolo, guarda con rabbia e delusione il treno che è appena passato e sul quale non è stato capace neanche di obliterare il biglietto.

« Complimenti, bravo, troppo bella quella battuta, veramente divertente. »

Qualcuno del pubblico si alza dalla prima fila e si avvicina con il telefonino.

« Scusi, posso fare un selfie con lei? »

Simone ride, sorpreso da quella improvvisa notorietà.

« Certo! »

La grassa signora si mette in posa vicino a lui e fa appena in tempo a scattare la foto che viene subito invitata a ritornare al suo posto da Leonardo.

« Tornate a sedervi, forza, forza, stiamo per riprendere la trasmissione, liberate la scena. »

E così tutti si allontanano. Rimane solo Vittorio Mariani vicino a Simone e gli spiega alcune cose.

« Ecco, ricordati che possono giocare insieme e puoi proporre tu alla concorrente chi scegliere come sfidante. »

Simone lo guarda divertito. « Sì, certo. » Poi si avvicina a Vittorio e gli sussurra all'orecchio: « Cavoli, l'ho vista trenta volte di seguito questa trasmissione, ho capito come funziona, mica sono Juri... Tranqui! » E si mettono a ridere.

« Hai ragione, scusa. »

« Mi hai sempre sottovalutato. »

« Questo non puoi dirlo. »

« No, no, lo dico, lo dico. »

E continuano a scherzare tra di loro. Mi piace questa complicità.

« Allora... » Mi avvicino. « Ci hai mentito. Non sei solo un buon autore, sei anche un ottimo conduttore! »

« Non è vero. Io non mento mai, anche per me è stata una scoperta. A casa, da piccolo, ogni tanto con mia sorella Lisa giocavo a fare il conduttore e lei era la mia assistente. »

« Allora dobbiamo chiedere anche a lei di fare la trasmissione. »

« Figurati, è una biologa e vive in Germania. Però una valletta al posto di Juri potrebbe essere giusta. Anche perché se non si riprende Riccardo, che facciamo? Juri secondo me è troppo arrabbiato di non essere riuscito a condurre. La situazione con lui è impossibile da sostenere, se siete d'accordo. »

« Sì, lo pensavo anch'io. Comunque adesso non pensare a questo, finisci la puntata, poi andiamo tutti a cena e ne parliamo con calma. »

« Okay. »

Si sente il jingle di rientro dalla pubblicità. Leonardo fa partire l'applauso del pubblico, che mai come questa volta si sente caloroso e partecipe.

« Eccoci qua, buonasera a tutti per chi si fosse sintonizzato solo ora. Non sono un mutamento genetico di Riccardo Valli, ma il suo autore che lo sostituisce perché lui sta poco bene.

Mi fa molto piacere essere qui, ma non ho fatto nulla perché non ci fosse Valli. Insomma, mi rivolgo anche al commissario Montalbano, non sono stato io ad avvelenarlo! »

Il pubblico ride, in regia anche gli autori sono divertiti. Solo una persona lo guarda di traverso, Juri, nell'angolo con la sua busta in mano. Ecco, è il suo momento, gliela consegna.

« Grazie, Juri, accomodati pure... » Lo saluta e non gli dice nient'altro. Non lo fa rimanere come ha sempre fatto Valli. Juri torna al suo posto dandosi tutta una serie di giustificazioni per accettare con tranquillità il suo clamoroso insuccesso. Tanto Riccardo ritorna presto e tutto riprenderà come prima. Saremo ancora quella coppia che stava facendo benissimo questa trasmissione e con degli ottimi risultati. Perché poi è questo quello che conta, c'è poco da fare. Io rendo meglio vicino a lui, sono più forte come spalla, non è il momento di condurre.

Intanto Simone apre la busta e sorride. Se continuerà a condurre questo programma, Simone Civinini ha già un'idea su chi sostituirà Juri Serrano e gli è venuta subito. In realtà non ha mai smesso di pensarci.

103

« Prego, si accomodi. »

La segretaria fa entrare Gin in una piccola sala d'attesa, dove ci sono altre mamme con delle pance più o meno pronunciate, alcune così grandi che sicuramente stanno lì lì per partorire. Qualcuna guarda il telefonino, qualcun'altra sfoglia un giornale, una gioca con sua figlia di circa quattro anni.

« Ma perché lo chiamiamo come il nonno? E poi quando dico Ugo, chiamo lui o il nonno? »

« Tutti e due », le sorride la madre.

« Ah. »

« Signora Biro? »

Gin si alza e va verso di lei.

« Prego, il dottor Flamini la sta aspettando. »

« Grazie. »

Gin si dirige verso il corridoio, supera le porte di altri medici fino ad arrivare di fronte alla targhetta con su scritto DOTT. VALERIO FLAMINI. Bussa.

« Avanti. »

Entra e il dottore si alza e la va a salutare.

« Buongiorno, Ginevra, come sta? È affaticata? »

« Non molto, e poi sono salita in ascensore. » Gli sorride.

Il dottore la guarda e annuisce. « Prego si accomodi. » Le indica una sedia di fronte alla scrivania.

« Grazie. »

Anche lui torna a sedersi. « Allora... » Apre una cartellina. « Ha avuto particolari fastidi? Dolori? Nausea? Si sente particolarmente affaticata? »

« Quello un po'. »

Allora il dottore si toglie gli occhiali, li mette sul tavolo, unisce le mani, si appoggia allo schienale e chiude solo un attimo gli occhi. Poi li riapre e la guarda. Gin improvvisamente si irrigidisce, capisce che c'è qualcosa di strano. Il dottore cerca di sorridere, ma anche la sua bocca sembra incerta.

« Abbiamo un problema. »

Gin sente il cuore che comincia a battere velocemente, le manca l'aria.

« La bambina? »

« No. Lei. »

E per assurdo di botto è come se si tranquillizzasse, il suo cuore rallenta, è come se dentro di lei si dicesse: ah, bene, chissà cosa mi credevo.

Il dottore si rimette gli occhiali e prende un foglio dalla cartellina.

« Tutto sembrava andare bene, ma ho visto un minuscolo rigonfiamento causato da un linfonodo ingrossato, così le ho fatto fare delle analisi specifiche. Speravo di essere stato troppo pignolo, che fosse semplicemente un'infiammazione, ma purtroppo non è così. Lei ha un tumore. Ed è un tumore problematico, è un linfoma di Hodgkin. »

Improvvisamente Gin avverte una fitta e subito è come se si ascoltasse, entra dentro di sé, diventa più sensibile, cerca di percepire la più sottile differenza, il minimo fastidio, un qualsiasi minuscolo ingombro, ma non sente niente. È il nulla. Allora lo guarda attonita e vorrebbe dirgli: « Ma forse si è sbagliato ». Eppure rimane in silenzio e le domande inizia a porle al destino: perché proprio a me, perché proprio adesso, ora che aspetto Aurora? Il dottore la guarda e purtroppo non può dare spazio a un possibile errore.

« Le ho fatto fare le analisi due volte, proprio perché speravo di sbagliarmi o che lo fossero i dati. Ma non è così... »

Rimangono in silenzio per qualche secondo e Gin vede tutto quello che ha fatto negli ultimi tempi, il matrimonio, le foto con gli invitati, il viaggio di nozze, le prime ecografie, è come se tutto improvvisamente perdesse colore. Poi si scrolla da questa specie di torpore, scuote la testa, cerca di ritrovare equilibrio e lucidità.

« E allora che facciamo? »

Il dottore le sorride. « Siamo stati fortunati. Le visite per la gravidanza ci hanno permesso di scoprirlo in uno stadio iniziale, quindi dovremmo cominciare subito con dei cicli di chemioterapia e radio, così verrà debellato del tutto. »

« E la bambina? »

« Per iniziare questa cura e sconfiggere il tumore, dobbiamo interrompere la gravidanza. »

Gin rimane stordita da quelle parole. Perdere Aurora, perderla così, dopo averla appena vista, aver sentito il suo cuore battere veloce, aver avvertito ogni tanto qualche piccolo calcio e non poterla vedere mai più. Non poterla mai incontrare, nemmeno per caso.

« No. »

Il dottore la guarda stupito.

« 'No' cosa? »

« No, non me la sento di perdere mia figlia. »

Lui annuisce. « Immaginavo che sarebbe potuta essere questa la sua risposta. È una sua decisione. Vuole pensarci un attimo? Parlarne con suo marito, con la sua famiglia? »

« No, ho già deciso. Quali possono essere le conseguenze se aspetto questi mesi? »

« Non lo so, il linfoma potrebbe avere un decorso molto lento e quindi non avremmo un grosso problema a iniziare la cura dopo la nascita di sua figlia. Ma potrebbe invece essere aggressivo e quindi ci troveremmo a dover faticare molto di più. Comunque deve rifletterci bene, non è un tumore da sottovalutare. Io vorrei insistere, dovremmo iniziare subito. »

Gin scuote la testa. « No. »

« Ora avremmo l'80 per cento delle possibilità di guarigione, tra cinque mesi il sessanta. »

Gin accenna un piccolo sorriso.

« È una buona percentuale, mi aspettavo peggio. »

Il dottor Flamini fa un sospiro.

« Lei è una ragazza solare e positiva, continui a pensare e a ragionare così, mi raccomando. Il nostro animo può influire moltissimo sullo stato del nostro corpo, specialmente se è malato... » Poi le sorride, accarezza la sua mano e lo fa con un gesto paterno. « Non sia troppo severa con se stessa. Ci rifletta bene. E se per caso ci ripensa, non faccia l'errore di non cambiare idea solo perché lo ha deciso oggi davanti a me. Molte donne si sono trovate nella sua situazione e si sono dette: se nasce e non troverà la mamma? Non sarebbe meglio se nascesse la stessa bambina quando io starò meglio? »

Gin sorride.

« Nella vita ci possiamo dire tutte le bugie che vogliamo, ma questo lo sa sia lei che quella mamma. Sarebbe la seconda figlia. Lo ha detto lei che sono un'ottimista, allora sa che c'è? Io spero di averle tutte e due. »

104

Sono in treno per Milano. Renzi mi ha preso uno scompartimento in business. È così esclusivo che sono solo. Ho appuntamento con Calemi per chiudere forse due prime serate su Medinews Cinque e una su Medinews Quattro, se tutto va bene. Futura farebbe un salto in avanti. Guardo l'orologio. Gin aveva la visita per Aurora. Dovrebbe averla fatta ed essere uscita. Provo a chiamarla e mi risponde al primo squillo.

« Ehi, che veloce! Ti credevo in macchina o mezza nuda davanti al tuo dottore. »

Gin ride. « Esagerato... Al massimo scopro la pancia. Dovevo fare solo l'ecografia, comunque ho fatto presto e sono già a casa. »

« Bene, com'è andata la visita? »

« Benissimo, Aurora è sana e cresce, l'ha inquadrata mentre si stava ciucciando il dito, ho fatto una foto e tra poco te la mando. »

« Troppo bella. E tu? Tutto bene? Sei preoccupata? Come ti senti? »

« Io sono in gran forma. Oggi pomeriggio farò la prima lezione di nuoto per gestanti. Me lo hanno consigliato, così si rimane più elastici. »

« Ma tu sei superelastica. »

« Sì, certo, rimbalzo, questo volevi dire? »

« Macché, trovo che come mamma sei ancora più bella. »

Gin chiude gli occhi. Lui non sa quanto le stia facendo piacere questo complimento e quanto le serviva. Poi cerca di nascondere la sua preoccupazione. Andrà tutto benissimo. « Sei una fottitura, caro Mancini, queste frasi ti vengono suggerite dalla tua parte di cuore più subdola o direttamente da quello lì, che sta più in basso? »

« Ah, ho capito, il fegato! Veramente quello non mi dice niente. »

« Il tuo pene! Quello che per ottenere lo 'scopo' ti suggerisce di tutto! Ma tanto deve stare un po' a dieta ora che c'è Aurora. »

« Non è vero, il dottore ha detto che le due cose possono convivere. »

Purtroppo, Step, il dottore ha detto anche altre cose, ma tu non lo sai. Ora devo chiudere sennò mi metto a piangere. « Scusami, ho mia madre sotto, ti chiamo più tardi. »

« Certo amore, non ti preoccupare. »

« Ah, dimmi solo una cosa, com'è andato *Lo Squizzone*? Ne ho visto ieri sera un pezzo, mi è piaciuto molto! »

« Ancora non sono usciti i dati, appena lo so te lo dico. »

Così chiudiamo. È vero, non mi hanno ancora mandato nulla, ma come mai? Sono le 10.41, di solito a quest'ora arrivano i risultati. Telefono a Renzi che mi risponde subito.

« Ti stavo per chiamare. »

« Allora? Sono troppo curioso, come siamo andati? Dimmi. »

« Secondo me ci hanno messo tanto perché non ci credevano neanche loro. Cinque punti in più. *Lo Squizzone* è passato dal 18 al 23. Ti rendi conto? »

« No, non è possibile, stai scherzando. »

« Mi hanno chiamato tutti. Perfino il direttore generale. Sono proprio contenti, hanno detto che ci voleva una boccata d'aria nuova. »

« Assurdo, lo abbiamo preso da Civitavecchia e arriverà a conquistare l'America, sarà il nuovo Mike Bongiorno. »

« Sì, però al contrario, Mike era nato a New York e ha conquistato l'Italia. »

Renzi è sempre preciso.

« Vabbè, lasciamo stare. Ora che facciamo con il nostro nuovo conduttore? »

« Ci ho parlato a lungo, per adesso non firma niente con nessuno, ci vuole pensare. Ha detto che non c'è fretta. Sta di là nella sua stanza, ha ricevuto un sacco di telefonate e anche dei regali dalla Rete. Vogliono che continui lui. »

« Sul serio? Ma Valli come sta? »

« Dopo che ha visto che un altro faceva *Lo Squizzone*, si è ripreso subito. Dopo che ha saputo che ha fatto cinque punti in più, si è incavolato, e ora dopo che saprà che Simone Civinini continua al posto suo, secondo me tenta il suicidio di nuovo. »

« Sei sicuro che hanno deciso così? »

« Certo! »

« E possono? »

« Allora, il contratto gli permette tutto. Hanno chiesto a Civinini di fare tutta la settimana, secondo me per vedere come va veramente o se è andato così bene solo per la curiosità della prima puntata. Insomma, se è un vero fenomeno o no. Poi alla fine di questa settimana decideranno cosa fare. »

« Ma glielo hanno comunicato a Valli? »

« No. Hanno detto che glielo devi dire tu, sei tu il produttore. »

« Eh certo, sono il produttore quando gli pare e piace... »

Renzi ride dall'altra parte. « Stefano, sono i pro e i contro del tuo ruolo. Fagli una telefonata, sono sicuro che gliela metterai nel modo migliore... »

« Lo faresti molto meglio tu, visto come mi hai fregato ora. »

« Ma... »

« Ma lo devo fare io, lo so, ho capito, sono il produttore. Ora lo chiamo e poi ti faccio sapere. »

Chiudo la telefonata. Rimango per un attimo in silenzio, poi apro le note nel telefonino e mi segno alcuni spunti da tirare fuori nella chiacchierata. Faccio sempre così prima di affrontare una discussione. Poi può succedere che vada in tutt'altra direzione, ma almeno le ho provate tutte e ho valutato quale sarebbe la cosa più giusta da dire. Rileggo gli appunti e poi compongo il numero.

« Riccardo, buongiorno, come stai? »

« Come devo stare? Come uno che è stato tradito, che è stato pugnalato dagli amici, da tutti quelli che ogni giorno fingevano di volermi bene. »

« Ma perché dici così? Ma scusa, nessuno avrebbe mai dato la tua trasmissione a qualcun altro, se tu ieri non avessi avuto quel problema. »

« Quale problema? »

« Be', insomma, non eri in forma. »

Sulle note mi ero segnato: *Non dire assolutamente che si stava per suicidare.*

« Ho capito, ma se avessi saputo che il programma sarebbe andato in onda lo stesso, mi riprendevo! Pensavo che si potesse fermare, che mandassero un film, non che un altro facesse la mia trasmissione! »

« Hai ragione, Riccardo, ma ieri, anche per tutto quello che è successo, è stato meglio così. Non ti sentivi bene, si sarebbe visto.»

«No, gli spettatori non si sarebbero accorti di niente, so recitare anch'io, proprio come quello lì, Civinini, fa tanto il simpatico, ma lui odia la gente. Lui non è come me, io la amo veramente...»

«Sì, hai ragione...»

«Tra l'altro ha sbagliato un sacco di cose sui Vip... Poi si poteva scherzare molto di più, metterli in difficoltà, lui invece li ha fatti sembrare addirittura colti.»

«Già...»

«E comunque il 23 l'ha fatto perché c'è l'effetto novità. Peccato che non saprà mai come sarebbe sceso e di quanto! Perché stasera rientro io e vedrai che con quello che è successo ieri, facciamo di nuovo il 23 se non di più!»

«Ecco, sì, ti ho telefonato proprio per questo. La Rete vorrebbe che per questa settimana continuasse Civinini.»

«Cosa? Ma siete pazzi? Io ho fatto questa trasmissione, io ho creato il divertimento dello *Squizzone*, io ho inventato i tormentoni e le scenate con Juri! Io... io vi denuncio!»

«Guarda, credo che tu non possa farlo. I legali della Rete avranno spulciato tutto il contratto per capire se potevi impugnarlo e fargli causa. È chiaro che non hai nessun'arma, sennò non si sarebbero mai azzardati a fare una cosa del genere.»

Rimane per un attimo in silenzio, così continuo a cercare di convincerlo.

«Guarda Riccardo, secondo me ti conviene accettare questa decisione. Senti a me, ti do un consiglio, tirati fuori dal caos. Tu adesso ti riposi un po', rimetti a posto le tue cose personali, visto quello che è uscito sui giornali. Tanto vedrai che hai ragione tu, il 'fenomeno Civinini' si spegne e tu rientri vittorioso, ma soprattutto di nuovo sereno. Io, quando ho un problema a casa, se non l'ho risolto mi accorgo che non rendo...»

Riccardo rimane in silenzio. Poi attacca deciso: «Allora caro Mancini, ti sbagli, per me sarebbe perfetto continuare a condurre la mia trasmissione invece tu me lo stai mettendo di dietro facendomi credere che mi stai facendo un favore».

Mi viene da ridere, ma cerco di resistere.

«Ma no, assolutamente, è che ci troviamo tutti e due di fronte ad una decisione della Rete e ti assicuro che è al di sopra di me.»

«Okay, sentirò il mio avvocato.»

«Ecco, fai così e poi ci risentiamo. Ma non perdere il controllo, mi raccomando.»

«Va bene.»

Poi chiude.

Non ci posso credere. Sono riuscito a far ragionare una primadonna isterica e a fargli considerare i suoi vantaggi in una situazione che per lui è comunque obbligata. Non mi riconosco più. La cosa triste è che ha pensato solo ai suoi interessi, alla trasmissione di successo che sta perdendo, e non alla sua storia d'amore che sta naufragando. Non ha pensato alla persona che ha deluso e che sembrava amare così tanto. Ieri si stava suicidando per lui, oggi per i soldi e il successo dello *Squizzone* è disposto a tutto. Allora è proprio vero, i gay sono identici a noi. Peccato, li facevo migliori.

105

Renzi bussa alla porta di Simone.

«Si può?»

«Certo! Entra, entra pure.»

Renzi apre un po' di più la porta e si accorge che seduta di fronte a lui c'è Angela, la sua fidanzata.

«Ciao! Scusa, pensavo fossi solo.»

Simone sorride.

«Con lei puoi dire tutto, è parte di me.»

E la ragazza, sentendo quelle parole, sorride felice e si emoziona.

«Bene, volevo dirti che siamo tutti molto contenti, è un successo incredibile che non si aspettava nessuno.»

«Be', io, quando Stefano mi ha detto conduci tu, ho pensato: 'vuoi vedere che faccio la fine di Magalli?'»

Renzi rimane sorpreso.

«Ah, conosci la storia...»

Angela li guarda divertita. «Simone sa tutto di televisione, se la studia praticamente da sempre, l'unica a non sapere di Magalli sono io.»

Renzi guarda Simone e dà a lui l'incarico di spiegarglielo.

«Allora, devi sapere che Giancarlo Magalli era uno degli autori del programma di Enrica Bonaccorti, *Pronto, chi gioca?* Poi, durante la sua gravidanza, lui la sostituì al volo e lo fece così bene da essere promosso da autore a conduttore.»

Renzi sorride e aggiunge: «L'anno successivo condusse da subito lo stesso programma, perché la Bonaccorti passò dalla Rai a Mediaset».

«Che allora si chiamava Fininvest», precisa Simone.

«Giusto, però il programma cambiò titolo: *Pronto, è la Rai?*» aggiunge divertito Renzi.

«Vero.»

Angela li guarda e sorride. «Ehi, potete andare a *Rischiatutto*, non so chi vince tra voi due a rispondere alle domande sulla Storia della televisione.»

Renzi lo indica. « Lui, ha più memoria di me, si ricorda perfino i dati delle singole trasmissioni di allora. »

Angela annuisce. « Ogni tanto mi dice delle cose sul mio passato con una precisione assurda, cose delle quali neanche io mi ricordo, secondo me imbroglia. »

Simone diventa serio. « Io non imbroglio mai, piuttosto faccio soffrire una persona, ma dico la verità. »

E sembra per un attimo crearsi un po' di tensione. Renzi ad arte l'allenta subito.

« Allora, hai deciso come continuare la trasmissione? »

« Sì, volevo proportelo. Ho chiamato qui in ufficio Vittorio Mariani con gli altri autori per rivedere alcune cose della scaletta e poi, se siete d'accordo, ho fatto venire anche Dania Valenti che mi sembra l'unica veramente capace tra tutte e anche la più simpatica. »

Angela annuisce. « È anche la più bella o almeno la più donna! È sicura, tranquilla e non è in competizione con le altre. »

Simone allarga le braccia. « Vedi? E non l'ho nemmeno preparata. Ed è raro che una donna ti parli così di un'altra donna... A te piace? »

Renzi si irrigidisce, ma cerca in tutti i modi di non mostrarlo.

« Sì, le vostre valutazioni mi sembrano giuste. »

Simone lo guarda, tira fuori uno strano sorriso, come se sapesse perfettamente che tra loro due c'è una storia. Poi rimane comunque sul filo del dubbio.

« Quindi siamo tutti d'accordo. »

« Ma cosa vorresti fare con lei? » E nel pronunciare questa frase, Renzi si imbarazza per il fastidio che prova. Gli sembra assurdo essere così geloso, senza alcuna ragione poi, almeno in questo caso.

Simone apre il computer. « Allora, guarda, mi sono segnato delle scenette carine che potremmo fare, ma soprattutto io vorrei avere sia lei che Juri. Anzi, proprio tra loro magari creerei delle situazioni strane, se no Juri è troppo simile a com'era con Riccardo e con me non funziona. Avevano un rapporto strettissimo quei due... » Poi si mette a ridere. « Vabbè, quello in tutti i sensi, ma non volevo intendere questo. Mi piace di più se io scherzo o corteggio o mi punzecchio con una donna. Dania secondo me per questo è perfetta. Sei d'accordo? »

Renzi ora si trova a ragionare solo professionalmente.

«Sì, è giusto.»

«E poi Juri in realtà potrebbe fingere di avere una cotta per lei o che comunque soffra il nostro rapporto e il fatto che lei zitta zitta gli stia rubando la scena. Così entrano in competizione e ogni volta mi fanno delle sorprese che mi sono segnato qui sul computer...» E lo gira verso Renzi, mostrandogli una lista già notevolmente lunga. «Vabbè, queste sono solo alcune idee, poi le metto a punto meglio con gli altri autori.»

«Si può?»

Proprio in quel momento compare sulla porta Vittorio Mariani con tre autori e naturalmente Dania Valenti.

«Ciao, certo, entrate.» Simone esce da dietro la sua scrivania. «Vado a prendere delle sedie di là per tutti. Anzi, facciamo una bella cosa...» Si rivolge a Renzi. «Ci possiamo mettere nella sala riunioni?»

«Certo, state più comodi e lavorate meglio.»

E così escono tutti dalla stanza.

Angela bacia Simone. «Be', io vado. Ci sentiamo più tardi.»

«Va bene amore, a dopo.»

Lei saluta tutti e va via dall'ufficio, mentre Renzi sorride a Dania, che ricambia il suo sguardo e insieme agli altri entra nella sala riunioni. Simone chiude la porta, Renzi rimane a guardarli attraverso il vetro. Vede i ragazzi che parlano, ma non sente nulla. Ridono, scherzano, seguono qualcosa su una grande lavagna. Poi tornano seri, ascoltano quello che sta spiegando Simone supportato da Vittorio, che subito dopo continua il suo discorso. Uno dei ragazzi più giovani, un certo Adelmo, si avvicina a Dania e le dice qualcosa all'orecchio. Lei ride, poi lui aggiunge ancora qualcosa e lei di risposta gli dà un pugno sulla spalla sgridandolo divertita per quello che ha osato dire. Dania gli dice di smetterla, vuole seguire Simone. A un certo punto però è come se lei sentisse gli occhi addosso di qualcuno. Allora si gira verso la porta a vetri e vede in fondo al corridoio Renzi che la sta guardando. Dania gli sorride, sinceramente felice. Lui ricambia, ma appena entra nella sua stanza, c'è solo rabbia per la gelosia che prova.

106

Raffaella sta dando le ultime indicazioni a Iman, la sua domestica.

«Ma è possibile che ancora non hai capito la disposizione? Io le posate le voglio in quest'ordine, la piccola per l'antipasto deve essere la prima esterna.»

«Ma a volte la vuole davanti al piatto, fin dall'inizio del pranzo o della cena.»

«Quando serviamo una torta o comunque un dolce. Ti è sembrato di vedere un dolce?»

«Be', ce ne sono tanti in freezer.»

«Ti è sembrato di vederne uno scongelato?»

«No, ma...»

«Bene, possiamo andare avanti fino a domattina. Tu comunque devi fare quello che ti dico io e basta.»

«Sì, ma era per non sbagliare.»

Raffaella alza la voce.

«E non discutere sempre! Si fa così e basta!»

Iman resta in silenzio, sposta le posate una per una nell'ordine richiesto, girando intorno alla tavola, mentre Raffaella controlla dei fiori all'ingresso che sono troppo accalcati uno sull'altro all'interno di un vaso di cristallo, ma appena li tocca, i petali di quei tulipani gialli cadono tutti insieme, riempiendo la base della libreria.

«Claudio!» urla a gran voce.

Un attimo dopo compare lui alla fine del corridoio.

«Stavo proprio venendo da te.»

«Volevi scusarti prima che lo scoprissi? Troppo tardi. Guarda, guarda che fiori hai preso. Li ho toccati e tiè, sono caduti tutti.»

«Ma ho cercato di risparmiare, sono andato al carretto di Ponte Milvio, quello dove li compri sempre tu!»

«Ti ha dato quelli che congelano, che si tengono incollati con lo sputo, li ho toccati e sono venuti tutti giù.»

«Vuoi che esco e li vado a ricomprare?»

«Lascia stare, si accontenteranno dei fiori del terrazzo. Iman! Iman!» la chiama ad alta voce.

Lei arriva subito dalla cucina.

« Sì, signora? »

« Butta questi fiori nel secchio, attenta che come li tocchi si sgretolano ancora di più. »

« Sì, signora. »

« E poi, quando li hai buttati, passa comunque l'aspirapolvere che sennò Daniela chi la sente? Quella soffre d'asma e più di ogni altra cosa le dà fastidio il polline. Ma può una donna essere allergica ai fiori? È come se un uomo fosse allergico al calcio. »

Claudio sorride. « Ma chi c'è stasera a cena? »

« Solo le tue figlie non accompagnate. »

« Ah. »

« Hanno chiesto loro di fare questa cena. »

Claudio annuisce e sorride, ma in realtà pensa che è pure dovuto uscire a comprare i fiori. Ma lo sanno com'è casa nostra. Sono le nostre figlie, mica degli sconosciuti.

Raffaella sistema delle tende troppo raccolte. « Allora, che mi dovevi dire? Perché mi cercavi? Intanto toglimi una curiosità, quanto li hai pagati quei fiori? »

« Dodici euro. »

Raffaella mugugna. Tutto sommato le sta bene quel prezzo, peccato che Claudio le abbia mentito, li ha pagati venti euro ma cash, così lei non potrà mai controllare.

Claudio prende coraggio. « Ti ricordi che il mio amico Baroni è a capo di quella grande filiale? Ci ha dato una notizia riservata sulla quale ha investito lui per primo e noi tutti di conseguenza. Ecco, abbiamo comprato a uno e venti, sta già a uno e trenta. Dobbiamo comprare ancora un altro po', così prima dell'estate usciamo dall'investimento e ci facciamo casa nuova e qualunque altra cosa tu voglia. Se tutto va bene, quintuplichiamo l'investimento. È un'azienda farmaceutica e sta per esplodere. Però dobbiamo comprare altre azioni per renderla ancora più appetibile sul mercato. »

« Ha investito anche Baroni? »

« Sì, venti milioni e li ho visti eh... Sennò col cavolo che ci investivamo. »

« Sei sicuro? »

« Certo, non rischierei mai. Qui si va sul sicuro. Dobbiamo fare solo quest'ultimo piccolo sforzo e poi è fatta. » Claudio mette dei fogli sul mobile lì vicino e le passa una penna. Poi indica la riga in basso a destra. « Ecco, devi firmare qui. »

Raffaella sottoscrive velocemente il foglio, Claudio le toglie il primo e indica lo stesso punto sul secondo foglio. « Anche qui, li devi firmare tutti. »

Raffaella sbuffa e continua a firmare, poi sente suonare alla porta.

« Ecco, sono loro, togli di mezzo questi fogli, non mi va che ci vedano con i nostri affari privati. »

Claudio prende la cartellina e sparisce nel corridoio. Arrivato nel suo piccolo studio, la infila nel primo cassetto della scrivania e poi si strofina le mani. È particolarmente contento di quest'affare. Sta rischiando grosso, ma il fatto che ci sia dentro anche Baroni lo rassicura. Questo guadagno gli permetterà di vivere come avrebbe sempre voluto. Da ricco, comodo, con la possibilità di fare le vacanze alle Maldive ogni anno come ha sempre voluto fare Raffaella, ma da adesso in poi senza dover controllare in continuazione se il conto in banca è andato in rosso. Claudio sente aprire la porta del salotto e poi la voce di sua moglie.

« Oh, finalmente, che bello, solo noi quattro come ai vecchi tempi. Dove avete lasciato i bambini? »

Babi bacia Raffaella. « Sono tutti e due a casa mia che c'è Leonor. Stavano guardando i cartoni poi dormiranno insieme. »

Arriva Claudio. « Sono contento che Massimo e Vasco vadano così d'accordo. Un po' come noi! » E le bacia stringendosele tutte e due al petto, cosa che Babi e Daniela hanno odiato fin da piccole, ma non hanno mai avuto il coraggio di dirglielo.

« Attento papà! » urla Daniela. « Ho le paste! »

Raffaella gliele sfila veloce dalle mani.

« Ecco, ci manca solo che vostro padre combini pure questo! Dai, sediamoci a tavola. Iman! »

Arriva la domestica per ascoltare quello che deve dirle la signora e saluta le due ragazze.

« Prendi questo pacchetto e mettilo in frigo. »

Poi quando Iman è andata via, sorride a Daniela.

« Che bello, siete passate da Euclide, come ai vecchi tempi. »

Babi precisa: « Sì, abbiamo preso i mignon, mi piace un sacco poterne provare diversi, e poi ci sono sei tartufi, così almeno due riesco a mangiarmeli ».

Claudio si diverte a stuzzicarla: « Voglio provare a soffiarteli tutti ».

« Non ci provare papà! Tanto quando è il momento li vado a prendere io in frigo. »

Claudio l'abbraccia. Poi le sussurra: « Ho già detto a Iman di farli sparire ». E finge una risata da sadico.

« Ecco... » Daniela si siede. « Quando ero piccola e facevi questa risata mi facevi paura. »

Anche Raffaella si siede. « Quindi tutte le volte che piangevi era per colpa sua, ripensavi a questa sua risata... »

« No mamma. » E guarda Babi, ricordandosi della confidenza fatta. « Era per altri motivi. »

« Be', cosa si mangia di buono? Oggi sono troppo felice e sgarro la dieta! »

« Intanto sono proprio curiosa di sapere come mai vi siete autoinvitate a casa nostra. »

« Perché non ci vediamo mai. »

Raffaella guarda Daniela e poi alza un sopracciglio.

« Veramente pensi che tua madre sia così stupida? » Ma non le lascia il tempo di rispondere. « Iman, porta l'antipasto per favore. »

Così cominciano a mangiare tranquillamente. Daniela racconta alcuni aneddoti divertenti che le sono capitati sul lavoro. Tutti mettono da parte qualsiasi tipo di pensiero e partecipano curiosi, facendosi molte risate. Perfino Raffaella, che è sempre stata la più difficile, si lascia andare e ride, sinceramente divertita. Babi e Daniela si guardano sorprese, ma sono felici e si gustano con gioia questa incredibile rarità. Fino a quando arriva il momento delle paste. Allora Daniela si alza di corsa.

« Vado io! » Si precipita in cucina, anticipando suo padre che aveva accennato ad alzarsi.

Torna con il pacchetto, lo poggia al centro della tavola e lo scarta. Un po' di panna e qualche pezzetto di crema e di cioccolata sono rimasti attaccati alla carta. Daniela ci scorre con il dito sopra e alla fine si mette in bocca quel dito di dolcezza variegato.

« Daniela! Ma che fai? »

« Me la godo, mamma! »

« Sei sempre la solita... »

« Hai ragione, però questa sera sono venuta qui oltre che per il piacere di stare con voi, anche per darvi due notizie non direttamente collegate. »

Raffaella la ferma: « Aspetta un attimo ». Poi dice a gran voce: « Iman! Ci fai il caffè? »

Si sente la risposta dalla cucina: « Va bene ».

« Grazie. Vai avanti. »

Claudio ne approfitta, prende un tartufo e due bignè al cioccolato e se li mette nel piatto.

Daniela li guarda. « Posso proseguire papà? »

Claudio si è appena infilato tutto il bignè al cioccolato in bocca, così non riesce a parlare, ma mugugna qualcosa.

Babi se ne accorge e ride. « Oddio, adesso mamma lo riprende. »

Ma Raffaella non lo guarda neanche. « Ho detto vai avanti che mi hai incuriosito... »

Daniela gioca con qualche mollica sul tavolo, poi riprende il discorso: « Allora, stavo dicendo che ho da dire due cose, ma che non sono collegate tra loro. La prima è che mi sono lasciata con Filippo ».

Raffaella si finge sorpresa. « Oh! E come mai? Avevi detto che era così innamorato, che ti sembrava la persona giusta. »

« Mi sono sbagliata. Non è successo niente di strano, ma ho capito che io, per stare con una persona, devo esserne innamorata o almeno poter credere di esserlo. Se invece mi accorgo che non lo amo per niente, per quanto mi possa sforzare, non riesco a trovare una ragione che mi convinca a stare con lui. Quindi l'ho mollato. Si è presentato a casa, ha provato in tutti i modi a convincermi, ha mandato perfino delle rose rosse con gambo lungo... »

E Claudio pensa ai suoi tulipani congelati di prima.

« Dodici per l'esattezza, ma non sono servite a nulla. Quindi sono di nuovo single. »

Raffaella la guarda leggermente caustica. « E hai indetto questa cena per darci questa ferale notizia? »

Daniela le sorride. « No, mamma. Non solo. »

In quel momento entra Iman con un vassoio con sopra quattro caffè e lo zucchero, ma nessuno sembra accorgersene. Solo Claudio sussurra un flebile « grazie ».

« Lo metto qui? »

Raffaella non la guarda neanche.

« Sì, grazie. Lasciaci soli. »

Babi non è d'accordo, ma non è casa sua, pensa. « Scusaci Iman. »

La domestica lascia il salotto e Daniela riprende a parlare.

« L'altra cosa che ho da dire è che ho scoperto chi è il papà di Vasco. »

A questa notizia Raffaella strabuzza gli occhi. Claudio deglutisce inghiottendo anche il secondo bignè. Babi, che conosce tutta la storia, si gode la scena.

Raffaella la travolge, adrenalinica al massimo: « Ma come hai fatto? Ma sei sicura? Ma dopo tutto questo tempo? E com'è andata? Ma è proprio lui? » Poi si versa un po' d'acqua da sola e la beve cercando di calmarsi, mentre Daniela continua.

« Allora, ne sono sicura e anche lui me lo ha confermato. L'ho scoperto per una serie di circostanze che ora non vi sto qui a spiegare, ma la cosa più bella è che è felice di essere il papà di Vasco. Vuole riconoscerlo. »

Raffaella prende il caffè e ci mette dello zucchero, poi gira lentamente il cucchiaino pensando bene cosa dire a sua figlia. Alla fine opta per una frase: « Se stai bene, sono contenta per te ». In realtà vorrebbe sapere ogni cosa di questo papà.

Daniela le sorride. « Grazie, mamma. Pensate che lui aveva provato in passato ad avvicinarmi, ma io lo avevo allontanato. Non sapeva che io non ricordavo niente di quello che era accaduto. È molto ricco, ma non intendo né sposarlo né chiedergli soldi. »

Raffaella smette di girare il cucchiaino. Poi beve lentamente un po' del suo caffè. Questa decisione l'ha presa nei miei confronti, non per il bene di suo figlio, pensa di punirmi così. Come mai mia figlia mi odia così tanto? Cosa le avrò fatto mai?

Daniela le sorride. « Voglio che lui capisca che è importante solo come papà e che io sono la donna più felice del mondo ad averlo trovato. Comunque vi dico chi è: Sebastiano Valeri. »

Raffaella alza la testa di scatto. « Sebastiano Valeri di Valeri Mobili? »

« Sì, proprio lui. »

Raffaella non crede alle sue orecchie, è tra le famiglie più ricche di Roma. Allora beve l'ultimo sorso del suo caffè e non sa come mai ma le sembra meno amaro. « Sei cascata bene... »

« Per me sarà sempre e solo Sebastiano il papà di Vasco. »

Claudio la guarda emozionato, le posa una mano sulla sua, poi la stringe mentre le sorride. « Brava figlia mia, sei speciale. »

A Daniela viene da piangere, pensa a quante volte avrebbe voluto sentirsi dire quella frase da bambina, quando sembrava fosse adatta solo per Babi, ma riesce a trattenere le lacrime. « Grazie, papà. »

« Ti voglio bene. »

Raffaella invece prende un bignè alla crema e se lo mette nel piatto. Poi prende la forchetta e il coltello, ma trova solo quelli grandi, così si innervosisce. Iman ha commesso l'ennesimo errore. Per un attimo le sembra che siano tutti contro di lei, che glielo facciano apposta. Ecco, come al solito. È difficile trovare chi sa fare la cosa giusta senza che tu gliela debba indicare ogni volta.

107

Teresa, la compagna di Giorgio Renzi, è a casa. Sta finendo di mettere a posto alcune cose, quando sente aprire la porta. Guarda l'orologio. Sono le 21.48. Non mi ha neanche avvisata, di solito lo fa, questo lavoro lo sta prendendo moltissimo. « Ciao, come va? »

Renzi è teso, ma le sorride. « Bene, tutto bene. »

Teresa gli si avvicina e Renzi le dà un bacio leggerissimo e rapido sulle labbra, non si sofferma un attimo di più, preoccupato che lei possa accorgersi di qualcosa, un profumo, per assurdo un sapore di quelle labbra che non sono più solo sue.

« Abbiamo finito tardi, sai, questi cambiamenti dello *Squizzone* hanno creato una serie di problemi. »

« L'ho visto quello che mi dicevi, Simone Civinini, giusto? »

« Sì. »

« È bravo, è simpatico, è molto più naturale di Valli. Mi piace di più. Ho preparato gli involtini ripieni al sugo che ti piacciono tanto e un'insalata, va bene? »

« Benissimo. »

Renzi va al frigorifero, lo apre e tira fuori una bottiglia di birra, la stappa e la porta a tavola. Mangiano in cucina come tutte le sere. Renzi versa dell'acqua frizzante nel suo bicchiere poi le sorride mentre lei poggia un piatto sul tavolo. Teresa ricambia, ma sente che c'è qualcosa che non va.

« Tutto bene con Stefano Mancini? »

« Sì. »

« Come ti trovi? »

« Bene. »

Ma mi risponde a monosillabi perché non ha voglia di parlarne? Oppure perché è nervoso? Poi anche Teresa si siede, Renzi sembra tranquillo, sta mangiando un pezzetto di pane e bevendo un po' di birra. Si sta rilassando, pensa, avrà avuto riunioni su riunioni e lì tutti parlano tantissimo. Teresa gli mette nel piatto un involtino.

« Te ne do due? »

« Sì, grazie. »

Così gli mette anche il secondo, mentre lui prende con le posate da portata l'insalata e si riempie l'altro piatto che ha vicino. Poi cominciano a mangiare in silenzio. Renzi sta gustando l'involtino.

« Buoni, sono venuti benissimo. »

« Meglio dell'altra volta? »

« Sì. »

Teresa sorride.

« L'altra volta hai detto che erano stratosferici, mi ricordo ancora che hai usato questo termine. »

Renzi annuisce. L'altra volta non aveva ancora conosciuto Dania.

« Questa sera sono ancora più stratosferici. »

Lei ride. Lui cerca di essere spiritoso. Dice qualche altra cosa ma si accorge che è debole, che non fa ridere, che non gli riesce. Non è abituato a sotterfugi, bugie e finzioni. Lui le fiction ama farle, non interpretarle. D'altronde questa è la mia vita, non sono più proprietario della mia vita, allora? Mangia nervoso, mastica veloce, manda giù un boccone e passa subito al successivo e la guarda quasi di nascosto, con rabbia, ma come fa a non capire? Teresa dovrebbe essere felice di questo mio momento, dovrebbe amarmi così tanto da capire questa mia nuova, incredibile felicità. Condividerla con me, ecco, non essere gelosa o possessiva, capire di essere amata comunque, ma in un modo diverso, non come io desidero questa ragazza, in modo ossessivo, travolgente, illimitato. Poi si ferma. In realtà gli si è chiuso lo stomaco. Non gli va neanche più di mangiare. Tutto questo ora mi sta stretto, troppo stretto. Invece di Dania non mi dà fastidio nulla, anche la cosa più sporca con lei mi sembra pulita. Non mi era mai successo. Allora Renzi posa coltello e forchetta, quasi li lascia cadere sul tavolo. Tanto che Teresa si spaventa. Lui la guarda e cambia espressione. Non può più fingere.

« Ho conosciuto una ragazza. »

E Teresa sorride, pensa che sia l'inizio di uno di quei tanti aneddoti che lui le ha sempre raccontato quando rientrava la sera. A lei faceva piacere, la faceva sentire con lui, la rendeva partecipe di quel mondo così lontano. E allora Teresa aspetta curiosa il resto del racconto. Ma questa volta è diverso. Renzi la guarda un attimo, poi abbassa lo sguardo e non per mangiare, non per cercare il sale o altro, solo per sfuggire al suo giudizio. Il viso di Teresa muta lentamente, il suo sorriso si spegne, gli angoli della bocca si abbassano, perde perfino luce. Prende il tovagliolo dalle gambe, si pulisce la bocca, lo poggia di fianco al piatto. Si alza, sposta la sedia e se ne va in camera. Renzi sente sbattere la porta e chiude per un attimo gli occhi. Gli viene subito in mente la prima volta che si sono incontrati. A casa di amici, ad una festa. Si erano ritrovati a chiacchierare e quando Renzi aveva scoperto cosa faceva, le aveva detto: « Spero di non aver bisogno di te! » Lei era stata al gioco. « Come penalista? Sono d'accordo. Ma anche su tutto il resto? Allora sei prevenuto. » Poi avevano ballato, avevano riso, si erano guardati tutto il tempo con curiosità e desiderio, con la voglia di scoprire qualcosa in più, di conoscersi meglio da tutti i punti di vista. Gli inizi sono sempre più belli della fine, se non altro perché si è allegri tutti e due. Quando una storia finisce, invece, uno dei due piange, poi si chiede perché e soprattutto pensa di aver buttato via un sacco di tempo.

Teresa ora è in camera sua. Starà pensando a cosa fare, come comportarsi. Renzi è sorpreso, ma anche sollevato dal fatto che lei non gli abbia chiesto nulla, non abbia voluto sapere come si sono conosciuti, com'è andata, cosa è successo. Forse ora sta piangendo. È sempre così delicata Teresa, mi dispiace di averla ferita. Improvvisamente la porta della camera si apre ed esce lei, diversa da tutto quello che lui stava pensando. È piena di rabbia, ha gli occhi stretti, non certo gonfi, e arriva di corsa in cucina.

« Chi cazzo è questa? Da quanto è iniziata questa storia? C'hai scopato, no? Sennò mica me lo venivi a raccontare. Pensi di scaricare su di me le tue colpe, così ti senti più leggero, vero? Domani è il nostro anniversario. Sarebbero stati sei anni che stiamo insieme, mi hai fatto perfino capire che il prossimo anno, se le cose andavano bene sul lavoro, ci saremmo sposati, e ora? Ora perché conosci una che ti apre le gambe con facilità, butti tutto all'aria, come un bambino che tira il pallone in un negozio di cristalli e dice: 'Oh, è successo'. E poi, tranquillo, scappa via. »

« Mi dispiace. »

« Ti dispiace? Sei capace di dire solo questo? Tu ora mi dici nome e cognome, quanti anni ha, cosa avete fatto. Tu mi dici tutto. » E lo tira per il collo della camicia, strappandogli anche il primo bottone. E prosegue, inferocita: « Mi sono sorbita i pranzi da tua madre e tuo padre, sempre con gli stessi inutili discorsi, noiosi e tristi, senza una minima visione di vita, con i tuoi due fratelli e le loro inutili compagne. Sono stata con i tuoi parenti, che sono una vergogna per la stessa parola 'ignoranza'. Ma ho sempre vissuto tutte queste cose con piacere, allegria e leggerezza, perché l'ho fatto per te, per quello che credevo di avere con te. E ora tu mi dici semplicemente che hai conosciuto una? Ma tu sei proprio uno stronzo! Ma non ti vergogni? »

Renzi non batte ciglio.

« Oh, sto parlando con te! » E gli tira di nuovo la camicia. « Con te! Con te! » Inizia a urlare, strattonandolo, strappandogliela del tutto, alla fine addirittura tirandolo per i capelli.

Renzi, con il rischio di farle male, le stacca le mani dai capelli e si alza. Poi va verso la porta, prende la giacca, le chiavi e senza dire niente esce di casa. Teresa scoppia a piangere, corre in camera e sbatte la porta con inaudita violenza, quasi volesse farla esplodere. Renzi si infila la giacca e sale in macchina. Non ce la facevo più a vivere nella menzogna. Una volta Teresa gli aveva detto: « Se mai tu dovessi avere una storia, devi dirmelo. Potrei anche capire e perdonarti. Ma se ti scoprissi, mi arrabbierei così tanto che neanche te lo immagini. Voglio sapere che non darò la mano a una persona che ha tenuto il tuo 'coso' nella sua e mi sorride, tutta simpatica, prendendomi per il culo ».

« Non capiterà. »

Renzi ha mantenuto la promessa. Teresa invece non ha reagito come aveva detto. Ma l'amore ci sorprende, l'amore ci fa fare cose che non avremmo mai immaginato di essere in grado di fare, nel bene e nel male. Poi Renzi prende il telefonino e chiama Dania. Staccato. Starà già dormendo. Ha dovuto studiare diverse scenette per la puntata di domani. Era molto stanca. Almeno questo è quello che vuole credere, che ha bisogno di credere, altrimenti sta buttando la sua vita nel cesso inutilmente.

108

Tiro fuori una bottiglia di birra dal frigo e la apro. Me ne verso un po' nel bicchiere e accendo il televisore. La puntata dello *Squizzone* questa volta era registrata ed è venuta perfetta. Domani voglio proprio vedere che risultato facciamo. È vero che la seconda puntata scende sempre un po', ma chissà se accadrà anche in questo caso. Con un conduttore diverso, è come se fosse una nuova serie. Sono curioso di sapere cosa starà combinando Riccardo Valli. Dubito che si sia tranquillizzato, magari è andato sul serio a Milano a cercare il suo autorino per fare pace. Oggi Juri ha reagito bene all'idea di avere accanto Dania Valenti. Avrà capito che gli potrebbe tornare utile e che, anche se non fosse stato d'accordo, non sarebbe cambiato nulla. Almeno lui la lezione l'ha capita. Sento aprire la porta.

«Gin, sei tu?»

«No, amore, un ladro.»

Vado verso di lei sorridendo. «È vero, mi hai rubato il cuore.» E l'abbraccio.

«Senti... Prima sei stato un autore televisivo, ora sei un produttore, ma secondo me resti sempre un imbroglione, un furbo che chissà quante volte ha usato questi testi. Forza, tira fuori il nostro copione, dai, dove ce l'hai?»

Le indico la mia testa. «È tutto nascosto qui...» Poi poggio la mano sul cuore. «E qui.»

Si stacca da me spingendomi via. «Vorrei entrare sul serio lì dentro, scardinare tutto e vedere cosa c'è nascosto in quei forzieri!»

Mi metto a ridere. «Pensa se li trovi vuoti, che non c'è nulla, che drammatica, arida scoperta sarebbe.»

«Lo temo moltissimo.»

«Non lo saprai mai...» Vado verso la cucina. «Vuoi anche tu un po' di birra?»

«Magari potessi, ma un succo sì, grazie.»

«Okay, te lo porto.»

Riempio un bicchiere con il succo, il mio con la birra e torno di là. « Ehi, ma mi hai detto poco della visita di oggi. Com'è andata? Io stavo in treno e non prendeva bene. Poi sono scappato agli studi, scusa se non ti ho cercata prima. »

Gin ha provato a non pensarci. Ora però sente una fitta ma preferisce far finta di niente. « Bene, tutto nella norma. »

Scorgo un'ombra sul suo volto. « Sicura? »

« Sì, certo. » Apre la borsa e mi passa una cartellina. « Sono gli esami di oggi. Crescita del 10 per cento, è in forma smagliante. »

« Bene, sono felice. »

Do uno sguardo ai fogli, leggo le misure prese, guardo la foto di quel minuscolo corpicino e mentre sono distratto dalla bellezza di tutto ciò che stiamo creando, non mi accorgo della tristezza che improvvisamente la pervade. Gin è andata tutto il giorno in giro per cercare di smaltire quel dolore, per trovare qualcuno con cui condividere la disperazione di quella scoperta.

Eleonora risponde al telefono senza neanche guardare chi è.

« Ele, che fai? »

« Gin! Che sorpresa! Niente, sono da poco tornata a casa. »

« Scendi? »

« Sei qui sotto? »

« Sì. »

« Arrivo. »

Ed Eleonora un attimo dopo è fuori dal cancello. La guarda, la scruta in silenzio, non sa bene cosa dire, cosa pensare. Poi accenna a quelle parole un po' inutili, tanto per iniziare un discorso.

« Allora? »

« Niente. »

« Non mi dire 'passavo di qui' che ti salto addosso! »

Gin accenna appena un sorriso. « Ho paura. »

« Di cosa? »

Gin rimane un attimo in silenzio poi si rende conto che non ce la fa, non riesce a parlarne.

« Magari non sarò una buona mamma. »

Eleonora scuote la testa. « Senti, se tu non sarai una buona mamma, io al massimo potrei prendermi cura di un pesce e non sono neanche sicura di non farlo affogare. »

Poi si abbracciano e Gin le sussurra: « Stammi sempre vicina ».

«Sempre. Anche se a volte la sera uscirò con un certo Marcantonio.»

Gin si stacca da lei. «Ma dai! Sono troppo felice! Cercate di durare questa volta, però! Siete perfetti insieme, quei due non c'entravano proprio niente con voi... Ma si sono messi insieme tra loro?»

«No. Quello avviene solo nei film. Lui è tornato con una sua ex e lei credo che stia con un suo compagno di classe.»

E continuano a chiacchierare così, scherzando del più e del meno. Gin ride e intanto la guarda, in realtà prova una tristezza infinita. Non riesco a parlare con la mia migliore amica, non riesco a raccontarle il mio problema, non le sto dicendo nulla, continuo a ridere ma mi viene così da piangere...

Più tardi Gin passa a trovare sua mamma.

«Ehi, che ci fai qui? Ho sentito le chiavi e pensavo fosse tuo padre che era tornato prima.»

«No, no, sono io, ho ancora il permesso di avere le chiavi, giusto? L'ho ottenuto a quattordici anni e chi lo molla più.»

«Certo, sono tue e anch'io non ti mollerò mai.»

E sentendo questa frase, Gin si sforza per non scoppiare a piangere e in quell'attimo capisce la sua fragilità. Così si gira dall'altra parte e finge: «Devo prendere una cosa in camera...»

Si allontana lungo il corridoio, sparendo dalla vista della madre. Poco dopo, ritrovato il suo equilibrio, ricompare sorridente.

«Ehi, tutto a posto?»

«Sì, cercavo questo, mi ricordavo di averlo qui e mi è venuta voglia di leggerlo.» E mostra alla madre *Tre camere a Manhattan* di Georges Simenon.

«Bello, è piaciuto anche a me.»

«Stefano non ha nessuno dei miei libri, un giorno devo venire a prenderli tutti, in fondo è giusto che quella libreria sia anche un po' mia.»

«Certo.»

Poi va verso la porta e, mentre si allontana di spalle, pensa: ma se non lo dico a mia madre, a chi lo posso dire? E in quello stesso istante però si dà anche una risposta. Tu sai cosa ti direbbe. Ti direbbe di iniziare la cura. Non vuole perdere sua figlia come tu non vuoi perdere la tua. Allora si sente più forte e si gira convinta.

«Ciao mamma, presto stiamo insieme a cena, ti va?»

« Certo. »

Ed esce sorridente di casa. Francesca rimane per qualche secondo a fissare quella porta chiusa, sperando che sua figlia non le abbia mentito, che vada tutto bene, che non ci siano problemi con Stefano. Poi fa un sospiro e torna in cucina.

Gin entra in ascensore, spinge il bottone, le porte si chiudono e lei si guarda allo specchio. Be', una cosa è sicura, sono proprio migliorata come attrice. Poi decide di andare in giro in macchina per la città, senza meta, mette la radio e canta, cerca di evitare i semafori. Ogni volta che le tocca fermarsi, sente gli occhi su di sé, qualcuno che la fissa, allora guarda avanti e continua a cantare. Ora le è capitato Vasco e non poteva essere più adatto. Canta a squarciagola: « *Voglio trovare un senso a questa vita, anche se questa vita un senso non ce l'ha* ». E all'improvviso mentre urla quelle parole, si interrompe e scoppia a piangere. Perché proprio a me, perché proprio adesso? E si sente terribilmente sola, non ha il coraggio di affidare a nessuno il suo dolore. Avrebbe voglia di essere abbracciata, aiutata, di non avere nessuna possibilità di scelta. È forse questo che più di ogni altra cosa la sgomenta, pensare che potrebbe cambiare le cose, che potrebbe decidere diversamente... Ma io voglio Aurora, io voglio Aurora più di ogni altra cosa. Sono sicura che poi tutto comunque andrà bene perché Dio non può...

« Gin? »

« Eh? »

E improvvisamente è come se si svegliasse. Mi trova a fissarla, sono davanti a lei che le sorrido.

« A cosa stavi pensando? Avevi una faccia così strana... Prima eri tutta tesa, sembrava che affrontassi chissà quale discussione, poi alla fine hai sorriso come se avessi trovato una soluzione a tutto... »

Gin mi fa una carezza sul viso.

« Sì, è proprio così. »

« Sei sicura che vada tutto bene? »

« Sì, benissimo. »

« Ti va di venire fuori? Ho un invito stasera, una festa per un canale nuovo della Fox. »

« No, grazie, sono un po' stanca, oggi ho avuto una giornata faticosa. Ti ricordi che ho anche iniziato a lavorare in quello studio? Non ero più abituata.»

«Va bene, come vuoi, io vado a fare una doccia.»

Gin finisce di bere il succo. Devo sul serio andare allo studio, lavorare mi terrà la mente impegnata e soprattutto ha ragione il dottor Flamini: l'animo deve essere sereno e solare, anche lui ha la capacità di farci guarire.

109

Lorenzo entra in casa.

« Eccomi, sono arrivato. »

Ma non sente nessuna risposta. Va in salotto e trova la tavola con un solo posto apparecchiato con due piatti coperti. Poi compare Babi. Ha un vestito lungo nero, una pochette in mano, i capelli raccolti con una pettinatura particolare e un trucco perfetto, che mette ancora più in risalto i suoi occhi azzurri, pur rimanendo leggero. Lorenzo non può fare a meno di notare quanto sia incredibilmente bella. Stasera poi, forse, più che mai. Babi si accorge del suo sguardo e gli sorride.

« Mi ha detto Leonor che tornavi, così ti ho fatto preparare della pasta fredda, mozzarella e pomodoro, e del vitel tonné. Qui c'è anche dell'insalata, sennò puoi farti scaldare degli spinaci, mentre ti ho messo in freddo un Blanche, se sei d'accordo, oppure c'è un Jermann o un Donnafugata, comunque nella cantinetta c'è tutto quello che vuoi. Non te l'ho aperto perché non sapevo cosa avresti preferito. »

Lorenzo si avvicina e le sorride.

« Un Blanche va benissimo, avevi fatto la scelta migliore. » Poi le accarezza il braccio. « Sei molto bella, mi fai compagnia mentre mangio? »

« No, mi dispiace, sto uscendo. Massimo è di là che dorme, quindi non fare rumore. Però se a te va, non ti fare problemi, esci, c'è Leonor che comunque lo controlla e se ci fosse qualche problema ci chiama sul telefonino... » Poi Babi fa per andare, ma Lorenzo la ferma per un braccio, in maniera decisa. Lo stringe forte volutamente.

« Tu sei mia moglie. Non puoi fare quello che ti pare. Non mi avevi neanche avvisato che uscivi. »

« Non sapevo che tornassi, pensavo che rimanessi fuori anche stasera... con Annalisa Piacenzi. »

Lorenzo sbianca. Lascia andare la presa, poi improvvisamente gli è tutto chiaro.

« Quindi rivedi Stefano Mancini, il tuo amato Step. Mi ha incontrato da Vanni ed ero con lei, ma si è inventato tutto. Che schifo, lo fa per portarti ancora a letto, non ce la fa proprio a dimenticarti.»

«Non lo vedo e non lo sento e soprattutto, anche se lo avessi incontrato, non mi avrebbe detto niente. È troppo signore, ma tu queste cose non le puoi capire. Oggi non mi funzionava il computer e ho usato il tuo. Hai lasciato la vostra chat aperta con tutte le vostre belle fantasie e tutto quello che è veramente accaduto tra di voi. Complimenti. Le hai anche detto che io volevo fare l'amore in terrazza, che ho insistito e sei stato tu che praticamente mi hai detto di no. Se ti serve, usami pure. Ma stai più attento. Abbiamo un figlio che ha imparato a leggere, coglione.»

Babi se ne va via.

«Tu non vai da nessuna parte.»

Lorenzo la ferma di nuovo per un braccio. Babi si gira di botto e con una velocità assurda gli dà la pochette di taglio sulla mano, ferendolo.

«Non mi devi toccare mai più, non ti azzardare. Ho fatto lo screenshot e copiato la chat e ho già mandato tutto all'avvocato. Spero che ci separeremo in modo civile ed educato. Manteniamo dei buoni rapporti per nostro figlio. Ma non ti permettere mai più di entrare nella mia vita o di sindacare qualcosa, sennò ti rovino. Ti assicuro che ho e so tutto per poterlo fare.» Poi gli sorride. «Se sei nervoso non mangiare veloce e non bere troppo. Massimo ci rimarrebbe male se ti accadesse qualcosa. Buona serata.»

Lorenzo rimane a guardarla, mentre lei prende la giacca che aveva posato sul divano ed esce senza più voltarsi. Babi aspetta l'ascensore sperando solo di non sentire aprire quella porta e che Lorenzo abbia ancora qualcosa da dire. Mano a mano che i secondi passano, si sente meglio, più leggera, felice delle parole dette e soprattutto della decisione presa. Ma come mi è venuto in mente di sposarmi uno così? Non c'entra niente con me, niente con la mia vita, niente con quello che mi piace, mi incuriosisce, mi diverte... Scuote la testa, ogni tanto penso che sono pazza, non mi riconosco, è come se una parte della mia vita fosse stata condotta da un'altra persona. E quando fa delle cazzate di questo genere, la prenderei a calci! Poi entra in ascensore e quella più sana delle due si mette a ridere.

110

Quando arrivo agli studi di via Tiburtina, ci sono diverse macchine in fila. Le supero tutte e arrivo al passaggio previsto solo per le moto. Non c'è nessun altro. Mi si avvicina un custode con in mano un foglio della lista degli invitati.

« Buonasera. »

« Buonasera, Stefano Mancini. »

Scorre la prima pagina, non ci sono, si vede che finiva prima della M. Gira il foglio e guarda la seconda pagina. Mi trova, mi spunta con una penna e riporta il primo foglio in avanti. « Prego, allora guardi, deve andare in fondo e poi a destra. Troverà il Teatro 7, è lì che si svolge la festa. »

« Grazie. »

Metto la prima e procedo con un filo di gas all'interno degli studi. Alcune persone eleganti devono aver lasciato la macchina fuori ed entrano a piedi. Altri invece sono in coda nelle loro auto. Ogni tanto qualche ragazza, non potendone più dell'attesa, scende dalla macchina e senza neanche salutare chi è con lei si incammina verso il teatro. Praticamente ha usato quel ragazzo come un qualsiasi, semplice autista. Arrivato al Teatro 7 posteggio e chiudo la moto. Metto il casco nel bauletto insieme a quello di scorta e mi incammino anch'io. Alcuni buttafuori molto eleganti ci fermano sulla porta del teatro. Ce ne sono dieci con le liste in mano, così da non far aspettare nessuno.

« Sono Stefano Mancini. »

Trovano subito il mio nome.

« Mi scusi, dovrebbe mettere questo. » Una ragazza mi chiude un braccialetto al polso e poi sorride. « Con questo lei può entrare dappertutto. »

La ringrazio e imbocco un corridoio. Sento la musica che pompa forte, hanno usato pezzi di vecchie scenografie per rivestire tutto il teatro. Quando varco il grande portone, mi accorgo che c'è una marea di gente, fasci luminosi investono gli invitati e li colorano di verde, azzurro e giallo. Alcuni ragazzi vestiti da antichi romani e con delle maschere ballano su degli alti cubi sparsi un po' ovunque. Sono a petto nudo e i loro muscoli, completamente oliati, risaltano ancora di più sotto il riflesso delle luci creando un'ottima scena. Dietro diversi banconi posti lateralmente e ancora più numerose dietro quello quadrato centrale, delle pseudovestali molto scoperte servono in continuazione bibite di ogni tipo agli assetati invitati. In giro dei camerieri raccolgono bicchieri vuoti. Non mi sembra di vedere nulla da mangiare. Hanno investito molto sulla parte alcolica in linea con la filosofia che molti stanno a dieta e tutti bevono. La festa si snoda lungo tutto il Teatro 7 e poi continua in quello vicino. Sono state usate ogni tanto parti di fondali e pareti per rendere unica la location per l'evento. Riconosco una casa degli anni '60, gli interni di un sommergibile, la facciata di un palazzo, una stanza dove deve aver vissuto un maniaco sulla falsariga di Hannibal The Cannibal o *Hostel*, visto che ci sono strumenti di tortura di ogni tipo, ma anche maschere di pelle.

« Ciao Stefano! »

« Ciao. » Sorrido ad una ragazza che passa insieme ad altre due così veloce da non farsi riconoscere, se mai mi fosse stato possibile. Incrocio qualche giornalista, qualche faccia nota degli addetti ai lavori, saluto tutti, ma non mi fermo con nessuno. Continuo il mio girovagare, portato da questo trenino di invitati più o meno profumati, più o meno sconosciuti. Ogni tanto tra i flutti della gente comune affiora la faccia di un Vip un tempo famoso, alcuni di quelli che andrebbero bene per la trasmissione *Meteore*. Poi il Teatro 7 si stringe in un piccolo tunnel per farci riaffiorare tutti poco dopo nel Teatro 8. Qui le luci sono diverse, anche la musica. C'è una donna dj con una cuffia che tiene attaccata all'orecchio sinistro, mentre con la mano destra lavora sulla consolle. È vestita a mezzo da militare, con sotto una camicia bianca e lingerie nera, forse pensa di essere la versione femminile di uno strano mix tra Bob Sinclar e David Guetta. Sicuramente prende un decimo dei due, ma la musica non è male. Tutti ballano e si muovono a tempo, divertiti e sognanti sul pezzo *A far l'amore comincia tu*, di Raffaella Carrà, pensando di emulare, ognuno a modo suo, *La grande bellezza*. Al centro di questo teatro c'è un grande ring, sollevato di un metro e mezzo, al quale si accede attraverso una gradinata. Un bodyguard controlla chi sale, alle sue spalle diversi divani neri, tavolini bassi, qualche puff e la gente più diversa che è stata eletta Vip per le ragioni più sconosciute. Quando passo lì vicino, vedo che su un divano, tra un bel ragazzo dai capelli lunghi e il giovane capostruttura della Rete Aldo Locchi, c'è Dania Valenti. Anche lei mi vede, si scusa e corre verso il bordo ring.

« Ehi, ciao! Che bello vederti qui! Ma c'è anche Renzi? »

« No, non credo. »

« Ho il telefonino scarico. Se lo senti glielo dici tu che io sto qui? Che poi non so neanche come tornare a casa. Sai che forse dopo passa anche Calemi? Aveva una cena, ma ha detto che mi raggiungeva. Vuoi stare un po' qui nel privé con noi? Lo dico al tipo. »

« No grazie, faccio un giro... »

« Okay, come vuoi. Io sto qui, al massimo scendo giù a ballare. »

E se ne va, sculettando, con i suoi shorts di pelle nera, un giubbotto di jeans, una camicia d'argento e delle specie di piccoli trampoli da sera. Al massimo scendo giù a ballare... Chissà cos'altro può combinare, poi non faccio in tempo a girarmi che mi scontro con lei.

« Allora sei proprio tu. Ti ho visto da lontano, ma non ne ero sicura. Ciao. »

Mi sorride, bella più di sempre, con i suoi occhi azzurri, il suo vestito nero elegante, i suoi capelli raccolti. La sua bellezza sembra quasi fuori luogo rispetto a tutto quello che ho visto finora. La sua delicatezza, le sue spalle, le sue braccia affusolate, quel poco di oro bianco che porta. Si avvicina e mi bacia sulla guancia. Chiudo gli occhi, perfino il suo profumo così delicato e fresco non c'entra niente con tutto quello che mi circonda. Ma forse solo io la vedo così? Riesco semplicemente a dirle: « Che ci fai qui? »

Ride e scuote la testa.

« Stavolta non c'entro nulla! Giuro! Non è colpa mia se sei qui, non ti ho fatto avere io l'invito. È un caso che ci incontriamo. »

« Sì, ti credo... »

Fa un sospiro di sollievo. « Ecco... » E mi indica la grande F del canale che rimbalza proiettata, presente su tutti i bicchieri, perfino sui bordi del ring. « Ti piace com'è venuta? L'ho fatta io. Sono stata invitata come grafica. »

« Sì, è originale. È un bel lavoro. »

« Grazie. »

Poi rimaniamo in silenzio in quella musica assordante. Ma Babi alla fine non resiste, si toglie quella curiosità che forse aveva fin dall'inizio.

«Sei solo?»

«Sì.» E vorrei dire altro, ma non so perché mi esce fuori solo «sì». E come se non bastasse, mi viene anche da aggiungere: «E tu?»

«Sì, anch'io.»

«Okay.»

E mi guarda sorridendo. «Allora magari ci rivediamo.»

«Sì...» Rimaniamo ancora qualche attimo così, poi le faccio un sorriso e mi allontano, ma dopo un po' non resisto, mi giro e vedo che entra nel ring. Così mi perdo volutamente tra la folla. Non c'entro più niente con lei. Non c'è stato nulla, è stata solo una notte con una escort. Ma io so che per me non è così. Continuo a camminare tra la gente. Ora la musica mi sembra più alta. Mi voglio perdere, confondere, annullare. Perché sono qui? Tiro fuori il biglietto dalla tasca. *Vieni, ti aspetto. Pietro Forti. Direttore marketing. P.S. Sono al Tempio.* Mi guardo in giro, vedo che c'è una grande scalinata che compie una curva e poi si perde più su, in una grande struttura antica. Sembra uno strano incrocio tra il Partenone e un tempio romano, con qualche sapore buddhista. Inizio a salire le scale quando me lo vedo venire incontro.

«Eccoti, finalmente, come stai Stefano?» Mi si avvicina all'orecchio. «Ti posso presentare il nostro direttore Arturo Franchini, la responsabile vendite Sonia Rodati e la nostra creativa, Flavia Baldi?»

Do la mano a tutti, sorrido, ma nella confusione generale e con quella musica molto alta, ho percepito solo qualche pezzo di nome e l'importanza del loro ruolo, soprattutto per come li enfatizzava Pietro Forti. Mi offrono da bere, mi dicono che gli è piaciuto molto il «game» delle famiglie in vacanza, che lo vogliono assolutamente prendere e che vogliono fare tante altre cose con noi, che Futura è una società che lavora bene e che è di questo che hanno bisogno. Annuisco, finisco di bere lo champagne, la ragazza al nostro tavolo mi sorride e mi riempie di nuovo il bicchiere. La ringrazio, poi mi avvicino a loro per farmi sentire.

«Sono contento, vedrete che lavoreremo bene insieme. Vi

vengo a trovare presto.» E questo in qualche modo li tranquillizza. Allora mi alzo, vado al bordo di questo tempio, mi appoggio alla balaustra, seguo il tempo con la musica, ma in realtà è come se non sentissi niente. Guardo sotto. La gente balla, si muove, si agita, alcuni sembrano ballare al rallenty, altri troppo veloci, alcuni addirittura fuori tempo. Poi la vedo. È seduta su un divano di pelle, sta parlando con una ragazza, non ridono. Mi sembra che chiacchierino di lavoro. Babi annuisce, è d'accordo, la ragazza muove le mani, le sta spiegando qualcosa. Poi arriva un ragazzo, si ferma in piedi davanti a loro, si rivolge a Babi, parla un po' con lei. La vedo sorridere, lui le dà un biglietto, lei lo prende, lo legge, lui le chiede se si può sedere accanto a lei, Babi annuisce e gli fa posto. Il ragazzo si siede, le sorride. È gentile, ha i capelli lunghi, scuri, le spalle larghe. Deve essere anche un bel tipo. L'altra ragazza si scusa, si alza, li lascia soli. Loro la salutano, poi lui chiama un cameriere. Chiede a Babi se vuole qualcosa da bere, lei dice il nome di non so cosa, lui ripete tutto questo al cameriere, che si allontana. Poi il ragazzo si avvicina e le dice qualcosa all'orecchio. Lei rimane sorpresa, prima stava sorridendo ora è diventata seria. Così io non aspetto la sua risposta. Scendo giù velocemente per le scale. Sposto qualcuno, faccio uno slalom cercando di non sbattere contro nessuno di quelli che ballano, non so se ci riesco o no, non sento niente, più niente, nessun dolore, no. So solo che devo essere da lei. E in un attimo sono alla gradinata del ring. Il buttafuori, vedendomi arrivare di corsa, si irrigidisce. Quando sono su, mi viene incontro, mi blocca, prova a fermarmi. Non dico niente. Mi guarda, scuote la testa e fa: «Scusa?»

Io sorrido e allargo le braccia. Lui per fortuna vede il braccialetto azzurro che mi hanno dato all'entrata. «Ah, mi scusi.» E così mi fa passare. In un attimo sono dentro al ring, mi guardo in giro tra i divani, fino a quando non la vedo. Il tipo sta continuando a parlarle all'orecchio, vicino, troppo vicino, ogni tanto le sorride e sembra quasi avvicinarsi alla sua bocca e lei lo lascia fare, ascolta, annuisce. Non ci vedo più. Arrivo da Babi e la prendo per mano. «Abbiamo un problema, devi venire con me... Scusaci.»

Non faccio in tempo a sentire la risposta del tipo. La porto via con me. La trascino giù per la gradinata, tra la gente che balla, in mezzo ai nuovi arrivati, a quelli che si muovono al contrario, che si scontrano con noi ma che alla fine però ci lasciano passare. E sembriamo gli unici controcorrente, evitando persone, spostandoci a destra e sinistra, e via così, senza fermarci, verso l'uscita. Quando siamo fuori dal teatro vedo un angolo buio, mi ci dirigo veloce e solo lì mi fermo. Ecco. In piedi uno davanti all'altra, ci riprendiamo dalla corsa. Lei, con il fiatone e i suoi occhi intensi. Io che la guardo in silenzio e mi rendo conto che non è passato un attimo da allora. Poi Babi mi sorride.

«Speravo mi stessi guardando... E ho sognato che tu mi portassi via.»

E allora la bacio, senza pudore, senza pensieri, ribelle padrone della mia vita. Continuiamo a farlo così, come se fossimo due ragazzi che hanno sbattuto la porta in faccia al mondo, che vogliono rimanere soli, che aspettavano questo momento da sempre, perché chi ama non ha paura. E il suo bacio è unico, è amore, è una storia infinita, è le mie lacrime e il mio dolore, è la mia felicità e la mia vita, è dannazione e desiderio, è condanna e libertà. È tutto quello che voglio e senza il quale non posso più vivere.

111

Poco dopo arriviamo alla moto e faccio appena in tempo a vedere Dania Valenti che va via mano nella mano con un uomo sui quarant'anni, ma non sono certo affari miei. Ci mettiamo i caschi e in un attimo siamo fuori di lì, nel vento della notte. Lei mi stringe proprio come allora. Non ha paura, si fida, sa come guido, si abbandona totalmente in me. Ogni tanto però mi stringe più forte, mi vuole sentire, non crede alla bellissima sensazione che stiamo provando: noi due di nuovo insieme. Mi infila la mano sotto la camicia, sfiora la mia pelle, mi accarezza piano gli addominali, ha bisogno di toccarmi, di sentire che è tutto vero, che non stiamo sognando. Mi giro verso di lei, le sorrido.

« Dove andiamo? »

« Vai verso l'Aurelia. Ho un'idea. »

Poi vedo che prende il telefonino e manda un messaggio a qualcuno. Continuo a guidare seguendo le sue indicazioni. Mezz'ora dopo si alza una sbarra, lasciandoci passare. Facciamo ancora pochi metri, quando me la vedo davanti. La *Lina III*. Aiuto Babi a scendere, poi metto il cavalletto e scendo anch'io. Il comandante ci aspetta sulla scaletta.

« Che piacere rivedervi. »

Ci togliamo le scarpe e saliamo in barca. Il comandante si avvicina a Babi e le sussurra: « Ho mandato tutti a dormire, come mi aveva chiesto lei, e le ho fatto preparare tutto quello che desiderava ».

« Perfetto, Giuseppe. Non sai com'è bello avere qualcuno su cui puoi sempre fare affidamento. »

« Be', se non vi serve altro, andrei a dormire. Comunque se suonate il campanello c'è sempre qualcuno a disposizione. »

Babi gli sorride. « Vi ho già chiesto abbastanza e all'ultimo minuto. Buonanotte e grazie. »

« Buonanotte. » E Giuseppe sparisce in un corridoio che porta giù alle cabine dell'equipaggio.

« Vieni, andiamo su. »

Questa volta è Babi che mi prende per mano, mi fa salire per una larga scala a chiocciola, tutta coperta da una soffice moquette bianco ghiaccio. Arriviamo in una zona circondata da vetrate con delle luci bassissime azzurre. I divani sono in pelle chiara, per terra c'è un bellissimo tappeto blu polvere e beige. E poi un grande mobile con sopra una televisione al plasma, un frigo di acciaio chiarissimo e un diffusore Bose con un iPod. Babi lo prende, cerca qualcosa, poi si gira un po' maliziosa e un po' bambina.

« È la mia playlist. »

Lo poggia sulla base proprio mentre sento le prime note e poi quelle parole: *Ripenserai agli angeli... Al caffè caldo svegliandoti...*

« Te la ricordi? »

« Certo che me la ricordo. La sentivamo sempre. Eravamo pazzi di Tiziano Ferro. E di questa canzone. »

« Era la nostra canzone di quando ci siamo conosciuti. » E Babi canta con lui: « *Mentre passa distratta la notizia di noi due...* » E continua a cantare e si muove divertita su quelle note, fino a quando mi alzo e canto con lei: « *Di sere nere... che non c'è tempo, non c'è spazio e mai nessuno capirà...* » E ci guardiamo negli occhi e cantiamo a noi stessi, al mondo che dorme, che non ci ascolta. « *Perché fa male, male, male da morire senza te.* » E ci abbracciamo e continuiamo ad ascoltare in silenzio questa splendida canzone che parla del tempo che abbiamo perso e di quanto ci ha fatto male quel « senza te ». E nei nostri occhi vedo dolore e felicità, vedo tutto quello che non so, vedo la sua gelosia, la sua voglia che io sia suo per sempre. Allora mi stringe forte, fortissimo, più che può e mi sussurra all'orecchio, mentre sta finendo la canzone: « Ti prego, mai più senza di te ».

« Sì, mai più. »

E come se quello fosse stato il più grande giuramento possibile e lei quasi si vergognasse di avermelo strappato, si stacca da me e, senza guardarmi negli occhi, mi chiede: « Vuoi qualcosa da bere? »

« Sì, quello che c'è. »

Allora apre il frigo e armeggia lì dietro, poi si gira verso di me e mi sorride, quasi timida per questa nostra nuova intimità. « Ecco... » E mi mette davanti una birra artigianale L'Una e un piccolo bicchiere di rum. « È Zacapa XO. » Poi mi passa un bicchiere grande. « La birra la puoi bere qui, come piace a te. »

Seguo le sue indicazioni. Riempio il bicchiere di birra e poi ci lascio cadere dentro quello piccolo di rum, che scivola giù dondolando per naufragare sul fondo e confondersi. Lo bevo con gusto, assaporando ogni cosa di questo momento, poi lei mi si avvicina, io l'abbraccio e cominciamo a baciarci. Sono subito eccitato.

« Come faremo? »

« Non lo so... Ma potremmo non pensarci ora? »

Lei si mette a ridere. « Hai ragione, sbaglio sempre i tempi. » E sale sopra di me alzandosi il vestito.

112

Ho riportato Babi a casa, ora guido piano nella notte, si vedono le prime luci dell'alba quando improvvisamente mi ricordo quelle parole.

«Sei felice?» La domanda rimbomba ancora nella mia testa. Don Andrea è in silenzio davanti a me con gli occhi chiusi. Sta aspettando la mia risposta. Più passa il tempo e più quel silenzio diventa pesante, ingombrante, fastidioso. È come se desse ancora più eco a tutto quello che non si sta dicendo. Lontano sento il suono di qualche uccello notturno, più lontano il chiacchiericcio allegro della voce di Gin e dei suoi genitori, Francesca e Gabriele. Poi all'improvviso la voce di don Andrea, bassa, seria, ma a modo suo leggera, squarcia quel silenzio.

«Hai capito la domanda che ti ho fatto? Non è poi così difficile, ti ho chiesto se sei felice.» E apre gli occhi e si gira verso di me e mi guarda tranquillo, come se la risposta che sta aspettando fosse la cosa più semplice del mondo. Ma restiamo in silenzio, così alla fine mi sorride. «Be', se ci metti così tanto a rispondere, in qualche modo mi hai già dato la risposta. Mi dispiace molto.»

«Non è così facile.»

«Lo so, sembra una domanda semplice, ma in realtà è complicata perché prevede un sacco di cose.»

«Vorrei tanto esserlo.»

Mi guarda e si mette a ridere.

«E chi non vorrebbe? Hanno fatto un bellissimo film su questo tema, *La ricerca della felicità* di Gabriele Muccino.»

«Sì, l'ho visto...»

«Anch'io.»

«Lì il protagonista, quel famoso cantante di colore, come si chiama...»

«Will Smith.»

«Esatto, lui riesce a trovare la felicità e sai perché? Perché non avendo niente, gli basta poco. Agli uomini che hanno tutto è più difficile trovarla. Pirandello diceva che la vera felicità è aver pochi bisogni. Camus che non sarai mai felice se continuerai a cercare in cosa consiste. Io credo che ognuno di noi sa cosa lo renderebbe veramente felice. Tutto sta nell'avere il coraggio di esserlo. Insomma, come dice Borges: 'Ho commesso un solo peccato nella mia vita, non sono stato felice'. »

E torniamo a stare in silenzio. È molto particolare questo parroco. Ama il cinema e le citazioni e mi sta simpatico. E allora, come se fosse un mio amico di sempre, anzi, e mi viene da ridere solo a pensarlo, come se Pollo si fosse incarnato in lui, inizio a parlare.

« Gin è una ragazza meravigliosa, è bella, è solare, è divertente, è pratica, è intelligente e non è furba, che per me in realtà è un pregio... »

Annuisce ascoltandomi, è d'accordo con me. « Sì, hai ragione. La conosco bene. »

« Ah certo. Giusto. Me ne dimenticavo, è lei che l'ha scelta per celebrare il nostro matrimonio. »

« Esatto... »

Mi sorride e così continuo.

« E sono sicuro che sarà un'ottima mamma. »

« Sono d'accordo con te. L'ho trovata molto felice. »

« Anch'io lo sono. »

« Oh, bene, sono contento. »

E poi pronuncio quella parola che mai avrei immaginato di poter dire.

« Ma ho paura. »

Allora don Andrea mi posa la mano sul braccio e mi guarda con affetto.

« La paura in un caso come questo è un sentimento nobile. In realtà hai paura perché tieni a lei. »

« E ai suoi genitori e al bambino che avremo. Ho paura che non sarò all'altezza. »

« Ce l'ha fatta un sacco di gente con molte meno qualità di voi due. »

Poi gli dico la verità.

« L'altro giorno ho incontrato una donna, è accaduto per caso. Non la vedevo da tanti anni e speravo di non incontrarla mai più nella mia vita. Soprattutto per quello che provavo per lei. »

« E che provi. »

« Sì. »

Don Andrea alza il sopracciglio, chiude gli occhi e annuisce. « Allora la cosa è diversa. È difficile in questo caso essere felici. » Poi guarda Gin, che sta ridendo con i suoi genitori, il padre la tira a sé, l'abbraccia e la madre si preoccupa, sentiamo la sua voce fin da qui: « Ma Gabriele! Fai piano, non esagerare, così le fai male! »

« Macché, stiamo scherzando! »

Don Andrea riprende a parlare senza guardarmi: « Quindi cosa vuoi fare? Vuoi spostare il matrimonio in attesa di chiarirti o vuoi annullarlo? »

« No, aspettiamo un bambino. »

Allora si gira verso di me. « È una bella notizia, giusto? »

« Sì molto. »

« Ma se lo fate crescere in una coppia infelice, con le litigate e tutto il resto, renderete infelice anche lui e magari se lo porterà dietro per tutta la vita. Se lo amate veramente, non potete fargli questo. »

Rimango in silenzio e don Andrea prosegue.

« Strano che tu non mi abbia fatto la domanda che a volte sento in questi casi. »

Mi incuriosisco. « Qual è? »

« Si possono amare due donne? »

Mi viene da sorridere. « In realtà lo avevo pensato, ma mi sembrava assurdo fare una domanda di questo genere a uno come lei. »

« Bravo, perché questa è proprio una cazzata, è solo una scusa di chi non sa prendersi le sue responsabilità. Chi ha questa indecisione deve fare la sua scelta, lasciare la donna che crede di amare, con tutti i dolori e i possibili dispiaceri, ed avere il coraggio di essere felice con quella che sa di amare. Perché nel profondo noi sappiamo sempre tutto. »

« Aspettiamo un bambino. Gin è stupenda e la vita che voglio costruire è con lei. »

« Bravo. Quindi c'hai pensato, hai ragionato e hai fatto la tua scelta. Però quando saranno passati degli anni non avere rimpianti, non immaginare come sarebbe potuta essere la tua vita... Sarebbe un pensiero inutile, perché non lo potrai comunque sapere, magari sarebbe andata molto peggio... » Poi scuote la testa. « Ma soprattutto non devi mai più vedere quella donna. »

Allora sorrido.

« Che c'è? »

« È proprio questa la mia paura. »

« Ti conosco da poco ma ho capito come sei fatto. Se decidi che sarà così, sarà così. La vita è tua. Ora torniamo da loro. » Si alza, fa pochi passi e poi si gira verso di me. Mi aspetta. Così lo raggiungo. Allora mi prende sottobraccio e mi sorride. « Ti ho convinto? »

« No, la mia paura è che quella ragazza sia più forte della mia volontà. D'altronde se fosse così facile fare una scelta di questo genere e riuscirci subito, allora le confessioni, tutti quegli Ave Maria, e soprattutto voi, non servireste più a nulla. Il mio peccato, se mai peccherò, vi giustifica. »

Don Andrea mi guarda, ma questa volta non sorride.

113

« Ehi, buongiorno! » Gin entra in cucina tutta assonnata. Ha una vestaglia leggera e i capelli tenuti su da una pinza, che si è appena messa. « Non ti ho sentito rientrare. »

« Ho fatto pianissimo. Ho cercato di non svegliarti. »

« E ci sei riuscito. »

« Vuoi un po' di caffè? »

« No, preferisco del tè. È più leggero. »

« Te lo faccio subito. »

Gin mi guarda, sono di spalle mentre riempio la teiera. La sciacquo, la riempio di nuovo e la metto sul fuoco.

« Com'è andata ieri sera? C'era tanta gente? »

« Moltissima. Era bello, ma non te lo saresti goduto. Troppo fumo, poi tutti accalcati, hanno esagerato con gli inviti. »

« Hai incontrato molta gente? »

« Praticamente chiunque. » Questo mi sembra l'unico modo per rispondere senza dire una bugia, ma nello stesso istante in cui lo dico, provo vergogna. Il problema non è chi ho incontrato o cosa ho fatto, è quello che provo. Cerco di non pensarci. « Ho chiacchierato a lungo con il direttore del canale, Pietro Forti, vuole prendere alcune trasmissioni, sono proprio contento. »

« Anch'io per te, amore... » E si avvicina e mi accarezza la mano, poi si sporge in avanti e mi bacia. È un bacio leggero, che mi sfiora, eppure mi sento molto più colpevole in questo momento che ieri sera, con tutto quello che è successo.

Le sorrido mentre torna a sedersi. Chissà cosa pensa.

Lo guardo. È un suo momento così bello e io sono felice per lui. Vorrei potergli raccontare tutto quello che mi ha detto il medico, ma a che servirebbe? Ho preso una decisione, devo essere forte, gli darei solo angoscia, magari discuteremmo perché vorrebbe che io scegliessi diversamente, ma non cambio idea, quindi è meglio che ora non gli dica niente. Glielo dirò alla fine, quando sarà il momento, quando dovrò iniziare la mia battaglia.

Ma cosa sta pensando Gin? Non vorrei che si fosse insospettita per qualcosa. Non credo che mi abbia sentito rientrare, praticamente ho avuto giusto il tempo di fare doccia e colazione.

« Ehi, tutto bene? Ma che stai pensando? Sei così assorta. »

« Niente... Cioè, a qualcosa sì, che questo tè ci mette un sacco! »

« Ma no, no, ecco che bolle! » Così spengo il fuoco, scarto la bustina, la metto dentro e la faccio saltellare su e giù.

« Non troppo, lo preferisco leggero. »

Allora la tolgo, proprio come mi ha chiesto lei, e la poggio nel lavabo. Poi, con la presina, prendo la teiera e le riempio una tazza di tè.

« Ecco fatto. »

Lei prende il miele, poi mette dentro il barattolo quel particolare cucchiaino a spirale che non lo fa filare, lo gira e lo immerge nella tazza.

« Allora io andrei, ho un appuntamento in ufficio. »

« Certo, buon lavoro. Io sarò in studio. Ci vediamo stasera. Ciao amore. »

E questa volta, baciandola, mi sento meno in colpa. Non c'è niente da fare, l'uomo è fatto così: si abitua a tutto e al contrario di tutto.

114

Quando entro in ufficio, vedo molta agitazione. Alice mi viene incontro con dei fogli.

« Buongiorno, tutto bene? Vuole un caffè? Tenga, ci sono i dati di ieri. »

Li prendo e vado verso la mia stanza.

« Grazie. Intanto dimmi, com'è andato *Lo Squizzone?* »

« Benissimo, abbiamo superato di nuovo i nostri concorrenti e Simone Civinini ha fatto un punto in più. »

Mi siedo alla mia scrivania. Poggio la borsa e metto i fogli sul tavolo. *Simone Civinini ha fatto un punto in più...* Cioè non *Lo Squizzone*, il risultato è merito suo. Guardo la curva, è incredibile, chi c'è prima di noi ci lascia all'11 per cento, quei punti di share successivi li raccogliamo tutti noi. Prima puntata 23, la seconda, che di solito scende almeno di un punto o due, ma può anche arrivare fino a sette punti in meno, è salita di uno e ha chiuso con la media del 24, è pazzesco.

« Hai visto? Abbiamo generato un mostro... » C'è Renzi sulla porta, con due caffè in mano.

« Già. Siamo bravi anche in questo, mettiamola così. »

« Certo, è tutto merito nostro, anzi tuo per essere precisi. »

Mi passa uno dei due caffè.

« Grazie. »

« Posso? » Indica il divano nell'angolo.

« Certo. »

Lo guardo meglio, è un po' trasandato.

« Che succede? Tutto okay? »

« Insomma. Piccola discussione a casa. Teresa è molto nervosa in questo periodo, era da un po' che non andavano le cose e così mi sono spostato all'Hotel Clodio. »

Finisco di bere il caffè e lo poso sul tavolo.

« Mi dispiace. Stavamo organizzando con Gin per invitarvi a cena da noi, così la conoscevamo. »

Renzi si alza. « Magari capiterà più in là, chissà. In questo momento non ci voglio pensare. Abbiamo tre trasmissioni che stanno partendo, più la fiction. Devo avere la testa su queste cose. Un periodo di riflessione farà bene a tutti e due.»

«Sì, forse hai ragione, se uno prende delle decisioni in fretta non si rende neanche conto se ha fatto bene o no.» In realtà nella mia situazione sono molto più incasinato di lui, così mi sembra un'ottima scelta quella di non pensarci. «Ieri sono stato alla presentazione del nuovo canale della Fox. Bellissima serata, organizzata molto bene, musica, location, tutto perfetto. C'era un invito anche per te. Non sei passato?»

«No, non mi andava, ho avuto ieri sera la discussione con Teresa, non ero dell'umore. Poi magari ti capita che incontri qualcuno per lavoro, ti dice una cosa che ti fa innervosire e tu rispondi senza saperti controllare. Mi è successo altre volte, sono fatto così e non voglio ripetere questo errore.»

«Allora hai fatto bene. Io invece ho incontrato il direttore della Fox, sono un bel gruppo, giovane, e poi mi sembrano molto concreti.»

«Sì, moltissimo.» Renzi si mette a ridere. «Mi hanno scritto una mail, ci hanno comprato *La famiglia in vacanza* e hanno opzionato altri quattro programmi. Non so cosa gli hai detto ieri sera, ma li hai convinti.»

«Se devo essere sincero, mi hanno offerto da bere al loro tavolo, poi da lì ho visto un mio amico, l'ho raggiunto e poi me ne sono andato via senza neanche salutarli.»

«Si vede che questo tuo atteggiamento li ha colpiti. Di solito gli altri produttori sono ossequiosi ed esageratamente lecchini pur di ottenere qualcosa. Panzerotto, per esempio, non li avrebbe mai lasciati. Invece tu, con questo comportamento, li hai spiazzati, hanno pensato che non hai bisogno di loro, che sei sicuro dei tuoi prodotti, che non sono così fondamentali perché li puoi dare anche ad altri canali.»

«Tutto questo hanno pensato?»

«Sì, dovunque ti muovi crei leggenda!»

«Ecco, fino a qui ci avevo quasi creduto, ora invece ho capito.»

«Che cosa?»

«Che mi stai prendendo per il culo.»

«Ma dai, scherzavo. Piuttosto, Simone Civinini è stato chiamato dal direttore di Rete. Chissà cosa vogliono da lui.»

«In un modo o nell'altro lo sapremo presto.»

« Ah, certo. Comunque è bravo, è divertente, anche l'idea di far affiancare Juri da una ragazza è giusta. »

« È soprattutto un buon autore. A proposito, c'era anche quella ragazza ieri sera, Dania... »

« Ah. » Renzi si rabbuia per un attimo, ma poi cerca subito di farsela passare, non capisce che me ne sono accorto.

« Sì, è stata molto gentile, mi ha chiesto se volevo entrare in un privé, pensando che non avessi il pass. E poi mi ha chiesto se c'eri. »

Renzi mi sorride. « Ora sei tu che mi stai prendendo per il culo! »

« No. Te lo giuro, me lo ha chiesto sul serio. »

« Ti voglio credere. »

« Non si scherza su certe cose, lo so bene. »

Si mette a ridere. Poi, in qualche modo, cerca di resistere, ma alla fine crolla.

« Con chi stava? »

« Ma non lo so, comunque in gruppo, c'erano diverse persone. »

In fondo anche stavolta non sto dicendo una bugia. Renzi butta il caffè nel secchio.

« Be', io vado che devo rispondere a un po' di mail. »

« Okay, a dopo. »

Mi alzo e chiudo la porta. Poi mi metto al computer e inizio la mia ricerca. Poco dopo trovo quello che cercavo. Così parlo al telefono con una signorina molto gentile e professionale. Mi spiega con grande pazienza le disponibilità che hanno, mi fa vedere delle foto, mi illustra i vantaggi e dopo circa un'ora che chiacchieriamo, la sorprendo io.

« Okay, lo prendo. »

« Ma così su due piedi? Non vuole neanche vederlo? »

« Certo, ci conosciamo e le porto tutto quello che serve. »

Angelica, così mi ha detto di chiamarsi, si mette a ridere.

« Magari fossero tutti come lei i clienti, sarebbe il lavoro più bello del mondo. Mi piace moltissimo e ci metto passione. »

« Si sente. »

« Solo che a volte trovi delle persone perennemente indecise, ti fanno perdere un sacco di tempo e non si conclude niente. »

« Questa volta abbiamo concluso al telefono. »

« Sì, rimarrà storica, temo... »

« L'unica cosa è quello che le ho detto. E questo è fondamentale. Mi serve subito. Non mi faccia perdere tempo lei, altrimenti mi rivolgo ad altri. »

« Gliel'ho detto. Penso che non ci siano problemi. Mi faccia fare una telefonata, così ne sarò certa. »

« Grazie. »

Chiudiamo. Mi metto a guardare di nuovo i dati del programma. Sono sorpreso di come cresca la curva, anche sulle pubblicità rimangono, non cambiano canale e questa è un'ottima cosa. Se si farà di nuovo il prossimo anno, possiamo chiedere molto di più. Chiamo al telefono interno Renzi, che mi risponde subito.

« Sì, dimmi. »

« Il contratto dello *Squizzone* è per due anni? »

« No. »

« Hanno un'opzione? »

« No. »

« Quindi possiamo andarcene anche di là. »

« Sì, hanno voluto risparmiare e non sanno quanto sono stati sciocchi, se continua ad andare così chiediamo il doppio. »

« Eh già. In un modo o nell'altro abbiamo fatto bene a investire su Simone Civinini. »

Chiudo la telefonata giusto in tempo per rispondere ad Angelica.

« Allora, cosa mi dice? »

« Perfetto, tutto come vuole lei. »

« Benissimo. »

Poi mi ridà l'indirizzo.

« Ci vediamo tra un quarto d'ora lì. »

Esco dall'ufficio velocemente, salutando tutti.

« A dopo. »

Renzi, che sta al telefono, cerca di capire dove sto andando. Gli faccio segno che ripasso. Prendo la moto, mi fermo solo un attimo in un negozio a comprare qualcosa che non può mancare e raggiungo Angelica. È davanti al civico che mi aveva dato. Ha dei pantaloni neri, una camicia chiara, una cartellina grigia sotto il braccio. Ha i capelli neri a caschetto, la frangetta, degli occhiali da vista rettangolari, è bassa e cicciotta, ma nel complesso carina. Scendo dalla moto, prendo una busta dal bauletto, ci metto dentro il casco e lo richiudo.

« Eccomi. »

« Buongiorno, lo sapevo che veniva in moto, me l'aspettavo. Lei non è tipo da stare in fila. »

Le sorrido. « Soffro troppo, è vero. Ho intuito che mi aveva capito dalla telefonata. »

Si mette a ridere. « Venga, che le spiego tutto. »

Angelica è di una semplicità e una chiarezza disarmanti. Ha previsto tutte le mie possibili domande ancora prima che io potessi chiederle qualcosa. Così firmo tutto quello che c'è da firmare e la saluto.

« Venga a trovarci in ufficio, sono sicura che abbiamo tanti buoni affari per lei. »

« Volentieri. »

Così rimango solo, mi gusto la sorpresa, preparo il mio regalo e poi le mando un messaggio.

115

Arriva da lontano, cammina veloce, poi si ferma e si guarda in giro. Ma non mi vede. Sono seduto a un tavolino, sorseggio lentamente la mia birra, gustandomele tutte e due. È riposata, ha un filo di trucco, poco rossetto, è dimagrita, sembra più adulta, è più bella e solo ora me ne accorgo veramente. O forse è perché ho accettato quello che ancora provo per lei. Io la amo. E non c'è niente di più bello di trovarsi naufraghi in un amore, travolti da un preciso destino, persi nel desiderio di una persona, abbandonato in lei senza più pensieri. Prendo il telefonino e le mando un messaggio.

Perfino Dio si sorprende di come ti ha dipinta. È strano che la città intera ti permetta di andare in giro... Sei un attentato all'ordine pubblico.

Babi lo legge e si mette a ridere, scuote la testa e scrive qualcosa. Dopo un secondo mi arriva la sua risposta.

Smettila di prendermi in giro. Dove cavolo sei?

Al bar di fronte a te.

Quando legge quest'ultimo messaggio si gira verso il bar, cercandomi tra la gente, e alla fine mi vede. E allora sorride in un modo unico, di una bellezza devastante che qualunque pensiero o freno che io possa ancora avere viene messo da parte. Se una persona sorride in questo modo solo per averti visto, è come se ti avesse detto ti amo in TV in prima serata, se l'avesse scritto sul palazzo di Montecitorio, se lo avesse direttamente inciso nel sole. Mi alzo quando arriva al tavolino.

« Che bella che sei. »

« Sì, sì, ciao, finto poeta. »

E ci baciamo sulla guancia, come due amici qualsiasi, ma la scossa di desiderio che sento passare credo che potrebbe mandare in cortocircuito Roma e bruciarla peggio di un moderno Nerone. Poi ci sediamo e lei si mette a ridere.

« Ma che gioco è? Mi hai chiesto di raggiungerti qui... A parte che sei stato fortunato che Massimo è a scuola ed ero libera... »

« Io sono fortunato. »

« Questo lo so. » E mi sorride. « Lo siamo tutti e due, ma mica mi hai fatto scapicollare qui per un caffè, vero? »

Allora metto dei soldi sul tavolo, mi alzo, la prendo per mano e la porto con me. « Vieni. »

Camminiamo in silenzio lungo Borgo Pio, lontano si sentono le campane di qualche chiesa.

« Se si tratta di matrimonio, credo che ci sia un problemino da tutte e due le parti. »

« Sì, lo credo anch'io. »

« E allora cosa? Vuoi fingere che siamo turisti e tornare a casa dandoci del lei? »

« Lo abbiamo già fatto. »

Allora si sporge verso di me e mi ruba un bacio.

« Comunque lo rifarei. Con te rifarei tutto ogni giorno e non mi stancherei mai. » Poi mi tocca il braccio. « Sai che ti desidero in modo assurdo? Non mi è mai capitato di provare una cosa del genere. Non ho mai desiderato nessuno così. »

Per un attimo chiudo gli occhi. Il fatto che ci sia stato comunque qualcuno nella sua vita è come se mi dilaniasse. Non ci devo pensare. È passato, finito, è alle nostre spalle, fuori dalla porta della nostra felicità. Devo essere capace di questo. Arrivavo a quattrocento flessioni, battevo Hook e il Siciliano, ben più forti di me, solo perché non mi fermavo, perché la mia testa andava oltre, lì dove loro si erano arresi. E ora non sono capace di frantumare piccole, inutili, minuscole ombre del suo passato, disintegrarle come calcoli semplicemente con la mia forza di volontà? Devo. Poi la tiro fuori dalla tasca, Babi è sorpresa.

« No... e dove l'hai trovata? »

« Mi ha fatto compagnia in questi anni, mentre tu eri all'estero a studiare, no? » Le sorrido. « Ti stava aspettando. »

Tocca la bandana blu, lisa, consumata ai bordi, storica, epica spettatrice della sua prima volta. Allora la avvicina al naso, chiude gli occhi e respira la bellezza di tutto quel ricordo. Poi mi guarda emozionata.

« Che sciocchi che siamo stati. »

« Non ci pensiamo più. » Le prendo la bandana e la apro. « Posso? »

E Babi torna ad essere la ragazzina di allora, si gira, si fa bendare e mi dà la mano. Riprendiamo a camminare.

« Non mi far cadere, eh? »

« No, certo. »

« Ho paura di farmi male. »

« Non devi aver paura, ci sono io con te. »

« Anche quella volta mi hai detto così e poi ho sbattuto con la gamba. »

« È vero, mamma mia che memoria! »

« Avrei voluto dimenticarti, ma sei sempre stato dentro di me. »

Sorrido, ma non mi vede. Poi un cane abbaia verso Babi e le si avvicina, lei pur non vedendolo si ritrae e alla fine mi abbraccia.

« Aiuto! Mi morde! »

La padrona che lo tiene al guinzaglio lo strattona e lo tira a sé. « Buono, Rocky, buono. » Si allontana scuotendo la testa, sorpresa dal nostro bizzarro comportamento.

« Ma era grosso questo Rocky? »

« Macché, un bassotto! E somigliava pure alla padrona proprio come l'inizio della *Carica dei 101.* »

Babi si mette a ridere. « Me li sono persi! »

Continuo a portarla per mano ignorando gli occhi curiosi della gente, di qualche bambino che ci indica e chiede spiegazioni alla madre, che però non sa che dire, neanche cosa inventarsi.

« Ecco. Fermati qui. »

« Step, ma noi siamo sposati. E se ti vede qualcuno e lo dice a tua moglie? »

« Era la prova per uno spot televisivo. »

E Babi rimane quasi male per la mia prontezza. « Non eri così. »

« Colpa tua. » Poi mi accorgo che è mortificata. « Scusami, sono uno sciocco. Non lo dirò più e non faremo più cose del genere, ma ormai l'abbiamo fatta. E comunque siamo dentro. Attenta al gradino. »

« Va bene. »

L'aiuto ad entrare in ascensore. Chiudo le porte e le riapro quando siamo all'attico.

« Ehi, non è che è una festa a sorpresa con tutta la mia famiglia, vero? Non so come la prenderebbero. »

« No! » Rido. « Anche perché oggi non è mica il tuo compleanno... O sì? »

E prova a colpirmi, ma per fortuna mi porto velocemente indietro e non mi prende. Poi le blocco le braccia.

«Dai, scherzavo, basta... Ferma qui.»

Chiudo le porte dell'ascensore e apro quella di casa.

«Così, bene, di qua, ancora avanti. Ecco, fermati.»

Poi chiudo la porta alle sue spalle, mi metto dietro di lei e le sfilo la bandana. Babi apre lentamente gli occhi, per la tanta luce li socchiude un po', finché non si abitua e rimane sorpresa. Davanti a lei, la cupola di San Pietro, i tetti di tutte le case di via Gregorio VII, la vista di via della Conciliazione.

«So che ti piacciono gli attici, questo era il più alto che c'era. E queste...» Le passo un piccolo portachiavi con la lettera B. «Sono le tue chiavi. Non so come andrà tra di noi, non so cosa succederà, non vorrei ferire nessuno, ma neanche stare senza te.»

Babi non dice niente, continua a guardare lo splendido panorama sotto i suoi occhi. Siamo in un grande terrazzo, al di sopra degli altri edifici, in linea retta con il Vaticano. Mi sorride indicandolo.

«Speriamo di avere la sua benedizione.»

Ma tutti e due sappiamo di essere peccatori, non vogliamo pentirci, perché quando ami, e ami in questo modo, pensi di essere già assolto. Non era forse questo l'amore di cui Dio parlava? Avrei dato tutto e rinunciato a tutto pur di poter continuare a viverlo... Non poteva rendere le cose più facili fin dall'inizio? Ma non dico niente. Giriamo in silenzio per questa casa ristrutturata, immacolata.

«È stata rifatta da poco e non è mai stata ancora abitata. La dobbiamo vivere noi, colorarla.»

Allora Babi si avvicina e mi abbraccia.

«Mi piace moltissimo. L'avrei fatta proprio così, tu e lei siete il mio sogno che diventa realtà. Voglio viverti fino a quando sarà possibile. Me lo sono chiesto tutta la notte. Ho continuato a pensarci fino a stamattina. Lo so che non è giusto. Lo so che sto sbagliando. Lo so che non dovrei, ma non ce la faccio, non ci riesco, basta... voglio essere felice.»

E ci baciamo a lungo al centro di quel salotto spoglio, di quella casa vuota, senza tende, senza quadri, ma piena di luce, di follia e passione. Come un mare al tramonto, dalla superficie quieta e tranquilla, ma che nasconde chissà quale tempesta in arrivo. Ma ora no. Ora siamo felici, siamo noi e basta, come avrebbe sempre dovuto essere.

«Vieni con me.» E la porto davanti ad una porta chiusa. Poi, quando la apro, appare un letto con delle lenzuola nuove, scure, di seta. Sul mobile a sinistra ci sono delle rose rosse, vicino una bottiglia di champagne con due bicchieri ancora incartati.

« Era solo per non romperli. Ti ricordi? »

E lei, emozionata, annuisce. Allora prendo il mio telefonino e lo poggio sul mobile insieme alla piccola cassa, dalla quale questa volta non a caso esce *Beautiful*, la nostra canzone.

« Ecco, ti va di ripartire da qui? »

« Non hai capito. Io sono sempre rimasta lì. Ti amo. »

« Dimmelo ancora. »

« Ti amo, ti amo, ti amo. »

« Questa volta però non cambiare idea. »

116

Torno in ufficio nel tardo pomeriggio. Giorgio mi viene subito incontro.

«Ehi, tutto bene?»

«Sì, tutto okay.»

Mi guarda per capire se sono tranquillo e sereno, ma non gli do modo di accorgersi di nulla, anche perché in realtà lo sono.

«C'erano gli sceneggiatori oggi pomeriggio, ti ho mandato un messaggio, ma non mi hai risposto.»

«Hai ragione, scusa. Non sono riuscito a liberarmi. Mi ricordavo comunque che dovevano solo consegnare la scaletta di *Radio Love*, così la possiamo leggere, giusto? Non avevamo una riunione...»

«Esatto, te ne ho messa una copia sulla tua scrivania. Stanno chiamando tutti, perché vogliono Simone Civinini per tutte le prossime trasmissioni, come se ora noi fossimo i suoi agenti!»

«E perché no? Chiediamo il 20 per cento e diamoglielo...»

«Giusto, non ci avevo pensato. Peccato che sia entrato nell'agenzia di Peppe Scura.»

«Non ci credo, con lui? Il peggiore. E chi l'ha consigliato così? Non certo noi.»

«Purtroppo ho qualche idea. È l'agente di Juri, no? E anche della nostra amica Paola Belfiore.»

«Andiamo bene.»

«E l'altra notizia è che ha chiuso per l'intero programma. Gli hanno dato centocinquantamila euro.»

«Cosa?»

«Già. Vedi che succede a stare lontano dall'ufficio, a distrarsi... Scherzo. L'ho saputo ora da un'amica che lavora in Rete. Civinini non ci ha neanche interpellati.»

«Gli hanno dato una bella cifra.»

«Sì, il risultato è ottimo e quindi ha ottenuto il massimo. Calcola che poi è solo per questo programma. Non è che ha chiuso un contratto con la Rete o ha un'esclusiva per due anni. Quindi, finito *Lo Squizzone*, è comunque libero sul mercato.»

« Avremmo dovuto metterlo noi sotto contratto fin dall'inizio anche come conduttore. Non ci è venuto in mente. »

« Non potevamo immaginarlo. »

« È vero. Ora mi leggo la scaletta. »

« Okay, fammi sapere cosa ne pensi. »

Così mi chiudo nella mia stanza, poggio la borsa sul tavolo, prendo la cartellina con il contratto d'affitto dell'attico a Borgo Pio e la metto in cassaforte, insieme al mazzo di chiavi. Poi mi siedo alla scrivania e comincio a leggere. Mi immergo completamente nella vicenda, mi piacciono i personaggi, mi piace quello che succede. Ogni tanto rido da solo, immaginando qualche scena descritta. Non riesco a capire chi possa essere l'autore di quello che mi sta divertendo di più, sono un bel gruppo, sei autori così diversi, alcuni quarantenni, altri ventenni, alcuni borghesi, altri alternativi. Mi immagino Ylenia, l'alternativa con i capelli rasati che discute sul comportamento di uno dei personaggi femminili magari con Claudia, l'altra sceneggiatrice di quarant'anni, che si è sposata giovane, ha detto di essere del PD ma molto religiosa e magari ha dei figli che hanno la stessa età di Ylenia. Non oso immaginare cosa possa uscire tra quelle due, vorrei essere invisibile e potermi imbucare qualche volta in una delle loro riunioni di lavoro. Poi guardo l'orologio. Le 20.15. Non me ne sono accorto. Il tempo è volato. Prendo il cellulare. Ho una chiamata persa di Gin e un suo messaggio.

Che fai? Tutto bene? Ho provato a chiamarti, ma non rispondi. Volevo sapere se torni a cena. Un bacio, amore.

Chiudo gli occhi. Un bacio, amore. Come mi sento? Terribilmente in colpa? No. Non posso farci niente. Mi sentirei in colpa solo per educazione, per rispetto alle promesse fatte, di un giuramento di fronte a Dio. Sì, lo so, dovrebbe essere così ma non lo è e non posso farci niente. Voglio bene a Gin, la amo, ma è un altro tipo d'amore. Dovrei lasciarla. Dovrei almeno dirglielo. Ma come starebbe, come la prenderebbe?

Guardo l'ora. Le 20.25. Ci siamo detti: « Mai dopo le 20.30. Sarà la nostra regola. E nessun messaggio ». Ha deciso tutto lei.

« Come vuoi. »

« E le nostre vite rimangono fuori da queste mura, chiaro? Qui nessuna domanda. In questa casa siamo sposati io e te, siamo solo io e te, non esiste altro, né mio marito né tua moglie. E chiaramente non ti permetterei mai di avere allo stesso tempo un'altra donna, neanche di corteggiarla chiaro? » Babi mi guarda, fintamente minacciosa. « Pensa se tu avessi un'altra amante. Un'amante dell'amante sarebbe assurdo. Non sai che ti farei se ti scoprissi. »

« Tu non sei la mia amante, sei mia moglie. »

« In questa casa. Solo in questa casa, non ti confondere. »

Infrango le regole. La chiamo.

« Pronto? Ti disturbo? »

« No, sono sola, sto per mettere a letto Massimo. Tutto bene? »

« Sì, benissimo, sono in ufficio. »

« Ci hai ripensato? Troppo impegnativo? »

« No. »

« Vuoi subaffittare la casa? »

« No. »

« Vuoi che dividiamo l'affitto? »

« No. »

« Vuoi dirmi almeno una volta sì? »

« Va bene, sì. »

« Meno male, credevo fosse anche questo un no! »

E continuiamo a ridere e scherzare senza tempo, sospesi sopra tutto, poi ci salutiamo dandoci già la buonanotte e rimaniamo in silenzio, in quello strano, unico, speciale silenzio. La immagino sola, in qualche stanza, che sorride attaccata al suo telefono. Ecco, ora vorrei trovare una frase perfetta che riesca a farle capire veramente quello che provo per lei. Ma quella frase non c'è. Allora, dopo tutto questo silenzio, dico « ciao », ma in un modo così particolare che mi sembra contenga tutto quello che ho disperatamente provato a dirle. E forse anche di più. Poi chiudo il telefono e rimango a fissarlo. Come faremo a portare avanti tutto questo? Non lo so e non ci voglio pensare.

Scrivo a Gin.

Ti va se andiamo a mangiare qualcosa insieme?

Sì, mi va moltissimo.

Okay, ti chiamo quando sono sotto.

Però andiamo in macchina.

Certo.

E in un attimo questa frase mi riporta alla realtà del tutto, alla bambina che sta arrivando, alle mie responsabilità... E mi manca l'aria. Ma poi mi riprendo. Non mi devo fermare a pensare. Saluto chi è rimasto dell'ufficio.

« Sto uscendo. »

Ci ritroviamo da Giggetto a via Alessandria. Gin è allegra e giustamente affamata.

« Mi andava da morire una bella pizza mozzarella e pomodoro. Mi dispiace solo che non posso strafogarmi di fritti. »

Le sorrido mentre le verso dell'acqua. Poi poggio la bottiglia, prendo la mia birra e ne bevo un po'.

« Potevamo dirlo anche a Ele e Marcantonio. Era divertente tornare con loro e vederli di nuovo in veste ufficiale, non come buffi amanti che si baciano di nascosto al ristorante... »

Buffi amanti... Un amante può essere buffo? No, lo trovo sempre legato a qualcosa che ha a che fare con il dolore, con l'imperfezione, qualcosa di non completo, che vive nell'ombra, che non gode del sole... Gin continua a chiacchierare.

« Sì, dei buffi amanti. Magari adesso che stanno insieme non si baciano più, oltre che buffi quei due sono proprio strani. »

« Sì, è vero. »

« Che hai fatto oggi? »

« Io? »

Che non c'è niente di più sbagliato che rispondere così. Con chi potrebbe avercela se non con me? Devo migliorare.

« Ho letto le scalette della nuova fiction. Devi leggerle anche tu. »

« Sta venendo bene? »

« Non ti dico nulla, voglio un tuo parere. »

E continuiamo a chiacchierare del più e del meno, delle cose fatte, del lavoro che ci ha impegnato tanto.

« In studio mi trovo bene. C'è il figlio del capo, Nicola, che un tempo mi veniva dietro, quando io e te ci eravamo lasciati, ma non è successo nulla perché poi sei arrivato di nuovo tu, prima che potesse accadere... Peccato. »

E forse mi vorrebbe far ingelosire un po'. Ma io invece ascolto tranquillo, ci scherzo sopra, le faccio notare come sono cambiato, che non litigo più.

« Mi dispiace, non faccio scenate di gelosia per questo Nicola... »

E allora Gin ride.

« Oh, meno male... allora ti posso raccontare anche di tutti gli altri! »

« Certo. »

In realtà non sono cambiato così tanto rispetto a quello che le avevo promesso. La verità è una sola: non dovevo tornare.

117

Pallina arriva al Tiepolo, si guarda intorno e poi la vede. È seduta in un angolo, sta controllando il telefonino. Sorride mentre la raggiunge al tavolo. Certo che Babi è proprio in forma, sembra una ragazzina, ha le guance rosate, non una ruga, fresca come una rosa. Si siede e la sorprende come al solito, travolgendola.

« Allora! Dimmi con chi hai stretto un patto alla Faust. No, voglio sapere se sono le punturine oppure semplici centrifugati o quale cavolo di bibita miracolosa che ti fa essere così sfacciatamente bella e dannatamente più giovane di me. »

Babi ride.

« No, ora spifferi tutto! » Pallina insiste.

« Innanzitutto mi hai fatto quasi prendere un colpo e con questo puoi tornare di nuovo serena, perché sarò invecchiata di almeno dieci anni. »

« Sempre troppo poco! Ordiniamo, che devo rientrare presto. È successo un casino. »

« Che è successo? Racconta. »

« Allora, ti avevo detto che c'era il capo, quel testa di cavolo di 'mi sento tanto fico io', 'piaccio a tutte io', 'di sicuro pure a te...' Adalberto Trevi. Be', l'altro giorno ci ha provato pesantemente, sono tornata a casa e ho sbagliato. »

« Che hai fatto? »

« Tremavo tutta, ero nervosissima. Bunny se ne è accorto, ha iniziato a farmi domande su domande e alla fine sono crollata e gli ho raccontato tutto. »

« Ma sei matta? Hai armato un fucile a pompa. »

« Esatto. Il giorno dopo l'ha aspettato davanti all'ufficio, io lo avevo pregato e scongiurato di non arrivare alle mani e per fortuna un po' mi ha dato retta. »

« Che cosa ha fatto? »

« Gli ha dato una serie di schiaffi, ma leggeri, eh, schiaffetti... »

« Bunny? Me lo immagino! »

« Te lo giuro, glieli dava mentre gli parlava, ma solo per fargli entrare bene in testa il suo discorso. »

«E che gli diceva?»

«'Non devi farlo più... sennò mi tocca parlare con la tua mogliettina, non devi licenziarla, altrimenti mi tocca sempre parlare con la tua mogliettina... e devi rigare dritto in generale, sennò...'»

«Mi tocca sempre parlare con la tua mogliettina!»

«Brava, anche lui mi sa che l'ha capito. Solo che non posso sgarrare più su nulla. Adalberto Trevi mi odia. Appena gli darò lo spunto per cacciarmi, lo farà, ne sono sicura. Infatti mi sto già guardando in giro, anzi, se tra i vostri amici ricchi c'è il titolare di qualche studio di architettura e design, che non ci prova con le donne, meglio ancora se è gay, io sono già lì. Parto dal basso e non sporco...»

«Ordiniamo, va'!»

Così prendono delle insalate, centrifugati, frutta e si tengono molto sul vegetariano/naturale.

«Allora, io ti ho raccontato tutti i miei casini, tu che mi racconti? L'hai indetta tu questa cenetta...»

«Innanzitutto, ora che ci siamo ritrovate, non dobbiamo perderci, quindi quando è possibile mi fa piacere se riusciamo a vederci. Anzi, sai cosa potremmo fare? Andare una sera al cinema a vedere l'ultimo di Woody Allen, mi hanno detto che è molto carino.»

«Scusa, ma perché non vai con Lorenzo?»

«Difficile...»

«Perché è sempre in giro?»

«No, perché ci siamo lasciati.»

«Cosa?! Ma questa è una notizia bomba! E come mai? Aspetta, te lo dico io. L'hai beccato con un'altra.»

Babi le sorride. «Sì e non sai quanto sono felice!»

«Ma stai scherzando?»

«Lorenzo ha lasciato aperto il computer e ho trovato una chat erotica con una di queste bellone della TV.»

«Tanto belle quanto multiproprietà.»

«Boh, forse, ma comunque non mi interessa. Non aspettavo altro perché il mio matrimonio finisse, ma non per colpa mia...»

Pallina strabuzza gli occhi. «Non mi dire...»

Babi sorride e inizia ad annuire.

«La *Lina III*, la festa per l'addio al suo celibato...»

«Fuochino.»

«Cioè stai vedendo Step?»

« Fuoco. »

« Ma in che senso lo stai vedendo? »

Babi si mette a ridere. « Fuoco rovente. »

« Voi siete due pazzi! Ma com'è possibile? Siete sposati tutti e due, lui poi si è sposato proprio... » Pallina si ferma, le viene un dubbio. « Senti, noi non ne abbiamo mai parlato bene bene, ma io, essendo tornata ad essere la tua amica del cuore, perché questo sono, vero? »

Babi sorride. « Sì. »

« Ecco, io non ti voglio far rimanere male, ma te lo devo dire. Lo sai che aspettano un figlio, vero? »

« Sì, Step mi ha detto tutto. »

« Ma avevi detto che era l'unica cosa che ti avrebbe fermata. »

« Sono crollata anche su questo. Comunque abbiamo parlato a lungo, abbiamo anche chiarito molte cose del passato. Se non ci fosse stato questo bambino in arrivo, forse staremmo insieme alla luce del sole. »

« Ma non pensi a Massimo? Come ci rimarrebbe? »

« Un po' mi preoccupa, ma i bambini se sentono amore alla fine capiscono. E poi suo padre c'è sempre stato pochissimo... »

« Vabbè, però Lorenzo c'è stato per le vacanze, per Natale, per tutte le feste, insomma è stato spesso con lui. »

« Mica non ci sarebbe più. » Poi Babi ci pensa un attimo e alla fine si decide. « Senti, io ti ho detto questa cosa, ora te ne dico un'altra, ma tu mi devi giurare che non ne parlerai mai con nessuno. »

« Te lo giuro. »

« Se Step sapesse che te l'ho detto, rischierei di perderlo di nuovo. »

« Te l'ho giurato, non ti rovinerei mai una cosa del genere... Lo sai. »

« È vero. Allora te lo dico: abbiamo preso una casa insieme. »

« Cosa? Ma voi siete matti... Cioè vivete insieme da un'altra parte? »

« Sì, ogni tanto ci troviamo lì... come se fossimo sposati io e lui, ma non ti dico nient'altro e soprattutto non ti dico dove si trova. »

Pallina prende il centrifugato e se lo beve tutto. Poi lo posa e indica a Babi il suo.

« Posso? »

Babi annuisce e Pallina si beve anche quello.

« Pensavo di fare una cena divertente, ma non sconvolgente. Questa proprio non me l'aspettavo. E ora? È un bel casino. »

« Non ci voglio pensare. L'importante è che ci siamo ritrovati. Dio ha voluto così e Dio deciderà per noi. »

« E se quel giorno lì avesse un sacco di cose da fare? »

118

E improvvisamente la mia vita cambia come non avrei mai creduto che potesse accadere. O forse torna a essere quella che sarebbe sempre dovuta essere.

« Ho fatto fare questo quadro, ti piace? »

E mi fa vedere una nostra foto lavorata, siamo seduti su un muretto, immortalati da chissà chi, che sorridiamo persi nei nostri sguardi. Ancora più giovani, ma forse meno innamorati di come lo siamo ora.

« È stato trattato, graffiato e poi ritoccato con delle vernici... ti piace? »

« Moltissimo. »

« Sul serio? Non mi dire bugie. »

« Sì, mi piace moltissimo e mi piaci soprattutto tu. »

E così arrediamo la casa. Ci diamo appuntamento in qualche negozio, compriamo tende, tappeti, lenzuola, ma non la televisione. Ogni giorno, all'ora di pranzo, stiamo insieme, mi prepara qualcosa da mangiare e valutiamo qualche nuovo pezzo di arredamento per il nostro attico.

« Ti piacciono questi bicchieri? »

« Molto. » Così li ripone dentro un mobile antico, che abbiamo trovato da un rigattiere a Trastevere.

Poi alzo le spalle. « Magari li usiamo una volta che invitiamo qualcuno. »

« Sì, certo. »

Ma tutti e due sappiamo che non può essere così.

Passano i giorni, le settimane, il lavoro va sempre meglio, a casa ci sono poco e, con il fatto che anche Gin sta lavorando, non ci incontriamo spesso. Per adesso sta andando così, ma so che tra poco le cose non potranno più essere le stesse. Sta arrivando Aurora. Non sarò più giustificato. Mi squilla il telefono.

« Vieni, sono al Teatro delle Vittorie. Vieni subito. » Renzi è piuttosto allarmato.

«Che succede?»

«Servi qui. Vieni appena puoi.»

Chiudo il telefono, dall'ufficio ci metto poco. Siamo a metà produzione, *Lo Squizzone* sta continuando ad andare su una media del 23 per cento. Nessun programma, in onda a quell'ora, aveva avuto uno share del genere negli ultimi anni. Non capisco quale possa essere il problema. Ma quando entro al Teatro delle Vittorie, non c'è bisogno che nessuno mi spieghi niente. Simone è al centro del palco con Paola Belfiore. Juri e Dania sono seduti lateralmente di fianco ai concorrenti.

«Con Paola ci siamo inventati questo. Lei farà la Sibilla che predice il futuro di alcuni oggetti o parole e i concorrenti devono indovinare, faccio un esempio...»

Simone indica Paola che microfononata dice: «Il pane».

«Ecco, quali potranno essere le risposte in questo caso? Leonardo?»

L'assistente di studio, che si trova nella posizione dei concorrenti, risponde: «Lo mangeranno».

Simone fa finta di guardare la risposta su un foglio che ha in mano. «No.»

Leonardo riprova: «Sarà benedetto!»

«Esatto! Avete capito? È semplice, ma divertente, poi se non ci arrivano dopo un po' do io delle indicazioni.»

Renzi mi raggiunge.

«Hai visto?»

«Sì...»

«Cosa possiamo fare?»

«Niente, credo. Peccato, stava andando forte.»

«Fortissimo, bisogna vedere ora quanto durerà con lei.»

«Però devi anche pensare che è diventato così importante e se c'è la Belfiore è tutta colpa o merito suo, noi non c'entriamo più nulla.»

Renzi mi sorride. «Giusto. E il gioco come ti sembra?»

«Una cavolata. Ma lui trasforma in oro anche le cavolate quindi andrà benissimo. Andiamo a salutarla, va'...»

E così ci avviciniamo.

«Ciao Paola.»

«Ciao Stefano!» Scende dal palco e si copre con la mano il microfono, attaccato alla camicetta, in modo che non la senta nessuno. «Sono contenta di fare questo programma, grazie.»

« Figurati, Simone è forte. Siamo tutti contenti. »

Lo guardo da lontano e alzo il pollice.

Lui agita il pugno chiuso. « Viene benissimo questo gioco, fidati Stefano... »

« Come posso non fidarmi di te? Ne sono sicuro! »

Perde un po' del suo sorriso, vedendo che me ne vado dallo studio.

Entra il regista, Roberto Manni. « Abbiamo cinque minuti di pausa per favore. Mi chiamate Gianni Dorati? Voglio fare delle luci particolari sulla nostra bella Sibilla. » E si avvicina a Paola sorridendole. « Devi uscire da questo programma ancora più bella di quello che sei. »

Ma Simone la prende per mano. « Ancora di più? Troppo! Noi andiamo a prenderci un caffè, chiamateci quando riprendiamo con le prove. » E si allontanano abbracciati, ridendo e senza nascondersi.

Juri prende il telefono. « Peppe? Sì, scusami, ma ti devo assolutamente parlare. Così non va, cazzo, ho costruito un personaggio e ora questo me lo distrugge? » Poi ascolta cosa dice Peppe Scura dall'altra parte e continua: « Non me ne frega niente, vieni a Roma e ne parliamo perché così non va... » Poi sparisce dietro le quinte.

Roberto Manni è clemente. « Non aprite l'audio di Juri in studio, grazie, e non ascoltate in regia. »

Ma di sicuro questa seconda indicazione non la seguiranno.

Renzi si avvicina a Dania. « Ti va un caffè? »

« No, grazie. Sono scocciata, ci manca solo che divento ancora più nervosa. Ma non puoi fare niente per il mio personaggio? Era così carino. In questo modo invece sono inutile, non mi si vede neanche. Allora me ne torno a Milano, mi hanno detto che partono un sacco di trasmissioni lì. » Poi lo guarda e gli fa un sorriso da bambina maliziosa. « Se è così, poi non ci vediamo. Dai, cerca di fare qualcosa... »

« Ora ci ragiono un attimo. »

« Sì, dai, anche una cosa piccola, ma che mi si veda. »

Renzi pensa alle indicazioni di Calemi. Doveva essere una stagista e stare dietro le quinte, ora è una dopata dell'apparire. « Ieri ti ho chiamata tante volte, prima suonava libero e poi lo hai spento... »

« Sì, parlavo con mamma. Ho avuto una discussione. Poi ero

arrabbiata e sono andata a dormire. Non avevo voglia di sentire nessuno.»

Renzi pensa: ma io non sono nessuno. Ma le dice ben altro. «Mi dispiace. Stasera ceniamo insieme?»

«Non lo so, forse ho già un impegno, comunque prima vado allo IALS. Sentiamoci dopo. Mi cerchi di risolvere questa cosa? Vorrei saperlo.»

«Sì, ci provo.» Renzi si incammina per il corridoio che porta alla redazione e poi ai camerini. Entra nella stanza degli autori. «Come va ragazzi?»

«Bene.»

Ma in realtà sembrano tutti un po' scocciati dal potere assoluto di Simone Civinini.

«Okay, continuate così.»

Poi si ferma davanti al camerino di Simone. Rimane un attimo indeciso e alla fine bussa.

«Avanti.»

«Si può?»

Quando Simone lo vede, si alza e gli va incontro.

«Certo, ma che bella sorpresa. Non mi fare ramanzine, però, eh, papà?»

Renzi finge di divertirsi.

«No. Ciao, Paola.»

«Ciao.»

«Ti volevo chiedere una cortesia.» Poi guarda Paola Belfiore, che è seduta sul divano limandosi le unghie. Simone nota il suo sguardo.

«Io e Paola siamo una cosa sola. Di' quello che devi dire.»

«Vorrei che Dania Valenti facesse qualcosa, che non sparisse del tutto. Magari la utilizzi come valletta, ti porta le buste, oppure le risposte di Sibilla.»

«No, quando ci sono io, no», interviene Paola.

Simone capisce che la situazione è delicata. «Va bene, la utilizzo all'inizio, per le prime domande, così sono belle lontane. Va bene così?»

Paola alza semplicemente le spalle. «Okay.»

«Quindi lo do per buono?»

Simone gli dà una pacca sulla spalla. «Sì, papà, hai visto quante cose in comune hanno padre e figlio?»

«Ti saluta Calemi, glielo dico che hai fatto questo per lui.»

Simone alza il sopracciglio, sorridendo sornione. « Glielo dico io, grazie, stasera siamo a cena insieme. » E poi lo fa uscire dal camerino.

I giorni passano tranquilli nell'attico a Borgo Pio.

« Stasera a casa Gin fa una cena tutte donne, posso restare fuori se ti va. Vogliamo organizzare da noi? »

Babi è felice.

« Finalmente ti posso cucinare qualcosa di buono. Sì, ci vediamo lì? »

« Va bene, se vuoi vado io a fare la spesa, mentre metti a letto Massimo così poi tu mi raggiungi e non perdi tempo. »

« Sì, mi sembra un'ottima idea. »

« Allora mandami un messaggio con tutto quello che manca, io vado al supermercato e poi ci vediamo lì. »

« Okay. »

Continuo a lavorare tranquillo su alcuni progetti, quando sento arrivare un messaggio. *Grana, rughetta, avocado, lattuga, un pomodoro verde e uno rosso, cipolla rossa, una mela, una pera, uva, del maraschino e una bottiglia di Pinot grigio... Ti ricorda qualcosa?* Leggo quello che vuole prepararmi e vedo che ci ha messo dentro un sacco di cose. Le rispondo subito.

Ehi, mi vuoi fare ingrassare come il miglior marito che si rispetti?

Sì, ti prendo per la gola... E non solo!

Le mando una risata. *Ahahah.*

Comunque non hai memoria, era la prima cena che mi hai preparato tu... Non c'è niente da fare: perle ai porci!

Ma mi dovrei ricordare qualcosa di non so quanti anni fa! Una cena alla quale tra l'altro non sei più venuta!

E continuiamo a scherzare al telefono come se non fosse passato un giorno da allora.

Poco dopo sono al supermercato sotto corso Francia. Non c'è molta gente, si trova facilmente parcheggio. È una zona buia, i carrelli sono fuori e c'è molto verde intorno. Faccio la spesa e compro anche una bottiglia di Blanche e una di buon rosso, un Tancredi, poi vado alla cassa. Pago ed esco con le due buste.

Non faccio in tempo a metterle in macchina che sento una donna gridare.

«Aiuto! No! Fermi! No! Aiuto!»

Due ragazzi poco distanti da me le stanno cercando di strappare la borsa. Lei grida a perdifiato, scalcia, si divincola, se la stringe al petto e quando cercano di separarle le braccia, finisce a terra. Poggio le buste e in un attimo sono addosso ai due. Non fanno in tempo a vedermi, il primo lo colpisco con un pugno dritto per dritto sullo zigomo destro, sento che si spacca sotto le mie nocche e la sua testa va di botto all'indietro. Sull'altro entro a gamba tesa, colpendolo sul fianco con una tale potenza che cade per terra. Prova subito a rialzarsi, ma scivola, cerca di allontanarsi il più velocemente possibile da me ma slitta sul brecciolino. Io trovo un sasso per terra, lo prendo e lo centro in piena schiena. Poi raccolgo una bottiglia, pronto a fronteggiarli, ma i due scappano via veloci perdendosi nel buio delle strade sotto il ponte di corso Francia. Allora aiuto la signora a rialzarsi.

«Come sta? Tutto bene? Sono andati via, stia tranquilla, si appoggi a me.»

Ma quando la vedo in viso e la riconosco, rimango senza parole. Quando il destino ci si mette, è insuperabile.

Apro la porta di casa.

«Babi, ci sei?»

«Sono qui in cucina che preparo per il mio maritino.»

La raggiungo, poso le buste sul tavolo di fianco a lei.

«Che profumino...»

Ci diamo un bacio e poi mi accorgo che è molto elegante. Ha una gonna blu scuro, delle scarpe alte, una camicia di seta e una collana lunga di pietre nere. È coperta da una parannanza.

«Ma cucini così tu?»

«Di solito in intimo... Ma per te ho fatto un'eccezione!»

Prendo dal frigo una Corona e la apro. Mi siedo al tavolo e do un lungo sorso.

«Allora, spero di aver preso tutto quello che mi hai chiesto. Secondo me è più una prova per vedere come me la cavo...»

«Esatto. Fammi un po' vedere?» Apre le buste e ci guarda dentro. «Perfetto, mi sa che ti sposo sul serio.»

« Attenta, perché a volte i miracoli accadono! Sai chi ho salvato poco fa? »

« Chi? »

« Tua madre. »

« Mia madre? »

« Sì, era a fare la spesa nello stesso supermercato. All'uscita due tipi l'hanno aggredita e hanno provato a rubarle la borsa. »

Babi cambia espressione. « Si è fatta male? Come sta? »

« No, no, tutto bene. L'ho riaccompagnata alla macchina e si era tranquillizzata. »

« Non posso neanche chiamarla, perché non dovrei saperlo. »

« Eh già. »

« Assurdo. E che vi siete detti? »

« Le ho chiesto come stava, lei ha detto che era molto felice di vedermi, che mi trovava più irresistibile del solito e che voleva assolutamente sdebitarsi... ma io le ho risposto che non potevo perché dovevo cenare e fare l'amore con sua figlia. »

« Cretino. Dai, non scherzare. »

« L'ho trattata come una donna che era stata aggredita. Sono stato gentile, le ho chiesto se voleva che l'accompagnassi, le ho offerto un bicchiere d'acqua e quando ho visto che stava bene, l'ho scortata alla macchina. Lei mi ha detto: 'Mi hai salvata proprio tu. Pensavo fossi d'accordo con quei due'. »

« Non ci credo! Mia madre è tremenda, non si arrende mai. »

Così finisco la birra, poi mi alzo e mentre cucina l'abbraccio da dietro, le levo il mestolo e spengo il fuoco. Si gira e finisce tra le mie braccia.

« Che fai? » Mi guarda curiosa, sorridendo.

« Ho salvato la madre. Mi merito almeno la figlia! »

E la prendo per mano, portandola via con me.

Raffaella entra a casa, fatica ad aprire la porta con la busta della spesa tra le mani, ma appena entrata, la lascia cadere sulla panca.

« Claudio? Ci sei? Dove sei? Non sai cosa mi è successo. » Non sentendo risposta, chiude la porta e si incammina per il corridoio, fino ad arrivare in salotto. « Claudio? »

Lo vede seduto nel suo studio davanti al computer, con delle cartelle aperte, una serie di fogli davanti e i capelli arruffati. Ha gli occhiali poggiati sul naso e continua a muovere il mouse sul tappetino su e giù, cercando qualcosa sul monitor. È come se non trovasse quello che assolutamente ci dovrebbe essere.

« Claudio? Claudio? Ma mi senti? È un'ora che ti chiamo. Hanno tentato di rapinarmi e sai chi mi ha salvato? »

Ma Claudio è come se stesse da un'altra parte, fino a quando Raffaella fa un urlo.

« Claudio! Ti sto parlando! Mi vuoi ascoltare? »

Allora finalmente si accorge della presenza della moglie, la guarda e comincia a piangere, ma non perché le vede la camicetta strappata o la gonna sgualcita.

Eleonora guarda curiosa Gin.

« Cosa hai? Mi sembri perfetta, hai una bella pancia tutta rotonda, un viso stupendo, meglio di come l'hai avuto un sacco di volte, ora te lo posso proprio dire! »

Gin si mette a ridere. Ele scuote la testa.

« Guarda che non sto scherzando. Certi giorni, eri proprio un cesso. »

« Oddio, non mi dire così, che partorisco Aurora adesso, qui a casa, e devi poi occuparti tu di tutto. »

« No, no, scusami, stavo scherzando, perdonami, non ridere più, torna seria. »

Gin si ricompone, si siede meglio sul divano, appoggia tutte e due le mani sui cuscini e cerca di tirarsi un po' all'indietro con il sedere, così da stare più dritta.

« Vuoi una mano? »

« No, no, adesso sto bene. » Poi, dopo essere rimasta in silenzio per un attimo, le dice: « Credo che Step abbia un'altra... »

« Oddio, chissà cosa pensavo mi dicessi... »

Gin la guarda sbalordita.

« No, nel senso che mi ero preoccupata per la tua salute, la bambina, che ne so... » Poi capisce quanto soffra Gin per quello che le ha detto. « Scusami. Dimmi tutto. A volte sono una cretina. Cosa te lo fa pensare? Hai trovato qualcosa? »

« No, sensazioni. Non c'è mai a pranzo. Prima tornava sempre. Qualche volta è fuori la sera, è sempre impegnato, non mi chiama, non mi manda messaggi e poi è un sacco di tempo che non facciamo sesso. »

« Gin, questo è normale, sei incinta, magari pensa ad Aurora, ci tiene, anzi dovresti apprezzare che non è come quegli uomini che se ne fregano e anche se hai la pancia e soffri... Insomma, della serie basta che respiri! »

Gin scuote la testa. « Niente, non c'è niente da fare, anche nei casi più drammatici tu riesci sempre a scherzare. Sei un disastro. »

« Ma come? Ti risollevo! Come sono un disastro? »

« Ma sì, la situazione è complicata e tu la butti sempre in caciara. »

« Ti faccio vedere il lato giusto delle cose, il lato positivo. Allora, Step sta lavorando molto, grazie a Dio, guadagna, non fa più a botte, ha messo la testa a posto, è elegante, è un gran fico, lo posso proprio dire, e ora sta arrivando Aurora. Quindi tutto quello che succede o che non sta succedendo, come il sesso, è assolutamente normale. Sei tu che vai in paranoia senza alcuna ragione. Hai delle prove? No, perché se non hai delle prove, la tua istanza non viene accolta! » Ele prende un posacenere e lo sbatte due volte sul tavolino di cristallo davanti al divano. « La seduta è sciolta! »

Gin si sporge in avanti e cerca di fermarla.

« Attenta! La seduta è sciolta, ma il tavolino me lo disintegri! »

« Ciao mamma. »

« Ciao. »

Daniela e Raffaella si baciano sulla porta.

« Babi è già arrivata? »

« Sì, è di là con tuo padre. »

Daniela entra in salotto e li trova seduti sul divano.

« Ciao sister, che puntualità! Ma non hai trovato traffico? Corso Francia era tutto bloccato. »

« Sono passata da sotto, da Ponte Milvio. »

« Non c'è niente da fare, sei proprio furbetta... »

« Sì, figurati... Sabato vuoi venire con Vasco a casa mia? Vengono un po' di amichetti di Massimo, magari si diverte. »

« Venerdì parto per Eurodisney. »

« Ma dai! Non mi avevi detto niente. »

« È una sorpresa di Sebastiano, si è presentato oggi a scuola con due biglietti. Ha fatto tutto lui. Stiamo tre giorni e rientriamo domenica sera.»

Babi la guarda ammiccante e alza un sopracciglio maliziosa, ma Daniela precisa: «Ha preso una suite per me e per Vasco, e una camera vicina per lui».

Babi ride. «Molto elegante, molto principe di Cenerentola!»

«Già, però dubito che mi riporti la mia All Star Converse e poi mi sposi!»

«Perché?»

«Perché quella scarpetta da ginnastica puzza da morire!»

«Scema.»

«Volete un tè?»

Raffaella sorride alle due figlie.

«Volentieri!»

Poco dopo si ritrovano tutti seduti sui divani del salotto. Babi mangia con gusto un biscotto.

«Favoloso, è veramente buono.»

Claudio si prende tutto il merito.

«Li ho trovati io, sono inglesi.»

Raffaella sentenzia: «Troppo burro, fanno male. D'altronde...»

Claudio guarda le due figlie sconsolato.

«È tutta la vita che sbaglio.»

Babi prende la sua tazza.

«Non è vero, una cosa l'hai azzeccata. Te la sei sposata...»

Daniela vorrebbe aggiungere: «Anche perché, sennò, chi se la prendeva con quel carattere?» ma preferisce sorridere e aggiungere un semplice «giusto».

Raffaella sorride, si finge divertita da questa riunione di famiglia, poi finisce di bere il suo tè, posa la tazza, si pulisce la bocca e guarda le due figlie. Chissà come la prenderanno e soprattutto cosa diranno.

«Allora, vi abbiamo chiamato qui perché abbiamo un grosso problema.»

Babi e Daniela smettono di sorridere e diventano serie. Se Raffaella se ne esce con una frase del genere, vuol dire che le cose sono veramente gravi. Potrebbe essere un problema di salute, magari papà sta male, ipotizza Babi. In effetti sembra molto affaticato. Forse hanno ricevuto qualche minaccia, pensa Daniela, ma perché? Non resta loro che ascoltare. Raffaella, però, non sa come iniziare, tentenna, cerca le parole giuste, è imbarazzata e nello stesso tempo si vergogna di questa situazione.

Claudio allora cerca di allentare la tensione che si è creata. « Non vi state ora a preoccupare, non è una cosa così drammatica, abbiamo semplicemente perso tutto ecco... » Poi, per rendere più facile da digerire la notizia, cerca di scherzarci su: « Siamo diventati poveri ».

Babi e Daniela rimangono senza parole. Da una parte sono sollevate rispetto a quello che avevano immaginato, ma dall'altra questa notizia sembra impossibile.

Babi è la prima a intervenire: « Ma com'è successo? »

Claudio cerca di chiarire: « Abbiamo tentato una rischiosa operazione finanziaria ».

« Hai tentato. » Raffaella mostra la sua rabbia e il suo disprezzo.

Claudio annuisce. « È vero, ho tentato, ma solo perché un mio amico mi aveva assicurato che un'azienda farmaceutica avrebbe aperto in Francia e subito dopo in America. Lui stesso ci ha investito più di venti milioni di euro. »

« E voi quanto avete investito? »

« Sette milioni. »

Babi e Daniela rimangono sorprese, non credevano si trattasse di una cifra del genere. Ma com'è possibile che i loro genitori avessero a disposizione tutti questi soldi da perdere? Claudio chiarisce tutto.

« Abbiamo ipotecato la casa al mare ma anche questa, e poi tutti i terreni, gli altri immobili, compresi i due piccoli negozi che ci davano un'ottima rendita. »

Raffaella puntualizza meglio il concetto per le figlie.

« Non abbiamo più niente. »

« Be', niente, abbiamo cinquantamila euro in banca. »

« Quarantaseimilacinquecento. »

La dolorosa precisazione di Raffaella fa capire la sofferenza della situazione che sta vivendo.

Babi alza le spalle.

« Sinceramente mi sembra sia stato un passo veramente azzardato. Ma sono contenta che sia questo il problema, piuttosto che uno legato alla salute. Papà vedrai che le cose si riprenderanno, magari adesso dovrete vivere più oculati, risparmiare un po' su tutto, anche lì alla finanziaria che gestisci dovrai fare tutto con molta più attenzione... »

Raffaella fa un sorriso di circostanza.

« Sì, certo. »

Daniela invece è molto più diretta.

« Scusate, ma perché ci avete chiamato? »

Claudio non dice nulla. Raffaella lo guarda a lungo ma poi vedendo che non esce dal suo silenzio scuote la testa. Ecco, lo sapevo. Mio marito non ha il coraggio di dire niente alle nostre figlie. Non avevo dubbi, lo devo fare io, come sempre del resto. « Abbiamo bisogno del vostro aiuto. Abbiamo fatto i conti, per restare in questa casa ci servono circa ottocentomila euro. Noi chiaramente abbiamo già pensato a un piano di rientro. Riusciremmo a fare una rata da millequattrocento euro al mese. Forse anche qualcosa di più. » Raffaella guarda Babi. « Per tuo marito sono uno scherzo. » Poi si rivolge a Daniela. « E anche per Sebastiano. Avevamo pensato che potevano essere seicento da parte di Lorenzo e duecentomila da parte di Sebastiano. La rata di rientro la divideremmo a metà per tutti e due... Ma su questo facciamo come preferite voi, ci date le indicazioni che volete. »

Babi sorride. « Mamma, mi dispiace molto, ma non vi posso proprio aiutare. »

« Ma scusa, fai decidere Lorenzo, magari è una cosa che gli fa piacere fare, si sente importante, lo nobilita. »

« Dai mamma, lo sai che ci stiamo separando. Non so se la cosa sarà tranquilla, ma di certo non gli posso andare a chiedere seicentomila euro per i miei genitori. »

Raffaella si gira verso Daniela. « E tu? Cosa ne pensi? » Rimane a fissarla e in quel suo sguardo è come se venissero rinfacciati tutti i soldi spesi fino a qualche mese fa per lei e suo figlio. L'aiuto che Raffaella le ha sempre dato quando non lavorava e non c'era un padre. Daniela sa leggere perfettamente ogni suo pensiero, d'altronde la madre non ha mai evitato di farglielo pesare.

« Mamma, so quanto mi hai aiutata e te ne sarò sempre grata. Sono contenta di aver iniziato a lavorare e aver finalmente potuto rinunciare ai tuoi soldi. Sebastiano ha voluto riconoscere Vasco e ci aiuta moltissimo, ma non voglio assolutamente che pensi che io l'abbia cercato per la sua posizione economica. Voglio che sia *solo* il papà di Vasco e non quello che mette i soldi. Deve dargli il suo amore, il suo tempo, la sua attenzione, anche perché queste cose valgono molto di più e anche i più ricchi a volte sono poveri di tutto questo. »

Raffaella sorride, poi guarda Babi e continua a sorridere, poi cambia all'improvviso del tutto espressione, diventa seria, dura, rabbiosa, così come le sue figlie spesso l'hanno vista.

« Quindi ora voi due mi state dando una lezione di vita, mi state insegnando cosa viene prima nei valori, anzi, mi state facendo capire come io sia stata fortunata e non abbia mai compreso nulla di tutto questo, giusto? »

Babi, da sorella maggiore, è la prima a intervenire, cercando di calmarla.

« Mamma, non prenderla così, non stiamo insegnando niente a nessuno. Ti stiamo solo spiegando quella che è la nostra situazione, quello che possiamo fare con le nostre capacità e i nostri mezzi. Se vi servono dei soldi, per quelle che sono le nostre possibilità, vi daremo tutto, immagino... » E guarda Daniela.

« Sì, certo. Se dovete lasciare questa casa, per esempio, saremo contente di ospitarvi nella nostra. »

Babi annuisce. « Assolutamente. »

Raffaella sorride. « Bene. Ora scusatemi ma voglio andare in camera a ragionare su questa situazione. » E si alza.

Babi fa lo stesso.

« Mamma, non è così drammatico, pensa che non hai un male, non hai nulla, sei stata benissimo economicamente per tutta la vita, ora dovrai vivere solo in modo più misurato, è tutto qua. E se volete, ve lo ripeto, la mia casa è aperta. Ho la camera degli ospiti e sono sicura che non ti troverai poi così male. »

Raffaella pensa alle sue cene, alle sue amiche, a quello che diranno di questo suo cambiamento. Se decidesse di andare a vivere da una delle figlie, dovrebbe chiedere il permesso per giocare a carte. Così le viene naturale il più spontaneo dei sorrisi.

« Siete molto gentili, grazie. Ora scusatemi. » E si allontana, cammina rigida, impettita, ma quanto vorrebbe per una volta essere sincera e, alla faccia di quell'educazione sulla quale lei tanto ha insistito con loro, mandarle tutte e due a quel paese. Invece chiude la porta della camera da letto con garbo.

Claudio guarda Babi e Daniela.

« Avete ragione e grazie per il vostro aiuto. È solo un momento. È che mamma non riesce mai ad accettare i cambiamenti... » E sorride con quella stessa leggerezza con la quale ha perso sette milioni di euro.

119

Lo studio del Teatro delle Vittorie è adrenalinico al massimo. L'ultima puntata dello *Squizzone* è in diretta. Roberto Manni sta staccando le camere una dopo l'altra.

« Sette, undici, quattro, preparate la due, strettissimo sul primo piano di lei, due! Perfetto, pronti con il Jimmy e poi di nuovo la due, undici! Bene così, più veloce, tre! »

Simone Civinini è al centro del palco, saluta i concorrenti Vip che hanno partecipato.

« Grazie a Fabrizio, Paolo, ad Antonella, a Maria. E soprattutto grazie a tutti voi che da casa ci avete sempre seguito e avete fatto il tifo per noi, facendo diventare questa trasmissione la più seguita degli ultimi cinque anni! Ci rivedremo presto se Dio vuole, un sorriso da Simone Civinini e... »

« E Paola Belfiore! »

E parte la sigla, entra il balletto e quando finiscono di scorrere i titoli di coda, si va a nero. Tutti esplodono in un applauso, gli addetti ai lavori, i tecnici, gli autori, i dirigenti che sono venuti dal Palazzo per salutare e presenziare soprattutto al più grande successo degli ultimi tempi.

« Complimenti, bravi tutti e bravissimo Simone! »

Il pubblico viene contenuto dagli addetti alla sicurezza, mentre Simone insieme a Paola raggiunge i camerini. Roberto Manni è lì che li aspetta.

« Bellissima trasmissione, complimenti davvero. »

« Grazie Robi, mi faccio una doccia e ci vediamo tutti insieme al Goa. La produzione ha prenotato lì, venite? »

« Certo, a dopo. »

« Anzi, facciamo una cosa, mangiamo prima un boccone da Carolina a Ponte Milvio, ma solo pochi intimi, eh? Così ci rilassiamo un po' che poi lì sarà una bolgia. »

« Perfetto. »

Incontriamo nel corridoio Roberto Manni che mi stringe forte la mano. « È stato veramente un bel periodo, bella trasmissione, divertente, piena di sorprese 'umane' e poi un ottimo successo! »

« È vero... »

« Su questo si dovrebbe fare una fiction, non su quella solita roba noiosa che fanno. » E si allontana scuotendo la testa.

Renzi è d'accordo. « Ma chi sceglieremmo per fare il Ridley Scott de Ragusa? »

« Secondo me lo potremmo proporre a lui. »

« Giusto, è insuperabile. »

Busso al camerino di Simone che subito ci apre.

« Ciao, oh, proprio voi cercavo, grazie di avermi dato questa possibilità. » Simone si è tolto la giacca e la cravatta.

« Sei stato bravissimo. La facciamo anche quest'altro anno insieme? »

« Certo, perché no? » Ma vedo che ci guarda leggermente imbarazzato.

« Vieni al Goa? »

« Sì, ma ho detto anche a Manni se mangiamo prima una cosa al volo da Carolina così mi rilasso... Dai, venite con noi e poi andiamo insieme a ballare. »

« Okay. Ci vediamo lì. »

Torniamo verso lo studio. Renzi mi guarda.

« Mi sembrava molto imbarazzato. »

« E certo. Ha firmato con Medinews, ma non ha il coraggio di dirlo. »

« Sul serio? E da chi lo hai saputo? »

« Ho anch'io i miei informatori. Prende un milione e mezzo per un anno di esclusiva. »

« Solo un anno? Non è da loro. »

« Secondo me è solo per levarlo dal mercato, come hanno fatto con quel conduttore che andava fortissimo in Rai, Marco Baldi. Lo hanno preso per parcheggiarlo e far sgonfiare il suo successo. Poi lo hanno congedato e non lo ha voluto più nessuno. »

« È vero, è scomparso. »

« Vedrai se non mi sbaglio. »

Poco più tardi siamo seduti da Carolina con Simone, Paola e alcuni direttori, mentre all'altro tavolo ci sono Juri, Dania e altre ragazze e ragazzi del balletto. Mangiamo, ridiamo e scherziamo.

Simone si alza e richiama l'attenzione di tutti. « Scusate, vorrei fare un brindisi. A Futura, a Stefano Mancini e a questo bellissimo successo, che possa essere il primo di tanti altri! »

« Grazie! A te! »

Tutti battono le mani, poi bevono e riprendono a parlare.

Io, dopo aver fatto i miei « particolari pubici scongiuri », mi avvicino a Renzi e gli sussurro all'orecchio: « Che falsone. Recita proprio. Scusa, ma facciamogli un contratto noi di esclusiva anche come attore! »

« Ma lo sai che non è male come idea... » Renzi ride. « Praticamente quella di stasera è la sua ultima cena... »

« Con Futura, poi si vedrà. »

Allora alziamo anche noi i bicchieri e brindiamo.

« Ai nostri successi... Senza tradimenti o doppi giochi. »

Renzi alza il calice. « Sempre! »

Guardo il telefonino, c'è un messaggio di Gin.

Amore, com'è andata l'ultima puntata? L'ho vista e mi è piaciuta moltissimo, siete bravissimi, tu più di tutti. Ma solo a te... Ti amo.

Sorrido, leggendo quest'ultima frase « scorretta ». Butto giù la birra, mi sento in colpa. Poi in qualche modo mi perdono. Io per primo avrei voluto essere innamorato di lei, dimenticare Babi, non soffrire, essere felice fin da allora. A volte invidio la leggerezza con la quale alcune storie finiscono, alcuni amori ricominciano con incredibile facilità e si lasciano tutto alle spalle: parole, baci, promesse, risate, gelosie. Tutto appartiene a un passato che viene presto dimenticato, quasi cancellato, a differenza di quel film tanto bello quanto doloroso, *Se mi lasci ti cancello.* Ecco un titolo tradotto in maniera becera da chi l'ha fatto uscire in Italia. Il titolo originale americano era: *Eternal Sunshine of the Spotless Mind,* « Infinita letizia della mente candida », ripreso da un verso dell'opera *Eloisa to Abelard* del poeta inglese Juriander Pope. Però, mentre l'italiano non ha avuto il coraggio di usare un titolo all'altezza, l'audace sceneggiatore di questo film visionario ha vinto l'Oscar. Ed è giusto, perché vince chi osa. L'amore, quello vero, non si può cancellare. Rimane tatuato sul tuo cuore, non esiste laser che possa toglierlo, e che tu lo voglia o no, anche se ci provi quella cicatrice la porterai per sempre.

Ordino un'altra birra, noto Renzi che sta guardando cosa accade all'altro tavolo. Seguo il suo sguardo, è per Dania che ride, che si struscia a Juri, si lascia abbracciare, toccare, si concedono sguardi maliziosi, ipotetiche promesse. Poi Renzi viene improvvisamente chiamato dal capostruttura vicino a lui.

« Ma quanto faceva agli inizi *Lo Squizzone*? Le prime puntate? »

« Il 16. »

Ed è costretto a fingersi interessato, ad ascoltarlo.

« Allora, ora te lo dico, sai perché è andato così bene? »

Vedo Renzi che scuote la testa. « No, perché? » Ma io so che non gliene frega assolutamente nulla delle sue teorie televisive, con tutto se stesso è ancora all'altro tavolo, la sua gelosia lo sta logorando, vorrebbe mandare a quel paese il capostruttura, prendere Dania per un braccio e portarla via. Non lo invidio. Così gli verso da bere. Lui si gira e inevitabilmente butta di nuovo lo sguardo all'altro tavolo, ma poi incrocia di nuovo il mio sguardo, fa un sospiro e mi dice semplicemente « grazie ». Ma io leggo tutta la sua sofferenza. Poi arrivano altre cose da bere, qualcuno ordina i caffè e alla fine Renzi va dal proprietario a pagare. Quando torna nella sala del ristorante, Dania e gli altri sono già andati via. Anche Simone e Paola. Siamo rimasti solo io e i direttori.

« Che fate, venite al Goa? »

« Perché no? » Poi mi rivolgo a Renzi. « Vuoi un passaggio? »

« No, grazie, ho la mia macchina. Allora ci vediamo lì, ti aspetto all'entrata. »

Così salgo sulla Smart e, mentre vado, la chiamo. Mi ha detto che usciva con delle sue amiche. Mi risponde subito.

« Ciao, ci speravo. Complimenti, prima di uscire ho visto un pezzo dello *Squizzone*, è molto carino, è migliorato. »

« Grazie. Stiamo andando a festeggiare al Goa. Tu? »

« Noi abbiamo quasi finito di mangiare. »

« Perché non venite? »

« Sarebbe bello. » E abbassa la voce: « Ma queste sono due morte, hanno parlato tutto il tempo solo dei figli e delle prossime vacanze da fare ».

« Se vieni, ti aspetto o vengo a prenderti all'entrata. »

« Va bene, quando vado via ti mando un messaggio. »

« Okay. »

Rimaniamo un attimo in silenzio, poi Babi ride dall'altra parte.

« Ehi! »

« Eh. »

« Tutto quello che sai tu. » E chiude. È matta. È troppo forte, ho voglia di vederla.

Poco dopo sono a via Libetta. Posteggio. Mi fermo all'entrata della discoteca, mi avvicino al buttafuori che ha una cartellina in mano.

« Buonasera, abbiamo prenotato tre tavoli... » Ma non faccio in tempo a finire la frase.

« Step! Bella frate. Non ti riconoscevo. »

L'altro buttafuori, che fino a quel momento era girato dall'altra parte, è Cecilio, che per me è veramente irriconoscibile. Non ha più un capello, tutti quei muscoli gonfiati che aveva messo su con gli anabolizzanti sono ormai spariti, gli è rimasto solo quello stesso sorriso da deficiente di allora, ma con qualche dente più giallo. Per il resto non è cambiato nulla, è ancora sulla porta a fare il buttafuori. Così mi abbraccia e mi dà delle forti pacche sulla schiena e poi si rivolge all'altro buttafuori, più giovane di lui.

« A Miche', ma tu lo sai chi è questo? È 10 e lode! Ma che cazzo ne vuoi sapere tu... A Step, ma che te lo dico a fa', questi non hanno mai visto l'alba! » Poi si rivolge di nuovo al collega. « Ma che non me lo volevi fa' passa'? Neanche te ne accorgi e sei già dentro con lui, ma steso... » E poi ride come un pazzo. « Che risse, eh, Step? Bei tempi. Ma che fai, entri o no? »

« Aspetto un amico. »

« Okay. Ci vediamo dopo. » Poi si rivolge al collega. « A Miche', fai passare lui e chi vuole lui. »

Miche', che immagino sia Michele, non ha aperto bocca e continua su questa linea.

« Dovrebbe arrivare una ragazza, forse con delle sue amiche. Abbiamo il tavolo al nome Futura, me le fai passare? »

Il tipo fa un grugnito che prendo buono come un « sì ». Non è felice Miche' di come l'ha trattato Cecilio.

Dopo neanche un minuto arriva Renzi e così entriamo. C'è una marea di gente, ma proprio al bordo della pista vedo Simone e Paola. Ci sono anche gli altri, seduti ai nostri tavoli. Li raggiungiamo. La musica è molto alta, quindi ci salutiamo a gesti e sorridiamo, facendo capire che va tutto bene.

« Questa è bellissima! » urla una certa Tania, una ballerina, e trascina una sua amica per il braccio portandola in pista con lei. Anche altri si alzano dai divani e vanno a ballare. Sono già arrivate delle bottiglie, ci sono dei flûte pieni di champagne su un vassoio al centro. Ne passo uno a Renzi e poi ne prendo uno io.

Li alziamo e brindiamo. Mi sembra più tranquillo. Bevo lo champagne. Vedo dei fotografi che si avvicinano alla pista. Tra tutti, svetta Juri, che sta ballando al centro sotto gli occhi di molte ragazze. Si muove bene, forse esagera un po', ma va a tempo e sta dando spettacolo proprio perché vede i flash su di lui. Poi accade l'inevitabile. Sotto lo sguardo implacabile delle macchine fotografiche, Dania Valenti balla sempre più vicina a Juri, gli si struscia contro e, ancora più scaldata dalla luce dei flash, lo bacia. Continuano a intrecciare le loro lingue, che addirittura debordano dalle bocche sotto gli obiettivi affannati di tre o quattro poveri pseudoreporter, che pensano di stare immortalando chissà quale incredibile immagine di una pallida Dolce Vita. Guardo Renzi, che giace sul divano di fronte a me, assistendo impotente a tutta la scena, che piano piano sta degenerando. Juri e Dania ora si baciano in maniera esagerata, mimano un amplesso, il tutto sotto gli occhi di alcuni ragazzi che sembrano quasi infastiditi. Renzi si alza dal divano e va verso il bagno. Lo seguo. Mi dispiace per quello che è successo. Ma non so veramente cosa gli posso dire. Quando entro, lo trovo tranquillamente in piedi davanti al vespasiano che sta urinando. Così mi avvicino anch'io, gli faccio compagnia da tutti i punti di vista. Rimaniamo in silenzio, mentre facciamo pipì. C'è molta altra gente che esce dalle toilette. Chi si lava le mani, chi si specchia e poi se ne va. A un certo punto Renzi si chiude i pantaloni e va verso il lavandino. Anch'io faccio lo stesso. Ci laviamo le mani, poi ce le asciughiamo sotto il getto dell'aria calda, sempre senza dire una parola. Ad interrompere il nostro rispettoso silenzio è Simone Civinini.

«Siete qua. Ma allora vi siete persi lo spettacolo, Juri e Dania praticamente stanno scopando in pista.» Poi guarda Renzi. «Papà... mica ci starai male? Quello è frocio quando gli pare, quella invece basta che le prometti che farà qualcosa e te la dà sulla fiducia! Pure io me la sono scopata.»

Renzi non ci vede più. Pensa a quel ragazzino di Civitavecchia, al fatto che praticamente è stato lui ad autorizzarlo a parlare. Mi sto ancora asciugando le mani quando Renzi gli si avvicina, gli sorride, lo abbraccia al volo e meglio di Suarez con Chiellini e di Tyson con Holyfield, gli azzanna l'orecchio.

«No, fermo, che fai!»

Gli sono subito addosso, cerco di dividerli, ma Renzi sembra non mollare, mentre Simone Civinini urla, dimenandosi come un pazzo. Finalmente ci riesco. Simone si porta subito le mani all'orecchio e, quando le ritrae vedendole piene di sangue, urla ancora di più. Renzi gli dà una spinta.

«E ricordati che non sono tuo padre, coglione.»

Lo porto fuori dal bagno, con la coda dell'occhio vedo Simone che si guarda allo specchio cercando di capire cosa gli è successo veramente all'orecchio. Passiamo in mezzo alla gente e ci fermiamo in un angolo più tranquillo.

«Tutto bene? Come stai?»

Renzi annuisce, ma non dice nulla.

«Il picchiatore e il macellaio, la leggenda continua...»

Si mette a ridere, ma capisco che sta a pezzi. Poi all'improvviso compare tra di noi Babi.

«Ehi, sei qui. Ti ho mandato un messaggio. Ti ho chiamato, ma non rispondevi.»

Renzi la guarda. «È colpa mia, stavo litigando e lui mi ha tirato fuori dai casini... Forse è meglio se me ne vado.»

«Sì. È meglio.»

Si allontana senza neanche lanciare un'occhiata alla pista. Preferisce evitare lo spettacolo che i due, anche se in modo più tranquillo, continuano a dare.

«Ma che è successo?»

«Niente, una piccola rissa per inutili gelosie...»

«E tu sei diventato il paciere?»

«Sì...»

«Non ci posso credere.»

«Già, è così. Vieni, non stiamo qui...»

Ho visto che c'è una scala in fondo alla sala, la porto lì, saliamo nel buio e usciamo sul tetto del Goa. La musica arriva anche qui. Ci sono alcuni ragazzi che fumano roba più o meno regolare, qualcuno ha una bottiglia, altri ballano poco più lontano. Troviamo un angolo buio e finalmente ci baciamo.

«Era una vita che non andavo in discoteca.»

«Anch'io.»

Così l'abbraccio e balliamo fuori tempo su una musica tutta nostra. Ogni tanto ci baciamo e continuiamo a muoverci, ma in modo molto più aggraziato di Juri e Dania e per fortuna senza flash.

120

«Ehi, sei tornato tardi ieri sera. Mi sono svegliata alle tre e ancora non c'eri.»

Gin mi sorride facendo colazione.

«Sì, sarò tornato che erano le quattro.»

«Mi sarebbe piaciuto venire con te, è una vita che non vado in discoteca...»

Le stesse parole di Babi. Mi sembra di vivere in quel film, *Ricomincio da capo.* Solo che qui le frasi si ripetono, ma con due persone diverse.

«La musica era bellissima.»

Gin si alza dallo sgabello un po' a fatica.

«Ma con questa pancia dove andavo?»

«In effetti è bella rotonda.»

«Dai, ci siamo quasi. Sono stata ieri dal dottore per fissare il primo monitoraggio, ma dal controllo mi ha detto che Aurora sta benissimo ed è a testa in giù, pronta a uscire. Sono troppo contenta.»

Gin riesce a fingersi serena. In realtà il dottore ha insistito per fare un controllo anche sul linfoma, però, come nelle visite precedenti, lei è rimasta ferma sulla sua decisione.

«Dottore, non insista, non voglio preoccuparmi inutilmente. A qualunque punto sia questo mostro non interverrei comunque, quindi perché dovrei angosciarmi?»

«Il suo ragionamento non fa una piega. È che la vedo in un momento di così grande bellezza e felicità che mi piacerebbe che continuasse tutto nel modo più sereno.»

Gin rimane un attimo in silenzio. E se non dovesse essere così? Come farà Aurora senza di me? La mia bambina neanche è arrivata che io già me ne vado. E un velo di tristezza le scende sugli occhi. Il dottore se ne accorge.

«Ginevra lei deve rimanere nel suo stato di positività, allegria e solarità. Deve pensare che tutto andrà per il meglio. Proprio come mi ha detto lei. Ma che fa, prima mi convince e poi ci ripensa? »

Gin ride.

« Ha ragione! »

« Oh, ecco, così la voglio. » E il dottore l'accompagna alla porta.

Gin beve un altro po' di cappuccino con il latte di soia, poi improvvisamente, senza pensarci, le viene naturale domandarmi: « Step, ma va tutto bene? »

Rimango spiazzato.

« Sì, certo. Tutto perfetto. Perché me lo chiedi? »

« Non lo so, a volte ho una strana sensazione. Nell'ultimo periodo non ci sei stato molto e, quando c'eri, ti sentivo in qualche modo diverso. È anche vero che io sono sempre stanca. In effetti voi uomini una volta dovreste provare cosa vuol dire avere un esserino dentro che cresce e ti allarga a dismisura, ti fa vomitare, ti toglie le forze, ti fa venire strane voglie... Ma non quelle! »

« Ecco, l'ultima volta che mi hai fatto uscire di notte è perché avevi voglia del 'gelo' di cocomero. È stato il massimo! Ma adesso come verrà questa bambina, con una macchia di cocomero o di tanti semini? »

« Scemo. Non mi devi rinfacciare queste debolezze. »

« Hai ragione. »

Poi allarga le braccia sorridendo. « Mi stringi un po'? »

Desiderosa di un po' d'amore, di sicurezza e tranquillità, di potersi abbandonare e rifugiare in me. Così mi avvicino e l'abbraccio delicatamente, lei poggia la sua testa sul mio petto e la vedo chiudere gli occhi, seguo il suo respirare che lieve muove quel po' di capelli scuri che le sono finiti davanti alla bocca. Chissà cosa sta pensando. Dovrei essere la sua isola felice, il suo porto sicuro, quel rifugio che resiste a ogni tipo di intemperie, dovrei essere il suo bunker fatto di cemento armato, solido, capace di difenderla anche da una bomba atomica. Invece non sono niente di tutto questo, sono un'anima alla deriva guidata da un cuore fatto prigioniero tanto tempo fa. Poi Gin si stacca da me.

« Grazie, ne avevo proprio bisogno. » Fissa per un attimo i miei occhi, li vede lucidi. Allora mi sorride. « Ecco, questa è la cosa più bella di te. Ti emozioni ancora per momenti semplici come questo. Ti amo. »

121

Abbiamo fatto l'amore e poi la doccia insieme, come quando eravamo ragazzi. Come quando il problema per lei erano i genitori. Come quando non avevamo figli. Ora siamo a tavola. Si è fatta portare sushi e sashimi. Ormai i ristoranti intorno a Borgo Pio li abbiamo provati tutti, ma sempre con delle consegne a domicilio. Dalla finestra del salotto entra il sole. La luce filtra fra le tende bianche leggere e si distende lungo il grande tappeto, sfiora i divani, i mobili, perfino la grande televisione che alla fine lei mi ha voluto regalare.

« Sei un produttore televisivo, non puoi stare qui e non seguire i programmi che vanno all'ora di pranzo. Anzi, dovremmo prendere più televisori e fare una parete, così puoi seguire contemporaneamente quello che accade su tutte le reti. »

« Sei drammaticamente perfetta. »

Da sposare, le vorrei dire, ma non la farei ridere. Ora mangiamo in silenzio, tranquillamente appagati dal piacere appena vissuto. I suoi baci per me sono sempre un cortocircuito. Mi basta il suo minimo contatto ed è come se sentissi brividi al cuore, una sensazione unica. Una volta lei mi ha detto qualcosa che ci si avvicinava. Ero appena entrato in casa, l'ho baciata e ho infilato la mano dietro nella camicetta e le ho toccato la schiena. Allora lei ha chiuso gli occhi, ha scosso la testa e poi ha sorriso.

« Non ci credo. Tu per me sei come la canzone di Battisti, *Le cose che pensano... M'estasiai, ti spensierai...* »

« Ma dai! »

« È vero! Pensava a noi Lucio quando ha cantato queste parole... Io mi perdo in te come in quella canzone. Il guaio è che non mi ritrovo più. Questa mattina stavo preparando una cremina per Massimo e mentre la giravo col mestolo è partita proprio questa canzone e mi sono messa a piangere, mescolavo e piangevo, mescolavo e piangevo, come una stupida. »

« Perché amore? »

« Per la felicità e allo stesso tempo la paura di perderti di nuovo. »

Prendo il sushi al salmone con le bacchette, lo intingo nella soia e lo metto in bocca. Poi verso un po' di Asahi nel suo bicchiere e riempio anche il mio. Quando poso la birra sul tavolo, mi accorgo che mi sta fissando. Ha un sorriso leggero. È come se però non fosse felice.

« Che c'è? »

« Niente. Pensavo a questi momenti e alla loro bellezza. Non avrei mai creduto di poterli provare di nuovo... »

« Solo questo stavi pensando? »

« No. »

« Cos'altro? »

« Lo vuoi sapere davvero? »

« Sì. »

« Che tra poco diventerai papà. »

Le sorrido. « Sì, per la seconda volta, però. »

« Ma sarà diverso, il tuo primo figlio purtroppo, e per colpa mia, non l'hai potuto vivere e non sai il dolore che questa cosa mi dà. Non so neanche se riuscirai mai a perdonarmi. » Allora si alza e va in cucina. Si appoggia al lavabo girata verso i fornelli e comincia a piangere. Le vado vicino, l'abbraccio da dietro e poso il mio viso sulla sua spalla.

« Babi, perché fai così? Non c'è niente da perdonare. Lo vedo ogni attimo attraverso te, e poi quelle volte che siamo stati insieme al parco o quando lo aspetto con te all'uscita di scuola, quel suo sorriso quando lo vedo arrivare, o quando sento che mi chiama: 'Ehi, Step!' Tutto questo mi riempie il cuore, mi appaga. È mio figlio e ha tutto il mio amore. Ci sarò sempre nella sua vita, qualunque cosa accada, in qualunque momento lui possa averne bisogno. Non voglio niente se non saperlo felice. Questo per me è essere papà. Piuttosto, ma Massimo non dice niente a casa che ogni tanto c'è questo Step nella sua vita? Non è che Lorenzo sentendomi nominare ti fa casini? »

Babi si asciuga le lacrime con il dorso della mano e scuote la testa.

« No, è tutto a posto. Gli ho detto che qualche volta ti ho incontrato, ma solo perché lavori vicino a dove lavoro io. Ma gli ho detto anche che sei felicemente sposato. » Allora si gira e mi sorride. « E poi Lorenzo non mi chiede mai niente, perché se gli facessi io qualche domanda sarebbe lui a trovarsi nei casini. »

Lascio cadere il discorso, non le ho mai raccontato del nostro incontro da Vanni. Così torniamo a tavola e finiamo di mangiare. Poi prendo una vaschetta di gelato e preparo due coppette, stracciatella e pistacchio per lei, solo cioccolato per me.

« È buonissimo, ma dove l'hai preso? »

« All'angolo di piazza Risorgimento, da Old Bridge. »

« Dove c'è sempre un sacco di gente? Pensavo che regalassero i coni, vista la fila che c'è a tutte le ore. »

Babi sorride e con il cucchiaino ne prende un pezzo grosso. Se lo mette in bocca e lo lascia sciogliere lentamente.

« No, no, è perché il gelato è proprio buono, è cremoso. »

« È vero. »

Chiude gli occhi gustando ancora il gelato. « È da sogno, come te... » Poi li riapre. « Ma mi risveglierò mai? Che dici? »

« Ma oggi che hai? »

« Ti sei stancato di me? Ti sei stancato di venire qui tutti i giorni? »

« Speravo di placarmi, di non aver più voglia di te, che questa continuità in qualche modo mi calmasse, mi appagasse, ma non è stato così. È sempre affascinante quello che provo per te ogni volta che ti sfioro. Tu sei dal sapore infinito. »

Allora Babi si alza e mi viene vicina, mi toglie la coppetta dalle mani e la poggia sul tavolo. Si siede a cavalcioni su di me. Mi bacia a lungo e le nostre lingue sono fredde di gelato e le nostre labbra hanno il sapore di ogni minima sfumatura di felicità, sono morbide, perfette. La cosa che mi impressiona è che non c'è mai stata una volta che un nostro bacio fosse « stonato ». Poi si stacca dal bacio ma rimane vicino alla mia bocca, con gli occhi chiusi, respirandomi. Poi li apre.

« Dimmi la verità, pensi che cambierà qualcosa con l'arrivo della vostra bambina? »

« No. »

E la bacio di nuovo per paura di essere sincero.

122

La riunione per la fiction con i due supervisori della Rete, Achille Pani e Marilena Gatti, dura tutta la mattinata. Ma alla fine il risultato è proprio quello che speravamo.

« Complimenti, ottime sceneggiature, saranno un gran successo. »

Achille Pani sembra sinceramente soddisfatto. Avrà sessant'anni, è calvo, con gli occhiali rotondi da vista, dei baffetti bianchi ed è cicciotto. A quanto mi ha detto Renzi, è una vita che fa questo lavoro e ogni volta che ci sono le elezioni, le voci lo danno sempre come possibile direttore e invece ogni anno si ritrova a fare sempre lo stesso lavoro, solo con qualche soldo in più. Marilena Gatti è più giovane, avrà quarantacinque anni, non è mai in corsa per nessun posto da direttore ed è un'entusiasta.

« Finalmente! È quello che la gente a casa desidera. Sono così contenta che siate passati voi. Non dovrei dirlo, ma ho letto anche le scalette e i soggetti della fiction di Ottavi e sinceramente è tutta roba trita e ritrita. Ormai abbiamo un pubblico che ha il dito atrofizzato, non cambia canale, ma non sa neanche cosa sta guardando, dobbiamo risvegliarlo. »

Achille Pani la riprende.

« Marilena, noi non abbiamo letto né le scalette né i soggetti dell'altra serie. »

« È vero, mi sono confusa. »

Io e Renzi ridiamo.

« Non ci si deve confondere in questo lavoro! »

« Sempre mezza verità! »

« Esatto. »

Così ci alziamo e li accompagniamo alla porta. Achille mi dà una vigorosa stretta di mano.

« Anche il cast mi piace moltissimo. »

« Sì, abbiamo cercato di prendere gente brava. Ce n'è così tanta in giro, non si sa perché usano sempre gli stessi, almeno alternarli a visi già conosciuti, così per sperimentare e dare occasioni anche agli altri. »

E subito Marilena si accoda.

« Esatto. Ottavi invece usa sempre gli stessi anche su fiction diverse, così poi uno si confonde pure su quale serie sta guardando! »

« Marilena! »

« Ma noi non abbiamo neanche visto la loro ipotesi di cast... Ho capito, ho capito. »

« Facciamo partire oggi stesso la seconda tranche dei pagamenti. Quando pensate di iniziare a girare? »

Guardo verso Renzi.

« Il prossimo mese saremo pronti. »

« Benissimo. » E se ne vanno tutti contenti. Chiudiamo la porta e torniamo in sala riunioni. Sul grande tabellone ci sono le foto degli attori. Sulla porta compare Alice.

« Lo volete un meritatissimo caffè? »

Renzi le sorride. « Veramente ci vorrebbe lo champagne. »

Lo riprendo: « Ma qui stiamo sempre a bere! Vada per il caffè ».

« Ve lo preparo subito. » Poi dà un'occhiata alle foto sul pannello. « Me li ero immaginati proprio così i protagonisti. Non vedo l'ora di vederla. »

E sparisce con tutta la sua allegria. La guardo soddisfatto.

« Allora, Alice è il miglior acquisto dell'anno, anzi meno male che non ce l'hanno già portata via. »

« Non è una traditrice. »

« Civinini il peggiore. »

« Mi ha pure denunciato. Ha chiesto non so quanti danni e ora ci sono gli avvocati a seguire tutto... »

« Hai perso la testa. Devi mantenere freddezza e lucidità... » Gli faccio divertito il verso. « Non sei un picchiatore, no? »

« No! »

« Vabbè, così si alimenta la leggenda e non si capisce più chi di noi due ha fatto cosa. »

Vedo Renzi scocciato, cerco di ridimensionare tutta la storia.

« Ho affrontato cause peggiori. Per fortuna in realtà non è successo nulla di grave. »

« Già. Comunque ho sbagliato e non me lo perdono. Non accadrà più. »

« Perfetto. Ti ricordi che cercavo un errore in te? È arrivato. E posso dirti la verità? È l'errore migliore che potessi fare. Se lo meritava. È un falso, un venduto, un irriconoscente, e poi qualunque cosa hai fatto con una donna tu non ne parli così. Anzi, se non l'avessi fatto tu, ci avrei pensato io. Quindi grazie per il tuo errore, perché io ho già sbagliato abbastanza.»

Poi bussa Alice alla porta.

«Si può?»

«Prego.»

«Ecco i vostri caffè.» Entra e li posa sul tavolo e fa per uscire dalla stanza. «Volete che vi chiuda la porta?»

«Sì, grazie.»

Così rimaniamo del tutto soli.

«Allora, mi sembra che siamo a buon punto. Il regista è Damario, ce l'hanno dato loro, ma era tra le nostre scelte. Le sceneggiature sono piaciute e mettono in pagamento oggi stesso la seconda tranche.»

«Con la quale facciamo un ottimo guadagno, perché comunque rispetto alle spese che abbiamo concordato, siamo riusciti a risparmiare un 30 per cento.»

«E come mai?»

«Hanno voluto fare una formula nuova. Puntata chiavi in mano. Chiudono tutto a un certo costo che è al di sotto di quanto costava prima. Pensa che noi non abbiamo badato a scegliere il meglio per le location, numero di comparse, i ruoli minori e ci straguadagniamo lo stesso. Immagina Ottavi, Panzerotto, quanto gonfiava le spese!»

«Bravo Renzi. E la settimana che viene ricordati che dobbiamo presentare il nuovo progetto fiction per la prossima stagione in Rete.»

«È tutto pronto, siamo di nuovo in competizione con Panzerotto e altre due società minori.»

«Chissà se ce la facciamo anche questa volta a passare...»

Renzi alza la tazzina di caffè, come fosse un brindisi.

«Certo che sì.»

Lo imito e lo beviamo, poi l'appoggio sul tavolo. Tra le foto degli attori attaccate alla grande lavagna, scorgo anche quella di Dania Valenti. Renzi se ne accorge.

«È un ruolo piccolo... Solo tre pose.»

«Fai bene, a Calemi farà piacere che seguiamo le sue indicazioni.»

« Non la segue più, mi sa che ha adottato qualche altra figlia... È un favore che ho fatto direttamente a lei. »

« Bravo. Fai bene a mantenere i rapporti comunque, non si sa mai... E con Teresa? »

« Non ci sentiamo. »

« Non so che dirti. In questi casi qualunque cosa uno dice tanto non va bene. »

Renzi sospira. « Ho tanto criticato e poi mi ci sono trovato io in questa situazione. Secondo me lassù l'hanno fatto apposta, mi hanno visto sicuro e saccente e hanno voluto mettermi alla prova, altro che Giobbe... »

« Allora io cosa devo aver detto mai? Neanche tutte le fiction insieme arrivano a raccontare quello che sto vivendo. »

« Ah, sei messo così? »

« Peggio. »

« Ne vuoi parlare? »

Glielo dico sorridendo: « No ».

« Mi sembra giusto. »

E proprio in quel momento, quasi il destino fosse stato in ascolto, mi suona il telefono. È Gin.

« Amore, sono a casa di mamma, ero passata a salutarla tutta tranquilla e invece mi si sono rotte le acque! Stiamo andando all'ospedale San Pietro, quello che abbiamo stabilito con il dottor Flamini. »

« Okay, ci vediamo lì. »

Chiudo la telefonata e guardo Renzi.

« Ecco, appunto, nuova puntata in arrivo. Titolo: sta per nascere Aurora! »

123

Non saluto nessuno in ufficio, prendo l'ascensore e in un attimo sono fuori dal palazzo. Ora però, prima di andare, una telefonata la devo fare.

«Pronto, Babi, sei già uscita?»

«No, mi stavo muovendo.»

«Non posso venire, mi dispiace.»

«Che è successo? Ti sei dimenticato che avevi una riunione? O stai andando a pranzo con un'altra?» La sento ridere. «Con l'amante dell'amante! Guarda che ti avevo avvisato, se ti becco non te la perdono...»

Abbiamo detto di dirci sempre tutto, non le posso mentire.

«Sta nascendo la bambina, vado in ospedale.»

E improvvisamente cambia il tono.

«Ah, scusami.»

«Perché 'scusami', che c'entra? Non lo sapevi, ma mica è una situazione drammatica... Spero.»

Così riprende il suo tono allegro: «Ma no! Hai ragione, che ne so, mi sembrava di aver detto una cosa fuori luogo. Vai, vai, amore. E congratulazioni. Mandami un messaggio però, fammi sapere che è tutto okay».

Babi chiude la telefonata. Senza riuscire a controllarsi, si mette a piangere. Poi si guarda allo specchio e si sente ridicola, così si mette a ridere da sola. Ecco, guardati, sei terribile, piangi come una cretina. Quant'era che non piangevo? Una vita! Invece dovresti essere felice per lui, dovrebbero essere lacrime di gioia, non sai amare sul serio sennò, non viene prima di te? Così dovrebbe essere. Ora ha un figlio anche lui. Cioè, veramente ne ha due, o almeno una e mezzo! E si mette a ridere di nuovo, poi prende il telefonino.

«Ciao, come stai?»

«Bene, tu? Che succede che mi chiami a quest'ora?»

«Allora, non mi fare domande e dimmi solo sì, va bene?»

«Che devo dire, sì o va bene? Non ho capito...»

«Non devi fare domande e di' sì.»

«Sì, va bene...»

«Cretina! Allora, chiama l'ufficio di Step e di' che lo stai cercando.»

E le spiega nei minimi dettagli quello che assolutamente deve fare.

In quel piccolo bar, Etilico Spirit a piazza Bainsizza, alcuni ragazzi leggono *la Repubblica*, altri chiacchierano animatamente su chissà quali nuove idee rivoluzioneranno il tubo catodico e solo due o tre mangiano tranquillamente, anche perché vanno ancora all'università. Gli mancano due o forse tre anni, a seconda di come andranno gli esami, poi anche loro saranno contagiati da quella fretta di cambiare il mondo. Dania Valenti non ce l'ha di certo e così saluta Renzi, che le viene incontro come se non fosse accaduto assolutamente nulla fra loro.

«Ciao! Che bello che sei riuscito a passare!»

«Sì, ma non posso stare molto. Ho detto a Stefano che avevo un appuntamento, ma poi devo assolutamente passare da lui. Gli sta nascendo la bambina.»

«Ma dai, che bello, mi sta troppo simpatico! Sono felice per lui. Non ricordavo fosse sposato. La moglie non è mai venuta in trasmissione.»

«Mica uno è sposato solo se la moglie viene in trasmissione.»

«Madonna come sei acido. Ma che sei ancora arrabbiato per Juri? Ci baciavamo solo perché c'erano i fotografi. L'hai comprato poi *Super Vip Donna*? C'era la foto! Cioè, c'era tutto il servizio.»

«Sì, l'ho visto.»

Poi una ragazza bassa e cicciotta, vestita di nero, con delle labbra rosso ciliegia e i capelli corti ricci, si avvicina al tavolino. Tira fuori un taccuino e una penna dalla saccoccia di una parannanza nera, così da essere subito pronta a scrivere.

«Ciao, allora che prendete?»

«Per me solo un succo di melograno.» Poi dice piano a Renzi: «Sono ingrassata una cifra».

«Ne prendo uno anch'io.»

La ragazza si rimette penna e taccuino nella tasca della parannanza e poi si avvicina a un tavolo sporco, toglie alcuni piatti, bicchieri e tovagliette di carta e con tutta quella roba rientra nel bar.

« Dai, non essere arrabbiato! Che poi tu mi ha detto che hai una donna, quindi che rompi? »

« Non stiamo più insieme. »

« Mi dispiace se hai litigato... Ma che è successo? No, no, non sono affari miei. »

« Te lo dico. »

« No, ti ho detto che non voglio saperlo. Piuttosto dimmi, sei riuscito a ottenere la parte per me? Faccio Stefania, la conduttrice radiofonica che parte dal basso e diventa famosa? »

« No, per quel ruolo hanno voluto la Vargada. »

« Ma fa sempre tutto lei! Ma che c'avrà più di me! Io lo so perché lavora così tanto, perché è l'amante di Delfini, il direttore della Rete, ecco perché. Se lo fossi stata io, a quest'ora ero a Hollywood. E quindi? Quale faccio? »

« Caterina. »

« Ma Caterina fa solo una puntata, è un ruolo minuscolo! »

« Ma è il caso di puntata, è tutta incentrata su di lei... E poi sei agli inizi, non hai fatto mai nulla nella fiction. »

« No! Io voglio fare almeno Federica, la sorella di Stefania, allora. Sennò non la faccio proprio, me ne torno a Milano! »

Dania prende un pacchetto dalla borsa, tira fuori una minuscola gomma, se la mette in bocca e poi, come se fosse un canestro, lo ributta dentro perdendolo in quel marasma. Comincia a masticare a bocca aperta scocciata, poi le viene un'idea.

« Ma chi è il regista? »

Renzi la guarda, immaginando i suoi piani.

« Ancora non è stato deciso. »

Intanto arriva la ragazza con i succhi.

« Grazie. »

Dania inizia a bere in silenzio. Arrivata quasi a tre quarti posa il bicchiere sul tavolino.

« E comunque per Stefania sarebbe stato giusto farmi fare almeno un provino. Che ne sanno loro se sono brava o no? Magari una sconosciuta può sorprendere tutti, no? Ai tempi del realismo, la gente veniva presa dalla strada, era tutto più reale, quello era cinema. » E riprende a bere fino a finire tutto il succo. Poi le viene un'altra buona idea. « Perché non andiamo da me? Ti do il copione della prima puntata e vedi come me la cavo.

Dai, tu non mi hai mai vista. Se vedi quanto valgo, sono sicura che spingi molto di più per il mio ruolo, perché sei il primo a crederci. »

« Devo andare in ospedale. »

« Ma se Stefano ci è appena andato, la bambina nascerà fra tre, quattro ore, mica scappano! Dove vanno? »

Dania gli sorride e gli fa l'occhietto. Renzi la guarda poi pensa a quella poltrona al centro del salotto che dà su quella finestra, alla bellezza di quel panorama... Come dirle di no?

124

Quando arrivo, l'ospedale San Pietro per la prima volta mi appare diverso. C'ero stato dopo un incidente in moto, ad aspettare ore al pronto soccorso, perché mi ero lussato un gomito. Un'altra volta per una slogatura alla caviglia durante una partita a calcetto e una notte dopo una rissa al Piper. Eravamo venuti qui insieme io e Pollo, tutti e due eravamo belli gonfi. Eravamo seduti in sala d'attesa al pronto soccorso ma poi, vedendo che tutti quelli che arrivavano ci passavano davanti, perché stavano peggio di noi, eravamo andati al bar di corso Francia. C'eravamo fatti dare del ghiaccio ed eravamo rimasti lì fuori, seduti a un tavolino, usando dei panni sporchi della moto come pezze per tenere i cubetti. Avevamo cercato di sgonfiarci un po', prima di tornare a casa ed essere presentabili. Avevamo fatto l'amico-cronaca della rissa, ricordandoci più o meno tutti i passaggi, falsandone alcuni, esagerandone altri, ma comunque c'era andata di sicuro molto meglio che agli altri, questo era l'importante. Ero un ragazzo, con tutta quella rabbia e quella violenza, con il mio amico Pollo e la sua bugia. Altri tempi. Ora sono qui perché sta cambiando di nuovo la mia voce all'anagrafe, da marito a padre. E malgrado tutto quello che è successo nell'ultimo periodo, sono molto emozionato. Seguo le indicazioni, reparto solventi. Salgo al secondo piano e in fondo al corridoio vedo Francesca con Gabriele.

«Ciao, come sta Gin?»

Il padre sorride, annuisce ma non dice una parola. Francesca è molto più tranquilla.

«Tutto bene, è dentro, manca poco, ha detto il dottore che la dilatazione è completa. Entra se vuoi, se non hai paura...»

Le sorrido e lei, come per scusarsi, aggiunge: «Molti vorrebbero ma non ce la fanno. Gabriele con me non ce l'ha fatta a entrare. Oggi, è un miracolo che sia arrivato fin qui. Lui, quando entra in un ospedale, si sente male, sviene addirittura».

Gabriele ride e finalmente ritrova la parola.

« Ecco, me la stai tirando! Ero andato così bene stavolta! Ora per colpa tua mi sentirò male. »

Li lascio a discutere teneramente, spingo il grande portellone e mi ritrovo in una sala perfettamente sterilizzata, più fredda del corridoio. Compare subito un'infermiera.

« Lei chi è? »

« Il marito di Ginevra Biro, la sta seguendo il dottor Flamini. »

« Sì, è dentro. Vuole assistere? Sta per partorire... »

« Di già? »

« E non è felice? Che voleva passare tutta la giornata qua? »

« No, no. »

« Ecco, allora indossi questi. » E mi passa degli indumenti verde scuro dentro una piccola sacca trasparente. La apro, sono un camice leggero, una specie di cuffia e dei copriscarpe. Indosso tutto velocemente e mi dirigo dove l'ho vista sparire. Entro in una grande stanza. Eccola. In un letto c'è Gin, è accaldata, poggiata sui gomiti, un lenzuolo la copre fino alle ginocchia piegate. Il dottore è davanti alle sue gambe.

« Su, ancora, così, così, benissimo, spinga... Ecco, basta, ora respiri. Tra poco ricominciamo. » Poi il dottore mi vede.

« Salve, si metta lì di fianco, vicino alla testa del letto, dietro Ginevra. »

« Amore, sei arrivato. »

« Sì. » E non dico altro per non rovinare tutto, per non sbagliare.

Gin mi sorride, allunga la mano, io gliela prendo e rimango così, un po' imbambolato, non sapendo bene che fare, poi sento che me la stringe forte.

« Ecco, sta uscendo, vedo la testa, continui così, su spinga, ora respiri, ancora più forte, spinga, spinga! »

Gin fa dei respiri corti, uno dopo l'altro, inarca la schiena, stringe i denti, socchiude gli occhi, stritola la mia mano fino a dare alla luce Aurora. E vediamo questo esserino, ancora attaccato a un lungo filo di carne, tutto sporco e tenuto all'ingiù che improvvisamente si mette a piangere, cambiando totalmente il suo sistema respiratorio. Il dottore prende delle forbici e me le passa.

« Lo vuole tagliare lei? »

« Sì. »

Dico sempre e solo « sì », continuando a non sapere dire altro. Allora me le passa e poi indica il punto preciso.

« Qui. »

Apro quelle forbici, taglio e Aurora è per la prima volta indipendente. Il dottore passa la bambina all'infermiera, che subito la lava sotto un delicato getto d'acqua, la pulisce tutta con dei movimenti rapidi, l'asciuga, le mette una specie di crema sugli occhi, poi si avvicina una dottoressa che la visita segnando qualcosa su una specie di pagella, quando ha finito la copre e la porta a Gin.

« La vuole vicino a lei? Se la tenga un po' poggiata sopra. »

E Gin accetta titubante. Allora la prende piano piano tra le mani, è emozionata, anche lei non dice nulla e poi se la posa sul petto. Aurora muove lentamente la testa, Gin la guarda affascinata, è felice come non mai e si gira verso di me, come se chiedesse conferma.

« Ma questa bambina l'abbiamo veramente creata io e te? Solo io e te? Nessun altro? Non è possibile. Non è la cosa più bella del mondo? Non è per questo che siamo arrivati qui, su questa terra? E non è per lei che ci siamo incontrati? »

Aurora muove di nuovo la testa e io mi emoziono, mi accorgo che mi scendono le lacrime, non posso fermarle, non posso fare nulla, niente, piango, piango di felicità. Se non fosse arrivata Aurora sarei stato da un'altra parte a quest'ora, con Babi, come ho fatto in tutto quest'ultimo tempo, mentre sarei dovuto starle sempre accanto. E mi vergogno, mi vergogno della mia felicità rubata, mi sembra di averla strappata a qualcun altro, a chi, più di me, l'avrebbe meritata, quel Nicola per esempio, o a migliaia di altri uomini che sarebbero stati felici e fieri di essere qui ora al mio posto.

« Amore che c'è? Perché piangi così? È andato tutto bene, è bellissima, è tua figlia, è Aurora, prendila, prendila anche tu. »

E io scuoto la testa e continuo a piangere, dico di no, non posso. Ma poi vedo che Gin si allontana un po', come se volesse mettere a fuoco la scena, come se mi volesse vedere meglio, come se non riuscisse a capire. Allora le sorrido, annuisco e mi avvicino a lei che torna serena, lentamente mi passa quel delicato fagottino ed io lo prendo con tutte e due le mani, preoccupato che possa cadermi, come il cristallo più sottile e delicato che sia mai stato creato, ma allo stesso tempo il tesoro più prezioso di questo mondo. E quando la porto a me, vedo quel viso perfetto, quegli occhi chiusi, quelle labbra piccole e sottili, quelle mani così esili, minuscole, quasi evanescenti. Aurora. E immagino il suo cuore, che pulsa delicato, che pompa quel sangue, che le fa muovere quelle gambine, quelle manine che ogni tanto quasi al rallenty si aprono e si chiudono. Quel piccolo cuore che io mai e poi mai nella mia vita vorrei far soffrire.

125

Quando esco dalla stanza di Gin, sono ancora completamente scosso e non mi accorgo della gente che è arrivata. Il corridoio è pieno di parenti e amici.

« Ciao Stefano, complimenti! Auguri! Che bello! Quando le possiamo vedere? »

Ci sono Simona, Gabriella, Angela, Ilaria, alcune altre amiche di Gin delle quali non ricordo il nome. E poi c'è Luke naturalmente, suo fratello, con la ragazza, Carolina. Lui mi abbraccia.

« Sono troppo felice. Come sta Gin? »

« Bene, bene. Se volete potete entrare tra un po', magari l'avverto. Si sta riprendendo. Però le fate solo un saluto e non tutti insieme, sennò le manca l'aria... E pure ad Aurora. »

« Com'è? »

« Bellissima. »

« Ma a chi somiglia? »

« Ma che ne so! Ditemelo voi a chi somiglia. Io non ci capisco più nulla! »

Francesca, la mamma di Gin, si mette a ridere.

« Lasciatelo un po' stare, togliete l'aria pure a lui! »

« Ecco, salvami tu. »

E poi arriva Gabriele, che mi porta un caffè lungo in una tazza grande e non in un bicchierino di plastica.

« Ma dove l'hai trovato? »

« Ho corrotto la caposala. Lo so che c'è sempre una moka nascosta da qualche parte. » E mi stringe il braccio, mi batte sulla spalla, poi mi sorride e mi dice a bassa voce: « Sono diventato nonno. Shhh ».

Come se non lo sapessero tutti. Annuisco. « Certo. »

Poi si mette a ridere, capisce che non ci sta con la testa. « Che scemo che sono! » Allora mi abbraccia forte e quasi mi fa rovesciare addosso il caffè. « Era la cosa che desideravo di più. Grazie Stefano, mi hai fatto proprio felice. »

Vedo Francesca che ci guarda, ha seguito la scena, è emozionata, poi lo richiama.

« Gabriele, vieni qua, lascialo stare. Sembri un ragazzino. »

La raggiunge e si abbracciano, e lui le dà un bacio sulla fronte, poi iniziano a parlare a bassa voce e a quel punto io non li sento più, ma li vedo ridere. Sono felici, sono dei nonni giovani, si amano ancora, nessuno dei due sembra avere un dubbio, un'ombra, meno che mai un'altra persona. Si girano, mi guardano e mi sorridono. Accenno anch'io un sorriso. Non voglio pensare a cosa accadrebbe se la lasciassi per un'altra, come ricorderebbero questa scena, avrebbe tutta un'altra luce, quanto sarebbe grande la loro delusione.

« Ma non gli bastava l'arrivo di Aurora? Non avrebbe riempito le sue giornate e il suo cuore? »

« E io? Li ho pure fatti rimettere insieme! È colpa mia. Gin non ne voleva sapere più nulla e invece in qualche modo io l'ho fatta ricredere. Ho sbagliato tutto. Povera figlia mia. Non me lo perdonerò mai. »

Immagino che potrebbero essere queste le loro parole. Forse Gabriele sarebbe ancora più duro, non avrebbe paura di me, si sentirebbe giustificato dal dolore che prova, forse mi insulterebbe sapendo che non farei nulla. Ha ragione. Hanno tutti ragione. Io per primo non mi posso perdonare.

Nel pomeriggio arriva mio padre con Kyra. Hanno portato dei fiori, una grossa pianta per essere precisi.

« La mettete fuori, in terrazza o a casa, ora non mi ricordo più che cosa è meglio. Ma crescerà insieme ad Aurora. »

Poi arriva Paolo, è venuto con Fabiola e mi danno un regalo incartato.

« Aspettate, venite dentro, salutate Gin. »

L'hanno spostata alla camera 102. Arrivati alla porta, busso.

« Si può? »

Apro leggermente, dentro ci sono suo zio e sua zia.

« Ciao, Stefano, venite, venite, tanto noi stiamo andando via. »

Così si danno il cambio ed entrano Paolo e Fabiola. Gin sorride guardandoli, è un po' stanca, ma si sta riprendendo.

« Grazie per essere passati, entrate! »

Fabiola prende il pacco dalle mani di Paolo e glielo passa.

« Ti abbiamo portato questo. Vedrai che ti salverà. »

Gin inizia a scartarlo, mette la carta sul letto, io la prendo, la accartoccio e la butto nel secchio che è pieno della carta di altri regali. Gin guarda il regalo sorridendo.

« Che bello! »

Fabiola mette il braccio intorno a quello di Paolo e lo stringe a sé.

« È un carillon, è una luna che gira e proietta delle immagini sul muro. » Fabiola è fiera di questo suo regalo. « Guarda ti abbiamo salvata! Non so come sarà Aurora, ma Fabio quando è nato piangeva in continuazione, io ero esaurita e isterica, Paolo peggio di me e questo carillon invece era l'unica cosa che riusciva a tranquillizzare Fabio, e a farlo addormentare. Praticamente questa luna che gira ha salvato la coppia. »

E tutta contenta dà un bacio sulle labbra, a mo' di stampo, a Paolo, che sorride. Arriva qualche altro parente. Aurora è stata portata nella nursery, così li accompagno a guardarla da dietro a un vetro. « Ecco, è quella lì. » E gliela indico. Poco più in là qualche altro neogenitore fa lo stesso con il proprio. Un papà discute con un suo parente indeciso su quale sia veramente suo figlio, non riuscendo a vedere bene il numero del braccialetto che ha al polso.

« È quello... »

« Ma no, ti dico che è quello dopo di lui, è più lungo... »

Così li lascio alla loro indecisione e torno da Gin.

« Si può? »

È finalmente sola.

« Sì amore, sono contenta che sei tornato, pensavo fossi andato via... »

« Scherzi? Tieni, ho una cosa per te. »

Le passo un pacchetto, lo scarta.

« Ma è bellissimo. » È un piccolo ciondolo a forma di bambina in oro bianco, con un diamante e una catenina. Dietro c'è inciso il nome di Aurora. « Grazie. Me lo metti al collo? »

Mi avvicino e delicatamente riesco a passarlo sotto i capelli e a chiuderlo.

Si poggia la mano sul petto. « Sono così felice. »

« Anch'io. »

« È andato tutto bene. »

« Sì, sei stata bravissima. »

« Tu mi hai tenuto la mano e mi hai dato coraggio. Quando ti ho sentito vicino a me, non ho avuto più paura. Con te non mi può succedere nulla. »

Mi sorride mentre rimango in silenzio e le sorrido anch'io. Poi sembra quasi dispiaciuta.

« In questo ultimo periodo non ti sono stata molto vicino, non sono venuta a molte cose importanti per il tuo lavoro, anche alla festa finale del tuo primo programma. Mi perdoni? »

Non so che dire. Ho un groppo alla gola. Lei continua a sorridermi.

« Ti assicuro che ora tornerò la Gin di sempre. Starò al tuo fianco più forte di prima e Aurora sarà con noi e non sarò una mamma timorosa o imbranata, ce la metterò tutta. E lei ci darà ancora più luce, non ci toglierà nulla. Saremo perfetti, come hai sempre desiderato. » E per un attimo la vedo indecisa, come se un pensiero le avesse attraversato la mente, ma poi torna serena, di nuovo sicura di tutto quello che ha detto. E vorrei esserlo anch'io.

« Amore, non potevi fare diversamente. Ora pensa solo a riposare così ti riprendi presto e torniamo a casa. La cosa più importante è che Aurora è nata, sta bene ed è bellissima. » La bacio delicatamente. « Vado a casa, faccio una doccia e mi porto la roba per dormire qui. »

« Ma no, resta a casa. È andato tutto benissimo, non c'è nessun problema. Ti chiamo se ho bisogno di qualcosa, ma spero proprio di no. »

Insisto e alla fine riesco a convincerla. Poi esco dalla stanza. Vado al piano di sopra dove si trova Aurora. Quando arrivo, nel corridoio non c'è più nessuno. Mi avvicino al vetro. C'è un'infermiera che sta controllando i neonati. Quando mi vede, mi riconosce e gentilmente prende il lettino con Aurora e me lo porta vicino, proprio sotto il vetro. La ringrazio e lei si allontana. Aurora è sveglia, muove le manine e prova ogni tanto ad aprire gli occhi, ma non ci riesce. Poi fa delle strane smorfie, come se volesse provare a piangere o qualcosa le desse fastidio, ma è un attimo, torna tranquilla e muove le labbra come se ciucciasse. È bellissima.

Qualcuno bussa alla porta della stanza 102.

« È permesso? »

« Avanti. »

Il dottor Flamini entra nella stanza di Gin.

« Allora, come si sente? Tutto bene? La bambina è meravigliosa e non ha nessun problema di nessun tipo, abbiamo fatto tutti i controlli possibili, analisi e quant'altro, neanche un minimo segno di ittero. »

« Bene, sono contenta, grazie di tutto, dottore. »

« Ma purtroppo sappiamo che non possiamo dire la stessa cosa della mamma. »

Gin gli sorride.

« Non potrebbe per uno strano miracolo essere scomparso? »

« Sì, sarebbe bellissimo, ma non possiamo affidarci ai miracoli. C'è la medicina e ne dobbiamo fare l'uso migliore che oggi conosciamo. Siamo molto avanti e le tecniche si sono sempre più perfezionate. Quindi io le ho dato retta, ho rispettato la sua decisione, ma adesso dobbiamo occuparci del linfoma. Lei non voleva essere stressata e io non le ho detto niente, ma le ultime analisi e l'ecografia che le abbiamo fatto ci dicono che è a metà strada, è cresciuto, non così velocemente come temevo, per fortuna, ma non lo possiamo più lasciare tranquillo. È il momento di attaccarlo decisi, con chemio e radio. Se è d'accordo, da domani inizierà il primo trattamento. La seguirà un mio collega, il professor Dario Milani. Sono sicuro che se iniziamo subito, riusciremo in poco tempo a sconfiggerlo. »

Gin chiude gli occhi un attimo, cerca di farsi forza.

« Sì, ma questo vuol dire che non potrò allattare Aurora? »

« No, non potrà. Ma è meglio darle del latte artificiale piuttosto che aspettare ancora. Capisco la scelta che ha fatto, ma non può assolutamente più sottovalutare il pericolo che sta correndo. Si trova in una situazione molto grave. Lo deve fare proprio per Aurora. »

Lentamente, dagli occhi di Gin iniziano a scendere delle lacrime. Il dottore se ne accorge e le passa una scatola di fazzolettini che aveva lì vicino.

« Lo so, è una scocciatura, ma deve mantenersi positiva. Ora si riposi, che è stanca. Per qualunque cosa, mi chiami. »

Nei momenti più diversi, anche quando la vita non dovrebbe essere altro che meravigliosa, la gente riesce a complicarsela. E io, stupidamente, sono entrato a far parte di questo gruppo. Sono qui, davanti al vetro, che guardo sorridendo in modo così semplice e naturale, quasi ebete, le minime peripezie motorie di Aurora, affascinato e divertito da questi movimenti che presto non le apparterranno più. Mi ricorda *La metamorfosi* di Kafka, una delle poche letture che mi piacquero a scuola. So che il paragone di mia figlia con uno scarafaggio è del tutto fuori luogo, ma adesso le sue difficoltà, la sua totale impotenza, hanno stupidamente collegato le mie sinapsi a quel libro. Forse non è così assurdo quel paragone, con una piccola precisazione, in realtà quello scarafaggio sono io. Mi ritrovo appoggiato sulla schiena, con le gambe e le braccia verso il soffitto, impossibilitato nel girarmi, nel ritornare padrone dei miei movimenti. È come se tutto quello che mi è accaduto nell'ultimo periodo mi avesse spiaggiato. Ecco, è come se fossi un balenottero, che, sbagliate le correnti, è finito a riva. Mi sto spegnendo al sole, deriso da qualche spettatore curioso che non ha niente di meglio da fare in quella mattinata. Non c'è cosa peggiore di aver perso le redini della propria vita, essere sopra a un cavallo imbizzarrito che ti sta portando chissà dove, lui lo sa e si diverte della tua ignoranza. O da solo, in un giorno di vento, su un veliero senza più timone né deriva. Non puoi correggere la rotta e non ti resta che guardare rassegnato il suo andare verso quegli scogli. Ma non posso veramente fare più nulla?

«Ma è fantastica! È la bimba più bella che abbia mai visto.»

Pallina è alle mie spalle, mi coglie di sorpresa, mi sorride e poi mi abbraccia.

«Pollo sarebbe pazzo di gioia per te e vorrebbe assolutamente fare il padrino.» La guarda meglio avvicinandosi al vetro. «E ti somiglia pure, ha preso un sacco da te. Peccato, poteva venire più bella!» Poi si mette a ridere. «Sto scherzando, è un sogno, ti farà impazzire, ti innamorerai di questa donna come non ti è mai successo.»

E quelle parole, insieme a tutte le emozioni provate fino a quel momento, mi fanno crollare.

«Sto rivedendo la tua amica.»

126

Pallina vorrebbe confessare tutto a Step, che è tornata amica di Babi e che lei le ha raccontato ogni cosa, ma ha promesso. Non può. Non può tradire un'amicizia ritrovata, e così diventa una delle migliori attrici, sorpresa, realmente stupita da questa notizia, ma senza esagerare.

«Ma dai? Ma che vuoi dire? Vi state rivedendo? Ma non ci credo...»

E la scelta di quelle parole la rende ancora più credibile.

«Sì. Non so com'è successo. Credo che non abbiamo mai smesso di amarci.»

Si ritrovano così seduti su una panchina dell'ospedale, davanti a quel viavai di gente, preoccupata, felice, disperata, speranzosa, gente che entra ed esce per una visita a un amico, a un parente ricoverato, o per una propria visita che darà chissà quali esiti.

«Credevo di poter controllare la situazione, ma non è così.» E Step le racconta tutto, dell'incontro a Villa Medici, dell'addio al celibato, della sua gelosia alla festa, quando l'ha vista corteggiata da un estraneo. «Che mi ha fatto capire quello che provo ancora per lei. Non c'ho visto più, Pallina. E tu mi conosci...»

«Meno male che non gli hai menato.»

«Quello no.» Step si mette a ridere. «Almeno in quello sono migliorato sul serio. Ma non in tutto...» E così le racconta della sorpresa che le ha fatto. «L'ho bendata come quando siamo stati ad Ansedonia e l'ho portata in un bellissimo attico a Borgo Pio, ma questa volta senza sfondare la porta.»

«Ma dai...»

Pallina cerca di essere sorpresa e credibile per non farsi scoprire.

«Sì, l'ho preso in affitto per poter vivere ogni giorno con lei, come avrei sempre voluto.» Step appoggia i gomiti sulle gambe, mette la testa tra le mani, come se in qualche modo, da qualche parte, ci fosse comunque una soluzione. Ma non c'è, o almeno lui non riesce proprio a trovarla. Poi rialza il viso e le sorride. «Oggi in camera con Gin, quando ho preso Aurora tra le braccia, ho pianto come non mai, non riuscivo a smettere. » Si mette a ridere. « Ti giuro, Pallina, una situazione assurda. Non so cosa mi portavo dentro, ma è stato come se con lei si fosse sbloccato. »

Pallina lo guarda con tenerezza. Quel ragazzo, quell'uomo che non ha mai avuto paura di niente, che si è buttato nelle risse, affrontando gente che era il doppio di lui, adesso è stato messo in ginocchio da un neonato.

« Mi dispiace. »

Step la guarda sorpreso.

« Non ti devi dispiacere, mi sento meglio, sul serio, è una cosa strana, ma mi sento come più leggero. »

« Allora sono contenta. »

Step scuote la testa.

« Tu fai sembrare sempre tutto così facile. »

« Scusa, ma se mi dici che stai male sono dispiaciuta, se poi mi dici che stai bene, sono contenta. »

« Certo, giusto. Come va con Bunny? »

« Bene, molto bene. Sono contenta e quindi lo devi essere anche tu. »

« E infatti lo sono. » Step si mette a ridere. « Vedi, ho capito come funziona. » E continuano a ridere tutti e due. Poi Step torna serio. « La cosa terribile è che comunque vada questa storia, qualunque scelta io faccia, finirà in tragedia. Ci sarà sempre qualcuno infelice. »

Pallina continua ad ascoltare in silenzio.

« Però oggi prendere Aurora in braccio mi ha fatto capire che devo restare di qua. In un modo o nell'altro c'è meno infelicità per gli altri, e per quanto riguarda la mia... Be', sono allenato. »

E Pallina capisce che sotto sotto alcune vecchie ferite inevitabilmente sono rimaste, anche un amore così grande non riesce a cancellarle del tutto.

« Ora devo solo trovare il modo di dirlo a Babi. Non ha senso continuare a vederci ogni giorno, renderebbe ancora più doloroso il momento in cui ci dovremo lasciare. »

Pallina annuisce in silenzio. Non credeva che si sarebbe aperto così e non si aspettava di sentirgli dire quelle parole. Poi Step improvvisamente si gira verso di lei.

« Mi raccomando, ti prego, non dirle nulla, fammi trovare il modo più giusto per dirglielo, anche se so che non ci sarà niente e nessuna parola che lo potranno rendere accettabile, giuramelo. »

« Te lo giuro. »

Che strano, pensa Step, solo ora capisco mia madre e l'amore di cui parlava Giovanni Ambrosini. Un amore che viene vietato è la più grande ingiustizia.

127

Pallina parcheggia poco lontano dal locale e si incammina, prestando attenzione a non mettere i tacchi tra i sampietrini. Arrivata a vicolo Cellini 30, bussa alla porta del Jerry Thomas. Si apre uno spioncino dal quale compare un ragazzo con la barba folta, un paio di occhialini tondi e un gilet perfettamente in linea con i ruggenti anni '20.

«Parola d'ordine?»

«Artemisia Absolut!»

Il ragazzo sorride, chiude lo spioncino, apre la porta e la fa entrare.

«Prego, sono Robbie, vai in fondo al corridoio.»

«Grazie.»

Pallina percorre una lunga stanza con un pavimento bianco e nero e delle piccole fiaccole agli angoli che rendono l'illuminazione molto particolare. Sono gli anni del proibizionismo. In una sala rossa con dei divani in pelle scura e dei tavolini bassi, un trio di musicisti suona una particolare ballad, ovunque ci sono camerieri in tenuta anni '20, curata nei minimi particolari, dalle ghette alle bombette, senza far mancare i baffi all'insù, che spopolavano in quell'epoca. Poi la vede. Babi è seduta sull'unico divano rosso, ha un sigaro e beve un cocktail da un barattolo di vetro riempito con delle foglie di menta. Pallina si siede accanto a lei.

«Ciao...»

«Ehi, non ti avevo mica vista.» Ferma subito un cameriere che passa lì vicino. «Scusa, ti posso presentare questa mia amica? Lei è Pallina e lui è Juri.»

«Piacere, che prendi?»

«Quello che sta bevendo lei.»

«Ehi, però, andate sul forte...» E si allontana senza dire altro.

Pallina la guarda sorpresa. «Ma qui si può fumare?»

«Qui si può fare tutto! Se non prenotavo però non avrei avuto la parola d'ordine che ti ho dato e quindi non potevamo entrare. Loro partono da questo concetto, sono proprietari di questo locale e quindi qui si può fare tutto quello che vogliono loro! »

« Fico. » Pallina assaggia delle patatine che sono sul tavolino.

Babi posa il barattolo.

« Dai, sono pronta. Com'è questa bambina? »

« Preferisci la versione soft? »

« Aspetta... » Babi riprende il suo cocktail e dà un sorso molto lungo, poi lo poggia di nuovo e si asciuga la bocca. « La hard. Vai. »

« Allora, la bambina è bellissima. È tutta suo padre al femminile, quindi ancora più bella. Oh, che poi, è quello che mi immagino... In realtà ancora non si vede nulla, è una specie di sgorbietto accartocciato, ma le sensazioni che ho mi dicono che sarà fichissima e bellissima. »

Babi sorride. « Bene. A parte tutto, sono felice per lei. »

Proprio in quel momento arriva Juri con l'altro cocktail e alcuni stuzzichini.

« Ecco qui, vi ho portato anche qualche pizzetta perché se bevete questa roba a stomaco vuoto poi mi tocca accompagnarvi tutte e due a casa sulle spalle... »

« Grazie! »

Juri si allontana, Pallina prende il cocktail, sposta le foglie di menta e lo beve. Ma appena ha dato un sorso, le manca l'aria.

« Ehi, ma è fortissimo! E tu lo bevi come se fosse un succo! Ma che roba è? »

« Boh, si chiama Angelo Azzurro, di base c'è soprattutto del super gin, mi sembrava molto in linea con l'argomento! »

Pallina scoppia a ridere. « Tu sei tutta matta. »

« Ma se non prendi questa vita con una certa ironia, poi è una certa ironia che si prende la tua vita. »

« Forse hai ragione tu. » Allora Pallina dà un altro sorso al cocktail e cerca di recuperare subito ossigeno e di non tossire ma non ci riesce. Babi ride vedendo che le vengono gli occhi lucidi e che deglutisce in continuazione, alla fine però Pallina si riprende.

« Mamma mia, quant'è forte. Ma qui bevono tutti così? »

« È un locale clandestino. Per questo l'ho scelto. Il nostro incontro non è mai avvenuto. »

Pallina dà un sorso più piccolo, questa volta non lo soffre come prima. La musica è piacevole, sui divani ci sono più donne che uomini, è strana l'atmosfera di questo posto.

« Ehi? » Babi la sta fissando. « Mi racconti o no? Ti ho mandata al San Pietro per sapere tutto! »

« Pesa due chili e seicento grammi, sta bene, non ha avuto nessun problema. »

« Okay, e questo già me l'avevi detto. Ma loro, come sono loro? Un momento come questo è fondamentale per capire come andranno le cose tra di noi. »

Pallina vorrebbe dirle tutto, ma non ci riesce, pensa alla sua amicizia con Step, a cosa penserebbe Pollo, a che figura farebbe se lo tradisse in questo modo dopo che gliel'ha giurato. Step vuole lasciarla, l'arrivo di Aurora ha cambiato tutto. Forse Step non ce la farebbe a stare lontano da lei e tornerebbero insieme... Ma sarebbe tutto come prima? E Babi ci riuscirebbe? E se adesso raccontasse ogni cosa a Babi, lei sarebbe in grado di aspettare e di sentirlo detto da lui? No, non ce la farebbe mai. Pallina dà un altro piccolo sorso. Sta prendendo tempo, ma qualcosa deve pur dire. Babi è in attesa, muove la gamba velocemente, la agita mandando il tacco su e giù, quasi a voler sottolineare il nervosismo del momento. Poi a Pallina viene un'idea. Uno può anche svelare qualcosa senza dire quello che gli è stato raccontato.

« Okay, vuoi sapere tutto? »

« Sì. »

« Sono felici. Sono molto felici. Se non me lo avessi raccontato tu, non potrei credere alla storia dell'addio al celibato, del fatto che lui ora ha preso un attico solo per voi. L'arrivo di Aurora ha trasformato del tutto Step. È diventato papà. » Babi sta per dire qualcosa, ma Pallina la ferma. « Sì, lo so, era già papà. Ma tu la nascita del vostro bambino non gliel'hai fatta vivere, l'ha saputo dopo tanto tempo. Con lei invece è stato papà fino in fondo, ha assistito al parto, ha preso in braccio la sua bambina appena nata, ha pianto... »

Babi rimane in silenzio. Poi vede passare Juri.

« Scusa... Me ne potresti portare altri due? »

« Sì, certo. »

Il cameriere si allontana. Pallina alza il sopracciglio.

« Ma io non ho ancora finito il mio! »

« Sono tutti e due per me. »

E Babi si finisce il suo Angelo Azzurro con un unico sorso. Poi poggia il barattolo, riprende il sigaro, gli dà un tiro ravvivando la brace. I musicisti stanno facendo un bellissimo pezzo jazz, *Speak Low* di *Nina Hoss*.

Babi dà un altro tiro. Poi guarda Pallina e le sorride. « Questa sera ho preso una decisione importante. E la cosa strana è che me l'hai fatta prendere tu. »

« Io? E perché? »

« Perché mi hai mentito. »

« Cosa? Ma io non ti ho detto nessuna bugia. »

In quel momento arrivano i due cocktail, Juri li lascia sul tavolo, Babi prende il primo e lo beve tutto d'un sorso, finendolo. Ora la sua decisione è dolorosamente chiara. Allora la guarda.

« Vedi, eri andata benissimo, hai fatto solo un errore. E qui al Jerry Thomas non ti perdonano. »

« Ma che errore ho fatto? »

« Io non ti avevo mai detto che era un attico. »

128

I giorni che passano sono molto strani. Gin e la piccola sono a casa. La stanza di Aurora rende tutto l'appartamento profumato di bambino. Ovunque c'è qualcosa della nuova arrivata. Bollitori, scatole di latte in polvere, ciucci delle più diverse dimensioni, biberon, una piccola bilancia per pesare il cibo, Gin dice che ci servirà per lo svezzamento, un'altra un po' più grande per monitorare la crescita.

«Perché non le dai il tuo latte?»

«Perché non ne ho abbastanza.»

«Non mi sembrava.»

Gin si mette a ridere. «L'apparenza inganna. Non sei felice che dorma regolarmente e si svegli all'orario indicato per poppare con il biberon? È molto più preciso e tu le stai dando solo quello delle sei!»

«Mi sacrifico volentieri anche per qualche altra poppata, se vuoi.»

«No, non mi fido, sei distratto, qui bisogna essere superprecisi, faccio io.»

«Ti vedo un po' stanca, però.»

«Non ti preoccupare, mi sto abituando, vedrai che recupero.»

Il lavoro procede sempre meglio, sono iniziate le prove del programma che abbiamo acquistato da Simone Civinini, *Chi ama chi*. Ci hanno dato una coppia di giovani conduttori molto bravi, un ragazzo e una ragazza, Carlo Neri e Giorgia Valli, che mi sembrano validi e soprattutto tranquilli. Stranamente non c'è stata nessuna raccomandazione. Il capoprogetto è Vittorio Mariani, la scelta del casting dei concorrenti l'hanno affidata a noi e in Futura abbiamo lavorato bene. Le coppie da scoprire vengono da tutta Italia e ci sono degli abbinamenti molto divertenti. Il regista non è Roberto Manni, il «Ridley Scott de Ragusa», ma un certo Cristiano Variati, un interno della Rete, un uomo di cinquant'anni, preciso e simpatico, che tratta tutti con una gentilezza sorprendente, soprattutto rispetto a come era abituato lo studio. Anche la fiction è partita. Abbiamo visto un po' di girato e mi sembra ancora meglio di com'era sulla carta. Gli attori sono perfetti nei ruoli e sono diretti con grande cura e attenzione. Ognuno ha dato qualcosa in più al suo personaggio e sta uscendo proprio un buon lavoro. Renzi è molto soddisfatto.

« Hai visto? Anche Dania Valenti funziona. »

« Sì, è molto credibile come attrice. »

In realtà il ruolo che ha avuto è diventato molto simile a com'è lei. Non si capisce più se recita nella fiction o nella vita di tutti i giorni. L'unica cosa certa è che il numero delle sue pose è visibilmente aumentato e voci di corridoio dicono che è dovuto alla sua assidua frequentazione con il regista. Renzi ha preferito ignorarle, malgrado ce le avesse raccontate il direttore di produzione che ha scelto proprio lui, Remo Gambi.

« Sta fissa nel camper del regista. E anche quando non deve girare, viene sul set. »

« Lei ama questo lavoro. Vuole imparare tutto quello che è possibile. »

Remo mi guarda cercando di capire cosa sta succedendo, come mai Renzi abbia risposto in quel modo. Io naturalmente cambio discorso.

« Come andiamo con gli straordinari? »

« L'altra settimana abbiamo sforato di due ore, ma nell'insieme stiamo sotto a quello che comunque avevo previsto. »

« Ottimo, continuiamo così. »

È molto contento di riuscire a tenere quel ritmo e rispettare il piano, anche perché Renzi gli ha promesso un premio produzione.

« Se riesci a chiudere prima, per ogni giorno in meno ti do mille euro. Ma se vedo che qualche girato è tirato via, per ogni brutta scena te ne tolgo duemila. »

Remo ha sorriso all'inizio, poi ha capito che era un'arma a doppio taglio.

« Allora, facciamo invece in questo modo... Io cerco di risparmiare il più possibile, poi se il lavoro vi sembra ben fatto, mi date il premio che decidete voi. »

Con Babi invece la situazione è strana, è come se mi sfuggisse. Ora che ho preso questa decisione non riesco a comunicargliela. È come se mi portassi dietro una sofferenza che non ha la possibilità di sfogarsi. Devo assolutamente vederla. Sto per partire per la Spagna e se riesco a dirglielo prima, sono sicuro che i giorni che passerò fuori mi aiuteranno ad accettare tutto questo. Almeno è ciò che spero.

« Ma anche oggi non puoi? »

« Devo stare vicino a Massimo. È un periodo difficile a scuola per lui, lo prendono in giro, lo mettono in difficoltà. E il padre naturalmente non c'è mai. »

Penso a Lorenzo, alla sua continua assenza con « suo figlio ».

« Sì, gli ci vorrebbe un uomo che gli racconti che quello che gli sta accadendo è normalissimo. Anch'io ne ho prese tante quando stavo a scuola. »

« Ma poi ti sei vendicato. »

« Ecco, gli dovrei dire tutto questo, lo aiuterebbe. »

« Ma non puoi. Ora ti devi occupare della tua bambina. »

« Sì, ma voglio vederti, domani parto per la Spagna, stiamo a Madrid per una settimana per impostare un programma che hanno preso. Ci vediamo oggi? Ma che me lo stai facendo apposta Babi? »

Si mette a ridere.

« Pensi sempre male. Sei geloso di mio figlio? »

Vorrei dirle: « E tu sei gelosa della mia? Non mi hai detto niente, mi hai mandato solo un messaggio: *Spero che sia andato tutto bene e che sia sana e bellissima*. Come a dire: *Soffro ma non dico nulla* ». Non sono geloso di Massimo. Sono geloso del tempo che non potrò più viverti. Basta, è meglio incontrarla e farla finita subito.

« Allora ci vediamo? Ho bisogno di vederti, sul serio. »

Rimaniamo per un attimo in silenzio.

« Okay, alle cinque va bene? Puoi? »

« Sì. A dopo. »

Quando Babi chiude la telefonata è come se chiudesse la sua vita. Sa che quando si incontreranno sarà finita, non ci saranno più altri giorni per loro. E un incredibile vuoto improvvisamente la assale, immagina quella che sarà la solitudine senza di lui, le giornate che passerà nel disperato tentativo di non pensarci, inutilmente. E le vengono in mente tutte le canzoni che hanno parlato di questo momento: *The Blower's Daughter. Orgoglio e dignità. Nessun rimpianto. Mille giorni di te e di me. La mia storia tra le dita. Creep. Io vorrei... non vorrei... ma se vuoi.* Nessuna però riesce a farla sorridere, a darle un minimo sollievo, ad allontanare tutto il dolore che prova.

Passo tutta la giornata in ufficio, faccio riunioni su riunioni, controllo le mail, studio dei nuovi progetti, scrivo a persone che dovevo sentire da tempo ma stavo rimandando. In realtà non voglio pensare, non voglio cercare le parole. È sempre difficile dire « è finita, non vediamoci più, abbiamo sbagliato, forse è meglio se lasciamo stare ». Ma è ancora più difficile se non lo pensi. « Babi, ti chiedo solo un po' di tempo, in questo momento la situazione è troppo complicata... »

Qualunque frase ipotizzi, sento che dentro di me stona in modo terribile. È uno stridio, un suono distonico, un urlo troppo acuto, di quelli capaci di infrangere il cristallo, ancora peggio, il cuore. Immagino il suo sorriso svanire, il suo stupore, la sua delusione.

« Ma come, hai anche affittato questa casa e io non ti ho mai chiesto nulla di più. Voglio solo il tuo cuore e nessuno lo saprà mai. Non rischi nulla. »

Questo mi potrebbe dire, ma non mi basterebbe. Ho sempre odiato gli uomini a metà. Anche Renzi, con tutte le sue grandi qualità, la sua tenacia, la sua lungimiranza, all'inizio mi ha deluso, ma poi ha saputo accettare la sua debolezza, essere travolto da quella ragazzina facile e leggera, e per il suo amore lasciare tutto, la sua donna, la sua casa, le sue certezze, senza mezze misure.

« Allora non mi ami abbastanza », mi potrebbe dire.

Non posso mettere al mondo una bambina e tradire ogni sua poesia prima ancora che sappia pronunciarla. Devo restare accanto a loro.

« Perdonami Babi. » E le dovrei anche dire: « Dimenticami ». Ma non ne ho la forza. Non vorrei mai essere cancellato, così come so che qualunque cosa accada, in ogni attimo della mia vita che farò finta di essere distratto, lei sarà sempre presente nel mio cuore.

Arrivo davanti alla porta dell'attico di Borgo Pio quasi senza rendermene conto. Infilo le chiavi nella toppa e le giro. Ma c'è solo una mandata. È già arrivata.

« Step, sei tu? »

« Sì, amore. »

E nello stesso momento in cui pronuncio quelle parole, stupidamente me ne vergogno.

Poi arriva dalla cucina, sorridente, bellissima, come sempre, forse più di sempre proprio per quello che so che sta per accadere.

« Ciao! »

Mi abbraccia e mi dà un bacio sulle labbra, ma breve, poi si appoggia sul mio petto e mi stringe. Rimango per un attimo sorpreso. Poi si stacca e ride. « Come stai? Ma quant'è che non ci vediamo? Mi sembra tantissimo. »

« Quattro giorni. »

« Sono troppi. »

« Ho portato una cosa. » Va in cucina e torna qualche secondo dopo con due flûte. « Ho preso dello spumante alla pera. Un Poiré. Senti che buono, l'ho assaggiato a una festa e mi ha fatto impazzire. » Mi passa un calice.

L'ha assaggiato ad una festa. Lei che è stata da qualche altra parte. Lei che sarà altrove. Lei senza di me.

Mi guarda e mi sorride, poi alza il calice e lo avvicina. « Alla nostra felicità, comunque... » E sbatte il suo bicchiere contro il mio e lo beve veloce, fino in fondo, lo gusta chiudendo gli occhi. Io bevo più piano. Solo adesso la guardo meglio. Ha dei pantaloni blu scuri, larghi, delle scarpe a punta molto eleganti, una cinta in vita e una camicia bianca con dei piccoli bottoni che le arrivano su fino al collo. Il colletto è grande, le maniche larghe con un lungo polsino più stretto. Si accorge che la sto guardando.

« Ti piace? L'ho presa ieri da Max Mara. »

E io penso: ma come, mi ha sempre detto che era impegnata in questi giorni e per cosa? Per fare shopping? Per andare a qualche festa? Poi Babi posa il bicchiere.

« Vorrei non piangere, Step, ma non credo che ci riuscirò. Vorrei dirti che ho conosciuto qualcuno, ma non sarebbe giusto, perché ti ferirei di nuovo e inutilmente. Sarò sempre tua, questo ti deve bastare. Ti prego, non mi chiedere altro, fammi andare via così. L'amore più grande che puoi provare per una persona lo dimostri rendendola contenta, pensando alla sua felicità prima che alla tua. Credo che adesso tu debba fare la tua vita, magari vorresti dirmi proprio questo, ma non ce la fai. Abbiamo sbagliato i tempi, io ho sbagliato, ma non voglio continuare a sbagliare. Vorrei che tu fossi il padre perfetto per la tua bambina, sempre vicino a tua moglie e solo dirlo mi distrugge. Per me non esisterai che tu, per sempre, e questa volta purtroppo ne sono proprio sicura.»

Allora poso il mio bicchiere e la tiro a me. La bacio delicatamente e mi sembra il bacio più bello che io le abbia mai dato. La stringo forte e la desidero più di ogni altra cosa, ma poi sento che lei si ferma e comincia a piangere in silenzio e quasi lo sussurra: «Ti prego, lasciami andare, un altro bacio e resterò per sempre».

E così le mie braccia cadono giù e in un attimo lei è libera. Mi supera, prende la borsa sulla sedia e la sento andare via. Una porta che si chiude. Un ascensore che viene chiamato. I suoi passi veloci giù per le scale. Non vuole aspettare, forse pensa che potrei aprire quella porta e correrle dietro, o forse non pensa niente, vuole solo fuggire via da noi. Rimango in piedi in salotto e d'improvviso un fragoroso silenzio mi assale. La solitudine di questa casa, dopo tutte quelle risate, i baci, la passione. Un amore che ha vissuto, ma non abita più qui. Così mi ritrovo a camminare, a guardare gli oggetti che abbiamo cercato insieme, i libri, i colori di qualche bicchiere, di un apribottiglie, di una lampada. Pezzi sparsi di un amore improvvisamente esploso. Babi non c'è più. Non riesco a crederci. Pensavo che alla fine non avrei detto nulla di tutte quelle parole, non ne avrei scelta nessuna, pur di vivere ancora il nostro amore. Alla fine avrei accettato di essere un uomo a metà, ma interamente felice. Invece lo ha detto lei al posto mio, mi ha tolto le parole di bocca, ha avuto più coraggio di me. Poi quando entro in camera, trovo sul letto una sorpresa. Un album uguale a quello che mi aveva fatto recapitare in ufficio, con sopra un biglietto. *Pensavo di continuare... Peccato.* E quando lo apro, rimango senza parole. Ci sono altre foto rubate, scatti dei tanti momenti che abbiamo passato insieme, io e lei, io e Massimo, noi tre. Al parco, in bicicletta, le volte che l'avevo accompagnata a riprenderlo a scuola, tutte foto stampate dal telefonino che raccontano i momenti più belli che abbiamo vissuto in questi mesi. E proprio in quel momento, quasi a richiamarmi all'ordine, a ricordarmi l'impegno che ho preso, suona il telefonino. È Gin.

« Amore, che fai? Stasera torni a cena o no? »

« Sì, tra un po' sono a casa. »

« Sai che Aurora oggi ha riso sempre? Non sai che bella che è. Grazie amore del regalo che mi hai fatto. »

« Sì, sono felice. Non vedo l'ora di vedervi. »

Così chiudo la telefonata, metto questo nuovo album vicino all'altro e chiudo la porta dell'attico di Borgo Pio. La cosa più brutta di quando fai una scelta, è quell'attimo dopo, quando credi di aver sbagliato tutto.

129

Riempio ogni attimo dei giorni seguenti cercando di distrarre la mente. Torno in palestra, mi alleno in silenzio, un po' di tapis roulant per fare di nuovo fiato. Guardo distratto la sala davanti a me. Alcune donne di tutte le età cercano di tenere il tempo di un'allegra insegnante. Qualcuna ce la fa, qualcuna un po' meno, ma in ognuna di loro mi ritrovo a cercare Babi. Un taglio di capelli, un pezzo di sorriso, un po' di pelle, degli orecchini, una mano, una bocca, il taglio degli occhi, il mento. E in loro cerco disperatamente come un perverso, dannato Frankenstein qualcosa di lei che mi possa appagare. Ma non c'è niente che riesca a placarmi. Devo iniziare ad allenare di nuovo la mente, non devo tornare a quel pensiero, a quella splendida, continua ossessione. E come se non bastasse, dalle casse della palestra che trasmettono RTL, parte un Lucio traditore. *Senza te, senza più radici ormai, tanti giorni in tasca tutti lì da spendere...* Sorrido, semplicemente sconfitto. Non c'è strofa di questa canzone che non si diverta con quello che sto passando, sembra quasi prendermi in giro. *Non c'era soluzione, ma sì che ho fatto bene.* Sembrano quelle scuse che uno si ripete apposta solo per convincersi, ma sa benissimo che le cose non stanno così. Infatti subito dopo aggiunge: *Ma perché adesso senza te, mi sento come un sacco vuoto, come un coso abbandonato...* Il titolo poi è tutto un programma, *Orgoglio e dignità*. È in questi momenti infatti che si vede la forza di volontà, quando riesci a stare *lontano dal telefono, sennò si sa...* Finisco di allenarmi, vado negli spogliatoi. Non posso mentire a me stesso, la prima cosa che faccio è aprire l'armadietto e guardare il telefonino. Controllo se mi ha chiamato, se ha mandato un messaggio. Ce ne sono diversi ma non il suo. Provo a vedere se il telefono prende, se mi sono arrivati prima che lo mettessi nell'armadietto, magari mi ha cercato, mi ha scritto, ma non c'era campo. No, niente da fare, anche l'ultima mia più flebile illusione svanisce. Chiunque avesse voluto contattarmi, ci sarebbe riuscito perfettamente. Solo alcuni attimi di lavoro riescono realmente a distrarmi.

« Ti ricordi che dobbiamo consegnare i costi della nuova fiction? Abbiamo solo una settimana, sennò siamo fuori dalla possibilità di partecipare alla produzione della Rete per il prossimo anno. »

Renzi mi sorride. « Mi vedi così distratto? »

Non dico nulla.

« Okay, hai ragione, mi vedi distratto. Ho esagerato. Lo sono stato e lo sono. Ma c'è un limite a tutto. È un appuntamento troppo importante. Sarà la nostra seconda stagione nelle fiction e potrebbe diventare la conferma per chissà quanto... »

« Lo so. Per questo te lo ricordo. »

« Ho preparato tutti i documenti, mi servono solo i costi di alcune location e dovrei averli tra due o tre giorni. Per venerdì è tutto pronto e consegno. Vedrai che se tutto va bene andiamo a festeggiare di nuovo in piscina all'Hilton, alla faccia di Panzerotto, e questa volta ci portiamo anche Aurora. »

Già, Aurora. È soprattutto per te che resisto, per la tua felicità, per il tuo sguardo, perché tu possa sorridere guardandomi e non vedere in me solo quello che « ha fatto soffrire mamma ».

Quando rientro la notte, mi avvicino alla sua culla e la respiro. Solo questo sembra veramente tranquillizzarmi. Ecco, mi sento meglio, sorrido nel buio della stanza. Poi accosto piano la porta e vado in camera da letto. Gin è sotto le lenzuola, con la luce del comodino accesa, che legge un libro.

« Guarda. » Mi fa vedere la copertina. « *Il linguaggio segreto dei bambini*. Lo devi leggere anche tu, è importante. Non sai quante cose sto imparando, non le avrei mai potute neanche immaginare. »

« Lo leggerò. È così bella Aurora, voglio capire come non sbagliare. »

Gin chiude il libro e lo posa sulle gambe.

« Sai, per un attimo ho pensato di averti perso. Non capivo cosa stesse succedendo, era come se l'idea che stesse per arrivare una bambina ti allontanasse... »

« Ma cosa dici? No. »

« Non c'eri. Eri sempre lontano anche se eri seduto vicino a me e per la cosa più sciocca ti innervosivi subito. »

« Scusami. »

« No, sicuramente è anche colpa mia. Tu non lo sai, ma quando pensi sul tuo viso appaiono le espressioni più diverse. Ti guardavo ed era chiaro quello che pensavi. »

« Cosa pensavo? »

« Stavi soffrendo. » Poi si mette a ridere. « Ci vorrebbe un libro anche per decodificare te: *Il linguaggio segreto di Step*. Chissà cosa capirei... »

« Non molto, credo, non c'ho mai capito nulla neanch'io. »

Gin sorride e decide di non chiedermi altro.

« Sono contenta che tu sia tornato. »

Nei giorni seguenti abbiamo ottimi risultati professionali. Passiamo una settimana a Madrid, negli studi di Tele Tres. Il programma è ottimo, lo hanno migliorato e come se non bastasse ci fanno un'offerta di esclusiva: dieci nostri programmi da realizzare solo con loro per tre anni, cinque milioni di euro.

« Ci dobbiamo riflettere un attimo. »

L'interprete, Elvira Cortez, rimane in silenzio, così glielo ripeto.

« Scusi, potrebbe tradurre quello che ho detto? »

« Sì, sì, certo. »

Poco dopo sento la frase in spagnolo e vedo il direttore generale che mi sorride.

« *Claro que sí.* »

« Certo che sì », ci traduce Elvira Cortez.

Ma questo lo avevamo capito da soli.

La sera siamo al ristorante La Finca de Susana. Ce lo hanno indicato alcuni autori spagnoli, un ottimo locale a pochi passi da plaza Puerta del Sol. Prendiamo un ottimo risotto di seppia con salsa aioli. E una bottiglia di Burgáns Albariño, un vino della Galizia, che ci scoliamo letteralmente.

« Un successo inaspettato! » Renzi è veramente su di giri. « Non avrei mai creduto che accadesse tutto questo, più di ogni meraviglioso Futura! »

E brindiamo in continuazione, poi ci arrivano un fantastico jamón ibérico, delle patate bravas e dei calamari fritti. Così prendiamo un'altra bottiglia di Burgáns Albariño.

« Ora non ci resta che conquistare i Paesi anglosassoni e pure l'America. »

« E tutto il Sudamerica. »

« Sì. »

Brindiamo e sogniamo ad occhi aperti. Poi Renzi prende il telefonino e lo guarda, forse speranzoso di trovare anche lui chissà quale messaggio. Lo richiude e se lo mette in tasca.

« Sai cosa mi manca terribilmente? Una persona con la quale condividere tutto questo. »

« Ci sono io! » scherzo per sdrammatizzare questa improvvisa malinconia alcolica.

« Grazie, ma non sei il mio genere. Vorrei avere qui l'unica persona che mi rende felice, l'unica che vorrei avere accanto, anche se so che è profondamente sbagliata per me. »

Non so che dirgli, so di chi parla ed è una situazione veramente impossibile, forse la più complicata nella quale poteva cacciarsi. Per assurdo, è peggio della fissa di Simone Civinini per Paola Belfiore.

« Renzi, ti posso dire una cosa? »

Mi guarda in silenzio, è indeciso se darmi il permesso o no. Credo che immagini che quello che gli dirò non gli farà piacere. Ma è un temerario, così alla fine annuisce.

« Allora, secondo me lei è ancora molto giovane, indecisa su quello che vuole. Tu invece sei proprio in un altro momento, hai un altro percorso, altre strade da fare. È Teresa la persona giusta per te. Rintracciala se non è troppo tardi. Dania è stata una follia, un divertimento, un errore desiderato se vuoi... Quello che prima o poi speravo avresti commesso. »

Si mette a ridere.

« Ma ora basta. Non ti concedere più questa inutile debolezza, ritorna forte. Ti fa solo male, intacca le tue sicurezze, la tua persona, la tua mente. »

« Addirittura? »

« Sì, ti fa perdere il piacere della vita, la bellezza della gente, la leggerezza delle persone. Con lei ti perdi nel torbido. L'hai vissuta, ti è piaciuta... »

« Molto, moltissimo. »

« Ecco, ora basta. Sarà tua nel momento che la superi, e ancora di più se te ne compiaci guardandola da lontano. Ti sei divertito ma non ti può fare più niente. »

Rimaniamo un po' in silenzio. Poi mi sorride.

« Eh, sembra facile. »

« Se lo vuoi, lo è. »

« Tu ci sei riuscito? »

« No, ma faccio finta di sì. »

E nello stesso istante in cui lo dico, vengo travolto da una serie di ricordi e immagini di tempi diversi. Babi da ragazza, Babi oggi, donna, mamma, terribilmente sensuale. Il suo sorriso, la sua risata, le sue gambe, la sua bocca, i nostri sguardi, le nostre mani unite, i nostri corpi, le nostre docce. Babi terribilmente mia. Le sue parole, le sue dichiarazioni, il suo amore, il suo abbraccio, le sue risate mentre facciamo sesso. Babi, Babi, Babi, tre volte te.

Bevo un bicchiere di vino per cercare di confondere la mente, di distrarla, stordirla, soffocarla e invece lei, cattiva, infida, infame, perennemente in lotta con il mio cuore, desiderosa di sopraffarlo in tutto e per tutto fino a farlo esplodere, me la mostra bella, elegante, che parla con qualcun altro, che ride alle sue parole, che non pensa a me. Distratta, attratta, che arriva perfino a sfiorarlo, a toccarlo. Ma come? Tu mia, tu che mi avevi giurato, tu che mai, tu che ti sei raccontata incapace anche solo di vedere un altro uomo, ora dove sei? Con chi parli? Cosa accade nella tua mente? Quali sono le tue intenzioni? E mi prende un attacco di panico. La mia incapacità di raggiungerla ora, subito, di poterla vedere, poterci parlare, poterla toccare, stringere forte o semplicemente sfiorare, chiederle perdono. Ho sbagliato, scusami, ti prego, mi inchino ai suoi piedi, stringo le sue gambe, piango infelice per non aver saputo essere egoista. Allora faccio un lungo sospiro, bevo ancora un bicchiere e guardo Renzi.

« Forse hai ragione tu. Perditi nel tuo amore, rovinati, affogati, fino a quando non ne potrai più. Dimentica le mie parole di prima. Ero ubriaco di razionalità. »

Alzo il bicchiere e brindiamo ancora, beviamo e ci mettiamo a ridere, semplicemente stupidi. Quando tutto è dannatamente chiaro anche senza tutte quelle inutili parole.

130

« Amore? Sono tornato! »

Entro in salotto e chiudo la porta.

« Sono in camera. »

Raggiungo Gin, sta cambiando Aurora che è distesa sul letto. L'abbraccio da dietro e le do un bacio. Si gira e mi sorride.

« Ci sei mancato. »

« Anche voi. Guardate cosa vi ho portato. » Metto una busta ai piedi del letto.

Gin finisce di infilare i pantaloncini ad Aurora e apre il mio regalo.

« Carine, grazie! » Due magliette celesti chiare, identiche ma di diversa misura, con sopra scritto MATADOR e l'immagine nera di un toro. « Me la metto subito. » La indossa e poi mi sorride divertita. « Come mi sta? »

« Benissimo, bella guapa... » Poi vedo che è bianca in viso. « Stai bene? »

« Sì, perché? »

« Sei un po' pallida. »

« Aurora ha avuto le coliche tutta la notte, non mi ha fatto chiudere occhio, sei stato fortunato! Com'è andata in Spagna? »

« Benissimo. Abbiamo chiuso un contratto per tre anni. Ora mi faccio una doccia e vado in ufficio, che abbiamo una giornata molto importante. Ci giochiamo la possibilità di produrre un'altra fiction per il prossimo anno. »

« Quella che mi hai fatto leggere, *In fondo al cuore*? La storia dei due innamorati di due famiglie che si odiano? »

« Sì, il *Romeo e Giulietta* moderno. Non è niente di nuovo, ma è fatta bene e succedono un sacco di cose. »

« Sì, infatti, mi è piaciuta. Incrociamo le dita allora. »

Vado in bagno e mi spoglio. Poi mi accorgo che ci sono diversi flaconi sul lavandino. Faccio per prenderne uno, ma entra Gin.

« Cosa sono? »

« Niente, un po' di integratori. Ho il ferro molto basso, devo recuperare, anche per questo mi vedi un po' pallida. »

« Dimmi se vuoi che faccia qualcosa. »

« No amore, non ti preoccupare. Sei tornato, questo è importante. Magari stanotte, se sono troppo stanca, qualche poppata gliela dai anche tu. »

« Certo, mi metto la sveglia, non c'è problema, poi mi spieghi tutto per bene. »

E mi infilo sotto la doccia.

Quando arrivo in ufficio, un sacco di persone stanno aspettando fuori dalla porta.

« Buongiorno. »

« Buongiorno, salve. »

Mi salutano un po' tutti, mentre mi faccio largo per entrare.

« Scusate... »

« Prego. »

Alla fine riesco a passare e incontro Alice.

« Buongiorno, come stai? »

« Benissimo. Stiamo organizzando i concorrenti per le prime tre puntate di *Chi ama chi.* »

« Ah, certo, registriamo domani e dopodomani, giusto? »

« Esatto. C'è un po' di confusione per questo. »

« Non ti preoccupare. E Renzi? »

« Non c'è, è andato in direzione, prima però mi ha detto che aveva un appuntamento. È arrivato questa mattina ma è uscito subito dopo, non ha lasciato detto quando tornerà. »

« Okay, vado nel mio ufficio. »

Mi chiudo dentro, apro la mail, trovo il contratto con Tele Tres e lo stampo, poi mi siedo sul divano a leggerlo. Ogni tanto annoto qualcosa o metto un punto interrogativo su quello che non mi è chiaro. Quando ho finito, torno alla scrivania e chiamo lo studio.

« Buongiorno, studio Martelli, con chi parlo? »

« Cercavo l'avvocato Ugo Tobazzi. Sono Stefano Mancini, grazie. »

Attendo qualche secondo in linea, poi mi risponde.

« Ciao, come stai? Com'è andata in Spagna? »

« Bene, grazie, ti chiamavo proprio per quello. »

Rimaniamo un po' a chiacchierare su come stanno andando le cose.

« Bene allora, quando puoi passa da noi a firmare il contratto e mandami quello nuovo con i tuoi appunti, così lo controllo. »

Chiudo la telefonata e continuo a leggere un po' di posta. Abbiamo ricevuto delle richieste anche dall'Olanda, dalla Grecia e dalla Germania. Renzi è stato veramente capace e Panzerotto uno stupido presuntuoso a lasciarselo scappare. Apro la cartellina che mi ha lasciato sul tavolo Alice, ci sono diversi nuovi format, alcuni già realizzati all'estero e da poter opzionare per l'Italia, altri sono progetti tutti da sviluppare creati da giovani autori. Chissà se tra loro c'è un altro Simone Civinini. Intanto aveva ragione Renzi, gli hanno fatto un contratto solo per toglierlo alla Rete, per adesso nel nuovo palinsesto di Medinews non è stato fatto il suo nome. Almeno per tutto il prossimo autunno non si vedrà in televisione. Voglio proprio vedere quanto durerà la sua storia d'amore con la Belfiore, lontani dalla TV. Continuo a studiare i nuovi progetti, qualcuno è interessante, qualcun altro è troppo contorto. Due o tre possono essere presi in considerazione e realizzati come numero zero. Quando finisco, mi accorgo che sono le 19. Mi alzo e apro la porta. Non c'è più nessuno in giro.

« Alice? »

« Sì, eccomi, cosa le serve? »

« Niente, grazie. Avete finito con le selezioni? »

« Sì, è tutto a posto, li hanno schedati tutti. Abbiamo coperto le prime cinque puntate. »

« Perfetto. E di Renzi non si sa niente? »

« No, ho anche provato a chiamarlo, ma ha il telefonino staccato. Se non ha bisogno di altro, io andrei a casa. »

« Vai pure, grazie, ci vediamo lunedì. »

« Buona serata. »

Così rimango solo in ufficio. Apro una birra e mi metto a guardare un po' di televisione. Seguo distrattamente le notizie del telegiornale quando sento l'arrivo di un messaggio sul telefonino. Mi alzo e lo prendo dalla scrivania. È Achille Pani.

Mi dispiace moltissimo che non siate entrati in gara per non aver presentato i costi. In fondo al cuore *era il nostro favorito, un saluto e a presto.*

Rimango senza parole. Chiamo subito Renzi. Niente, ancora staccato. Sbatto il telefono sul tavolo. Sarà con quell'inutile ragazzina. Figurati. Non posso credere che abbiamo perso la possibilità di produrre una nuova fiction per colpa sua, per non aver presentato tutti i documenti necessari nei tempi. Finisco la birra e ne apro un'altra. Vado nel suo ufficio, vedo che ha lasciato la borsa aperta e perfino le chiavi. Deve per forza passare di qua. Bene, lo aspetterò. Cammino su e giù per l'ufficio, in silenzio, pensando a come possa essersi dimenticato di una cosa del genere, non riesco a capacitarmene. Avevo detto che sarei stato felice di un suo errore che lo rendesse più umano, ma non una cavolata del genere. Poi sento qualcuno che digita il codice e il rumore della serratura che scatta. Vado in corridoio, è lui. Entra trafelato, ha i capelli spettinati, sembra abbastanza provato. Chissà cosa deve aver combinato con quella lì. Non ci vedo più dalla rabbia.

«Com'è possibile fare una cazzata del genere? No, spiegamelo, dimmi cosa avevi di tanto importante e urgente per dimenticarti di mandare il piano di produzione completo! Quanto ti ha rincoglionito quella ragazzina? Almeno ne valesse la pena.»

Renzi si gira e mi guarda malissimo. «Stai esagerando.»

Mi domando cosa possa succedere ora. Ma lui sembra non preoccuparsene minimamente.

«E soprattutto ti stai sbagliando.»

«Non credo. Avevi detto che ti occupavi di tutto. Dovevi mandare i documenti entro oggi e grazie a te abbiamo perso la gara.»

«Senti, non ti avrei voluto dire nulla, ma visto che mi stai trattando in questo modo non ho altra scelta.» Mi allunga una cartellina.

«Cos'è?»

«La ragione per cui ci siamo dovuti ritirare.»

Non riesco a capire di cosa stia parlando, così la apro. E rimango a bocca aperta. Ci sono delle foto, le più diverse, le più esplicite, le più passionali tra me e Babi. Attimi della nostra vita in questi mesi, per strada, sotto il portone e, come se non bastasse, quel sudicio obiettivo è riuscito perfino a intrufolarsi nell'intimità del nostro terrazzo. Momenti rubati che ora hanno perso quella delicata bellezza, quell'amore che nostalgicamente ricordo, sembrano solo uno dei tanti sporchi, fugaci accoppiamenti.

Renzi mi guarda imbarazzato. «Mi dispiace. Ho dovuto ritirare il nostro progetto per togliere di mezzo questa roba. Sarebbe arrivata a qualche giornale e soprattutto a casa tua. Mi ha lasciato anche questa. » Tira fuori da una busta una bottiglia di champagne rosé, anche leggermente rovinata. Sembra un regalo riciclato di un impreciso Natale con attaccato un biglietto. *Festeggiate con me! Gennaro Ottavi.* È un biglietto da visita con tanto di nome della sua società e l'indirizzo. Non dico niente. Resto in silenzio, poi prendo il giubbotto dall'attaccapanni.

« Step, non serve a niente, ormai il lavoro è andato. Lo abbiamo perso. Qualunque cosa sarebbe un danno. Ha voluto vendicarsi e l'ha fatto nel modo peggiore. »

« Rimpiangerà lui per primo di aver avuto queste foto tra le mani. »

131

Sono sulla moto, vado come un pazzo, passo tra le macchine come se fossero porte da sci, destra, sinistra e ancora destra e poi rientro a sinistra. Accelero prima che il semaforo diventi da giallo a rosso. Guardo il tachimetro, 80, 100, 120. Sono sul rettilineo del Lungotevere. 130, 140. L'indirizzo è viale Trastevere 100, non è difficile. Lo aspetto sotto il portone. Appena lo vedo uscire, prima « addormento » quella specie di guardia del corpo che si porta dietro e poi « chiacchiero » un po' con lui. Non deve avere mai più la forza di ridere. Scalo le marce. 130, 120, 100. Sto per affrontare la curva che dal Lungotevere va verso l'Aurelia. Una signora sterza improvvisamente, si è spaventata per chissà cosa, un altro inevitabilmente si butta a destra per evitarla, un altro ancora fa lo stesso. E davanti a me all'improvviso si forma come una parete di macchine. Non posso più evitarle. Scalo, freno, sgommo, piego tutta la moto per cercare disperatamente uno spazio attraverso il quale passare, ma è troppo tardi. Sto arrivando contro quel muro di lamiere ad alta velocità, così mollo la moto e mi lascio cadere. Poi il buio.

Gin sta cambiando Aurora, le parla divertita, come se effettivamente potesse capirla.

« Ma quanta pupù fai? Ma me lo fai apposta? È da stamattina che non faccio altro che cambiarti! Mi vuoi tenere in allenamento, eh? »

Poi squilla il telefonino che ha lasciato sul letto e senza neanche guardare il display, risponde.

« Pronto? »

« Gin, sono Giorgio Renzi. Scusami, ma ti devo avvisare. Step è all'ospedale Santo Spirito. Ha avuto un incidente. »

« Oddio. Ma come? Come sta? Cos'è successo? »

« Non so nulla. Hanno avvisato adesso anche me, sto andando all'ospedale. »

« Ci vediamo lì. » Gin finisce di vestire velocemente Aurora e chiama subito casa dei suoi. « Mamma, ci sei? »

« Sì, sono qui, che succede? »

« Step ha avuto un incidente, sto andando in ospedale, ti porto Aurora. »

« Sì, certo. Ma come sta Step? »

« Non so niente. Sto arrivando. »

« Okay, ma non correre. »

Renzi prende le foto, le rimette nella cartellina e le chiude nella cassaforte. Non doveva dirglielo. Doveva accettare la sua arrabbiatura e tutte quelle parole, qualunque fossero state. Doveva sembrare un suo errore, dovuto alla distrazione del momento, alla sua travolgente storia d'amore con Dania Valenti, così come pensava Step. Ma non ce l'ha fatta. È stato debole. Sarebbe stato difficile però fargli credere che fosse così distratto. Se Step avesse accettato quella versione, sarebbe stata rottura tra loro. Renzi gli è corso dietro, ha cercato di fermarlo, ma non c'è riuscito, lo ha perso. Aveva la macchina, sennò sarebbe riuscito a raggiungerlo e fermarlo. Invece è tornato in ufficio e ha ricevuto quella telefonata dall'ospedale. Non gli hanno voluto dire niente, solo: « È qui ».

Gin arriva di corsa al pronto soccorso, percorre il corridoio e incontra Renzi che la sta aspettando.

« Come sta? »

« È stato un brutto incidente, si è rotto un braccio e purtroppo ha sbattuto forte la testa. È in osservazione. Ha un ematoma, ma nella parte superiore, la meno pericolosa. Dicono che non sanno quanto è grave, ancora non ne sono sicuri. Sai come sono i medici, non si sbilanciano mai. »

« Ma com'è successo? »

« Non lo so, aveva un appuntamento di lavoro, purtroppo avevamo fatto tardi ed ha deciso di andare in moto. Però la dinamica dell'incidente non la conosco. È qui, in rianimazione, forse possiamo vederlo. »

Parlano a lungo con degli infermieri e un medico e alla fine riescono a passare. Step è in un letto con accanto vari monitor e una flebo, ha il braccio sinistro immobilizzato, sul sopracciglio destro sono stati messi dei punti e ha un grosso versamento a sinistra, e poi c'è un bernoccolo, non sembra così preoccupante come temevano. Renzi le sorride.

«Non è ridotto troppo male.»

«Qualche volta, quando si divertiva a boxare, ho visto di peggio...»

«Ha un fisico robusto. Vedrai che reagirà bene.»

«Speriamo...»

«Vuoi andare a casa?»

«No, io resto qui, magari ci diamo il cambio. Aurora l'ho portata da mia madre, sono tranquilla.»

«Allora vado a mangiare qualcosa e torno da te.»

«Grazie.»

«Vogliamo avvisare la famiglia?»

«Aspettiamo di saperne di più, è inutile farli solo preoccupare.»

«Gli hanno dato un sedativo. Hanno detto che però è leggero, potrebbe svegliarsi da un momento all'altro. Hai il mio numero?»

«Sì.»

«Per qualunque cosa chiamami.»

«Va bene. Grazie.»

Renzi se ne va. Gin si porta dall'altra parte del letto, sposta una sedia e si mette vicino a lui. Poi gli prende la mano e la tiene stretta nella sua. Non ci posso credere, proprio adesso che sono così debole, proprio adesso che abbiamo bisogno di te, soprattutto Aurora, non fare scherzi.

Prende il telefonino e chiama la madre, che le risponde subito.

«Allora?»

«Bene, non mi sembra così grave. Sta riposando, si è rotto un braccio, l'unico vero problema è che ha sbattuto la testa, e su quello ancora non si può sapere nulla, ma lo stanno tenendo sotto controllo. Aurora come sta?»

«Benissimo, dorme beata e tranquilla. L'abbiamo messa nel tuo letto tutta circondata da cuscini, è al sicuro.»

«Le hai dato trenta grammi di latte in polvere sciolto nell'acqua?»

«Sì, Gin, ho fatto tutto come mi hai detto tu. Sono passati tanti anni, ma ancora mi ricordo qualcosa. Tra circa quattro ore, appena si sveglia, le darò ancora da mangiare.»

«Grazie mamma, per qualunque cosa chiamami.»

«Sì, non ti preoccupare, stai serena e tienimi informata.»

Gin chiude la telefonata, mette la vibrazione e si rilassa un po'. Le viene da piangere, è così stanca. Questa cura che sta facendo la debilita e ora ci mancava pure quest'incidente. Avrebbe bisogno di forze, di sentirsi bella e di non avere la nausea in continuazione. Ero riuscita ad evitarla in gravidanza e mi tocca proprio adesso. Le scappa un sorriso. Il professore ha detto che devo pensare positivo, passerà e Step starà meglio e tutto tornerà come prima, anzi meglio di prima. E con quest'ultimo pensiero, tenendo stretta la sua mano, stanca come non è mai stata, si addormenta. Fa dei sogni agitati. È su una spiaggia, fa caldo, ma non c'è ombra, non c'è neanche un ombrellone e nel mare per assurdo non si può fare il bagno. Non ci si può neanche avvicinare, ci sono delle transenne. Vorrebbe avere dell'acqua, rinfrescarsi o almeno proteggersi dal sole, ma non è possibile. Poco distante da lei, in una culla sguarnita, senza neanche una coperta, c'è Aurora. Allora le si avvicina, si mette davanti al sole, le fa scudo con il suo corpo, cerca di farle un po' di ombra, ma fa caldo, si sente svenire, non sa quanto potrà resistere così. Poi un rumore improvviso e Gin si sveglia. Le è scivolata la mano, ha lasciato quella di Step e ha sbattuto contro la sedia. Allora si alza di scatto, preoccupata per cosa possa essere successo. Invece si riempie di felicità, lo vede lentamente aprire gli occhi, guardarsi intorno fino a trovarla, sorridere.

«Ecco, non fare scherzi, non ci provare. Sei un papà, non puoi permettertelo, capito?» E gli accarezza piano la mano, mentre alcune lacrime le scendono silenziose. «Ti amo tanto. Non mi fare prendere più uno spavento così.»

Step chiude gli occhi, sentendosi in colpa come non mai. Devo mettere da parte tutta questa storia. Ha ragione Gin, sono un papà, non posso più permettermi niente del genere.

132

Gin aspetta l'arrivo di Renzi per lasciare l'ospedale. I medici l'hanno tranquillizzata. L'ematoma si è in parte riassorbito, avrà molti dolori, qualche difficoltà nel muoversi nei prossimi giorni e un lungo periodo di riposo per tornare in forma, ma nessun danno permanente. Gin sale in macchina con il sorriso. Meno male, una complicazione di questo tipo mi avrebbe distrutta in un momento come questo. Guida verso casa. Sono stanca, spossata, sono le sei del mattino, non è il caso di svegliare mamma, anche perché, se ha rispettato i tempi come mi auguro, la poppata dovrebbe avergliela data tre ore fa e ora starà dormendo da un bel po'. Vado a casa, mi faccio una doccia, una bella dormita e quando mi sveglio vado a riprendere Aurora. Ma come arriva sotto casa, si rende conto dell'errore. Cerca disperatamente nelle tasche del giubbotto, nella borsa, sul sedile vicino, sotto, dietro, ma niente, non ci sono. Ha preso i documenti, ma non le chiavi. Tornare in ospedale non mi conviene, anche perché Step non ha nulla con sé. La cosa migliore è andare nel suo ufficio, dove abbiamo una copia delle chiavi.

È facile trovare parcheggio a quest'ora del mattino, non c'è nessuno in giro. Gin scende dalla macchina e saluta il portiere che sta ramazzando proprio davanti al portone aperto. Sale al secondo piano e compone sulla tastiera il codice. Poi entra e va nell'ufficio di Step. Si avvicina alla cassaforte e digita la combinazione. È la stessa della cassaforte di casa, le loro date di compleanno. Uno scatto e la cassaforte si apre. Inizia a cercare il mazzo di chiavi e finalmente lo trova. Lo prende, ma quando fa per chiudere la cassaforte, si accorge che non sono quelle di casa. Ce n'è una molto più lunga e una per una porta blindata. Guarda curiosa il portachiavi, c'è solo la lettera S. Ce ne deve essere un altro allora. Tira fuori tutti i documenti per vedere se sono finite in fondo. Li poggia per terra e finalmente trova il mazzo di chiavi di casa. Ma quando va a rimettere a posto i documenti, si accorge di quella scritta. Contratto d'affitto. Continua a leggere. Tra Stefano Mancini e una certa Mariolina Canneti per un attico a Borgo Pio, 14. Gin continua a leggere sorpresa e stupita. Un appartamento in affitto? E non mi ha mai detto niente? Fa alcune foto del contratto con il telefonino, poi chiude tutto in cassaforte ed esce con i due mazzi di chiavi.

La città si sta appena svegliando, sono poche le macchine in giro, alcune persone aspettano insonnolite alle fermate dell'autobus. Gin guida lentamente, ma il suo cuore è in subbuglio. Come mai un contratto d'affitto? Cerca disperatamente qualcosa che possa riguardarla, qualcosa di bello. E improvvisamente sorride. Potrebbe aver deciso di farci cambiare casa, sa che amo quella zona... Un attico poi, magari più grande e più luminoso. Accelera un po', perché non sta più nella pelle per la curiosità. Arrivata a via del Mascherino, posteggia e scende dall'auto. Comincia a camminare per Borgo Pio cercando il civico. Poi le viene un dubbio. Va nella galleria immagini, cerca le foto che ha scattato, le apre e controlla la data del contratto. Sono sei mesi che ha preso in affitto questo posto. Perché ancora non me ne ha parlato? Perché non mi ha detto niente? E alla fine le viene in mente un piccolo spiraglio, qualcosa che le permetta di credere che quella casa è per loro tre, per lei, Step e Aurora. Magari sta facendo i lavori, la sta ristrutturando e forse proprio ora sono finiti, ci vuole fare una sorpresa. E così, con quell'ottimistica speranza, arriva davanti al civico 14. Trova la chiave e apre il portone. Lo richiude. La grossa porta rimbomba nel silenzio dello stabile e quell'eco l'accompagna per un attimo. L'androne è fresco per merito di quei larghi muri. Una scala in marmo sale di lato a un ascensore di ferro. Gin spinge il bottone e poco dopo l'ascensore arriva a terra, apre la porta, poi le due ante in vetro e, dopo aver richiuso tutto, spinge il numero 5. Quando arriva all'ultimo piano, esce dall'ascensore e lo richiude con delicatezza. C'è solo una porta davanti a lei, non può sbagliare. Così infila la chiave più lunga nella toppa e incerta prova a girarla. Sente la serratura scattare, è lei. Allora Gin apre lentamente la porta, quasi timorosa di chissà quale scoperta, magari ci vive qualcuno, magari pensano che sia una ladra e mi sparano. « Uccisa mentre tentava di svaligiare un attico a Borgo Pio 14. » Sorride, ma nel dubbio decide di evitare che quell'articolo di fantasia diventi realtà.

« C'è qualcuno? » Alza un po' più la voce: « C'è qualcuno? »

Poi, non sentendo risposta, entra e chiude piano la porta alle sue spalle. Accende la luce. L'appartamento è bello, è tutto arredato, è colorato, ci vive qualcuno, ci sono libri, lampade, tappeti, divani, una televisione al plasma, una cornice con dentro una foto. Così, curiosa, si avvicina per vedere meglio chi sia quella coppia. E quando la mette a fuoco, si sente svenire. Step e Babi seduti su un muretto che si sorridono. È una foto di molti anni prima, certo, ma che ci fa una foto così in questa casa? Chi c'è stato? Cosa vuol dire tutto questo? E presa da un'ansia improvvisa continua la sua ricerca. Frenetica apre armadi, cassetti, rovista nel bagno, ma non trova niente che possa indicare qualcosa, un tempo, un'azione, che renda più chiaro tutto questo strano mistero. Poi arriva nell'ultima camera. Apre la porta. C'è un letto fatto, delle lenzuola scure di seta e nella libreria solo due album di fotografie. Li prende, li posa sul letto e apre il primo. Ci sono le foto di un bambino, un bel bambino che cresce anno dopo anno, con sotto ogni volta una scritta che indica quello che sta accadendo nella fotografia. *Massimo fa un anno. Massimo festeggia a scuola con gli amici. Qui stiamo alle giostre. Questa è la sua prima partita di pallone.* Gin sfoglia velocemente l'album. Ci sono solo delle indicazioni sui momenti più diversi della vita di quel bambino, non dicono nient'altro, nulla, fino a quell'ultima foto. C'è tantissima gente e il bambino è al centro della fotografia. *Questa è la sua prima recita, mancavi solo tu!* A Gin gira la testa. Cosa vuol dire quella frase? Tu, e perché « tu »? Poi, quasi sapendo che in quel secondo album scoprirà la verità, lo prende, lo avvicina e lo apre. Una dopo l'altra, ci sono le foto di oggi. Step e Babi nei momenti più diversi, in questa casa, in cucina, seduti sul divano, una serie di autoscatti più o meno rubati della loro vita insieme in questi mesi. Gin ha le lacrime agli occhi, ma continua a sfogliare e man mano che va avanti, pagina dopo pagina continua a piangere sempre di più, fino a morire dal dolore vedendoli a letto insieme.

Ma com'è possibile? Tu sei il padre di mia figlia. Sei il padre di Aurora, sei mio marito. Non sei morto prima in quell'incidente, ma sei morto ora. Perché mi hai fatto tutto questo? Perché mi hai voluto punire così? E continua a girare le ultime pagine di quell'album, singhiozzando, accecata dalle lacrime e dal dolore. Fino a quell'ultima pagina con la foto di loro tre insieme,

Babi, Step e quel bambino. E quella frase lì sotto: *Ricordati che io e tuo figlio ti ameremo sempre. Anche se non saremo con te, sarai ogni giorno nei nostri cuori.*

Tuo figlio? Quel bambino è figlio di Step? Gin non ce la fa più. Ha un senso di mancamento, le gira la testa, sente la bile nello stomaco che viene su, corre in bagno, alza la tavoletta, si piega sul water e vomita gridando.

133

Sono passati diversi giorni. Step è tornato a casa, è ancora dolorante, ma in realtà chi sta peggio da tutti i punti di vista è Gin.

« Ti serve qualcosa? Io sto uscendo. »

« No, grazie. Va tutto bene? »

« Perché? »

« Ti vedo strana. »

« Sono solo un po' stanca. Quest'incidente poi mi ha stressata terribilmente. »

« Non volevo. Ho cercato di evitarlo in tutti i modi. » Mi metto a ridere, cercando in qualche modo di contagiarla, ma non ci riesco.

« Ogni tanto controlla Aurora. Anche se c'è Mara, è meglio se le dai un'occhiata tu. »

« Sì, certo. »

Allora si avvicina, mi dà un bacio leggero, come se non volesse soffermarsi più di tanto, e scappa via. Sono contento di aver fatto questa scelta. Anche se Babi mi manca terribilmente. Non c'è un attimo che io non pensi a lei. La vedo ogni volta che chiudo gli occhi, quando mi rilasso, quando mi sto per addormentare, è come se lei, quasi di diritto, occupasse la mia mente. Non mi sono più avvicinato a Gin, non ci riesco, mi sembrerebbe quasi di tradirla, ma so che non potrò continuare ad essere così. Devo riuscire a dimenticarla, pensavo di esserci riuscito, ma il tempo che abbiamo passato insieme è come se mi avesse fatto capire, e accettare per sempre, che questo non accadrà mai.

« Ormai sei mio », una volta mi ha detto. « Non te l'avevo mai confessato, ma io sono una strega. »

« Sul serio? »

« Sì, ti ho avuto per tre volte e ora non ti libererai più di me. Tre volte mio. »

« Stregato da Babi... »

E ora, più di sempre, è con me. Nei miei silenzi, nei miei sogni, nei miei sorrisi, nel mio dolore per averla persa ancora. Gin è stupenda, è dolce, è bella, è tenera, è mia moglie, è la madre di

Aurora, è attenta, è intelligente, divertente. Ma... C'è un « ma ». Ma non è lei. Ma e basta. Non c'è altro da dire, non c'è un altro discorso da fare. Ma e basta. Sarebbe bello potersi innamorare a comando, sarei felice con Gin, sarebbe tutto perfetto, ma non è lei. E tutto questo mi distrugge, rende vana la decisione presa, perché sono così impotente di fronte a questo amore?

Gin aspetta, seduta da sola nella sala d'attesa, quando arriva l'assistente.

« Prego, il professore la sta aspettando. »

E così la segue, lungo un corridoio, fino a una porta. L'assistente la apre e Gin entra nella stanza del professor Dario Milani, che si alza vedendola entrare.

« Prego, si accomodi. » Poi si accorge che non c'è nessuno con lei. « Ma è venuta da sola? »

« Sì. »

Il professore è leggermente dispiaciuto, ma non lo dà a vedere. Prende le analisi ma le riposa subito sulla scrivania. Sa perfettamente qual è la situazione.

« Avremmo dovuto iniziare la cura molto prima. »

Gin rimane in silenzio.

Perché mi ripete questa informazione? Decide di essere cortese.

« Lo so. Ho fatto una scelta. »

« Siamo partiti da un secondo stadio e ora siamo al terzo, per quanto lei sembri reggere perfettamente questi cicli, non ne porta i segni. »

« Però li sento dentro. » E non sa come, professore, vorrebbe aggiungere, c'è un dolore che mi devasta e non è il male del quale parla lei.

« Non deve portare tutto questo peso da sola. Ne ha parlato con suo marito? »

« No. »

« Lo faccia allora con un'amica, con sua madre, un parente, qualcuno che le possa stare vicino in questo momento. Non può tenersi tutto dentro, so che ha una bambina, ma non può esserci solo lei. Deve trovare la tranquillità per affrontare questo momento con la giusta disposizione d'animo e di testa, con la stessa serenità con la quale lei guarda... Come si chiama sua figlia? »

« Aurora. »

« Ecco. Dobbiamo compiere un miracolo proprio per Aurora. »

Gin è seduta al bar Due Pini, in un tavolino fuori all'aperto. È stata fortunata, è uscito il sole. Lo guarda quasi con invidia e un senso di totale rassegnazione improvvisamente la pervade. Tra quanto non sentirò più questo tepore? E la cosa che più mi addolora è che non sentirò Aurora pronunciare le sue prime parole. Sta per piangere, ma è come se trovasse dentro di sé la forza per frenare quelle lacrime, per ritrovare un equilibrio. Non puoi mollare proprio adesso, Gin, sei a metà percorso, non è ancora detto niente, sei qui, sulla terra, lucida, cosciente, forte, più o meno certo, ma comunque com'eri prima. Ti è caduto solo qualche capello, ma nessuno sembra essersene accorto. Poi la vede arrivare. Ele le sorride e la saluta da lontano. Chiude la macchina e si avvicina con il suo solito passo incredibilmente veloce. La bacia e si lascia cadere sulla sedia di fronte a Gin.

« Oh, finalmente. Pensavo di aver fatto da testimone a un fantasma. Cavoli, è tutta la settimana che ci rincorriamo. »

« Hai ragione, scusami. Non sono stata granché bene. Ho avuto un problema. »

« Quale problema? »

« Step. »

« Ma ti sei rincoglionita? Me lo hai detto, ha fatto l'incidente, ma si sta riprendendo, no? »

« Sì, certo. Sono io che sono sotto un treno. Ho scoperto che ha preso un attico a Borgo Pio insieme a Babi. »

« Cosa? » Ele strabuzza gli occhi. « Ma magari ti stai sbagliando, come fai a saperlo? »

E così Gin le spiega come ha scoperto tutto.

« Ecco, come vedi non lascia spazio a possibili errori. Purtroppo non posso essermi sbagliata. Mi piacerebbe tanto. »

Anche Ele è distrutta, scuote la testa sinceramente addolorata. « Cavoli. Non ci voleva, mi dispiace proprio. »

« Non sai a me, sto a pezzi. »

« Vabbè, però mi hai pure detto che hai trovato questo album dove si capisce che è finita tra loro, che si sono lasciati. »

«Ho capito, ma non mi ha mai detto nulla, ha un figlio con un'altra e non mi dice niente? La rivede quando mi aveva giurato che non l'avrebbe rivista mai più. E non è che la rivede una volta per prendere un caffè... Prende una casa in affitto! Altro che caffè, tutta la torrefazione colombiana si è bevuto lo stronzo!»

Ele si mette a ridere. «Gin, ma tu sei matta! Ma te ne esci così? È un dramma e tu fai battute?»

«È la vita che secondo me non mi ha presa sul serio, sennò non mi avrebbe fatto questo scherzo. Dai, lui fa un botto e io, mentre sono disperata perché penso che potrebbe avere chissà quali danni, scopro tutto questo... Non è giusto.»

«Ma tu lo ami?»

«Moltissimo, ma lo odio. Vorrei menargli.»

«Approfittane ora che ha il braccio rotto!»

«Guarda lo farei sul serio...»

«Che ci prendiamo?»

Decidono per due caffè e continuano a parlare.

«Ma non ti ha mai detto niente?»

«No.»

«Però posso dirti una cosa? Se lo ami così tanto e lui l'ha lasciata...»

«Sì, ma non so perché è finita, chi lo ha deciso, non so niente.»

«Vabbè, ma lui o lei che ti importa, l'importante è che sia finita, no?»

«Sì, certo.»

«Ecco, allora lascia perdere, vai avanti, avete una figlia, magari non capiterà mai più e con nessuna. Questa era la sua unica debolezza, tu l'hai sempre saputo, no?»

«Sì, ma me lo aveva giurato.»

«Pensa ad Aurora, fagli vedere che non si è sbagliato, che ha fatto la scelta giusta, che tu sei molto meglio di lei...»

«Ma io sono molto meglio di lei!»

«Allora ricordaglielo. Non gli fare pesare questo errore. Non pensare più a lei ma pensa invece a tutto il tempo che potrete passare insieme, tu e lui, solo voi due e Aurora...»

«Ecco, anche qui c'è un problema...»

«Un altro?»

«Purtroppo sì. Non so se avrò tutto questo tempo.»

Ele la guarda spiazzata, non capisce.
«Sono uscita ora dallo studio di un oncologo. Ho un tumore.»

Ele vorrebbe essere forte ma non ce la fa, comincia a piangere. La guarda e piange in silenzio, senza riuscire a dire niente, nessuna parola, poi alla fine, quando si riprende un po' riesce a sussurrare solo: «Scusami...»

«Ma figurati.» Le sorride. «Pensa che mi ha detto di parlarne con qualcuno, di scegliere una persona tra quelle a me più care per non sopportare da sola questo peso, e io ho scelto te. Mi sa che ho sbagliato scelta, però.»

Ed Ele si mette a ridere, un po' piange e un po' ride. Prende un tovagliolo di carta, che in realtà serviva per la bocca e si soffia il naso. «Uffa, che pizza, non avrei dovuto piangere, cavoli, sono proprio negata. E io che ero venuta a darti una bella notizia, Marcantonio mi ha chiesto di sposarlo e tu come al solito mi rubi la scena.»

Questa volta è Gin che ride. «Dai, sono troppo felice. Spero di esserci anch'io quel giorno.»

«Oddio, non dire così, che mi fai finire tutte le lacrime. Magari non è così grave, no?»

«Boh, non lo so, ma credo di sì. Il medico ha parlato di miracoli.»

134

Sto leggendo alcune mail nel mio MacBook Air in salotto. Sto molto meglio. Renzi mi ha detto che sono stato fortunato, sia per l'incidente sia per quello che sarebbe potuto succedere se avessi incontrato Panzerotto vista la rabbia che avevo in corpo.

« È andata bene così. Panzerotto non farà mai più una cosa del genere, si è vendicato soprattutto perché noi avevamo iniziato questo gioco, anzi io. Sì, in qualche modo è colpa mia. »

Gli ho sorriso. « Grazie Renzi. »

Ma tutto questo non mi basta. So come sono fatto e non faccio parte di questa partita. Non avrebbero dovuto mai fare quelle foto. È vero, stavo per commettere uno sbaglio, non accadrà più, ma io non ho fretta.

Sento aprire la porta.

« Amore, sei tu? »

« No, sono un ladro. »

« È vero, hai rubato il mio cuore. »

Si mette a ridere e posa la borsa sul tavolo. È il nostro tormentone. Poi si avvicina e mi dà un bacio.

« Aurora com'è stata? »

« Buonissima. Abbiamo giocato, è rimasta affascinata dalle mie dita. Gliele muovevo così, all'altezza del viso, ma non troppo vicine. E alla fine mi ha afferrato un dito e lo ha stretto. Sul serio, una cosa fantastica. »

« Ti eri lavato le mani, vero? »

« Certo. » Rimango un po' serio, poi purtroppo accenno a un sorrisetto.

« Si vede benissimo quando menti. Ti avevo detto di lavarti sempre le mani. »

« Ma me le sono lavate stamattina e non sono mai uscito, quindi non è una bugia! »

E vedo Gin che si gira e per un attimo il suo sguardo sembra indurirsi, sta per aprire bocca, per dirmi qualcosa, ma è come se ci ripensasse, ci rinuncia e alla fine sorride.

« Sì, va bene, te la do per buona. Ma se esci, non te lo dimenticare mai. »

« No, certo, te l'ho promesso. »

E la vedo irrigidire le spalle e non rispondere più a niente, ma sparire in camera da letto. Che strano, penso tra me, ma in fondo è normale, ha partorito da poco, è ancora tesa.

Mentre Gin si inizia a spogliare, ripensa a quelle parole: te lo prometto. Ah sì? Me lo prometti come il figlio che hai e non mi hai detto di avere, o me lo prometti come ti prometto che non la vedrò mai più e prendi in affitto un attico dove ci hai scopato fino all'altro ieri? No, no, dimmi, spiegami, che tipo di promessa è questa volta? Meglio se do retta a Ele, questa storia me la devo dimenticare per il bene di Aurora e anche per il mio. Mi fa troppo male, adesso poi che sono così debole è la cosa peggiore che potesse capitarmi. Devo pensare che non è successa, che non ho scoperto nulla, che non è mai esistita, che non è uno stronzo, anche se lo è eccome. E si infila sotto la doccia cercando di calmarsi.

Non molto più tardi, Gin esce dalla camera vestita e truccata. Ha dei pantaloni neri e una camicetta bianca. È molto elegante e particolarmente carina. Quando la vedo, rimango sorpreso.

« Ehi, non mi ricordavo che uscivamo, non è arrivata nemmeno la babysitter. »

« A parte che la babysitter è arrivata da un pezzo perché sei tu... »

« Ah, sono io? »

« Sì. Non prenderei mai una babysitter con una bambina così piccola. Già mi fido poco di mia madre, che è stata un'ottima infermiera, o di Mara che ci aiuta in casa da tanto, pensa di una sconosciuta che chissà cosa le dà o fa, se per caso Aurora si mettesse a piangere. »

« Insomma, mi sembra di capire che esci da sola... »

« E certo, approfitto di questo tuo momento da 'mammo' forzato. E comunque forse non te lo ricordi, ma te l'ho detto l'altro ieri che oggi ho una cena con quelli dello studio. »

« È vero, ora me lo ricordo. Okay, sono un mammo a tutti gli effetti, lo sapevo e non mi posso tirare indietro. Dove andate a cena? »

« Penso al Duke's oppure al Chez Cocò lì davanti a viale Parioli. Anche l'altra volta mi hanno detto che sono andati lì, ma io non c'ero, ero occupata con Aurora in un tête-à-tête speciale. Lei mangiava comoda nella mia pancia e io vomitavo! Ora invece che ho generato il piccolo Alien, è giusto che io torni libera e che tu te ne occupi per almeno nove mesi, così pareggiamo i tempi... Sei stato troppo libero ultimamente e troppa libertà fa male! »

« E chi l'ha detto? Il regista di *12 anni schiavo*? »

« No, la mamma della monaca di Monza. »

« Ehi, buona questa! Chi te l'ha suggerita? »

« Personale rigurgito scolastico. » Fa un inchino e mi dà un bacio, poi mi sorride. « Se ci sono problemi con Aurora, chiamami. Ma sono sicura che sarai un mammo perfetto... Se hai fame ti ho lasciato delle cose da mangiare sul tavolo in cucina, se le vuoi calde le metti nel microonde, sennò sono comunque buone anche così. »

« E... »

« E la birra gelata sta in frigo. »

« Okay. » Rimango senza parole. « Mi leggi nel pensiero, sei perfetta. »

Gin sorride e chiude la porta. In realtà è piena di rabbia. E certo, ti leggo così bene nel pensiero che non mi sono mai accorta che c'era un'altra. E sono così perfetta che hai cercato l'imperfezione altrove, forse perché dà più gusto, o perché ti annoiavo. Bene, voglio conoscere anch'io l'imperfezione. Voglio vedere se mi farà stare meglio essere imperfetta come voi.

Quando arriva in via Tunisi e trova subito parcheggio proprio a pochi passi dal ristorante, le sembra quasi un buon segno. Abbassa il parasole e apre lo specchietto. Si controlla il trucco, si tocca con il dito destro gli angoli degli occhi, poi vede uscire dal Bar Sotto il Mare proprio lui. Così scende dalla macchina e la chiude, cammina sorridendo fino a quando lui non la vede.

« Ciao... Non ci posso credere, lo sai che ero convinto che non venissi? »

« Be', se facevo una cosa del genere almeno ti avvisavo, mica voglio perdere il lavoro! »

Nicola si mette a ridere. «Ho prenotato dentro, è meglio no?» E le sorride leggermente malizioso. Poi in qualche modo cerca di giustificarsi: «È che stasera c'è anche un po' di vento».

«Sì, dentro mi sembra perfetto.»

Nicola raggiunge il tavolo, sposta la sedia per farla accomodare e poi si siede anche lui.

«Qui fanno dei buonissimi crudi di pesce, ora che finalmente puoi mangiarli.»

«Devo controllarmi... Secondo me la gente pensa che sono ancora incinta.»

«Sei sciocca quando dici così. Non sei aumentata molto e te lo devo dire, sei la mamma più bella che abbia mai conosciuto.»

«Perché conosci tutte ragazze senza figli! È facile farmi un complimento così.»

«Non è vero, guarda che conosco un sacco di mamme, ho trent'anni e moltissime delle mie compagne di scuola hanno figli e non ce n'è una che possa competere con te.»

Gin gli sorride, è stato molto carino questo complimento.

«Grazie.»

«Figurati, guarda che dico la verità, sennò andavo a cena con una di loro.»

«Ah, certo!»

Questo è un po' meno carino, ma non si può avere tutto.

Ordinano un grande piatto di crudi, dei frittini misti, mezza carbonara di pescespada per uno e un filetto di tonno in crosta di semi di sesamo. La cena è ottima e accompagnata da un Sauvignon Blanc gelato.

«È veramente buono questo vino.» Gin lo beve con gusto e con grande piacere, mentre spizzica un po' di quei frittini di chipirones. Nicola continua a versargliene.

«È vero, va giù che è una meraviglia.»

Gin gli sorride. «Non sai che bello poter bere e mangiare senza paure.»

«No, non lo so. Ma so quanto è bello poter passare una serata con te. È il mio sogno da sempre. E tu lo sai.»

Gin sorride, ma stranamente non arrossisce. È come se si sentisse sicura, ferma nei suoi propositi, spavalda nel suo desiderio di essere felicemente imperfetta, di tradire, visto che va così di moda.

«Non credevo che accettassi il mio invito.»

« Perché? »

« In studio sei sempre carina e gentile, ma uno sa perfettamente qual è la donna che ti lascia un po' di spazio. E tu non permetti neanche il minimo spiraglio. »

Gin beve ancora un po' di vino. Nicola la guarda intensamente. È un bel ragazzo. Ha degli occhi verdi profondi, i capelli scuri ricci e un bel fisico. È l'ideale per essere « serenamente imperfetta ».

« Ne posso avere un altro po'? »

« Scusa, non mi ero accorto che il tuo bicchiere fosse vuoto. » Nicola lo riempie. La bottiglia è quasi finita e lui non ha bevuto poi molto. « Mi ricordo che in un film si diceva che c'è sempre un momento in cui una donna per un motivo o per un altro può cedere. »

« E tu pensi che sia arrivato quel momento? »

« Non lo so. Io avevo solo voglia di passare un po' di tempo con te. Quel che sarà sarà. Un 'no' detto da te può essere più bello di moltissimi inutili 'sì'. »

Gin non dice niente, beve un altro po' di vino. Questa era meglio. E continuano con degli ottimi sgroppini, dei frutti di bosco con gelato e un amaro. E come se non bastasse, Nicola le propone un ultimo brindisi.

« Vieni a bere una cosa su da me? Abito qui vicino. »

E così Gin si ritrova leggermente ubriaca in una terrazza a piazzale degli Eroi.

« Guarda, si vede anche la cupola di San Pietro. »

« Sì, è bellissima, è tutta illuminata. »

Quante volte loro l'avranno vista da quell'attico di Borgo Pio? Non voglio pensarci. Sono qui proprio per questo. E mentre sta guardando i tetti di Roma, Nicola le prende il braccio, la fa girare verso di lui e la bacia sulla bocca. E nello stesso momento, le prende la mano e la porta giù, per farle sentire come la desidera. È un attimo, quella bocca sulla sua, la mano che viene spinta giù... Ancora più giù... No, non ce la faccio. Gin si stacca subito da lui.

« Scusami. Io... Io volevo solo, no, scusami. »

E senza dire altro, rientra nel salotto, prende la borsa ed esce.

Poco dopo è a casa. Entra in silenzio, chiude la porta senza far rumore. Step è a letto che dorme. Aurora è lì vicino, anche lei tranquilla. Gin va in bagno e si strucca. Poi sbatte il pugno sul lavandino. Molte donne, dopo aver tradito, dopo essere andate a letto con qualcuno, sarebbero arrabbiate per quello che hanno fatto o comunque assalite dal senso di colpa anche solo per giustificarsi. Io invece sono piena di rabbia per non essere stata capace di farlo.

135

Gin si è svegliata da circa un'ora, come aveva previsto durante l'ultima poppata, e ha dato il latte ad Aurora. La tiene in braccio e saltella in maniera leggera, per aspettare il ruttino che finalmente arriva. Le vedo disegnate sulla finestra del salotto, dalla quale entrano le prime luci del mattino.

« Com'è andata la cena? »

Si gira sorpresa, poi mi sorride.

« Meno bene di quel che pensavo. Ma meglio così. » Mi passa davanti e va a mettere nel lettino Aurora, poi va in bagno, si lava le mani, indossa la vestaglia e va in cucina.

« Vuoi un caffè? »

« Sì, grazie. »

Poco dopo torna in salotto e mi porta la tazzina.

« Ti ho messo del latte di soia, ma pochissimo. »

« Hai fatto bene. Grazie. »

Sorseggio un po' di caffè. Fuori dalla finestra il cielo si sta lentamente colorando, abbandona l'indaco e inizia ad avere tonalità più chiare. Ora è di un celeste pallido e non c'è una nuvola.

« Oggi sarà una bella giornata. »

Gin guarda nella mia direzione.

« Sì. Ci sarà il sole, speriamo che non si guasti. »

« Ieri sera ha telefonato l'assistente dell'avvocato Merlini, ti cercava, non voleva che tu mandassi una mail. Non serve più, ha detto, hanno ritirato la denuncia. Si è scusata per aver chiamato a casa, ma avevi il telefono staccato. Non sapeva nulla della cena. »

« Glielo hai chiesto? »

La guardo, rimango per qualche attimo in silenzio, poi decido di rispondere.

« No. »

« Non è come pensi. »

La fermo prima che continui.

« Non mi dire niente. Non devo saperlo. Non sono stato quello che volevi, ho sbagliato e mi dispiace. Ma vorrei ricominciare. »

«Sei sicuro?»

«Sì, credo che tu debba sapere.»

«Qualcosa so...»

«Forse te lo immagini, ma io voglio che tu sappia tutto, sennò non potremmo mai ricominciare davvero. Mi sentirei sempre falso vicino a te. Credo che sia l'unico modo. Poi se vuoi me ne vado, ma devi ascoltare. Ho avuto una storia con Babi. L'ho vista per circa sei mesi. Ho preso in affitto una casa dove ci vedevamo quasi ogni giorno, ma quand'è nata Aurora, mi sono vergognato. Ho sempre pensato che qualsiasi cosa mi fosse accaduta nella mia vita, qualsiasi torto avessi ricevuto, lo avrei risolto, non mi sarei fermato davanti a niente. Ma ora non posso prendermela con nessuno, il problema sono io, non mi piaccio più.» Guardo Gin, non dice nulla, vedo le lacrime scendere sul suo viso, ma non posso fermarmi. «Ho scoperto che il figlio di Babi è mio figlio. Ecco. Di quest'ultima cosa non ho mai saputo nulla fino a quest'anno, te l'avrei voluto dire, ma l'ho saputo il giorno stesso in cui tu mi hai detto che aspettavi Aurora. Avrei rovinato tutto.»

Gin sorride. «Non ti preoccupare, ci sei riuscito ugualmente.»

Cerco di sorridere. Ma so il male che posso averle fatto.

«Non so cosa mi è preso, Gin, te l'avevo promesso, non volevo deluderti ancora, non volevo farti soffrire, ho cercato, ce l'ho messa davvero tutta, ma è andata così.»

Allora si arrabbia. «Non provarci.» Si alza dal divano e mi viene vicina, mette la mano destra come fosse un becco e mi batte sul petto. «Non mi prendere in giro. Tu sei l'uomo delle *mille* flessioni, della rabbia e della volontà. Tu non sentivi dolore se decidevi di andare fino in fondo. La tua determinazione è sempre stata più forte della tua testa e del tuo cuore. Avresti potuto evitare tutto, non eri ubriaco, non eri drogato, sapevi cosa stava succedendo. Non mi dire che è andata così. Tu l'hai fatta andare così.»

«Hai ragione.»

«Non mi basta avere ragione. Volevo essere io la tua prima scelta. Invece mi sento un ripiego, una gomma di scorta, mi fai sentire come se non avendo potuto avere lei, hai scelto me, solo per cercare di accontentarti. Ma così non sarai mai felice.»

«No, non è vero, lo voglio essere e voglio esserlo con te.»

«Già, pensa che lo avevi promesso pure a Lui, dovevi vivere con me, accudirmi, in ricchezza e in povertà, nella gioia e nel dolore, nella buona e nella cattiva sorte, invece ti è bastato rivederla per mettere da parte tutto questo. »

« Ti prego Gin, non fare così, te l'ho detto, ho sbagliato, è successo, ma è finita, chiuso. Ricominciamo da oggi. Ti prego. Guarda, guarda che bello... » E le indico fuori dalla finestra i raggi del sole che attraversano alcune nuvole lontane, sembrano le punte di una corona, rendono quel cielo unico, speciale, quasi sacro. « Per favore amore, perdonami, non buttiamo via tutto, te l'ho raccontato. Credo di aver fatto tante cose belle per te e una sola sbagliata, sempre questa, è vero, ma è una. »

« Ma non credi che questa storia non la potrai mai superare? Quest'amore che ancora provi per lei non riesci a buttartelo alle spalle... Tutto questo è qualcosa che va oltre le mie capacità di comprensione... »

Mi appare stanca, come sconfitta, scuote la testa, abbassa un po' le spalle, ma vuole ancora dirmi qualcosa.

« Forse lo vuoi, ma non ci riesci, sarà sempre così. Tu non sarai mai completamente mio. Capisci che questa cosa io non la posso accettare? »

Rimango per un attimo in silenzio. « Avrei voluto essere migliore. »

Allora mi posa la mano sul viso. « Lo so, ma non puoi essere migliore con me quando il tuo cuore appartiene a un'altra. »

« Non è così, Gin, ti prego, non ti fissare, pensa ad Aurora. Abbiamo tutta la vita davanti. »

« Ecco, anche su questo purtroppo c'è un problema. E visto come sono andate le cose, non credo ci siano miracoli in vista. »

136

E in un attimo la vita sembra avermi girato le spalle, come se avessimo litigato. Solo ora capisco che tutte le volte che mi era sembrata stanca non era per l'arrivo di Aurora. Quei capelli nel bagno, quella spazzola che spesso era stata per lei un vanto, ora è la cartina tornasole di una vita che si sta spegnendo.

«Come ti senti?»

«Così.»

«Il professore ha detto che c'è un margine di miglioramento...»

Gin fa un sorriso amaro.

«Il professore vorrebbe che le cure funzionassero, che la medicina fosse in grado di curare sempre tutto, ma non è così.»

«Possiamo ancora provare delle alternative.»

«Non credo ci siano altre strade...»

Gin è stanca, si siede sullo sgabello lì vicino, poggia il braccio sul tavolo e con l'altro muove su e giù la carrozzina.

«Ho sempre pensato a come potevano considerare la vita le persone che hanno questo male. È qualcosa che non ti fa morire subito, non ti strappa alla vita, ma ti dà modo, quasi ti obbliga, a riprenderla in considerazione, a guardarla con invidia, ti fa capire come eri stupido e distratto quando non l'amavi con tutto te stesso.» Poi quasi sorride. «Come ogni cosa, solo quando la perdi, l'apprezzi veramente. Ora capisco quanto è bella la vita... e invece per me è come se fosse appannata, è come se la guardassi da dietro un vetro che non è stato pulito. Le cose perdono nitidezza, piano piano non metterò più a fuoco nulla.»

«Gin, non dire così.»

«In questo periodo ho pensato spesso a Steve Jobs. Mi piaceva tanto, lui è stato capace di inventare di tutto. Era brillante, geniale, aveva tutti i soldi che voleva e sembrava che non gliene importasse nulla. Quando si è saputo del suo tumore, tutti pensavano che comunque avrebbe vinto lui, sarebbe arrivato un professore con una nuova scoperta, con quei nuovi metodi che ogni tanto fanno gridare al miracolo. Per un periodo è stato un po' meglio, sembrava potesse farcela, invece poi non è successo più nulla. Nessun professore si è potuto vantare dicendo di aver salvato Steve Jobs, lui non c'è più. Ma se non ce l'ha fatta lui, come posso farcela io? »

Allora Gin guarda Aurora e poi si mette a piangere. Si copre il viso con tutte e due le mani e singhiozza. Non riesco quasi a capire quello che dice, parla a bassa voce, le sue parole inciampano tra i singhiozzi, si perdono in quel dolore manifestato. Mi avvicino, l'abbraccio e lei mi stringe forte. Poi mi sussurra all'orecchio: « Ho paura. Ho tanta paura ».

« Amore, sono sempre qui con te. Stai serena, vedrai che lentamente le cose miglioreranno, devi essere tranquilla. Devi dare il tempo al tuo fisico di reagire, non stressarlo, non avere paura, non serve, neanche l'ansia, lasciati andare, rilassati. Sono sicuro che le cose andranno meglio. »

Allora Gin smette di piangere, sembra essersi ripresa e mi sorride.

« Grazie, vado di là in bagno. »

« Dimmi, vuoi dei fazzoletti? »

« No, mi vado a sciacquare il viso. » Ma quando chiude la porta, sento che purtroppo sta rigettando.

Il pomeriggio stesso riesco a prendere un appuntamento, ma senza dirle niente. Mi invento la prima cosa che mi passa per la testa. « Abbiamo una riunione in ufficio per dei nuovi programmi, mi devo far vedere almeno un attimo, sennò possono pensare che sono maleducato. »

« Certo, vai, non ti preoccupare. »

« Ti serve niente? »

Rimane in silenzio, poi mi guarda e fa un sospiro leggero, che però vuol dire un'infinità di cose.

Se mi serve qualcosa? Sai quante cose mi servirebbero ora? Forse una più di ogni altra: il tempo. Vorrei tutto il tempo necessario per poter stare vicino a mia figlia, vorrei avere una decina d'anni, anche solo cinque, e invece magari non la vedrò neanche dire le sue prime parole.

Ecco, tutto questo ho pensato che ci potesse essere in quel sospiro leggero e forse è proprio quello che le è passato per la mente. Invece Gin mi fa un bel sorriso.

« Sì, voglio che torni non appena hai finito. »

Le do un bacio, poi la stringo delicatamente.

« Sarò qui il prima possibile. »

E senza più girarmi, esco di casa.

Ho pianto in macchina. Immagino che qualcuno mi abbia visto mentre ero fermo al semaforo, ma non me ne è importato nulla. Non mi interessa, in questo momento, il resto del mondo.

Ora sono seduto e aspetto. La gamba non riesce a stare ferma. Si agita, batto con il tacco in continuazione e forse trema anche un po'. Finalmente arriva la segretaria.

« Mancini. »

Mi alzo.

« Prego, mi segua. »

Non saluto nessuno degli altri nella sala d'attesa, cammino in silenzio dietro quella donna fino a quando non si ferma davanti a una porta aperta e mi fa entrare.

Il professor Dario Milani mi viene incontro. « Buongiorno, come sta? » Mi dà la mano e mi indica una sedia. « Prego, si accomodi. » Poi fa il giro, torna dietro alla scrivania e si siede davanti a me.

« Sono venuto per capire meglio qual è la situazione di Ginevra Biro, mia moglie. »

« Sì, me l'aveva accennato la mia segretaria. » Apre la cartellina davanti a lui. « Ho qui una delega firmata da Ginevra, che evidentemente aveva previsto questo incontro. La situazione, purtroppo, è molto chiara, non abbiamo neanche più spazio per un miracolo. Credo che non le rimanga neanche un mese di vita. »

Rimango sconcertato da questa notizia.

« Ma com'è possibile? »

« È una cosa che ha da tanto. L'ha lasciata indisturbata per troppi mesi. Sua moglie ha fatto una scelta, ha messo Aurora davanti a tutto, purtroppo anche davanti a se stessa, e dico purtroppo perché così non abbiamo potuto fare molto. Avremmo dovuto aggredire il tumore fin dall'inizio, ma sua moglie non ha voluto sentire ragioni. Io non c'ero all'epoca, questo me lo ha raccontato il suo ginecologo. Quando è arrivata da me, ormai eravamo al secondo stadio. »

Allora rimango in silenzio, mi vergogno e sono terrorizzato da quello che sto per chiedere.

« Mi dica solo una cosa professore, e sia sincero, per favore.

Lei crede che un dolore, un grande dispiacere possano aver fatto precipitare le cose in questo modo? »

Mi guarda in silenzio, congiunge le mani e io aspetto disperatamente la sua risposta, perché mi potrebbe far sentire colpevole per tutta la vita. Poi finalmente il professore parla.

« No. Non so cosa sia successo, quale dolore ritiene di aver dato a sua moglie, ma no. È vera, certo, la relazione tra stato d'animo e tumore. Felicità, tranquillità e serenità possono rallentare i tempi, ma non curare. Anche se lei fosse stato perfetto, Ginevra avrebbe avuto magari un mese in più, ma forse neanche quello, glielo dico con tutto il cuore. Ci sarebbe stata una differenza minima, forse nessuna, e non glielo dico perché lei non si senta in colpa. Purtroppo è la verità. »

« E quindi cosa possiamo fare? »

« Nulla. Stia vicino a sua moglie. Questa è l'unica cosa. E la faccia sentire amata come non è mai stata. »

137

Quando torno, la casa è piena di gente. Gin ha chiamato sua madre e suo padre ed Eleonora, sono passati anche suo fratello Luke e la sua ragazza, Carolina. Francesca piange, il padre la consola, il fratello non dice nulla, Carolina guarda per terra. Eleonora tiene la mano a Gin, che poi mi vede e sorride.

« Hai fatto presto. »

« Sì, vuoi qualcosa? »

« Un po' d'acqua per favore, e voi volete qualcosa? »

Nessuno ha voglia di niente. Tutti hanno lo stomaco chiuso. Solo Eleonora ne era già a conoscenza, per gli altri è stato un colpo improvviso.

« Be', non fate così! » Gin scherza e cerca di risollevarli. « Mi sembra di stare a un funerale. State sbagliando tutto, non è questo il momento. Ora dovete far finta di essere forti. »

E per quanto quelle parole siano dure, riesce a spiazzarli, la situazione migliora, il pomeriggio passa tranquillo. Gin si sente anche un po' meglio. Esco a prendere delle paste, vado da Mondi che so che piace tanto ai suoi genitori e, quando torno, ci facciamo un tè. Sono vicino a Gin, l'abbraccio mentre parla, sta raccontando di un film che ha visto e che le è piaciuto tanto, ma non ricorda né il titolo né gli interpreti.

« Perdo colpi. »

Questa battuta stavolta non la raccoglie nessuno. Però alla fine, dopo che Gin ha raccontato un po' della trama, ci arriva Eleonora.

« Ma sì, è *Il caso Thomas Crawford*. E lui, il marito tradito che la uccide, è Anthony Hopkins. »

« Che bel film, mi è piaciuto moltissimo. Che poi pure l'attore più giovane è molto carino ed è bravissimo. »

Eleonora è molto preparata. « È Ryan Gosling, ha fatto anche *Drive* e *Le idi di marzo* e poi anche un film come regista, ma non mi ricordo il titolo! »

« Ah », la riprende Gin. « Non sei preparata! »

Lo cerco io sul mio telefonino. « È *Lost River*. »

« Bravo! »

« E ti credo, col telefonino sono bravi tutti! »

E proviamo a ricordare altri film che ci sono piaciuti e quelli che invece sappiamo che stanno per uscire. Francesca fa un appunto a Gabriele.

« Noi è una vita che non andiamo al cinema. »

« Sei tu che non ti vuoi perdere una puntata de *Il segreto.* »

Gin ed Eleonora ridono.

« Non ci credo... Mamma! »

« Lo guardo quando non so che fare. »

« Vabbè, allora presto facciamo una serata tutti al cinema. »

Poi, quando si accorgono che Gin è stanca, vanno via tutti insieme.

Dopo aver chiuso la porta, mi giro verso di lei.

« Siamo stati bene. »

« Sì, molto. »

« Sono contento, perché ti guardavo spesso e mi sembravi tranquilla, non hai avuto dolori. »

Gin scuote la testa. « Sono diventata brava a fingere, eh? Vado a dormire, che sono sfinita. Ti svegli tu per favore per Aurora? »

« Sì, certo. »

« Bene, grazie amore. » Poi mi bacia e va verso la camera da letto, è serena e tranquilla e io la seguo.

Gin inizia a spogliarsi.

« Step... »

« Sì? »

« Ti dovrai abituare. »

« Parliamone un altro giorno, ti va? »

« Va bene, dimmi solo una cosa. Era così pessimista il professor Milani? »

« Ah, lo avevi capito. »

« Sì. Non sai mentire, anzi sei peggiorato... » Si mette a ridere, poi torna seria. « Dai, scusa. Dimmi cosa ti ha detto. »

« Niente. I medici non dicono mai niente, constatano e basta. Non tentano mai di avere una loro opinione, si attengono al giornaliero. »

« È vero. Domani però tu torni al lavoro, non voglio che per colpa mia Futura si blocchi o abbia dei problemi. »

« Va tutto benissimo amore. Ora serve solo che stai un po' meglio tu. »

«Va bene. Cercherò di accontentarti.»

E dormiamo abbracciati, come non facevamo da tempo. La sento tremare ogni tanto e così la stringo più forte. Mi sveglio alle tre, mi sfilo piano dal letto e faccio tutto quello che mi ha detto. Riesco a non fare rumore, a far mangiare tutto ad Aurora e farle fare il ruttino. Poi mi infilo di nuovo nel letto e l'abbraccio. Lei si sveglia per un attimo e cerca la mia mano, la stringe, il suo viso è come se si rasserenasse, e poi ripiomba nel sonno.

Nei giorni seguenti vado un po' in ufficio, ma mi fermo quasi sempre solo la mattina.

Renzi è molto soddisfatto.

«Abbiamo chiuso una fiction che verrà realizzata per Medinews, dentro ci sono anche la Francia e il Belgio, abbiamo venduto già in quasi tutta Europa. Credo che potresti anche iniziare a prendere uno stipendio maggiore.»

«Mi stai promuovendo, Renzi?»

«Sì, te lo meriti.»

«Grazie, ti porto un caffè.»

«Ti accompagno.»

Ci fermiamo alla macchinetta, metto una cialda e la faccio partire.

«Hai visto? Simone Civinini non fa nessun programma.» Renzi è più preparato di me. «Forse gli fanno fare una specie di talk in seconda serata, un incrocio tra David Letterman e *Che tempo che fa*, almeno questo mi hanno detto, che poi non so cosa significhi veramente.»

«Forse che c'è una band o uno spettacolo, oltre alle interviste.»

«Ha voluto metterci anche una comica dentro, una che fa dei siparietti.»

«Una donna? Pensa come sarà felice la Belfiore.»

«Ah sì. È strano però, non avrei mai pensato che sarebbe riuscito a far passare una ragazza tra le maglie affilate di quella arpia.»

«Magari si sono lasciati.»

«I giornali li danno ancora insieme. Ma credo che sia solo questione di tempo...»

E mi verrebbe naturale chiedere come va la sua di vita, cosa succede con Dania Valenti. Anche lei è sui giornali e sempre con uno diverso, più o meno bello ma con una cosa in comune con gli altri, sono sempre famosi. Ci guardiamo un attimo, restiamo così, con i caffè in mano. Poi Renzi soffia sul bicchierino.

« Brucia un po'. »

« Eh già... »

Ma non diciamo altro e torniamo verso le nostre stanze.

« Salutami tanto Gin. »

« Sì, grazie. Glielo dirò. »

Continuiamo a vendere programmi, a volte c'è un guadagno minimo, a volte ottimo, ma come mi ha insegnato Renzi l'importante è farsi conoscere e cercare sempre di vendere successi. Il nome di Futura sta crescendo. Il logo è lo stesso, ma quello per le fiction lo abbiamo dato in lavorazione a Marcantonio e devo dire che è proprio migliorato, è un'altra cosa.

Solo qualche sera fa hanno insistito per venire a cena da noi, abbiamo preso le pizze per non far stancare Gin. Le abbiamo fatte arrivare dalla Berninetta con delle ottime birre artigianali Baladin Nora. È stata proprio una bella serata. Poi alla fine, mentre mettevo su il caffè, Marcantonio ha battuto con un coltello sul bicchiere di vetro e si è alzato in piedi.

« Allora, notizia dell'ultima ora e siete i primi a saperlo. Io e Ele ci sposiamo! »

Si sorridono. Marcantonio si siede di nuovo e la bacia, sono veramente innamorati. Noi ci complimentiamo e io faccio lo spiritoso.

« Chi l'ha chiesto a chi? »

Marcantonio si sente quasi offeso. « Io e mi sono messo in ginocchio, non ti dico le parole che ho usato... »

Ele sottolinea: « Bellissime ».

« Ah certo. » Marcantonio la butta subito in caciara: « Dobbiamo inventarci un matrimonio strano e divertente, in spiaggia o su una nave solo per noi, sennò per tutti parte il confronto con il vostro e perdiamo alla grande, è chiaro... »

« Ma figurati. » Poi Gin con il suo naturale candore chiede: « E quando sarà? »

Ele risponde con grande leggerezza.

« Il 26 giugno. »

Per chiunque sarebbe una domanda normale, per noi tutti diventa subito un dubbio atroce. Rimaniamo per un attimo in silenzio.

« Apro il gelato che avete portato, va bene? »

Così mi alzo da tavola mentre Gin beve un po' d'acqua, poi guarda di nuovo Ele e Marcantonio.

« Sono felice per voi. »

Ele le sorride. « Grazie. » Poi si avvicina e le stringe la mano. « È la prima data che sono riuscita ad avere. »

« Non fa niente. »

Sono in cucina, ma quelle parole arrivano fino a me e mi si stringe il cuore. È stato come se avesse detto: « Mi sarebbe piaciuto tantissimo partecipare al vostro matrimonio, ma non ci sarò già più ».

E io non voglio pensarci. Così torno di là, come se non avessi sentito nulla.

« Ecco, ho portato pure le coppette. Dove l'avete preso? Ne ho assaggiato un po' e mi sembra da sogno. »

« L'abbiamo preso alla gelateria La Romana, a via Cola di Rienzo, hanno aperto da poco, fanno anche crêpes, granite e poi riempiono le cialde di cioccolato nero o bianco e ti ci mettono pure la panna dentro. Mentre a me ha sempre scioccato la cosa che a Milano ti fanno pagare la panna cinquanta centesimi, capite? »

« E se la metti doppia? »

« Boh, forse un euro. »

E continuiamo a parlare delle cose più stupide, che poi alla fine, quando ti ricordi una serata, non ti viene mai in mente quello che hai detto, ma come sei stato e soprattutto cosa hai provato veramente nel profondo del tuo cuore. Come quelle ultime parole di Gin, quando li saluta sulla porta, prima che vadano via.

« Sono felice che siate passati e sono contenta che vi sposiate. Fino a oggi ero molto preoccupata per Aurora, invece ora mi sento più tranquilla. Per favore, venite spesso. »

E chiude la porta ed io l'abbraccio e le accarezzo il viso.

« È stata buona la cena, vero? »

« Buonissima. Incredibile che si sposino, vero? »

« Sì. »

Iniziamo a mettere un po' a posto qualcosa, ma vedo che lei è stanca.

« Amore lascia, faccio io. »

« Grazie. »

« Figurati. Anche se mi sembra che tu stia un po' meglio. »

Lei si gira e si mette a ridere.

« Sì, come quando mi dicevi che non era ingrassata o che stavo bene senza trucco! »

« No, non è vero, e poi quello lo pensavo sul serio! E anche adesso. »

Purtroppo mi sto sbagliando.

138

È domenica mattina, sono appena le nove, c'è un sole tiepido e Gin ed io insieme a Aurora nella carrozzina stiamo facendo una bella passeggiata a Villa Glori. Si sente l'odore dei cavalli che viene dal maneggio che si trova un po' più giù, ma anche il profumo della pioggia che è caduta stanotte. Ci fermiamo al piccolo bar e ordiniamo dei cappuccini.

«Non mangi nulla?»

«No, grazie, non ho fame.»

«Io mi prendo un cornetto integrale.»

Riprendiamo a camminare, Gin si gira verso di me e mi sorride. Mi accorgo che ha un po' di cappuccino sopra la bocca.

«Hai i baffi, aspetta.»

E le passo delicatamente l'indice sulle labbra, lei ferma la mia mano, chiude gli occhi e la bacia. Poi la tiene ancora stretta alle sue guance e alla fine la porta nuovamente verso la bocca, apre gli occhi, mi sorride e la lascia andare.

«Ti ho perdonato, sai?»

Cammino vicino a lei, so che in questo caso qualunque cosa dicessi sarebbe sbagliata. Dirle «grazie» sarebbe bruttissimo. Quindi rimango in silenzio. Lei invece prosegue.

«Mi hai dato la cosa più bella del mondo, la cosa che più desideravo, mi hai fatto il regalo più bello e averlo proprio da te lo rende ancora più speciale.»

«Gin, io...»

«Shh.» Alza la mano e chiude per un attimo gli occhi. Poi riprende a spingere la carrozzina, lo fa lentamente, forse per non svegliare Aurora. «Fai parlare ancora un po' me. Tu hai tutta la vita davanti per dire un sacco di cose. Oggi parlo io e tu mi ascolti...» Poi mi sorride. «Vabbè, ogni tanto puoi anche dire qualcosa, ma non mi devi contrastare, sennò mi stanco troppo se devo anche cercare di ribattere...»

Continuiamo a passeggiare lungo la strada all'interno del parco. Ogni tanto passa qualche ragazzo che fa jogging, una donna più anziana cammina veloce, su una panchina c'è un signore che legge il giornale, poco più in là, alla fontanella, una signora sta facendo bere il suo piccolo Jack Russell, poi apre una bottiglietta per riempirla di acqua fresca. Ci addentriamo nella strada interna che porta alla piazzetta sul colle, qui non incontriamo più nessuno, ma c'è un bellissimo sole. E improvvisamente, ispirata forse da tutta questa tranquillità, Gin riprende a parlare.

« Voglio che faccia pugilato, che sia forte ma anche femminile, elegante e sportiva, intelligente e divertente, che assomigli a me... » Poi ci ripensa. « Che abbia qualcosa di me, qualcosa che ogni tanto ti faccia pensare a me, magari quando sei da solo, che ti faccia sorridere e apprezzare le mie qualità attraverso lei. »

« Ma io le ho sempre apprezzate. »

« Sì, è vero. Allora facciamo che le deve avere comunque, va bene? » E si mette a ridere. « Voglio che tu per lei sia sempre rintracciabile, che non ti perda un suo compleanno, che la sgridi con amore, che tu la faccia sempre sentire capace e importante anche quando farà i primi errori. Che chiunque sia accanto a lei, tu ti fiderai di quella persona al 100 per cento. Vorrei che fossi come Mel Gibson in quel film che abbiamo visto insieme, *What Women Want*, te lo ricordi? »

« Sì. Era d'estate, facevano un ciclo di film con lui al cinema Tiziano. »

« Sentiva i pensieri delle donne. E aiutava la figlia che era un po' imbranata per la festa di fine anno e anche quando stava per andare a letto con uno per la prima volta. »

« Questo non me lo ricordo! »

« Menti. Oppure te lo devi rivedere. Dovrai essere presente anche in quei momenti. Dovrai pensare al suo amore, indirizzarla, ma non obbligarla. Consigliarla, ma lasciandola sempre libera di poter decidere... Ecco. »

Siamo arrivati in cima alla piazzetta. Gin si ferma vicino alla panchina, guarda nella carrozzina, Aurora ancora dorme. Infila la mano con delicatezza e mette meglio il lenzuolo leggero che la copre. La guardo anch'io. Ha le braccia aperte vicino al viso, come se qualcuno l'avesse scoperta e le avesse detto: « Su le mani ». E Aurora obbedisce e continua a dormire così, beata. Ha le guance rosee, la piccola bocca leggermente dischiusa ed è bellissima. Poi Gin sale sulla panchina e si siede sullo schienale, per essere più alta rispetto ad una normale seduta. Si sistema un po' i capelli.

«Come sto?»

«Bene.»

Scuote la testa. «E io pure che continuo a fidarmi di te...» Poi prende dalla borsa il suo iPhone, lo prepara e me lo passa. «Un giorno, quando ti chiederà di me, tu le farai vedere questo filmato che facciamo adesso...»

«Ma...»

«Niente 'ma'. Lo so che è già stato fatto, ma non mi importa, non sto facendo a gara con chi è più originale. Voglio che lei sappia qualcosa di me, che mi conosca almeno un po', che non veda solo delle foto che non le direbbero nulla. Voglio che senta la mia voce, che veda la mia risata, che possa pensare a com'era la sua mamma. Dimmi la verità, come sto?»

«Te l'ho detto, stai bene. Sei bella come sempre, sei un po' stanca, ma quando ti inquadro non si nota.»

«Ecco, questa è una bugia già più accettabile.»

Poi fa una serie di respiri, butta dentro l'aria e poi fuori, come un sommozzatore pronto per quelle immersioni che diventeranno poi un record del mondo. Ma lei no, lei lo fa solo per non aver paura, per avere più fiato per parlare, per fare tutta una tirata, la più lunga possibile, soprattutto senza piangere.

«Sei pronto?»

Le faccio segno di sì.

«Allora comincia a registrare.»

E dopo un attimo, Gin inizia a parlare.

«Ciao, eccomi qua, sono la tua mamma. Avrei voluto tanto esserci ogni giorno, esserti accanto, ma in qualche modo ci sono, un po' lontana magari, ma sono sempre con te. Ti ho tenuto tra le mie braccia per tutto il tempo che ho potuto e non mi sono mai staccata da te. Ti ho dato tutto il mio amore e ogni giorno ho pregato perché tu sia così come sei, come ti sto immaginando, come avrei voluto viverti ogni attimo della tua vita. Allora, forse hai visto qualche foto, ma ti voglio raccontare qualcosa di più di me, qualcosa che magari non potresti sapere. Io ero timida da piccola, molto, e malgrado tutti mi dicessero che ero bella, non mi ci sentivo affatto. Ma non è poi così importante la bellezza. Tuo padre ha amato tutti i miei difetti e anche tu dovrai trovare un ragazzo che sappia amare i tuoi. E soprattutto cerca di essere sempre felice. A volte non c'è abbastanza tempo per assaporare la felicità e quindi non lo siamo mai abbastanza.» E le racconta qualche aneddoto del liceo, qualche suo fidanzatino del quale neppure io sapevo e com'era stato strano il suo primo bacio e riesce perfino a farmi ridere. E continua a parlare tranquilla, fino a quando si alza dalla panchina e si avvicina alla carrozzina. Non smetto di riprenderla mentre si china e prende delicatamente Aurora tra le sue braccia. «Eccomi, amore mio, tu sei questa qui ora... E stiamo insieme.» E la mostra al telefonino e le dà un bacio leggero sulla guancia. «Tu stai dormendo e io ti sto vegliando come farò sempre in ogni attimo della tua vita.» Poi se la porta vicino al viso, chiude gli occhi e la respira. «Ti sento, siamo vicine vicine, così come avrei voluto che fosse sempre stata la nostra vita. Promettimi che sarai felice. Ti amo così tanto.»

Vedo che annuisce, come a dire che ha finito, così fermo la registrazione. Gin posa delicatamente Aurora nella carrozzina. La ricopre con il lenzuolo, poi si gira verso di me. «Grazie.»

Non dico niente. Mi viene da piangere, ma riesco a trattenere le lacrime. Alla fine riesco a parlare. «Sarà felice.»

«Sì, sono contenta di averlo fatto.» Allora mi prende sottobraccio, poggia la sua testa sulla mia spalla. «Spingi tu la carrozzina?»

«Certo.»

Così iniziamo a camminare, verso il lungo viale che porta giù, all'uscita di Villa Glori. Poi Gin mi accarezza la mano. «Ti ho amato così tanto. Saremmo stati una bella coppia. Peccato che non ci sia più tempo. Andiamo a casa dai miei, ora. Così lasciamo Aurora.»

«Sì, va bene.»

«E poi mi porti all'ospedale.»

139

Sono riuscito a farmi dare una camera al Quisisana, la migliore che ci sia, una piccola suite con la possibilità di avere Aurora nella stanza accanto. Gin all'inizio è stata piena di ansie.

« Ma come faccio con i biberon e il latte? Ne abbiamo abbastanza? Bisogna controllare che sia quello che prende lei, ho visto che gli altri le danno fastidio. E poi più in là, per svezzarla, bisognerà usare del brodo vegetale, gli omogeneizzati, la farina di tapioca, quella di riso, dobbiamo chiedere al pediatra quali usare... »

« Amore, ho portato tutto, non ci pensare, piano piano ci organizziamo. »

« Io non ci sarò, non ci sarò. » E scoppia a piangere e io l'abbraccio e la stringo forte e non so veramente cosa dirle, mi sento così impotente, così inutile. Poi Gin si tranquillizza.

« Scusami. Non va bene così. Voglio lasciarti una bella immagine di me, non succederà più. »

« Qualunque cosa tu faccia, non cambia niente. Non ti preoccupare, sii te stessa, sii come ti pare, come hai sempre fatto. È una cosa che mi è sempre piaciuta tanto di te. Non cambiare. »

Allora mi sorride e prende la chiave.

« Andiamo in camera. »

Nei giorni seguenti le fanno visita tutti, alternandosi ordinatamente. Il papà, la mamma, Eleonora, Ilaria, suo fratello Luke con Carolina, le altre sue amiche più intime, Angela, Antonella, Simona, nonna Clelia, Adelmo, il figlio di zio Ardisio e anche Maria Linda, la sua collega dell'università. Il professor Milani passa due volte al giorno, ha sempre un atteggiamento elegante e compito, ma sa che non ci può dire nulla di diverso da quello che purtroppo sappiamo.

Lunedì mattina il professore mi avvicina.

« Abbiamo dovuto aumentarle la morfina, così proverà meno dolore, mi sembra assurdo farla soffrire. »

Non posso dire altro che «Sì».

Nel pomeriggio passa don Andrea.

«Come va Stefano?» Ma non riesco a rispondere, mi limito solo ad abbassare un po' la testa, e rimango così a fissare il pavimento. Allora lui posa la sua mano sul mio braccio.

«Mi dispiace tanto. A quanto pare il Signore ha un disegno diverso per lei.»

«Sì.»

E mi viene in mente mia madre. Tutto questo l'ho già vissuto, ma solo all'ultimo, non sapevo che anche lì ci fosse una situazione così estrema. «È un peccato però che non ci sorprenda più con qualche miracolo...»

Don Andrea mi guarda, ma non dice nulla. Poi alza le spalle. «Be', vado a trovarla.» Ed entra da solo nella stanza di Ginevra e ci rimane più di quaranta minuti. Quando esce lo vedo meno teso di prima, addirittura sorride, poi mi si avvicina e mi abbraccia.

«Gin è più forte di tutti noi. Mi aveva già sorpreso in passato, ma adesso mi ha proprio spiazzato. È straordinaria. Io devo andare. Per qualunque cosa ci sentiamo. E poi... Mi fai sapere come desideri che facciamo.» Si allontana.

E poi... Tra quanto tempo significherà quell'«e poi...»?

Mi sveglio presto e, dopo aver dato da mangiare ad Aurora, entro nella stanza di Gin. È già sveglia e sta facendo colazione a letto.

«Buongiorno, hai dormito bene?»

«Benissimo.»

Il professore aveva detto che sarebbe stata meglio grazie alla morfina.

«Bene, sono contento. Stamattina purtroppo non posso mancare dall'ufficio. Renzi ha fissato un appuntamento con il nuovo direttore della fiction per fare una riunione da noi e poi un pranzo, e alla fine che succede? Che lui, proprio lui, il 'preciso' Renzi, aveva già un impegno e se n'è dimenticato.»

«Vuol dire che così 'preciso' non è. Meglio no? Avevi detto tu che a volte ti sembra un marziano ed era inquietante...»

«È vero.»

In realtà credo che sia ancora una volta per colpa dei casini di

Dania Valenti, ma non gli ho detto nulla, sono l'ultimo a potere giudicare cosa si arriva a fare per amore.

« Vabbè, io vado. Per qualunque cosa comunque chiamami. Ho detto alle infermiere di aiutarti con Aurora se ne hai bisogno. C'è Claudia, l'infermiera del piano, che ha due figli piccoli, è giovane ed è felice di farlo. »

« È carina? »

« No, Gin, non è per niente carina. Però deve essere brava e in più l'ho pagata apposta perché lo sia. »

Mi avvicino e la bacio.

« Ci vediamo più tardi. »

« Sì. »

Chiudo piano la porta. Mi ha fatto sorridere questa sua gelosia. È stato un momento spontaneo. Vorrei solo che fosse tutto più semplice, ma come può esserlo? Salgo in macchina e guido verso l'ufficio.

Gin è rimasta sola. Manda un messaggio dal telefonino con tutte le indicazioni necessarie. Poi si alza e va a guardare Aurora. Dorme beata e serena, il tepore della camera è perfetto. La sistemazione in questa clinica è ideale. Si avvicina alla vetrata e guarda giù. Dietro l'edificio c'è un viale, ci sono alcune siepi, un giardino non molto grande ma con un piccolo roseto. Tutto è curato nei minimi particolari. Le infermiere cercano in tutti i modi di farti sentire a tuo agio, che non ci siano problemi, che non ci sia alcun rumore. Forse è per questo che Aurora dorme così tanto. Poi torna in camera, va in bagno, si spoglia, fa una doccia e si veste. Cerca di essere elegante con quello che ha. Si trucca guardandosi allo specchio. È contenta che non le siano caduti del tutto i capelli, anche se sono più radi rispetto a come li aveva prima.

Dieci minuti più tardi bussano alla porta.

« Si può? »

« Avanti. »

Gin sorride a Giorgio Renzi.

« Ho fatto il più presto possibile. Quando mi hai mandato il messaggio che Stefano era uscito, in realtà ero già per strada, ma ho trovato un po' di traffico a piazza Euclide. Allora, dimmi tutto, cosa posso fare? »

« Guarda, è molto semplice. » Gin inizia a spiegare di cosa avrebbe bisogno, crede che sia la soluzione migliore.

Renzi rimane senza parole, questo non se lo sarebbe mai aspettato e si trova anche in un leggero imbarazzo.

« Se sei convinta, lo faccio. Ho bisogno di tempo, però. »

Gin scuote la testa. « Anch'io ne avrei tanto bisogno... Ma purtroppo non ce n'è più. » Gli passa un foglio. « Qui troverai tutto quello che ti serve per fare prima. »

Renzi lo prende e lo legge, mentre Gin gli spiega come ha fatto. Renzi si rende conto che non è possibile sbagliare. « Hai bisogno d'altro? »

« No, grazie. Sei molto gentile. Ti aspetto qui. Non ci mettere troppo, però. »

« E se non ci riesco? »

Gin gli sorride. « Mi sono rivolta a te perché sei riuscito a fare cose anche più complicate. Ci riuscirai. »

Renzi annuisce, poi esce chiudendosi la porta alle spalle. Entra in ascensore. Ha ragione, a volte ho risolto delle situazioni più complesse di questa. Gin sa come motivare le persone. Ora vediamo se ci riesco anch'io.

140

« Lei è Babi, vero? »

Chi è quell'uomo che la ferma così, davanti al portone? Oggi Babi è uscita un po' più tardi da casa per andare in ufficio, ma non aveva nessun appuntamento, non aspettava neanche qualche corriere. I lavori più importanti li ha tutti consegnati. È un periodo tranquillo, o almeno lo era fino a poco tempo fa.

« Sono Giorgio Renzi. Piacere. » Fa per darle la mano, ma Babi non si muove.

« Non la conosco. Non mi ricordo di averla mai incontrata. »

« Sì, ci siamo visti una volta, al Goa, ma c'era molta gente e poi avevo appena avuto una discussione. È normale che lei non si ricordi... » Renzi le sorride. « Comunque ho sentito molto parlare di lei. Sono un collaboratore di Stefano Mancini. »

Babi improvvisamente si irrigidisce.

Renzi continua: « Step... »

« Gli è successo qualcosa? »

« No, lui sta bene. La situazione però è complicata. La moglie, Gin, sta molto male. »

« Mi dispiace, ma non capisco cosa vuole lei da me. »

Babi si chiede cosa sappia questo Renzi, cosa mai Step possa avergli raccontato, ma soprattutto perché l'ha mandato da lei. Sta per chiederglielo quando Renzi la precede.

« Mi ha mandato qui Gin. Vorrebbe incontrarla. »

Babi improvvisamente sbianca. Cosa, lei? Che cos'è successo? Cosa le ha detto Step? Perché mi vuole vedere?

« Questo è il foglio che mi ha dato stamattina. »

Babi lo prende. C'è una sua foto stampata, ci sono i suoi orari, tutti i suoi spostamenti, anche quelli di quando va a prendere Massimo. Ora Babi si irrigidisce, si mette sulla difensiva. « Cosa vuole da me? Cosa le ha detto? Perché mi vuole vedere? Mi dà fastidio che sappia delle mie cose, per non parlare di mio figlio. Con questo foglio la potrei denunciare. »

« Io non credo che voglia discutere, vorrebbe solo parlarle. Non ha la forza, sta morendo. »

Allora Babi si calma, gli restituisce il foglio. Renzi lo piega e se lo rimette in tasca.

« Se non vuole accettare, la capisco benissimo. Trovarsi faccia a faccia con il dolore è scomodo. Poco fa lo è stato per me. Ma adesso essere qui con lei, cercare di convincerla, fare qualcosa per Gin, mi fa sentire meglio. È un ragionamento egoistico il mio. Se lei venisse a trovarla, sarebbe un gesto d'amore nei confronti di tutti... A volte essere buoni cancella un po' dei nostri sensi di colpa. Almeno questo è quello che succede a me. » Poi le sorride. « Però io devo essere buono ancora in molte altre occasioni. »

Gin ha in braccio Aurora quando sente bussare.

« Avanti. »

Renzi entra e chiude la porta.

« Eccomi qua. »

« Allora? Com'è andata? »

« Bene. »

Gin gli sorride.

« Ero sicura che ci saresti riuscito. Falla entrare e non mi fare disturbare per nessuna ragione. Avvisami tu se sai che sta per arrivare Step. »

« No, stai tranquilla, lui è impegnato. »

« Bene. Puoi aspettare fino a quando non avrò finito? Non ci metterò molto. »

« Okay. La faccio entrare? »

« Sì. »

Gin rimette Aurora nella carrozzina, si siede sulla poltrona, si sistema meglio il vestito e chiude un attimo gli occhi. Poi sente di nuovo bussare alla porta.

« Avanti. »

E Babi entra. Si trovano così per la prima volta una di fronte all'altra. Gin l'aveva vista spesso, ma sempre da lontano. Babi invece solo in qualche fotografia. Rimangono per un po' a fissarsi. Poi Babi le tende la mano.

« Ciao, io sono Babi. Mi dispiace conoscerci in questa situazione. »

Gin guarda la sua mano protesa a mezz'aria verso di lei. Poi fissa Babi negli occhi e alla fine le stringe la mano.

«Ti posso offrire qualcosa?»
«No, grazie.»
«Lei è mia figlia Aurora.»
Babi si avvicina alla carrozzina. La bambina è vispa, si muove, agita le braccia e le gambe e alla fine sorride.
«È bellissima...»
«Grazie. So che anche tu hai un bambino, Massimo, anzi se devo essere sincera l'ho visto in foto, anche lui è bellissimo e so tutto.» Babi sta per rispondere qualcosa, ma Gin la ferma. «Non voglio litigare. Ho ragionato a lungo su tutto. È naturale che io sia arrabbiata con voi, con te in particolare, ma in realtà è perché quando accadono queste cose uno non le riesce a vedere dal di fuori. Ecco, ho cercato di farlo e mi sono resa conto di aver avuto una colpa grandissima, quella di volere una persona che non era mia.»
Babi la guarda ma non dice nulla. Accetta in silenzio questa sua riflessione.
Gin allarga le braccia. «Vedi, ho capito questa cosa fondamentale. Qualunque cosa accada, anche se tu non lo amerai più, anche se non starà con te, lui sarà tuo per sempre. È questo sentimento che invidio da morire, ma so che non posso farci niente, non è neanche una sconfitta, è la natura più bella delle cose, è proprio quello che avrei tanto voluto, è l'amore.»
E Babi si emoziona, e vorrebbe non farlo vedere, quasi si vergogna di ascoltare quelle parole ma sente in quella descrizione esattamente ciò che prova per Step.
Gin le sorride. «Lo so che è così, non c'è niente di male, non avete colpe, per assurdo avete cercato di evitarlo tutti e due...»
«Sì.»
«Adesso però desidero che tu faccia una cosa importante per me.»
Babi la guarda sorpresa, non sa proprio cosa possa chiederle Gin, decide di non rispondere ma di ascoltare.
«Voglio che tu faccia felice Step, che tu riempia la sua vita d'amore come non sono riuscita a farlo io. Vorrei sapervi insieme, come una bella famiglia, senza ombre o problemi. Ma se non sarà possibile, se non ci riesci, allora non gli fare perdere più tempo. Ecco, era tutto qui quello che ti volevo dire.» Poi Gin si siede sulla poltrona. «Scusami, ma sono un po' stanca. Siediti anche tu se ti va.»

Babi si siede sul divano di fronte a lei.

Gin prende il bicchiere posato sul tavolino e beve un po' d'acqua. « Magari hai sete anche tu, te la verserei ma non ce la faccio, scusami. »

« Ci penso io, non ti preoccupare, non c'è problema... » Babi prende un altro bicchiere lì vicino e lo riempie.

« Sono contenta che tu sia passata. Avresti potuto dire di no. »

Babi beve un po' d'acqua e poi poggia il bicchiere sul tavolino.

« Sì, avrei potuto essere vigliacca. Ma non sono così. »

Gin le sorride.

« Qualcuno potrebbe pensare che è facile fare un discorso come quello che ho fatto quando si sta per morire. Ma non è così. Lo penso davvero. Io lo amo moltissimo e non c'entra niente come sto. Sarei stata comunque un'egoista a trattenerlo con me. Se ami tanto una persona, cos'è che vuoi più di ogni altra cosa? »

« Che sia felice. »

« Ecco. Esatto. E lui con te può esserlo. »

Rimangono in silenzio per un po', Gin guarda fuori dalla finestra, è una bella giornata, sente il sole caldo sulle gambe.

Babi vorrebbe dire qualcosa, ma è sorpresa da queste parole, si aspettava ben altro. Ora si sente anche imbarazzata.

« Saremmo state delle buone amiche. »

Gin si gira verso di lei e le sorride.

« No. Saremmo state delle 'nemiche amiche', purtroppo proprio come nel film. »

Allora Babi improvvisamente si sente stringere il cuore, capisce quanto è speciale quella ragazza, ammette di non essere come lei. Io non sarei mai stata capace di fare un discorso del genere, sarei stata piena di rabbia, avrei pensato che c'è una stronza che mi ha fregato l'uomo e ora io muoio e me ne vado e quella può fare il comodo suo senza che io possa fare niente, senza che possa combattere. « Gin, mi dispiace tanto di averti conosciuta così e anche di tutto quello che è successo. Scusami. Io non sarei mai stata capace di comportarmi come te, sei migliore di me. »

Gin sorride. « Per qualcuno, non abbastanza. Ma va bene così. Ora devo riposare un po'. »

Babi si alza e va verso la porta.

« Ciao, grazie di essere passata. E ricordati che me lo hai promesso: fallo felice. »

141

Quando torno al Quisisana nel pomeriggio, ho una bella sorpresa. Busso alla porta.

« Posso? »

« Certo! »

Gin è vestita e truccata, sta giocando sul letto con Aurora.

« Ciao amore, come stai? »

« Molto meglio, non sento nessun fastidio. »

Purtroppo è solo merito della morfina. Questa mattina, quando ci siamo incrociati nel corridoio, il professore mi ha posto una domanda che mi ha fatto capire tutto.

« Torna presto, vero? »

« Sì. »

Gin sta sistemando meglio i pochi capelli sulla nuca di Aurora. Mi guarda tutta soddisfatta.

« Hai visto com'è bella? »

« Sì. »

« Secondo me ti somiglia moltissimo. »

« Non è vero, io vedo molto di te. »

« Sì, il taglio degli occhi, ma il viso e la bocca sono proprio tuoi. »

« Forse sì. »

« Ogni tanto, quando incrocerai il suo sguardo, mi penserai? »

« Lo farò anche quando magari sarà a casa di qualche sua amica. »

Poi le accarezzo piano la mano, poggiata sulla coperta del letto e lei mi sorride.

« Ho voglia di uscire, ho visto che il giardino qui dietro è molto bello. Ti va di portarmi lì? »

Così ci ritroviamo nel viale. C'è silenzio, il traffico è lontano. Si sente qualche uccellino e il sole è ormai basso. Aurora sta dormendo nella carrozzina. Arrivati a un piccolo roseto, ci fermiamo. Le mura dei palazzi intorno a noi sono colorate di arancione. Da qualche parte a Roma il sole sta già tramontando, ma noi non riusciamo a vederlo.

« I tramonti più belli si vedono a corso Francia. » Anche lei ha avuto il mio stesso pensiero. « Quante volte li ho visti dietro di te in moto. » Poi sistema un po' la copertina di Aurora. « Con lei ho conosciuto la felicità, le emozioni più forti, e tutto questo grazie a te. »

« Non dire così. Ho sbagliato tanto. »

« Sì, lo so, ma poi ci avevi ripensato da solo, no? »

« Sì. »

Gin si avvicina al roseto, prende delicatamente una rosa tra le dita e la porta vicino al naso. Chiude gli occhi e la respira.

« Ogni volta il profumo delle rose mi sorprende. È così unico, mi piace moltissimo. Voglio che Aurora abbia un profumo alle rose. »

« Lo avrà. »

« E voglio che per i suoi diciott'anni abbia un vestito color ciliegia e che quel giorno riceva un bellissimo mazzo di rose e che abbia un gioiello che porta i nostri nomi... » Poi all'improvviso si ferma. « Vorrei così tante cose. Solo ora sto apprezzando ogni minimo dettaglio della vita, eppure ce l'avevo sotto gli occhi ogni giorno. »

« Amore, ma tu non sei mai stata distratta, andavi un po' di corsa, sì, ma ti gustavi sempre ogni cosa. »

« Sì, soprattutto quando andavamo a cena! » Gin ride, sinceramente divertita, con quella leggerezza che ha avuto tante volte nei momenti più belli che abbiamo vissuto.

« È vero, era bellissimo guardarti mangiare. Mangi meglio e con più gusto di chiunque al mondo. »

« Grazie! Questa volta ci credo e me lo prendo questo complimento. »

Poi ci sediamo sulla panchina lì vicino e rimaniamo un po' in silenzio.

« Oggi ho visto Babi. »

Rimango sbigottito. Non penso che stia scherzando.

« Come l'hai vista? In che senso? »

« È venuta a trovarmi. »

« Ma io non l'ho più vista né sentita, non c'entro niente. »

« Lo so. L'ho invitata io. Mi ha aiutata Pallina, per sapere dove l'avrei potuta trovare. E poi Renzi l'ha convinta a incontrarmi. »

Rimango in silenzio. Mi chiedo perché. Cosa ha voluto sapere? Perché si è voluta fare così male? Ma Gin è serena e alla fine mi prende la mano e l'accarezza.

«Pensavo fosse giusto conoscerci. In fondo amiamo tutte e due lo stesso uomo e magari quello stesso uomo ci ama, anche se in modo diverso. Ti piace questa soluzione?»

Non dico niente.

«Comunque mi è piaciuta. Molto. Di solito quando una donna ne incontra un'altra che ha avuto a che fare con il suo uomo, non riesce a spiegarsi cosa lui ci abbia potuto trovare, per assurdo vengono meno le proprie qualità o pensa: *Ma perché ha scelto me se gli piace una così?* Io invece questo pensiero non l'ho avuto. In fondo quando stavate insieme sono io che mi sono messa in mezzo alla vostra storia, innamorandomi di te. Anche se tu non lo sapevi.» Gin ride. «Ti ho proprio voluto io. Ti volevo da impazzire e ti ho avuto. E ho fatto una figlia con te. Ora ti chiedo solo questo. Forse tornerai con Babi o avrai un'altra ragazza, questa è una tua decisione, ma voglio comunque che sia tu a crescere Aurora, il tuo amore per lei deve venire prima di quello per chiunque altro, perché dentro di te ci sarà anche il mio amore quindi tu la devi amare per due. E se una donna non amerà Aurora come se fosse sua figlia, ti prego, non le permettere di farla soffrire. Sei in grado di capire tutto questo e lo devi fare per me.»

«Sì, hai ragione, sarà così.»

«Promettimelo. E sono sicura che su questo non farai nessun errore.»

«Grazie. Te lo prometto, Gin.»

Poi ci abbracciamo e rimaniamo in silenzio su quella panchina e lei credo non si accorga che sto piangendo. Invece mi sbaglio. Gin si stacca e mi bacia delicatamente sulle labbra e con le dita mi asciuga i bordi degli occhi.

«Devi essere forte. Io seguirò sempre ogni vostro passo.»

«Sì.»

«Ma ti pare che io devo fare coraggio a Step?»

E mi metto a ridere, ma nella mia risata si sente l'eco del pianto e del dolore.

«Ora portami in camera, per favore.»

Restiamo così, vicini, distesi sul letto per tutta la notte. Aurora ha dormito nella carrozzina accanto a noi. E quando mi sveglio all'alba per darle da mangiare, lei ha già gli occhi aperti, è ben sveglia. La sua mamma invece non c'è più.

142

Giorgio, il padre di Stefano, è impaziente, fermo sulla soglia di casa.

« Ma insomma, ma quanto ci metti? Ci aspettano! »

« Sì, sì, stiamo arrivando. » Kyra esce dalla camera da letto in fondo al corridoio con la bambina nel passeggino e una borsa grande al braccio. « Se mi aiuti però facciamo prima. »

Giorgio torna indietro, le prende il borsone e cammina di nuovo veloce verso la porta d'ingresso. Escono di casa, chiudono a chiave e vanno verso l'ascensore. Giorgio preme il tasto.

« Siamo in ritardo. »

« Ma dove vuoi che vadano, scusa? »

« Non mi piace che Fabiola poi sbuffi perché arriviamo all'una. Lo sai com'è precisa. »

« E va bene, e che vuoi che sia. »

Le porte dell'ascensore si aprono. Kyra entra con il passeggino, Giorgio la segue, preme T e aspetta che le porte si chiudano. Poi scendono. Dalina si sveglia di colpo e inizia a piangere. Kyra le mette il ciuccio e la bambina si calma. Arrivano al pianoterra, escono dall'ascensore, aprono il grande portone del palazzo e sono in strada. Lì vicino c'è parcheggiata la Passat di Giorgio.

Poco dopo sono a casa di Paolo. Entrano, si salutano e subito si accomodano a tavola. Fabiola ha cucinato alcuni piatti vegetariani per Kyra, della pasta alla Norma e poi un po' di carne e patatine per Giorgio, Paolo e i bambini. Mangiano tranquillamente, chiacchierano e a un certo punto Dalina si mette a piangere.

Kyra si alza. « È l'ora della pappa. » Prende dalla grande borsa un portavivande. « Posso riscaldare questo? »

« Certamente », dice Paolo.

« Eh, beata Dalina, adesso mangia la cremina di riso, ma poi durante il giorno quando ha fame ha sempre una mensa a disposizione! E che mensa in effetti! » dice Giorgio indicando i seni di Kyra. Fabiola lo guarda male. Giorgio continua: « Ma ci pensi, Paolo, che Dalina è la zia di Fabio, Vittoria e anche di Aurora? Saranno i nipoti a dare la bustina con i soldi a Natale alla zia! Ci pensi? » E ride. « Siamo proprio una famiglia strana, ma bella, eh? Alla fine si risolve sempre tutto! » E gli dà una pacca sulla spalla.

« Sì, papà. »

È proprio vero. Certa gente riesce sempre a semplificare anche l'impossibile.

« Forte *Radio Love*, eh? La fiction sta facendo dei numeri pazzeschi e io me la sto cavando proprio bene! Non me lo dicono solo le mie amiche! Se continuo così, dovrete darmi un ruolo più importante. » Dania Valenti abbassa un po' l'audio del televisore. « Tanto adesso per un bel po' non ci sono... »

Renzi sorride e beve un sorso di birra.

« Sì, sta andando molto bene. Senti, ma dov'eri ieri sera? Ho provato a chiamarti due volte, ma non rispondevi. Nemmeno su WhatsApp. »

Dania appoggia il telecomando sul tavolo.

« Ma te l'avevo detto, ero fuori con Asia e Gioia. Avevamo la cena da Duke's. Mica sto sempre a guardare il telefonino. »

Renzi beve di nuovo quella Beck's che ormai non è più fresca.

Dania posa le mani sulle sue. « Ma lo sai che è venuto Adolfo Cresti sul set l'altro giorno mentre registravamo? Lo conosci? È il regista di *Un tuffo al cuore*, quella fiction su Cielo ».

« Sì, so chi è. »

« Mi ha detto che sono pazzesca. »

Renzi beve un altro po'.

« Ieri sera sono passato da Duke's, ma non vi ho viste. »

Dania si alza.

« Ma dai, sciocchino, che fai, mi segui? »

« No, ero uscito da una riunione, era solo per salutarti. »

« Vabbè, forse eravamo già andate via. » Si alza dal divano. « Aspettami, vado un secondo in bagno. » E sparisce dietro la piccola porta scorrevole accanto al televisore.

Appena entrata, prende il cellulare dalla tasca dei jeans e apre WhatsApp. Le hanno scritto diverse persone ma alla fine trova quello che le interessa di più, il messaggio di Adolfo Cresti.

Sei stata pazzesca ieri sera. Ci rivediamo?

Dania sorride. Poi digita veloce.

Certo! Volentieri!

Renzi beve l'ultimo sorso di birra, si alza ed esce dall'appartamento. Inizia a scendere le scale. No. Non eravate già uscite. Non ci siete proprio andate. Renzi arriva al portone, lo apre e se lo chiude alle spalle. E inizia a camminare verso la sua auto. Dania apre il rubinetto, fa scorrere un po' d'acqua e infine esce dal bagno. Non vede Renzi.

« Ehi, ma dove sei? Ti sei nascosto in camera? »

Apre la porta, ma non c'è nessuno. Alza le spalle. Riprende il cellulare. Scrive un messaggio.

Anche stasera se vuoi. E lo invia ad Adolfo Cresti.

« Pronto, scusi, vorrei prenotare un tavolo per stasera alle 21. »

« Buongiorno, certamente. A che nome? »

« Simone Civinini. »

« Simone... Mi scusi, può ripetermi il cognome? »

« Civinini. »

« Me lo può dire più lentamente, che scrivo? »

« Sono il presentatore dello *Squizzone.* »

« Chi? »

« Simone Civinini dello *Squizzone.* »

« Ah, sì. Quindi Ci... vi... ni... ni. Ecco. Ho scritto. Dunque, è quasi tutto pieno, se le va bene è rimasto un tavolo per due vicino alle cucine. »

« Ah, sì, magari, va bene. »

È vero. Mi avevano detto che da Cracco la gente prenota anche settimane prima. Ma almeno un posto l'ho trovato. Ho proprio voglia di festeggiare. Simone Civinini sale sulla sua Audi Q7 e, prima di partire, prende il cellulare e cerca un numero in rubrica. Poi preme il tasto verde. Dopo alcuni squilli, risponde una voce femminile.

« Pronto? »

« Sì, salve, sono Simone Civinini, chiamo per confermare l'appuntamento con il direttore Calemi, oggi pomeriggio. »

« Il direttore? Ah già, sì. Mi ha lasciato detto di riferirle che è dovuto scappare per un impegno urgente e che magari vi vedrete più avanti. Le auguro buona giornata. Arrivederci. »

La chiamata si chiude. Simone Civinini guarda il suo iPhone. Ma come magari? Ma se abbiamo preso questo appuntamento una settimana fa? E non mi avverte nemmeno? E ora? Sono le tre del pomeriggio. E di certo è presto per andare a cena da Cracco. Però ormai ho prenotato. E ho voglia di mangiare bene.

Daniela rimette a posto le magliette di Vasco che ha tolto dall'asciugatrice. Ha già sistemato i due trolley e le sue cose dopo il viaggio a Genova per vedere l'Acquario. Sono stati proprio bene loro tre insieme. Sebastiano è davvero incredibile. Poi guarda suo figlio.

« Hai finito i compiti? »

« Mi manca solo questo esercizio. » Vasco alza il libro per mostrarle la pagina.

« Bene, finiscilo e poi puoi giocare. »

E lui si rimette a testa bassa a scrivere.

Quando fa così, somiglia davvero tanto di profilo a suo padre. Poi sente il suono di notifica del suo cellulare. Lo va a prendere, tocca lo schermo e legge. È Sebastiano.

Ciao! Ti va di andare al cinema stasera? C'è Piuma, *al Farnese. Volevo vederlo.*

Ma quello che parla di quei due diciottenni e lei è incinta?

Sì, dicono che è molto dolce e carino e anche simpatico. Poi loro ce la fanno, convivono e sono felici. Un po' ci somigliano! Ti va?

Daniela sorride. Gli fa sempre molta tenerezza.

Va bene. Chiamo la babysitter allora.

In via Giovanni Pittaluga c'è il solito traffico delle sei di sera. Passanti, gente di colore, qualche ragazzo sullo skate e molto rumore. Raffaella cammina nervosamente poco avanti a Claudio. Due persone lo salutano e lui ricambia. Subito dopo Ambar, il titolare del minimarket indiano, che è fermo sulla porta con le braccia incrociate, lo vede.

« Ehi, amico, come va? »

« Tutto bene. Tu? »

« Bene. Vista Roma? Fuorigioco, eh? »

« Macché, era tutto regolare. »

« Ma no! Visto io! Goal non buono! »

« Ma sì! Guarda che la palla... »

Claudio fa per fermarsi, quando Raffaella si gira.

« Allora? Dobbiamo andare al supermercato. Ti muovi? A quest'ora sarà già pieno di gente... » E riprende a camminare velocemente.

« Sì, arrivo. Ciao, Ambar, a domani. »

« Ciao. » Ambar resta sulla porta e lo guarda allontanarsi.

Claudio raggiunge Raffaella.

« Però è brava la gente qui al Tiburtino, eh? Sono gentili. Visto Ambar? Si è ricordato che tifo Roma. Nel nostro vecchio quartiere nessuno ci aveva fatto caso. Non è male in fondo qui, no? »

Raffaella continua a camminare. Poi di colpo si ferma. Si gira. Lo guarda.

« Sei proprio un coglione. »

Teresa arriva e parcheggia la sua auto poco lontano dall'ingresso del ristorante. Renzi la vede e le va incontro. Lei gli sorride. Ha con sé la sua valigetta di lavoro.

« Ciao, come stai? »

« Bene, e tu? »

Si danno due baci sulle guance.

« Entriamo? »

« Sì. »

Poco dopo sono seduti al tavolo di Metamorfosi, in via Giovanni Antonelli. Un cameriere porta come stuzzichini delle piccole schiacciatine di vari tipi, con alcune salse. Teresa ne prende una e l'assaggia.

« Mamma mia, buonissima. »

Renzi la guarda.

« Stai davvero bene con i capelli raccolti. »

« Dici? Oggi ero in tribunale e li ho tirati su per comodità. Ero talmente in ritardo che arrivo direttamente da lì. »

Quindi non è passata prima da casa. Non è tornata a rinfrescarsi un po' o a cambiarsi.

« Anche tu stai bene. Sembri solo un po' stanco. »

« Sì, abbiamo molto lavoro e poi c'è stato il fatto di Gin e Stefano per un po' è stato assente. »

« Già. Che tragedia. Sta meglio? »

« Ora sì. Ha sofferto molto e ha rivoluzionato la sua vita. »

« A volte è l'unica strada. »

Teresa sta per prendere il vino quando Renzi la precede, le sorride e poi le versa lui un po' di Vermentino.

«E noi come potremmo rivoluzionare la nostra?»

Teresa beve un sorso e lo guarda.

«Ma lo abbiamo già fatto.»

«Sì, ho sbagliato.»

«In realtà, se si lascia passare il tempo necessario, le cose appaiono un po' diverse da come le si credeva all'inizio.»

«Intendi dire che hai riconsiderato quello che è successo tra noi?»

«L'ho ridimensionato. E così ho ragionato su alcune sfumature che mi erano sfuggite. Hai presente la storia del cieco?»

Renzi la guarda curioso.

«Dipende. Quale?»

«Quella di lui che è cieco e sta chiedendo l'elemosina.»

«No.»

«C'è questo tizio non vedente seduto e ha un cartello con su scritto: *Sono cieco, aiutatemi per favore.* E nessuno si ferma a mettere monetine nel suo cappello. Allora passa di lì un pubblicitario, si china, mette qualche moneta poi prende il cartello, lo gira e ci scrive un'altra frase. Poco dopo ripassa di lì e vede che il cappello è pieno di soldi e sorride.»

«E cosa ci aveva scritto?»

«*Oggi è primavera e io non la posso vedere.*»

Renzi rimane in silenzio.

«Era la stessa cosa di dire che era cieco, ma in modo diverso. E tutto è cambiato.»

«Teresa, io vorrei ricominciare con te.»

Lei mangia un'altra schiacciatina e poi lo guarda dritto negli occhi.

«Sei una persona speciale e sono stata benissimo con te. Poi è successo quello che è successo e in tutte quelle settimane sono stata male. Mi sentivo inutile, sbagliata, perfino sfortunata. Ma alla fine mi è successo come a quel cieco. È arrivato qualcuno e ha modificato la scritta. E tutto è cambiato. Se tu non mi avessi lasciata, forse non lo avrei mai incontrato. Mi spiace, ma mi sto frequentando con un altro e sto davvero bene.»

Simone Civinini è seduto al piccolo tavolo da Cracco, vicino alle cucine. Il locale è pieno. Lui ha appena ordinato. Prende il telefonino e apre WhatsApp.

Ciao, tesoro, l'appuntamento qui a Milano è stato rimandato, ma ho deciso di restare a cena da Cracco. Riparto subito dopo aver mangiato, però almeno sarò a Roma poco dopo mezzanotte e ci vediamo.

Poi invia. Aspetta che lei visualizzi. Passano alcuni secondi, ma nulla. Simone Civinini va in bagno a lavarsi le mani. Quando esce, ricontrolla il telefono. Ci sono le due spunte blu, ma non ha risposto. Allora aggiunge: *Ma ci sei?* E questo messaggio invece rimane in sospeso, con accanto solo una spunta grigia.

Sebastiano e Daniela sono seduti in sala. È appena iniziato il secondo tempo. È vero, pensa Daniela, il film è molto carino e per nulla pesante. A un certo punto Sebastiano si gira e la guarda.

« Pensa, tu mi hai dato quello che nemmeno sapevo mi mancasse. Grazie. »

Poi si gira di nuovo verso lo schermo e continua a seguire la storia di quei due ragazzi, Ferro e Cate. Daniela osserva il suo profilo. Assomiglia così tanto a Vasco, mi sembra di rivederlo quando scrive. È così particolare. Magari gli manca qualcosa rispetto alle persone che conosco o che ho frequentato. Ma in realtà ha molto più di altri. Allora gli si avvicina all'orecchio.

« E tu piano piano mi riempi la vita... » E gli stringe la mano.

Paola Belfiore si è appena messa a sedere. Poi si guarda intorno. Dalla terrazza con la veranda in vetro all'ultimo piano dell'hotel a cinque stelle di Palazzo Manfredi, si vedono il Colosseo e il cupolone. Una vista mozzafiato. Alcune persone stanno cenando, discrete e silenziose. Dopo qualche istante torna al tavolo Mirko Guarini, in arte « Loks ».

« Scusami, ma almeno ho salutato il produttore e l'ho ringraziato per la cena di stasera. Mica capita tutti i giorni di poter mangiare all'Aroma! »

« Figurati, hai fatto benissimo, la prossima volta magari me lo presenti! »

« Certo! Ordiniamo? Ha lasciato pagato per il menu degustazione dello chef Giuseppe Di Iorio. È per festeggiare il contratto.»

«Mmmm, chissà che buono!»

E due camerieri iniziano a portare i primi assaggi.

«Mamma mia, è tutto buonissimo!»

E continuano a cenare, parlando del più e del meno.

«Insomma, sei stato pazzesco in questo nuovo quiz musicale! Secondo me spacchi.»

«Grazie, infatti come ti dicevo ho firmato questo nuovo contratto e mi hanno affidato la conduzione di un'altra stagione, mettendomi in prima serata su Medinews Uno al venerdì.»

«Che bello! Brindiamo?»

Poco dopo Paola Belfiore controlla il cellulare. Vede i messaggi di Simone Civinini. Decide di rispondere.

Simone Civinini sente il telefonino vibrare, lo prende felice di aver finalmente ricevuto una risposta. *Ciao, mi dispiace, ma stasera sono impegnata. Facciamo un'altra volta, magari.*

Non era proprio quello che si aspettava. Magari? Ma come magari? Ma che hanno oggi tutti quanti con questo magari?

Bunny l'abbraccia. «Dai, andiamo a cena fuori...»

«Ma hai detto che sei stanco, ti preparo io qualcosa, mica dobbiamo sempre uscire.»

«Sicura?»

«Certo.» Pallina sente il suono del telefonino, si stacca da lui e lo prende. Legge il messaggio che le è arrivato e lo mostra a Bunny. «Guarda.»

Lui si avvicina e segue con gli occhi quelle parole, poi guarda Pallina.

«Quindi si rivedranno.»

«Sembra di sì.»

«Che storia, eh?»

«Già.»

Bunny sorride. «Quando due persone si incontrano in quel modo non si dovrebbero mai lasciare. È così raro che accada, non ti permette di dubitarne.»

Pallina lo guarda, l'ha colpita con quelle parole, chissà se anche per loro c'è un bel disegno. Per un attimo le viene in mente Pollo, poi Gin, la vita a volte ti fa paura per come improvvisamente ti volta le spalle. Ma non vuole pensarci, non adesso. Allora lo abbraccia e non dice niente. Anzi, solo una cosa.

«Ti va una bella carbonara?»

«Sì, mi va!»

Pallina in realtà non ha mai saputo fare nemmeno un uovo al tegamino. E questo Bunny lo sa.

«Però vorrei darti una mano...»

«Va bene, se proprio ci tieni...»

E sorridono. Amore è non far pesare all'altro le sue totali incapacità.

Don Andrea sta mettendo a posto le ultime cose dopo aver celebrato la messa della mattina, poi vede le rose bianche nell'angolo e inevitabilmente le viene in mente Gin e quella chiacchierata dell'ultima volta che è andato a trovarla in ospedale.

«Don Andrea! Che bella sorpresa...»

La stanza è molto luminosa e accogliente. Le sorride mentre si avvicina.

«Avevo voglia di farti un saluto.»

Vede la culla di Aurora, ci sbircia dentro. La bambina sta dormendo. Poi afferra una sedia vicino al letto di Gin e si siede, le prende la mano.

«Ti ascolto volentieri, qualunque cosa vorrai dirmi. Oppure staremo insieme in silenzio, come preferisci... Se vuoi possiamo pregare.»

Gin guarda fuori dalla finestra.

«Hai visto che bel giardino c'è qui sotto? Le rose sono magnifiche.»

«Sì. Ed è anche una bella giornata.»

«Pensavo a quel libro, *Il Piccolo Principe*. Tu l'hai letto?»

«Sì, è una bella storia.»

«Ricordi quando lui incontra la volpe e lei gli dice che è il tempo che lui ha perduto per la sua rosa che ha reso quella rosa così importante, che è responsabile per sempre di quello che ha addomesticato e quindi è responsabile della sua rosa?»

Don Andrea le stringe un po' più forte la mano.

«Ecco, sono stata fortunata. Nella mia vita ho avuto due rose, Step e Aurora. Mi sono dedicata a loro e loro mi hanno resa felice. Però, proprio per questo sono responsabile delle loro vite.»

Gin si gira e guarda don Andrea negli occhi. « Quindi veglierò su di loro in ogni istante. E tu puoi aiutarmi. »
« Come? »
« Assicurandoti che nella loro vita facciano sempre di tutto per essere davvero felici. Cercando di stargli accanto, anche se a distanza. E se ti accorgerai che qualcosa non va, magari ci parlerai, come hai fatto quella sera con noi prima del matrimonio. »
Don Andrea rimane in silenzio.
« Me lo prometti? »
« Va bene. »
« E se ti sembrerà che Step stia male per la mia morte, tu digli che lui è la mia rosa e che deve stare tranquillo, io ci sarò sempre. Come sarò sempre con Aurora. » Poi Gin si gira di nuovo verso la finestra. « Una volta ho letto una frase bellissima. La vita è come la bicicletta, per stare in equilibrio bisogna andare avanti e pedalare. L'ha detta Einstein. Ecco, don Andrea, quando li vedrai giù, tu digli questa cosa. »
Il sacerdote si commuove, ma cerca di sorridere.
« Ora ti va di confessarmi? »
« Va bene. »
E così don Andrea ascolta Gin e dopo alcuni minuti si fanno il segno della croce.
« Ora ti chiedo scusa, ma ho sonno. »
« Certo, tranquilla. »
Gin chiude gli occhi. Don Andrea resta a guardarla. In silenzio alza la mano destra e la benedice. Poi si alza, rimette a posto piano la sedia per non far rumore, dà un ultimo sguardo ad Aurora ed esce dalla stanza.
Ecco, una ragazza così bella e generosa, so che Tu me l'hai fatta conoscere per insegnarmi qualcosa. In questo momento però riesco a capire solo che mi manca.

Eleonora prende dalla mensola della libreria in salotto il grande album di pelle color avorio rilegato. Poi chiama Marcantonio.
« Hai fatto? »
« Sì. » Marcantonio arriva con un vassoio. Sopra, due tisaniere, zucchero di canna e alcuni biscotti. « Eccomi. »
Si siedono entrambi sul grande divano bianco. Ed Eleonora inizia a sfogliare l'album. Sfilano una dopo l'altra le immagini

del loro matrimonio. La chiesa, il rito, il prete, il lancio del riso e di piccoli foglietti di carta con su scritte delle citazioni famose d'amore, poi il parco della villa per le foto ufficiali e ancora la piscina con tutti gli ospiti in costume da bagno, sposi compresi, dentro l'acqua. Il loro ricevimento di nozze è stato così, una grande festa informale con la possibilità di fare il bagno e stare rilassati a nuotare. In una foto si vede anche Stefano Mancini che alza un flûte e brinda verso l'obiettivo. Ma non sorride. Poi la cena, il buffet, i musicisti, le bomboniere.

« È stato bello, vero? »

« Moltissimo. »

« Manca solo lei... »

« Manca solo in foto. Lo sai, c'era e c'è. »

« Sì. »

Marcantonio abbraccia Eleonora.

« Beviamo la tisana? »

« Certo. »

« Sai una cosa? Dobbiamo comprare un altro album. »

« Perché? Ci risposiamo? »

« No, scemo! Hai presente, uno di quelli con gli orsetti o i fiorellini. Non so. »

Marcantonio dà un sorso alla tisana. Poi la guarda meglio.

Eleonora fa una faccia buffa. « Vuoi o non vuoi fare tante foto a tuo figlio? »

Lui smette di bere, appoggia la tazza sul tavolino del salotto e la fissa di nuovo.

« Veramente? »

« Sì! »

E si baciano con gioia, felici e increduli.

Poi Eleonora si stacca e fa segno di fermarsi con la mano.

« Mi devi promettere una cosa importante. »

« Cosa? »

« Che se è una bambina, la chiamiamo Ginevra. »

143

Sono passati ormai molti mesi da quando Gin non c'è più. È sempre nei miei pensieri. Questa volta manterrò la promessa.

Il mare è calmo, oggi. Il notaio e l'ex proprietario se ne sono andati. Cammino per la casa, guardo i piccoli lavori che ci saranno da fare, l'arredamento rimasto, dei bellissimi divani in pelle, dei quadri di tutte le misure che hanno come tema il mare e le barche. Alcuni sono belli, alcuni sono divertenti, alcuni sono semplicemente tristi. Chissà quante cose ha visto questa casa, quante generazioni, quante notti d'amore lecite e illecite, proprio come la nostra. C'è una scodella piena di sassi, tutti diversi tra loro, alcuni rotondi, altri colorati, c'è perfino del vetro di qualche bottiglia rotta che nel tempo il mare ha così levigato da poterlo camuffare da sasso e farlo vivere indisturbato con gli altri. Chissà chi ha fatto questa raccolta. Forse una donna. Poco più in là c'è un vecchio orologio appeso al muro, non è stato caricato, le lancette sono ferme alle dodici e quindici di chissà quando. Alcune poltrone chiare sono coperte da delle lenzuola celesti. Al centro del salone c'è un grande tavolo. Mi siedo, di fronte c'è una vetrata che dà sul mare. A destra posso vedere tutta la Feniglia, al centro ma più lontano c'è Porto Ercole. Poi si va verso il mare infinito, più avanti ci sono il Giglio, Giannutri e chissà quante altre isole. Non avrei mai creduto di potermi permettere una villa così, meno che mai di potermi permettere proprio questa. Poi sento suonare, due colpi di clacson, e subito dopo il citofono. Vado in cucina. Appena entrati a destra c'è un grande televisore al plasma diviso in nove riquadri. Nel primo, sotto a sinistra, c'è lei. È arrivata. Alzo la cornetta del citofono e spingo un tasto. L'ho fatto istintivamente, ma ho indovinato. Vedo il cancello che si apre, lei che sale in macchina, aspetta che il cancello si apra del tutto e poi entra. Rimango a guardare la macchina che percorre tutto il viale, la seguo sulle diverse telecamere fino a quando non arriva nel piazzale di fronte a casa. Così attraverso il salotto ed esco.

«Ciao.»

Scende e mi sorride.

« Non ci crederai, ma senti! » Si infila nel finestrino della macchina e alza il volume della canzone che sta passando alla radio. *Ancora tu. Ma non dovevamo vederci più? E come stai, domanda inutile. Stai come me...* Poi l'abbassa. « Ma ti rendi conto? È un segno del destino. Questo è proprio assurdo. »

« Sì, pensavo l'avessi messa tu! »

« Macché, non so neanche quale stazione sia. » Poi si guarda in giro. « È bellissima. Non me la ricordavo così bella. »

« Vieni. » La prendo per mano. Ripercorriamo insieme quello stesso tragitto di molti anni prima, quando eravamo più giovani, quando non eravamo sposati, quando non avevamo figli ma eravamo nello stesso modo innamorati. Arriviamo a quel piccolo terrazzo che si affaccia sul mare.

« Sul serio l'hai comprata? »

« Sì. Volevo rompere di nuovo la finestra, poi avrei dovuto riparare comunque il danno, allora mi sono fatto lasciare le chiavi. »

Babi si mette a ridere. Il suo viso è riposato, sereno, e i riflessi del sole giocano tra i suoi capelli. Non volevo che lei nella mia vita, avrei rinunciato a tutto per non perderla mai. Ho tentato disperatamente di dimenticarla, innamorarmi di nuovo, ma adesso basta, devo mettere da parte l'orgoglio, devo accettare che quest'amore è più forte di tutto, della volontà, perfino del destino che aveva deciso altro per tutti e due.

« Babi, Babi, Babi. »

« Sì, sono proprio io. » Si mette a ridere.

« Lo ripeto tre volte perché voglio essere sicuro che non sto sognando, tre volte te. »

« Sì, e ti amo tre volte di più di quando siamo stati la prima volta in questa casa. Pensavo che non mi volessi più vedere. Ti ho scritto quando è successo e tu mi hai risposto solo con un 'grazie'. »

« Stavo male. »

« Mi dispiace. Sai che mi ha voluta incontrare? »

« Sì, me lo ha detto, ma non mi ha raccontato nulla del vostro incontro. »

« Mi ha spiazzato, non credo che io avrei avuto quella forza al posto suo. Era migliore di me, io sarei stata cattiva. Lei invece no, non lo è stata, per niente. Mi aspettavo di tutto e inve-